GOLDMANN

Buch

Fast ungehindert können südamerikanische Drogenkartelle die Küste Floridas als ideales Einfluggebiet für ihre Schmuggelmaschinen benutzen. Kompetenzstreitigkeiten unter den amerikanischen Strafverfolgungsbehörden verhindern eine wirksame Verfolgung der Drogenbarone. Da schlägt der amerikanische Konteradmiral Ian Hardcastle eine radikale neue Lösung vor: die Gründung einer eigenen Spezialeinheit mit dem Namen »Hammerheads«, die mit ultramodern ausgerüsteten Flugzeugen und Hubschraubern dem Drogenschmuggel ein Ende bereiten soll. Doch die Kokainmafia hat noch ein As im Ärmel, und sie ist nicht bereit, sich ihre Geschäfte stören zu lassen. Und wenn sie über Leichen gehen muß.

Autor

Dale Brown wurde 1956 in Buffalo, New York, geboren und nahm bereits Flugstunden, bevor er seinen Führerschein machte. Er studierte an der Penn State University und startete dann eine Offizierslaufbahn als Navigator in der USA Air Force. 1986 verließ Dale Brown die Air Force, um sich hauptsächlich dem Schreiben zu widmen.

Außerdem als Goldmann-Taschenbuch:
Antares (41060)
Die Silberne Festung (9928)
Höllenfracht (9636)

Dale Brown

DER TAG DES FALKEN

ROMAN

Aus dem Amerikanischen
von Wulf Bergner

GOLDMANN VERLAG

Deutsche Erstausgabe

Die Originalausgabe erschien unter dem Titel »Hammerheads«
bei Donald I. Fine, Inc., New York

Der Goldmann Verlag
ist ein Unternehmen der Verlagsgruppe Bertelsmann

1. Auflage · 7/92
Genehmigte Taschenbuchausgabe

Umschlaggestaltung: Design Team München
Umschlagfoto: Bavaria/After Image, Gauting
Satz: IBV Satz- und Datentechnik GmbH, Berlin
Druck: Wiener Verlag
Verlagsnummer: 41522
Ge · Herstellung: Stefan Hansen
Printed in Austria
ISBN 3-442-41522-5

Erstes Kapitel

Joint Tactical Drug Interdiction Information Center FAA-Bezirkskontrollstelle, Miami, Florida

Für das Überwachungsteam war dies die »Geisterstunde« – die Zeit zwischen zwanzig und ein Uhr, in der die Schmuggler sich aus ihren Verstecken wagten. Kakerlaken gleich kamen sie zum Vorschein, sobald die Sonne unterging.

Im Untergeschoß der FAA-Bezirkskontrollstelle Miami hielten drei Männer nach ihnen Ausschau. Diese Männer, zwei Customs Service Agents – Zollbeamte – und ein Stabsbootsmann der Küstenwache, arbeiteten im Joint Tactical Drug Interdiction Information Center (JTDIIC) an Radarschirmen, die den gesamten Luftverkehr im Südosten der Vereinigten Staaten überwachten. Auf den beiden Großbild-Radarschirmen des Überwachungsteams mit dem Rufzeichen SLINGSHOT bildeten Radardaten von Geräten der Federal Aviation Administration, von ballongestützten Radargeräten in Florida, auf den Bahama-Inseln und in Puerto Rico sowie von militärischen Geräten eine kombinierte Darstellung mit Hunderten von Flugzeugen im Luftraum zwischen North Carolina und New Orleans, zu dem auch der Osten des Golfs von Mexiko, die östliche Karibik und der Norden Kubas gehörten. Das Team konnte die Kurse von Flugzeugen verfolgen, Informationen und Standortmeldungen empfangen, Flugpläne und Zollvoranmeldungen abrufen, mit Fluglotsen sprechen und Zoll- oder Küstenwachflugzeuge anfordern, um verdächtige Maschinen beschatten zu lassen.

In Wirklichkeit beobachtete SLINGSHOT nicht jedes einzelne Flugzeug – eine für drei Männer unlösbare Aufgabe. Computer bereiteten die Radardaten auf und eliminierten die Echos aller Maschinen, die nicht illegaler Aktivitäten verdächtigt wurden.

So blieben Verkehrsflugzeuge, Maschinen in der Platzrunde und Flüge unter Flugsicherungskontrolle oder in vorgeschriebener Höhe und Geschwindigkeit auf Luftstraßen unbeachtet.

Theoretisch waren somit nur die Bösen übrig.

Theoretisch.

Aus dem Ausland einfliegende Maschinen hatten der Zollbehörde im voraus Ziel und Ankunftszeit zu melden und beim Einflug in die ADIZ – die vom Militär kontrollierte, bis zu einhundertfünfzig Seemeilen breite Flugüberwachungszone entlang der Küste – einen Flugplan anzugeben.

Da für die Inseln der riesigen Bahama-Kette ein striktes Nachtflugverbot herrschte, war jedes Flugzeug, das nach Sonnenuntergang von dort kam oder dorthin unterwegs war, sofort verdächtig. Das galt natürlich auch für jede Maschine, die sehr tief über dem Wasser flog oder offensichtlich versuchte, die bekannten Radarstationen entlang der Küste zu umfliegen.

Obwohl dies die Geisterstunde war, schien der Abend ziemlich ruhig zu werden. José Gusman, ein aus Hialeah stammender GS-13 im Customs Service, gähnte verschlafen, während er den Cursor auf ein rotes Quadrat auf seinem Radarschirm verschob. Das Rot bedeutete, daß dieses Ziel auf Anfrage vom Boden kein Transpondersignal abstrahlte. Nach einem Knopfdruck Gusmans blinkte auf dem Schirm ein Informationsblock mit UNBEK ZS 4 auf. Dieses Radarecho stellte ein unbekanntes Ziel dar, aber aus Flughöhe, Geschwindigkeit und Signalstärke hatte der Computer die Zuverlässigkeitsstufe 4 errechnet, was bedeutete, daß es vermutlich kein Flugzeug, sondern eher eine einzelne Gewitterwolke oder ein Vogelschwarm war.

Gusman interessierte sich nicht besonders für das neue Ziel, aber er verlor es auch nicht aus den Augen. Falls der Computer sich geirrt hatte, was auch vorkam, konnte aus einer Wolke ein echtes Flugzeug werden. »Dort draußen scheint's Gewitter zu geben«, sagte er zu seinem Partner Stan Wexfall. »Ich hab' jede Menge Störungen auf dem Schirm.«

»Ich habe was, das garantiert keine Störung ist«, antwortete Wexfall. »Sieh mal über Santa Clara nach.«

Gusman wußte, auf welches Gebiet er umschalten mußte: auf den Mittelteil Kubas. Santa Clara war nicht nur ein wichtiger kubanischer Flughafen, sondern auch ein Navigationspunkt für Schmuggelflugzeuge auf der Route Südamerika-Florida. Außerdem lag es unter einer wichtigen Luftstraße, die täglich von Dutzenden von Flugzeugen benützt wurde – jedoch nur von Fluggesellschaften aus Staaten, die mit Castros Regime sympathisierten. »Ich hab' ihn!« sagte Gusman. »Weder Mode vier noch Mode Charlie.«

»Merkwürdig. Er sendet keinen der Standardcodes«, stellte Wexfall fest, während er den Neuankömmling in einem Fünfzig-Kilometer-Kreis zentrierte, »und ist trotzdem nachts über Mittelkuba unterwegs. Dabei reagiert die kubanische Luftwaffe sonst immer verdammt nervös auf Nachtflüge und beschwert sich, wenn unsere Patrouillen der Insel nachts zu nahe kommen.« Er sah zu Gusman hinüber. »Militär?«

»Bestimmt«, antwortete Gusman. »Die Kubaner würden keine nicht identifizierte Maschine einfach so bei sich rumfliegen lassen.« Er nahm seinen Kaffeebecher mit, setzte sich an den Computer und gab seine Benützernummer ein. »Ich frage mal die Navy, ob sie irgendwelche Codes von diesem Burschen empfängt.«

Einige Minuten später erschien die Antwort auf dem Bildschirm. »Treffer! Naval Intelligence meldet, daß er einen militärischen Code abstrahlt.«

»Hab' ich mir gedacht.« Wexfall beobachtete den nach Norden wandernden Leuchtpunkt weiter. »Hey, sieh dir das an!«

Beim Überfliegen der Nordküste Kubas war das bisher rote Zielsymbol plötzlich grün geworden: Das Flugzeug hatte begonnen, einen zivilen Transpondercode abzustrahlen. »Jetzt heißt er plötzlich Bacchus zwo-null-vier Delta. Höhe zwölfeinhalbtausend, Geschwindigkeit zwo-vier-null, mitten in der Luftstraße.« Gusman war bereits wieder am Computer, um eine Kopie des möglicherweise aufgegebenen Flugplans anzufordern.

Dieser Kerl war schlauer als die meisten. Viele Schmuggler, die nicht wußten, wie dicht das Netz von Überwachungsstationen im Süden Floridas war, oder es einfach riskieren wollten, ließen ihren Transponder ausgeschaltet und meldeten sich auch nicht über Funk. Das bewies einen Schmuggelversuch und brachte Zoll und Küstenwache auf ihre Fährte.

Aber die Schmuggler lernten dazu. Es war keine große Mühe, eine Einfluggenehmigung zu beantragen und sich über Funk zu melden, was ihre Chancen, Florida sicher zu erreichen, erheblich verbesserte. Und sobald sie über Land waren, konnten sie praktisch unbehelligt weiterfliegen.

»Antrag auf Einflug gestern gestellt, bearbeitet, geprüft und genehmigt«, las Gusmann vor. »Startort Santa Maria, Kolumbien; Zielort St. Petersburg. Zwei Passagiere mit Bankpapieren und Buchungsunterlagen.«

Die anderen sahen zu ihm hinüber, als er »Kolumbien« sagte. Flüge aus Bolivien und Kolumbien, den größten Drogenproduzenten und -exporteuren der westlichen Hemisphäre, standen auf ihrer Liste ganz oben.

»Okay, ich sehe mal unter Einfluggenehmigungen und in der Hit-Liste nach«, sagte Gusman. Er gab die Daten des Antrags auf Einfluggenehmigung ein, um sie mit der Hit-Liste der Fälle verdächtigter oder gefaßter Schmuggler zu vergleichen, in denen der Name »Bacchus« aufgetaucht war. Der Computer würde jetzt versuchen, eine Korrelation dieser Kenndaten mit sämtlichen Dateien herzustellen, die den Namen »Bacchus« trugen.

Solange die Überprüfung lief, beobachtete Wexfall den Verdächtigen, während er die Großraumüberwachung dem Spezialisten von der Küstenwache überließ. »Ich hab' was!« rief Gusman zehn Minuten später aus. »Zweiundsiebzig. Praktisch derselbe Kurs, aber damals hat er keine Einfluggenehmigung beantragt. Start in Santa Maria, Flug über Kuba, Abdrehen über Florida und Rückflug. Der Kerl ist nie gelandet, sondern hat hier umgedreht und ist wieder abgehauen. Rufzeichen: Bacchus eins-sieben-drei X-Ray November.«

»Yeah, aber diesmal hat er einen Flugplan«, stellte Wexfall fest. »Und 'ne Einfluggenehmigung. Er...«

Der Drucker klapperte wieder los. »Noch ein Treffer! Achtzig Flüge eines Bacchus-Flugzeugs von Santa Marta und Cartagena in Kolumbien nach Saint Pete, Sarasota und Bradenton. Mehrere

Wochen lang in Ordnung bis auf einen Anflug, der anscheinend trotz Meldung bei Miami Center nicht durchgeführt worden ist. Wenig später haben die Flüge aufgehört.« Gusman las weiter. »Ratet mal, was er befördert hat? Natürlich Buchhaltungsunterlagen!«

Wexfall sah auf seinen Radarschirm. Das Ziel befand sich über der Florida-Straße im Anflug auf St. Petersburg, machte keinen Versuch, den Radarstationen der Navy in Key West auszuweichen, und sendete weiter den vorgeschriebenen Transponderkode.

»Was tun wir jetzt, Stan?« fragte Gusman. »Sollen wir jemanden losschicken, der ihn überprüft?«

»Mit welcher Begründung? Er ist kein Unbekannter. Er hat die Einfluggenehmigung. Bacchus ist ein häufiger Name – von der Sorte stehen fünfzig auf deinem Ausdruck. Zwei alte Meldungen sind verdammt wenig.«

»Aber er benimmt sich wie die früheren Verdächtigen!« widersprach Gusman. »Daß er's bis Saint Pete schafft, ist eher unwahrscheinlich.«

Wexfall schien noch immer nicht überzeugt zu sein.

»Wir könnten selbst ein Flugzeug losschicken, um...«

»Ich weiß, ich weiß.« Als Wachleiter von SLINGSHOT mußte Wexfall diese Entscheidung treffen. Aber jeder Einsatz – vor allem bei Nacht –, um eine verdächtige Maschine abzufangen, war teuer und riskant und konnte einem Kritik von Vorgesetzten einbringen. Hätte es sich um ein nicht identifiziertes Ziel im Tiefflug gehandelt, wäre die Entscheidung einfacher gewesen. »Der militärische Code macht mir Sorgen. Vielleicht sollten wir die Air Force auffordern, diese Maschine zu überprüfen.«

»Die würde uns was husten«, stellte Gusman fest.

Wexfall nickte. Den Militärs widerstrebte es noch mehr, eine zivile Propellermaschine von einem bewaffneten Jäger abfangen zu lassen. »Wer ist heute nacht an Deck?«

»Küstenwache«, antwortete Gusmann.

Wexfall zuckte mit den Schultern. Früher waren verdächtige Maschinen wie diese allein von Zollflugzeugen überprüft worden, aber seitdem die Küstenwache Mitte der achtziger Jahre in die Bekämpfung des Drogenschmuggels eingeschaltet worden war, teilten sie sich die Arbeit. Für diese Einsätze gab es keine festen Regeln, sondern wer gerade an Deck war, erhielt den Auftrag. Nicht gerade das effektivste oder logischste Verfahren, aber so war es nun einmal.

»Gib durch, daß eine Falcon in Zehnminutenbereitschaft stehen soll«, forderte Wexfall den neben ihm sitzenden Küstenwachmann auf. »Dann holst du mir den Wachhabenden bei Air Ops ans Telefon. Vielleicht untersagt er den Start, aber falls er's nicht tut, sollten wir eine Maschine in Bereitschaft haben.«

Miami Coast Guard Air Station, Opa-Locka Airport, Florida

Das Geldstück drehte sich in der Luft. Korvettenkapitän Kevin Rawlins ließ es in seine Linke fallen, klatschte es auf den rechten Handrücken und nahm die linke Hand weg. »Kopf – gewonnen!« sagte er zufrieden grinsend. Er grapschte seiner Partnerin die Fernbedienung weg und drückte auf einen Knopf. »*Moonlighting* kommt in fünf Minuten.«

»Zeig mir mal das Geldstück!« verlangte seine Copilotin Kelly Sandino.

»Schlechte Verliererin.« Rawlins ließ sich in einen Sessel fallen und legte seine Beine auf den Couchtisch vor dem Fernseher. Trotz seiner Durchschnittsgröße hatte er übermäßig lange Beine und trug deshalb sogar eine nach Maß gearbeitete Fliegerkombi. Die anderen Piloten der HU-25C Falcon der Küstenwache wußten immer, wenn Rawlins vor ihnen geflogen war, weil der Sitz ganz nach hinten und die Ruderpedale ganz nach vorn verstellt waren. »Und vergiß nicht, Mikrowellen-Popcorn ohne Salz mitzubringen!«

»Du kannst mich mal«, wehrte sie ab. Leutnant Kelly »Grace« Sandino, eine der nur siebzig Pilotinnen der U. S. Coast Guard, war eine schwarzhaarige Schönheit aus Puerto Rico, der es irgendwie gelang, Rawlins' Schrulligkeit und ihre eigene Rolle als einzige Jetpilotin in Opa-Locka zu verkraften und trotzdem zur Spitzengruppe der dortigen Piloten zu gehören.

Die Stimmung der Besatzung war gut. Heute war der letzte Tag ihrer einwöchigen Alarmperiode mit abwechselnd vierundzwanzig Stunden Dienst und vierundzwanzig Stunden Freizeit; danach standen ihr zwei Wochen Urlaub zu. Kevin wollte ein paar Tage in Key West angeln – so weit wie irgend möglich vom nächsten Flugplatz entfernt.

Der Alarmtag hatte um sechzehn Uhr – vor fast fünf Stunden – mit einem routinemäßigen Überwachungsflug begonnen. Geflogen hatte die Falcon ein Offizier aus dem Stab des hiesigen Küstenwachabschnitts, der alle zwei Monate mindestens sechs Flugstunden nachweisen mußte, um seinen Schein zu erhalten. Der Stabsoffizier hatte zu Übungszwecken eine zweite Falcon angesteuert – erst mit Radarführung durch SLINGSHOT, die gemeinsame Station von Coast Guard Customs Service, danach auf Anweisung des mitfliegenden eigenen Radaroffiziers. Zuletzt noch ein paar Übungslandungen, dann war der Einsatz beendet.

Für den Rest der Alarmperiode befanden sie sich in Zehnminutenbereitschaft, was bedeutete, daß sie notfalls in zehn oder weniger Minuten gestartet sein mußten. Auf der Miami Air Station, dem SAR-Stützpunkt mit den meisten Einsätzen, waren Hubschrauber des Typs Dolphin und zweistrahlige Transporter des Typs Falcon mit Vorwarnzeiten zwischen fünf und dreißig Minuten stationiert. Die meisten Jets – das SAR-Modell Falcon A und das Überwachungsflugzeug Falcon C – standen in Zehnminutenbereitschaft; für die Rettungshubschrauber Dolphin – elegante, hochmoderne Maschinen aus französischer Produktion – war dieser Zeitraum auf fünf Minuten verkürzt.

Zwei Minuten später war Kelly Sandino mit einem Beutel Popcorn zurückgekommen, als gerade eine Stimme aus den Deckenlautsprechern sagte: »Bereitschaft Alpha, beim Offizier vom Dienst melden.«

Rawlins legte die Fernbedienung weg, stemmte sich aus dem Sessel, hastete ans Telefon und wählte die Nummer des Offiziers vom Dienst. »Rawlins. Was gibt's?«

»SLINGSHOT hat Zehnminutenbereitschaft für euch angeordnet«, antwortete der Offizier vom Dienst, ebenfalls ein Pilot. »Ihr sollt euch eine Maschine ansehen, die aus Kuba rüberkommt.«

Der Korvettenkapitän wandte sich an Sandino, die bereits ihre Fliegerstiefel schnürte. »Gracie, du holst unsere Crew zusammen und machst die Mühle startklar. Ich erledige inzwischen den Papierkram.«

Bis Rawlins nachkam, war die Besatzung an Bord, das Hilfstriebwerk lief, und der Bordwart war bereit, das Anlassen der Triebwerke zu überwachen. Ihr Jet war eine Dassault Falcon 20: ein schnelles leichtes Transportflugzeug aus französischer Produktion. Obwohl es offiziell als HU-25C Guardian bezeichnet wurde, nannten seine Piloten es wegen seiner hochmodernen Überwachungsgeräte und ihrer Einsatztaktik im Kampf gegen Schmuggler weiterhin Falcon.

Dieses Baumuster des neuesten Überwachungsflugzeugs der Coast Guard war mit dem Feuerleitradar APG-66 des Jägers F-16 Fighting Falcon ausgerüstet, das Ziele in bis zu hundert Kilometern Entfernung erfassen und bis zu sechs Ziele gleichzeitig verfolgen konnte. Ergänzt wurde es durch ein leistungsfähiges FLIR, einen nach vorn blickenden Infrarot-Scanner, der Luftziele aus einigen Kilometern Entfernung erfassen und Bodenziele, die nicht größer als ein Hund waren, aus eineinhalb Kilometer Höhe orten konnte.

Eigentlich brauchen wir bloß noch ein paar Sidewinder-Raketen unter den Flügeln, dachte Rawlins, während er an Bord hastete, dann würden die Schmuggler es sich überlegen, ob es sich lohnt, ihren Dreck nach Amerika zu bringen.

Sandino hatte alles zum Anlassen der Triebwerke vorbereitet und war bereits angeschnallt. »Fertig für Nummer eins«, sagte Rawlins, während er rasch seine Gurte anzog. Ihm fiel unwillkürlich auf, daß sich Gracies Brüste unter den Schultergurten abzeichneten. Falls die Coast Guard mal Nachwuchsprobleme hat, überlegte er sich, braucht sie bloß ein Werbeplakat mit Gracie zu drucken – sogar in ihrer Fliegerkombi. Dann könnten wir uns vor Bewerbern nicht mehr retten.

Hör auf damit, du alter Lüstling! ermahnte Rawlins sich. Du bist im Dienst! »Crew, fertig zum Anlassen.«

»Radar fertig«, meldete Oberbootsmann Joe Conklin aus dem Heck. Er hatte seinen Platz an der Radarkonsole verlassen, um beim Anlaßvorgang die Triebwerkseinlässe zu beobachten.

»Rechts alles klar«, meldete Sandino. »Luft, Strom, Funk und Lichter ein. Fertig für eins.«

Rawlins zeigte Specialist First Class John Choy, der draußen stand, den linken Zeigefinger und beschrieb damit einen engen Kreis. Choy reckte seinen Daumen hoch und wiederholte die Kreisbewegung mit dem Zeigefinger.

»Lasse Nummer eins an.« Rawlins schob den Leistungshebel einen Zentimeter nach vorn, betätigte den Starter und hörte das 2700 Kilopond Schub leistende Strahltriebwerk aufheulen. Sobald Choy mit Feuerlöscher und Kopfhörer auf der anderen Seite der Falcon stand, ließ Sandino auch das rechte Triebwerk an. Choy kam an Bord, verriegelte die Tür und schnallte sich auf seinem Platz links neben dem Beobachtungsfenster an. Eine Minute später rollten sie die kurze Strecke bis zur Haltelinie und waren startbereit.

Die Falcon beschleunigte auf der 2750 Meter langen Startbahn, und wenig später lag das Lichtermeer Miamis vor den Cockpitfenstern, als sie über Miami Beach nach Süden abdrehten. Nach fünf Minuten Steigflug mit 200 Knoten verließ die Maschine den Nahverkehrsbereich von Miami International, so daß die Copilotin sie abmelden konnte. »Miami Center, Omaha One-One wechselt auf taktische Frequenz. Guten Abend.«

Das Rufzeichen Omaha wurde von Flugzeugen im aktiven Einsatz gegen Drogenschmuggler benützt, und alle Flugsicherungsstellen wußten, daß sie besonders wachsam sein und möglichst viel Luftraum freihalten mußten, sobald sie es hörten. »Omaha One-One, wechseln Sie auf Firmenfrequenz, melden Sie sich vor Einflug wieder auf dieser Frequenz«, antwortete der Fluglotse. Sandino stellte die Scrambler-Frequenz von SLINGSHOT ein, wartete ab, bis das Pfeifen und Zirpen in ihrem Kopfhörer zu einem leisen Knistern geworden war, das anzeigte, daß die abhörsichere Verbindung stand, und rief SLINGSHOT.

Wenig später antwortete Wexfalls leicht quäkende verzerrte Stimme aus dem Keller von Miami Air Traffic Control: »Omaha One-One, wie hören Sie mich?«

Sandino drückte ihre Sprechtaste. »Höre Sie vier.«

»Verstanden. Ich übergebe an Ihren Controller.« Nun entstand eine kurze Pause, in der Wexfall die Radarführung dem erfahreneren Gusman übergab. Dann meldete sich die neue Stimme. »One-One, fliegen Sie Kurs eins-null-null, und halten Sie zweitausend Fuß. Ihr Ziel ist sechzig Seemeilen vor Ihnen und tiefer.«

Rawlins kurvte leicht nach rechts und schaltete den Autopiloten ein. »Okay, Conk, er ist bei sechzig Meilen und tiefer. Sehen Sie zu, daß sie ihn finden!«

»Roger, ich suche«, antwortete Joe Conklin über die Bordsprechanlage. Der zwischen Piloten und Copilotin im oberen Drittel der Instrumententafel eingebaute Bildschirm leuchtete auf und begann zu pulsieren, als das Radar seinen vorprogrammierten Suchlauf begann. Da das Ziel sich maximal 2000 Fuß unter der Falcon befinden konnte, verengte Conklin den horizontalen Suchbereich von 120 auf 40 Grad und den vertikalen von 40 auf 10 Grad, um das andere Flugzeug mit schärfer gebündeltem Antennenstrahl aus größerer Entfernung erfassen zu können.

Schon Sekunden später stabilisierte sich die Darstellung. Der Bildschirm zeigte ein quadratisches Radarsymbol, das von einer weißen Raute überlagert wurde, während am oberen Bildschirmrand RADAR LOCK eingeblendet wurde. »Ziel erfaßt«, meldete Conklin. »Schnelles Flugzeug, tief, fünfzig Meilen bei zehn Uhr dreißig.« Der Radarcomputer berechnete Höhe und Geschwindigkeit des Ziels und zeigte fortlaufend den entsprechenden Abfangkurs an. »Zehn Grad links, Annäherungsgeschwindigkeit zweihundertdreißig Knoten.«

»Fünfundvierzig Seemeilen«, bestätigte Rawlins, während er nach links einkurvte, um sich hinter die andere Maschine zu setzen. »Zehn Minuten bis zum Abfangen.«

»Kevin, wie wär's, wenn du mich das Abfangmanöver fliegen lassen würdest?« fragte Sandino über die Bordsprechanlage.

Rawlins sah zu seiner Copilotin. »Dein Prüfungsflug fürs Abfangen bei Nacht steht noch aus...«

»Ich hab' die Theorieschulung und einen Simulatorflug.«

»Bevor du echt geübt hast, ist nichts zu machen.«

»Wie soll ich jemals geprüft werden können, wenn ich keine Abfangmanöver fliegen darf?« beschwerte sie sich. »Bitte, Kevin! Ich fliege ganz ruhig und vorsichtig an. Du kannst jederzeit wieder übernehmen.«

Warum eigentlich nicht? dachte Rawlins. Da er Fluglehrer war, verhielt er sich nicht ganz vorschriftswidrig, wenn er sie das Abfangmanöver fliegen ließ. Schließlich war sie eine ausgezeichnete Pilotin.

Er nickte Sandino zu und beobachtete, wie ihre Hände das Steuerhorn umfaßten. »Ich hab' sie«, sagte sie dann.

Rawlins bewegte die Steuersäule etwas, spürte ihre Gegenbewegung und ließ los. »Du hast sie«, bestätigte er. »Okay, hinterher!«

Brickell Plaza Federal Building, Miami, Florida

Vizeadmiral Ian Hardcastle, Chef des Seventh Coast Guard Districts in Miami, hatte einen der in letzter Zeit so häufigen langen Arbeitstage hinter sich. Die Einsamkeit in seiner menschenleeren Dienststelle war eine willkommene Abwechslung – und selbst der Papierkram war besser als der große, leere, stille Bungalow, der ihn daheim erwartete.

Der Befehlshaber des aktivsten Küstenwachbezirks stand auf, reckte seinen hageren Körper und fuhr sich mit einer Hand durch sein mit Grau durchsetztes aschblondes Haar. Er sah sein Spiegelbild in einer dunklen Fensterscheibe und stellte fest, daß sein blaues Uniformhemd und die marineblaue Hose lockerer saßen als sonst: Streß, unregelmäßiges Essen und ein paar späte Abende in O'Mallys Taverne... Im Gegensatz zu seinen blauen

Augen hatte sein Spiegelbild schwarze, die im grellen Neonlicht noch tiefer in ihren Höhlen zu liegen schienen.

Geisterhaft! dachte Hardcastle, während er sein hageres Gesicht betrachtete. Wie aus einer Gespenstergeschichte meines schottischen Großvaters. Er reckte sich erneut und spürte die Schmerzen in Handgelenken und Fingerknöcheln. Arthritis – eine Erinnerung an sein Alter und den bevorstehenden Ruhestand. Der Admiral schlüpfte in seine Fliegerjacke, die ihm ein pensionierter Oberstabsbootsmann geschenkt hatte, und fuhr zur Dachplattform des siebenstöckigen Bürogebäudes hinauf.

Er wurde vielleicht alt, aber er war noch nicht reif für einen Schaukelstuhl. Der Beweis dafür: Der auf dem Dach stehende zweisitzige Kleinhubschrauber des Typs Super Scorpion diente Hardcastle außer bei schlechtestem Wetter als Fortbewegungsmittel. Es hatte fast ein Jahr gedauert, diesen Hubschrauberlandeplatz genehmigt zu bekommen, aber indem Hardcastle andere wichtige Persönlichkeiten im Brickell Plaza Federal Building mit Freiflügen geködert hatte, war er doch ans Ziel gelangt. Jetzt gab es für ihn keine mit Berufsverkehr verstopften Straßen mehr, und rasche Ausflüge nach Orlando oder Key West waren möglich geworden...

Außer daß er jetzt niemanden mehr hatte, der dorthin mitgeflogen wäre. Er hatte keine große Lust, übers Wochenende wegzufliegen, und lange Abende im Büro machten Ausflüge nur so zum Vergnügen unmöglich. Außerdem waren die meisten seiner Freunde auch mit seiner Ex-Frau befreundet, und seit seiner Scheidung kam er nur noch selten mit ihnen zusammen.

Hardcastle löste die Spannseile, nahm die Abdeckung des Triebwerkseinlasses ab, machte das Staurohr frei und kletterte in seinen kleinen Schaumschläger. Das Anlassen war nicht viel komplizierter als bei einem Auto, und das Triebwerk lief warm, während er das über Funk ausgestrahlte Flugwetter mitschrieb. Danach rief er Miami International, um die Freigabe für einen Flug durch den Nahverkehrsbereich einzuholen: »Miami Tower, hier Scorpion zwo-fünf-sechs X-Ray, VFR-Flug, Start Brickell Plaza, Zielort Pompano Beach in tausendfünfhundert. Kommen.«

»Scorpion zwo-fünf-sechs X-Ray, Miami Tower, guten Abend, Admiral.« Da Hardcastle seit drei Jahren von hier startete, kannten ihn die meisten Fluglotsen Südfloridas. »Sir, halten Sie Ihre Position noch zwei Minuten, bis ein Omaha-Flug aus Opa-Locka über der Stadt nach links abgedreht hat. Sieht wie einer Ihrer Jungs aus, Admiral.«

»Zwo-fünf-sechs X-Ray hält Position.« Hardcastle schüttelte den Kopf, weil er sich über den geschwätzigen Fluglotsen ärgerte, der einem Schmuggler Informationen geliefert haben konnte. Der einzige Admiral, der vom Brickell Plaza Federal Building startete, gehörte zur Coast Guard. Und der Schmuggler konnte jetzt wissen, daß »Omaha« ein Küstenwachflugzeug bezeichnete, das nach Südwesten über Miami abflog. So konnte jeder mit einem VHF-Scanner für fünfzig Dollar Drogenschmugglern Informationen verschaffen.

Aber diese Gedanken wurden rasch von anderen überlagert: Wohin flog die in Opa-Locka gestartete Maschine? Hardcastle wünschte sich, er hätte einen Entscrambler im Hubschrauber, um den Funkverkehr mit SLINGSHOT oder BLOC, dem Radarzentrum der Navy, mithören zu können. Aber es war unmöglich, eines dieser Geräte für ein ziviles Luftfahrzeug zu bekommen. Wozu war die Maschine gestartet? Abfangmanöver? Routineflug? Rettungseinsatz?

»Zwo-fünf-sechs X-Ray, Start frei, meiden Sie Kontrollzone Miami, VFR-Flug nach Pompano Beach. Kommen.«

»Tower, ich möchte den Zielort ändern«, funkte der Admiral zurück. »VFR nach Opa-Locka. Ich bitte um Freigabe für einen Flug durch die Kontrollzone.«

»Augenblick, Sir.«

Hardcastle wußte, daß es viel verlangt war, einen kleinen Hubschrauber nachts durch die Kontrollzone fliegen zu lassen, aber nach einundzwanzig Uhr hatte Miami International merklich weniger Betrieb, so daß er vielleicht doch mit einer Freigabe rechnen konnte.

»Zwo-fünf-sechs, Miami Tower«, sagte der Fluglotse, »wenn Sie mit Ihrer Windmühle *sofort* starten können, haben Sie die Freigabe zum Flug durch die Kontrollzone in tausend Fuß. Beeilen Sie sich, sonst haben Sie in ungefähr fünf Minuten einen Jumbo vor der Nase. Kommen.«

Als Hardcastle die neue Freigabe verlangt hatte, hatte er den Rotor bereits eingekuppelt, und die Blätter erreichten jetzt die Startdrehzahl. »Zwo-fünf-sechs X-Ray startet und steigt auf tausend Fuß«, meldete er, während er mit Gasdrehgriff, Blattverstellhebel und Steuerknüppel arbeitete. »Danke, Chuck.«

»Nichts zu danken. Admiral.« Drei Minuten später überflog Hardcastle den hellbeleuchteten Flughafen und nahm Kurs nach Norden in Richtung Opa-Locka Airport.

Miami Coast Guard Air Station, Opa-Locka Airport, Florida

Der Wachhabende schrieb eben ins Diensttagebuch, als Hardcastle ins Operations Center kam. Der Oberleutnant sprang verwirrt auf und nahm Haltung an. »Admiral Hardcastle...«

»Jeff, soll die vorhin gestartete Falcon ein Schmugglerflugzeug abfangen?« fragte Hardcastle den Piloten, während er den Einsatzplan an der Wand betrachtete.

»Ja, Sir«, antwortete Oberleutnant Jeff Teichert, der Offizier vom Dienst. Er deutete auf die entsprechende Zeile. »Korvettenkapitän Rawlins und Leutnant Sandino sind auf Anforderung von SLINGSHOT gestartet.« Teichert informierte den Admiral rasch über die Hintergründe des Einsatzes.

»Rawlins ist ein Klassepilot... Sandino ist auch gut – aber noch unerfahren.« Hardcastle runzelte die Stirn. »Erst ein militärischer Code, dann ein ziviler? Was sagt Air Operations dazu?«

»Verfolgen, nach Möglichkeit identifizieren und Ergebnis melden«, las Teichert aus dem Diensttagebuch vor. Der junge Offizier zögerte, weil er nicht wußte, wie der Admiral seine nächste Bemerkung aufnehmen würde, und sagte dann trotzdem: »Air Ops entscheidet wahrscheinlich frühestens in einer Stunde, ob ein Zollflugzeug starten soll.«

»Lahmarschig wie immer«, knurrte Hardcastle. »Ist eine Militärmaschine angefordert worden?«

»Unseres Wissens nicht, Sir.«

»Wo ist die Falcon jetzt?«

»Ich habe sie nicht verfolgt«, antwortete Teichert verlegen. Er schaltete den Entscrambler ein, um ihren Funkverkehr mitzuhören. Hardcastle trat an eine riesige Wandkarte, die den Südosten der Vereinigten Staaten, den Golf von Mexiko und die Karibik zeigte, um die Position der Maschine feststellen zu können, sobald sie sich wieder meldete.

An Bord der Falcon der U. S. Coast Guard

»Entfernung drei Meilen, Überhöhung eintausend Fuß, Annäherungsgeschwindigkeit zwanzig Knoten.« Die von Sandino geflogene Falcon war ohne Positionslichter bis auf fünf Meilen an die andere Maschine herangekommen, hatte sich hinter sie gesetzt und schloß jetzt langsam von links hinten zu ihr auf.

Das FLIR der Falcon, dessen Infrarot-Scanner parallel zu ihrem Radargerät APG-66 arbeitete, hatte das heiße Flugzeug über dem winterlich kalten Ozean aus zehn Meilen Entfernung erfaßt. Da die Bewölkung nur minimal war, ortete das FLIR das verdächtige Flugzeug jetzt automatisch weiter.

»Der Kerl ist heiß«, sagte Conklin. »Entfernung zwei-kommaacht, Überhöhung eintausend Fuß, Annäherungsgeschwindigkeit zwanzig Knoten. Seine Motoren sind weißglühend.«

»Vermutlich fliegt er mit ganz magerem Gemisch, um Treibstoff zu sparen«, meinte Rawlins. Das sparte Sprit, erhöhte aber zugleich die Betriebstemperatur der Motoren – daher das deutliche Infrarotbild auf Conklins Bildschirm.

»Radar, wir brauchen ein paar Angaben fürs Tonband«, sagte Sandino über die Bordsprechanlage. Rawlins schlug inzwischen ein Buch mit Flugzeugsilhouetten auf. »Einmotorig oder zweimotorig? Ich tippe auf zwei Motoren.«

»Stimmt, Leutnant«, bestätigte Conklin. »Ein großer Brummer – sieht wie'n Mittelstreckentransporter aus. Hochdecker, Motoren unter den Flügeln, geräumiger kastenförmiger Rumpf.«

»Ist das Kennzeichen schon auszumachen?«

»Noch nicht«, sagte Conklin. »Zwei Meilen, Annäherung mit fünfzehn.«

Rawlins fiel auf, daß Sandino leicht nervös wirkte. Bisher hatte sie die Maschine ausgezeichnet geflogen, alle Positionsmeldungen bestätigt, die richtigen Korrekturen vorgenommen und sich dem Ziel nicht überhastet genähert. Jetzt war Sandino plötzlich verkrampft, und ihre Nervosität schien sich auf die Falcon zu übertragen. »Immer mit der Ruhe, Gracie.«

»Ich... mir ist ein bißchen schwindlig...«

Rawlins hob die Hände ans Steuerhorn, ohne es schon anzufassen. Die Konzentration auf einen winzigen Punkt am Nachthimmel konnte Autorotation auslösen – als drehe dieser Punkt sich um sich selbst. Dabei verlor man sehr leicht die Orientierung, bis man am Ende versuchte, diesen imaginären Bewegungen mit der Steuerung zu folgen. Rawlins wußte, daß schon viele Maschinen auf diese Weise verlorengegangen waren.

»Die Fluglage stimmt, Gracie.« Hätte er jetzt das Steuerhorn erfaßt, hätte Sandino panikartig reagieren können – und bei über 200 Knoten Geschwindigkeit in dieser niedrigen Höhe konnten ein paar steuerlose Sekunden tödlich sein. »Fluglage okay. Konzentriere dich auf den Horizont und orientiere dich, anstatt ihn zu fixieren. Und tief durchatmen!« Ihre nervösen Steuerbewegungen wurden ruhiger, als sie tief Luft holte und sich etwas zurücklehnte.

»Danke, Kevin.«

»Eins-komma-fünf Meilen, Annäherung mit fünfzehn.«

»Nur weiter so, Gracie«, sagte Rawlins.

»Eins-komma-zwei Meilen, fünfhundert Fuß darunter, Annäherung mit zwanzig.«

»Weniger Leistung«, verlangte Rawlins. »Bei geringem Abstand unter fünfzehn bleiben.« Sandino nahm die Leistungshebel minimal zurück, und der große Jet reagierte mit niedrigerer Annäherungsgeschwindigkeit.

Die Zeit schien fast stillzustehen. Die weiße Darstellung des Flugzeugs mit den hell leuchtenden Motoren auf dem Bildschirm wurde größer. Conklin stellte das FLIR auf maximalen Abbildungsmaßstab ein, während er die Bildschirmdarstellung studierte.

»Sehen Sie sich den Bug an...«, sagte Conklin, indem er das Bild mit seinem eigenen Flugzeugerkennungsbuch verglich. »Commander, für mich ist das eine Shorts 330 – ein leichter Transporter ähnlich dem Typ Sherpa der Air Force.« Er sprach laut, damit die laufende Videokamera, die auch den Funkverkehr aufzeichnete, seine Kommentare aufnehmen konnte. »Ihre Nutzlast beträgt fast eineinhalb Tonnen. Die linke Frachtluke scheint ausgebaut und von innen mit Styropor oder Segeltuch verkleidet zu sein.«

Als das Bild größer wurde, waren weitere Einzelheiten zu erkennen. Rawlins starrte seinen FLIR-Bildschirm an. »Keine Funknavigationsantennen sichtbar. Die Radabdeckungen fehlen. Keine hintere Frachtluke. Die Kerle haben alles überflüssige ausgebaut, um Gewicht zu sparen.« Rawlins stand in Funkverbindung mit Opa-Locka und gab die Beschreibung der Maschine zur Weiterleitung an den Customs Service durch.

»Entfernung null-komma-fünf Meilen, hundert Fuß tiefer, Annäherung mit fünfzehn«, meldete Conklin. »Sieht tatsächlich wie ein Schmugglerflugzeug aus... hey, die Ziffern des Kennzeichens sind anscheinend übersprüht worden...«

Sandino warf einen kurzen Blick auf das Radarbild. »Los, Conklin«, verlangte sie, während ihre Hände das Steuerhorn umklammerten, »lesen Sie endlich diese Ziffern ab!«

»Glauben Sie, daß Sie sie ablesen können?« fragte Rawlins über die Bordsprechanlage.

»Augenblick... ja, das müßte möglich sein. Sie sind nur dünn übersprüht und wärmer als die Deckfarbe.« Während die Darstellung auf seinem Bildschirm größer wurde, stellte Conklin das FLIR auf Handsteuerung um und bewegte den Infrarot-Scanner den Rumpf des Flugzeugs entlang nach hinten.

Je mehr sich der Abstand verringerte, desto nervöser wurde Sandino. »Conk...«

»Noch ein paar Sekunden, dann...«

Plötzlich sah Conklin, wie die Seite des Flugzeugs in der Nähe der Frachtluke dunkel wurde; dann war ein Mann zu erkennen, der sich im Rumpf bewegte. Im nächsten Augenblick griff eine lange grellweiße Feuerzunge nach der Falcon und ließ das Infrarotbild in einem weiß-gelben Aufflammen untergehen. Vorn im Cockpit sahen Rawlins und Sandino nur einen blendend hellen Lichtblitz, der aus dem Dunkel auf sie zuschoß...

»Beschuß!« rief Conklin laut. »Links abdrehen!«

Rawlins konnte gerade noch das Steuerhorn ergreifen, die Leistungshebel bis zum Anschlag nach vorn schieben und eine steile Linkskurve einleiten, bevor die Geschosse des schweren MGs des Schmugglerflugzeugs ihr Ziel fanden. Sie durchschlugen die dicken Plexiglasscheiben der Cockpitverglasung rechts, und Kelly Sandino wurde im Gesicht und an der rechten Schulter getroffen. Weitere Geschosse durchsiebten Rumpf und Druckkabine der Falcon, und die nächste Geschoßgarbe traf das rechte Triebwerk, das sofort brennend explodierte.

Der Ausfall des rechten Triebwerks ließ die Falcon schlagartig nach rechts abkippen, während Rawlins die steile Linkskurve beibehielt. Dadurch wurde das Flugzeug gleichzeitig in zwei Richtungen gezerrt, was in Kombination mit dem fehlenden Schub des rechten Triebwerks bewirkte, daß seine Geschwindigkeit nicht mehr ausreichte, um die 13000 Kilogramm schwere Falcon in der Luft zu halten. Die Maschine geriet in steilem Kurvenflug in einen überzogenen Flugzustand, hing sekundenlang bewegungslos in der Luft und stürzte dann senkrecht ins Meer.

Hardcastle stand eine Zigarre rauchend in der Einsatzzentrale und starrte durchs Fenster aufs Vorfeld. Teichert jonglierte weiter mit Telefonen und Funkgeräten, während er versuchte, mindestens drei verschiedene Stellen über die Aktivitäten um das mutmaßliche Schmugglerflugzeug auf dem laufenden zu halten. Hardcastle hatte überlegt, ob er ihm dabei helfen sollte, und war wieder davon abgekommen, weil das den jungen Oberleutnant nur noch nervöser gemacht hätte.

Die Bodenmannschaft hatte eben einen Hubschrauber HH-65A Dolphin aus seinem Hangar gezogen, um ihn als Reservemaschine startklar zu machen, als ein weiteres Telefon klingelte – lauter und durchdringender als die anderen. Der Oberleutnant drückte auf den großen roten Knopf seiner Konsole, nahm hastig den Hörer ab und griff nach einem Fettstift.

Als Teichert dann sein Mikrofon einschaltete, plärrte auf dem Vorfeld und im Bereitschaftsraum eine Hupe los. »Alarmstart Heli zwo, Flugzeug im Meer, vier Personen an Bord, Kurs auf Taste eins. Wiederhole: Heli zwo, Flugzeug im Meer, vier Personen an Bord, Kurs auf Taste eins.« Die Bodenmannschaft beendete die Startvorbereitungen und trat zur Seite, als Besatzung und Rettungsteam herangestürmt kamen.

»Was, zum Teufel, ist los, Teichert?« Hardcastle mußte brüllen, um die Hupe zu übertönen.

»SLINGSHOT hat keine Verbindung mehr mit unserer Falcon. Die Maschine könnte abgestürzt sein.«

Hardcastle beobachtete, wie die HH-65 ihre Triebwerke anließ, und drehte sich dann aufgebracht nach dem Wachhabenden um. »Jeff, veranlassen Sie, daß eine zweite Dolphin in fünf Minuten startklar ist. Die Besatzung soll sich hier melden.« Teichert, dem es nicht eingefallen wäre, den Befehl des Admirals in Frage zu stellen, rief kommentarlos die nächste Hubschrauberbesatzung auf.

Als die Besatzung – zwei Piloten, Bordwart/Windenmann und Rettungsspezialist – sich in der Einsatzzentrale meldete, erhielt sie ihre Anweisungen von Hardcastle.

»Wir machen Jagd auf diese Schmuggler – die erste Dolphin holt die Besatzung der Falcon raus. Oberleutnant McAlister, Sie machen Ihren Heli in fünf Minuten startklar. Ich unterschreibe inzwischen den Flugauftrag. Beeilung!« Pilot, Copilot und Bordwart rannten hinaus. Hardcastle überflog die Papiere, die Teichert ihm hinzulegen begann, und befahl Roosevelt, dem Rettungsmann, aus der Waffenkammer je zwei Gewehre M-16, Gurtzeug, kugelsichere Westen und Magazintaschen zu holen. »Bringen Sie die Sachen möglichst schnell her. Los, los, Tempo!«

Teichert warf Roosevelt die Schlüssel zur Waffenkammer zu

und zeigte Hardcastle dann, wo er überall unterschreiben mußte. Er holte tief Luft. »Admiral, Sie wissen hoffentlich genau, was Sie tun...«

Hardcastle funkelte ihn an. »Sparen Sie sich Ihren Kommentar, Teichert.«

»Sir, ich bin dafür verantwortlich, daß der Betrieb hier vorschriftsgemäß abgewickelt wird. Sie können über den Heli, seine Besatzung und die Gewehre verfügen, Sir, aber wenn ich gefragt werde, weshalb ich das zugelassen habe...«

»Sie haben Ihre Pflicht getan«, sagte Hardcastle und unterschrieb das letzte Formular, als Roosevelt mit Waffen und Ausrüstung beladen zurückkam. Der Admiral schlüpfte in sein Gurtzeug und drückte den Klettverschluß seiner kugelsicheren Weste zu. »Sie haben meine Befehle ausgeführt und ihnen widersprochen, als sie Ihnen unsinnig vorgekommen sind«, fuhr er fort, während er eine Tasche mit drei Magazinen am Gurtzeug befestigte. »Sollten Sie's für nötig halten, können Sie Meldung ans Gebietskommando erstatten – aber fragen Sie erst Ihren Chef, Kapitän Harbaugh.« Der Admiral griff nach dem M-16, das Roosevelt ihm hinhielt, und lief aufs Vorfeld, wo die Triebwerke der Dolphin jetzt peifend aufheulten.

Teichert beobachtete die über den Asphalt rennende hagere Gestalt. Kein Zweifel, der Kerl hat 'nen John-Wayne-Komplex, dachte er. Reif fürs Irrenhaus... so hieß es jedenfalls gerüchteweise.

Customs Service Air Division Base, Homestead AFB, Florida

»Die Lage ist folgende«, dozierte Special Agent Rushell Masters, während er seine kugelsichere Weste anlegte. Im Vergleich zu Masters, einem rothaarigen, 115 Kilo schweren Hünen mit den Muskeln eines Preisringers, wirkten die anderen Besatzungsmitglieder zwergenhaft. »Ein nicht identifiziertes Frachtflugzeug aus Kolumbien fliegt um Key West und das Radar herum nach Südflorida ein. Eine Maschine der Coasties hat es verfolgt, als die Verbindung zu SLINGSHOT abgerissen ist. Unter Umständen ist sie von den Verdächtigen angegriffen worden.«

Masters war bei der Einsatzbesprechung für die fünfköpfige Besatzung seines Hubschraubers UH-60 Black Hawk. Zur Besatzung gehörten eine Kopilotin, zwei bewaffnete Customs Service Agents und zwei Konstabler von den Bahama-Inseln. Die beiden Polizeibeamten waren für den Fall an Bord, daß Schmuggler versuchten, auf eine der vielen Bahama-Inseln zu flüchten. Dann fungierte der U. S. Custom Service, der dort nicht eingreifen durfte, als High-tech-Lufttaxi, während die Konstabler die Festnahmen durchführten.

»SLINGSHOT hält Radarkontakt mit den Verdächtigen«, fuhr Masters fort, »und wir haben Anweisung...« Er machte abrupt eine Pause, weil ein auf die Schwelle der Kabinentür gestütztes wohlgeformtes Frauenbein ihn ablenkte.

»Weiter, Masters!« forderte die Frau ihn auf. Diese Worte und der Anblick eines um ihre Wade geschnallten Knöchelhalfters mit einer Smith & Wesson Kaliber 38 brachten ihn wieder zur Besinnung, und er setzte die Einsatzbesprechung fort, wobei er nacheinander kugelsichere Weste, Geräteweste, Schulterhalfter und Schwimmweste anlegte.

Abgelenkt worden war er durch Special Agent Sandra Geffar, Kommandeurin der in Homestead stationierten Einheit der Customs Service Air Division. Die große blonde Schönheit deutscher Abstammung war nicht nur eine Veteranin mit fünfzehn Dienstjahren im U. S. Customs Service, sondern flog auch Dreh- und Starrflügler, war eine bewährte Ermittlerin und schoß weltmeisterlich. In Ausnahmefällen wie diesem flog Geffar manchmal in einer Doppelfunktion als Kopilotin und Einsatzleiterin mit.

Sandra Geffar war attraktiv genug, um einen Bären wie Masters ins Stottern geraten zu lassen, aber sie hatte ihre besonderen Qualitäten auch schon bei Dutzenden von Fahndungen, Festnahmen und Einsätzen gegen Drogenschmuggler unter Beweis gestellt. Sie war mehr als nur »einer der Jungs«. Jeder hier stationierte Special Agent war Pilot und Ermittler zugleich – aber allein Sandra Geffar leistete auf beiden Gebieten Überdurchschnittliches.

Im Hintergrund rollte jetzt eine zweistrahlige Cessna Citation mit pfeifenden Triebwerken schnell zur Startbahn des Militärflugplatzes. Wie die Falcon der Küstenwache war die vom Customs Service eingesetzte Citation mit einem Radargerät APC-66 und einem FLIR-Scanner ausgerüstet, um verdächtige Flugzeuge bei allen Wetterlagen aufspüren, verfolgen und identifizieren zu können. Diese Citation mit dem Rufzeichen Omaha Four-Zero hatte die gleiche Besatzung wie Masters' Hubschrauber und zusätzlich einen Radarbeobachter an Bord. Alle sieben Besatzungsmitglieder waren mit Pistolen, kleinkalibrigen Pistolen in einem Knöchelhalfter und Schrotflinten, Gewehren M-16 oder Sturmgewehren Marke Steyr bewaffnet.

»Unsere Citation ortet die verdächtige Maschine so rasch wie möglich«, fuhr Masters fort, während er seine durchgeladene Pistole ins Halfter steckte. »Wahrscheinlich bleibt uns nicht viel Zeit, so daß ich die Bodenmannschaft am Landeort schnell absetzen muß. Schaltet eure Funkgeräte ein und bleibt am Ball. Noch Fragen?« Keine. »Sandra?«

Geffar stand auf. »Diese Kerle sind offenbar gut bewaffnet. Die Coasties haben Pech gehabt – jetzt müssen wir ran und aufräumen.« Sie nickte den beiden Polizeibeamten zu. »Edouard, Philip, ihr bleibt im Hubschrauber und gebt den anderen Feuerschutz.« Die mit M-16 bewaffneten großen Konstabler, die marineblaue Windjacken mit dem knallgelben Aufdruck U. S. CUSTOMS SERVICE trugen, nickten sichtlich aufgeregt. »Die anderen unterstützen ihre Kameraden und bleiben am Ball. Also dann los!«

Die Shorts 330 überflog die Florida Keys zwischen Key Largo und Sunset Point und umflog die Inseln der Florida Bay. Sie blieb in kaum zwanzig Meter Höhe im Tiefstflug über dem schlammigen Wasser, drehte nach Nordwesten ab und steuerte die dunklen Sümpfe und dichten Wälder an der Südspitze der Halbinsel Florida an.

An Bord Omaha Seven-One

»Nachricht von SLINGSHOT, Admiral«, meldete Oberleutnant McAlister, der den Hubschrauber flog, nach hinten zu Hardcastle. »Eine Citation mit dem Rufzeichen Omaha Four-Zero hat die Shorts aufgespürt, und eine Black Hawk, Omaha Four-Nine, ist auf den Schmuggler angesetzt worden. Wir sind dorthin unterwegs. Voraussichtliche Flugzeit fünfzehn Minuten.«

»Roger. Halten Sie mich auf dem laufenden«, antwortete der Admiral. Sie hatten das Lichtermeer Miamis hinter sich gelassen und die südlichen Ausläufer des Stadtgebiets erreicht, wo sich der Verkehr auf der Florida Turnpike staute. Hardcastle ließ einen der Absetzer die Schiebetür des Hubschraubers öffnen, hakte den D-Ring seines Gurtzeugs an einen Sicherheitsgurt und lehnte sich in den lauen Fahrtwind hinaus. Genau wie damals in Vietnam...

Weiterer Funkverkehr, den Hardcastle hinten mithörte, riß ihn aus seinen Erinnerungen. Die Dolphin heulte gerade über den Metropolitan Zoo hinweg und folgte der Turnpike nach Süden in die Everglades. McAlister hatte den Sprechknopf seines Mikrofons gedrückt, um die Leitstelle auf der abhörsicheren Frequenz zu rufen. »SLINGSHOT, hier Omaha Seven-One. Erbitte Kurs und Entfernung zu dem verdächtigen Flugzeug. Kommen.«

Plötzlich meldete sich eine neue Stimme: »Seven-One, hier Omaha Four-Nine.« Hardcastle erkannte den Sprecher sofort – Rushell Masters, der Operationsoffizier der Customs Service Air Division. »Dies ist eine Einsatzfrequenz. Bitte unbedingt freihalten. Kommen.«

»Four-Nine, hier Vizeadmiral Hardcastle, Befehlshaber des hiesigen Küstenwachbezirks...«

»Verstanden, Sir«, antwortete Masters. Er sprach höflich, aber energisch. »Wir sind mit einer Black Hawk und einer Citation unterwegs. Wenn's kritisch wird, können wir nicht auf noch eine Maschine aufpassen. Bleiben Sie deshalb bitte weg. Ende.«

»Four-Nine«, funkte Hardcastle zurück, »wir glauben, daß die

Verdächtigen einen unserer Jets abgeschossen haben. Wir sind über Florida City. Teilen Sie uns Ihren Standort und den der verdächtigen Maschine mit, damit wir Sie notfalls unterstützen können.«

»Ian, danke für dieses Angebot, aber das wird nicht nötig sein«, warf eine neue Stimme ein.

»Agent Geffar!« sagte McAlisters Copilot.

»Du meinst Wonder Woman...«

»Laßt den Scheiß«, forderte Hardcastle die beiden auf.

»Bleiben Sie mit Ihrem Heli nördlich der Route siebenundzwanzig und außerhalb des Nationalparks«, funkte Masters zurück. »Wir rufen Sie, falls wir Hilfe brauchen. Ende.«

»Sandra, verdammt noch mal, dies ist keine routinemäßige Schmugglerjagd! Diese Kerle haben vier meiner Leute ermordet – eine ganze Falcon-Besatzung. Ich will Ihnen nicht reinpfuschen, sondern nur dafür sorgen, daß sie bestimmt geschnappt werden...«

»Dann wollen wir beide das gleiche, Admiral. Aber Sie wissen, wie die Sache läuft: Sobald die Kerle über Land und von uns identifiziert sind, gehören sie uns.«

»Sie haben ihr Verbrechen in amerikanischen Gewässern begangen, die der U. S. Coast Guard unterstehen...« Aber Hardcastle wußte, daß er mit diesen Argumenten nicht weiterkommen würde. Geffar und Masters hatten schon genügend Probleme, auch ohne daß ihnen ein Coastie im Nacken saß.

McAlister schaltete die Bordsprechanlage an. »Was machen wir jetzt, Admiral?«

Geffar und Masters hatten recht: Sie mußten sich zunächst raushalten. Die Küstenwache war für solche Einsätze ohnehin nicht so gut ausgebildet wie der Customs Service, dessen Einsatztaktik sie kaum kannte. Sollte es zu einem Feuergefecht am Boden kommen, konnte es bei seinen Männern schlimme Verluste geben...

»Können Sie uns irgendwo in der Nähe absetzen?« fragte er den Piloten.

McAlister sah auf seiner Landkarte nach. »Ein paar Meilen weiter östlich liegt ein ehemaliges Raketenversuchsgelände, auf dem wir schon geübt haben. Am besten landen wir erst mal dort.«

»Einverstanden«, sagte Hardcastle. »Aber ich möchte, daß SLINGSHOT uns ständig informiert. Und Sie geben jeweils unseren Standort durch. Wir wollen Masters nicht in die Quere kommen, aber wir halten uns bereit, falls...«

In der Nähe des Schmugglerflugzeugs, Everglades National Park

Die in 3000 Fuß Höhe kreisende Citation des Customs Service, Rufzeichen Omaha Four-Zero, verfolgte die Shorts 330 mit ihrem Infrarot-Scanner. Die grünlich weiße Darstellung auf dem Bildschirm zwischen den Piloten war erstaunlich detailliert. Der Sensorspezialist der Citation holte das Frachtflugzeug näher heran, regelte Kontrast und Helligkeit nach und drückte auf die Sprechtaste seines Mikrofons. »Ich sehe ausgefahrene Klappen, Sir. Die Maschine wird langsamer.«

»Er wird langsamer, Four-Nine«, meldete der Kopilot an Masters weiter. »Vielleicht will er landen. Wir sehen ausgefahrene Klappen. Wir beobachten weiter.«

Geffar hielt ihre Landkarte unter eine kleine rote Leuchte. »Fünfundzwanzig Meilen südwestlich von Florida City.«

»Mahogany Hammock«, sagte Masters. »Blackwater Island. In weitem Umkreis die einzige Landemöglichkeit für ein Flugzeug dieser Größe – außer sie haben eine Shorts mit Schwimmern.«

»Jede Nachtlandung hier draußen ist riskant«, stellte Geffar fest. »Falls sie kein Landegebiet markiert haben, wollen sie die Fracht vielleicht nur abwerfen...« Sie schaltete auf die taktische Frequenz um. »SLINGSHOT, hier Omaha Four-Nine. Sie scheinen Blackwater Island anzusteuern. Wiederhole: Mahogany Hammock, Blackwater Island. Wir fangen sie dort ab. Sheriffs aus Dade County sollen die Route siebenundzwanzig abriegeln, und ich möchte, daß eine weitere Black Hawk startet, um eine

Flucht durch die Everglades zu verhindern.« Eine kurze Pause. »Omaha Four-Zero. Sie bleiben bei der Shorts. Melden Sie, falls sie etwas abwirft, und halten Sie die Position der Abwurfzone fest. Ende.«

»Verstanden, Four-Nine«, antwortete der Pilot der Cessna Citation.

Sie brauchten nicht mehr lange zu warten. Der Sensorspezialist an Bord der Citation konzentrierte sich ganz auf die andere Maschine. Plötzlich flog ein großer rechteckiger Gegenstand aus dem Heck der Shorts. Vier weitere, die an Heuballen oder Überseekoffer erinnerten, folgten in kurzen Abständen. »Position Abwurfzone!« sagte der Sensorspezialist.

Im Cockpit drückte der Copilot den mit FLIR PP bezeichneten Kopf seines LOREAN-Omega-Geräts. Aus Standort und Flughöhe der Citation und dem Winkel des Sensorstrahls berechnete der Navigationscomputer die genaue Position des in diesem Augenblick vom FLIR-Scanner erfaßten Ziels.

Nachdem der Copilot die angezeigten Koordinaten geprüft hatte, drückte er auf seine Sprechtaste. »Four-Nine, hier Four-Zero. Abwurf erfolgt, wiederhole, Abwurf erfolgt. Wir haben ihn gefilmt. Die Koordinaten der Abwurfzone: zwo-fünf-drei-null-komma-neun-eins Nord, acht-null-fünf-zwo-komma-sieben-drei West.«

An Bord der Black Hawk Omaha Four-Nine

Geffar gab die Koordinaten in ihr eigenes Omega-Gerät ein und kennzeichnete sie als Zielort. Im nächsten Augenblick gab die HSI-Anzeige vor Masters ihm Kurs und Entfernung zum Ziel an. »Verstanden, Four-Zero. Entfernung drei Meilen. Okay, wir gehen ran.« Masters klappte sein Nachtsichtgerät vom Helm vor die Augen, legte den Hubschrauber in eine steile Linkskurve, um die HSI-Markierung zu zentrieren, und begann die Abwurfzone zu suchen.

Sekunden später zeigte ihm die grünlich weiße Darstellung des Nachtsichtgeräts Bewegung im dichten Mangrovenwald. »Ich sehe Luftschraubenboote«, sagte Masters über die Bordsprechanlage. »Vier... nein, fünf Boote.« Er suchte die nähere Umgebung ab. »Nirgends ein Landeplatz – ich muß praktisch auf ihnen landen. Achtung, Crew, es geht los! Night-Sun-Scheinwerfer klar zum Einschalten!«

»Ich habe Sie in Sicht, Four-Nine«, meldete der Sensorspezialist in Omaha Four-Zero. »Die Shorts kurvt links von Ihnen ein. Sie... halt, ich glaube, der Pilot hat Sie gesehen. Er dreht ab...«

»Behalten Sie die Shorts im Auge, Four-Zero«, sagte Geffar. Als die Black Hawk sich dem Erdboden näherte, klappte Masters das Nachtsichtgerät wieder nach oben, umklammerte den Blattverstellhebel und drückte seinen Kopf an die Kopfstütze, um Genick und Rücken bei der harten Landung zu schützen. »Vorsicht, Crew, wir setzen auf! Scheinwerfer ein!«

Masters ließ das Triebwerk bis zuletzt mit voller Leistung arbeiten. Plötzlich war die gesamte Umgebung taghell beleuchtet. Fünf Luftschraubenboote – von riesigen Propellern angetriebene flache Boote mit minimalem Tiefgang – umgaben eine sumpfige Wasserfläche mit weniger als dreißig Metern Seitenlänge. Geffar und Masters staunten über die Präzision, mit der die Ballen bei Nacht auf dieser winzigen Fläche abgeworfen worden waren.

Dann schien ihnen der Erdboden rasch entgegenzukommen, und die übergroßen Räder des fast dreiundzwanzig Tonnen schweren Hubschraubers klatschten in den Sumpf. Die am Rumpf montierten Außenscheinwerfer der Black Hawk flammten gleißend hell auf. Der Rotorstrahl hatte eines der Luftschraubenboote kentern lassen und seine Bemannung ins Brackwasser gekippt, und sie hatten ein mit Schmuggelware beladenes weiteres Boot nur um wenige Meter verfehlt.

»Du bleibst an Bord!« rief Geffar Masters zu, während sie den Schultergurt abwarf. Sie stieß die Tür auf und sprang mit ihrem Steyr-Sturmgewehr in der Hand auf den morastigen Boden. Ein mit einem M-16 bewaffneter Customs Service Agent folgte ihr, während einer der Konstabler sich in der offenen Kabinentür aufbaute, um ihnen mit seinem M-16 Feuerschutz zu geben.

»Achtung, hier spricht der U. S. Customs Service!« dröhnte Masters' Stimme aus den Lautsprechern der Black Hawk. »Waffen weg und Hände hoch!«

Die Männer auf dem Geffar nächsten Boot gingen hinter den Ballen in Deckung. Geffar riß ihr Steyr im Hüftanschlag hoch und schoß dreimal. Einer der Schmuggler griff sich an die rechte Schulter und brach mit einem Aufschrei zusammen; die anderen richteten sich mit erhobenen Händen auf.

Während die Konstabler im Hubschrauber feuerbereit blieben, schwärmten die Agenten aus und machten den Schmugglern durch Zeichen klar, sie sollten niederknien und ihre Hände auf den Kopf legen. Masters war inzwischen mit einer Schrotflinte in der Hand aus der Black Hawk geklettert, um bei der Festnahme der Schmuggler zu helfen.

Wäre er einige Sekunden länger auf seinem Platz geblieben, hätte er die Warnung der über ihnen kreisenden Citation gehört. Nun war es zu spät. Die Shorts kam zurück und überflog die Lichtung in Baumhöhe. Dann hämmerte plötzlich ein schweres Maschinengewehr los, als die Besatzung den Hubschrauber unter Feuer nahm.

Geffar schoß dreimal blindlings auf die über sie hinwegdröhnende Shorts, bevor sie vor dem Agenten durch den Schlamm platschte und in Deckung rannte.

Sie waren erst wenige Meter weit gekommen, als am Rand der Lichtung ein gleißend heller Lichtblitz aufzuckte. Im nächsten Augenblick explodierte die Black Hawk in einem riesigen Feuerball. Der Körper des durch den Explosionsdruck getöteten Agenten wurde gegen Geffar geschleudert, die fast zehn Meter weit durch die Luft flog und in einer Schlammpfütze landete. Geffar blieb noch lange genug bei Bewußtsein, um sich auf die Seite zu wälzen; dann wurde sie, aus zahlreichen Wunden blutend, ohnmächtig.

An Bord der Dolphin Omaha Seven-One

Hardcastle hatte die Warnung der Citation gehört und sprach sofort mit seinem Piloten. »Wir starten, McAlister! Blackwater Island. Wir kreisen in eintausend Fuß Höhe. Sobald andere Maschinen sich melden, dirigieren Sie sie dorthin.« McAlister hob mit der Dolphin ab, stieg auf tausend Fuß über Grund, senkte den Hubschrauberbug, beschleunigte und flog in einer engen Linkskurve auf die dunklen Everglades zu.

Hardcastle lud sein M-16 mit einer 5,56-mm-Patrone durch. Genau wie damals in Vietnam, dachte er – hektischer Funkverkehr, Unterstützung durch angeforderte Hubschrauber, Verluste bei nächtlichen Überfällen. Sogar die Luft roch ähnlich wie damals: eine lähmende, erstickende Mischung aus Schlamm, salzhaltiger Luft, Verwesung, Angst und Tod...

Auf der taktischen SLINGSHOT-Frequenz hörten sie: »Omaha Four-Nine, hier Omaha Four-Seven. Wir sind fünf Seemeilen von euch entfernt. Wie ist die Lage bei euch? Kommen.« Die Black Hawk antwortete nicht mehr.

»Four-Seven, hier Four-Zero«, meldete sich der Pilot der Citation. »Masters und seine Besatzung sind am Boden. Unter schwerem Beschuß. Koordinaten folgen...« Er las die Koordinaten der Abwurfzone der Schmuggler vor. »Wir kreisen jetzt darüber. Seht zu, ob ihr helfen könnt. Kommen.«

Hardcastle riß sich von seinen Erinnerungen an vergangene Kämpfe los. »SLINGSHOT, hier Omaha Seven-One«, sagte er über Funk. »Geben Sie uns den Kurs zu der Shorts.«

Dann folgte eine verwirrte Pause, während die Controller in Miami die neue Situation zu erfassen versuchten. »Verdammt noch mal. SLINGSHOT, wo, zum Teufel, steckt sie?«

»Verstanden, Seven-One, fliegen Sie Kurs zwo-neun-fünf und halten Sie tausend Fuß. Ihr Ziel ist vier Meilen entfernt in Elf-Uhr-Position. Seine Geschwindigkeit beträgt eins-eins-null Knoten.« Die Dolphin ging auf den neuen Kurs, während McAlister die Leistungshebel bis zum Anschlag nach vorn schob.

»Ihr Ziel beschleunigt, Seven-One«, meldete der Controller. »Geschwindigkeit jetzt eins-zwo-fünf Knoten. Fünf Grad links, drei-komma-fünf Meilen.«

Hardcastle schlug mit der Faust an die Wand neben der Tür. »Scheiße, der Kerl haut ab!«

»Falls er mehr als hundertsechzig erreicht, bevor wir ihn einholen«, sagte McAlister übers Heulen der Turbinen hinweg, »haben wir keine Chance...«

»Weiterfliegen!« rief Hardcastle wütend.

»Zwei Meilen, Höhe dreihundert Fuß, Geschwindigkeit eins-vier-null.«

»McAlister, gehen Sie auf dreihundert Fuß runter«, verlangte Hardcastle. »Setzen Sie sich rechts neben die Shorts.« Er winkte den Rettungsspezialisten zu sich heran. »Sie stellen sich neben mich, haken sich ein und schießen auf alles, was sich unter uns bewegt.«

»Ich soll auf das Flugzeug schießen, meinen Sie?« fragte der sehr junge Absetzer.

Hardcastle hatte Mühe, sich zu beherrschen. »Ja, Sie sollen auf das gottverdammte Flugzeug *schießen*! Das sind Mörder. Passen Sie auf, und kommen Sie mir nicht in die Quere.«

»Eins-komma-fünf Meilen...«

»Ich hab' ihn!« rief McAlister. »Bei elf Uhr. Er versucht abzuhauen.«

Die Shorts war jetzt nahe genug, um als dunkler Schatten dicht über den Bäumen erkennbar zu sein. Das Frachtflugzeug kurvte plötzlich nach links ein, um von der Dolphin wegzukommen.

»Schneiden Sie ihm den Weg ab«, befahl Hardcastle. McAlister flog eine sehr viel engere Linkskurve und steuerte einen Punkt vor dem Frachtflugzeug an. Durch die Kurve verlor die Shorts so viel Fahrt, daß der beweglichere Hubschrauber zu ihr aufschließen konnte.

Jetzt befand die Shorts sich rechts neben der Dolphin, und Hardcastle wollte eben zur anderen Tür hinüberwechseln, als der Copilot plötzlich »Vorsicht!« brüllte. McAlister riß instinktiv den Blattverstellhebel hoch, als an der linken Seite der Shorts Mündungsfeuer aufblitzte.

»Wir setzen uns rechts neben ihn!« befahl Hardcastle. McAlister kurvte nach rechts, überflog die Shorts, stieß wieder hinunter und benützte seinen Fahrtüberschuß, um ganz zu ihr aufzuschließen. Hardcastle beugte sich aus der Kabinentür in den Fahrtwind, zielte auf den Transporter und gab einen langen Feuerstoß ab.

Hardcastle mußte sich dazu zwingen, nach einigen Sekunden Dauerfeuer den Finger vom Abzug zu nehmen. Das Knattern der Rotorblätter über ihm, das ohrenbetäubende Hämmern des M-16, die Fixierung aufs Ziel, das Schwanken des Hubschraubers, der Winddruck auf den Gewehrlauf, die Aufregung, die Angst, die Spannung... alles zusammen wirkt wie eine Droge, dachte er selbstkritisch.

»Feuer einstellen, Feuer einstellen!« verlangte McAlister schreiend laut.

Hardcastle ignorierte ihn.

Sein nächster Feuerstoß ließ Funken von der Tragfläche der Shorts stieben. Der Admiral hörte erst zu schießen auf, als das Frachtflugzeug hinter ihnen zurückblieb und so aus seinem Schußbereich kam. Jetzt wartete er darauf, daß Roosevelt das Feuer eröffnete.

Roosevelt war zusammengezuckt, als Hardcastle zu schießen begonnen hatte, aber nach einem finsteren Blick des Admirals ballerte er, ohne richtig zu zielen, drauflos. Sein erster Feuerstoß dauerte mindestens fünf Sekunden, bis Hardcastle ihn bremste. »Passen Sie gefälligst auf, wohin Sie schießen, Seemann!«

»Entschuldigung, Sir«, antwortete der junge Mann laut, ohne daran zu denken, daß sie über die Bordsprechanlage miteinander verbunden waren, »aber ich hab' seit fast einem Jahr mit keinem M-16 mehr geschossen.«

Hardcastle betrachtete ihn kopfschüttelnd. Die Shorts befand sich in einer engen Rechtskurve und flog unter der Dolphin hindurch. »Rechtskurve und wieder aufschließen«, befahl der Admiral McAlister. »Er darf sich nicht rechts neben uns setzen...«

McAlister zögerte unschlüssig, und der andere Pilot nützte diese kurze Pause, um sein Flugzeug hochzuziehen. Das Maschinengewehr hämmerte wieder los. Mehrere Treffer durchlöcherten die dünne Aluminiumbeplankung des Hubschraubers, bevor McAlister die Dolphin aus dem Schußfeld des MGs bringen konnte.

»Wieder von rechts anfliegen!« befahl Hardcastle dem Piloten. Diesmal zögerte McAlister keine Sekunde lang. Nun war auch Roosevelt feuerbereit. Sobald die Shorts keine zweihundert Meter von ihnen entfernt auftauchte, nahm er ihr Cockpit unter Beschuß.

Im nächsten Augenblick stieg ein gelblicher Feuerball aus dem rechten Motor der Shorts auf, und das Frachtflugzeug begann fast die Bäume streifend eine flache Linkskurve. Roosevelt warf sein leeres Magazin aus, setzte ein neues ein und wollte gerade weiterschießen, als der Admiral abwehrend die Hand hob. »Feuer einstellen!« Nur Sekunden später kippte die Shorts im Zeitlupentempo über den linken Flügel ab und stürzte in den Sumpfwald unter ihnen. Mehrere gedämpfte Detonationen, aufblitzender Feuerschein... dann nur noch das Knattern der Rotorblätter über ihnen.

Hardcastle setzte ein neues Magazin ein. »Gut geschossen, Roosevelt«, sagte er anerkennend. Der junge Seemann beobachtete noch immer wie erstarrt die Absturzstelle. Auf der taktischen Frequenz meldete der Admiral: »SLINGSHOT, die Shorts ist in der Nähe unserer jetzigen Position abgestürzt. Markieren Sie unseren Standort, und schicken Sie eine Rettungsmannschaft hin. Dann geben Sie uns den Kurs zurück zur Abwurfzone. Wir wollen...«

»Admiral, hier McAlister. Unser Öldruck schwankt, als hätten wir 'nen Treffer abgekriegt. Ich fliege nach Homestead, um den Schaden prüfen zu lassen.«

Hardcastle riß frustriert das gerade eingesetzte Magazin aus seinem M-16. Aber während Roosevelt und er ihre Gewehre sicherten, wurde ihm klar, daß sie riesiges Glück gehabt hatten, daß sie noch am Leben waren. Ein Blick in die Augen des jungen Mannes zeigte Hardcastle, daß Roosevelt ähnliche Gedanken bewegten.

»Was ist das bloß für 'ne Waffe gewesen, Admiral?« fragte Roosevelt. »Die hat man bis hier rauf gehört.«

»Schwer zu sagen«, antwortete Hardcastle und wischte sich kalten Schweiß von der Stirn. Trotz des starken Luftzugs in der Kabine hatte er das Gefühl, von innen heraus zu verbrennen, obwohl die aufputschende Wirkung seines Adrenalins, eines natürlichen Amphetamins, allmählich nachließ. Er schloß die Schiebetür und verriegelte sie. »Jedenfalls ein Maschinengewehr – vielleicht sogar mit zwölf-komma-sieben Millimetern. Das stellt sich heraus, wenn unsere Leute die Absturzstelle erreichen.«

»Ein schweres MG? An Bord eines Schmugglerflugzeugs? Ich dachte, Schmuggler würden mit jedem Pfund Gewicht geizen, um mehr Nutzlast transportieren zu können. Wegen eines schweren MGs haben die Kerle auf ungefähr hundert Pfund verzichtet – das entspricht reinem Kokain für mindestens fünfzigtausend Dollar, das verschnitten im Straßenhandel 'ne Viertelmillion gebracht hätte.«

Hardcastle starrte aus dem Fenster. »Schwere Waffen – jedenfalls wirkungsvoll genug, um eine Black Hawk auszuschalten. Das verspricht nichts Gutes...«

»Steht uns ein Drogenkrieg bevor, Sir? Mehr als der normale Schmuggel – ein richtiger Krieg, Sir?«

Der Admiral zuckte mit den Schultern. Aber er wußte, daß Roosevelt recht hatte. Weitere Agenten von Coast Guard und Customs Service würden ihr Leben lassen müssen. Die Drogenschmuggler wurden rabiater, und den in diesem eskalierenden Krieg an vorderster Front kämpfenden Männern und Frauen drohten hohe Verluste, wenn nicht bald drastische Maßnahmen ergriffen wurden.

An Bord einer Jacht vor Curaçao, Niederländische Antillen

Die Jacht war ein schwimmender Palast – und eine Festung. Bewaffnete Leibwächter mit Pistolen unter Badehandtüchern oder Stewardjacken patrouillierten auf allen vier Decks des großen Schiffs. Die beiden riesigen Kuppeln hinter der Brücke enthielten Satellitenantennen, die dem Schiffseigner weltweite Fernmeldeverbindungen sicherten, sowie Radarantennen, die das Meer ringsum auf etwa fünfundzwanzig Kilometer Entfernung lückenlos überwachten. Mit ihren Gasturbinen konnte die dreiundsechzig Meter lange Luxusjacht vierzig Knoten erreichen – mehr als die meisten Marine- und Überwachungsschiffe.

Über dem Salon und hinter der Eignerkabine lag ein eleganter Konferenzraum mit einem großen Mahagonitisch, Computerterminals, Bücherschränken aus Eiche, einem Flüssigkristall-Bildschirm für Satellitenfunk, holzgetäfelten Wänden, kostbaren Gemälden und wertvollen Orientteppichen. Dieser Konferenzraum war zweifach gesichert: durch modernste elektronische Scrambler und bewaffnete Posten, die seine beiden Eingänge Tag und Nacht bewachten.

Hier waren drei der mächtigsten Drogenbosse der Welt zusammengekommen, um die Vereinigten Staaten unter sich aufzuteilen.

Mit seinen einundvierzig Jahren war Gonzales Rodriguez Gachez der Älteste dieses Trios. Der kleine, drahtige Mann mit dem dünnen Menjoubärtchen schien niemals zu blinzeln, was seinen Blick reptilhaft starr machte. Der achtunddreißigjährige Pablo Escalante war ein großer, athletischer, gutaussehender Mann mit schwarzer Mähne und blitzendem Filmstarlächeln. Jorge Luiz Pena, der dritte Mann, hätte trotz seiner fünfunddreißig Jahre ein Fünfziger sein können: Er begann schon kahl zu werden, hatte einen gewaltigen Wanst, litt unter Raucherhusten und hatte die gerötete Knollennase eines Gewohnheitstrinkers.

Die drei hatten auf der Sitzgruppe in einer Ecke des Konferenzraums Platz genommen und beobachteten einander schweigend, während der Steward Drinks servierte. Pena ignorierte Escalantes erhobenes Glas und kippte seinen Drink, sobald er das Glas zwischen seinen klobigen Fingern hatte. Während Pena nachgeschenkt wurde, lächelte Escalante verkrampft, weil er fürchtete, der kleine Hundesohn könnte ihren Gastgeber völlig übersehen.

Escalante wandte sich an Gachez und hob sein Glas. »Auf das Wohl unseres liebenswürdigen Gastgebers! Möge er stets bei ruhiger See und unter blauem Himmel schippern.« Pena murmelte »Salut!« und kippte auch den zweiten Cognac.

»Ich danke dir, Pablo«, antwortete Gachez und trank einen kleinen Schluck Cognac. »Ich freue mich, daß ihr euch entschlossen habt, diese kleine Kreuzfahrt mitzumachen. Ihr seid gute Freunde.« Escalante nickte dankend; Pena schwieg, während er zusah, wie der Steward ihm nachschenkte. »Jorge, wie ist's heutzutage in Medellin?« fragte Gachez den kleinen Dicken, der jetzt das dritte Glas kippte. »Ich bin schon allzulange nicht mehr dort gewesen.«

»Immer gleich«, erklärte Pena ihm. »Heiß und langweilig. Das einzig Gute daran ist, daß meine Frau in Rio de Janeiro ist.«

Darauf folgte eine verlegene Pause, in der Pena sich wieder seinem Glas widmete, denn er war als Trinker ebenso maßlos wie als Schürzenjäger. Daß er keine Mühe hatte, genügend Frauen zu finden, war ein Beweis für die Macht seines *Llahos* – seines Kokains – und seines Geldes. »Und wie geht das Geschäft?« wollte Pena von Gachez wissen. »Du bist schon verdammt lange fort.«

»Recht gut, würde ich sagen«, antwortete Gachez. »Ich bin jedenfalls zufrieden.« Er machte eine Pause und musterte die beiden Gäste mit seinem Reptilblick. »Aha! Darum geht's also, was? Meine guten alten Freunde aus der Heimat sind nicht nur privat hier? Vielleicht eher wegen einer Mitteilung des Kartells?«

»Die anderen Familien sind sehr zufrieden mit dir, Gonzales, sehr zufrieden«, versicherte Escalante ihm hastig. »Wir alle haben den Druck der Amerikaner und sogar der Linken in unserer eigenen Regierung zu spüren bekommen. Wir alle haben unsere

Lieferungen und folglich auch die Produktion reduzieren müssen. Nur deine läuft wie gewohnt weiter. Wie schaffst du das?«

Gachez lächelte weiter, obwohl er innerlich kochte. Diese Waschlappen! dachte er. »Unsinn, Pablo, ich tue nichts Besonderes...«

»Du hast allein letzten Monat sechstausend Kilo nach Südflorida gebracht«, stellte Pena fest. Er nahm einen weiteren Schluck Cognac. »Während das Kartell geglaubt hat, Südflorida sei für uns gesperrt, hast du eine neue Route gefunden. Señor Escalante setzt seine Beredsamkeit und sein Hollywoodlächeln ein, um dir Auskünfte zu entlocken, Gonzales«, fuhr Pena grob fort. »Das hab' ich nicht nötig. Wir gehören alle dem Kartell an; wir haben uns die Einnahmen geteilt... und jetzt mußt du dein Wissen mit uns teilen. Wie bringst du dein Produkt nach Florida?«

»Zwischen uns gibt's keine Geheimnisse«, beteuerte Gachez. Er breitete seine Hände aus. »Wir sind eine einzige große Familie. Ich habe euch immer alles erzählt.« Er wandte sich an Escalante. »Erinnerst du dich an José, mein Freund? Ich habe ihn dir vor acht Monaten in Havanna vorgestellt...«

Escalante überlegte kurz; dann lächelte er verwundert.

»Du meinst diese *Kinder*?« fragte Pena. Du läßt diese *Escupiros* für dich fliegen?«

»Richtig«, bestätigte Gachez, der Mühe hatte, sich nicht anmerken zu lassen, wie irritiert er war. »Ich habe sie *dir* vor über einem Jahr vorgestellt, und du hast sie hohnlächelnd abgelehnt. Ich habe euch von meinen Plänen erzählt, die uns alle reich machen würden. Aber ihr habt nicht zuhören wollen.« Gachez stand auf und ging zwischen Konferenztisch und Sitzgruppe auf und ab. »Und jetzt soll ich ihre Dienste mit euch teilen?«

»Deinen kubanischen Kindergarten kannst du behalten«, sagte Pena. »Ich wollte bloß hinter dein Geheimnis kommen. Aber seitdem ich's kenne...« Trotzdem war er besorgt.

»Diese *Kinder* sollen das Überwachungssystem der amerikanischen Küstenwache durchbrochen haben?« fragte Escalante ungläubig.

»Die *Cuchillos* sind jung, clever, erfinderisch – und loyal«, versicherte Gachez ihm. »Sie arbeiten für mich – aber natürlich stehen ihre Dienste jedem Kartellmitglied zur Verfügung. Ich bin gern bereit, dafür einen fairen Preis auszuhandeln.«

»Das hab' ich mir gedacht«, murmelte Pena. Er machte dem Steward ein Zeichen, ihm nachzuschenken.

Gachez ignorierte ihn. »Ich schlage vor, daß wir an Deck gehen und weiterverhandeln«, sagte er zu Escalante, und die beiden verließen wortlos den Raum.

Pena ließ sich noch einen Cognac geben. Gachez hatte also die *Cuchillos* angeheuert. Ein kühner Schritt für Gachez, der sich sonst wie jeder eingewanderte Mafioso ausschließlich mit Blutsverwandten umgab. Ein kühner Schritt – der aber Erfolg zu bringen schien. Und der Erfolg gab Gachez recht. Das mußte näher untersucht werden. Möglicherweise war dies nicht nur ein Experiment, sondern ein Versuch von Gachez, die Macht zu ergreifen und sich an die Spitze des Medellin-Kartells zu setzen.

Trotz gelegentlicher Auseinandersetzungen zwischen den Familien basierte die Stärke des kolumbianischen Kartells auch darauf, daß keine Familie es wirklich beherrschte. Die meisten größeren Lieferungen enthielten Kokain aus der Produktion aller Familien, um die Verluste zu begrenzen, falls die Sendung verlorenging oder abgefangen wurde. Ihre Plantagen in Peru und Bolivien hatten etwa die gleiche Größe. Die gemeinsamen Vertriebswege standen allen Mitgliedern offen, und jede Familie hatte in Kartellangelegenheiten nur eine Stimme. Risiken und Gewinne wurden brüderlich geteilt.

Verstärkte Abwehrmaßnahmen von Coast Guard und U. S. Customs Service hatten die Familien stark unter Druck gesetzt, ihre Lieferquoten einzuhalten. In letzter Zeit waren sie dazu übergegangen, kleinere Mengen Kokainpaste auf riskanteren Routen wie auf dem Landweg über Mexiko oder in Frachtcontainern versteckt nach Norden zu schicken. Manche Sendungen waren Tage oder sogar Wochen unterwegs, was das Risiko, daß sie entdeckt und beschlagnahmt wurden, gewaltig erhöhte.

Falls Gachez es jedoch schaffte, trotz verschärfter Kontrollen große Lieferungen auf dem Luftweg in die Vereinigten Staaten zu bringen, war sein Aufstieg an die Spitze des Medellin-Kartells vorprogrammiert. Und da das Kartell die *Cuchillos* vor einigen Monaten abgewiesen hatte, gehörten sie jetzt allein Gachez, der berechtigt war, den Kartellmitgliedern ihre Dienste anzubieten. So konnte er am Drogenschmuggel verdienen, ohne einen entsprechenden Anteil seines Produkts riskieren zu müssen.

Und genau das konnte *nicht* toleriert werden.

Militärflugplatz Zaza,
Vernettes, Haiti

Die kurze, aber feierliche Zeremonie lief mit militärischer Präzision ab. Bei Tagesanbruch marschierten achtzig Soldaten zum Flaggenmast vor dem Stabsgebäude des kleinen Feldflugplatzes. Während Lautsprecher die kubanische Nationalhymne plärrten, befestigten die vier Mann der Ehrengarde die Fahne und setzten darunter einen schwarzen Dreiecksstander. Danach wurden Flagge und Stander gehißt, und die Ehrengarde salutierte, bis die letzten Töne der *Bayamesa* verklungen waren. Der schwarze Stander würde bis zum Abend vom Flaggenmast wehen und einen Tag der Trauer für das Flugplatzpersonal bezeichnen.

Coronel Agusto Salazar, der Kommandant des Feldflugplatzes, ließ seine an den Mützenschirm gelegte Hand sinken und kam nach vorn an die Brüstung der Veranda des Stabsgebäudes. Für seinen Adjutanten war dies das Zeichen, den angetretenen Soldaten »Rührt euch!« zu befehlen.

Salazar, groß, dunkelhaarig, schnauzbärtig und der Prototyp eines eleganten Fliegerhelden, trug lieber Reithose und -stiefel als eine Fliegerkombi. Die silbernen Schwingen über seiner linken Hemdtasche wiesen ihn als Absolventen der elitären Testpilotenschule der sowjetischen Luftwaffe aus. Dort hatte er fast ein Dutzend der modernsten russischen Dreh- und Starrflügler – vom Kampfhubschrauber Mi-28 über den strategischen Transporter An-225 bis zum Abfangjäger MiG-31 – fliegen gelernt.

»Wir haben eine Tragödie erlebt«, begann Salazar. »Der Tod

tapferer Kameraden ist immer eine Tragödie – die größte für diese Einheit seit ihrer Aufstellung vor einem Jahr. Wir werden unsere von den Amerikanern ermordeten Kameraden, die fürs Vaterland gefallen sind, nie vergessen!«

Salazar war auch ein guter Schauspieler. Und er war sich bewußt, daß er zu Kindern sprach. Nur Kinder glaubten solchen Unsinn wirklich. Aber sie waren auch gute und tapfere Piloten, was mit auf ihre Jugend zurückzuführen war. Wir wollen für heute leben, denn vielleicht sind wir morgen schon tot. Und so weiter.

Salazar war Kommandeur der Einheit *Cuchillos*, auf spanisch »Messer« oder »Klingen«. Sie bestand aus jungen Männern und Frauen, die aus fliegenden Einheiten der kubanischen Revolutionsluftwaffe entfernt worden waren. Da auf der Insel allgemeine Wehrpflicht herrschte, wurden die Versager meistens zu Reserveeinheiten in der Nähe ihrer Heimatorte versetzt, um den restlichen Wehrdienst abzuleisten. Nach diesen drei Jahren gehörten sie zehn Jahre der aktiven Reserve an und kamen dann für den Rest ihres Lebens zur inaktiven Reserve oder der örtlichen Miliz.

Die Zulassung zur Pilotenausbildung war oft eine politische Entscheidung, die wenig mit der Befähigung des einzelnen, sondern weit mehr mit der Stellung seiner Familie in der Hierarchie von Castros Regime zu tun hatte. Aber die bevorzugten, gebildeten jungen Leute zeigten wenig Lust, Berufssoldaten zu werden, was oft bedeutete, daß die Begabtesten ausgesiebt wurden, während die verwöhnten Kinder einflußreicher Eltern Piloten wurden, die mehr vom Schikanieren ihrer Soldaten und dem Feiern wilder Parties als von Luftkampfübungen verstanden.

Als glühender Kommunist und erbitterter Feind alles Amerikanischen hatte Salazar sich bereitwillig für einen Drogenschmugglerring anwerben lassen, der von dem General der Revolutionsarmee Renaldo Ochoa Sanchez geleitet wurde. Anfangs – solange Castro an den Gewinnen beteiligt war – arbeitete der Schmugglerring mit Wissen und Billigung des Castro-Regimes, aber als Ochoas Reichtum und Popularität selbst Castros in den Schatten zu stellen drohten, wurden der General und seine Vertrauten hingerichtet. Salazar, der sein Geld auf Auslandskonten in Sicherheit gebracht hatte, konnte rechtzeitig ins benachbarte Haiti flüchten.

Dank seiner Millionen gelang es Salazar, Befehlshaber der kümmerlichen Luftstreitkräfte des dortigen korrupten, scheindemokratischen Regimes zu werden. Für einen Drogenschmuggler war das die perfekte Tarnung. In seiner neuen Dienststellung konnte er in aller Welt Flugzeuge und Material kaufen und damit seine Einheit weit besser ausrüsten, als es der arme Inselstaat je gekonnt hätte. Salazar warb heimlich junge Leute aus kubanischen Reserveeinheiten an, stationierte sie auf dem Feldflugplatz Zaza und bildete sie auf klapprigen Turbopropmaschinen, ausgemusterten Düsenjägern, ausgedienten Transportern und anderen fliegenden Relikten aus. So hatte er in weniger als einem Jahr drei Staffeln aufgestellt, deren Piloten und Pilotinnen durchschnittlich erst neunzehn waren.

»Unsere tapferen Kameraden hätten ihr Leben retten können«, fuhr Salazar fort. »Sie hatten ihren Auftrag ausgeführt; sie hätten risikolos heimfliegen können. Aber sie haben gesehen, daß ihre Kameraden von amerikanischer Geheimpolizei überfallen wurden. Sie sind umgekehrt und haben angegriffen, um den Feind abzulenken, so daß unsere Freiheitskämpfer zum Gegenangriff antreten konnten. Sie sind entkommen – das Unternehmen ist ein Erfolg gewesen –, aber unsere Kameraden sind in schweres Abwehrfeuer geraten und abgeschossen worden. Zuverlässigen Berichten nach hat es Überlebende gegeben. Aber sie sind erst gefoltert und dann hingerichtet worden.«

Die Reaktion war besser als erwartet. Selbst die wenigen Zweifler, die sonst gegen Propaganda allergisch waren, ließen sich von der Woge des allgemeinen Zorns mißreißen.

»Coast Guard und Customs Service haben unserer Organisation, *eurer* Familie, den Krieg erklärt. Die Küstenwache gibt vor, Menschenleben retten zu wollen. Aber das stimmt nicht, denn auch sie ist Teil des militärisch-industriellen Komplexes, der die Vereinigten Staaten beherrscht. Die Zollbehörde gibt sich als zivile Dienststelle aus. Aber in Wirklichkeit besteht sie aus bewaffneten Kriminellen in Uniform, die gesetzestreue Ausländer bedrohen und erpressen.

Aber denkt daran, daß sie alle gut bewaffnet und hartnäckig wie hungrige Straßenköter sind. Unterschätzt sie nicht! Studiert ihre Taktik und ihre Bewaffnung. Die Erinnerung an unsere gefallenen Kameraden, die einen schrecklichen Tod gestorben sind, darf nicht in Vergessenheit geraten!

Ihr seid die *Cuchillos*! Seid stolz, dann besiegt ihr eure Feinde und beherrscht die Lüfte!«

Capitán Enrique Hermosa, sein Adjutant, ließ die Einheit stillstehen. Salazar grüßte nochmals, machte zackig kehrt und marschierte ins Stabsgebäude zurück. In seinem Dienstzimmer setzte er sich an den Schreibtisch und legte die Füße in den Reitstiefeln auf die polierte Tischplatte. An den getäfelten Wänden hing eine Waffensammlung von orientalischen Krummsäbeln über Wurfmesser bis zu voll funktionsfähigen exotischen Maschinenpistolen.

Die Wurfmesser waren seine Lieblingswaffe. Salazar zog ein Messer aus dem Stiefelschaft, wog es prüfend in der Hand und schleuderte es gegen die Tür zum Vorzimmer. Wie immer mitten ins Ziel. Um seine Treffsicherheit zu feiern, holte er einen Nasenzerstäuber aus der Tasche und genehmigte sich eine Prise Kokain. Nicht zuviel! ermahnte er sich. Aber er brauchte ab und zu eine kleine Aufmunterung, die ihn vergessen ließ, daß er auf dieser Scheißinsel fern von seinem geliebten Kuba festsaß.

Dann klopfte jemand an. Salazar ließ den Zerstäuber verschwinden. »Herein!«

Capitán Hermosa öffnete die Tür. »Sie wollten mich sprechen, Coronel?« Salazar deutete wortlos auf die Tür und beobachtete dann, wie Hermosa das Wurfmesser aus dem massiven Holz zog und ihm zurückgab. Während Hermosa ihm starken kolumbianischen Kaffee eingoß, steckte Salazar das Messer wieder in den rechten Stiefelschaft.

»Ist die Zahlung für das *Llaho* eingegangen?«

»Genau wie vereinbart, Commandante. Zwei Millionen Dollar auf unser Konto auf Cayman Island. Darüber hinaus läßt Señor Gachez Ihnen sein Beileid über den Verlust unserer Besatzung übermitteln.«

»Gachez!« knurrte Salazar angewidert. Er trank den heißen

Kaffee mit einem einzigen großen Schluck. Hermosa goß seinem Vorgesetzten nach, bevor er sich selbst eine Tasse einschenkte. »Wir haben seinen nasenbohrenden Farmern in Florida vierhundert Kilo Qualitätsware geliefert, die das Zehnfache des Preises bringt, den er uns gezahlt hat. Wir tragen alle Risiken, und er wird reicher, immer reicher. Wir verlieren ein neues Frachtflugzeug und eine erstklassige Besatzung, und er hat dafür bloß sein Beileid übrig?«

»Er läßt Ihnen noch etwas ausrichten«, sagte Hermosa. Er trank seinen Kaffee aus und genoß das volle Aroma, bevor er weitersprach. »Gachez hat mit weiteren Mitgliedern des Kartells gesprochen. Auch sie scheinen mit uns ins Geschäft kommen zu wollen.«

»Was? Die halten uns wohl für billige Taxifahrer? Ich hätte Lust, ihnen meine Antwort in Form einer Hundertkilobriefbombe zu schicken!«

»Wenn Sie gestatten, Coronel«, warf Hermosa ein, »möchte ich vorschlagen, daß Sie sich diese Sache erst mal durch den Kopf gehen lassen. Wir arbeiten nicht *für* Señor Gachez...«

»Allerdings nicht!«

»Wir arbeiten nur mit Señor Gachez zusammen – ohne irgendwelche Verpflichtungen gegenüber anderen Kartellmitgliedern«, fuhr Hermosa fort. »Gachez ist verpflichtet, die übrigen Medelliner Familien seinen neuen Versandweg mitbenützen zu lassen, falls sie es wünschen. Für uns gibt es keine Verpflichtung dieser Art. Deshalb...«

»Deshalb lassen wir uns nicht noch mal reinlegen«, sagte Salazar. Er lehnte sich zurück und schlürfte seinen Kaffee. »Als armen Buschpiloten ist uns nichts anderes übriggeblieben, als für Gachez zu seinen Bedingungen zu arbeiten. Jetzt sind wir stärker und cleverer. Für andere Kartellmitglieder gelten in Zukunft neue Preise. Schließlich herrscht in Kuba galoppierende Inflation, stimmt's?«

Hermosa nickte begeistert. »Und die anderen Familien werden nicht zulassen, daß Gachez weniger zahlt als sie – folglich muß er den für sie geltenden Preis subventionieren oder seine eigenen Zahlungen erhöhen...«

»Oder wenn er dumm genug ist«, fügte Salazar hinzu, »gibt er seinen Preis zu hoch an und versucht so, die anderen Familien zu betrügen. Dann haben wir ihn in der Hand und können ihm unsere Bedingungen diktieren.«

»Coronel, ich warne dringend davor, Señor Gachez oder irgendein anderes Kartellmitglied erpressen zu wollen. Das sind mächtige Männer! Ein vernünftiger Preisaufschlag wird dagegen sicher akzeptiert. Schließlich haben wir's mit Geschäftsleuten zu tun. Sie werden zahlen.«

»Ja, sie *werden* zahlen!« Salazar unterdrückte den Wunsch, in Anwesenheit seines Untergebenen eine weitere Prise *Llaho* zu nehmen.

Hermosa machte eine kurze Pause, während Salazar überlegte, wie er dem Medellin-Kartell den Fehdehandschuh hinwerfen konnte. »Uns steht ein weiterer Weg offen, Commandante«, sagte er dann. »Vielleicht haben wir dieses Spiel schon zu lange getrieben. Wir haben uns Gachez' Wünschen gefügt, weil er Sie hätte vernichten können...«

»Was soll das heißen, verdammt noch mal?«

»Das soll heißen, daß Sie mehr als genug Geld zurückgelegt haben, um Haiti verlassen und aus diesem Geschäft aussteigen zu können. Gachez kann Ihnen nicht mehr mit Erschießen, lebenslänglichem Zuchthaus oder Zwangsarbeit drohen. Diese Zeiten sind vorbei! Sie könnten jederzeit aussteigen.«

Salazar war sich darüber im klaren, daß jemand, der fürs Medellin-Kartell arbeitete, nicht einfach kündigen oder aussteigen konnte. Man konnte sein Geld nehmen und damit flüchten, aber sobald man es auszugeben versuchte, war man ein toter Mann. Das Kartell – und vor allem Gonzales Gachez – spürte einen auf, wo immer man sich versteckt hielt.

Aber nun hatte sich das Blatt gewendet. Oder es würde sich demnächst wenden...

»Wie kommt's, daß Sie meine finanzielle Lage so gut kennen, Capitán?« fragte er irritiert. Aber Hermosa verschwieg klugerweise, was die ganze Einheit wußte: Salazar kassierte einen Teil des Gewinns für sich und zweigte von jeder größeren Sendung ein paar Kilogramm für sich ab, um sie über Verbindungsmänner in Haiti, auf den Bahamas oder in Mexiko zu verkaufen. Ob Salazar wirklich glaubte, das falle keinem auf – vor allem dem Kartell nicht?

»Ich bin *Soldat*, merken Sie sich das, Capitán!«

»Ich bitte um Entschuldigung, Commandante«, sagte Hermosa hastig. »Ich wollte Sie keineswegs...«

»Raus mit Ihnen!« Das Kokain begann zu wirken. Er fühlte sich leichter, mächtiger. »Lassen Sie meinen Hubschrauber zu einem Inspektionsflug klarmachen.«

Hermosa atmete erleichtert auf, als die dicke Holztür ihn von Salazar, der offensichtlich high war, und seinen Wurfmessern trennte.

Zweites Kapitel

Golf von Mexiko,
südlich von Marsh Island, Louisiana
02.17 Uhr CST

»Ortsbestimmung... jetzt!«

Fregattenkapitän Russell Ehrlich, Skipper des Küstenwachkutters WMEC 520 *Resolute*, nahm einen Schluck aus seinem Kaffeebecher und versuchte, sich zu entspannen. Auf der Brücke der *Resolute* war es trotz geöffneter Stahltüren feuchtheiß. Vor ihren schrägen entspiegelten Scheiben lag das Dunkel einer klaren Winternacht im Golf von Mexiko. Nur im Norden, in Richtung New Orleans, erhellte ein schwacher, kaum wahrnehmbarer Lichtschein die Kimm.

»Ich habe den Standort, Sir«, meldete McConahy, der Navigationsoffizier. McConahay war ein hagerer, bebrillter Leutnant, der frisch von der Coast Guard Academy in New London kam. Er schien sich im lebhaften Betrieb auf der Brücke nicht recht wohl zu fühlen und nur selten den Wunsch zu haben, aufs Meer hinauszusehen. Statt dessen war er damit beschäftigt, Standlinien in Seekarten einzuzeichnen und seinen Computern die neuesten Werte einzugeben. Ehrlich hatte den Eindruck, McConahay versuche tiefer zu sprechen, wenn er mit dem Skipper redete. Ah, die *neue* Coast Guard... »Entfernung dreizehn Seemeilen, Fahrt etwa zwei Knoten, exakt voraus.«

»Ist der Frachter allein, Mr. McConahay?«

»Das Radar zeigt keine weiteren Schiffe, Sir«, meldete der Leutnant nach einem Blick auf den Radarschirm, »aber wir befinden uns am äußersten Rand seiner Reichweite. Sie könnten schwer auszumachen oder von dem Frachter verdeckt sein.«

»Wo bleibt unsere Luftunterstützung?« fragte Ehrlich sich

laut. Er nickte McConahay zu. »Bestimmen Sie unseren Standort mit dem GPS und verifizieren Sie ihn mit Loran. Koppeln Sie den Standort des Frachters genau mit. Falls wir den Kerl vor Gericht bringen, muß ich einwandfrei beweisen können, daß er sich in amerikanischen Hoheitsgewässern befunden hat.«

»Aye, Sir.« Leutnant McConahan machte sich an die Arbeit – aber wußte der Skipper nicht, daß seine Standortbestimmungen *immer* exakt waren?

Der junge Navigationsoffizier speicherte die Koordinaten des Radarziels und fragte dann den Standort der *Resolute* im GPS-Computer ab. Das Global Positioning System wertete Daten von in 36000 Kilometern Höhe über dem Äquator fixierten geostationären Navigationssatelliten aus, um mit bemerkenswerter Präzision Standorte, Geschwindigkeiten und Zeitsignale zu liefern. Mit Hilfe dieses Systems konnten sie ihren eigenen Standort auf einen Meter genau bestimmen und den eines Radarziels auf 100 Meter genau festlegen.

Die *Resolute*, einer der sechzehn Küstenwachkutter der *Reliance*-Klasse, war mit modernster Elektronik vollgestopft, die einen Großteil der Routinearbeiten an Bord überflüssig machte. Während die meisten großen seegehenden Kutter über hundert Mann Besatzung brauchten, kam die vierundsechzig Meter lange und 950 BRT große *Resolute* deshalb mit nur sechsundachtzig Mann aus. Die als Such- und Rettungsschiff konstruierte *Resolute* war erst vor kurzem für Einsätze gegen Drogenschmuggler umgebaut worden. Ihre Bewaffnung bestand aus einer 7,6-cm-Maschinenkanone mit Feuerleitradar auf dem Vorschiff sowie Granatwerfern und 12,8-mm-MGs, die aus der Waffenkammer an Deck gebracht und in Halterungen montiert werden konnten. Auf dem Achterdeck hatte sie eine Landeplattform mit einem von der Coast Guard Air Station in Mobile, Alabama, ausgeliehenen Hubschrauber H-65 Dolphin.

»...Standort neu bestimmt und verifiziert«, meldete McConahay, indem er die GPS-Koordinaten auf die Seekarte übertrug und mit einem winzigen Dreieck bezeichnete. »Auch Zielposition mit GPS verifiziert.« Er überprüfte die Standortangabe des dritten Navigationscomputers, der die Impulse eines Leitsenders und von vier Nebensendern einer Loran-Kette auswertete. »Loran-Daten aufgezeichnet. Sie stimmen bis auf eine Zehntelmeile mit den GPS-Koordinaten überein.«

»Sparen Sie sich die Einzelheiten«, wehrte der Skipper ab. »Sagen Sie mir bloß, wo, zum Teufel, er *ist.*«

»Genau zehn Seemeilen südlich von Marsh Island«, meldete McConahay. »Weit innerhalb der Zwölfmeilengrenze.«

»Er hat nicht aufgepaßt und ist in unseren Zuständigkeitsbereich gedriftet«, stellte Ehrlich fest. »Jetzt hat sich die lange Beschatterei also doch gelohnt! Mr. Ross, fragen Sie nach, wo unsere Falcon bleibt.«

Oberleutnant Martin Ross, der Zweite Offizier, gab seine Frage an die Nachrichtenzentrale. Sekunden später meldete er: »Sir, wir haben Verbindung mit Omaha Six-One aus New Orleans. Die Maschine ist in fünf Minuten da.«

»Erst in fünf Minuten? Sie hat schon fünf Minuten Verspätung!«

Im nächsten Augenblick plärrte eine Stimme aus den Brükkenlautsprechern: »*Resolute*, hier Omaha Six-One auf Uniform. Eintreffen in drei Minuten. Kommen.«

Ehrlich wandte sich aufgebracht an Ross. »Hat der Kerl den Scrambler eingeschaltet?«

»Augenblick, ich frage nach, Sir.«

»Hoffentlich hat er's getan, verdammt noch mal!«

»Äh... Sir?« Das war McConahay.

»Augenblick!« Der Skipper nickte Ross zu. »Ja?«

»Jetzt hat er den Scrambler eingeschaltet, Sir.«

»Skipper...?«

»Was *gibt's* denn, McConahay?«

»Der Frachter nimmt Fahrt auf, glaub' ich.«

»Was?« Ehrlich sprang auf und trat ans Radar.

»Unmittelbar nach der Meldung von Seven-One, Sir. Anscheinend will er die Zwölfmeilenzone verlassen.«

»Ich hab's gewußt! Der Hundesohn hat unsere Frequenzen abgehört.« Er wandte sich an Ross. »Wache an Deck antreten lassen. Rudergänger, volle Kraft voraus! Wir müssen ihn vor der Zwölfmeilengrenze stoppen!«

McConahay stand von seinem Kartentisch auf der Brücke der *Resolute* auf. »Wir wollen ihn stoppen? Jetzt? Es ist... es ist nach zwei Uhr morgens...«

»Bringen wir Sie um Ihren Schönheitsschlaf, Mr. Conahay?« Ehrlich machte eine Logbucheintragung. »Nirgends steht, daß wir nicht auch nachts arbeiten. In zehn Minuten haben diese Kerle unsere Hoheitsgewässer verlassen. So lange brauchen wir auch, um sie einzuholen. Deshalb halten wir uns *jetzt* ran!«

»Beide Maschinen volle Kraft voraus, Sir«, meldete der Rudergänger. »Fahrt zwölf Knoten und zunehmend.«

»Falls uns der Kerl durch die Lappen geht, erschieße ich diese Falcon-Besatzung! Wir haben schon zuviel Zeit mit ihm vergeudet, als daß er jetzt noch ausreißen dürfte!«

Tatsächlich hatte die *Resolute* den verdächtigen Frachter – die in Panama registrierte achtundneunzig Meter lange *Numestra del Oro* – schon mehrere Tage beobachtet. Das Schiff hatte einen Hafenliegeplatz in Galveston angefordert und danach zwei Tage lang knapp außerhalb der Zwölfmeilengrenze geankert, um auf einen Liegeplatz zu warten. In den Buchten um Galveston gab es reichlich Ankerplätze, die dem Kapitän die Möglichkeit geboten hätten, der Besatzung Landurlaub zu gewähren, aber er konnte natürlich warten, wo er wollte. Und als dann ein Liegeplatz frei wurde, hatte der Skipper gefunkt, seine Reederei habe ihn angewiesen, erst einen Teil der Ladung in Mobile zu löschen und dann wieder Galveston anzulaufen. Natürlich kam es vor, daß Frachter so weit vor der Küste ankerten oder plötzlich ihren Bestimmungshafen änderten, aber für die Coast Guard waren solche Auffälligkeiten stets ein Alarmsignal.

Östlich von Nikaragua war der Frachter bereits von einem Patrouillenboot der Coast Guard der Island-Klasse inspiziert worden, aber Papiere und Ladung der *Numestra* waren nur flüchtig kontrolliert worden. Als Fracht- und Fahrgastschiff hatte sie eine gemischte Ladung an Bord: überholte Motorenblöcke aus Mexiko, Kaffee und Rattanmöbel aus Brasilien, Schrott aus Venezuela, einige Autos und Busse und eine Handvoll Passagiere, von denen keiner Amerikaner war. Auf ihrem Oberdeck und in den Laderäumen waren verplombte Vierzig-Fuß-Container gestapelt. Mit Einwilligung des Kapitäns durfte die Küstenwache solche Container öffnen, aber Boote der *Island*-Klasse hatten nur achtzehn Mann Besatzung – nicht genug für die gründliche Durchsuchung eines größeren Frachters.

Danach durfte die *Numestra* ihre Fahrt fortsetzen, und die Küstenwache benachrichtigte den U. S. Customs Service, der in den angegebenen Bestimmungshäfen prüfte, ob die vorgeschriebenen Unterlagen eingereicht waren. Auf dem Papier war alles in Ordnung. Als nächstes hätte ein Zollkreuzer den Frachter vor dem Einlaufen in einen Hafen erneut inspiziert – angeblich zur Abkürzung der Zollformalitäten, in Wirklichkeit jedoch, um ihn nach Schmuggelware zu durchsuchen, bevor sie von Bord geschafft werden konnte. Da die *Numestra* außerhalb der Zwölfmeilengrenze geankert hatte, war es nicht zu dieser Inspektion gekommen.

Wie sich bald zeigte, hatte die *Numestra del Oro* nicht die Absicht, einen amerikanischen Hafen anzulaufen. Dadurch machte sie sich so verdächtig, daß die *Resolute* den Auftrag erhielt, den Frachter zu beschatten. Bei ihrer ersten Annäherung weit außerhalb der Zwölfmeilengrenze hatte die *Resolute* in der Nähe des Frachters mehrere andere Schiffe geortet. Sobald das Küstenwachschiff auf zehn Seemeilen herangekommen war, hatten die kleineren Schiffe fluchtartig das Weite gesucht, was Ehrlich und seiner Besatzung zeigte, daß das Radar der *Numestra* mindestens zehn Seemeilen weit reichte – und daß der Frachter Besuch von Leuten bekam, die nichts mit der Coast Guard zu tun haben wollten.

Außerdem bewies es Ehrlich, daß die *Numestra* höchstwahrscheinlich mehr als nur Kaffeebohnen und Schrott geladen hatte – zum Beispiel auch Drogen.

Da der Hubschrauber HH-65 Dolphin der *Resolute* nicht für nächtliche Sucheinsätze ausgerüstet war, hatte Fregattenkapitän Ehrlich ein schnelles Patrouillenboot sowie Unterstützung durch in New Orleans stationierte Flugzeuge der Küstenwache angefordert. Ein Patrouillenboot stand nicht zur Verfügung, aber eine C-130 Hercules der Coast Guard sollte auf ihren Überwachungsflügen zweimal täglich vorbeikommen, und eine als

Suchflugzeug ausgerüstete Falcon würde einige Nächte lang mit der *Resolute* zusammenarbeiten, solange der Frachter sich in diesem Seegebiet befand.

Aber die *Numestra* blieb außerhalb der Zwölfmeilengrenze – und so außerhalb des Zuständigkeitsbereichs der Coast Guard. Um in internationalen Gewässern an Bord des Frachters gehen zu dürfen, brauchte Ehrlich die Erlaubnis des Kapitäns oder des Staates, in dem das Schiff registriert war. Er hatte die Erlaubnis in Panama angefordert, aber als sein Gesuch nach zwei Tagen noch immer »bearbeitet« wurde, war klar, daß sie hingehalten werden sollten. Und da der Kapitän der *Numestra* die Amerikaner bestimmt kein zweites Mal an Bord lassen würde, hatte Ehrlich sich darauf verlegt, den Frachter aus möglichst großem Abstand zu beobachten, während die Falcon das Seegebiet nach Booten absuchte, die zur *Numestra* unterwegs zu sein schienen.

Aber selbst nach dreitägiger Beobachtung der *Numestra* waren noch keine Boote mit Kurs auf den Frachter entdeckt worden. Die *Resolute* mußte immer öfter auf ihre Falcon verzichten, die anscheinend wichtigere Aufgaben zu übernehmen hatte. Ehrlich stand allmählich unter Druck, seine Patrouillenfahrt fortzusetzen, als festgestellt wurde, daß die *Numestra* sich wieder in Richtung Küste orientierte. Der Skipper entschied sich dafür, mit der *Resolute* in der Nähe zu bleiben. Irgend etwas würde passieren...

Aber wenn es der *Numestra* gelang, internationale Gewässer zu erreichen, war Ehrlich machtlos, falls ihr Kapitän nicht stoppen wollte, um sein Schiff kontrollieren zu lassen. Und Ehrlich hatte nicht die Absicht, den Frachter zu beschießen. Die Coast Guard durfte nur zurückschießen, wenn sie angegriffen wurde, und selbst dann war die Beschießung eines Schiffs auf hoher See politisch und diplomatisch brisant.

Aber Ehrlich hatte das untrügliche Gefühl, dieser Kapitän sei nicht sauber – und jetzt hielt er Kurs auf internationale Gewässer, so schnell sein alter Kahn ihn tragen konnte.

Andererseits waren die Kutter der *Reliance*-Klasse selbst keine Rennboote. Diese Aufholjagd dauerte ewig...

»Entfernung, McConahay?«

»Elf Meilen, weiter abnehmend, Sir. Ich sehe ein schnelles Fahrzeug, das vom Frachter kommend die Küste ansteuert. Vermutlich sogar zwei Fahrzeuge, Sir.«

»Lassen Sie eines dieser Ziele von der Falcon verfolgen«, befahl Ehrlich. »Fordern Sie einige unserer Boote an, um sie abfangen zu lassen. Wir bleiben bei dem Frachter. Ich möchte wetten, daß wir noch fündig werden...«

»Sollen wir den Heli an Deck holen und startklar machen, Sir?« fragte Ross.

Ein Nachtstart von einem Kutter mit Höchstfahrt war riskant, aber die Nacht war still, und Ehrlich hatte einige gute Piloten an Bord. »Ja, Mr. Ross, lassen Sie ihn startklar machen. Und lassen Sie den Frachter über Funk auf Englisch und Spanisch zum Beidrehen auffordern.« Damit war für eine eventuelle Gerichtsverhandlung vorgesorgt. Der Frachterkapitän konnte sonst behaupten, er habe den Befehl der Küstenwache nicht verstanden. Dank dieses Tricks waren schon etliche Schmuggler mit auf Bewährung verhängten Strafen davongekommen.

»Der Nachrichtenraum meldet, daß der Frachter auf keinen Anruf auf den Notfrequenzen antwortet«, berichtete Ross wenig später. Wenn nicht sämtliche Funkgeräte der *Numestra* ausgefallen waren – wonach sie verpflichtet gewesen wäre, beizudrehen und durch Lichtsignale Hilfe anzufordern –, mißachtete sie den Befehl zum Beidrehen und versuchte, aus amerikanischen Hoheitsgewässern zu flüchten.

»Entfernung zehn Meilen, weiter abnehmend«, warf McConahay ein. »Der Frachter steht kurz vor der Zwölfmeilengrenze.«

»Lassen Sie das Grüne Buch durchprobieren«, ordnete Ehrlich an. Das Grüne Buch war kein Buch mehr, sondern ein Computerausdruck mit intern benutzten Funkfrequenzen, die alle Reedereien der Coast Guard melden mußten. Das Funksystem der *Resolute* sendete automatisch eine Warnung auf sämtlichen Frequenzen, damit sich später beweisen ließ, daß die *Numestra* zum Beidrehen aufgefordert worden war. »Dann lassen Sie unsere Situation dem Bezirk melden.«

Der Kutter kam dem Frachter näher, aber bei nur fünf bis sechs Knoten Fahrtüberschuß schien das ewig zu dauern.

»Null Reaktion auf allen Frequenzen«, berichtete der Oberleutnant wenig später. »Aber unsere Anrufe sind von anderen Stationen bestätigt worden. Die Sender funktionieren also.«

»Hat der Bezirk schon geantwortet?«

»Er hat unsere Funksprüche bestätigt«, sagte Ross. »Noch keine Erlaubnis zum Anbordgehen vom Außenministerium.«

»Melden Sie dem Bezirk, daß ich auf eigene Verantwortung an Bord der *Numestra del Oro* gehe, weil ich Grund zu der Annahme habe, daß auf dem Frachter ein Notfall vorliegt«, sagte Ehrlich. »Ich brauche das Einverständnis des Bezirkskommandos so rasch wie möglich, aber Sie können melden, daß ich sofort eingreifen werde.«

»Aye, Sir.« Nachdem Ross die Meldung weitergegeben hatte, erkundigte er sich: »Und welchen Notfall haben wir auf dem Frachter beobachtet, Sir?«

»Offenbar völligen Funkausfall«, knurrte Ehrlich. »Damit ist ein Schiff dieser Größe ein Sicherheitsrisiko. Außerdem mache ich mir Sorgen wegen der Boote in der Nähe des Frachters, die ihn angegriffen oder einen medizinischen Notfall an Bord haben könnten. Das müssen wir sofort feststellen. Außerdem sehe ich keine Positionslichter – ebenfalls ein Sicherheitsrisiko.«

Ross nickte grinsend. Obwohl der Skipper ziemlich jung und erst Fregattenkapitän war, dachte er clever wie ein Veteran.

»Entfernung vier Meilen«, meldete McConahay quälend lange Minuten später. »Der Frachter ist jetzt weit außerhalb unserer Hoheitsgewässer, Sir.«

»Verstanden, Mr. McConahay«, bestätigte Ehrlich, »aber so leicht entwischt er uns nicht. Er hat Funkausfall oder ignoriert unsere Anrufe – und beides gibt uns das Recht, ihn zu stoppen und zu kontrollieren. Mr. Ross, lassen Sie den Heli starten. Er soll die Brückenbesatzung durch Lichtsignale zum Beidrehen auffordern.«

Ross überwachte die Startvorbereitungen auf der strahlend hell beleuchteten Hubschrauberplattform.

»Achtung an Deck! Heli klar zum Start!« befahl der Oberleutnant über die Decklautsprecher. Er drehte sich nach Ehrlich um, der mit einem Nicken die endgültige Starterlaubnis erteilte. Ross überzeugte sich mit einem Blick auf den Radarschirm davon, daß der Luftraum um die *Resolute* herum hindernisfrei war, kontrollierte den Hubschrauber erneut durch sein Marineglas und drückte dann einen Knopf, der das grüne Startsignal aufleuchten ließ. »Heli Start frei!«

Sekunden später hob die HH-65 Dolphin mit ihren vier Mann Besatzung – alle gut bewaffnet – senkrecht von der Plattform ab und verschwand in der Nacht. Während der Hubschrauber dem Frachter nach vorausflog, waren nur noch seine roten und grünen Positionslichter zu erkennen.

»Dreieinhalb Meilen«, meldete McConahay. Die *Numestra* war nur schemenhaft an der Kimm auszumachen, aber ihre mit höchster Leistung arbeitende Maschine war selbst aus dieser Entfernung deutlich zu hören.

Die Dolphin holte den Frachter rasch ein, und von der *Resolute* aus war zu beobachten, wie ihr 3000 Watt starker Suchscheinwerfer das ganze Oberdeck ableuchtete. »Mama-San, hier Welpe. Ich bin über dem Ziel. Das Ruderhaus ist besetzt. Ich sehe Männer an Deck. Keine Anzeichen für eine Notlage, keinerlei Notsignale. Die Nacht ist klar und nebelfrei. Signale müßten deutlich sichtbar sein.«

Fregattenkapitän Ehrlich sprach ins Mikrofon. »Verstanden, Welpe. Geben Sie das Signal zum Beidrehen, und warten Sie in der Nähe.«

Der Mann am Suchscheinwerfer der Dolphin richtete seinen Strahl direkt ins Ruderhaus und ließ ihn dann vor der Brücke mehrmals quer zur Fahrtrichtung übers Deck gleiten. Aber der Frachter reagierte nicht auf die internationale Aufforderung, beizudrehen oder seine Maschinen zu stoppen. Der Hubschrauber kam noch näher heran und beleuchtete wieder das Ruderhaus der *Numestra*. Diesmal war deutlich zu sehen, daß das vom Scheinwerferlicht geblendete Brückenpersonal der Dolphin ärgerlich Zeichen machte, sie solle weiterfliegen.

»Brückenpersonal reagiert unfreundlich, Mama-San«, meldete der Dolphin-Pilot. »Der Frachter wird auch nicht langsamer. Er macht fünfzehn Knoten – ungefähr die Höchstfahrt dieses alten Kastens.«

»Versuchen Sie's über Funk«, befahl ihm Ehrlich. »Möglicherweise hat er uns nicht gehört.« Er drehte sich nach dem Zweiten Offizier um. »Mr. Ross, geben Sie Alarm! Lassen Sie Geschütz und Maschinengewehre feuerbereit machen. Und rufen Sie Mr. Applegate auf die Brücke.«

Ross hatte ein verdammt flaues Gefühl im Magen, denn ihm wurde allmählich klar, daß dies keine Übung war. Dann hallte seine Lautsprecherstimme durchs ganze Schiff: »Alle Mann auf Gefechtsstation! Alle Mann auf Gefechtsstation! Mr. Applegate auf die Brücke.« Der Durchsage folgte ein elektronisches Gongzeichen. Noch bevor es verhallt war, kam Korvettenkapitän Richard Applegate, der Erste Offizier der *Resolute*, auf die Brücke gestürmt. Zur Uniform trug er seine Schwimmweste und eine Baseballmütze mit der eingestickten Aufschrift USCG U. S. S. RESOLUTE über dem Mützenschirm.

»Mr. Ross, Sie sind abgelöst!« rief Applegate. Er übernahm das Nachtglas des Zweiten Offiziers, warf einen Blick auf den Radarschirm und suchte die Kimm ab. »Was liegt an, Russ?«

»Ungefähr drei Meilen vor uns steht ein fünftausend Tonnen großer Frachter aus Panama, Dick«, antwortete der Skipper. »Keine Antwort auf sämtlichen Frequenzen. Unsere Dolphin ist bei ihm und gibt Lichtsignale. Keine Reaktion.«

»Und jetzt stoppen wir ihn?«

»Wir haben ihn in unseren Gewässern mit Booten längsseits erwischt. Er hat mitgehört, wie unsere Falcon sich gemeldet hat, und sofort Fahrt aufgenommen. Jetzt hat er Kurs aufs offene Meer. Ja, wir stoppen ihn.«

Im nächsten Augenblick drang eine Stimme aus den Brückenlautsprechern: »Panamaischer Frachter *Numestra del Oro*, hier Hubschrauber One-Seven Mike des Kutters *Resolute* der United States Coast Guard auf Golfküsten-Notkanal neun. Sie werden angewiesen, zu stoppen und sich auf eine Durchsuchung vorzubereiten. Bestätigen Sie über Funk oder durch Lichtsignale.«

Ehrlich griff wieder nach dem Mikrofon. »Welpe, hier Mama-San. Sprechprobe auf der Wachfrequenz.«

»Laut und klar, Mama-San«, bestätigte der Dolphin-Pilot.

»Das beweist, daß unser Funk in Ordnung ist«, sagte Ehrlich

und machte eine weitere Logbucheintragung. »Der Schweinehund stellt sich bloß taub, um...«

»Sir, der Frachter wird langsamer«, unterbrach McConahay ihn. »Entfernung zwei Meilen, rasch abnehmend.«

»Um so besser«, sagte Ehrlich aufatmend. Die Aussicht auf eine lange Verfolgungsjagd und eine mit Waffengewalt erzwungene Durchsuchung in internationalen Gewässern war wenig erfreulich gewesen. Wesentlich leichter war ihre Aufgabe, wenn der Frachter gestoppt hatte. »Der Kerl hat auch seine Lichter eingeschaltet – anscheinend ist ihm jetzt klar geworden, daß wir nicht lockerlassen würden.«

Dann meldete Ross: »Skipper, das Geschütz und die Maschinengewehre an Steuerbord sind bemannt und feuerbereit. Chief Morrison steht mit Prisenkommando eins bereit.«

»Danke, Mr. Ross. Rudergänger, bringen Sie uns an Backbord mit fünfzig Meter Abstand längsseits.« Über die Bordsprechanlage befahl Ehrlich: »Das Geschütz bleibt ungerichtet, aber jederzeit feuerbereit. Alle Maschinengewehre bleiben feuerbereit.« Das Geschütz auf dem Vorderdeck der *Resolute* blieb unbeweglich, aber der Skipper hörte trampelnde Schritte hinter der Brücke, als Besatzungsmitglieder nun auch die schweren Backbord-MGs in ihren Drehkränzen bemannten.

Als die Suchscheinwerfer der *Resolute* jetzt den Frachter *Numestra del Oro* anstrahlten, sah Ehrlich ein Schiff, das um die Hälfte länger als sein Kutter, vermutlich doppelt so alt wie die *Resolute* und unglaublich heruntergekommen war. Rumpf und Aufbauten waren rostigbraun, Farbe blätterte ab, wo noch Anstrichreste vorhanden waren, und in vielen Bullaugen fehlten die Scheiben. An Deck waren Dutzende von Containern gestapelt, die aber nicht mit dem offensichtlich defekten Ladegeschirr der *Numestra* an Bord gehievt worden sein konnten.

»Seht euch bloß diesen Seelenverkäufer an!« rief Applegate, der den Frachter durchs Glas studierte. »Welcher normale Mensch würde seine Fracht auf diesem Kahn verschiffen?«

»Das hängt ganz von der Fracht ab«, meinte Ehrlich. »Die *Numestra* sieht wie ein Mülleichter aus, aber sie ist vorhin fast fünfzehn Knoten gelaufen – sie hat also einige PS unter der Haube.

Hinter dieser Sache steckt mehr, als auf den ersten Blick zu erkennen ist.« Er schaltete auf die Außenlautsprecher um. »Achtung auf der *Numestra del Oro*! Hier spricht die United States Coast Guard. Drehen Sie bei, und halten Sie sich zur Durchsuchung bereit.« Er wandte sich an den Navigationsoffizier. »Standort, Mr. McConahay?«

»Zwanzig Seemeilen draußen, Sir – also in internationalen Gewässern...«

»Bestimmen Sie unseren Standort und tragen Sie ihn als Anhaltepunkt ins Logbuch ein«, befahl Ehrlich ihm. »Mr. Applegate, sorgen Sie dafür, daß unser Standort und unsere Absichten an den Bezirk übermittelt werden. Fordern Sie einen weiteren Kutter an, der so schnell wie möglich kommen soll.« Er machte eine kurze Pause. »Und beantragen Sie Feuererlaubnis für den Fall, daß die *Numestra* nicht stoppen will.«

»Ja, Sir.« Applegate setzte seine Hör-Sprech-Garnitur auf und begann, dem Nachrichtenraum diesen Funkspruch zu diktieren.

An der Backbordreling des Frachters drängten sich inzwischen immer mehr Besatzungsmitglieder, die ins Scheinwerferlicht blinzelten und auf spanisch fluchten. In ihren Händen sah Ehrlich einige schwere Werkzeuge, aber bisher keine Waffen. Dann wurden die Seeleute von einem bärtigen Dicken in einem weißen Hemd verjagt, der sich mit einem Handlautsprecher mittschiffs an die Backbordreling stellte und die aufkommende *Resolute* wütend anstarrte.

Der Mann hob seinen Handlautsprecher an den Mund. »Coast Guard, wir euch nicht wollen an Bord«, sagte er in stockendem Englisch. »Warum ihr uns stoppen?«

Ehrlich gab keine Antwort, sondern erteilte seinem Rudergänger von der Steuerbordnock aus weiteren Anweisungen, während die *Resolute* bis auf zehn Meter an den rostigen Frachter heranglitt. An Steuerbord wurden dicke Gummifender ausgehängt, und Matrosen standen mit Bootshaken und Leinen bereit, um die beiden Schiffe miteinander zu vertäuen.

Ehrlich streifte seine Schwimmweste über und griff nach einem Handlautsprecher. »McConahay, lassen Sie nochmals unseren Standort und unsere Absichten übermitteln.« Er wandte sich an Applegate: »Dick, Sie übernehmen den Befehl an Bord. Ich gehe rüber, um mit dem Kapitän zu sprechen.«

»Wär's nicht besser, auf den anderen Kutter zu warten?«

»Bis der kommt, kann's morgen früh sein«, antwortete Ehrlich, während er seine kugelsichere Weste anlegte und einen Webgurt mit Taschenlampe, Funkgerät, Handschellen und Stahlrute umschnallte. »Ich lasse mir den Namen des Kapitäns und das Originalmanifest geben und bin in ein paar Minuten wieder zurück. Mit der Durchsuchung warten wir, bis der andere Kutter da ist. Okay, bis gleich!« Ehrlich wollte die Brücke verlassen.

»Skipper?«

Ehrlich drehte sich um. Applegate hatte den Waffenschrank an der Rückwand der Brücke aufgesperrt und eine Colt-Pistole Kaliber 45 mit zwei Reservemagazinen herausgeholt. »Hier, die sollten Sie lieber mitnehmen.«

»Ich wollte nur sehen, ob Sie mitdenken.« Ehrlich lud die großkalibrige Pistole durch, steckte sie ins Halfter, überprüfte das Funkgerät und verließ die Brücke.

Das Prisenkommando stand so, daß die Matrosen sich gegenseitig Feuerschutz geben konnten. Hinter je vier mit Pistolen bewaffneten Männern, die an Bug und Heck für Fender und Leinen zuständig waren, befanden sich drei Matrosen mit M-16 in guter Deckung. Ehrlich hob den Kopf und sah zu den beiden MG-Schützen hinauf. Die Läufe ihrer auf den Frachter gerichteten schußbereiten Waffen ragten noch steil in den Nachthimmel auf. An der Gangway dicht unterhalb der Brücke warteten zwei mit Pistolen und M-16 bewaffnete Unteroffiziere – einer davon Hauptbootsmann Eddie Morrison, der Chef des Prisenkommandos eins.

Ehrlich trat zwischen Morrison und dem anderen Bewaffneten auf die Gangway. Die beiden Schiffe waren noch etwa drei Meter von einander entfernt, und die Matrosen mit den Leinen hielten Bootshaken bereit, um die Poller der *Numestra* erfassen zu können. Der verrostete Stahlrumpf des Frachters ragte über dem schneeweißen der *Resolute* auf. Matrosen des Frachters lungerten zwischen den an Deck festgezurrten Containern herum und verschwanden sofort, wenn ein Scheinwerfer sie erfaßte.

Ehrlich hob seinen Handlautsprecher an den Mund. »Ich bin Fregattenkapitän Ehrlich, Kapitän des Küstenwachkutters *Resolute*. Ich möchte Ihren Kapitän sprechen.«

»Ich bin Kapitän Martinez!« rief der dicke Bärtige in dem weißen Hemd zurück. Dann fiel ihm sein Handlautsprecher ein, und er benützte ihn wieder. »Wir sind friedliches Schiff in internationalen Gewässern. Warum Sie mein Schiff stoppen?«

»Sie haben meine in amerikanischen Hoheitsgewässern erteilte Aufforderung zum Beidrehen mißachtet, Kapitän Martinez. Sie haben sich auf keiner Gebiets- oder Notfrequenz gemeldet. Das ist ein Verstoß gegen die Sicherheitsbestimmungen für Handelsschiffe. Ich bitte, an Bord kommen zu dürfen, um Ihre Papiere und Ihre Ladung zu kontrollieren.«

»Sie haben kein Recht, uns zu durchsuchen! Sie haben kein Recht, an Bord zu kommen...«

»Ich bin berechtigt, jedes Schiff, das in amerikanischen Gewässern gegen Sicherheitsbestimmungen verstößt, zu inspizieren. Dazu gehört auch die Kontrolle von Logbuch und Manifest. Sollte aus Ihrem Manifest hervorgehen, daß Sie für die Vereinigten Staaten bestimmte Fracht befördern, bin ich berechtigt, auch diese Fracht zu überprüfen. Und wie Sie vor drei Tagen selbst angegeben haben, ist das der Fall. Hiermit weise ich Sie an, beizudrehen und die Überprüfung durch meine Leute abzuwarten.«

»Nein! Nicht ohne Erlaubnis meines Reeders...«

»Ich brauche weder die Erlaubnis Ihres Reeders noch die Ihrer Regierung«, behauptete Ehrlich. »Beschweren können Sie sich im nächsten amerikanischen Hafen. Ich wiederhole: Drehen Sie sofort bei!«

»Sie können mich nicht in internationalen Gewässern stoppen!« protestierte Martinez, dessen Englisch plötzlich besser geworden war. »Das ist Piraterie!«

Ehrlich zog sein Handfunkgerät heraus und drückte auf die Sprechtaste. »Mr. Applegate, lassen Sie das Geschütz für einen Schuß vor den Bug des Frachters richten. Prisenkommando zwei soll bewaffnet an Deck kommen. Für alle übrigen gilt erhöhte Alarmbereitschaft.«

Im nächsten Augenblick kam Applegates Stimme aus den Außenlautsprechern der *Resolute* »Kommando eins, Deckung!« Sekunden später tauchten die drei mit Gewehren bewaffneten Matrosen weg, die Männer an den Fendern und Bootshaken ließen sich hinters Schanzkleid fallen und zogen ihre Pistolen, und die beiden Unteroffiziere bei Ehrlich luden ihre M-16 durch. Der Turm der 7,6-cm-Maschinenkanone schwang nach rechts vor den Frachterbug. Während der Kapitän der *Numestra* zusah, kamen sechs weitere Matrosen an Deck gerannt, gingen in Deckung und richteten ihre Gewehre auf den Frachter.

»Dies ist die letzte Aufforderung, Kapitän Martinez«, sagte Ehrlich durch den Handlautsprecher. »Stoppen Sie freiwillig, sonst zwingen wir Sie dazu.«

Martinez hob abwehrend die freie Hand. »Gut, wir stoppen. Halten Sie Ihre Leute zurück.« Er hatte kaum ausgesprochen, als ein zweiter Mann in einem grauen Seidenanzug zwischen einigen Containern hervorkam, hinter Martinez stehenblieb und ihn ansprach. Die beiden schienen kurz miteinander zu diskutieren.

»Was halten Sie davon, Chief?« wollte Ehrlich von Morrison wissen.

»Sieht so aus, als hätte der eigentliche Boß sich bemerkbar gemacht«, meinte der Oberbootsmann. »Jetzt zeigt sich bestimmt bald, wer drüben den Ton angibt.«

Der Mann im Seidenanzug verschwand wieder. Kapitän Martinez kehrte auf die Brücke zurück, und wenig später wurde das Stampfen der Maschine des Frachters zu einem dumpfen Brummen. Der Kapitän kam auf die Brückennock und hob seinen Handlautsprecher. »Erlaubnis zum Anbordkommen erteilt.«

»Lassen Sie Ihre Mannschaft auf dem Achterdeck antreten, Kapitän«, befahl Ehrlich ihm. Er mußte diesen Befehl mehrmals wiederholen, bevor Martinez endlich seine Leute nach achtern schickte.

Das wäre geschafft! dachte Ehrlich, während er den Abzug der *Numestra*-Besatzung verfolgte. »Klarmachen zum Anbordgehen«, wies er seine Männer an der Steuerbordreling über Funk an. Sie steckten ihre Pistolen weg, hängten ihre Gewehre um und griffen nach ihren Fendern und Leinen. Als Ehrlich dem Rudergänger befehlen wollte, den Abstand zur *Numestra* weiter zu verringern, drang eine aufgeregte Stimme aus dem Lautsprecher seines Funkgeräts.

»Skipper!« Dem Hintergrundlärm nach kam sie aus dem Hubschrauber, der die *Numestra* weiter umkreiste und ihre Decks mit seinem Scheinwerfer ableuchtete. »Ich sehe Männer, die mit schweren Waffen nach Backbord unterwegs sind! Sechs Männer auf dem Vorderdeck. *Ablegen...*«

»Deckung!« brüllte Ehrlich seinen Männern zu. Dann drehte er sich zu Applegate um und rief: »Ablegen! Äußerste Kraft voraus! *Beeilung!*«

Ehrlich hatte erst wenige Schritte gemacht, als er knatterndes Gewehrfeuer hörte. Obwohl der Skipper wußte, daß das die M-16 seiner Prisenkommandos waren, klangen sie wie billige Spielzeugwaffen. Und dann verwandelte sich die Nacht in ein feuriges Inferno.

Die sechs Männer auf dem Vorderdeck der *Numestra* verteilten sich entlang der Backbordreling, zielten kurz und schossen aus Bazookas panzerbrechende Raketen auf die *Resolute* ab, die sie aus wenigen Metern Entfernung nicht verfehlen konnten. Zwei Raketen trafen den Geschützturm, eine das Vorderdeck und zwei die Brücke. Feuer, Rauch und rotglühende Glasscherben regneten auf die Männer auf dem Vorderdeck der *Resolute* herab, bevor sie reagieren konnten. Die beiden Männer an den Bugleinen waren sofort tot; einer der Gewehrschützen hinter ihnen wurde von der Druckwelle des am Geschützturm detonierenden Sprengkopfs über Bord geschleudert.

Die Männer der *Resolute* schossen zurück, aber der Angriff war noch nicht zu Ende. Der Küstenwachkutter wurde von drei weiteren panzerbrechenden Raketen getroffen, von denen eine den MG-Drehkranz achtern zerstörte. Heftiges Gewehrfeuer von der *Numestra* bestrich das Oberdeck der *Resolute*, und die Maschine des Frachters begann wieder stampfend zu arbeiten, während er Fahrt aufnahm.

Auf der Brücke der *Resolute* war Leutnant McConahay nur deshalb mit dem Leben davongekommen, weil er hinter dem Kartentisch gestanden hatte, als die Warnung des Dolphin-Piloten aus den Brückenlautsprechern gehallt war. So hatte er etwas Massives zwischen sich und dem Frachter gehabt. Und bei den ersten Schüssen war er hinter dem Tisch in Deckung gegangen, unmittelbar bevor eine Bazooka-Rakete die Fenster zertrümmerte und Applegate und alle anderen auf der Brücke zerfetzte.

McConahays Schädel dröhnte. Er war benommen, hatte kupfrigen Blutgeschmack im Mund und war mit Glassplittern, Metallstücken und einer klebrigen Masse bedeckt. Irgendwie war es ihm gelungen, zur Rückwand zu kriechen und eines der Wandtelefone zum Reserveleitstand zu finden. McConahay klappte den Schutzdeckel hoch, nahm den Hörer ab und sank damit zu Boden, als ihm wieder schwindlig wurde.

»Brücke, hier Reserveleitstand«, sagte eine Stimme. »Brücke! Melden Sie sich!«

»Wir werden angegriffen!« rief McConahay, dem nichts anderes einfiel.

»McConahay? Sind Sie's?«

»Yeah... yeah...« Irgendwie brachte sein Name ihn langsam wieder zur Besinnung. »Setzen Sie einen Notruf ab. Schicken Sie die Freiwache auf die Brücke.«

»Wo ist der Kapitän? Wo ist Mr. Applegate?«

Daraufhin sah McConahay sich zum ersten Mal *wirklich* auf der Brücke um, und der Anblick, der sich ihm bot, löste wieder starke Übelkeit aus. Der scharfe Sprengstoffgeruch, der Gestank von verbranntem Fleisch, die beißenden Rauchschwaden... überwältigend. Er sah auch die zerfetzten Körper, die über die zuvor noch makellos sauberen Decks verteilt waren.

»Sie... sie sind...« McConahay konnte den Gedanken nicht zu Ende denken. Er blickte an sich herab und sah, daß seine in Fetzen herabhängende Schwimmweste mit Glassplittern und klebrigen roten Klümpchen bedeckt war. Die rote Masse bedeckte auch seine Hände und Arme...

»Können Sie uns einen Kurs geben?« fragte die Stimme aus dem Reserveleitstand. »Welchen Kurs sollen wir steuern?«

McConahay ließ den Hörer fallen und kam schwankend auf die Beine. Leichter Wind vertrieb die beißenden Rauchschwaden aus der zerstörten Brücke, so daß er schon bald die mit zunehmender Fahrt ablaufende *Numestra* erkennen konnte. Und er stellte fest, daß der Geschützturm mit der 7,6-cm-Maschinenkanone zwar mehrfach getroffen, aber nicht außer Gefecht gesetzt zu sein schien.

McConahay fand das Kommandotelefon zum Reserveleitstand unter der Instrumententafel, wo es unbeschädigt geblieben war. »Reserveleitstand, Meldung! Was ist mit dem Geschütz?«

»Die Siebenkommasechs ist einsatzbereit, Leutnant«, antwortete die Stimme, »aber unsere Anzeige meldet einen Defekt im...«

»Zwanzig Grad Steuerbord, äußerste Kraft voraus, Geschütz feuerbereit machen!« unterbrach McConahay den anderen. Dann beugte er sich so weit wie möglich aus einem zersplitterten Fenster. »Vorderdeck räumen! Vorderdeck räumen!«

»Äußerste Kraft voraus ist nicht drin, Leutnant. Wir sind dabei, den Lecksicherungstrupp...«

»Dann geben Sie mir, soviel Sie können«, rief McConahay, »aber sorgen Sie dafür, daß das Geschütz zum Schuß über den Bug feuerbereit gemacht wird!« Auf dem Vorderdeck brachten die mit Gewehren bewaffneten Matrosen sich hastig in Sicherheit, als das Geschützrohr nach links geschwenkt und fast in die Horizontale gesenkt wurde.

Als nächstes überprüfte McConahay das Feuerleitradar, dessen Schirm jedoch implodiert und ein rauchendes Loch in der Instrumententafel hinterlassen hatte. Während die beißenden Rauchschwaden immer wieder Hustenanfälle auslösten, entdeckte er, daß die Peilscheibe, ein nur noch selten benütztes Navigationsinstrument, unbeschädigt geblieben war. Mit dieser Vorrichtung zur Winkelmessung und etwas Trigonometrie konnte der Navigator Entfernungen und Standlinien bestimmen. Das genauer arbeitende Radar und weitere elektronische Navigationsgeräte hatten die Peilscheibe ersetzt – aber McConahay, der frisch von der Navigationsschule kam, wußte noch, wie sie bedient wurde.

Bei dem Gedanken daran wurde ihm klar, daß er unglaublicherweise alles zur Verfügung hatte, was er für einen Gegenangriff brauchte.

Um Wirkungsfeuer schießen zu können, brauchte der Richtkanonier des 7,6-cm-Geschützes den Seitenrichtwinkel und die Entfernung zum Ziel. Der Seitenrichtwinkel war einfach zu ermitteln, indem McConahay die *Resolute* den Frachter ansteuern ließ und den Winkel direkt von der Peilscheibe ablas. Ebenfalls mit der Peilscheibe konnte er den Winkel zur Oberkante der Aufbauten des Frachters ablesen, deren ungefähre Höhe er kannte. Damit hatte McConahay alle Winkel und eine Seite eines rechtwinkligen Dreiecks – und die Höhe der Aufbauten geteilt durch den Tangens des Höhenwinkels ergab die Entfernung zum Ziel...

Der durch die zerbrochenen Scheiben der Brücke kommende Fahrtwind vertrieb allmählich den beißenden Rauch. McConahay rieb sich Ruß und Schmutz aus seinen tränenden Augen, peilte die ablaufende *Numestra* an – die Peilscheibe hatte Leuchtziffern – und begann im Kopf zu rechnen. Nach einer Minute hatte er das Ergebnis: Zielentfernung 950 Meter.

»Reserveleitstand, Zielentfernung neun-fünf-null Meter, Seitenrichtwinkel zweiundzwanzig Grad, geschätzte Geschwindigkeit des Ziels zwölf Knoten, geschätzter Kurs des Ziels... eins-fünf-null Grad mißweisend. Deck frei. Feuerbereitschaft melden.«

»Leutnant, was, zum Teufel, haben Sie...«

»Ich habe *melden* befohlen!«

Eine kurze Pause, dann meldete die Stimme: »Leutnant, Laden manuell, Richten manuell, Anzeige Zuführungsdefekt nach sechs, feuerbereit.«

McConahay fuhr sich mit den Handrücken über die schweißnasse Stirn. »Feuer frei!«

Das Mündungsfeuer des 7,6-cm-Geschützes glich einer nach der Kimm greifenden Flammenzunge. McConahay hätte vermutlich nicht so genau rechnen müssen, um den Frachter zu treffen – die *Numestra* war schließlich nur einen Kilometer entfernt –, aber seine Rechnung stimmte jedenfalls genau. Die erste

Granate traf den Frachter mittschiffs dicht über der Wasserlinie und ließ eine Flammensäule aufsteigen.

Die Maschinenkanone verschoß alle fünf Sekunden eine Granate, die alle trafen. Die Einschläge wanderten auf Höhe der Wasserlinie nach achtern, bis sie den Maschinenraum erreichten. Nach dem sechsten Treffer, der einen rötlichen Feuerpilz emporschießen ließ, war das gesamte Achterschiff des Frachters in Flammen gehüllt.

»Zuführungsdefekt am Geschütz«, meldete der Offizier aus dem Reserveleitstand.

»Feuer einstellen! Feuer einstellen!« rief McConahay ins Telefon. Die krachenden Abschüsse hatten ihn wie Hammerschläge getroffen, und ihre Vibrationen bewirkten in Kombination mit einem Adrenalinschub, daß seine Muskeln vor Erschöpfung zitterten. »Übermitteln Sie an Maschine: Alles stopp!« Jetzt kamen Männer auf die Brücke gestürmt. McConahay ließ den Hörer fallen und sank an der Wand entlang aufs Deck.

»Verdammt noch mal, Sie haben den Hundesohn erwischt, Mr. McConahay«, sagte irgend jemand.

»Schäden melden... Zählappell... SOS funken...«, murmelte der Leutnant noch, bevor ihm schwarz vor den Augen wurde und er in willkommene Ohnmacht fiel.

Coast Guard Station, Mobile, Alabama

Am nächsten Morgen

Reporter und Kamerateams waren auf Booten, in Hubschraubern und auf allen Kais anwesend, als die *Resolute* gemeinsam mit der beschädigten *Numestra del Oro* in den Hafen eingeschleppt wurde. An Deck des Feuerlöschboots, das die *Resolute* schleppte, standen ein Dutzend Feuerwehrmänner und Ingenieure und begutachteten die Raketeneinschläge und Brandschäden an der Steuerbordseite des Kutters. Auf dem zweiten Feuerlöschboot, das die Backbordseite des Frachters abdeckte, befanden sich mehr bewaffnete FBI-Agenten und Offiziere der Coast Guard als Feuerwehrleute.

Zu Vizeadmiral Hardcastle auf der Landeplattform der *Resolute* gesellte sich Admiral Albert Cronin, als Befehlshaber der Coast Guard Atlantic Area sein Vorgesetzter. Cronin war nur einssiebzig groß, aber sehr kräftig gebaut, was ihm unter Freunden den Spitznamen »Herkules« eingebracht hatte. Obwohl die beiden Männer sich seit über fünfzehn Jahren kannten, sprach Hardcastle ihn trotzdem nie mit seinem Spitznamen an.

Jetzt standen sie nebeneinander am Rand der Hubschrauberplattform und betrachteten die am Kai festgemachte *Numestra del Oro*. Frauen und Männer von Customs, DEA und FBI schwärmten an Deck aus, knipsten eifrig Fotos und machten sich Notizen, als könnte der schwer beschädigte Frachter sich jede Sekunde in Luft auflösen.

»McConahay kriegt erst mal Urlaub«, erklärte Cronin Hardcastle. »Der Junge steht am Rand eines Nervenzusammenbruchs.«

»Er hat sich letzte Nacht dort draußen verdammt gut gehalten«, stellte Hardcastle fest.

»Das sehe ich ganz anders, Ian. Als jüngster Offizier auf der Brücke des Kutters hat er vor Angst die Hosen vollgehabt und den Kopf verloren. Die sonstige Brückenbesatzung ist tot, und er steht als Verantwortlicher auf der zerstörten Brücke eines stark beschädigten Schiffs. *Ihnen* brauche ich nicht zu erzählen, was er hätte tun müssen: die Besatzung alarmieren, die Verwundeten versorgen lassen und die Leitung der Lecksicherungsarbeiten übernehmen – anstatt mit der Kanone rumzuballern.«

»Er hat mit manuellem Richten nachts fünf Volltreffer auf dem Frachter erzielt«, wandte Hardcastle nachdrücklich ein. »Dafür sind Berechnungen notwendig gewesen, für die Sie oder ich einen Computer bräuchten.«

»Unterdessen läuft sein Schiff voll und ist noch 'ne halbe Stunde vom Boden des Golfs von Mexiko entfernt.«

»McConahay hat sich dazu entschlossen, Straftäter an der Flucht zu hindern.«

»Flucht? Die *Numestra* wäre nicht weit gekommen. Unser Patrouillenboot *Manitou* ist nur drei Stunden entfernt gewesen. Es hätte diesen alten Kahn aufgebracht und...«

»Schon möglich. Aber das konnte er nicht wissen.«

»Ian, an Bord hat's Matrosen gegeben, die erst fünf Minuten nach dem Angriff mitgekriegt haben, was an Deck passiert war. Vielleicht hätten einige der Schwerverletzten überlebt, wenn sie gleich versorgt worden wären. McConahay hat mit dem Geschütz rumgeballert, anstatt sich um die Leute auf seinem Vorderdeck zu kümmern.«

Bevor Hardcastle protestieren konnte, machte Cronin eine abwehrende Handbewegung.

»Keine Sorge, das kommt nicht in meinen Bericht. Aber wir sind hier nicht im Krieg, in dem solches Verhalten *unter Umständen* angebracht sein kann. Wenn sich die Aufregung gelegt hat und er wieder seinen Dienst antritt, veranlasse ich eine gründliche Belehrung über die in solchen Fällen zu ergreifenden Maßnahmen. Somit bleibt seine Personalakte ohne Eintrag. Zufrieden?«

»Richtig, seine Personalakte muß ohne Eintrag bleiben.«

»Sie sind eben ein verdammter Dickkopf, Ian. Den Colt ziehen und den Schurken erschießen, ist im Notfall nicht immer die beste Reaktion. Wir haben verdammt wertvolles Beweismaterial verloren, als Sie die Shorts 330 abgeschossen haben, anstatt zu versuchen, sie zur Landung zu zwingen.«

»Darüber haben wir bereits diskutiert, Sir...«

»Und McConahays Ballerei hat auf genau der gleichen Linie gelegen!«

Hardcastle deutete zum Deck der *Numestra* hinauf, wo Zollbeamte auf Handwagen herangerollte Plastiksäcke aufstapelten. Jeder dieser kühlschrankgroßen Säcke enthielt Dollarscheine: vereinzelt Fünfziger und Hunderter, hauptsächlich Fünfer und Zehner. An Deck lagen bereits Dutzende solcher Säcke.

»Sehen Sie sich das an!« forderte er Cronin auf. »Dieser Frachter ist ein schwimmendes Lagerhaus für Schmugglerwaren gewesen. Wie ich gehört habe, enthält jeder Sack hunderttausend Dollar in kleinen Scheinen. In den Laderäumen lagern *Tonnen* von Geld. Ganz zu schweigen von fast einer halben Tonne Heroin und Kokain sowie weiteren hundert Tonnen Marihuana. Wahrscheinlich hat das Schiff schon mehrere solcher Geldladungen außer Landes gebracht. Außerdem sind an Bord automatische Waffen, Bazookas, Seeminen, große Mengen Sprengstoff und sogar Luftabwehrraketen des Typs Stinger gefunden worden.«

»Ja, ich weiß – aber worauf wollen Sie hinaus? Was hat das alles mit McConahay zu tun?« fragte Cronin, obwohl er bereits wußte, was Hardcastle antworten würde.

»Ihrer Auffassung nach hätte McConahay die Verfolgung abbrechen, sich um sein Schiff kümmern und es einem kleineren, schwächer bewaffneten Patrouillenboot überlassen sollen, den Frachter aufzubringen. Ich behaupte, das wäre ein Fehler gewesen. Ehrlich gesagt sind weder die *Resolute* noch die *Manitou* gut für solche Einsätze geeignet, aber die *Manitou* hätte gar *keine* Chance gehabt und leicht versenkt werden können. Damit will ich sagen, Admiral, daß McConahay eigentlich doch richtig gehandelt hat, als er die Schmuggler an der Flucht gehindert hat. Wären sie erst später gestellt worden, hätten wir oder der Customs Service wahrscheinlich höhere Verluste erlitten. McConahay sollte für seinen tapferen Einsatz sogar belobigt werden!«

Cronin, der privat ähnlich dachte, obwohl er das nicht sagen durfte, äußerte sich nicht dazu.

»Jedenfalls ist unsere Lage prekär, Admiral«, fuhr Hardcastle eindringlich fort. »Dies ist der zweite Fall – sogar der dritte, wenn man den Abschluß der Falcon und den Überfall auf Geffars Hubschrauber einzeln zählt –, in dem Schmuggler sich mit schweren Waffen gegen Coast Guard oder Customs Service zur Wehr gesetzt haben. Obwohl dies keine militärischen oder terroristischen Angriffe sind, weisen sie Elemente von beiden auf. Ihr Hauptzweck ist schlicht und einfach die Verteidigung von Schmugglerware. Nur ist diese neue Taktik der Schmuggler keineswegs einfach...«

»Ich habe veranlaßt, daß jede Coast Guard Station eingehend über diese Aktivitäten unterrichtet wird«, sagte Cronin. »Ich habe zusätzliches Personal für Ihren Bezirk und Admiral Kellermans achten Bezirk angefordert. Außerdem sollen weitere Schiffe und Flugzeuge aus anderen Bezirken...«

»Dann möchte ich eine Sondereinheit zur Bekämpfung gewalttätiger Schmuggler zusammenstellen, Admiral. Wir brauchen eine speziell ausgebildete und ausgerüstete Truppe, die es mit diesen Kerlen aufnehmen kann.«

»Das erscheint mir nicht wirklich notwendig, Ian. Ich kann McConahays Reaktion von letzter Nacht nicht billigen – aber sie hat den Schmugglern immerhin gezeigt, daß wir bereit und imstande sind, Gewalt mit Gewalt zu beantworten.«

»Da bin ich anderer Meinung, Sir. In zwei Fällen sind die Schmuggler ursprünglich Sieger geblieben. Daß sie schließlich personelle und materielle Verluste hinnehmen mußten, ist meiner... unorthodoxen Reaktion und der eines noch unerfahrenen Leutnants zu verdanken, der nicht gewußt hat, daß er laut Vorschrift nicht zurückschießen durfte.«

»Was, zum Teufel, empfehlen Sie uns also, Ian?« fragte Cronin aufgebracht. »Sollen wir anfangen, auf jedes nicht identifizierte Schiff und Flugzeug innerhalb unseres Hoheitsgebiets zu schießen? Wir sind die United States Coast Guard – nicht die alten DDR-Grenztruppen! Klar, unser Job ist manchmal frustrierend. Und häufig gefährlich. Das wissen die Männer und Frauen auf unseren Schiffen, aber sie fahren trotzdem raus, sie tun trotzdem ihre Pflicht...«

»Aber es ist falsch, sie unvorbereitet loszuschicken, statt...«

»Dann müssen wir eben anfangen, sie besser vorzubereiten. Bessere Waffen, bessere Ausbildung, stärkere Reserven, größere Feuerkraft.«

»Ich bin ganz Ihrer Meinung, Sir«, stimmte Hardcastle eilig zu. »Ja, wir brauchen ein Schiff oder Flugzeug, das solche Angriffe wirkungsvoller abwehren kann. *Aber kein Schiff der Küstenwache!*«

»Das verstehe ich nicht«, sagte Admiral Cronin kopfschüttelnd. »Wen sollen wir sonst rausschicken? Die Marine? Die Luftwaffe? Die Küstenwache hat bewaffnete Schiffe, Radarflugzeuge, ausgebildete Seeleute...«

»Aber können wir unsere Besatzungen bei jedem Einsatz bis

an die Zähne bewaffnet losschicken? Letztes Jahr sind allein in meinem Bezirk über *fünfzehntausend* Einsätze gefahren worden – davon aber nur einige Hundert gegen Schmuggler. Es ist gefährlich und unpraktisch, eine hauptsächlich für Rettungsaufgaben ausgebildete Besatzung schwer bewaffnet auf Routinepatrouille zu schicken. Dann ballert sie irgendwann drauflos, wenn sie sie nur ein Fischerboot wegen eines kleinen Verstoßes stoppen soll. Und nimmt Sie *nicht* jeden Einsatz todernst, ist sie unvorbereitet, wenn's wirklich knallt.«

Cronin äußerte sich nicht dazu.

»Meine Leute sind ohnehin schon überlastet, Admiral«, fuhr Hardcastle fort. »Und jetzt müssen wir sie vor einer zusätzlichen Gefahr warnen: Das nächste Boot oder Schiff, das ihr stoppt, kann euch mit einer Lenkwaffe gegen Schiffsziele versenken. Überprüft die vorgeschriebenen Rettungseinrichtungen, fahndet nach Drogen und Stinger-Raketen und paßt gut auf, damit ihr dabei nicht ums Leben kommt.«

»Ich kenne die Zahl der Einsätze und die Aufgaben der Ihnen unterstellten Leute. Ich kenne auch ihre Pflichten und die Belastungen ihres Jobs. Sie brauchen mir keinen gottverdammten Vortrag zu halten!«

»Entschuldigung, Sir, ich wollte nur unterstreichen, daß wir...«

Cronin starrte nach vorn, wo sich am Liegeplatz der *Resolute* Neugierige und Reporter drängten, die von Männern der Coastguard und Beamten der Louisiana State Police zurückgehalten wurden.

»Verdammt noch mal, wer hat die Reporter in meine Station gelassen?« knurrte der Admiral. »Der Idiot, der das genehmigt hat, kann sich auf was gefaßt machen!«

Als die *Resolute* sich ihrem Liegeplatz näherte, sahen Cronin und Hardcastle vier weiße Fahrzeuge, die mit eingeschaltetem Blinklicht durch die Menge rollten und sofort die Aufmerksamkeit der Kamerateams auf sich zogen. Die vier großen Krankenwagen hielten an der Pier, und die Menge drängte heran, um einen Blick in ihr Inneres zu erhaschen. Die Sanitäter öffneten die Hecktüren der Fahrzeuge und warteten auf ihre grausige Fracht.

In diesem Augenblick öffnete sich das zur Landungsplattform der *Resolute* hinausführende Stahltor. Die beiden Admirale traten zur Seite und salutierten, während die Leichensäcke mit den zehn durch den Angriff der *Numestra* umgekommenen Besatzungsmitgliedern – darunter Fregattenkapitän Ehrlich und Korvettenkapitän Applegate – auf Tragbahren aufs Achterdeck gebracht wurden, um in die Krankenwagen geladen zu werden.

Als die letzte Tragbahre an ihnen vorbei war, ließ Cronin seine Hand sinken. »Verdammt noch mal!« knurrte er halblaut. Er starrte aufgebracht die Kamerateams an, die sich jetzt wie Geier auf die Bahrenprozession stürzten.

»Sir…«

»*Ja*, Hardcastle?«

»Tut mir leid, daß das passiert ist, Admiral, aber…«

»Ich weiß, ich weiß!« Cronin wandte sich ab und betrachtete schweigend die *Numestra*. Erst als die *Resolute* angelegt hatte, drehte er sich ruckartig zu Hardcastle um.

»Ian, geben Sie mir Ihre Empfehlungen schriftlich. Machen Sie einen Vorschlag für diese Sondereinheit, von der Sie gesprochen haben. Bin ich mit Ihrem Plan einverstanden, kommt er zu meinem Bericht ans Handelsministerium, ans Oberkommando der Coast Guard und an die Vereinten Stabschefs. Verdammt, vielleicht müssen wir *wirklich* mal zuschlagen! Vielleicht ist damit was zu erreichen!«

Homestead AFB, Florida
Zehn Tage später

Hardcastle fand sie in der Morgensonne auf der Schießbahn der Homestead Air Force Base. Sandra Geffar war auf der Hundertmeterbahn und hatte in dem Ständer neben sich eine erstaunliche Vielfalt von Handfeuerwaffen – von ihrer Dienstpistole Kaliber 45 über ein Sturmgewehr Marke Steyr bis zu einer Maschinenpistole Marke Uzi. Um sie herum lagen leergeschossene Magazine und aufgerissene Munitionsschachteln. Sie experimentierte mit verschiedenen Pistolen- und Revolverhalftern und kontrollierte die Trefferlage jeder Serie durch ein neben ihrem rechten Ellbogen aufgebautes Fernrohr.

So imponierend diese Waffensammlung wirken mochte, so wenig imponierend sah Sandra Geffar aus. Sie trug eine Nackenstütze. Ihr Gesicht war geschwollen und verfärbt. Unter beiden Augen hatte sie blau-schwarze Blutergüsse als Folge der gewaltigen Druckwelle bei der Explosion der Black Hawk. Sie hinkte leicht, und unter den Lederhalftern lag eine elastische Schulterstütze, die sie eigentlich nicht hätte ablegen dürfen.

Geffar nahm Hardcastle nicht wahr oder ignorierte ihn bewußt, als er an den Stand neben ihr trat, um ihr zuzusehen. Sie hatte als Zielentfernung fünfzig Meter gewählt, und die Mannscheibe rollte automatisch dorthin und bewegte sich dann nach links.

»Entschuldigung, haben Sie Zeit, mit mir zu reden?« fragte der Admiral.

Ihr Blick registrierte seine Anwesenheit. Ohne seine Frage zu beantworten, steckte sie zwei Magazine mit je neun Patronen in die linke Schultertasche ihres Gurtzeugs, schob ein weiteres volles Magazin in ihre Pistole, lud die Waffe durch, ersetzte die nun im Magazin fehlende Patrone und steckte die Pistole dann in ein rechts getragenes Schulterhalfter.

»Sie sind Linkshänderin«, stellte Hardcastle fest, um irgend etwas zu sagen. »Das ist mir nie aufgefallen.«

Keine Antwort. Er hörte Papier knattern, drehte sich danach um und sah, wie die Mannscheibe sich an einem dünnen Draht rasch von links nach rechts bewegte. Geffar zog blitzschnell ihre Pistole, zielte kurz und gab zehn Schüsse auf die Scheibe ab. Ohne die Hand mit der Waffe zu senken, warf sie das leere Magazin aus, ersetzte es durch ein volles und schoß noch neunmal. Dann lud sie das dritte Magazin, konnte aber nur noch drei Schüsse abgeben, bevor die Scheibe rechts hinter dem Erdwall zur nächsten Bahn verschwand.

»Scheiße!« Sie drückte auf einen Knopf, um das bewegliche Ziel heranzuholen, senkte die rauchende Pistole und sicherte sie. »Meine Hand zittert so stark... Sonst habe ich achtundzwanzig Schuß abgegeben, bevor die Scheibe verschwunden ist. Jetzt treffe ich kaum noch.«

»Tatsächlich?« fragte Hardcastle, während er das Trefferbild begutachtete. Nur zwei Treffer lagen ganz knapp außerhalb des handtellergroßen Zehnerbereichs der schwarzen Mannscheibe. Also zweiundzwanzig Treffer. Er wußte, daß es ihm schwergefallen wäre, ein stationäres Ziel aus dreißig Metern ähnlich gut zu treffen – und sie hatte ein sich bewegendes Ziel aus fünfzig Meter Entfernung getroffen. »Yeah, eine miserable Leistung.«

Geffar warf ihm einen Blick zu, während sie ihre Magazine nachlud. »Was kann ich für Sie tun, *Admiral*?«

»Ich wollte bloß mal sehen, wie's Ihnen geht. Ihre Dienststelle glaubt, Sie seien noch im Krankenhaus.«

»Ich bin heute morgen abgehauen. Ich hab' die Nase vollgehabt. Luftwaffenärzte sind noch langweiliger als zivile.«

»Wie geht's Ihrem Hals?« fragte er ernsthaft.

»Mir tut alles weh. Ich sehe Sterne, wenn ich den Kopf zu rasch drehe. Meine Hände zittern. Mir paßt kein Halfter, weil meine rechte Schulter keinen Druck aushält. Alles klar?« Sie war dabei, das dritte Magazin zu laden. »Wechseln Sie mir die Scheibe, ja?«

Hardcastle riß die durchlöcherte Silhouette ab, rollte eine neue hoch und ließ die schwere Metallklammer zuschnappen. »Ich hätte eine gute Idee.«

»Welche?«

»Fahren Sie heim, und ruhen Sie sich aus.« Hardcastle ließ die Scheibe los, während Geffar den Hundertmeterknopf drückte. Die Mannscheibe glitt davon.

»Ich bin jetzt zehn Tage fort, und die Stimmung in meiner Einheit hat einen absoluten Tiefpunkt erreicht.«

»Das kommt vor, wenn's Verluste gegeben hat. Trotzdem darf man sich nicht selbst dafür bestrafen.«

»Was haben Sie getan, als Ihre Falcon abgeschossen worden ist – 'ne Party gegeben?«

»Lassen wir das. Meinetwegen können Sie sich hier draußen auf dem Schießplatz abreagieren. Aber ziehen Sie nicht alle, die

Ihnen nur helfen wollen, mit sich runter. Auch wenn Sie einen Tritt in den Hintern verdient hätten.«

Sie schob ein Magazin in ihre Pistole, zog es wieder heraus und legte die Waffe weg. »Tut mir leid«, sagte sie dann, »aber ich bin eben nicht mit den Marines in Vietnam gewesen wie Sie. Ich habe schon Feuergefechte mit Schmugglern erlebt – aber noch keines, bei dem Männer... *so* gestorben sind.«

»Möchten Sie darüber sprechen?«

»Nein.« Sie zog ihre Schulterstütze unter den Lederhalftern hervor. »Entschuldigung. Ja«, sagte sie leise, während sie die Stütze über ihren rechten Arm schob. Hardcastle nahm die Thermoskanne mit, holte aus dem Schießbüro eine weitere Tasse und schenkte ihnen ein, während sie über den Rasen hinter dem Parkplatz gingen.

»Ich kann mir gut vorstellen, wie Ihnen zumute ist«, begann er. »Als junger Leutnant frisch von der Offiziersschule bin ich als Chef eines Bombenräumkommandos nach Vietnam versetzt worden. Vom Bombenräumen hatte ich damals keine Ahnung – ich hatte überhaupt von nichts eine Ahnung! Gleich in der ersten Woche habe ich fünf Männer verloren, die ich kaum gekannt hatte. Ich habe mich für jeden einzelnen verantwortlich gefühlt.«

Sandra Geffar nickte.

»Sie haben das Gefühl, einsam zu sein, weil sie Verantwortung tragen, aber das sind Sie nicht. Es gibt Leute, die Ihnen helfen möchten, wenn Sie's nur zuließen.«

»Ja, ja, schon gut... Was verschafft mir die Ehre dieses Spaziergangs, Admiral?«

»Nennen Sie mich Ian.«

»Nein danke, Admiral.«

»Wie Sie wünschen. Ich wollte mit Ihnen über die Bekämpfung des Drogenschmuggels reden. Über unsere gemeinsame Aufgabe.«

»Was ist damit?«

»Wie beurteilen Sie Ihre Rolle bei der Bekämpfung des Drogenschmuggels?«

»Miserabel. Wir leiden unter Geld- und Personalnöten; wir ermitteln immer weniger und hocken mehr und mehr herum, bis irgendwas passiert. Ist's dann soweit, muß der Customs Service meistens warten, bis andere Leute ihren Krempel beisammen haben oder uns aus dem Weg gehen.«

»Leute wie die Küstenwache?«

»Coast Guard, DEA, FBI, SLINGSHOT, BLOC, Justizministerium, Finanzministerium, ATF, Militär... Theoretisch soll der Customs Service die Hauptrolle im Kampf gegen den Drogenschmuggel spielen. Aber wir stehen seit fünf Jahren hinter der Drug Enforcement Agency zurück – und jetzt drängt sich allmählich auch Ihre Küstenwache vor. Wir können nichts mehr unternehmen, ohne ein halbes Dutzend anderer Stellen mit hineinzuziehen. Berücksichtigen wir noch die staatlichen und örtlichen Polizeidienststellen, bleibt uns gar kein Bewegungsspielraum mehr. Eine klassische Zwickmühle!«

»Was schlagen Sie als Lösung vor?«

»Lösung? Ich weiß nicht, ob's eine gibt... Worauf wollen Sie hinaus, Hardcastle? Haben Sie vielleicht ein Abhörmikrofon in der Mütze?«

»Erzählen Sie mir einfach, was Ihnen stinkt. Im Vergleich zu Ihnen bin ich in diesem Geschäft noch ziemlich neu. Ich meine, Sie haben von Anfang an in diesem Gebiet gearbeitet. Ich bin bloß ein alter Dschungelpilot.«

Geffar warf ihm einen zweifelnden Blick zu, als könne sie nicht recht glauben, daß er sich tatsächlich für ihre Sorgen interessiere. Aber warum sollte sie ihm nicht erzählen, was sie seit langem auf dem Herzen hatte?

»Wir verlieren immer mehr an Boden, weil wir die Schmuggler an Land lassen«, begann sie. »Der Grund ist klar: Sobald die Ware an Land ist, kann sie schneller verteilt werden, als wenn sie noch an Bord eines Schiffs oder Flugzeugs ist. Ein Teil des Problems liegt auch im Anti-Drug Abuse Act aus dem Jahre 1986 begründet, der Ihren Leuten – der Coast Guard – die alleinige Zuständigkeit für die Bekämpfung des Drogenschmuggels in den Küstengewässern übertragen hat. Bis wir eingreifen und die Schmuggler zu stellen versuchen, ist's oft schon zu spät. So bekommen sie allmählich die Oberhand.«

»Okay, Sie wollen also verhindern, daß die Drogen an Land gebracht werden. Die Ware kommt mit Flugzeugen aus Süd- oder Mittelamerika. Die Schmuggler werfen sie vor der Küste ab, wo sie von Motorbooten abgeholt wird. Wie wollen Sie das unterbinden?«

»Mit Intelligenz und Ausdauer«, sagte Geffar rasch. »Man muß rauskriegen, wann die nächste Lieferung bevorsteht, und sie mit konzentriertem Material- und Personaleinsatz abfangen. Die Schmuggler dürfen gar nicht erst an Land kommen. Man muß sie stellen, *bevor* sie auseinanderlaufen, und dafür sorgen, daß keiner entkommt... Im Augenblick haben wir bestenfalls ein Zehntel der Material- und Personalstärke, die wir für diesen Job bräuchten. Wir lassen uns Ausreden einfallen – der Kontakt ist zweifelhaft, für 'nen großen Schmuggler ist er zu langsam –, aber in Wirklichkeit fangen wir nicht alle ab, weil wir's nicht *können*. Ich habe hier in Homestead nur drei Citations und drei Cheyennes, die für Nachteinsätze ausgerüstet sind. Die Küstenwache hat insgesamt nur acht Falcons – davon nur vier in Florida, die anderen in Kalifornien und Alabama. Wenn wir Glück haben, ist die Hälfte davon einsatzbereit; der Rest wird gewartet oder fliegt anderswo. Das sind weniger als die Hälfte der Maschinen, die wir bloß zur Überwachung der Küste Südfloridas bräuchten...«

Hardcastle hatte einen Notizblock aus der Tasche gezogen und schrieb die einzelnen Punkte mit.

»Okay, Admiral, was soll das alles?« fragte Geffar.

»Das will ich Ihnen gern sagen. Ich bin aufgefordert worden, Ideen für ein Projekt zu liefern, mit dem ich mich seit einigen Monaten befasse. Vorerst ist es nur für Admiral Cronin gedacht, aber ich hoffe, daß es seinen Weg bis ganz oben macht – sogar bis ins Weiße Haus.«

Geffar musterte Hardcastle zunächst skeptisch, dann aber mit wachsendem Interesse. Sie zeigte auf den schattigen Picknickplatz am Rande der Rasenfläche. Als sie einen der Tische erreichten, nahm Geffar langsam Platz und bemühte sich, ihre schmerzenden Muskeln und Gelenke zu vergessen. »Okay, Admiral...«

»Ian.«

»Okay, Ian. Und Sie dürfen Sandra zu mir sagen, wenn Sie aufhören, so schleimig zu grinsen. Worum geht's also bei Ihrem großen Projekt?«

»Um alles das, was Sie vorhin angesprochen haben. Unsere Arbeit wird durch Kompetenzstreitigkeiten und Zuständigkeitswirrwar behindert. Uns fehlen die materiellen und personellen Voraussetzungen, um Schmuggler daran zu hindern, ihre Ware ins Land zu bringen, und die eigentlich Zuständigen lassen es an politischem und finanziellem *Engagement* fehlen. An Schaufensterreden, Absichtserklärungen und Gesetzentwürfen ist kein Mangel. Aber handfestes Engagement? Das würde harte, vielleicht sogar unpopuläre Entscheidungen voraussetzen, Drogenschmuggler *und* ihre Hintermänner weltweit zu verfolgen – nicht nur vor unseren eigenen Küsten.«

»Sie reden selbst wie ein Politiker, Hardcastle. Kandidieren Sie zufällig für irgendein Amt?«

»Ich bin kein Politiker. Ich bin Offizier der Küstenwache. Mich würde ohnehin keiner wählen.«

»Richtig!« Geffar schüttelte den Kopf. »Ich verstehe noch immer nicht ganz, worauf Sie hinauswollen.«

»Hören Sie, wie hoch ist der Anteil der mit Flugzeugen ins Land geschmuggelten Drogen?«

»Ein Drittel, vielleicht vierzig Prozent. Der Rest kommt auf dem Seeweg oder in Containern...«

»Gelänge es uns also, den Luftweg zu sperren, kämen mindestens dreißig Prozent weniger Drogen ins Land, was...«

»Irrtum!« unterbrach Geffar ihn. »Die Menge würde *zeitweilig* zurückgehen, aber das wär's schon. Bei steigenden Preisen werden neue Dealer aktiv, die neue Vertriebswege finden. Die auf dem Luftweg beförderte Menge würde sinken – aber auf anderen Routen würde um so mehr geschmuggelt werden.«

»Aber wenn Sie *im voraus* wüßten, daß der Containerschmuggel aufblühen wird, könnten Sie Ihre Kontrollen rechtzeitig verstärken.«

»Wie denn, nachdem wir schon jetzt an der Grenze unserer Leistungskraft angelangt sind? In Florida treffen tagtäglich über dreihundert Container ein! Ein durch Nationalgardisten oder Reservisten verstärktes sehr gutes Kontrollteam braucht für einen Container ungefähr zwei Stunden. Deshalb bleiben rund achtzig Prozent aller ins Land gebrachten Container unkontrolliert.«

»Sie verstehen nicht, worauf ich hinauswill. Unser erstes Ziel muß es sein, den Luftweg zu sperren. Weichen die Drogenschmuggler dann aus, nehmen wir uns ihre anderen Routen vor. Aber wir hindern sie zumindest daran, die bequemste Route zu benützen – den Luftweg.«

»Und? Sie haben noch immer nicht erklärt, wie Sie das erreichen wollen. Wie wollen Sie den Drogenschmuggel auf dem Luftweg unterbinden?«

»Die Radarüberwachung im Südwesten der Vereinigten Staaten ist fast lückenlos. Wir haben Computer, die den Kurs von Radarzielen mit aufgegebenen Flugplänen vergleichen und verdächtige Maschinen ermitteln können...«

»Okay, dann haben Sie also zehn Flugzeuge, die nachts vor der Küste rumschwirren und vielleicht Schmuggelware abwerfen – oder auch nur nach Norden unterwegs sind. Und von Hunderten von Radarzielen, die tagsüber erfaßt werden, sind vielleicht zwei Dutzend verdächtig. Was tun Sie mit denen?«

»Wir steuern sie an.«

»Womit?«

»Hätten Sie Lust auf einen kleinen Wochenendflug?«

»Wozu?«

»Ich möchte Ihnen eine Neuentwicklung vorführen, die uns weiterhelfen könnte. Ich hole Sie am Sonntagmorgen um sieben Uhr hier ab. Bis dahin können Sie sich noch ein paar Tage erholen und...«

»Was haben Sie vor, Hardcastle? Versuchen Sie etwa, mich für irgendein dämliches Projekt einzuspannen, das euch Coasties mehr Einfluß sichern soll?«

»Mein Projekt hat nichts mit der Küstenwache zu tun. Ich bezweifle sogar, daß die Jagd auf Drogenschmuggler zu ihren eigentlichen Aufgaben gehört. Natürlich wird sie immer daran beteiligt sein, aber wir verschwenden viel Zeit und Geld, indem wir Falcons und Küstenwachkutter auf Drogenschmuggler ansetzen… *Wir brauchen eine eigens zur Schmugglerbekämpfung aufgestellte, ausgebildete und ausgerüstete Organisation.*«

»Und das ist der Customs Service…«

»Auch das bezweifle ich. Sie haben vorhin selbst über Material- und Personalmangel geklagt. Außerdem müssen Sie warten, bis die Verdächtigen ihre Ladung über Land oder vor der Küste abwerfen. Und danach sinken die Chancen, *alle* zu fassen, verdammt schnell.

Aber was wäre, wenn wir jedes Schiff anhalten würden, das in amerikanische Gewässer einlaufen oder sie verlassen will? Wenn jedes Schiff vorgeschriebene Kontrollpunkte wie Grenzübergänge passieren müßte? Was wäre, wenn wir jedes Schiff inspizieren würden, *bevor* es in amerikanische Gewässer einläuft?«

»Das ist unmöglich…«

»Durchaus nicht! Was wäre, wenn wir verlangen würden, daß jedes Flugzeug eindeutig identifiziert ist, bevor es in den amerikanischen Luftraum einfliegt?«

»Das tun wir bereits.«

»Aber was wäre, wenn wir kein Flugzeug einfliegen lassen würden, das *nicht* eindeutig identifiziert ist?«

»*Nicht einfliegen lassen?* Was soll das heißen?« Sie starrte ihn überrascht an. »Sie meinen, wir… *wir sollten es abschießen*?«

»Radarortung bei sechzig Seemeilen, Überwachung bei fünfzig, Anruf bei vierzig, Ansteuern bei dreißig, zweiter Anruf bei zwanzig, Warnung bei fünfzehn, Feuereröffnung bei zehn«, bestätigte Hardcastle. »Das Standardverfahren der Luftverteidigung – nur daß es nicht auf Leichtflugzeuge bei Schmuggelflügen angewandt wird. In Zukunft wenden *wir* dieses Verfahren an. Wir lassen keine unidentifizierte Maschine einfliegen, Punktum. Wer weder auf Funk oder Lichtsignale noch auf Zeichen reagiert, darf nicht einfliegen. Ähnliches gilt für Schiffe auf hoher See. Alle, die nicht stoppen oder sich zu erkennen geben, werden abgefangen und aufgebracht.«

»Das sagen Sie so nett und einfach«, widersprach Geffar, »aber wenn Sie Ihren Plan verwirklichen, werden gelegentlich auch Unschuldige abgeschossen, weil sie...«

»Damit will ich nur verhindern, daß Drogen, Waffen, Geld und andere Schmuggelware in die Vereinigten Staaten gebracht werden. Wir wissen beide, daß das gegenwärtige System nichts taugt. Deshalb muß eines her, das *funktioniert.* Der Abschuß Unschuldiger wäre natürlich eine Katastrophe, aber die Angst davor darf uns nicht zur Untätigkeit verurteilen. Wir müssen nur für Sicherheitsvorkehrungen sorgen, die Angriffe auf Leute verhindern, die sich an die Regeln halten.«

»Sicherheitsvorkehrungen sind schön und gut, Admiral, aber wir wissen beide, daß sie keine Garantie darstellen. Die erste vierköpfige Familie, die Sie abschießen, macht jahrelange Arbeit und Milliarden an Material- und Personalkosten zunichte. Ein einziger solcher Fall könnte die Bekämpfung des Drogenschmuggels um zwanzig Jahre zurückwerfen!«

»Soviel ich mich erinnere, ist genau *dieses* Argument vor Jahren gegen die Customs Service Air Branch vorgebracht worden«, sagte Hardcastle. »Und *wir* haben es zu hören bekommen, als wir angekündigt haben, daß unsere zweistrahligen Maschinen notfalls dicht an Sportflugzeuge heranfliegen würden, um ihr Kennzeichen abzulesen. Durch unsere Schuld würden Familien ins Karibische Meer stürzen, hat es geheißen. Aber weder Sie noch wir haben in fast dreißig Jahren harmlose Zivilisten umgebracht, sondern viel Unheil verhindert. Nun wird's Zeit, mehr, weit mehr zu tun...«

Sie schien keineswegs überzeugt zu sein.

»Ich könnte Ihnen beweisen, daß die Sache klappt«, fuhr er fort, »wenn Sie aufgeschlossen genug sind, um sich selbst ein Urteil bilden zu wollen.«

»Hey, ich brauche Ihnen nichts zu beweisen! Ich tue meine Arbeit und...«

»Wovor haben Sie dann Angst?«

»Vor nichts, was *Sie* aus dem Ärmel zaubern könnten.«

»Gut, abgemacht. Am Sonntagmorgen um sieben. Ich hole Sie in Ihrer Dienststelle ab.«

»Einverstanden«, sagte Geffar. »Ich will bloß hoffen, daß Ihr

Projekt was taugt, Admiral. Von mir und meinen Leuten haben Sie null zu erwarten, bevor ich davon überzeugt bin, daß Ihre große Idee nicht mit einem Fiasko enden wird.« Oder den Customs Service in die Ecke drängen soll, fügte sie im stillen hinzu.

Drittes Kapitel

Brickell Federal Building, Miami
Einige Tage später

Unter Hardcastles Fingern, die mehr an die Steuerorgane von Flugzeugen und Hubschraubern als an eine Computertastatur gewöhnt waren, neigten Dinge auf dem Bildschirm dazu, spurlos und für immer zu verschwinden. Deshalb hatte er seinen Computer auf einen kleinen Tisch in einer Ecke des Dienstzimmers verbannt und behielt die zuverlässige alte Selectric auf dem Schreibmaschinentisch neben seinem Platz.

Die Methode, wie der Admiral mühsam suchend und mit zwei Fingern seinen Bericht tippte, wäre Fregattenkapitän Michael Becker, Hardcastles Adjutanten, normalerweise komisch vorgekommen – wenn es nicht schon weit nach einundzwanzig Uhr gewesen wäre. Becker, der mit Hornbrille und Krawatte – im feuchtheißen Miami ein seltener Anblick – eher wie ein junger Leutnant als wie ein erfahrener Skipper und Stationskommandant aussah, litt unter der stockenden Tipperei seines Chefs. Wie eine chinesische Wasserfolter, dachte er.

Schließlich konnte er's nicht länger aushalten. »Admiral, ich würde Ihnen diese Arbeit gern abnehmen...«

»Das haben Sie mir bereits angeboten, Mike. Sie wissen genau, wie ungern ich diktiere. Und Sie könnten meine Notizen ohnehin nicht lesen. Nein, diese Arbeit kann mir niemand abnehmen. Warum fahren Sie nicht schon nach Hause?«

»Ich weiß, daß der Bericht dringend fertig werden muß«, sagte Becker, »und möchte Ihnen helfen...«

»Dann halten Sie die Klappe, damit ich arbeiten kann.«

Becker nickte und sank auf seinen Stuhl zurück.

»Hat General Brad Elliott schon telefoniert, um seine Ankunftszeit zu bestätigen?« fragte Hardcastle, während er mit zwei Fingern weitertippte. »Wir brauchen sein Gerät für die Vorführung am Wochenende. Er muß wissen, wie wichtig das Engagement seiner Organisation ist.«

»Das weiß er, Admiral. Er hat aus Fort Lauderdale angerufen. Dort ist er heute nachmittag mit seinem Projektoffizier angekommen. Ich habe gleich danach mit ihm gesprochen…«

»Er ist schon hier?«

»Ich wollte Sie nicht stören, weil Sie beschäftigt waren. Er steht Ihnen zur Verfügung, sobald Sie Zeit haben. Jedenfalls ist er startbereit.«

»Was für ein Typ ist dieser Elliott?«

»Ende Fünfzig, schlank, durchtrainiert. Äußerlich ganz der große Fliegerheld. Aber er wird Ihnen gefallen. Er gilt als sehr selbständig. Sein Projektoffizier scheint recht jung zu sein – höchstens dreißig.«

Hardcastle sah von der Arbeit auf. »Wie ich höre, ist Elliott ein Mann mit Ideen… Das ist gut für uns.«

»Außerdem trägt er links eine Oberschenkelprothese. Haben Sie das gewußt?«

Hardcastle schüttelte den Kopf.

»Trotzdem ist er voll fliegertauglich. Ich habe mich danach erkundigt. Er hat die V-22 selbst hergeflogen und sauber auf Gorilla One gelandet.«

»Wissen Sie auch, wie er das Bein verloren hat?«

»Das ist nicht rauszukriegen«, sagte Becker. »Es wird vom Pentagon bis Nevada streng geheimgehalten.«

»Je mehr ich über ihn höre, desto interessanter kommt er mir vor.« Hardcastle sah zu einem an der Wand hängenden, gerahmten Foto, das ein seltsames Flugzeug zeigte – eine Art Transporter mit Hubschrauberrotoren an den Enden verhältnismäßig kurzer Flügel. »Wie sieht die Sea Lion aus?«

»Eindrucksvoll! Sie sollen gleich morgen früh mitfliegen. Machen Sie sich auf eine Überraschung gefaßt.«

»Dann muß ich zusehen, daß dieser Bericht fertig wird… Was ist übrigens mit den Drohnen? Sind alle startklar?«

»Nach Auskunft von Elliotts Projektoffizier, einem Major

McLanahan, sind die Muster Seagull und Sky Lion startklar«, meldete Becker. »Die Sky Lion ist mit allem Zubehör auf Gorilla One stationiert. Die Seagull startet vom Flughafen Marathon aus, weil die Zeit nicht für den Aufbau ihrer Startrampe auf der Plattform gereicht hätte.«

»Ohnehin erstaunlich, was diese Leute in so kurzer Zeit geschafft haben«, meinte Hardcastle. »Es hat sich echt gelohnt, sich nicht abwimmeln zu lassen, bis erreicht war, daß dieses geheimnisvolle HAWC uns unterstützen durfte. Die Air Force hält seine Existenz so streng geheim, daß mich wundert, daß wir überhaupt was gekriegt haben.«

Becker stand auf und wartete, bis Hardcastle das nächste Blatt aus der alten Selectric gezogen hatte. »Vierhundertneunzehn Seiten. Sind Sie bald fertig, Sir? Das bedeutet einen neuen Weltrekord.«

»Höchstens vierhundertfünfzig«, sagte Hardcastle und rieb sich die Augen. »Plus Abbildungen, Kartenteil und Register.«

»*Vierhundertfünfzig* Seiten! Da wird ATLANTCOM ganz schön sauer sein.« ATLANTCOM, Admiral Cronins Dienststelle, hatte Hardcastles Ausarbeitung über eine Sondereinheit zur Bekämpfung des Drogenschmuggels schon dreimal mit unzähligen Änderungswünschen zurückgeschickt. Cronin hatte vor allem den Umfang der Denkschrift kritisiert und behauptet, er sei praktisch die Garantie dafür, daß sie weder im Weißen Haus noch im Kongreß Leser finden werde.

»In Wirklichkeit geht's dem Admiral gar nicht um den Umfang«, sagte Hardcastle. »Er weiß bloß noch nicht, ob er dieses Projekt wirklich unterstützen soll.«

»Ob er *Sie* unterstützen soll, meinen Sie.«

»Möglich. Andererseits ist er dafür bekannt, daß er zu seinen Leuten steht. Daß ein so ehrgeiziges Projekt Cronin Magenschmerzen macht, ist verständlich. Ich bin froh, daß er nicht wie andere Chefs ist, die ein Projekt dieser Art schon teilweise bekanntgegeben hätten, um sich ein bißchen Publicity zu sichern.«

Hardcastle tippte wieder mühsam weiter, als an die Tür geklopft wurde.

»Daniel! Herein mit dir!«

Daniel Hardcastle, sein jüngerer Sohn und heimlicher Liebling, war siebzehn Jahre alt, groß, blond und drahtig; er sah seinem Vater viel ähnlicher als der sechsundzwanzigjährige Roger, der das genaue Abbild seiner Mutter war.

»Schon wieder Überstunden, was?« fragte Daniel und umarmte seinen Vater kurz. Der Admiral sah Becker an, der nur auf diesen Blick gewartet zu haben schien. »Wenn Sie mich nicht mehr brauchen, Sir, fahre ich nach Hause«, schlug der Adjutant vor. Hardcastle nickte – für Beckers Taktgefühl dankbar.

»Wie bist du hergekommen?« fragte Hardcastle und sah auf seine Uhr, als Becker ging. »Es ist schon ziemlich spät. Hat deine Mutter...?«

»Per Anhalter.«

»Um halb zehn, obwohl du morgen Schule hast?«

»Ab acht proben die anderen für die Abschlußfeier«, antwortete Daniel rasch. »Der Unterricht beginnt erst um neun.«

»Und du gehst nicht zur Probe?«

»Darüber haben wir schon gesprochen, Dad.« Daniel versuchte das Thema zu wechseln, indem er das an der Wand hängende Foto der V-22 Osprey mit Schwenkrotoren anstarrte.

»Schon gut, schon gut«, sagte Hardcastle, der es bedauerte, diesen Punkt angeschnitten zu haben. Ja, sie hatten darüber gesprochen... oder eigentlich *gestritten*. Um seinen geschiedenen Eltern einen peinlichen gemeinsamen Auftritt bei der Schulabschlußfeier zu ersparen, hatte Daniel beschlossen, gar nicht erst hinzugehen. Und Hardcastles Entscheidung, ihm in dieser Beziehung seinen Willen zu lassen, hatte seine Ex-Frau Jennifer erst recht gegen ihn aufgebracht.

»Du solltest nachts wirklich nicht per Anhalter fahren«, sagte Hardcastle. »Da sind Kerle unterwegs, die dich zusammenschlagen, bloß weil ihnen dein Hemd nicht gefällt – oder *weil's* ihnen gefällt. Du weißt, was ich meine?«

»Klar, Dad. Ich mach's nicht mehr.« Daniel trat an seinen Schreibtisch und warf einen unbekümmerten Blick auf die dort liegenden Papiere. Hardcastle legte einen roten Plastikordner darüber. »Noch immer bei deinem streng geheimen Projekt?« fragte er. »In letzter Zeit arbeitest du verdammt viel, Dad.«

»Das hier ist ziemlich wichtig.«

»Worum geht's dabei?«

»Wenn ich's dir sagen würde, wär's nicht mehr geheim.«

»Gibt's auch keine nicht geheime Version?«

Hardcastle zuckte mit den Schultern. »Es geht um die Bekämpfung des Drogenschmuggels. Mehr darf ich dir vorerst nicht erzählen.«

»Das hab' ich mir gedacht«, sagte Daniel. »Warum wird der Drogenhandel nicht einfach freigegeben?«

»Hör auf, Danny! Darüber haben wir schon oft genug diskutiert. Alkohol und Kokain sind eben *nicht* das gleiche. Und bei Marihuana kennt niemand die Langzeitwirkungen. Aber die Argumente hast du ja schon gehört.«

»Ich sehe nur, wie du Tag und Nacht arbeitest, um dieses Problem zu lösen, und aus meiner Sicht könntest du ebensogut versuchen, die Niagarafälle raufzuschwimmen.« Als sein Vater nicht darauf einging, betrachtete Daniel wieder das Photo der Osprey. »Klasseflugzeug, was? Wollt ihr damit auf Schmugglerjagd gehen?«

Ein cleverer Junge, dachte Hardcastle. Trotz seiner vielen dummen Streiche. »Mich kannst du nicht aushorchen. Komm zur Coast Guard, geh auf die Akademie und laß dir dort alles erzählen.«

»Ich denke darüber nach.«

»Du denkst über die Akademie nach?«

»Klar. Wie sollte ich's *nicht* tun?«

Das freute Hardcastle, aber Daniel sollte nicht das Gefühl haben, sein Vater dränge ihn. Deshalb wechselte er das Thema. »Wie geht's deiner Mutter?«

»Gut.« Daniel grinste über Hardcastles zweifelnden Blick. »Okay, okay. Sie ist stinksauer.«

»Weil ich letztes Wochenende verpaßt habe?« Der Junge nickte. »Tut mir leid, Daniel, aber ich...«

»Bei mir brauchst du dich nicht zu entschuldigen. Mom bildet sich ein, daß ich bleibende Schäden davontrage, wenn meine zweiwöchentliche Interaktion, wie sie's nennt, mit meinem Vater ausfällt. Klar, mir tut's leid, wenn wir nicht zusammen sind,

Dad, aber von bleibenden Schäden kann wirklich keine Rede sein!«

Hardcastle stand auf, sammelte die Unterlagen von seinem Schreibtisch ein und sperrte sie in den Wandsafe. »Komm, wir gehen. Hast du schon was gegessen?«

»Ich... ich hab' gehofft...«

»Laß mich raten«, sagte Hardcastle lächelnd. »Ein Flug in der Scorpion?«

»Der letzte ist schon lange her...«

»Der nächste Flugplatz, auf dem ich dich absetzen könnte, ist Taimiami. Von dort aus müßtest du zwei, drei Meilen weit zu Fuß gehen.«

»Das wär's wert – und ich versprech' dir, daß Mom nichts davon erfährt.«

Jennifer, das wußte Hardcastle recht gut, war strikt dagegen, daß er Daniel in der Super Scorpion mitnahm. Aber Hardcastle war gern mit seinem Sohn zusammen. Danny war so voller Energien, so lebendig, aber auch etwas wild. Das genaue Gegenteil seiner beherrschten, dominierenden Mutter, einer Immobilienmaklerin in Miami, und seines Bruders Roger, der an der John Hopkins University Medizin studierte. Er war stolz auf Roger und empfand noch immer Zuneigung für seine Ex-Frau, aber am liebsten war er mit Daniel zusammen. In seiner Gesellschaft fühlte er sich um Jahre jünger – ein unbezahlbares Gefühl!

»Gut, du kannst mitfliegen«, entschied Hardcastle. »Aber ich rufe bei Tiger Air in Taimiami an, ob jemand dich heimbringen kann. Per Anhalter darfst du nachts nicht mehr fahren, sonst hat's deine Mutter echt auf meinen Skalp abgesehen, wenn sie's rauskriegt.«

Nachdem Hardcastle seine Unterlagen weggeschlossen hatte, nahm er das Farbband aus der Schreibmaschine und steckte es im Vorzimmer in den Aktenvernichter.

»Dein Projekt muß wirklich sehr geheim sein«, stellte Daniel fest. »Tust du das jeden Abend? Wie umständlich!«

»Dafür beziehe ich mein Riesengehalt.«

»Yeah, richtig, zweitausendneunhundertelf Dollar und dreiundachtzig Cent im Monat. Vor Steuern.«

»Hast du Angst, daß es von mir nichts zu erben gibt?«

»Das ist's nicht«, sagte Daniel, während sie das Vorzimmer verließen. »Ich höre bloß immer Mom reden. Sie sagt, daß du leicht 'nen Spitzenposten in der Industrie kriegen könntest, wenn du bloß aufhören würdest, den Seemann zu spielen.«

»Was hältst du davon?«

»Du tust eben, was du tun mußt. Und ich gebe zu, daß mir dieses Feuergefecht bei Mahogany Hammock ziemlich imponiert hat. Hast du wirklich 'nen Transporter abgeschossen? Richtig aus der Luft?«

»Das ist nichts, worauf man stolz sein könnte, Daniel. Es ist einfach notwendig gewesen.«

»Mann, das hätt' ich sehen wollen! Die Schmuggler müssen schon geglaubt haben, sie wären entkommen, als sie plötzlich keine Power mehr hatten und in die Everglades abstürzten. Wetten, daß ihnen das den ganzen Tag verdorben hat?«

Hardcastle äußerte sich nicht dazu.

Als die beiden aufs Dach des Brickell Plaza Federal Buildings traten, flammten die Plattformscheinwerfer automatisch auf und zeigten ihnen den eleganten roten Hubschrauber, der mitten auf dem H stand. Daniel löste die Verzurrungen, wie es ihm sein Vater schon vor Jahren gezeigt hatte, und vergaß dabei auch nicht die Sichtkontrolle der Rotorblätter und des Heckrotors.

Sie waren eben eingestiegen und empfingen über Funk Wetter- und Verkehrsinformationen, als Hardcastle einen uniformierten Mann des Sicherheitsdienstes die Stufen zur Plattform heraufkommen sah. »Verdammt«, murmelte Hardcastle. »Harrison – der Stellvertreter des Sicherheitschefs.«

Daniel sagte nichts. Hardcastle sah den Uniformierten an, der jedoch nicht zu erkennen gab, was er hier oben wollte. Daniel, der sich angelegentlich für die Instrumente in seiner linken Cockpithälfte interessierte, fragte schließlich: »Ist er noch da?«

»Ja, aber er sagt nichts. Ich glaube nicht, daß irgendwelche Türen oder Safes unversperrt geblieben sind... Ich lasse das Triebwerk an.«

Während das Triebwerk auf Touren kam, beobachtete der Admiral, wie Harrison am Plattformrand stehenblieb und kurz in sein Handfunkgerät sprach, bevor der Triebwerkslärm ihn übertönte. Dann ging er außerhalb des Rotorkreises nach vorn um die Scorpion herum, blieb plötzlich stehen, sprach wieder in sein Funkgerät und hielt es ans Ohr gepreßt, um die Antwort besser zu verstehen. Im nächsten Augenblick trat er vor die Maschine, schwenkte die Arme und fuhr sich mit quergehaltener Hand über die Kehle, um Hardcastle zu bedeuten, er solle das Triebwerk abstellen.

»Verdammt noch mal, was...« Hardcastle blinkte mit seinen Landescheinwerfern, um den Uniformierten vor den Rotorblättern zu warnen, und stellte dann das Triebwerk ab.

»Warum fliegen wir nicht einfach?« fragte Daniel nervös.

»Ich muß rauskriegen, was er will«, sagte Hardcastle gereizt, »sonst ist er nachher vielleicht 'nen Kopf kürzer.«

Harrison stand neben der linken Tür, als der Admiral sich hinüberbeugte und sie öffnete. »Okay, Harrison, was ist passiert?«

Aber Harrison starrte nicht ihn, sondern Daniel an. »Sir, ich muß Sie und Ihren Passagier bitten, noch mal auszusteigen.« Das klang fast wie ein Befehl.

»Hey, was soll das, Harrison? Dies hier ist mein Sohn Daniel, den Sie kennen. Sie müssen ihn vorhin selbst raufgelassen haben...«

»Ihr Sohn ist nicht von uns kontrolliert worden, Sir. Bitte steigen Sie beide aus. Sofort.«

Hardcastle warf Daniel, der verlegen lächelnd mit den Schultern zuckte, einen Blick zu und öffnete seinen Gurt. »Komm, Daniel. Das dauert nicht lange.«

Sie stiegen aus, und Harrison führte sie von der Scorpion weg in einen geschützten Winkel an der Treppe. »Okay, Harrison, mein Sohn hat sich also nicht bei Ihnen gemeldet?«

»Richtig, Sir«, antwortete der Wachmann. »Fregattenkapitän Becker hat erwähnt, daß er bei Ihnen ist, aber wir haben ihn nicht kontrolliert und als Besucher eingetragen.« Hardcastle wußte, daß das stimmte – sonst wäre ihm telefonisch gemeldet worden, daß sein Sohn nach oben unterwegs sei.

»Tut mir leid, das habe ich vergessen«, sagte Daniel mit ernstem Gesicht. »Ich bin durch die Garage reingekommen und habe nicht daran gedacht, daß die Zwischentür abgeschlossen ist. Zufällig ist jemand rausgekommen, der mich erkannt haben muß, denn er hat mich reingelassen.«

»Das ist leider noch nicht alles, Sir«, fuhr der Wachmann fort. »Ein Junge, auf den die Personenbeschreibung Ihres Sohnes paßt, ist auf einem Motorrad auf der Route 836 in Richtung Stadt fahrend gesehen worden...«

»Mein Sohn hat kein Motorrad.«

»...auf einem in Westchester als gestohlen gemeldeten Motorrad, das inzwischen in einem Parkhaus keine zwei Blocks von hier aufgefunden worden ist...«

Hardcastle starrte Daniel an – der Junge wohnte mit seiner Mutter in Westchester.

»Ich hab' kein Motorrad *gestohlen*...«

»Das genügt«, entschied der Admiral. »Harrison, was hat das alles mit meinem Sohn zu tun? Er ist nur hergekommen, um mich zu besuchen.«

»Tut mir leid, Sir, aber Sie müssen hier auf die Polizei warten. Sie ist verständigt worden.«

»*Wovon?* Verdammt noch mal, Sie brauchen Beweise, bevor Sie solche Behauptungen aufstellen können. Was ist in Sie gefahren, Harrison? Daniel hat kein Motorrad gestohlen.« Er drehte sich zu seinem Sohn um, aber als er sah, daß der Junge mit gesenktem Kopf und tief in den Taschen seiner Jeans vergrabenen Händen dastand, ahnte er, daß etwas Schreckliches passiert sein mußte. »Daniel...?«

Bevor sein Sohn antworten konnte, kam ein Deputy Sheriff mit einem weiteren Wachmann die Treppe herauf. Der Cop baute sich mit einer Stabtaschenlampe in der linken und einem Notizbuch mit Metalldeckeln in der rechten Hand vor Hardcastle auf. »Admiral Hardcastle? Sergeant Kowalski vom Dade County Sheriff's Department. Entschuldigen Sie die Störung, Sir. Kann ich Ihren Sohn kurz sprechen?«

»Meinetwegen, aber...«

»Unter vier Augen?«

»Nein.«

Kowalski nickte, steckte seine Taschenlampe weg, klappte

das Notizbuch auf und wandte sich an Daniel. »Wie heißen Sie, mein Junge?«

»Daniel Hardcastle.«

»Adresse?«

»Fünf-fünf-null-eins Ridgecrest...«

»Miami?«

Daniel antwortete nicht gleich. »Westchester«, murmelte er dann.

Der Sergeant nickte. »Wann sind Sie heute abend aus Westchester weggefahren?«

»Gegen neun Uhr.«

»Wie sind Sie in die Stadt gekommen?«

»Per Anhalter.«

»Sind Sie gleich mitgenommen worden?«

»Ja.«

Kowalski starrte ihn prüfend an. »Wissen Sie bestimmt, daß Sie per Anhalter in die Stadt gekommen sind, Daniel?« In diesem Augenblick meldete sich eine Stimme aus seinem Handfunkgerät. Er trat einige Schritte zur Seite, um den Anruf zu beantworten, und kam wieder zurück.

»Wir haben am Motorrad einen fast kompletten Satz Fingerabdrücke gefunden«, sagte Kowalski. Er wandte sich an Hardcastle. »Von einem dienstfreien Deputy haben wir eine genaue Beschreibung Ihres Sohns auf dem gestohlenen Motorrad, Admiral. Tut mir leid, aber ich muß ihn bitten, mitzukommen.«

Der Sergeant griff nach Daniels Arm, und Hardcastle mußte mitansehen, wie sein Sohn wie ein gemeiner Verbrecher abgeführt wurde.

Dade County Sheriff's Department Headquarters

Hardcastle wartete seit einer halben Stunde in einem nüchtern möblierten Raum, als ein Kriminalbeamter hereinkam. »Admiral Hardcastle? Detective Sergeant Lewis.« Er legte zwei Fingerabdruckkarten auf den Tisch und forderte Hardcastle mit einem Nicken auf, sie zu vergleichen.

Hardcastle war kein Fachmann für Spurensicherung, aber ein Blick genügte, um ihm das Offenkundige zu zeigen: Die Abdrücke waren identisch. Hardcastle starrte Lewis an, der seinen Blick erwiderte, um sicherzustellen, daß der Admiral das Offenkundige verstand.

»Haben Sie das Sorgerecht für den Jungen?«

»Nein, er lebt bei seiner Mutter.«

»Besuchsrecht?«

»Jedes zweite Wochenende«, sagte Hardcastle heiser.

»Wie ist das Verhältnis zwischen Ihnen und der Mutter des Jungen?«

»Mittel bis schlecht. Ihr paßt mein Beruf nicht, und sie findet vor allem, daß Daniel was anderes werden sollte...«

»Das höre ich öfter. Wie ist das Verhältnis zwischen dem Jungen und seiner Mutter?«

»Gut, soviel ich weiß.«

Der Kriminalbeamte fragte sich, ob Hardcastle das wirklich beurteilen konnte. Lewis griff nach den Fingerabdruckkarten, faltete sie achtlos zusammen und steckte sie ein. Hardcastle starrte ihn verblüfft an.

»Noch mal Glück gehabt, Admiral. Als der Motorradbesitzer gehört hat, daß Daniels Vater der Chef des hiesigen Küstenwachbezirks ist, hat er seine Anzeige zurückgezogen. Er ist froh, daß er sein Motorrad wiederhat.«

»Danke«, sagte Hardcastle.

Lewis nickte. »Außerdem passen die Abdrücke nicht ganz zu dem Jungen.«

»Das verstehe ich nicht...«

»Nun, ich habe einmal die Fingerabdrücke eines Motorraddiebs«, sagte Lewis, »und einmal die eines recht netten Jungen im letzten Schuljahr, der gute Noten hat, flugbegeistert ist und einen Studienplatz an der University of Miami sicher hat. Die beiden stimmen nicht exakt überein. Mir geht's dabei um folgendes, Admiral: Kommt so was in Zukunft etwa wieder vor?»

»Ich verspreche Ihnen, *alles* zu tun, damit...«

Lewis hob abwehrend die Rechte. »Solche Fälle erlebe ich häufig, Admiral. Der Ablauf ist stets der gleiche. Grabe ich dann etwas nach, stellt sich heraus, daß Eltern ihre Kinder als Erwachsene betrachten, um die sie sich nicht mehr zu kümmern brauchen, weil sie bald selbständig und außer Haus sein werden. Sie werden nachlässig... und das hat Folgen. In den meisten Fällen gebe ich den Eltern die Schuld – das kann ich, weil ich selbst ein Vater bin, dem es ähnlich geht. Aber das ist keine Entschuldigung.«

Hardcastle starrte die Tischplatte an. Er mußte sich von einem mindestens fünfzehn Jahre jüngeren Cop belehren lassen – aber er wußte auch, daß Lewis recht hatte.

»Haben wir uns verstanden, Admiral?«

Hardcastle nickte wortlos.

»Ich darf den Jungen nicht Ihnen mitgeben, darum habe ich seine Mutter angerufen. Sie müßte gleich kommen, und ich werde auch mit ihr reden. Danach kann Daniel gehen... Dieses Mal noch.«

»Kann ich ihn sprechen?«

»Ich bringe ihn her. Admiral, ich wäre ehrlich enttäuscht, wenn ich Sie oder den Jungen noch mal hier zu sehen bekäme. Das würde bedeuten, daß ich mich in ihm und Ihnen getäuscht habe.«

»Ja, ich verstehe.«

»Hoffentlich«, sagte Lewis und ging hinaus.

Sein Sohn als Motorraddieb festgenommen! Daniel war immer für alle möglichen Streiche zu haben gewesen, aber er hatte sich nie strafbar gemacht. Dies war ein neues Problem...

Die Tür ging auf, und Daniel kam herein. Seine Augen waren dunkel und vom Weinen geschwollen. Er sah seinen Vater an und schluckte.

»Setz dich, Daniel«, sagte Hardcastle und deutete auf einen weiteren Stuhl. Am liebsten hätte er den Jungen in die Arme geschlossen – oder ihm einen Kinnhaken verpaßt. In seinem Inneren lagen Zorn und Liebe im Widerstreit.

»Tut mir leid, daß das passiert ist, Dad. Ich wollte dich nicht in Verlegenheit bringen...«

»Du hast mich nicht in Verlegenheit gebracht«, antwortete Hardcastle. »Ich bin verärgert und durcheinander.«

»Ich kenne den Kerl, dem das Motorrad gehört«, fuhr Daniel fort. »Ich weiß, daß er die Schlüssel in einem Etui unter dem Sitz aufbewahrt...«

»Unsinn! Das macht keinen Unterschied.«

»Ich weiß, daß das blödsinnig gewesen ist. Ich wollte zu dir, ich habe gehört, daß du noch im Büro bist, Mom hat mir den Wagen nicht gegeben, und ich wollte nicht per Anhalter fahren. Diesem Kerl ist sein Motorrad schon ein halbes dutzendmal geklaut worden! Ich wollte es nicht zu Schrott fahren oder irgendwo stehenlassen. Ich hab's in einem Parkhaus untergestellt, damit...«

»Red keinen Scheiß, Danny. Solche Ausreden kannst du dir sparen. Du hast ein Motorrad geklaut, und das könnte dir bis zu sechs Jahren Jugendstrafanstalt einbringen. Reden wir lieber über die Zukunft. Du bist nach wie vor mein Sohn – aber ich muß jetzt von neuem lernen, dir zu vertrauen.«

In diesem Augenblick ging die Tür auf, und Jennifer Leslie Wagner-Hardcastle betrat den Raum. Sie war eine attraktive Endvierzigerin mit schlanker Figur, silbergrauen Strähnen im dunklen Haar und unergründlich tiefen schwarzen Augen. Zu ihrem hellblauen Kleid mit gleichfarbigen Schuhen trug sie eine leichte Seidenjacke, und sie hatte eine weiße Handtasche unter den Arm geklemmt. Obwohl es inzwischen weit nach dreiundzwanzig Uhr war, kreuzte sie hier wie für eine geschäftliche Besprechung gekleidet auf, um ihren Sohn, der festgenommen worden war, abzuholen.

Hardcastle stand auf und blieb schweigend stehen, während sie mißbilligend seine hagere Gestalt, die tiefen Falten um seine Augen und sein kurzgeschnittenes graues Haar musterte. Sie nickte ihrem Sohn zu. »Daniel, warte draußen auf mich.« Der Junge verließ hastig den Raum.

»Mir hat eben ein Polizeibeamter einen Vortrag darüber gehalten, wie ich meinen Sohn erziehen soll«, begann sie. »Dieser Polizist könnte dem Alter nach Rogers Bruder sein, und *er* belehrt *mich* darüber, wie ich meinen zweiten Sohn erziehen soll.«

»Er weiß, wovon er redet.«

»Warum? Weil er mir an allem die Schuld gibt?«

»Ich hab' keine Lust, mich mit dir zu streiten...«

»Warum hast du nicht auf Vance gewartet?« fragte sie scharf. Vance Hargrove war Jennifers Anwalt, der sie auch bei ihrer Scheidung vertreten hatte. »Es ist falsch gewesen, ohne Anwalt irgendwelche Aussagen zu machen.«

»Geredet hat nur der Kriminalbeamte, Jennifer. Er hat mir die Fingerabdrücke gezeigt.«

»Woher weißt du, daß sie von Daniel gewesen sind? Woher weißt du, daß die Fingerabdrücke, die *angeblich* an dem Motorrad gefunden worden sind, tatsächlich...?«

»Daniel hat selbst zugegeben, die Maschine entwendet zu haben. Die Polizei hat den Besitzer dazu gebracht, seine Anzeige zurückzuziehen, damit Daniel entlassen werden konnte. Mit juristischen Tricks ist da nichts auszurichten. Danny hat sich strafbar gemacht, das steht fest. Was willst *du* in dieser Sache unternehmen?«

Jennifer schien sich einen Ruck zu geben. »Strafe muß natürlich sein. Er kriegt Hausarrest, bekommt das Auto in nächster Zeit nicht mehr und...«

»Und was willst du damit erreichen?« unterbrach Hardcastle sie. »Er ist schon so angehängt, daß weitere Einschränkungen ihn nicht mehr treffen können. Du läßt ihn selbst am Wochenende kaum aus dem Haus. Du willst nicht, daß er arbeitet. Du läßt ihn nicht in die Stadt fahren, er darf nicht bei mir übernachten...«

»Wenn du zufällig mal für ihn Zeit hast, meinst du.«

»Ja, ich weiß, daß ich in diesem Punkt auch versagt habe«, sagte Hardcastle. »*Wir* müssen uns ändern, Jennifer.« Er machte eine kurze Pause. »Ich möchte, daß er die Wochenenden bei mir in Pompano Beach verbringt. Und ich möchte, daß er diesen Sommer mit mir verbringt, bevor sein Studium beginnt...«

»Können wir darüber *bitte* ein andermal reden?« wehrte sie ab.

»Dieser Sache kannst du nicht wieder ausweichen, Jennifer. Wir müssen gemeinsam...«

»Für heute abend haben wir genug durchgemacht, finde ich.

Zumindest Daniel und ich.« Sie machte kehrt, riß die Tür auf und rauschte ohne ein weiteres Wort hinaus.

Customs Air Division, Homestead AFB, Florida
Sonntagmorgen

Sandra Geffar stand auf dem Vorfeld des Flugplatzes. Dieser Sonntagmorgen in Südflorida war kühl, weil riesige dunkle Gewitterwolken den Himmel verfinsterten.

Ähnlich finster und stürmisch war die Stimmung von Customs Investigator Curtis Long, einem der in Homestead stationierten Citation-Piloten, der in Geffars Auftrag für die Erprobung neuer Waffen und Verfahren zuständig war. Mit einem Meter zweiundsiebzig erreichte Long trotz seines Namens kaum die Mindestgröße für einen Piloten, aber seine Kameraden wußten recht gut, daß er alles, was ihm an Körpergröße fehlte, durch Kraft und Intelligenz wettmachte. Außerdem gehörte er zu den sanftmütigsten Menschen, die Geffar kannte: Es gab nicht viel, was Curtis Long aufbringen konnte...

Die U. S. Coast Guard gehörte zu den Dingen, über die er sich aufregen *konnte.* »Nur Zeitverschwendung, diese Sache!« behauptete er jetzt.

»Sie kennen Hardcastle nicht mal persönlich«, wandte Geffar ein.

»Ich kenne seinen Ruf. Er ballert gern drauflos, will mit knalligen Ideen Punkte machen. Warum haben Sie sich von ihm zu einem Flug einladen lassen?«

»Weil mich interessiert, was der Mann vorhat«, antwortete Geffar kühl. »Er hat's geschafft, seinen Boß für dieses neue Projekt zu begeistern, und scheint sich verdammt teure Spielsachen organisiert zu haben. Wenn wir mitkriegen wollen, was die Küstenwache vorhat, müssen wir diese Chance nutzen – unvoreingenommen, versteht sich.«

»Die Coasties haben nichts, was ich möchte«, stellte Long fest. »Und wir haben beide keine Zeit für eine Show, mit der...«

Ein seltsames Pfeifen wie von einer Propellerturbine unterbrach ihn. Als Long und Geffar sich umdrehten, sahen sie ein höchst eigenartiges Flugzeug kaum hundert Meter über ihnen eine steile Linkskurve fliegen. Es erinnerte an einen mittleren Transporter: einen Hochdecker mit Doppelleitwerk, nicht so groß wie die C-130 der Luftwaffe, aber mit ungefähr zwanzig Metern Länge und fünfzehn Metern Spannweite groß für eine Propellermaschine. Auffällig waren die Triebwerke, die in riesigen Gondeln an den Flügelenden saßen und übergroße Luftschrauben mit bemerkenswert niedriger Drehzahl antrieben.

Während die seltsame Maschine einige enge Linkskurven über der Abstellfläche des Customs Service flog, erholte Long sich so weit von seiner Überraschung, daß er sagen konnte: »Das muß Hardcastle sein. Und das ist sein großes Geheimnis...? Eine verkleinerte C-130...?«

»Das ist keine C-130«, sagte Geffar. »Sehen Sie doch mal richtig hin!«

Nach der letzten Linkskurve kurvte das eigenartige Flugzeug nach rechts über die Start- und Landebahn ein und sank rasch auf weniger als zwanzig Meter über Grund.

»Wunderbar!« knurrte Long. »Der Hundesohn will im Tiefstflug über uns wegdonnern...«

Der erwartete tiefe Überflug blieb jedoch aus. Statt dessen heulten die Triebwerke plötzlich auf, während ihre Gondeln nach oben schwenkten, bis die Luftschrauben wie die Rotorblätter eines Hubschraubers wirkten. Das in einen Helikopter verwandelte Flugzeug wurde rasch langsamer, reckte seinen Bug in die Höhe, schwebte wie ein riesiger Adler aufs Vorfeld ein und setzte weich auf seinem im letzten Augenblick ausgefahrenen Fahrgestell auf.

Während die beiden Triebwerke zum Stillstand kamen, kletterte Admiral Hardcastle rechts aus dem Cockpit und kam lächelnd auf Geffar und Long zu. »Freut mich, Sie wiederzusehen, Inspektor Geffar«, sagte er. Danach wandte er sich an Long. »Agent Long. Wir kennen uns nicht persönlich, aber ich habe schon viel von Ihnen gehört.« Gleichfalls! dachte Long. In diesem Augenblick kam ein weiterer Mann in einer Fliegerkombi und mit einem Hubschrauberhelm unter dem Arm auf sie zu. »Agents Geffar und Long, ich möchte Sie mit Generalmajor Bradley Elliott von der Luftwaffe bekannt machen.«

»Luftwaffe?« hörte Geffar Long halblaut fragen.

»Ich habe schon viel von Ihnen gehört, Inspektor Geffar«, sagte Elliott, während er erst ihr und danach Long die Hand schüttelte.

»Lassen Sie mich Ihnen erklären, wie alles zusammenhängt«, warf Hardcastle rasch ein. »Elliott leitet das High Technology Aerospace Weapons Center, ein Erprobungszentrum der Air Force in Nevada. Das HAWC und er stehen mir jetzt für längere Zeit zur Verfügung. Brad, wollen Sie den beiden nicht Ihr neuestes Spielzeug vorführen?«

Long beobachtete mißmutig, wie Geffar sich von Elliott zu seinem komischen Flugzeug führen ließ, das ihr sichtlich sehr imponierte.

»Okay, Leute, offiziell ist das eine V-22C Sea Lion«, begann Elliott. »Wir haben eine Bell-Boeing V-22 mit Schwenktriebwerken genommen, den Rumpf verlängert und verstärkt und stärkere Propellerturbinen eingebaut. Sie kann beispielsweise zwanzig Verletzte auf Tragbahren und sechs Mann Besatzung oder zehn große Rettungsinseln transportieren. Sie bringt die Leistung eines kleinen Transporters – Marschgeschwindigkeit zweihundertfünfzig Knoten. Reichweite mit voller Nutzlast etwa fünfzehnhundert Kilometer –, aber sie kann zusätzlich wie ein Hubschrauber schweben.«

Er trat an die rechte Seite der Sea Lion. »An zwei Frachthaken kann die V-22 fast zehn Tonnen Außenlasten schleppen. Sie ist für Tiefstflüge mit Terrainfolgeradar, Such- und Rettungsflüge bei jedem Wetter und Langstreckenflüge zur Luftraumüberwachung ausgelegt. Am Rumpf sind über den Fahrwerksschächten Aufhängepunkte für Tausendkilobehälter angeordnet, die im Flug vom Frachtraum aus be- und entladen werden können. Behälter für Treibstoff, Fracht, Sensoren, Rettungswinden, Suchelektronik...«

»Oder Waffen«, fügte Hardcastle hinzu.

Long starrte ihn an. »Waffen? Was für Waffen?«

»Maschinengewehre, Revolverkanonen, Jagdraketen, Lenkwaffen gegen Schiffsziele, was Sie wollen«, antwortete der Admiral. Auf sein Zeichen hin betätigte ein dritter Mann, der an Bord geblieben war, einen Schalter. Eine Rumpfklappe öffnete sich; dann wurde ein langer aerodynamisch geformter Zylinder ausgefahren und dicht über dem Asphalt verriegelt. »Im rechten Waffenbehälter führen wir sechs Infrarot-Lenkwaffen des Typs Sea Stinger zur Bekämpfung von Luft- oder Bodenzielen mit. Weitere acht Lenkwaffen dieses Typs können von Bord aus nachgeladen werden. Im linken Waffenbehälter steckt eine M230 Chain Gun – eine 30-mm-Maschinenkanone mit dreihundert Schuß –, die wie die Lenkwaffen in ein computerisiertes Feuerleitsystem integriert ist.

Ich glaube, daß die Sea Lion zum gegenwärtigen Zeitpunkt das beste Seeüberwachungs- und Rettungsflugzeug ist«, sagte Hardcastle, als sie ihren Rundgang fortsetzten. »Wir brauchen eine Maschine, die schnell wie ein Flugzeug fliegen, reichlich Fracht oder Passagiere tragen, sich wirkungsvoll verteidigen und Rettungseinsätze oder Kontrollen im Schwebeflug durchführen kann. Dieses VTOL-Flugzeug ist eine Synthese aus Form und Funktion, nach der die Küstenwache schon seit Jahrzehnten Ausschau hält.«

»Entschuldigung, Admiral«, warf Long ein, »aber was will die Coast Guard mit einem bewaffneten Flugzeug mit Schwenktriebwerken?«

»Dies ist kein Flugzeug für die Coast Guard. Sie bekommt Mitte der neunziger Jahre mehrere gewöhnliche V-22 Osprey – und später vielleicht auch die V-22C. Aber hier geht's nicht um ein Küstenwachflugzeug.«

»Für wen ist's dann?«

»Für uns«, antwortete Hardcastle ausweichend. »Aber darüber können wir jetzt nicht reden. General Elliott und ich möchten Ihnen die Maschine vorführen. Steigen Sie bitte ein, damit wir anfangen können.«

An Bord machten Geffar und Long die Bekanntschaft von Elliotts Projektoffizier Major Patrick McLanahan, der zugleich als Bordwart der V-22C fungierte. McLanahan war der Benjamin der Gruppe, obwohl sein Dienstgrad dem Longs entsprach. Der blonde, blauäugige Luftwaffenmajor konnte nicht älter als Anfang Dreißig sein, überlegte Geffar sich, während sie sich auf einem der Kabinensitze anschnallte. Aber Hardcastle winkte sie zu sich ins Cockpit.

»Ich? Ich kann diesen Vogel nicht fliegen!«

»Bis vor zwei Tagen hab' ich's auch noch nicht gekonnt«, erklärte Hardcastle ihr. »Aber Brad ist ein großartiger Lehrer, und die Sea Lion läßt sich traumhaft fliegen.« Elliott machte sich ein Vergnügen daraus, Geffar in den rechten Sitz zu helfen und ihr beim Anschnallen behilflich zu sein. Sie ließ es sich widerstrebend gefallen. Sobald sie angeschnallt war, sah sie sich um.

»Sämtliche Flug- und Triebwerksinformationen werden auf diesen Farbbildschirmen angezeigt«, sagte der General. »Navigation, Funk, Bordinstrumente, Triebwerkanzeigen, Leistungswerte, Autopilot und Feuerleitsystem können mit dieser Tastatur in der Mittelkonsole aufgerufen werden.« Jeder der beiden Piloten hatte einen großen Monitor vor sich; ein kleinerer Bildschirm saß in der Mitte unter dem Sonnenschutz, zwei kleine Monitore, die nur Text zeigten, waren in die Mittelkonsole eingebaut, und ein großer Textmonitor war in der Mitte über dem Sonnenschutz angebracht. Der mittlere Bildschirm war als Reserve für Notfälle von herkömmlichen Bordinstrumenten eingerahmt.

»Wahrscheinlich braucht man Wochen, um mit diesen Monitoren zurechtzukommen«, vermutete Geffar.

»Das ist ganz einfach«, erklärte Hardcastle ihr. »Sämtliche Funktionen werden auf dem Bildschirm angezeigt, und man kann sie sekundenschnell durchblättern. Der Copilot – der in der Sea Lion übrigens links sitzt – kann einzelne Funktionen auswählen und dem Piloten anzeigen lassen. Der oberste Bildschirm bringt Navigations- und Statusinformationen sowie etwaige Computerwarnungen. Im Flug beziehen Sie Ihre Informationen hauptsächlich von den beiden Monitoren in der Mittelkonsole.«

»An Starrflügler gewöhnte Piloten kommen allgemein rasch mit der Steuerung der V-22 zurecht«, warf Elliott als Fluglehrer ein. »Da Sie auch Hubschrauber fliegen, dürften Sie überhaupt keine Schwierigkeiten haben. Wie Sie sehen, haben die Steuerorgane Ähnlichkeit mit denen eines Hubschraubers – aber sie funktionieren wie bei einem Starrflügler. Der Steuerknüppel hebt und senkt den Bug und stellt die Maschine in allen Flugzuständen im Kurvenflug schräg. Dieser Hebel links, der wie ein Blattverstellhebel aussieht, ist in Wirklichkeit der Leistungshebel, den sie nach vorn drücken, um die Triebwerksleistung zu erhöhen, und zurückziehen, um sie zu verringern.

Im Schwebeflug wird das Verhältnis zwischen Vortrieb und Auftrieb durch Änderung der Schrägstellung der Triebwerksgondeln variiert – dafür ist dieser in den Steuerknüppel eingelassene Drehschalter da. Drehen Sie ihn nach vorn, bewegen sich die Gondeln nach unten; drehen Sie ihn nach hinten, bewegen sie sich nach oben. Auf den Monitoren wird der optimale Winkel angezeigt, und in Notfällen wählt die V-22 selbst den Idealwinkel auf, um gefährliche Flugzustände zu vermeiden. Im Extremfall wird automatisch auf Hubschrauberflug umgeschaltet, und die Landung mit Autorotation verläuft wie bei einem großen Hubschrauber.

Je nach Fluggeschwindigkeit und Schrägstellung der Triebwerksgondeln schaltet das System automatisch vom Hubschraubermodus auf den Flugzeugmodus um. Sobald der Computer registriert, daß die V-22 als Flugzeug zu fliegen beginnt, aktiviert er Höhen- und Seitenruder statt der bisherigen Blattverstellung. Dieser vom Computer gesteuerte Übergang findet so nahtlos statt, daß Sie ihn kaum wahrnehmen – er wird Ihnen als ganz natürlich erscheinen. Um Ihnen den Übergang zu erleichtern, werden die X- und Y-Komponenten der jeweiligen Fluggeschwindigkeit auf diesem Monitor angezeigt.

Mehr Vorwärtsgeschwindigkeit erzielen Sie durch Veränderung des Schrägstellwinkels der Triebwerksgondeln, nicht etwa durch Nachdrücken am Steuerknüppel. Die Trimmschalter für Höhen- und Seitenruder finden Sie hier unter dem Drehschalter für die Gondelverstellung, und Sie werden sehen, daß Sie ziemlich viel trimmen müssen. Die automatische Regelung der Triebwerksleistung übernehmen die Bordcomputer. Sobald die Flügel Auftrieb zu liefern beginnen, steigt Ihre Vorwärtsgeschwindigkeit rasch an, aber die Triebwerkscomputer nehmen die Leistung etwas zurück, um den vermehrten Auftrieb zu kompensieren.«

Geffar hatte Mühe, Elliotts rasend schnell vorgetragener Einweisung zu folgen, als er jetzt auf einen weiteren Bildschirm vor ihrem Platz deutete. »Beim Übergang in den Horizontalflug werden Steuerknüppel und Ruderpedale automatisch auf den Flugzeugmodus umgestellt, in dem die Maschine mit Höhen- und Seitenruder gesteuert wird, während der Computer die Regelung des Einstellwinkels der Luftschrauben übernimmt. Auf diesem Monitor hier wird die Schrägstellung der Triebwerksgondeln angezeigt, bis sie sich in der Waagerechten befinden – und danach haben Sie ein normales Flugzeug.«

Elliott nickte Geffar aufmunternd zu. »Alles ganz simpel, nicht wahr?« fragte er, ohne zu ahnen, welche bissige Bemerkung ihr auf der Zunge lag. »Der Übergang vom Horizontal- in den Schwebeflug ist ebenso einfach. Der Computer sagt Ihnen, was Sie zu tun haben, aber nach ein paar Flugstunden spüren Sie selbst, wann Sie die Gondeln schwenken und die Triebwerke nachregeln müssen, so daß Sie keine Hilfe mehr brauchen.« Er deutete auf weitere Schalter am Steuerknüppel. »Hier haben Sie...«

»Danke, das reicht«, unterbrach Geffar ihn. »Ich sehe vorläufig mal zu.«

»Zusehen können Sie später«, warf Hardcastle ein. »Jetzt starten Sie erst mal. Keine Widerrede!« Elliott nahm auf einem Klappsitz zwischen Hardcastle und Geffar Platz. McLanahan erschien mit einem Feuerlöscher vor dem Bug, um das Anlassen der Triebwerke zu überwachen. Hardcastle gab ihm ein Zeichen, daß er zum Anlassen bereit sei. »Lasse Triebwerke an«, informierte er seine Besatzung. »Nummer eins wird angelassen.«

Das Anlassen war bemerkenswert einfach: Hardcastle wählte den Befehl aus dem Menü auf einem der Bildschirme auf – und der Computer besorgte den Rest. Trotz der Größe der Triebwerke bewirkte ihre Anordnung an den Flügelenden eine Geräuschreduzierung im Cockpit. Elliott betätigte zwei Schalter der Dekkenkonsole, um den Rotor des linken Triebwerks einzukuppeln. Hardcastle zeigte Geffar, wie die Triebwerke angelassen wurden, und wenig später drehte sich auch der rechte Rotor.

»Wichtig ist folgende Überprüfung vor dem Abheben«, sagte Hardcastle über die Bordsprechanlage. »Beide Rotoren können von nur einem Triebwerk angetrieben werden.« Er kuppelte jeweils einen aus, ließ ihn vom anderen Triebwerk mit antreiben und kuppelte ihn wieder ein. »Gemeinsamer Antrieb geprüft.« Hardcastle stellte Funkgeräte und Navigationsempfänger an und gab dem Autopiloten Kurs und Entfernung zu einem Punkt einige Seemeilen südlich der Florida Keys ein.

»Haben wir ein bestimmtes Ziel?« fragte Geffar.

»Geduld«, wehrte Hardcastle ab. »Sie starten jetzt. Ich hole die Freigabe ein, und Sie bringen uns in die Luft.« Er ließ sich über Funk die Startfreigabe erteilen.

»Von mir aus kann's losgehen«, bestätigte Geffar mit einer Hand am Steuerknüppel. »Aber was, zum Teufel, muß ich tun?«

»Hier haben Sie den Winkel der Triebwerksgondeln, hier die Leistung, hier die Vorwärts- und Steiggeschwindigkeit«, sagte Hardcastle, indem er auf die Farbbildschirme deutete. »Sie erhöhen die Leistung, um etwas zu steigen, und schwenken dann die Triebwerke, um vorwärtszufliegen. Aber seien Sie vorsichtig – dieser Vogel reagiert verdammt schnell!«

Geffar drückte den Leistungshebel etwas nach vorn. Obwohl sie glaubte, ihn kaum berührt zu haben, schwebte die Sea Lion sofort in zehn Meter Höhe. Als Geffar probeweise die Ruderpedale trat, drehte die Maschine sich sofort nach links und rechts. Für ihre Größe war die V-22C verblüffend beweglich, und der Geräuschpegel im Cockpit war so niedrig, daß Geffar kaum glauben konnte, daß sie tatsächlich schon gestartet waren.

»Okay«, sagte Hardcastle. »Aus Sicherheitsgründen noch etwas steigen und langsam die Triebwerke schwenken. Sie werden merken, daß der Vogel dabei etwas sinkt, aber der Computer erhöht automatisch die Triebwerksleistung, um das auszugleichen. Versuchen Sie's also nicht mit mehr Leistung, nur um Ihre

Höhe zu halten. Reagieren Sie feinfühlig. Die Veränderungen sind alle nicht sehr groß.«

Geffar betätigte den Drehschalter, mit dem die Propellerturbinen geschwenkt wurden, und spürte, wie das Flugzeug beim Übergang in den Horizontalflug ein, zwei Meter Höhe verlor. Sie beobachtete fasziniert, wie das leichte Sinken durch erhöhte Triebwerksleistung wettgemacht wurde – als ob die Sea Lion ihre Gedanken gelesen habe. Die Start- und Landebahn der Homestead Air Force Base blieb hinter ihnen zurück, als sie über die Everglades nach Osten davonrasten.

»Gut gemacht«, sagte Hardcastle. »Setzen Sie Leistung und Gondelneigung in Höhe und Geschwindigkeit um, dann können Sie den Rest den Computern überlassen. Etwas weiter rechts, damit wir dem Kernkraftwerk nicht zu nahe kommen.« Geffar drückte den Steuerknüppel leicht nach rechts, und die V-22C entfernte sich in einer eleganten Rechtskurve vom Kernkraftwerk Turkey Point östlich des Luftwaffenstützpunkts.

»Okay, auf dreitausend Fuß steigen«, verlangte Hardcastle. Diese Höhe war schnell erreicht, und Geffar senkte den Bug der Sea Lion und nahm die Leistung etwas zurück, um die Höhe zu halten. »Jetzt dem HSI folgen, damit wir mit unserer Demonstration beginnen können.« Geffar sah auf den Horizontal Situation Indicator und kurvte etwas nach links ein, um die Kursnadel zu zentrieren. »Gut, jetzt wollen wir ein bißchen schneller fliegen. Leistungshebel auf achtzig Prozent stellen und die Triebwerke langsam nach unten schwenken. Anfangs müssen Sie etwas drücken, um diese Höhe zu halten. Trimmen sie vorsichtig nach, aber halten Sie sich bereit, wieder zu korrigieren, sobald die Flügel Auftrieb erzeugen.«

Geffar führte die Anweisungen aus, die Hardcastle ihr mit ruhiger, gleichmäßiger Stimme gab. Als sie die Leistung erhöhte, versuchte die V-22C zu steigen, und sie mußte kräftig drücken, um ihre Höhe halten zu können. Als sie dann die Gondeln schwenkte, mußte sie nachtrimmen, um den Auftriebsverlust zu kompensieren. Und sobald die höhere Geschwindigkeit in Auftrieb umgesetzt wurde, mußte sie wieder trimmen, weil die Sea Lion erneut steigen wollte.

»Sie haben die Maschine sehr gut in der Hand«, sagte Hardcastle anerkennend. »Ist sie ausgetrimmt?«

Geffar nickte zögernd, ohne den Blick von ihrem Farbbildschirm zu nehmen.

»Okay, dann Hände weg!«

»Ich soll den Knüppel loslassen?«

»Sie sitzen in keinem Hubschrauber. Lassen Sie ihn ruhig los.« Geffar ließ langsam die Hand sinken und stellte überrascht fest, daß die Maschine unbeirrbar Kurs und Höhe hielt.

»Im Flugzeugmodus können Sie die Steuerkräfte wegtrimmen und die Hand vom Knüppel nehmen.«

Geffar war sichtlich beeindruckt. Sie betätigte die Ruderpedale und flog einige Schiebekurven, ohne den Steuerknüppel anzufassen.

Hardcastle ermittelte ihren Standort und rief dann Miami ATC, um eine Freigabe für einen Überwasserflug einzuholen. »Okay, gehen Sie auf zweihundert Knoten«, sagte er, nachdem die Erlaubnis zum Einflug in die ADIZ erteilt war. »Bis zum Ziel brauchen wir 'ne Weile.« Während die Sea Lion Fahrt aufnahm, schwenkte Geffar ihre Triebwerke bis fast in die Horizontale.

»Sie haben also vor, solche Maschinen zu bewaffnen«, sagte Longs Stimme in Handcastles Kopfhörer. »Entschuldigen Sie meine Offenheit, Sir, aber das halte ich für eine schlechte Idee.«

»Bewaffnete Flugzeuge sind Bestandteil des Projekts, Agent Long, aber sie sind nur ein kleiner Teil«, antwortete Hardcastle. »Bei dem von mir vorgeschlagenen Projekt geht es in erster Linie um die Kontrolle von Schiffen und Flugzeugen mit Zielhäfen in den Vereinigten Staaten.«

»Die findet schon statt, Admiral«, stellte Long fest. »Sie kennen das Verfahren: Schiffe müssen dem Customs Service spätestens zwei Tage vor dem Einlaufen in amerikanische Gewässer ein Fracht- und Fahrgastmanifest vorlegen. Flugzeuge müssen einen Flugplan aufgeben und uns spätestens einen Tag vor dem Einflug benachrichtigen. Alle Schiffe und Flugzeuge werden vom Customs Service inspiziert und nur unter bestimmten Voraussetzungen ohne Kontrolle freigegeben.«

»Das jetzige Verfahren hat einen großen Nachteil«, wandte

Hardcastle ein. »Es läßt zu, daß Schmuggler amerikanisches Territorium erreichen. Es gibt ihnen die Möglichkeit, sich praktisch ungehindert in amerikanischen Gewässern und in unserem Luftraum zu bewegen, um ihre Ware zu übergeben oder abzuwerfen.«

»Aber wie soll Handel möglich sein, wenn Schiffe und Flugzeuge nicht mehr zu uns dürfen?«

»Doch, sie dürfen«, sagte Hardcastle, »aber erst *nachdem* sie kontrolliert worden sind. Mein Plan sieht vor, daß alle Schiffe und Flugzeuge identifiziert werden, *bevor* sie in unsere Gewässer einfahren oder in unseren Luftraum einfliegen.«

»Bevor? Sie wollen Schiffe kontrollieren, bevor sie einen amerikanischen Hafen erreichen? Wie's die Küstenwache schon jetzt tut?«

»Nicht ganz«, antwortete Hardcastle. Er zeigte nach vorn, und Long bemühte sich, einen Blick aus den großen Cockpitfenstern zu werfen.

Vor ihnen in der Ferne erkannte er eine riesige rautenförmige Plattform mit fast zweihundert Metern Seitenlänge. Ihr Hauptdeck lag fünf Stockwerke hoch über dem Wasser und war von offenen Laufgängen und verglasten Räumen umgeben. An den Seiten der Plattform lagen mehrere große Pontons, an denen Küstenwachschiffe festgemacht hatten; von den Pontons führten Gangways zur unteren Ebene des Plattformdecks hinauf. Die in der kristallklaren blauen See verschwindenden drei Plattformstützen waren nur schemenhaft erkennbar.

Auf der Plattform waren vier Hubschrauberlandeplätze ausgewiesen, neben denen Decksaufzüge zum Wartungshangar hinunterführten. Am jenseitigen Plattformrand trugen Inselaufbauten, die an einen Flugzeugträger erinnerten, zahlreiche Funk- und Radarantennen. An allen Seiten des Oberdecks waren Kräne, Aufzüge und Förderbänder angeordnet, die bis fast zum Meeresspiegel hinunterreichten.

Sie waren noch über fünf Seemeilen von der Plattform entfernt, aber sie war so riesig, daß sie wie eine massive, flache Insel aussah. »Was, zum Teufel, ist das?« fragte Long verblüfft.

»Wir nennen sie Hammerhead One«, erklärte Hardcastle ihm.

»Die Firma Rowan Companies in Houston hat sie uns für dieses Projekt geliehen. Sie ist eine für militärische Zwecke umgebaute Ölbohrplattform. Die Luftwaffe hat untersucht, ob solche Plattformen als Raketenstartrampe dienen können – und wir sind lediglich einen Schritt weitergegangen.«

»Aber wo kommt sie her?« wollte Geffar wissen. »Unsere Maschinen überfliegen dieses Seegebiet jede Nacht und haben sie trotzdem nie gemeldet.«

»Sie hat mehrere Monate lang in Fort Lauderdale gelegen«, antwortete Hardcastle, »seit wir sie letztes Jahr von der Air Force übernommen haben. Hammerhead One ist als seetüchtiges Schiff registriert – wir haben sie erst gestern herschleppen und verankern lassen. Sie steht auf drei Beinen, die bis zum Meeresboden ausgefahren werden und die Plattform aus dem Wasser heben. Sobald sie in Position gebracht ist, kann sie binnen weniger Stunden betriebsbereit sein; die Besatzung kann aber auch während der Überführung an Bord bleiben und ungehindert weiterarbeiten.«

Hardcastle drückte die Sprechtaste seines Mikrofons. »Hammerhead One, Lion One-One ist fünf Meilen westlich.«

»Lion One-One, Hammerhead One, verstanden«, antwortete eine Stimme. »Radarkontakt. Frei zum Sichtanflug, Aufsetzpunkt eins West. Wind zwo-drei-null mit zehn, Spitzen bis fünfzehn, QNH eins-null-null-zwo.«

»Lion One-One, verstanden«, bestätigte Hardcastle. »Bevor wir aufsetzen, fliegen wir ein paar Runden um die Plattform.«

»Verstanden. Hammerhead One, Ende.«

Der Admiral wandte sich an Geffar. »Sie haben die Landefreigabe – also los!«

»Ich soll dieses Ding auch noch *landen*? Bevor ich eine Maschine fliege, brauche ich eine Überprüfung, Hardcastle. Ich habe schon gegen meine eiserne Regel verstoßen.«

Hardcastle zuckte mit den Schultern und streckte die rechte Hand nach dem Steuerknüppel aus. »Wenn Sie Angst davor haben, es wenigstens zu versuchen...«

Geffar wußte, daß er sie provozieren wollte, aber sie reagierte trotzdem. »Schon gut«, sagte sie rasch und begann den Übergang zum Schwebeflug. Und fühlte sich verdammt gut dabei. Sie drosselte die Leistung und schwenkte gleichzeitig die Triebwerke nach oben, so daß die Sea Lion mit verringerter Sinkgeschwindigkeit langsamer wurde.

»Drehen Sie erst ein paar Runden«, empfahl Hardcastle, »damit sie ein Gefühl für den Wind und die Böen kriegen, bevor Sie landen.« Geffar nickte, umflog die riesige Plattform und verringerte mit jeder Umrundung die Entfernung zum Hauptdeck.

»Von der Plattform aus können wir Schiffe fast jeder Größe abfertigen«, erläuterte Hardcastle, während sie Hammerhead One umflogen. »Mit elektro-optischen oder chemischen Spürgeräten können Laderäume oder Containerladungen untersucht werden. Wir können zwei große Frachter gleichzeitig inspizieren oder uns auf kurze Kontrollen beschränken, wenn im Hafen eine gründliche Durchsuchung stattfinden soll.«

Er machte auf die Radarantennen an den Inselaufbauten aufmerksam. »Mit Sea Lions, Patrouillenbooten und weiteren hier vorhandenen Aufklärungsmitteln können wir den See- und Luftraum auf Hunderte von Meilen überwachen, Eindringlinge abfangen...«

»Oder abschießen?« warf Long ein.

»Oder abschießen«, bestätigte Hardcastle. »Wir wollen Amerikas Grenzen *wirklich* sichern. Die Sperrung von Schmuggelrouten ist die beste Methode, um den Drogenhandel allmählich unter Kontrolle...«

»Einfach mit 'ner Sea Stinger draufhalten?« fragte Long. »Was passiert, Sir, wenn Sie auf einen Großvater mit seinen beiden Enkeln in einem kleinen Fischerboot stoßen? Was ist, wenn Sie die drei mit einer Ihrer Raketen dort hinten in die Luft jagen?«

»Falls dieser *angebliche* Großvater nicht auf Signale von Patrouillenbooten oder Flugzeugen reagiert, passiert's eben. Ich will, daß dieses Projekt funktioniert, Agent Long. Und wie steht's mit Ihnen? Harte Zeiten, harte Lösungen.« Hardcastle sah wieder nach vorn, um Geffars Landeanflug zu beobachten. »Daran müssen Sie sich allmählich gewöhnen.«

»Wie viele Feuerstöße aus der Maschinenkanone braucht man, um ein Boot mit ein paar Jugendlichen zu versenken, Sir?«

»Schon gut, Curt«, sagte Geffar, obwohl sie ähnlich dachte. Sie hatte die Geschwindigkeit der V-22C auf weniger als zehn Knoten verringert und die Triebwerke in Senkrechtstellung geschwenkt.

»Hey, die Plattform sieht plötzlich echt winzig aus!« sagte Geffar, während sie den Landeanflug fortsetzte. Unten an Deck lief ein Einweiser zum Aufsetzpunkt eins und hielt zwei Signalpaddel hoch, um die Landung der Sea Lion zu unterstützen. »Als ob man auf 'ner Briefmarke landen sollte!«

»Ganz ruhig, Sie machen Ihre Sache sehr gut«, sagte Hardcastle. »Denken Sie daran, daß die Steuerung sehr frühzeitig anspricht, weil der Computer jeden Ihrer Steuerbefehle optimiert. Lassen Sie die Sinkgeschwindigkeit nicht auf über eineinhalb Meter in der Sekunde ansteigen – und behalten Sie die Bildschirme im Auge. Sie liefern Ihnen Informationen über den besten Schrägstellwinkel bei bestimmter Leistung und berechnen Abdrift und Sinkgeschwindigkeit. Machen Sie einfach weiter wie bisher.«

Während Geffars Blick über die riesige Plattform vor ihr glitt, fiel ihr ein am anderen Rand abgestellter Hubschrauber mit ungewöhnlicher Farbgebung auf. Die UH-60 Black Hawk trug das Kennzeichen des Marine Corps, aber sie war unten dunkelgrün und in der oberen Hälfte weiß lackiert. Als Geffar näher herankam, konnte sie lesen, was auf den Seiten des Hubschraubers stand: UNITED STATES OF AMERICA... »Hardcastle, das ist keine gewöhnliche UH-60 Black Hawk!«

»Noch zehn Meter«, meldete Hardcastle, indem er den Fahrwerksschalter betätigte und das Aufflammen der drei grünen Kontrolleuchten abwartete. »Fahrwerk ausgefahren und verriegelt. Sieht alles gut aus.«

»Verdammt noch mal, das ist 'ne VH-60! Sie sieht wie Marine One aus...«

»Marine Two«, stellte Hardcastle ausdruckslos fest. »Ich habe vergessen, Ihnen zu sagen, daß das der Hubschrauber des Vizepräsidenten ist. Der Vizepräsident und der Verteidigungsminister sind an Bord von Hammerhead One.«

»*Was*?« Die V-22C brach kurz nach links aus, als Geffar den

Admiral anstarrte. »Ich habe diesen Vogel insgesamt nur knapp zwanzig Minuten geflogen – und jetzt soll ich damit auf 'ner Briefmarke landen, während der Vizepräsident zusieht?«

»Achten Sie auf die Sinkgeschwindigkeit, Inspektor«, sagte Hardcastle. »Denken sie nicht an Vizepräsident Martindale; konzentrieren Sie sich auf den Einweiser.« Geffar erhöhte kurz die Triebwerksleistung, um das Sinken zu verringern. »Sie haben zehn Knoten Seitenwind von rechts – vergessen Sie nicht, Ihre Abdrift zu berücksichtigen, aber hüten Sie sich davor, überzukompensieren. Zuerst das Hauptfahrwerk... Bug etwas heben... noch bin bißchen...« Sie spürten den kräftigen Landestoß, mit dem das Hauptfahrwerk aufsetzte. Der Einweiser bestätigte das Aufsetzen des Hauptfahrwerks und half ihr durch Zeichen, das Bugfahrwerk weich aufzusetzen.

»Gut gemacht!« lobte Hardcastle sie, während das Deckspersonal die V-22C mit Bremsklötzen und Spannvorrichtungen festlegte. Geffar nahm die Leistungshebel in Leerlaufstellung zurück, und Hardcastle begann, die elektrischen Systeme und die Triebwerke abzustellen. »Willkommen auf Hammerhead One, Leute. Türen frei zum Öffnen.«

»Dreckskerl!« fauchte Geffar, indem sie ihren Helm abnahm und Hardcastle anstarrte. Er fürchtete einen Augenblick, sie sei tatsächlich sauer auf ihn, aber dann merkte er, daß sie eher erleichtert und auf ihre Leistung stolz war als wütend. »Diese Überraschung haben Sie absichtlich arrangiert. Wozu? Um mich in Verlegenheit zu bringen? Um den Customs Service in Mißkredit zu bringen? Um zu erreichen, daß ich rausfliege? Wozu also?«

»Sie wissen recht gut, daß keiner dieser Gründe zutrifft«, wehrte Hardcastle ab. »Hätten Sie das Flugzeug nicht so gut beherrscht, hätte ich natürlich eingegriffen. Ich wollte, daß Sie die Sea Lion selbst fliegen, um Ihnen einen Anreiz zu geben, sich an meinem Projekt zu beteiligen.«

»Ich soll mich an einem Projekt der Küstenwache beteiligen, das den Einsatz von bewaffneten Hubschraubern und Flugzeugen mit Schwenktriebwerken von Ölbohrinseln aus...«

»Dies ist *kein* Projekt der Coast Guard, verdammt noch mal!

Wann hören Sie mir endlich richtig zu? Ich will eine *neue* Organisation aufbauen, die *nichts* mit Coast Guard und Customs zu tun hat. Aber dazu brauche ich Ihre Beteiligung, Ihre Kooperation. Wir müssen *gemeinsam* auftreten, um...«

»Bevor ich das entscheiden kann, muß ich viel mehr erfahren.«

Verglichen mit dem etwas über sechzigjährigen Präsidenten war Vizepräsident Kevin Martindale mit seinen sechsundvierzig Jahren ein Youngster. Im Gegensatz zu seinem Vorgänger hatte der ehemalige Abgeordnete Martindale sich im Weißen Haus und auf dem Capitol Hill als harter Arbeiter erwiesen, der verbissen dafür kämpfte, den Vorschlägen des Präsidenten – und gelegentlich auch eigenen – im Kongreß Gehör zu verschaffen. Zu Martindales politischen Hauptthemen gehörte die Bekämpfung des Drogenhandels, und er war ein beredter Verfechter harter Maßnahmen gegen das wachsende Drogenproblem in den Vereinigten Staaten.

Für Geffar war es eine Überraschung, ihm auf einer Ölbohrplattform vierzig Seemeilen vor der Küste Südfloridas zu begegnen; keine Überraschung war es jedoch, daß er an einem Projekt mit dieser Zielsetzung beteiligt war.

»Inspektor Geffar gehört zu den besten Kommandeuren unserer Air Division«, sagte der Mann neben Martindale, den Geffar verblüfft als Joseph Crandall erkannte – den Direktor des U. S. Customs Service. »Seit nunmehr zwei Jahren steht sie an der Spitze der im Kampf gegen Drogenschmuggler erfolgreichsten Einheit.«

»Und sie schießt weltmeisterlich«, ergänzte der Vizepräsident. »Ich kenne Inspektor Geffars Werdegang. Sie haben die Maschine gelandet, stimmt's? Und dies ist Ihr erster Flug mit einer Sea Lion gewesen, nicht wahr?«

»Das stimmt, Sir. Hat man's gemerkt?«

»Nein. Diese Überrumpelungstaktik sieht dem ollen Seebären Hardcastle ähnlich.« Er drehte sich zu Hardcastle um, der jetzt herankam. »Sie haben wieder mal an nichts gespart, Admiral. Eindrucksvoll, sehr eindrucksvoll! Geffars Punktlandung hat mir imponiert.«

»Sie ist der beste Pilot auf dieser Plattform, Sir.« Sie schüttelten sich die Hand, und Hardcastle begrüßte nun auch Direktor Crandall, Verteidigungsminister Thomas Preston, Admiral Cronin und Verkehrsminister Edward Coultrane. »Außerdem möchte ich Ihnen Agent Curtis Long, einen von Inspektor Geffars Stellvertretern, vorstellen... und natürlich General Brad Elliott, der die V-22C mitentwickelt hat, und Major Patrick McLanahan, seinen Projektoffizier.«

»Brad Elliott«, sagte der Vizepräsident, während sie sich die Hand schüttelten. Geffar beobachtete erstaunt, daß Martindale dem General sichtlich beeindruckt, fest respektvoll die Hand gab. Wer *war* dieser Kerl? »Freut mich, Sie zu sehen. Der Präsident läßt Ihnen Grüße bestellen.« Er wandte sich McLanahan zu und schüttelte ihm die Hand, als sei auch McLanahan etwas Besonderes. »Major, ich möchte Ihnen mein Beileid zum Verlust Ihres Kameraden Oberleutnant Luger aussprechen. Sie müssen mir später von Ihrem... unglaublichen Flug erzählen. Ich möchte gern mehr darüber hören.«

»Jederzeit, Sir«, antwortete McLanahan knapp. Hardcastle, Geffar und Long starrten die Luftwaffenoffiziere fragend an, ohne davon schlauer zu werden. Wer, zum Teufel, waren die beiden? Was hatten Elliott und MacLanahan Großes geleistet?

Der Vizepräsident wandte sich wieder an Elliott. »General, Ihnen verdanken wir also dieses schöne Flugzeug hier?«

»Ich bin da, um Admiral Hardcastles Ideen vom Reißbrett in die Wirklichkeit umzusetzen«, sagte Elliott. »Aber ich gebe zu, daß die Sea Lion mein Stolz und meine Freude ist.«

»Dann zeigen Sie sie mir«, forderte Vizepräsident Martindale ihn auf.

»Sehr gern, Sir«, antwortete Elliott.

Hardcastle entschuldigte sich und ging mit Cronin, Geffar und Long zum Lift, um nach unten zu fahren. Vor dem Lift trafen sie auf Fregattenkapitän Mike Becker.

»Habt ihr das gesehen?« fragte Long unterwegs. »Verdammt noch mal, ich hab' gedacht, der Vizepräsident würde McLanahans Ring küssen! Was hat der Kerl getan – die Welt gerettet oder so was?«

Hardcastle sah Admiral Cronin an, der keinen Ton sagte. Er weiß, was Elliott und McLanahan getan haben, dachte Hardcastle. Er will's nicht preisgeben – zumindest nicht hier –, aber seiner Miene nach muß es verdammt eindrucksvoll gewesen sein.

Hardcastle wandte sich an Becker. »Wie sieht's bis jetzt aus, Mike?«

»Ich glaube, daß sie beeindruckt sind, Admiral. Die Plattform befindet sich in besserem Zustand, als wir hoffen durften, und wir haben Zeit gehabt, sie zu schrubben, bevor die Gäste eingeschwebt sind.«

»Im Konferenzraum alles bereit?«

»Ja, Sir.«

»Ich bin selbst beeindruckt, Ian«, sagte Cronin, indem er sich den Schweiß von der Stirn wischte. »Aber Preston, Coultrane und Crandall sind nicht so hellauf begeistert wie der Vizepräsident. Sie sehen bereits voraus, daß ihre Haushaltsmittel zur Bekämpfung des Drogenschmuggels drastisch gekürzt werden, bloß damit Ihr tolles neues High-tech-Spezialprojekt finanziert werden kann.«

Sie befanden sich auf dem dritten Deck der Plattform: fünfzehn Meter über der sanften Dünung der Florida-Straße. Der Raum war provisorisch in Befehls- und Kontrollzentrum umgebaut worden. In seiner Mitte standen zwei Radarkonsolen, deren Darstellung auf riesige Bildschirme übertragen werden konnte. Für sie war Major McLanahan zuständig.

Vizeadmiral Hardcastle ergriff das Wort.

»Willkommen auf Hammerhead One, Herr Vizepräsident, meine Herrn Minister, meine Damen und Herrn«, begann Hardcastle. »Wir schlagen vor, solche großen Plattformen als Stützpunkte für eine weitgespannte Grenzsicherung zu verwenden. Bitte beachten Sie, daß ich von Grenzsicherung und nicht nur vom Kampf gegen den Drogenschmuggel rede. Aus meiner Sicht kann dieser Kampf erst erfolgreich sein, wenn Routinekontrollen und -beschlagnahmungen durch aggressivere, großräumige Einsätze einer paramilitärischen Organisation ersetzt werden, die sich darauf konzentriert, nicht identifizierte Schiffe und Flugzeuge von Amerika fernzuhalten.«

Hardcastle drückte auf einen Knopf seiner Fernbedienung. Der linke Bildschirm leuchtete auf und zeigte eine digitalisierte Karte des Südostens der Vereinigten Staaten, der Karibik und Mittelamerikas.

»Wozu eine paramilitärische Organisation? Weil wir davon sprechen, wie die See- und Lufträume, von denen die Vereinigten Staaten umgeben sind, wirkungsvoll gesichert werden können, was mehr als Routinekontrollen erfordert. Der Bereich zwischen drei Seemeilen und der Zwölfmeilengrenze umfaßt allein im Südosten der Vereinigten Staaten rund fünfundneunzigtausend Quadratkilometer. Zur Überwachung dieses Gebiets haben Coast Guard und Customs Service gegenwärtig etwa hundert Schiffe und achtzig Flugzeuge. Rechnen wir auch den Luftraum dazu, sprechen wir von mindestens dreihunderttausend *Kubik*kilometern, die kontrolliert werden müssen.«

Der mittlere Großbildschirm leuchtete auf und zeigte Videoaufnahmen von Radargeräten, Flugzeugen und Schiffen von Coast Guard und Customs Service.

»Coast Guard und Customs Service können dieses Gebiet wirkungsvoll überwachen und die bekannten Schmugglerrouten entsprechend kontrollieren. Aber selbst wenn wir nicht identifizierte Schiffe oder Flugzeuge entdecken, können wir sie nicht alle abfangen. Dazu bräuchten wir zehnmal mehr Flugzeuge und Schiffe als jetzt – und die Kosten lägen prohibitiv hoch bei Dutzenden von Milliarden Dollar.«

Hardcastle trat an den jetzt aufleuchtenden rechten Bildschirm. »Andererseits gibt es eine Möglichkeit, diesen riesigen Raum zu überwachen, indem man die für Schiffe und Flugzeuge gültigen Regeln ändert. Sprechen wir zuerst von Schiffen ...«

Ein Spinnennetz aus farbig angelegten Routen überzog die Meeresflächen der Karte; die meisten führten zu bekannten Hafenstädten wie Miami, Fort Lauderdale, Tampa und Charleston.

»In amerikanische Gewässer einlaufende Schiffe halten sich im allgemeinen an die zu unseren Häfen führenden Seestraßen. Sie *müssen* sich jedoch nicht an bestimmte Routen halten, sondern dürfen in amerikanischen Küstengewässern beliebige Kurse steuern. Sie können dort jederzeit von der Coast Guard angehalten und durchsucht werden, aber solche Durchsuchungen sind selten, weil die Zahl unserer Schiffe für dieses riesige Gebiet nicht ausreicht. Außerhalb üblicher Routen können nicht identifizierte Schiffe fast beliebig operieren, obwohl wir sie im allgemeinen orten und vielleicht sogar beschatten. Damit kommen wir zum Luftverkehr...«

Jetzt zeigte die Computerkarte auf dem Bildschirm ein erheblich größeres Gebiet.

»Dargestellt ist hier die ADIZ, unsere Air Defense Identification Zone. Alle in die Vereinigten Staaten einfliegenden Maschinen müssen zuvor eine Flugsicherungsfreigabe für die ADIZ einholen. Weniger als fünfzig Prozent tun das tatsächlich. Sie wissen, daß uns die Mittel für eine gründliche Überwachung fehlen; sie wissen, daß die Wahrscheinlichkeit, abgefangen zu werden, nur zwanzig zu eins beträgt. Die militärische Luftverteidigung konzentriert sich auf bestimmte Flugparameter – hohe Geschwindigkeit, geringe Höhe, militärisches Einsatzprofil. Obwohl sie das könnte, hat sie *nicht* die Aufgabe, Schmuggler aufzuspüren, denn uns gefällt's verständlicherweise nicht, wenn das Militär Jagd auf Zivilisten macht – auch wenn sie Verbrecher sind.

Trotz unbestreitbarer Erfolge hat der Customs Air Service nicht die technischen Möglichkeiten, jedes entdeckte, aber nicht identifizierte Flugzeug abzufangen«, fuhr Hardcastle fort. »Wie die Luftverteidigung kann er sich nur auf bestimmte Flugparameter konzentrieren. Zum Beispiel auf große Ziele, offensichtliche Schmuggelprofile und durch Insidermeldungen angekündigte Flüge...«

»Auch mit hundert Flugzeugen könnten wir nicht mehr tun«, warf Geffar ein. »Sie können unmöglich jede einfliegende Maschine von einem unserer Flugzeuge eskortieren lassen!«

»Doch, das ist zu schaffen, Inspektor«, behauptete Hardcastle. Er deutete auf die beiden Bildschirme, auf denen die Zwölfmeilenzone blau und die ADIZ orangerot dargestellt war. Auf seinen Knopfdruck hin wurden diese Gebiete durch von den großen Hafenstädten ausgehende weiße Linien in Sektoren unterteilt. Der mittlere Bildschirm zeigte die Südspitze Floridas mit einem blinkenden Leuchtpunkt am Anfang einer engen Fahrrinne, die vom Golf von Mexiko nach Miami führte.

»Unser Plan sieht folgendes vor: Dieses orangerote Gebiet zwischen zwei und zwölf Seemeilen wird eine Identifizierungszone für Schiffe und Flugzeuge. Niemand darf sie ohne Genehmigung und ständige Identifizierung durchfahren oder -fliegen. Unser Überwachungssystem kann alles über fünf Meter Länge genau orten und verfolgen. Wir haben bewiesen, daß im Umkreis von zweihundert Seemeilen kein Ziel unentdeckt bleibt.

So können die gemeldeten Schiffe in der positiven Überwachungszone verfolgt und kontrolliert werden, Sir. Die Computer unseres Radarsystems können Hunderte von See- und Luftzielen gleichzeitig verfolgen. Wer sich innerhalb dieses Gebiets bewegt, kann lückenlos überwacht werden.«

»Okay, wir können die Schiffe also überwachen«, sagte Direktor Crandall vom Customs Service, »aber sie können trotzdem Schmuggler sein – und trotzdem in unseren Gewässern operieren. Was ist dann an Ihrem System anders?«

Hardcastle deutete auf den blinkenden Lichtpunkt. »Das ist Hammerhead One, Sir – fünfundvierzig Seemeilen südöstlich von Homestead. Sobald dieses System voll in Betrieb ist, müssen alle Schiffe, die in amerikanische Gewässer einlaufen, an einer der Plattformen anlegen, um sich registrieren und Fracht und Papiere prüfen zu lassen, bevor sie unter Kontrolle weiterfahren.«

»Sie schlagen also vor«, fragte Crandall, »Bohrinseln als Kontrollpunkte für *Schiffe* einzurichten?«

»Ganz recht, Sir. Hammerhead One kann gleichzeitig mehrere große Schiffe abfertigen, und weitere Liegeplätze lassen sich in der Nähe anlegen. Die Kontrolle verläuft ähnlich wie bei einem Grenzübergang an Land. Wir prüfen nur die Papiere, begnügen uns mit einer flüchtigen Kontrolle, inspizieren genauer oder durchsuchen das ganze Schiff in Abwesenheit der Besatzung. Ist ein Schiff abgefertigt, muß es dieser Fahrrinne zu seinem Ziel folgen – außer es hat eine Sondergenehmigung.«

»Fürchten Sie nicht, daß es an den Plattformen zu Staus kommen wird?« fragte Crandall.

»Dem Verkehrsaufkommen entsprechend würden weitere Plattformen und zusätzliches Personal nötig werden.«

»Was wird aus einem nicht identifizierten Schiff in der orangeroten Zone?« wollte Verkehrsminister Coultrane wissen.

»Seine Besatzung verstößt gegen amerikanische Gesetze und kann verhaftet werden.«

»Damit sind wir wieder bei der ursprünglichen Frage: Wie schnappen Sie den Verdächtigen?«

»Vor allem dadurch, daß er isoliert ist. Das Abfangen ist einfacher, weil er sich ganz allein in einem Sperrgebiet befindet. Wir wollen dafür Hubschrauber oder Flugzeuge wie die Sea Lion von solchen Plattformen aus einsetzen. *Außerdem* ist der Einsatz weiterer Luftfahrzeuge geplant...«

Hardcastle drückte erneut auf einen Kopf seiner Fernbedienung. Danach zeigten der linke und der rechte Bildschirm Videoaufnahmen von Meer und Himmel. Die Flugzeuge, aus denen sie gemacht worden waren, waren offenbar sehr tief und sehr hoch geflogen.

»Hier sehen Sie Videobilder aus zwei verschiedenen Drohnen – unbemannten Flugkörpern. Gesteuert werden Sie von der Konsole vor Ihnen durch Computerbefehle, die über störsichere UHF-Verbindungen übermittelt werden. Sobald ein Ziel vom Radar erfaßt ist, können wir eine Drohne hinschicken.«

Hardcastle griff hinter die Konsole und holte ein großes Modell hervor, das Ähnlichkeit mit einer V-22 mit Schwenktriebwerken hatte. Seine Rotoren saßen ebenfalls an den Flügelenden, unter dem zylindrischen Rumpf waren Landekufen angebracht, und der Bug wies zahlreiche Öffnungen für Kameras und Sensoren auf.

»Dies ist ein zehnfach verkleinertes Modell der Sky Lion, einer Drohne, die wir für die heutigen Tests verwenden«, fuhr Hardcastle fort. »In Wirklichkeit ist sie gut zehn Meter lang, hat sechs Meter Spannweite und wird von zwei Propellerturbinen mit je fünfhundert PS angetrieben. Sie kann unbeweglich schweben, aber auch bis zu zweihundert Knoten erreichen und sechs Stunden in der Luft bleiben. Außer mit Sensoren ist sie mit einem kleinen Radargerät und einer Restlicht-Infrarotkamera bestückt, um Ziele selbst ansteuern und identifizieren zu können. Darüber hinaus kann sie verschiedene Nutzlasten tragen...« Er machte eine Pause und musterte die Gesichter der Anwesenden, bevor er hinzufügte: »Zum Beispiel Waffen.«

Direktor Crandall reagierte sofort. »Sie wollen dort draußen zwischen all den anderen Vögeln bewaffnete Roboterflugzeuge rumschwirren lassen?«

Martindale hob eine Hand. »Lassen Sie ihn ausreden, Crandall. Bitte weiter, Admiral.«

Hardcastle holte tief Luft. Die erste Hürde war genommen. »Normalerweise würden die Drohnen unbewaffnet fliegen. Aber wir werden bewaffnete Sky Lions bereithalten, um zu verhindern, daß Schiffe oder Flugzeuge in Sperrgebiete eindringen – notfalls auch mit Gewalt.«

Auf Hardcastles Zeichen schaltete McLanahan auf die nächste Präsentation um. »Im Augenblick lassen wir eine Sky Lion ein Patrouillenboot der Küstenwache verfolgen. Unser Überwachungsradar hat das Ziel erfaßt... hier«, sagte er, indem er einen Leuchtzeiger benützte. »Ein zwölf Meter langes FCI der Coast Guard – ein schnelles Patrouillenboot – auf der Fahrt nach Südflorida.«

Er deutete auf den linken Bildschirm, der das Kristallblau des Karibischen Meeres zeigte. »Dies hier ist der Blick aus der Drohne nach vorn; unten eingeblendet sind die Flugparameter der Sky Lion.« Hardcastle nickte Major McLanahan zu, der sich jetzt zu Martindale und den anderen umdrehte.

»Wie der Admiral bereits ausgeführt hat, Sir«, begann McLanahan, »werden die Drohnen mit Hilfe von Radar- und Sensordaten, die teilweise von dieser Plattform kommen, von Computern gesteuert. Ich habe der Sky Lion gerade befohlen, dieses Patrouillenboot abzufangen.«

Dann verschwand das Videobild und wurde durch undeutliche schwarze Wellenlinien mit eingestreuten helleren Flecken und Streifen ersetzt. »Ich habe auf Infrarot umgeschaltet, damit das Boot sich vom Wasser abhebt. Je kräftiger das Rot, desto heißer das Infrarotsignal... ah, da haben wir's schon!« In der Bildmitte hob sich ein hellroter Punkt von den Rosa- und Gelbtönen des warmen Wassers ab, und eine Digitalanzeige bestätigte, daß das Ziel erfaßt war.

»Im Sinkflug ist die Drohne jetzt fast zweihundert Knoten schnell. Sie wird erst langsamer, wenn sie näher kommt.« Der leuchtende Infrarotpunkt wurde stetig größer. Zwischendurch schaltete McLanahan mehrmals auf Video um, das ihnen das Patrouillenboot in kabbeliger See zeigte.

»Die Drohne ist noch knapp eine halbe Seemeile entfernt«, erläuterte der Major, indem er auf die eingeblendeten Daten zeigte. »Ihre Geschwindigkeit beträgt nur mehr dreißig Knoten – eine Verringerung bei weiterhin stabiler Fluglage, zu der nur eine Drohne mit Schwenktriebwerken imstande ist. Sobald sie näher heranfliegt, können Sie alle Einzelheiten des Patrouillenboots genau erkennen. Kurz gesagt: Wir haben ein Schmugglerboot abgefangen und identifiziert.«

»Natürlich ist das Abfangen von Schiffen in amerikanischen Gewässern nur *ein* Aspekt der Bemühungen, den Drogenschmuggel in diesem Gebiet zu unterbinden«, fuhr Hardcastle fort, als McLanahan seine Vorführung beendet hatte. »Könnten wir sämtliche Boote vor Südflorida abfangen, würde der amerikanische Drogenmarkt mit nur zehn bis fünfzehn Prozent weniger Kokain und Marihuana versorgt. Das wäre zwar schon ein Erfolg, aber damit dürfen wir uns nicht zufriedengeben.

Trotz aller Bemühungen von Coast Guard und Customs Service kommen die meisten Drogen nach wie vor auf dem Luftweg ins Land. Der Schmuggel mit Flugzeugen geht schnell, die Schmuggler haben ihr Produkt länger unter Kontrolle, ihre Erfolgsaussichten sind bei guter Organisation verhältnismäßig hoch. Könnten wir den Schmuggel mit Flugzeugen unterbinden, würden dreißig bis vierzig Prozent weniger Drogen ins Land kommen – und *das* wäre ein bedeutsamer Erfolg!«

Hardcastle zeigte auf den Bildschirm, auf dem wieder die amerikanischen Küstengewässer mit den weißen Korridoren zu sehen waren. »Diese Routen sollen auch für den Luftverkehr gelten. Einfliegende Maschinen müssen in den Korridoren bleiben und zugewiesene Höhen einhalten. Flugweg und Höhe werden von unseren Überwachungsstellen kontrolliert; jede Abweichung ist strafbar und bewirkt, daß das Flugzeug von einer unserer Maschinen angesteuert wird.«

Der Admiral deutete auf den linken Bildschirm, der wieder Luftaufnahmen zeigte. »Diese Bilder liefert eine in der Nähe kreisende weitere Drohne. Da Flugzeuge mit anderen Mitteln abgefangen werden müssen als Schiffe, setzen wir dafür einen anderen Typ ein.« Er hielt ein Modell hoch, das sich erheblich von dem der Sky Lion unterschied. »Diese Drohne heißt Seagull, obwohl sie nichts von einer Möwe an sich hat. Der Teufel mag wissen, wie sie zu ihrem Namen gekommen ist! Einige technische Daten: Deltaflügel, Vorflügel zur Erhöhung der Steuerbarkeit, Dreihundert-PS-Motor mit Druckpropeller, Geschwindigkeit sechzig bis dreihundertfünfzig Knoten, Flugdauer mindestens zehn Stunden. Bei etwas über sechs Meter Länge hat die Seagull reichlich zwölf Meter Spannweite. Genau wie die Sky Lion kann sie von Land, von Plattformen und von Spezialschiffen aus operieren.«

»Was wäre mit der allgemeinen Luftfahrt?« hakte Coultrane nach. »Sie würden auch Privatflugzeuge zur Benützung dieser Korridore zwingen. Wir wissen alle, daß sie oft die schlechtesten Piloten haben, die sich nun in dichtestem Verkehr zurechtfinden müßten.«

»Das wäre nicht gefährlicher, als wenn ein Sportflugzeug einen Nahverkehrsbereich über einer Großstadt durchfliegt«, behauptete Hardcastle.

Der Verkehrsminister schüttelte, offensichtlich nicht überzeugt, den Kopf.

Hardcastle sprach rasch weiter. »Das Problem, daß Flugzeuge in letzter Sekunde vom Kurs abweichen und unser Radar unterfliegen, wird durch dieses System zumindest teilweise beseitigt. Alle Maschinen in den Korridoren stehen bis zu ihrer Landung in Miami, Opa-Locka, Fort Lauderdale oder Tampa unter Radarüberwachung. Sollte ein Flugzeug auszubrechen versuchen, kann es durch eine Seagull oder eine bemannte Maschine abgefangen werden.«

Er nickte, als McLanahan ihm ein Zeichen gab. »Dieses Abfangen möchten wir Ihnen nun vorführen, Herr Vizepräsident«, sagte der Major. »Im Augenblick verfolgen wir einen Schmuggler, der von den südlichen Bahama-Inseln aus in die Vereinigten Staaten einzufliegen versucht. Seit seiner Entdeckung haben wir die Seagull in seiner Nähe stationiert.« Er deutete auf der rechten Großbildschirm, der den Start der V-22C Sea Lion von der Plattform über ihnen zeigte.

»Mit Brad Elliott am Steuerknüppel«, fuhr Hardcastle fort, »nimmt die Sea Lion jetzt die Verfolgung auf. Im Einsatzfall würden zur Besatzung noch zwei mit Gewehren und Pistolen bewaffnete Unteroffiziere gehören.« Durch die riesigen Panoramascheiben der Kommandozentrale war zu beobachten, wie die Sea Lion die Verfolgung aufnahm. Während sie beschleunigte, wurden ihre Triebwerksgondeln langsam in die Horizontale geschwenkt.

Der mittlere Bildschirm zeigte eine vergrößerte Darstellung des digitalen Hauptradarschirms. »Major McLanahan legt jetzt das Ziel fest, das die Drohne anfliegen und identifizieren wird.« Die Szene auf dem linken Großbildschirm – der Blick in Flugrichtung der Drohne – änderte sich schlagartig, als die Seagull jetzt über den rechten Flügel abkippte und im Sinkflug auf ihr befohlenes Ziel zuraste.

»Das Bordradar der Seagull hat das Ziel aus elf Seemeilen Entfernung erfaßt«, erläuterte Hardcastle weiter. »Bei einer Annäherungsgeschwindigkeit von zweihundertvierzig Knoten ist ihr Ziel in weniger als drei Minuten erreicht.«

Sekunden später erschien das Ziel – eine beigefarbene Zweimotorige – mitten auf dem linken Bildschirm. Je näher die Seagull herankam, desto größer wurde das Flugzeug.

»Noch drei Meilen«, sagte Hardcastle. »Scheint eine Beechcraft Baron zu sein, schätzungsweise acht bis neun Jahre alt. Mit Hilfe ihres Radars geht die Drohne jetzt automatisch so nahe heran, daß das Kennzeichen der Maschine abzulesen ist.«

Wenig später hatte die Seagull sich rechts neben das Heck des Flugzeugs gesetzt, und ihr Radarentfernungsmesser zeigte, daß der gleichbleibende Abstand nur noch dreißig Meter betrug.

»Die Drohne bleibt jetzt im Formationsflug«, erklärte Hardcastle. »Sie macht alle halbwegs normalen Flugmanöver mit und bleibt auf etwa dreißig Meter dran.«

Das Bild veränderte sich allmählich, als Major McLanahan einen kleinen Steuerknüppel bewegte, um die Kamera den Flugzeugrumpf entlangzuführen, bis sie Buchstaben und Ziffern erfaßte.

»Jetzt können Sie das Kennzeichen ablesen«, sagte McLanahan, als das Bild stand. »Die Maschine trägt eine N-Nummer – sie ist also in den Vereinigten Staaten zugelassen. Die Ziffern sind unvorschriftsmäßig klein; sie müßten dreißig Zentimeter hoch sein. Achten Sie auf die Ziffer acht und den Buchstaben O. Dieses Kennzeichen ist verändert worden: Die Acht ist zuvor eine Drei gewesen, und das O ist aus einem C entstanden.«

»Das ist ein häufig angewendeter Trick, um unsere Leute in der Luft und am Boden zu verwirren«, fügte Hardcastle erklärend hinzu. »Wird dieses Kennzeichen mit der Liste verdächtiger Maschinen verglichen, scheint keine Fahndungsmeldung vorzuliegen. Bei genauerer Prüfung würde sich herausstellen, daß das Kennzeichen gefälscht ist, aber häufig wird die Verfolgung abgebrochen, wenn der Computer ›keine Verstöße, kein Haftbefehl‹ meldet.«

Auf dem Bildschirm war jetzt die gesamte linke Seite des Flugzeugs zu sehen. »Die Drohne umfliegt die verdächtige Maschine und befindet sich nun links voraus, wo der Pilot sie deutlich erkennen kann.«

Während die Drohne das Flugzeug überholte, blieb ihre Kamera aufs Cockpit der Zweimotorigen gerichtet. Auf dem Großbildschirm war der Pilot mit Baseballmütze, Sonnenbrille und schwarzem Schnauzbart zu erkennen. Als die Kamera das Cockpit noch näher heranholte, rief der Vizepräsident aus: »Hey, seht euch das an! Der Kerl hat Stoff geladen!« Über der rechten Schulter des Piloten waren Ballen zu erkennen, die Marihuana sein mußten.

»Ein kleiner Schmuggler«, stellte Hardcastle trocken fest. »Vermutlich transportiert er nur dreihundertfünfzig bis vierhundert Kilo, die im Straßenhandel rund eine Viertelmillion bringen. Dies könnte heute schon sein zweiter Flug sein. Und falls er dreimal fliegt, hat er heute abend eine halbe Million Dollar verdient, auch wenn er zuletzt aussteigt und seine Maschine in die Everglades abstürzen läßt.«

Das Flugzeug verschwand plötzlich vom Bildschirm.

»Was ist passiert?« fragte Martindale.

»Major?« Hardcastle wandte sich an McLanahan.

»Er ist in Panik geraten und hat abgedreht«, meldete der Major. »Er bildet sich ein, die Seagull abhängen zu können.«

Auf dem Monitor wurde kurz ein vergrößertes Radarbild eingeblendet, das erkennen ließ, wie gering der Abstand zwischen Drohne und Flugzeug noch immer war. Die Seagull flog eine enge Linkskurve, um sich wieder hinter das Schmugglerflugzeug zu setzen. Gleichzeitig rückte das Radar- und IFF-Symbol der V-22C Sea Lion näher an die Beechcraft heran. Im nächsten Augenblick zeigte der Bildschirm wieder die Zweimotorige, deren Pilot durch Tiefergehen und heftige Ausweichmanöver die Drohne abzuschütteln versuchte.

»Außerdem versuchen wir, den Verdächtigen über Funk zu erreichen«, sagte Hardcastle. Er sah McLanahan an, der den Kopf schüttelte. »Bisher ohne Erfolg. Die V-22C Sea Lion ist inzwischen fast heran und übernimmt dann die Verfolgung.«

»Was ist, wenn der Mann einen Herzanfall hat und zu keiner Antwort imstande ist?« fragte Verkehrsminister Coultrane. »Was ist, wenn er den Autopiloten eingeschaltet hat, um sich vielleicht so zu retten?«

»Er hat keinen Flugplan, keine Freigabe zum Einflug in unseren Luftraum, keine Zollvoranmeldung«, antwortete Hardcastle nüchtern. »Und er fliegt außerhalb der vorgeschriebenen Luftstraßen in extrem niedriger Höhe. Das alles paßt nicht zu einem harmlosen Routineflug. Wenn er imstande gewesen ist, den Autopiloten einzuschalten, hätte er auch seinen Transponder auf den Notfallcode sieben-sieben-null-null einstellen können.«

Der Großbildschirm zeigte jetzt ein neues Bild. Die Drohne hatte ihren Abstand auf eine halbe Meile vergrößert, so daß jetzt auch die Sea Lion zu sehen war, die sich mit leichter Überhöhung links neben das verdächtige Flugzeug gesetzt hatte. Die

Triebwerksgondeln der V-22C befanden sich in 45-Grad-Stellung, um größte Hubkraft mit größter Geschwindigkeit zu vereinigen. Die beiden ausgefahrenen Waffenbehälter der Sea Lion erinnerten an zylinderförmige Ausleger.

»Acht Seemeilen bis zur Küste«, meldete McLanahan.

»Nach bisheriger Taktik würde die verdächtige Maschine beschattet, bis der Pilot zu landen versucht oder seine Ladung abwirft«, fuhr Hardcastle fort. »Aber wie die Ereignisse der letzten Wochen bewiesen haben, kann das verdammt gefährlich sein. Es hat *keinen* Zweck, diesen Schmuggler näher an unsere Küste heranzulassen. Wir haben es hier mit einem nicht identifizierten Flugzeug zu tun, dessen Pilot sich einer Entdeckung und Identifizierung zu entziehen versucht.« Der Admiral nickte McLanahan zu. »So sieht unsere Reaktion aus...«

Die V-22C Sea Lion ging etwas tiefer und drehte plötzlich nach rechts auf die Zweimotorige zu. In der nächsten Sekunde blitzte hinter ihrem rechten Waffenbehälter etwas auf; dann schlängelte sich eine weißleuchtende Rauchspur zu dem Flugzeug. Sie beschrieb eine unregelmäßige Spirale, aber sie fand ihr Ziel – der linke Motor des Flugzeugs explodierte in einem orangeroten Feuerball. Die Beechcraft wurde hochgeschleudert und legte sich fast auf den Rücken, bevor sie ins blaugrüne Meer stürzte. Rumpf- und Flügelteile prallten von der steinharten Wasserfläche ab, und eine Luftschraube flog in weitem Bogen davon, als spiele Neptun persönlich mit ihr Frisbee.

Vizepräsident Martindale war aufgesprungen. »Was, zum Teufel, haben Sie getan, Hardcastle? *Was haben Sie getan?*«

Hardcastle holte tief Luft. Würde ihr kalkuliertes Risiko sich auszahlen? »Sir, dies ist eine Vorführung gewesen.« Er deutete auf den mittleren Bildschirm, auf dem jetzt ein halbes Dutzend Küstenwachschiffe den Aufschlagpunkt der Zweimotorigen umgaben. »Nur eine Vorführung, die...«

»Vorführung? Das ist also kein echter Schmuggler gewesen?«

»Wir haben ein beschlagnahmtes Schmuggelflugzeug als ferngesteuerte Drohne eingesetzt. Gesteuert hat es dieser Küstenwachkutter links oben. Wir haben das umliegende Seegebiet im Radius von fünf Meilen sperren lassen, damit...«

»Sir, ich habe diese Vorführung genehmigt«, warf Admiral Cronin ein. »Ich übernehme die Verantwortung dafür.«

»Und was sollten Sie damit beweisen, Admiral Hardcastle?« fragte Martindale scharf. »Hoffentlich was Vernünftiges!«

»Plattformen als Kontrollstationen, Luft- und Seekorridore, Überwachungsdrohnen und High-tech-Flugzeuge genügen allein nicht, Sir. Damit können wir Verdächtige aufspüren und verfolgen – aber ihre Flucht läßt sich *nur* verhindern, wenn wir uns dazu entschließen, notfalls Gewalt anzuwenden, um zu unterbinden, daß Drogenschmuggler amerikanisches Gebiet erreichen oder verlassen.

Das Projekt müßte stufenweise verwirklicht werden«, fuhr Hardcastle rasch fort. »Die neuen Vorschriften für die Luft- und Seefahrt müßten mit einer Frist von neunzig Tagen angekündigt werden... In dieser Zeit könnten die Plattformen in Position geschleppt und bemannt werden. Sechs V-22C Sea Lion stünden bereits zur Verfügung, so daß wir auf dem Versuchsgelände von Bell-Boeing in Arlington, Texas, mit der Ausbildung neuer Besatzungen beginnen könnten. Zwanzig Drohnen des Typs Seagull und dreißig des Typs Sky Lion könnten innerhalb von sechs Monaten einsatzbereit sein. Eine von mir zusammengestellte Liste führt auf, welches Personal und Material von Coast Guard und Customs Service abgezogen und der neuen Organisation unterstellt werden sollte...«

»Der *neuen* Organisation?« warf Verteidigungsminister Preston ein. »Ich dachte, dies sei ein Gemeinschaftsprojekt von Coast Guard und Customs Service?«

»Nein, Sir. Mein Plan sieht vor, alle direkt mit der Bekämpfung des Drogenschmuggels befaßten Einheiten beider Dienste einem gemeinsamen Oberkommando zu unterstellen. Außerdem empfehle ich, die Drug Enforcement Agency ebenso wie die Narcotics Task Force des FBI in die neue Organisation zu überführen...«

»Die DEA auflösen?« fragte der Vizepräsident.

Direktor Crandall warf Hardcastle einen bitterbösen Blick zu. »Und wer stünde an der Spitze dieser neuen Organisation, Admiral? Denken Sie dabei vielleicht an sich?«

Hardcastle entschied sich dafür, diesen Seitenhieb zu ignorieren. »Eine Weiterarbeit solcher Gruppierungen außerhalb des neuen Grenzsicherungsdiensts würde die notwendige Bündelung aller Kräfte nur behindern.«

Crandall wandte sich an Martindale. »Die Praxis sieht anders aus, als Admiral Hardcastle sie schildert. In Wirklichkeit arbeiten Customs Service, Coast Guard und weitere Organisationen bei der Bekämpfung des Drogenschmuggels recht gut zusammen. Diese neue Organisation würde die vorhandenen Probleme lediglich vergrößern, ohne...«

»Da bin ich anderer Meinung, Sir«, unterbrach Sandra Geffar ihn. »Die sogenannte Zusammenarbeit zwischen Customs Service und Coast Guard hat einen absoluten Tiefpunkt erreicht – und ist seit Jahren hundsmiserabel.«

»Was halten *Sie* also von diesem neuen Projekt, Inspektor Geffar?« fragte der Vizepräsident.

»Ich bin beeindruckt.« Sie hütete sich davor, Hardcastle anzusehen. »Was der Admiral vorschlägt, finde ich vernünftig und zweckmäßig. Mit seiner Methode können Schiffe und Flugzeuge wirkungsvoll kontrolliert und Schmuggler gestoppt werden. Nur der militärische Aspekt macht mir noch Sorgen.«

»Das Problem kennen wir beide«, stellte Hardcastle fest. »Drogen, die bis auf ein paar Seemeilen an unsere Küste herankommen, sind praktisch nicht mehr aufzuhalten. Der Customs Service steht seit Jahren im Kampf gegen Drogenschmuggler – aber trotzdem sind Drogen leichter erhältlich als je zuvor. Weil der Customs Service versagt hat? Nein, weil das gegenwärtige System den Zustrom nicht verhindern kann! Darum muß unser Auftrag in Zukunft lauten: *Unidentifizierte und unerwünschte Schiffe und Flugzeuge aus unseren Gewässern und unserem Luftraum fernhalten!*«

»Dann geben wir also Milliarden für Flugzeuge und Drohnen und Bohrinseln und Radargeräte für den Südosten aus«, wandte Crandall ein. »Aber die Schmuggler ändern ihre Taktik – sie konzentrieren sich auf den Containerschmuggel aus Mexiko, Kanada und Europa. So ist Ihr Projekt schon vor seiner Verwirklichung überholt.«

»Keineswegs, Sir. Schon früher haben Schmuggler versucht, ihre Ware über Mexiko und sogar mit UPS ins Land zu bringen, aber letztlich haben doch *alle* wieder den Luft- oder Seeweg benützt. Weshalb? Weil das die einfachste, schnellste und sicherste Route ist! Auch in Zukunft werden zwei Drittel der Schmuggler den Luft- oder Seetransport über die Bahamas oder direkt aus Südamerika bevorzugen, und etwa die Hälfte der geschmuggelten Drogen – im Wert von immerhin zwanzig Milliarden Dollar – wird über Florida hereinkommen. Andere Schmuggelrouten können wir uns später vornehmen. Ich plädiere für eine *sofortige* Sperrung der *wichtigsten* Route, auf der Drogen ins Land kommen.«

Miami City

Zehn Stunden später

»Hardcastle ist ein Revolverheld«, sagte Joseph Crandall vom Customs Service zu Verkehrsminister Coultrane. »Ein besserer Mann läßt sich schnell finden.« Coultrane widersprach nicht.

Vizepräsident Martindale hörte schweigend zu. Er wartete auf einen Kommentar von Verteidigungsminister Thomas Preston und behielt seine Überlegungen für sich, solange der angesehene Politikveteran und enge Freund des Präsidenten sich noch nicht zu diesem Thema geäußert hatte.

»Was halten Sie von Hardcastles Vorschlag, Mr. Preston?« erkundigte sich Martindale schließlich.

»Das von Admiral Cronin befürwortete Projekt Admiral Hardcastles erscheint mir außergewöhnlich weitblickend und weitreichend.«

»Höre ich da gewisse Vorbehalte?« fragte Martindale.

»Nicht unbedingt. Ich empfehle, das Projekt dem Präsidenten vorzutragen. Sollte er dafür sein, muß er sich auf einige Kämpfe gefaßt machen – auch im Kongreß. Zum Beispiel könnten die Kosten zu niedrig angesetzt sein...«

»Vier Milliarden Dollar«, wandte Coultrane ein. »Das entspricht dem gesamten Budget der Coast Guard – und ist das Doppelte von dem, was der Customs Service zur Verfügung hat. Und damit soll nur der Drogenschmuggel im Südosten unterbunden werden.«

»Meinetwegen kann er die V-22 und die Drohnen haben«, murmelte Crandall. »Die haben mir ohnehin nicht imponiert. Aber wenn er versucht, sich meine Black Hawks und Citations unter den Nagel zu reißen, gibt's Stunk!«

Martindale achtete nicht auf die beiden. Er konzentrierte sich weiter auf Preston.

»Wer könnte Kommandeur dieser neuen Grenzsicherungstruppen werden?« fragte er den Verteidigungsminister. »Samuel Massey, unser bisheriger ›Drogenzar‹? General Elliott?«

»Ich bezweifle, daß Elliott diesen Job übernehmen würde«, antwortete Preston. »Er ist im Augenblick nur abkommandiert und will bestimmt zur Luftwaffe zurück.« Er machte eine kurze Pause. »Der neue Mann müßte die gesamte Verantwortung tragen und alle Kritik einstecken, ohne viel Lob ernten zu können – falls es überhaupt Lob zu ernten gibt. Er wäre ständig damit beschäftigt, Kontakt zu Ihnen, dem Präsidenten und dem Befehlshaber der von Hardcastle als ›Hammerheads‹ bezeichneten Einsatzkräfte zu halten.«

Vizepräsident Martindale nickte. »Dann ist der Befehlshaber der Einsatzkräfte fast noch wichtiger. Wen schlagen wir also vor? Hardcastle?«

»Er ist Ihr Freund, stimmt's?« fragte Preston, ohne Martindale anzusehen.

»Ja, wir kennen uns seit vielen Jahren«, sagte der Vizepräsident irritiert. »Aber das hat keinen Einfluß auf meine Empfehlung. Das wissen Sie so gut wie ich.«

Preston nickte wortlos.

Martindale betrachtete ihn kopfschüttelnd. »Ich weiß, was Sie meinen – aber das sind doch uralte Geschichten!«

»Wenn's gerade zweckmäßig ist, hat der Kongreß ein langes Gedächtnis«, stellte Preston fest.

Admiral Cronin, den General Elliott und Major McLanahan begleiteten, traf sich in der Halle des Hotels Hyatt Brickell Plaza mit Hardcastle, Sandra Geffar, Agent Long und Fregattenkapitän Becker.

»Der Vizepräsident ist noch beim Abendessen«, sagte Cronin. »Aber in ein paar Minuten hat er Zeit für uns.«

Long fixierte Elliott und McLanahan. Dann beugte er sich zu dem Major hinüber und flüsterte: »Okay, was seid ihr, Leute? Spione? Superhelden?«

McLanahan gab keine Antwort.

»Der Vizepräsident hat sichtlich Respekt vor euch gehabt. Was habt ihr bloß *gemacht*, Leute?«

»Wir haben Flugzeuge geflogen, wir fliegen Flugzeuge. Düsenjockeys der Air Force.«

»Außerdem beraten wir Admiral Hardcastle«, fügte Elliott hinzu. »Das muß Ihnen reichen.«

Long schwieg gekränkt.

Hardcastle zündete sich eine Zigarre an. »Was steht heute abend auf der Tagesordnung, Sir?« wollte er von Cronin wissen. »Gute Nachrichten oder schlechte?«

»Keine Ahnung. Aber ich finde, daß Ihre Vorführung erstklassig gewesen ist.«

»Sie haben damit auf Schockwirkung gesetzt«, warf Geffar ein, »aber das kann ins Auge gegangen sein. Ich glaube, daß solche Leute nichts für Überraschungen übrig haben.«

»Die Vorführung sollte schockieren«, antwortete Hardcastle. »Schließlich geht's hier um ein schockierendes Problem.«

»Aber kann die Lösung darin bestehen, Schmugglerflugzeuge mit Jagdraketen abzuschießen?« fragte Long. »Ich fliege seit zwölf Jahren im Customs Service – das sind über siebentausend Flugstunden auf neun verschiedenen Mustern. Wir arbeiten uns den Arsch ab, aber plötzlich ist alles nicht mehr gut genug! Gestern sind wir noch an der Front gewesen und haben gute Arbeit geleistet. Und heute versuchen Sie, uns und dem Vizepräsidenten einzureden, wir brauchten eine ganz neue Truppe, die Verdächtige abknallt!«

»Ein gutes Argument, Agent Long«, sagte eine Stimme hinter

ihnen. Vizepräsident Martindale war an ihre Sitzgruppe herangetreten. »Lassen Sie sich bitte nicht stören!« forderte er sie auf. Ein Mitarbeiter brachte ihm einen Ledersessel, in dem der Vizepräsident zwischen Geffar und Becker Platz nahm.

»Bitte weiter!« verlangte Martindale. »Agent Long hat ein gutes Argument vorgebracht. Unser gegenwärtiges Programm zur Bekämpfung des Drogenschmuggels funktioniert nicht schlecht. Der Customs Service faßt Schmuggler, auch ohne sie abzuknallen...«

»Sir, ich schlage *kein* massenhaftes Abschlachten von Zivilisten vor«, stellte Hardcastle richtig. »Ich versuche lediglich, unsere Grenzen wirkungsvoll gegen Eindringlinge zu sichern. Der Angriff auf Verdächtige, die sich unerlaubt in Sperrgebieten aufhalten und nicht auf Warnungen und Aufforderungen zur Landung reagieren, bleibt das allerletzte Mittel. Wir haben nicht bei jedem Einsatz gleich den Finger am Abzug – *aber wer alle Warnungen ignoriert, muß gestoppt werden*!«

»Verdächtige, die sich der Festnahme entziehen, werden im allgemeinen nicht erschossen«, wandte Geffar ein. »Zumindest nicht von Polizeibeamten...«

»Dies ist *keine* Polizeimaßnahme, verdammt noch mal! Hier geht's um Fragen der nationalen Sicherheit!«

Nach kurzer Pause ergriff Martindale das Wort.

»Was ich heute an hochmoderner Hardware gesehen habe, hat mir imponiert«, sagte der Vizepräsident, »aber noch mehr beeindruckt bin ich von dem Pflichtbewußtsein, mit dem Sie alle Ihre Arbeit tun. Trotzdem wächst der Drogenschmuggel offenbar rascher als unsere Fähigkeit, ihn zu bekämpfen. Deshalb muß die Regierung sich jetzt entscheiden. Wir können Customs Service und Coast Guard unter Vernachlässigung anderer Aufgaben zur Bekämpfung des Drogenschmuggels aufrüsten – oder wir schaffen eine ganz neue Organisation, die einzig und allein diesen Auftrag hat.

Admiral Hardcastle, Sie haben diese Frage in Ihrer Denkschrift und mit der heutigen Vorführung aufgegriffen. Ich gebe zu, ich hatte Zweifel, daß es möglich ist, fast ein Viertel des Luft- und Seeraums vor den Küsten Amerikas abzuriegeln. Sie haben mir heute – und in Ihrer Denkschrift – bewiesen, daß das möglich ist. Ich habe beschlossen, Ihr Projekt dem Präsidenten zur Genehmigung vorzulegen.«

Hardcastle und Becker ließen sich ihre Befriedigung deutlich anmerken. Geffar streckte ihre Hand aus, und Hardcastle schüttelte sie.

»Meinen Glückwunsch, Admiral!«

Vizepräsident Martindale befand sich in einer längeren Pressekonferenz. Hardcastle und Geffar standen mit Elliott und McLanahan in der Presidential Suite des Hyatt Brickell Plaza und tranken Kaffee, den ein bewaffneter Steward aus dem Weißen Haus ausschenkte.

»General Elliott, ich...«, begann Hardcastle. Elliott hob abwehrend eine Hand.

»Nennen Sie mich Brad, okay? Ich bin kein Freund von Förmlichkeiten.«

»Okay, Brad. Ich gebe zu, daß ich wie Long neugierig bin, was Ihre Organisation betrifft. Es hat einen Monat gedauert, bis ich überhaupt mit Ihnen sprechen durfte. Ich weiß eigentlich nur, daß Sie im Süden Nevadas stationiert sind.«

»Leider darf ich Ihnen kaum mehr erzählen, Ian. Wir erproben neue Flugzeuge, das ist schon alles.«

»Sie erproben Flugzeuge?« fragte Geffar. »Da haben Sie bestimmt schon haarsträubende Sachen erlebt!«

»Wir sind Düsenjockeys, wie Patrick gesagt hat.«

»Haben Sie zufällig mit dem Bomberabsturz letztes Jahr in Alaska zu tun gehabt?« hakte Geffar nach. »Ich erinnere mich, daß...«

»Inspektor!« Elliotts Stimme klang jetzt warnend. »Lassen Sie's gut sein!«

McLanahan wechselte rasch das Thema. »Meinen Glückwunsch, Admiral Hardcastle. Sie scheinen's geschafft zu haben.«

»Weil Sie alle erstklassig gearbeitet haben.«

»Wir haben bloß Ihre Anweisungen befolgt«, sagte Elliott.

Dann ging die Tür auf, und der Vizepräsident kam mit drei

Leibwächtern, seinem Pressesprecher und seiner Privatsekretärin herein.

»Tut mir leid, daß es so lange gedauert hat. Aber als Politiker muß man sich eben ausquetschen lassen.« Er zog seine Jacke aus und lockerte die Krawatte. »Noch irgendwelche Erläuterungen, Admiral?«

»Ja... Nach den ersten Monaten könnte der Eindruck entstehen, unsere neue Organisation hätte nicht viel zu tun. Das wäre ein Trugschluß...«

»Erklären Sie mir das lieber genau.«

»Die Schmuggler sind nicht dumm – und sie haben praktisch unbegrenzte Mittel zur Verfügung. Sobald sie merken, daß wir wirksame Kontrollen einführen, werden Sie das entsprechende Gebiet meiden. Bereits in der ersten Ausbaustufe, die eine Plattform wie Hammerhead One, einen Stützpunkt an Land, sechs Drohnen, sechs V-22C Sea Lion und zehn schnelle Patrouillenboote umfassen soll, kann der größte Teil des Luft- und Seeraums vor Südflorida überwacht werden.

Daraufhin werden die Schmuggler den Süden Floridas meiden, und die scheinbare Untätigkeit der neuen Organisation dürfte viele Kritiker aufbringen, die versuchen werden, ihre magere Erfolgsbilanz gegen die für das Programm erforderlichen Mittel aufzurechnen. Aber das darf uns nicht beirren! Die Drogenschmuggler werden zunächst abwarten, kleinere Sendungen verschicken, auf andere Routen ausweichen und darauf hoffen, daß politischer oder finanzieller Druck die Hammerheads zum Aufgeben zwingt. Wir müssen durchhalten, sonst sind sie bald wieder da und machen weiter wie zuvor.«

»Sie sprechen immer wieder von ›Hammerheads‹«, sagte Martindale. »Wer, zum Teufel, sind sie? Oder haben Sie diesen Namen selbst erfunden?«

»Das ist ein historischer Name, Sir. Während der Prohibition ist die Coast Guard im ganzen Land für die Bekämpfung des illegalen Alkoholausschanks zuständig gewesen. Ihre Männer hatten den Spitznamen ›Hammerheads‹ – wegen der großen Vorschlaghämmer, mit denen sie bei Razzien beschlagnahmte Rumfässer zertrümmert haben.«

»Aber sie hatten keinen besonders guten Ruf«, fügte Sandra Geffar hinzu, was ihr einen erstaunten Blick von Hardcastle einbrachte. »Als Sie zum ersten Mal von Hammerheads gesprochen haben, habe ich meine Dienststelle nachforschen lassen. Offenbar haben sich diese Leute ihren Spitznamen nicht nur mit eingeschlagenen Fässern, sondern auch mit eingeschlagenen Köpfen verdient.«

»Sie sind gut informiert«, gab Hardcastle flüchtig grinsend zu. »Die Hammerheads waren an sich für Rettungseinsätze ausgebildete Männer und Frauen, die dann unpopuläre Schmutzarbeit zu leisten hatten. Ihre gut bewaffneten Gegner waren teils Amerikaner, teils sogar Angehörige fremder Streitkräfte – die Dänen, Engländer und Franzosen waren berüchtigte Alkoholschmuggler. Die meisten von ihnen hatten noch nie eine Waffe auf einen Menschen gerichtet, bis der Staat ihnen diese Aufgabe übertragen hat. Für sie ist's wirklich ums Überleben gegangen... Aber worauf wollen Sie hinaus, Inspektor Geffar?«

»Sie bauen eine ähnliche Truppe auf, die hundertmal stärker und besser ausgerüstet ist als die Hammerheads von 1926, so daß...«

»Einspruch!« sagte Hardcastle irritiert. »Da widerspreche ich Ihnen energisch!«

Sie sahen beide den Vizepräsidenten an.

»Für Admiral Hardcastles Lauterkeit kann ich mich verbürgen«, stellte Martindale fest. »Ich kenne ihn schon sehr lange.«

»Wie das, Sir?«

»Vietnam. Ich bin Kommandant einer Flottille von Patrouillenbooten im Mekong-Delta gewesen. Schwimmende Todesfallen. Hardcastle und sein Bombenräumkommando sind oft auf unseren Booten mitgefahren.« Er machte eine Pause, als denke er daran zurück. »Sein Job ist noch beschissener gewesen...« Der Vizepräsident wandte sich an Geffar. »Mahogany Hammock. Bei diesem Gefecht haben Sie beide ein paar gute Leute verloren, stimmt's?« Die beiden nickten.

»Für uns war das eine schlimme Überraschung«, gab Geffar zu. »Mit so gut organisierten und bewaffneten Schmugglern haben wir's früher nie zu tun gehabt.«

»Mich hat dieser... Vorfall angespornt, mein Projekt auszuarbeiten«, sagte Hardcastle. »Weder Coast Guard noch Customs Service sind für den Kampf gegen bewaffnete Schmugglerbanden ausgerüstet.«

»Deshalb brauchen wir die Hammerheads«, sagte Martindale. »Admiral Hardcastles Projekt kann nur Erfolg haben, wenn wir geschlossen dafür eintreten. Ich weiß, daß die Zusammenarbeit zwischen Customs und Coast Guard nicht immer vorbildlich gewesen ist, aber Sie müssen beide bereit sein, Ihren beträchtlichen Einfluß geltend zu machen, damit wir unsere Kräfte zur Bekämpfung des Drogenschmuggels wirksam bündeln können.

Aus meiner Sicht müssen die meisten für die Bekämpfung des Drogenschmuggels geeigneten Flugzeuge und Schiffe von Customs und Coast Guard irgendwann diesem neuen Grenzsicherungsdienst unterstellt werden. Das würde bedeuten, daß die Customs Service Air Branch binnen fünf Jahren praktisch aufgelöst wird. Was halten Sie davon, Sandra?«

»Meine Piloten frustriert der Mangel an Führungskraft und die schlechte Zusammenarbeit wie alle anderen auch. Aber diese Neuregelung könnten sie als Schlag ins Gesicht empfinden. Wie Agent Long gesagt hat, tun sie trotz beschränkter Mittel seit Jahrzehnten, was in ihren Kräften steht. Einige werden glauben, daß ihnen damit attestiert wird, versagt zu haben.«

»Stimmt das etwa nicht?« Martindale hob eine Hand. »Sorry, das ist nicht richtig rausgekommen. Die Frage müßte lauten: Können wir sie überzeugen, damit sie sich hinter dieses neue, konsequenter durchgesetzte Programm stellen?«

Geffar nickte sehr zögernd. »Das hoffe ich, Sir.«

»Gut.« Der Vizepräsident wandte sich an Hardcastle. »Mit einem noch größeren Aderlaß muß die Coast Guard rechnen. Ihre Falcons der Baureihe C, ihre schnellen Hubschrauber, ihre Boote der *Island*-Klasse, ihre Radarballone... das alles bekommen die Hammerheads – aber nicht erst in fünf Jahren!«

»Richtig. Die meisten werden sofort abgezogen.«

»Leider dürfte der Hauptwiderstand von den Ministern Crandall und Coultrane kommen, die keine Mittelkürzungen hinnehmen und weder Personal noch Material an die neue Organisation abgeben wollen. Aber sobald der Präsident sich hinter dieses Projekt stellt, was ich hoffe und erwarte…«

Martindale sah Elliott und dann McLanahan an. »Admiral, irgendwie haben Sie's geschafft, sich mit der heißesten Gruppe von Testpiloten seit den Brüdern Wright zusammenzutun. Wie ist Ihnen das gelungen?«

»Ich habe im Air Force Magazine einen Artikel über General Elliott gelesen«, sagte Hardcastle. »Die V-22C ist mir schon bei ihrem Roll-out vor zwei Jahren aufgefallen, und dann habe ich gehört, daß sie von HAWC erprobt wird. Als ich den General dann selbst anrufen wollte, sind überall Klappen runtergegangen.«

»Aber das hat Sie erst recht neugierig gemacht, was?«

Der Admiral nickte.

»Ihre Hartnäckigkeit hat sich gelohnt«, bestätigte Martindale. Er machte eine kurze Pause. »Admiral, Sie und Elliott müssen diese neue Organisation – die Hammerheads – aufbauen. Ich brauche Sie beide.« Er wandte sich an Sandra. »Inspektor Geffar? Sie müssen das Projekt erst richtig kennenlernen, und ich sorge dafür, daß Sie die nötigen Informationen bekommen. Aber ich muß in Washington berichten können, daß auch Sie die Hammerheads befürworten. Ich muß ganz Amerika erzählen können, daß Inspektor Sandra Geffar – unsere Schmugglerjägerin Nummer eins – hundertfünfzigprozentig hinter der neuen Organisation steht. Was sagen Sie dazu?«

»Wie weit werde ich an Planung und Aufbau der Hammerheads beteiligt?«

»Umfassend und lückenlos. Admiral Hardcastles Plan sieht für den Anfang zwei Plattformen an der Ostküste Floridas und an der Westküste im Golf von Mexiko vor. Die Plattform, auf der wir heute waren, wird als erste in Dienst gestellt und soll als Prototyp für weitere Stützpunkte der Hammerheads dienen.

Ihre zukünftige Führungsspitze ist bereits in diesem Raum versammelt. Aus wohlerwogenen Gründen werde ich General Elliott als Kommandeur und seinen bewährten Mitarbeiter Major McLanahan als Stellvertreter vorschlagen. Admiral Hardcastle übernimmt den Posten des Direktors für Entwicklung und

Einsatzplanung, und Sie, Inspektor Geffar, erhalten das Kommando über die erste Kontrollplattform der Hammerheads. Später übernimmt der Admiral die zweite Plattform, sobald sie eingerichtet ist.«

Damit verließ Martindale rasch den Raum, um unerwünschte Einwände abzublocken. Seiner Überzeugung nach war vorerst die für alle Beteiligten beste Lösung erreicht. Jetzt wurde es Zeit, das Projekt voranzutreiben.

Viertes Kapitel

Valdivia, Kolumbien
Einige Tage später

Hundertzehn Kilometer nördlich von Medellin liegt an der großen Überlandstraße, die von Santa Maria an der Nordküste Kolumbiens bis nach Ipiales an der Grenze zu Ekuador führt, die Kleinstadt Valdivia. Bis vor etwa zehn Jahren war sie wegen ihrer zahlreichen Quellen, ihrer riesigen Ziegenherden – dreißig Ziegen pro Einwohner in fünfzig Kilometer Umkreis – und einer Marienkapelle an der Stelle, wo die Muttergottes Ende des 18. Jahrhunderts einer Bauernfamilie erschienen sein soll, bekannt. Die Kapelle stand noch immer, und ihr Altar enthielt die kostbarste Reliquie Kolumbiens: einen Felsblock mit einem Fußabdruck, den die Muttergottes hinterlassen haben soll, als sie vom Himmel herab nach Valdivia kam.

Heutzutage war der stille Hain mit der Marienkapelle kaum mehr als ein Orientierungspunkt für geheimnisvolle Lastwagenkonvois aus Peru und Ekuador, die auf der Überlandstraße nach Norden unterwegs waren. An der Marienkapelle vorbei aus Valdivia hinausfahren, der kurvenreichen Bergstraße sechs Kilometer weit durch den Dschungel folgen, aufs Tor im Stacheldrahtzaun rechts der Straße achten und halten, um es zu öffnen. Obwohl das Schild ZUTRITT VERBOTEN – VORSICHT, SCHUSSWAFFENGEBRAUCH! im allgemeinen genügte, um Neugierige abzuschrecken, hielt ein Posten mit Nachtsichtgerät und FN Minimi, einem belgischen 5,6-mm-MG, auf einem Hochstand Wache, um Eindringlinge und ihre Fahrzeuge abzuschießen.

Sobald ein Besucher das Tor passiert hatte, wurde er auf Schritt und Tritt elektronisch überwacht, bis er die Zentralgebäude erreichte. Dort sah es wie auf einem gewöhnlichen Firmengelände aus: eine Reihenhaussiedlung für die Angestellten, Kindergarten und Schule für ihre Kinder, frisch gestrichene Verwaltungsgebäude und gepflegte Erholungsflächen für die Mitarbeiter. Alles wirkte ganz normal, ganz harmlos.

Alles nur eine täuschende Fassade. In den ersten Betriebsjahren hatten die Eigentümer der Firma es für nötig gehalten, hier zur Tarnung Farben und Lacke zu produzieren. Viele der dafür benötigten Requisiten waren noch vorhanden, bis hin zu Pigmentfässern und Lieferwagen mit dem Markenzeichen der Farbenfabrik. Aber als mehr und mehr Beamte der Verlockung von *plomo o plata*, Blei oder Silber – Bestechungsgelder oder eine Kugel in den Kopf –, erlegen waren, hatte die Tarnung sich als überflüssig erwiesen. Ausnahmen bildeten lediglich die seltenen, oft im voraus angekündigten Razzien gegen Kokainlabors, mit denen den Vereinigten Staaten im besonderen und der Welt im allgemeinen bewiesen werden sollte, wie energisch die Regierung gegen Drogenschmuggler vorging.

Das Verteilerzentrum Valdivia war ein hochmoderner Verarbeitungs- und Verpackungsbetrieb. Im Gegensatz zu anderen sogenannten Labors, die oft nur Grashütten irgendwo im Dschungel waren, produzierte der Betrieb in Valdivia große Mengen Kokain. Als Ausgangsmaterial diente Kokapaste, die in dunkelgrauen Ziegeln aus Bolivien oder Peru angeliefert wurde, beim Trocknen in kieselgroße Brocken zerfiel und in Pigmentfässern oder Zementsäcken zwischengelagert wurde. In Valdivia wurde die Kokapaste mit Äther und Azeton versetzt und dann getrocknet, wobei ein feines weißes Pulver – das Kokain – entstand. Eine Tonne Kokapaste ergab hundert Kilogramm Kokain, und die Monatsproduktion dieses wichtigsten Betriebs des Medelliner Drogenkartells lag bei über zweitausend Kilogramm.

Je nach Wunsch des Kunden, dem vorherrschenden Marktpreis und den Liefermöglichkeiten wurde das Endprodukt in verschiedenen Reinheitsstufen hergestellt – von fast chemisch reinem Kokain bis zu Kokainmischungen, die weniger als zehn Prozent Reinsubstanz enthielten. Das Kokain wurde in luftdichte Kilobeutel abgepackt, die sich leicht verstecken und transportieren ließen, und war dann versandfertig.

Die Sicherheitsvorkehrungen in Valdivia waren außergewöhnlich scharf. Die Söldner des Kartells waren besser ausgebildet und bewaffnet als die kolumbianische Armee. Hubschrauber mit Infrarot-Scannern überwachten das zwanzigtausend Hektar große Gelände, damit keine Guerillakämpfer in den Außenbereich einsickern oder gar bis zur Fabrik vordringen konnten. Der Sicherheitsdienst hatte Zugang zu den Unterlagen des kolumbianischen Zolls, um einreisende Verdächtige – vor allem aus den USA – schon im Vorfeld abfangen zu können. Trotz gelegentlicher demonstrativer Razzien hatten die Kartellbarone von der kolumbianischen Armee wenig zu befürchten, weil die meisten hohen Militärs und Beamten im Sold des Kartells standen.

Die gut getarnte, über dreitausend Meter lange Start- und Landebahn des Flugplatzes Valdivia war selbst für große Düsenmaschinen geeignet, obwohl meistens kleine Flugzeuge verwendet wurden, um die Drogen zu anderen Verteilerstellen in Kolumbien, Venezuela, Peru, Ekuador, Panama, Nikaragua und Brasilien zu transportieren, von denen aus dann der größte Kunde des Kartells beliefert wurde: die Vereinigten Staaten.

Das Problem, wie sich das Endprodukt Kokain aus lasch kontrollierten Gebieten ins (trotz aller Schwächen) besser bewachte Nordamerika transportieren ließ, beschäftigte Gonzales Rodriguez Gachez, den inoffiziellen Boß des Medelliner Drogenkartells, an diesem Morgen in seinem Büro im Verwaltungsgebäude des Komplexes in Valdivia. Äußerlich war ihm davon nichts anzumerken, denn Gonzales Gachez, der sich niemals mit Kokain, sondern an schnellen Motorrädern berauschte, hatte die Füße auf den Schreibtisch gelegt und blätterte im Betriebshandbuch seines neuesten Spielzeugs, einer italienischen Ducati Paso.

Bevor der Drogenschmuggel Riesengewinne abzuwerfen begann, hatte sein Vater die Geschäfte in einer Bruchbude abgewickelt und den Charakter seiner Männer – und den seiner Kinder, wie Gachez später erfuhr – danach beurteilt, wie sie auf Hahnenkämpfe reagierten. Er konnte beobachten, wer die Nerven für Blut, Gewalt und Tod hatte, wer dieses blutige Schauspiel nur ertrug und wer es genoß. Zugleich erfuhr er, wie seine Männer mit Alkohol, Spielkarten und Frauen umgingen.

Gachez hatten die Hahnenkämpfe nie gefallen. Er hatte zugesehen, weil sein Vater es wünschte, aber ihm war es immer gelungen, sich hinter der massiven Gestalt seines Vaters zu verstecken, wenn die Federn zu fliegen begannen. Glücklicherweise hatte man von ihm als dem jüngsten von drei Brüdern noch nicht die Kaltblütigkeit der Älteren erwartet.

Aber Gachez hatte aufmerksam registriert, was sich in der Umgebung seines Vaters außer Hahnenkämpfen und Wetten noch abspielte – Geschäfte. Alle möglichen Geschäfte vom Heueinkauf für die Wintermonate über einen Ehevertrag für eine Achtzehnjährige bis zur Ermordung eines brasilianischen Cowboys, der gestohlenes Vieh verkaufen wollte. Der junge Gachez beobachtete, wie Männer sich die Hände schüttelten, einander auf die Schulter klopften und ein Glas Tequila kippten. Irgendwo in diesem lärmenden Trubel war ein Geschäft abgeschlossen worden. Und der junge Gachez war fasziniert. Zugleich lernte er den Wert von Freundschaften, Loyalität und Allianzen kennen. Er wußte, wer die Freunde und Feinde seines Vaters waren, obwohl die Unterscheidung nicht immer einfach war.

Als Herstellung und Verkauf von Kokain das große Geschäft wurden, stiegen Gachez' ältere Brüder sofort ein, ohne aber auf gute Beziehungen zu den anderen reichen Familien zu achten. Im Gegensatz zu den Vereinigten Staaten, wo sich ein reicher Mann eine riesige Farm kaufen und ungestört auf ihr leben konnte, setzte Großgrundbesitz im kleinen Kolumbien die Bildung von Allianzen voraus, die Fürstentümern oder Kleinstaaten glichen. Kolumbianische Grundbesitzer sicherten ihre Macht und ihren Reichtum, indem sie sich gegen Rivalen zusammenschlossen. Das Wohlergehen einer Allianz war wichtig und mußte gefördert werden. Ihr Boß war im allgemeinen das reichste Mitglied, aber alle mußten profitieren, sonst zerbrach die Allianz.

Der gewaltige Reichtum, den Gonzales' ältere Brüder durch Drogenhandel anhäuften, stieg ihnen so zu Kopf, daß sie sich einbildeten, auf Allianzen verzichten zu können. Sie versuchten sogar, eine Privatarmee mit Söldnern aus Peru und Ekuador aufzubauen. Diese Söldner hielten dem die Treue, der am besten zahlte, und Gachez' ältere Brüder glichen bald mehr ihren Gefolgsleuten als traditionsverhafteten Kolumbianern. Sie schienen sich im Schutz der Messer und Pistolen dieser Fremden sicherer als in der Allianz zu fühlen, die jedoch weit stärker als jedes Söldnerheer war, das sie hätten aufstellen können.

Die daraus entstehenden Fehden kosteten Gonzales' Brüder das Leben, aber bevor die anderen Grundbesitzer die gesamte Familie ausrotten konnten, fiel Gachez ihnen in den Arm. Er hatte in Rio de Janeiro studiert, sprach drei Fremdsprachen und war in Europa und Amerika gewesen. Während er mit Waffengewalt bedroht wurde, überzeugte der junge, gutaussehende, redegewandte Gonzales Gachez die Allianz davon, daß es richtig war, seine Familie wieder aufzunehmen. Er flehte nicht, er bettelte nicht um sein Leben, er bot weder Geld noch Land noch irgend etwas sonst – außer Loyalität. Er hatte begriffen, daß diesen Männern Loyalität über alles ging.

Das war vor fünfzehn Jahren gewesen. Als Vierzigjähriger hatte Gonzales Gachez es seit diesem kritischen Augenblick zum Boß des Medelliner Drogenkartells gebracht, wie die US-Presse es mit Vorliebe nannte, um Erinnerungen an die Gangstersyndikate in Chicago der zwanziger Jahre wachzurufen. Gonzales und seine Kollegen sahen sich als kolumbianische Patrioten, Geschäftsleute und Grundbesitzer. Sie waren Partner, die ein Produkt herstellten, sein Marktpotential kannten und es vertrieben. Die US-Amerikaner gaben jährlich eine halbe Milliarde Dollar für Drogen aus – da war es nur clever, dieses Bedürfnis zu befriedigen. Daß keiner dieser angeblichen Geschäftsleute davor zurückschreckte, Richter, Polizisten, Soldaten, Abgeordnete und Konkurrenten in aller Welt – auch in Kolumbien – ermorden zu lassen, um seine tödliche Ware vertreiben zu können, fiel sozusagen unter Betriebskosten.

Das Telefon auf seinem Schreibtisch summte. Ah, *damit* hatte sein Vater sich nie abgeben müssen! Besucher bekamen ein Glas Wein oder einen starken Kaffee angeboten und wurden gebeten, etwas zu warten – wobei die Wartezeit genau proportional zu ihrer Stellung und ihrem Einfluß war. Auf solche Feinheiten achtete heutzutage kein Mensch mehr.

»Ich bin beschäftigt!« sagte er, ohne den Hörer des Lautsprechertelefons abnehmen zu müssen.

»Gespräch aus Verrantes, Señor Gachez«, informierte seine Sekretärin ihn.

»Stellen Sie's durch.« Gachez zündete sich eine schlanke Zigarre an. Aus dem Lautsprecher drang ein Rauschen und Knakken, bis die Scrambler-Verbindung stand. Danach meldete sich eine leicht verzerrt klingende, aber gut verständliche Stimme, die Coronel Agusto Salazar, ehemals von der kubanischen Revolutionsluftwaffe, gehörte.

»Was wünschen Sie, Gachez?«

»Ich *wünsche*, daß eine Lieferung transportiert wird. Morgen nacht. Die Koordinaten der Abwurfstelle werden rechtzeitig übermittelt. Treffen Sie die nötigen Vorbereitungen.«

»Ausgeschlossen!« protestierte Salazar. Die Nervosität in seiner Stimme war unüberhörbar. »Ganz Südflorida ist von Einheiten der Coast Guard abgeriegelt, die...«

»Ihre Probleme interessieren mich nicht, Salazar. Treffen Sie die nötigen Vorbereitungen.«

»Das wäre äußerst gefährlich. Die Risiken... Sie könnten dabei die gesamte Lieferung verlieren. Haben Sie denn so viel, daß Sie's wegwerfen können, Señor?«

»Mit dem Produkt gibt's keine Probleme, Coronel.« Und das stimmte – trotz des vor kurzem von der U. S. Coast Guard abgeschossenen Flugzeugs der Cuchillos war die Produktion keineswegs verringert worden. Kam die Ware schließlich nicht trotz allem durch? In Südflorida hatten Gachez handverlesene Verteiler ein wahres Wunder bewirkt, als sie trotz des Überfalls durch den Customs Service über eine Tonne Kokain in weniger als zwei Stunden aus den Everglades abtransportiert hatten. Allerdings hatten auch die Cuchillos Heldenmut bewiesen: Das Unternehmen wäre bestimmt schiefgegangen, wenn diese jungen Piloten nicht den Zollhubschrauber angegriffen hätten.

Allerdings war der Schmuggel auf dem Luftweg eingestellt worden, bis die amerikanische Presse aufhörte, sich mit diesem Thema zu befassen. Die Landtransporte ab Valdivia konnten jedoch nicht mit der Produktion Schritt halten, so daß sich Lagerbestände an Kokain anhäuften – bis zur vollen Monatsproduktion eines jeden Kartellmitglieds.

»Auch ich bin verwundbar, Coronel. Ich darf nicht riskieren, hier mit großen Lagerbeständen erwischt zu werden. Bei uns hat sich fast eine Monatsproduktion angesammelt. Deshalb brauche ich sofort Ihre Unterstützung.«

Das beredte Schweigen am anderen Ende bewies Gachez, daß er einen seiner seltenen Fehler gemacht hatte, indem er Salazar seine Verwundbarkeit eingestanden hatte. Er wußte recht gut, daß er kaum noch ein Druckmittel gegen den ehemaligen kubanischen Offizier in der Hand hatte – auch wenn er so tat, als sei alles noch wie früher.

Solange Agusto Salazar in der kubanischen Luftwaffe gewesen war, hatte der Boß des Medelliner Drogenkartells ihm praktisch seine Bedingungen diktieren können. Und als Salazar nach Haiti geflüchtet war, um dem Strafgericht gegen in den Drogenschmuggel verwickelte Offiziere zu entgehen, war er auf Gachez' finanzielle Hilfe angewiesen gewesen, um sich im zentralen Hochland dieser kleinen Insel etablieren zu können. Damals flogen Salazar und seine jungen Piloten für wenig mehr als fürs Benzingeld. Es gab keine festgelegte Anzahl von Flügen und keine bestimmte Frachtmenge, die sie befördern mußten, um ihre Schuld bei Gachez abzutragen – aber sie würden selbst wissen, wann sie schuldenfrei waren.

Bereits nach einigen dramatischen Flügen übers Karibische Meer und den Südosten der Vereinigten Staaten kam ihre Bilanz jedoch in die schwarzen Zahlen. Salazars Schulden waren mit Zins und Zinseszins beglichen – so gut waren seine erstaunlichen Cuchillos.

Jetzt herrschten zwischen ihnen rein geschäftliche Beziehungen, die beiderseits auf Geld, exakter Planung und sorgfältiger Ausführung beruhten. Gachez, der nur allzugut wußte, daß er einen Fehler gemacht hatte, glaubte förmlich zu hören, wie sich die Räder in Salazars geldgierigem Verstand drehten. Sein Eindruck bestätigte sich, als Salazar, dessen Stimme plötzlich nicht mehr nervös und zornig klang, ihm erklärte: »Ich kann's nicht für weniger als siebentausend Dollar pro Kilo machen. Fünfzig

Prozent im voraus, der Rest nach Lieferung, jeweils durch telegraphische Überweisung auf mein Bankkonto.«

»Wir haben einen Vertrag...« Gachez sprach unwillkürlich lauter, obwohl er sich zu beherrschen versuchte. »Sie bekommen wie bisher fünftausend pro Kilo: eine Million sofort, den Rest nach Lieferung. Versuchen Sie nicht, plötzlich neue Bedingungen durchzusetzen, Coronel. Das wäre schlecht fürs Geschäft. Und schlecht für Ihre Gesundheit.«

»Ich werde dafür bezahlt, daß ich Risiken für Sie und Ihre Partner übernehme, aber bei so extremen Risiken muß auch der Preis stimmen. Sechstausend pro Kilo, vier Millionen sofort, den Rest nach Lieferung... oder Sie können schon mal anfangen, Ihre Ochsenkarren anzuspannen, um Ihr Produkt selbst aus dem Dschungel zu transportieren.«

Gachez war sich darüber im klaren, daß seine Verhandlungsposition ausgesprochen schlecht war. Fünftausend pro Kilo war der übliche Satz für einen unerfahrenen *Gringo*-Piloten mit einer klapprigen Zweimotorigen – sogar bei sechstausend pro Kilo waren die Cuchillos, die moderne Flugzeuge und sogar Jets flogen, noch sehr preiswert. Außerdem war er bei Abwürfen in der Nähe von Frachtern, die im Auftrag des Drogenkartells fuhren, auf Salazars Verbindungsmänner in der kubanischen Kriegsmarine angewiesen. Ihre Patrouillenboote, die wie zufällig aufkreuzten, wenn die U. S. Coast Guard ein Schmugglerschiff aufbringen wollte, waren wirklich unbezahlbar.

»Gut, Coronel, ich will im Interesse unserer Geschäftsbeziehungen großzügig sein. Sechstausend pro Kilo, zwei beim Start der Flugzeuge, der Rest nach Eingang der Erfolgsmeldung.«

Einen Augenblick lang fürchtete Gachez, der Schweinehund könnte versuchen, noch mehr Geld rauszuschlagen, aber dann bestätigte die verzerrte Stimme: *»Cerrado.«*

»Ich möchte, daß morgen nacht geliefert wird.«

»Nur Geduld, Señor!« wehrte Salazar ab, und Gachez glaubte, in der Stimme von diesem Hundesohn ein unterdrücktes Lachen zu hören. »Für sechstausend pro Kilo garantierte ich Ihnen, daß jedes Gramm schnell und pünktlich ausgeliefert wird. Wieviel liegt zum Transport bereit?«

»Die übliche Menge«, antwortete Gachez. Trotz der abhörsicheren Satellitenverbindung widerstrebte es ihm, genaue Zahlen zu nennen. Die üblicherweise von den Chuchillos transportierte Menge waren zweitausend Kilo in vier bis acht zweimotorigen Flugzeugen. Ihre Starts wurden im allgemeinen auf mindestens eine Woche verteilt, da ein aus dem Gebiet um Valdivia kommendes Geschwader von acht Zweimotorigen zuviel Aufmerksamkeit erregt hätte.

»Verdreifachen Sie die Menge«, sagte Salazar. »Freut mich, daß wir wieder mal ins Geschäft kommen, Señor.« Damit legte er auf.

Gachez stieß einen Fluch aus. Verdreifachen? Wollte Salazar wirklich versuchen, sechstausend Kilo zu transportieren? Die Risiken wären gewaltig – aber auch der Gewinn würde dementsprechend ausfallen.

Natürlich war die Verwendung dieses ehemaligen kubanischen Offiziers an sich schon ein Risiko, das von Mal zu Mal größer zu werden schien. Aber jetzt war es zu spät, nach anderen Transportmöglichkeiten Ausschau zu halten, denn die übrigen Kartellmitglieder hatten zugestimmt, ihre Produkte von den Cuchillos transportieren zu lassen. Sie wären *sehr* unzufrieden und mißtrauisch gewesen, wenn er jetzt auf ihre Dienste verzichtet hätte. Die Nachricht, Agusto Salazars Angebot, das Dreifache der üblichen Menge zu transportieren, sei von Gachez zurückgewiesen worden, hätte äußerstes Mißtrauen erwecken müssen.

Als Gachez begann, eine Besprechung mit den übrigen Kartellmitgliedern zu organisieren, dachte er unwillkürlich an eine vor langem ausgesprochene Warnung, daß man Außenstehenden niemals trauen dürfe. Seine Brüder waren einmal in diese Falle getappt und hatten den Preis dafür gezahlt.

Customs Service Air Branch, Homestead AFB, Florida

Am nächsten Tag

Inspector Ronald Gates reagierte mit erstauntem Kopfschütteln auf Sandra Geffars erkennbaren Mangel an Begeisterung über die Neuaufstellung der Hammerheads und die ihr vom Vizepräsidenten zugedachte Rolle. Als Chef der Customs Service Air Branch war Gates nominell Geffars Vorgesetzter; er hatte die Harvard Law School absolviert, war ein schlanker, eleganter Mittdreißiger und wirkte sehr fotogen, wenn er vor großen Mengen beschlagnahmter Drogen stand und verkündete, wie effektiv seine Truppe sei.

Gates war eine clevere Galionsfigur, obwohl er nicht einmal den Unterschied zwischen einer Cessna 210 und einer Cessna Citation kannte. Er glaubte, alle Flugzeuge unterhalb der Größe einer Boeing 727 seien gleich, und tendierte dazu, sie zu verwechseln, wenn er frei vor Reportern oder Kongreßabgeordneten über ihre Einsätze sprechen mußte. Zum Glück kannten sich die meisten seiner Zuhörer auch nicht besser aus, und Gates nahm immer jemanden mit, der ihm soufflieren konnte. Dafür war oft Sandra Geffar zuständig.

»Das ist doch eine großartige Gelegenheit!« sagte er gerade. »Sie sind von Anfang an beim Aufbau einer neuen Organisation dabei. Neue Entwicklungen, neue Chancen!«

Und Ruhm und Ehre für dich? dachte sie, ohne es auszusprechen. Daß Gates nach Höherem strebte, war ein offenes Geheimnis.

»Wollen Sie Ihr ganzes Leben am Steuerknüppel verbringen? Dies ist eine wichtige neue Aufgabe – eine neue Organisation auf Kabinettsebene –, und Sie gehören dabei zu ihren wichtigsten Leuten.«

»Ich habe nicht gesagt, daß ich dagegen bin. Ich schäume nur nicht über vor Begeisterung. Noch nicht.«

»Okay, okay. Was liegt heute an?«

Geffar unterrichtete ihn über die laufenden Einsätze, erwähnte die von Spitzeln und aus Geheimdienstquellen eingegangenen Informationen und beschrieb die geplanten Abwehrmaßnahmen. Mehrere Großeinsätze betrafen vermutete Schmuggelunternehmen aus Südamerika oder den Bahama-Inseln. Sie zeigte Gates auch eine Karte des nächsten Unternehmens, das später in dieser Nacht anlaufen sollte.

Gates beugte sich über eine Karte, um den Flugweg zu begutachten, während sie aufzählte, wieviel Personal und welche Maschinen sie eingeplant hatte. Sie registrierte seinen verständnislosen Blick, wenn sie von »Black Hawk«, »Cheyenne« und »Citation« sprach. Sei lieber dankbar! ermahnte sie sich. Was wäre, wenn er wirklich den Boß spielen würde? Und dabei fiel ihr wieder ein, was der Vizepräsident ihr gestern aufgehalst hatte...

Nach den überraschenden Ausführungen des Vizepräsidenten in bezug auf den Aufbau der Border Security Force und ihrer zukünftigen Führungsspitze hatten Hardcastle und sie das Hyatt Brickell Plaza gemeinsam verlassen. Elliott und MacLanahan waren im Hotel geblieben. Hardcastle und Geffar durchquerten die Hotelhalle und traten auf den Biscayne Boulevard hinaus.

Sie hatten kein Wort gewechselt, bis Geffar dann in Richtung Hotelgarage davongehen wollte.

»Martindale hat eine gute Mischung gefunden, Sandra. Wir werden die Hammerheads gemeinsam aufbauen. Dazu sind wir beide nötig. Nur durch gemeinsame Arbeit kann was daraus werden. Das hat Martindale klargestellt.«

Geffar nickte schwach, sagte aber nur: »Gute Nacht, Admiral« und ging zu ihrem Wagen. Sie war viel zu durcheinander...

»Sandy?«

Sie konzentrierte sich wieder auf Gates.

»Irgendwas nicht in Ordnung?«

»Nein... Ich hab' nur gedacht, ich hätte unsere King Air im Endanflug gehört.«

»Aha... Was bezeichnet eigentlich der Deckname ›Mayberry‹?«

»Richtig, Mayberry.« Sie stand auf und trat an eine große Wandkarte des Karibischen Meers. »Das ist unser Deckname für dieses Unternehmen. Einer der kubanischen Offiziere, mit denen wir's zu tun haben, heißt Gomez. Unsere Leute haben ihm den Spitznamen ›Mayberry‹ gegeben – und seither verwenden wir ihn als Decknamen, sobald wir diesen Gomez auf dem Seefunkband hören.«

»Kubanische Offiziere...?«

»Vor allem die Kubaner werden im Drogenschmuggel von Jahr zu Jahr aktiver«, sagte Geffar. »Daß energisch dagegen eingeschritten wird, ist nur Gerede, solange die Fälle nicht so offenkundig sind, daß sie für Havanna peinlich werden. Unseres Wissens ist Gomez der Kommandant eines Schnellboots der *Komar*-Klasse, das von dem Kriegshafen Varadero an der kubanischen Nordküste aus operiert.«

»Ich dachte, die Kubaner hätten dem Drogenschmuggel einen Riegel vorgeschoben? Schließlich ist sogar der Heeresgeneral Renaldo Ochoa Sanchez nach seiner Verurteilung wegen Drogenschmuggels exekutiert worden...«

»Ein Schauprozeß«, wehrte Geffar ab. »Er ist beim Militär und in der Bevölkerung sehr beliebt gewesen – und schon als Castros Nachfolger gehandelt worden. Damit wäre Fidels Bruder Raoul aus dem Rennen gewesen. Eine Anklage wegen Drogenschmuggels war die eleganteste Methode, ihn aus dem Weg zu räumen.

Leider haben wir angefangen, mit den Kubanern Erkenntnisse über Schmuggler auszutauschen, wodurch wir ihnen direkt in die Hände gespielt haben. Wir haben ihnen mitgeteilt, wo *wir* suchen – und die Kubaner haben mit diesen Informationen *ihren* Schmugglern geholfen, unseren Radarketten und Patrouillen auszuweichen. Jetzt sind kubanische Schnellboote an Abwurfpunkten am Rande ihrer Hoheitsgewässer stationiert. Angeblich sollen sie Schmuggler vertreiben, aber in Wirklichkeit werden ihre Kommandanten dafür bezahlt, daß sie beide Augen zudrükken, bis wir oder die Coasties aufkreuzen. Dann schirmen sie die Schmugglerschiffe vor uns ab.«

»Und was tun Sie bei diesen Mayberry-Einsätzen?«

»Meistens beschatten wir die ganze Nacht Schmuggler«, erwiderte Geffar trocken. »Flugzeuge aus Kolumbien, Venezuela, Panama oder Peru werfen hier im Sabana-Archipel vor der kubanischen Nordküste ihre Ladungen ab. Schmuggler fischen sie aus dem Meer – immer in Sichtweite kubanischer Schnellboote – und hängen die Patrouillen der Coasties in dem Gewirr aus Inseln und Riffen ab. Danach steuern sie die Bahamas an, und die ganz Mutigen versuchen, gleich die Florida Keys oder die Everglades zu erreichen.

Wir beschatten sie und warten darauf, daß ein Schmugglerschiff Florida oder die Bahamas ansteuert. In letzter Zeit ist es auf See und in der Luft deutlich lebhafter geworden, was darauf schließen läßt, daß in den nächsten Tagen wieder ein Abwurf geplant ist. Nichts Bestimmtes, aber doch so viele Verdachtsmomente, daß wir uns auf dieses Gebiet konzentrieren wollen... Warum kommen Sie nicht einfach mit, Ron? Wir planen eine Überwachungsmission, die in den nächsten Tagen beginnen soll. Sie können in der Nomad mitfliegen, die in großen Höhen bleibt und das Seegebiet mit Infrarot und Radar überwacht. Oder Sie können mich in der Black Hawk begleiten.«

»In der Black Hawk?«

»Sobald die Nomad meldet, daß Schmuggler nach Norden in Richtung Florida oder nach Osten in Richtung Bahamas unterwegs sind, starten wir unsere Black Hawk, um sie zu stellen. Wir versuchen, einen Küstenwachkutter heranzuholen, der sie auf See stoppt, aber meistens warten wir, bis sie die Küste fast erreicht haben. Außerdem kann man sich beinahe immer darauf verlassen, daß die Coasties nicht da sind, wenn man sie braucht. Wir haben Erlaubnis, die Bahamas zu überfliegen, und nehmen Konstabler von dort mit, damit sie die Verhaftungen vornehmen können...«

Gates war merklich blaß geworden. Aber er riß sich zusammen. »Gut, ich fliege in der Nomad mit.«

Dies war das erste Mal, daß Ronald Gates zugestimmt hatte, bei einem echten Einsatz mitzufliegen. Tatsächlich würde dies sein erster Flug in einer Air-Branch-Maschine sein, bei dem er keine VIP zu begleiten hatte.

»Ich glaube, daß es für mich wichtig ist, ein paar Informationen aus erster Hand über die Ereignisse dort draußen zu bekommen. Für mich wird's allmählich Zeit, auch ein bißchen mitzumischen.«

Geffar ließ sich nicht anmerken, was sie dachte, aber sie fragte sich, ob dieser neue Mut nicht damit zu tun hatte, daß die Aufmerksamkeit des Weißen Hauses plötzlich seiner Dienststelle galt.

»Okay«, sagte sie. »Übermorgen beginnen wir mit einer Tag und Nacht fortgeführten Überwachung. Die Nomad bleibt jeweils sechs Stunden in der Luft, um für den Fall einer Verfolgung noch reichlich Treibstoff zu haben, so daß Sie sich auf eine möglicherweise lange Nacht einrichten sollten. Übermorgen um achtzehn Uhr treffen wir uns drüben in der Mannschaftsmesse der Air Force. Zur Einsatzbesprechung brauchen Sie nicht zu kommen, obwohl sie vielleicht ganz interessant ist. Ich muß Ihnen die Rettungseinrichtungen erklären und Ihnen eine Schwimmweste geben...« Bei dem Wort »Schwimmweste« kniff er die Augen zusammen. »...aber das machen wir auf dem Vorfeld bei der Nomad. Das ist die große Turbopropmaschine dort draußen. Sieht wie 'ne verkleinerte C-130 mit 'ner großen Radarkuppel unter dem Rumpf aus.«

Gates nickte wortlos und verließ ihr Dienstzimmer.

Geffar blieb an ihrem Schreibtisch, arbeitete einige während ihrer Abwesenheit nach dem Einsatz bei Mahogany Hammock liegengebliebene Akten auf und dachte an den bevorstehenden Überwachungsflug. Sie hatte sich ein bißchen über Gates lustig gemacht, aber in Wirklichkeit würde es dabei nichts zu lachen geben.

Mit dem schußsicheren Tausend-Liter-Innentank, der sechs der zwölf Kabinensitze des Hubschraubers einnahm, hatte die Black Hawk eine Einsatzreichweite von etwa zweihundert Seemeilen. Das bedeutete, daß sie mit Marschgeschwindigkeit mindestens hundertfünfzig Kilometer weit fliegen, eine Stunde im Zielgebiet operieren und praktisch ohne Treibstoffreserven zurückfliegen konnte. Aber vom Homestead bis zum Zielgebiet waren es bereits hundertneunzig Kilometer, und eine Verfolgungsjagd im Seegebiet vor Kuba konnte die Treibstoffreserven stark angreifen. Und eine Verfolgung von Schmugglern in Richtung Bahama-Inseln war sogar noch riskanter.

Für lange Überwassereinsätze war die Black Hawk nicht das ideale Fluggerät, aber sie war der einzige Hubschrauber, dessen Nutzlast und Reichweite dafür genügten. Die in Australien gebaute große Nomad – im Gegensatz zu den für Luftraumüberwachung ausgerüsteten Citations und Cheyennes ein Seeaufklärer – besaß überlegene Reichweite, aber sie brauchte lange Start- und Landebahnen. So blieb nur die Black Hawk übrig. Sie würden abwarten müssen, bis die Schmuggler sehr nahe an Florida oder Andros Island herangekommen waren, bevor sie zur Verfolgung starteten.

Dazu könnte man die verdammte Coast Guard brauchen! überlegte Geffar sich. Die Black Hawk könnte zum Nachtanken auf einem ihrer großen Kutter landen, und ein paar Patrouillenboote wären praktisch, wenn in der Nähe eines Schiffs ein Abwurf beobachtet worden ist...

Dann fiel ihr etwas ein: Hammerhead One! Die riesige Bohrinsel stand noch immer etwa vierzig Seemeilen südöstlich von Key Largo in der Florida-Straße. Ihre Position hätte kaum besser sein können: vierzig Seemeilen näher an Andros Island und dem kubanischen Varadero als die Homestead Air Force Base. Sie war für See- und Luftraumüberwachung ausgerüstet, und ihr großes Landedeck bot reichlich Platz für eine Black Hawk...

Oder für eine V-22C Sea Lion. Oder für beide.

Geffar mußte schnellstens mit Hardcastle reden.

Weißes Haus, Washington, D. C.

Am selben Tag

Während Sandra Geffar zu ihrer wichtigen Besprechung mit Admiral Hardcastle nach Norden in Richtung Miami fuhr, begann im Oval Office des Weißen Hauses eine weit wichtigere Konferenz.

Der Präsident der Vereinigten Staaten empfing Senator Robert Edwards, den Führer der republikanischen Minderheit im Senat, besonders herzlich. »Freut mich, Sie zu sehen, Bob«, sagte der Präsident, indem er ihm die Hand schüttelte. »Sandwiches und Kaffee? Und nehmen sie Platz. Bitte.« Edwards begrüßte Verteidigungsminister Preston, Verkehrsminister Coultrane, Finanzminister Floyd McDonaugh, Samuel T. Massey, den Sonderberater des Präsidenten in Drogenfragen, Senator Mitchell Blumfeld aus Florida und zuletzt Vizepräsident Martindale.

Sobald alle Platz genommen hatten, kam der Fotograf des Weißen Hauses herein und machte einige Aufnahmen; obwohl die Bilder nicht immer zur Veröffentlichung freigegeben wurden, gab es von jeder Besprechung im Weißen Haus ein offizielles Photo. Ein lächelnder Steward in weißer Jacke schenkte Kaffee ein und bot Sandwiches an. Einige der Gäste griffen nach dem Kännchen mit einem blauen Band am Henkel, das nicht Sahne, sondern irischen Cremelikör enthielt, und versetzten ihren Kaffee mit etwas Likör, während sie freundlich miteinander plauderten. Das alles gehörte zum Ritual von Besprechungen im Weißen Haus, die schon immer so ähnlich abgelaufen waren, seit es das Oval Office gab.

Nach etwa zehn Minuten gab der Präsident seinem Stabschef ein Zeichen, die Tür zum Vorzimmer zu öffnen. Sekunden später kam eine hübsche rothaarige Stenografin herein und nahm in diskreter Entfernung vom Couchtisch Platz: nahe genug, um alles zu verstehen, aber nicht nahe genug, um die halblauten Gespräche der Anwesenden untereinander mitzubekommen. Mit ihrem Eintreten war der informelle Teil der Besprechung zu Ende. Als der Präsident ihm zunickte, setzte Vizepräsident Martindale sich ihm gegenüber in seinem Sessel auf, räusperte sich dezent und stellt seine Kaffeetasse wieder auf den Tisch. Ihr leises Klirren ließ die Anwesenden augenblicklich verstummen.

»Danke, Mr. President, Gentlemen«, begann Martindale. »Als Koordinator für die Drogenkontrollpolitik des Präsidenten möchte ich die Fortschritte des gegenwärtigen Programms mit Ihnen besprechen und versuchen, eine gemeinsame Politik für die Zukunft zu entwickeln. Der Drogenmißbrauch in den Vereinigten Staaten nimmt weiter zu. Die Steigerung der illegalen Drogeneinfuhren beweist eine regelrechte Schmuggleroffensive, die schon zu Angriffen auf Einheiten von Coast Guard und Customs Service geführt hat.

Das Abfangen und Aufbringen von Schiffen und Flugzeugen, die verdächtigt werden, Konterbande an Bord zu haben, wirft große Probleme auf. Deshalb *müssen* neue Maßnahmen ergriffen werden.» Einige der bisher krampfhaft freundlichen Gesichter wurden sichtlich länger, vor allem die von Finanzminister McDonough und Verkehrsminister Coultrane.

»Unsere Maßnahmen zur Bekämpfung des Drogenschmuggels leiden unter zwei großen Mängeln: der unzulänglichen materiellen und personellen Ausstattung und vor allem der unzulänglichen Koordination zwischen Coast Guard und Customs Service. Vor kurzem ist mir die Denkschrift eines Admirals der Küstenwache darüber vorgelegt worden, wie die entsprechenden Kräfte von Coast Guard und Customs Service zu einem neuen Dienst gebündelt werden könnten, der den Drogenschmuggel schon weit vor unseren Küsten und Grenzen zu unterbinden hätte.

Ich habe mir eine Vorführung dieser Organisation im Einsatz angesehen und mit dem Verfasser der Denkschrift, Vizeadmiral Ian Hardcastle, dem Befehlshaber des Siebten Küstenwachbezirks in Miami, gesprochen. Außerdem habe ich Gelegenheit gehabt, mit Inspektor Sandra A. Geffar, der Chefin der Customs Service Air Branch in Miami, zu sprechen. Auch General Bradley Elliott von der Luftwaffe und Major Patrick McLanahan sind dabei gewesen, weil ihre Organisation den größten Teil der Hardware für Admiral Hardcastles Vorführung geliefert hat. Ich nehme an, daß Sie alle von General Elliott, Major McLanahan und dem letztjährigen... Einsatz der beiden gehört haben.«

Einige der Anwesenden wechselten erstaunte Blicke, denn die meisten hatten nur gerüchteweise von General Elliott und seinem bemerkenswerten Angriff auf eine geheime sowjetische Laserstation gehört.

»Ich habe Ihnen mitgeteilt, was ich von Admiral Hardcastles Projekt halte, und ich habe darüber mit dem Präsidenten gesprochen. Er ist mit mir der Meinung, daß wir eine auf Bekämpfung des Drogenschmuggels durch Grenzsicherung spezialisierte neue Organisation dieser Art brauchen, die möglichst bald einsatzfähig sein sollte.«

Die vorgebrachten Einwände – die in Wirklichkeit der Wahrung von Besitzständen einzelner Ressorts dienten –, durch rigorose Abwehrmaßnahmen könnten harmlose Unbeteiligte zu Schaden oder gar zu Tode kommen, wehrte Martindale energisch ab.

»Ich habe Admiral Hardcastles Truppe im Einsatz *gesehen*«, sagte der Vizepräsident. »Seine Leute können die Kennzeichen von Flugzeugen ablesen, Maschinen ferngesteuert verfolgen und Kurse und Höhen genau bestimmen. Gut, ich gebe zu, daß Irrtümer nicht ausgeschlossen sind, aber ich bin von dieser Technologie *und* ihrer Anwendung sehr beeindruckt. Ich glaube, daß Hardcastle auf dem richtigen Weg ist. Dabei geht's nicht nur um die Hardware, sondern auch um die von ihm geplanten Luft- und Seeraumbeschränkungen. Er will alle Schiffe und Flugzeuge durch bestimmte Korridore an Radarstationen und Kontrollplattformen vorbeischleusen. Verläßt jemand die Korridore ohne Genehmigung, wird er verfolgt und aufgebracht.«

»Und dann wird er abgeschossen?« fragte der Präsident.

»Nur wenn er nicht auf die Signale des Schiffs oder Flugzeugs reagiert, von dem er angesteuert wird – außer die Besatzung hat Grund zu der Annahme, daß er doch kein Schmuggler ist. Hardcastle schlägt vor, daß wir *kein* nicht identifiziertes Schiff oder Flugzeug mehr unsere Grenzen überqueren lassen…«

Verkehrsminister Coultrane wandte ein, das Verfahren sei zu kompliziert, um wirkungsvoll in die Tat umgesetzt werden zu können. Verteidigungsminister Preston forderte, das Militär aus diesem neuen Projekt zur Bekämpfung des Drogenschmuggels herauszuhalten.

»Kein Problem«, sagte ›Drogenzar‹ Samuel Massey. »Es wird Zeit, den Drogenschmuggel mit radikalen Mitteln zu bekämpfen. Wenn der Stoff knapper und teurer wird, wenn er nicht mehr an jeder Straßenecke erhältlich ist, werden vielleicht auch unsere sonstigen Programme effektiver.«

Der Präsident ergriff wieder das Wort. »Ich will, daß dieses

Projekt verwirklicht wird«, stellte er fest. »Mr. Martindales Bericht hat mich beeindruckt, und ich glaube, daß wir die Mittel und die Möglichkeiten haben, es in die Tat umzusetzen.«

»Aber woher soll das Geld kommen?« protestierte Finanzminister McDonough.

»Das ist in Admiral Hardcastles Denkschrift, die Sie kennen, genau aufgeführt«, antwortete der Vizepräsident. »Zweihundert Millionen aus dem Sonderfonds Verteidigung, damit die drei ersten Plattformen im Südosten errichtet werden können; achthundert Millionen pro Jahr aus dem Verteidigungsetat zur Beschaffung V-22, Drohnen und Radargeräten, dreihundert Millionen pro Jahr vom Finanzministerium, hauptsächlich in Form von Flugzeugen, Schiffen und Personal aus dem Customs Service; siebenhundert Millionen pro Jahr aus dem Transportministerium, hauptsächlich in Form von Flugzeugen, Schiffen und Personal der Coast Guard. Diese Finanzierung geht weiter, bis die Ministerien für Finanzen, Verkehr und Verteidigung sämtliche Aktivitäten zur Bekämpfung des Drogenschmuggels auf den neuen Dienst übertragen haben.«

»So viel Geld hat der Verteidigungsminister nicht«, wandte McDonough ein. »Der Finanzminister auch nicht.«

»Nach fast drei Jahrzehnten vergeblicher Bemühungen, den Drogenschmuggel einzudämmen«, sagte der Vizepräsident, »tritt ein Mann auf, der *beweisen* kann, daß seine neue Organisation funktionieren wird. Ich finde, daß sie unser aller Unterstützung verdient hat.«

»Weitere Kommentare?« fragte der Präsident. Keine Antworten, nur ausdruckslose Blicke und hier und da ein Kopfschütteln. »Gut, dann erhalten alle Ministerien ein Rundschreiben mit den Richtlinien für die Verwirklichung des Projekts.«

Er wandte sich an den republikanischen Minderheitsführer aus Texas. »Senator Edwards, das Justizministerium arbeitet einen Gesetzentwurf aus, mit dem Titel 53 geändert und ein Grenzsicherungsdienst geschaffen werden soll. Senator Blumfeld hat bereits seine Unterstützung zugesichert und wird ihn im Senat einbringen. Ich wäre Ihnen dankbar, wenn auch Sie diesen Gesetzentwurf unterstützen würden.«

Edwards nickte, aber sein Gesicht blieb ausdruckslos.

»Ich bin noch immer nicht einverstanden, Mr. President«, wandte McDonough ein. »Lassen Sie mir und meinen Mitarbeitern Zeit, einen Gegenentwurf auszuarbeiten, der unser bestehendes System weniger...«

»Floyd, wir müssen endlich vorankommen, okay?« Der Präsident rieb sich die Augen. »Das Projekt gefällt mir. Es kommt ohne den bürokratischen Mist aus, der uns fast überall behindert, und demonstriert den Schmugglern, daß wir ernst machen. Das Justizministerium sagt, daß es juristisch in Ordnung ist. Der Minderheitsführer im Senat ist bereit, es zu unterstützen, und viele unserer Leute werden ebenfalls zustimmen, wenn sie wissen, was gut für sie ist. Mir ist klar, daß Ihnen etwas weggenommen wird, aber letzten Endes spielen wir im gleichen Team. Ich möchte, daß sich *alle* hinter dieses Projekt stellen.«

»Ich bitte darum, daß der Vizepräsident das Projekt überprüft«, sagte McDonough rasch, ohne auf den wütenden Gesichtsausdruck des Präsidenten zu achten, »revidiert und schnellstens erneut vorlegt. Sollte das nicht geschehen, möchte ich zu Protokoll geben, daß ich gegen das Projekt in seiner jetzigen Form bin.«

»Vielen Dank für Ihren freimütigen Diskussionsbeitrag, Mr. McDonough«, knurrte der Präsident. »Noch irgendwelche Kommentare?« Er wartete nicht lange auf Antwort. »Die Sitzung ist geschlossen. Ich danke Ihnen allen.«

Der Präsident stand auf und trat einen Schritt auf McDonough zu. »Sie sind in guten Zeiten in meine Mannschaft gekommen, aber ich erwarte *jederzeit* Loyalität. Ich habe Ihre Einwände zur Kenntnis genommen, ich habe darüber nachgedacht. Ich habe meine Entscheidung nach Anhörung *aller* meiner Berater getroffen. Jetzt erwarte ich, daß Sie Ihre Pflicht tun. Alles klar, Floyd?«

»Tut mir leid, Sir, aber dieses Projekt kann ich nicht unterstützen. Mein Rücktrittsgesuch liegt binnen einer Stunde auf Ihrem Schreibtisch.« Er wandte sich ab, zwängte sich zwischen seinen Kollegen hindurch und marschierte aus dem Oval Office.

Gut, dachte der Präsident, jetzt muß ich den Hundesohn nicht mehr rausschmeißen!

Kontrollplattform Hammerhead One

Zwei Tage später

Es regnete leicht, als Customs Agent Rushell Masters mit seinem Hubschrauber UH-60 Black Hawk zur Landung auf der riesigen Plattform Hammerhead One einschwebte. Der Südwestwind war böig, aber Masters war in den vergangenen zwanzig Jahren oft genug auf Ölbohrinseln, kleinen Landeplätzen, Urwaldlichtungen und Flachdächern gelandet.

Um ihre Position nicht zu verraten, blieb Hammerhead One bis auf die für ein vor Anker liegendes Schiff vorgeschriebenen Warnlichter unbeleuchtet. Erst als der Hubschrauber auf drei Seemeilen herangekommen war, flammten plötzlich strahlend helle Lichter auf.

»Verdammt noch mal!« sagte Masters über die Bordsprechanlage. »Das ist die größte Ölbohrplattform, die ich je gesehen habe!«

»Die Firma, die Hammerhead One gebaut hat«, erklärte Geffar, »hat eine größere namens King, und die Saudis haben im Persischen Golf eine noch größere.«

Trotzdem war der Anblick bemerkenswert, als sei der Times Square aus New York in die Florida-Straße versetzt worden. Die vier Hubschrauberlandeplätze der Plattform waren beleuchtet, und der Antennenwald von Hammerhead One wurde durch rote und weiße Blinklichter gesichert. Ein weißes Blitzlicht, ein Ring aus blauen Lampen und ein beleuchteter dreieckiger Azimut- und Driftanzeiger bezeichneten den zugewiesenen Landeplatz, der so schon frühzeitig zu erkennen war.

Masters setzte weich auf. Während er den großen Hubschrauber abstellte, sicherten Bordwarte der Coast Guard die UH-60 mit Spanngurten. Als die Besatzung aus ihrer Black Hawk kletterte, erlosch die Festbeleuchtung; um den Warten die Arbeit zu erleichtern, brannten jedoch Tiefstrahler weiter. Masters, Geffar, zwei Customs Service Agents und zwei Konstabler von den Bahama-Inseln wurden von Admiral Hardcastle, der zu seinem gelben Regenmantel eine gelbe Baseballmütze mit einem eigenartigen Emblem trug, empfangen und zum Aufzug geführt.

»Verdammt eindrucksvoll, diese Plattform, Admiral«, sagte Masters, während er seine Baseballmütze mit dem Customs-Service-Emblem abnahm, um die Regentropfen abzuschütteln. Erst jetzt sah Hardcastle die großflächigen Brandnarben, die sich über Masters' rechte Gesichtshälfte bis tief zum Hals hinunterzogen – Spuren des Überfalls bei Mahogany Hammock. Masters registrierte seinen Blick. »Um eine Redensart zu zitieren, Sir: Es tut nur weh, wenn ich lache.«

Hardcastle nickte ernst. »Freut mich, daß Sie wieder auf dem Damm sind. Sie haben die Black Hawk gelandet, als wären Sie hier seit Jahren zu Hause.«

Sie verließen den Aufzug, hängten ihre nassen Regensachen im Korridor auf und betraten den umgebauten Konferenzraum.

»Bei uns hat's die ersten Verluste durch die Hammerheads gegeben«, berichtete Geffar Hardcastle vor einem Buffett mit Sandwiches und Kaffee.

»Ja, ich weiß«, antwortete Hardcastle und nahm sich einen Becher Kaffee. »Der Finanzminister *und* der Direktor des Customs Service sind zurückgetreten. Sind die Nachfolger schon bekannt?«

»Zuletzt hat's geheißen, Geraldine Rivera, die Direktorin der Haushaltsabteilung, solle neue Ministerin werden«, antwortete Geffar, »und Ronald Gates ist die erste Wahl für den Direktorenposten. Ich habe ihn dazu überredet, bei einem der nächsten Einsätze mitzufliegen: Gates ist an Bord der Nomad, die alles überwacht, was Kuba nach Norden verläßt. Das wird sein erster richtiger Einsatz – als hätte er plötzlich eine Vorliebe dafür entdeckt!«

Als sie ihre Uniformjacken aufhängten, griff Geffar nach Hardcastles Mütze und begutachtete das gestickte Emblem, das einen schwarzen Hammerhai mit silbernen Pilotenschwingen darstellte.

»Da hat sich jemand als Designer versucht, wie ich sehe«, sagte Geffar.

»Bloß eine Idee von mir«, wehrte Hardcastle ab.

Aus dem oberen Fach des Garderobenschranks nahm der Admiral eine neue Baseballmütze, deren goldbestickter Schirm einen Schiffskommandanten bezeichnete, und gab sie Geffar. »Das ist Ihre.«

Sie nahm die Mütze, betrachtete das Emblem, hängte wortlos ihre blaue Baseballmütze an einen Haken, knickte den neuen Schirm in der Mitte leicht ein und setzte die Mütze auf.

Hardcastle forderte die Neuankömmlinge mit einer Handbewegung auf, ihm fünf Stufen höher auf eine zweite Ebene zu folgen. »Wie Sie sehen – und zur Information aller, die noch nicht an Bord gewesen sind –, haben wir das Kontrollzentrum etwas umgebaut. Die Überwachungs- und Steuerkonsolen stehen dort unten und werden von zwei Technikern der Coast Guard bedient. Hier oben sitzen die Kommandantin und ihr Stellvertreter...«

»Wo sind General Elliott und Major McLanahan?« unterbrach Geffar ihn.

»Nach Washington gerufen worden«, antwortete Hardcastle. »Im Augenblick sind keine HAWC-Leute an Bord. Aber sie haben unser Personal in die Geräte hier eingewiesen, die zum Glück computerisiert sind und weitgehend automatisch arbeiten. Die Sky-Lion-Drohne ist an Bord, aber wir wollen sie nur im äußersten Notfall benützen...«

Als er auf einen Knopf an Geffars Konsole drückte, zeigte der große linke HDTV-Bildschirm einen hellbeleuchteten Hangar, in dessen Mitte die V-22C mit Schwenktriebwerken stand. »Wie Sie sehen, haben wir auch die Sea Lion an Bord und können sie binnen fünf Minuten an Deck schaffen.«

»Ist sie bewaffnet?«

Der Admiral nickte.

Masters starrte Geffar an. »Bewaffnet? Diese V-22 ist *bewaffnet*?«

»Die Sea Lion trägt Lenkwaffen mit Infrarotsuchkopf«, sagte Hardcastle, »zur Bekämpfung von Land-, Luft- oder Seezielen. Außerdem hat sie eine Revolverkanone M30 von Hughes an Bord.« Bei der Erwähnung dieser Waffe zog selbst Rushell Masters die Augenbrauen hoch.

»Aber heute nacht setzen wir die Sea Lion nicht ein«, fügte Geffar rasch hinzu. Masters betrachtete die V-22C noch immer erstaunt und begeistert. Der Gedanke, mit einem bewaffneten Flugzeug auf Schmugglerjagd zu gehen, gefiel ihm offensichtlich – und wer ihn mit seinen grausigen Brandnarben sah, mußte Verständnis dafür haben.

»Der rechte Monitor zeigt das Radarbild der *Diamond*«, fuhr Hardcastle fort, »einem Küstenwachkutter mit Ballonradar. Er ist knapp östlich der Cayo-Sal-Bank im Santaren-Kanal stationiert – rund fünfzig Seemeilen südöstlich von hier. Das Radar ist für die Suche nach Luft- und Seezielen programmiert, so daß wir diesmal keine E-2 oder E-3 der Air Force anzufordern brauchen. Die *Diamond* kann vier Tage im Einsatz bleiben und soll dann nach Miami Beach zurücklaufen.«

Hardcastle deutete auf den hochlehnigen Kommandantensessel, der an die auf den Brücken von Kriegsschiffen der U. S. Navy stehenden Ledersessel erinnerte. »Ihrer, Sandra. Wollen Sie den Befehl übernehmen?«

Geffar schüttelte den Kopf. »Das wäre ein bißchen voreilig, finde ich. Im Augenblick leite ich ein Unternehmen des Customs Service, bei dem uns die Coast Guard unterstützt. Der Unterschied besteht darin, daß wir dank dieser Plattform dem Einsatzgebiet fünfzig Meilen näher sind. Wir sind noch nicht die Hammerheads...« Aber auf dem besten Weg, dachte sie.

»Omaha Three-Four, der Seeaufklärer Nomad, ist nach Süden unterwegs, um nördlich des kubanischen Hafens Varadero Position zu beziehen. Dort wechselt er sich mit Omaha Three-Five ab, sobald sein Treibstoff knapp wird. Als Leitstelle haben wir das Rufzeichen Omaha Three-One. Mit Omaha Three-Two haben wir einen Hubschrauber in Reserve, der aber auch für andere Einsätze benötigt wird, so daß er nicht sicher zur Verfügung steht.« Geffar wandte sich an Hardcastle. »Haben wir eine Karte des Einsatzgebiets?«

Der Admiral ließ auf dem linken Großbildschirm eine Farb-Karte von Südflorida und der Karibik erscheinen und zeigte Geffar, wie der elektronische Griffel benützt wurde, um einzelne Gebiete hervorzuheben.

»Okay«, sagte Geffar, »Mayberry ist... genau hier.« Sie vergrößerte das Gebiet, in dem sehr häufig Abwürfe stattfanden. »Zehn Seemeilen nördlich von Varadero, knapp innerhalb der kubanischen Hoheitsgewässer.« Geffar zog eine Linie durch die Cayo-Sal-Bank, über den Santaren-Kanal und über die Große Bahama-Bank nach Andros Island. Als Hardcastle auf einen Knopf drückte, zeichnete der Computer die gegenwärtige Position des Küstenwachkutters *Diamond* mit dem Ballonradar knapp nördlich der von Geffar gezogenen Linie ein.

»Nach unseren Erkenntnissen ist dies die übliche Route von Schmugglerbooten, die sich bei Mayberry getroffen haben. Sie holen meistens etwas nach Süden aus und laufen dann auf Zickzackkursen Andros Island an. Wir wissen meistens nicht, wohin sie wirklich wollen, bis sie die Insel fast erreicht haben. Aber diesmal spüren wir sie auf und nageln sie fest!

Sie *könnten* an Cayo Sal vorbei nach Norden laufen und in Richtung Florida Keys einschwenken«, fuhr Geffar fort. »Diamant ist möglicherweise nicht imstande, sie auf Nordkurs zu verfolgen... oder von gleichzeitig auslaufenden Scheinzielen zu unterscheiden. Noch weiter in Richtung Key West holen sie nicht aus, das wissen wir...«

»Am besten lassen wir die Nomad alles verfolgen, was nach Norden läuft«, schlug Masters vor. »Das Ballonradar kann alles orten, was zu den Bahamas unterwegs ist. Und der Infrarot-Scanner in unserer Black Hawk ist auch ganz nützlich.«

»Einverstanden«, stimmte Geffar zu. Sie sah zu Hardcastle hinüber.

»Sky-Lion-Drohnen können Schmuggler oder Scheinziele mühelos verfolgen«, stellte er fest.

»Für den Einsatz der Sky Lion haben wir keine Genehmigung, Admiral...«

»Durch Datenverbund mit der Nomad könnte die Drohne ihre Ziele automatisch ansteuern«, schlug er vor. »Oder wir füttern sie mit Radardaten der *Diamond*, bis ihre eigenen Sensoren die Ziele erfassen.«

»Admiral, Sie haben *mir* die Mütze gegeben. Wir beschränken uns auf das, was wir haben... Okay, die Sache läuft folgendermaßen ab: Wir sind in den nächsten zwanzig Stunden im Dienst, bis wir von Curts Team abgelöst werden. Jetzt warten wir, bis die Nomad etwas für uns hat. Ihr könnt euch inzwischen auf der Plattform umsehen – aber seid startklar, wenn ihr ausgerufen werdet!«

Hardcastle und Geffar blieben vor der Kommandantenkonsole sitzen und beobachteten das von der *Diamond* übertragene Radarbild auf dem rechten HDTV-Monitor.

»Wie spreche ich mit der Nomad-Besatzung?«

»Alle Rufzeichen und Frequenzen sind hier angezeigt.« Der Admiral deutete auf einen kleineren Monitor links neben dem Hauptbildschirm. In vier Säulen angeordnete Kästchen auf dem Bildschirm enthielten jeweils ein Rufzeichen und die zugeordnete Frequenz. Hardcastle gab Geffar eine leichte Hör-Sprech-Garnitur. »Um die Verbindung herzustellen, brauchen Sie den Bildschirm nur anzutippen. Mit dem Knopf hier unten rufen Sie weitere Frequenzen auf – Flugsicherungsstellen, NORAD, Sheriff's Department und so weiter. Der Computer ist mit fünfhundert Frequenzen programmiert.«

Geffar berührte das Kästchen NOMAD OMAHA 34. Sie beobachtete, wie es mehrmals blinkte, während die abhörsichere Verbindung hergestellt wurde. Als das Rechteck weiß wurde, sprach sie in ihr Mikrofon: »Three-Four, hier Three-One, kommen.«

Nun folgte eine kurze Pause, bis der andere Sender ebenfalls synchronisiert war. Dann meldete sich der Nomad-Pilot: »Three-One, hier Three-Four, kommen.«

Geffar wollte ihn eben nach seiner Position fragen, aber ein Blick auf den linken HDTV-Bildschirm zeigte sie ihr. Sobald die Nomad sendete, zeigten ein blinkendes grünes Quadrat und ein Datenblock auf der Seekarte den Standort der Maschine – etwa zwanzig Seemeilen nördlich von Varadero – sowie Kurs, Flughöhe und Geschwindigkeit. »Ihr Status?« fragte sie statt dessen.

»Alles im grünen Bereich«, meldete der Pilot. »Wir beginnen jetzt mit der Überwachung.«

»Weichen Sie bis zur Grenze Ihres Erfassungsbereichs nach Norden aus«, wies Geffar ihn an. »Falls Gomez aufkreuzt, hat er

Sie sonst auf seinem Radar. Mayberry können wir anderweitig überwachen.«

»Wird ausgeführt, Three-One.«

Geffar lehnte sich zurück und betrachtete das Kartenbild, während die Nomad ihre neue Position einnahm. Danach tippte sie das Kästchen SLINGSHOT an. »SLINGSHOT, hier Omaha Three-One, Sprechprobe.«

»Three-One, hier SLINGSHOT.« Auf der Karte erschien über Miami ein Datenblock. »Höre Sie fünf. Melden Sie Ihre Position.«

»Three-One ist nicht in der Luft«, antwortete Geffar. »Im Augenblick stehen wir auf Hammerhead One und warten auf Verkehr.«

»Vorerst kein Verkehr. Halten Sie auf dem laufenden. Kommen.«

»Verstanden. Three-One, Ende.« Als nächstes sprach Geffar mit der *Diamond*. Auch dort schien alles zu funktionieren.

»Haben wir irgendwas vergessen?« fragte Hardcastle, während sie es sich vor den Bildschirmen bequem machten.

»Bestimmt nichts Wichtiges.« Sie trank einen Schluck Kaffee. »Alles ist an Ort und Stelle. Jetzt können wir nur noch dasitzen und warten.«

Valdivia, Kolumbien
Am nächsten Morgen

Salazars Ankunft in Valdivia erregte Aufsehen, das Gachez und die übrigen Kartellvertreter zunächst sehr unangenehm berührte. Statt der gewohnten drei bis vier mittelgroßen Frachtmaschinen, die sonst auf Gachez' Privatflugplatz landeten, kam diesmal nur ein Transporter – allerdings das bei weitem größte Flugzeug, das je in Valdivia gelandet war.

Die Maschine mit dunkelgrüner Tarnbemalung und einer kleinen kubanischen Flagge auf dem Seitenleitwerk war eine sowjetische Antonow An-12 mit vier Propellerturbinen. Nach einer Bilderbuchlandung bremste das riesige Frachtflugzeug vor der Landebahnmitte ab und rollte auf die große Abstellfläche am Rande des getarnten Flugplatzes.

Gachez beobachtete schweigend, wie Salazar und sein Adjutant Hermosa aus der Maschine kletterten. Salazar, der wieder einmal Breeches und Reitstiefel trug, stolzierte auf Gachez und seinen Leibwächter zu und salutierte lässig, indem er seine Reitpeitsche an den Mützenschirm führte.

»Was ist das, Salazar? Was, zum Teufel, ist *das*?«

»Die Lösung Ihrer Probleme, Señor.« Salazars Handbewegung umfaßte das Flugzeug, das jetzt von Besatzungsmitgliedern mit dunkelgrünen Tarnnetzen abgedeckt wurde. »Mein ganzer Stolz – und die Lösung Ihrer Probleme. Ein Gelegenheitskauf von ehemaligen Kameraden in der kubanischen Luftwaffe. Damit transportieren wir beliebige Mengen Ihres Produkts zu jedem Punkt in fünfzehnhundert Kilometer Umkreis.«

»Dieses Monstrum ist auf Hunderte von Kilometern im Radar sichtbar!« protestierte Gachez. »Es ist ein leicht erkennbares Ziel, das...«

»Und es bietet die in naher Zukunft einzige Möglichkeit, Ihr Produkt zu transportieren. Die amerikanische Coast Guard hat die Florida-Straße und die westlichen Bahama-Inseln komplett abgeriegelt.«

»Deshalb werfen Sie die Ware in kubanischen Gewässern ab«, sagte Gachez. »Dort genießen wir Schutz...«

»Aber der Weitertransport ist zweifelhaft, Señor«, wandte Salazar ein. »Die Amerikaner können nur zwei, vielleicht drei Gebiete wirkungsvoll überwachen. Unsere Chancen steigen, wenn wir an möglichst vielen Stellen Ware abwerfen – und das einzige Flugzeug mit genügend Nutzlast und Reichweite ist *dieses* hier.«

Gachez funkelte ihn an. »Was soll dieses Gerede von mehreren Abwürfen? Darüber haben nicht Sie zu entscheiden, Salazar! *Ich* treffe hier die Entscheidungen!«

»Aber *meine* Männer fliegen die Maschinen«, stellte Salazar fest. »*Meine* Männer riskieren, geschnappt zu werden. Ich biete

Ihnen die beste Transportmöglichkeit, Señor Gachez. Wenn Sie meine Hilfe nicht wollen, nehme ich das Flugzeug und meine Soldaten mit und belästige Sie nicht weiter.«

Gachez spürte, daß er einlenken mußte. »Gut, erzählen Sie mir Ihre großartige Idee.«

»Ganz einfach, Señor«, sagte der Oberst. Er winkte Hermosa heran, der eine Karte auf der Motorhaube von Gachez' Limousine ausbreitete und mit einer Taschenlampe beleuchtete. »Statt wie bisher eine einzige Ladung im Archipiélago de Sabana abzuwerfen, verteilen wir sie auf diese zehn Punkte zwischen Camaguey und dem Silver-Bank-Kanal.« Er tippte auf die in seine Karte eingetragenen Markierungen. »Nach dem letzten Abwurf fliegen wir direkt nach Verrettes zurück.«

»Zehn Abwürfe?« fragte Gachez. »Alle in *einer* Nacht?«

»Das verwirrt die Coast Guard«, versicherte ihm Salazar. Er machte Hermosa ein Zeichen, die Karte wegzunehmen. »Selbst wenn die *Yanquis* einige Ihrer Leute schnappen, entwischen ihnen die übrigen. Statt der kümmerlichen Zwanzig- oder Fünfzig-Kilo-Behälter, die wir normalerweise transportieren, teilen Sie Ihre Sendung in zehn Ladungen mit schwimmfähigen Paketen zu je hundert Kilo auf...«

»Hundert Kilo?«

»Container in dieser Größe müßte selbst ein Rennboot bergen können«, antwortete Salazar. »Frachter haben damit überhaupt keine Mühe. Unser Flugzeug kreist nirgends, um Ware abzuwerfen. Der erste Überflug muß genügen.«

Gachez nickte langsam. »Ich muß meine Leute benachrichtigen, damit sie dann in Position sind. Das kann ein paar Tage dauern.«

Salazar zuckte mit den Schultern. »Lassen Sie sich ruhig Zeit. Je länger wir warten, desto eher läßt die Wachsamkeit der Amerikaner nach.« Er machte eine kurze Pause. »Übrigens sollten Sie Ihre Organisation auf undichte Stellen überprüfen, Señor. Die Amerikaner sind offenbar gewarnt worden, daß ein Abwurf bevorsteht.«

»*Meine* Organisation?« fragte Gachez aufgebracht. »Wenn's irgendwo 'nen Spitzel gibt, Salazar, sitzt er in *Ihrer* Organisation!«

»Meine Männer sind mir treu ergeben«, sagte Salazar. »Sie sind die besten Piloten der Welt und stolze kubanische Soldaten. Mich oder ihr Land würden sie nie verraten.«

»Gut, vielleicht ist's ein Zufall, daß die Coast Guard gerade jetzt ihre Überwachungsmaßnahmen verstärkt. Jedenfalls bin ich hier der einzige, der beim Start weiß, wo diesmal abgeworfen werden soll. Ich alarmiere unsere Leute am Abwurftag – aber sie erfahren erst *Minuten* vor dem Abwurf, daß er bei ihnen stattfinden wird.«

»Trotzdem könnte irgendein Spitzel...«

»Schon möglich, Coronel«, unterbrach Gachez ihn. »Trotzdem habe nicht ich einen komplizierten Plan für die Lieferung von zwanzigtausend Kilo ausgearbeitet – das waren *Sie*! Ich zeichne niemals Abwurfstellen in Karten ein – das tun nur *Sie*! Und finden Sie den Zusammenhang zwischen Ihrer Einsatzplanung und diesem Aufmarsch amerikanischer Kräfte etwa nicht auffällig?«

Salazars Grinsen verschwand. Was Gachez sagte, klang logisch. Aber ein Spitzel in den Reihen der Cuchillos? Undenkbar...

»Das Unternehmen muß verschoben werden«, behauptete Capitán Enrique Hermosa. »Uns bleibt keine andere Wahl.«

Salazar schüttelte den Kopf, während er ein Wurfmesser mit schmaler Klinge an einem grüngrauen Ölwetzstein schärfte.

»Unser heutiger Aufklärungsflug hat gezeigt, daß der Küstenwachkutter zwischen dem Ostrand der Cayo-Sal-Bank und Andros Island steht. Sein Ballonradar reicht fast zweihundert Kilometer weit...«

»Das wissen wir, Capitán.« Salazar wischte die Klinge ab und steckte das Messer wieder in seinen rechten Stiefel. Die beiden saßen mit der achtköpfigen Besatzung der An-12 zusammen: Pilot, Kopilot, Navigator, Flugingenieur, Chefabsetzer, zwei Absetzer und Bordschütze für die 23-mm-MKs im Heckstand. Die Besatzung war von Gachez zu Tequila und Whisky eingeladen, während sie die vorgesehene Route begutachtete.

»Wir wissen auch, daß Sie aus abgehörtem Funkverkehr zwischen diesem Schiff und einem Flugzeug schließen, daß im betreffenden Gebiet ein Seeaufklärer des Customs Service operiert«, fuhr Salazar fort. Hermosa nickte wortlos. »Daraus haben Sie geschlossen, daß das Überwachungsflugzeug mit dem Kutter zusammenarbeitet.«

Hermosa wollte etwas sagen, aber Salazar hob abwehrend eine Hand. »Hermosa, wenn Customs Service und Coast Guard gemeinsam in diesem Seegebiet operieren, müssen sie von unserem Unternehmen erfahren haben. Merkwürdig ist auch, daß unsere Agentin in Florida City gerade an dem Tag untertaucht, an dem ich dringend Informationen über die auf der Homestead Air Force Base stationierten Flugzeuge brauche.«

»Unsere Agentin ist untergetaucht, als der amerikanische Vizepräsident nach Miami gekommen ist, Coronel. An diesem Tag sind an sämtlichen Mautstationen zwischen Fort Lauderdale und Homestead Geheimdienstagenten stationiert gewesen. Mit ihrer gefälschten Grünen Karte wäre sie gleich bei der ersten Kontrolle geschnappt worden.«

Salazar schüttelte den Kopf. »Die Amerikaner haben den Abschuß ihrer Falcon und den Überfall bei Mahogany Hammock keineswegs vergessen. Sollten sie von unserem Unternehmen erfahren haben, bieten sie alles auf, was sie haben. Diese Lieferung bringt uns hundertzwanzig Millionen Dollar. Ich brauche eine Möglichkeit, sie sicher durchzubringen.«

»Dafür kann niemand garantieren«, sagte Major José Trujillo, der Pilot der An-12. »Vor allem nicht mit der Antonow – sie ist zu groß und schwerfällig, als daß wir versuchen könnten, das Radar zu unterfliegen...«

»Außerdem wäre das sinnlos«, warf sein Flugingenieur ein, »solange das Ballonradar der *Yanquis* uns während der gesamten Route in jeder Höhe orten kann.«

Der Major kippte einen Tequila und trank kaltes Bier nach. »Wir fliegen den Einsatz, meiden den amerikanischen Luftraum und hoffen, daß sie uns nicht abschießen. Was wir brauchten, wären eigene Begleitjäger...«

Salazar kniff die Augen zusammen. »Jagdschutz...?« murmelte er. »Die Antonow von einem Jäger begleiten lassen?«

Trujillo nickte lebhaft. »Das ließe sich leicht arrangieren. Bei uns stehen zwei MiG-21F als Kampftrainer. Aber wir haben keine Zusatztanks und bloß ein paar hundert Schuß für die Maschinenkanonen.«

»Lenkwaffen, Ersatzteile und Zusatztanks können wir über die haitische Regierung kaufen«, antwortete Salazar. »Als Militärbefehlshaber des Zentralbezirks bin ich dazu berechtigt... Ja, das ist die Lösung! Jetzt weiß ich, wie unsere Lieferungen gesichert werden können!«

Hermosa, den jetzt alle ignorierten, blieb unauffällig im Hintergrund, wartete auf Befehle, schenkte Bier und Tequila nach und hörte aufmerksam zu. Begleitjäger für Drogentransporte? Amerikanische Flugzeuge abschießen? Coronel Salazars Machthunger wurde allmählich krankhaft. So gefährdete er ihre ganze Organisation...

Was tun? Salazar vor sich selbst retten? Coast Guard und Customs Service einen Tip geben...?

Kontrollplattform Hammerhead One
Später am Abend

Geffar lehnte sich in ihren Sessel zurück und aktivierte den Kommunikationsmonitor. Nach dreitägiger Arbeit mit dem System beherrschte sie es inzwischen perfekt. Auf den Bildschirmen vor ihr bezeichneten blinkende Symbole und hervorgehobene Datenblöcke die in ihrem Gebiet operierenden Schiffe und Flugzeuge von Coast Guard und Customs Service.

»Omaha Three-Four ist gestartet«, meldete Mike Drury, der Pilot des in Australien gebauten Seeaufklärers Nomad.

»Mit fast dreißig Minuten Verspätung«, stellte Hardcastle fest.

»Gates muß sich verspätet haben«, vermutete Geffar. Gates, der neue Direktor des Customs Service, war an diesem Morgen vereidigt worden. Trotzdem hatte er beschlossen, den nächtlichen Einsatz mitzufliegen.

Geffar holte sich das zusammengesetzte SLINGSHOT-Radarbild mit Südflorida, der Florida-Straße und den Bahama-Inseln auf ihren Monitor. Der Datenblock der Nomad wurde durch zusätzliche Angaben über Standort, Flugparameter und Treibstoffvorrat ergänzt. »Three-Four, Status?«

»Three-Four im grünen Bereich«, meldete Customs Agent Drury. »Heute abend haben wir einen VIP an Bord.«

Geffar lächelte, nickte zu Hardcastle hinüber und drückte ihre Sprechtaste. »Three-Four, verstanden. Bestellen Sie Direktor Gates meinen Glückwunsch.«

»Danke, Sandra«, sagte der neue Direktor über Funk.

In der abgedunkelten Kabine der Nomad hockte Gates unter einer eingeschalteten Leselampe. Seine Schwimmweste saß schief, sein Kopfhörer war ihm zu weit in die Stirn gerutscht, aber seine Frisur war tadellos. Er trug eine blaue Nylonwindjacke mit dem großen Emblem der Customs Service Air Branch auf der rechten Brustseite. Die beiden Sensortechniker der Nomad – Jacqueline Hoey am SeaScan-Radar und »Buffalo Bill« Lamont am Infrarot-Scanner Westinghouse WF-360 – wurden vom grünlichen Widerschein ihrer Bildschirme angestrahlt.

Hardcastle starrte das vom Ballonradar der *Diamond* übertragene Bild an. In den letzten Minuten hatten die Techniker an Bord des Kutters mehrmals ein bestimmtes Ziel hervorgehoben. Das durch ein rotes Quadrat bezeichnete Ziel unmittelbar vor der Nordküste Kubas legte laut Radarmessung in jeder Minute fast zehn Kilometer nach Nordwesten zurück. Hardcastle tippte Geffar an. »Das hier könnte was für uns sein.«

Sie warf einen Blick auf die HDTV-Monitore. »Fliegt ziemlich schnell, genau entlang der Zwölfmeilengrenze – mit gut dreihundertfünfzig Knoten...«

»Höhe fünfhundert Fuß«, meldete Long, der jetzt vor einer der unteren Konsolen saß. »Eine Militärmaschine?«

»Schon möglich.« Hardcastle gab den Befehl ein, etwa ausgestrahlte IFF-Signale darzustellen. Das Radarbild flackerte einmal, als der Computer es neu zeichnete, blieb aber unverändert.

»Keine Militärcodes. Das könnte eine Militärmaschine sein, aber ich glaub's nicht recht.«

»Eine von unseren?« fragte Long.

»Ausgeschlossen!« wehrte Geffar ab. »Vielleicht eine Falcon der Coast Guard?«

»Dann würden wir ihr IFF-Signal empfangen«, sagte der Admiral. Er rief eine kurze Liste der Flugzeuge seines Siebten Bezirks mitsamt ihrem Flugstatus auf. Einer der großen Bildschirme zeigte eine Karte des Südostens der Vereinigten Staaten, auf der die Position jeder einzelnen Maschine durch einen blinkenden Datenblock dargestellt war.

»Drei unserer Flugzeuge sind unterwegs – eines davon über den Bahamas –, aber keines vor Kuba«, berichtete Hardcastle. »Könnte eine Maschine für Geschäftsreisende aus Puerto Rico sein, die um Kuba herumdüst – manche Piloten bleiben lieber in Landnähe. Könnte eine Militärmaschine sein, deren Transponder ausgefallen ist. Oder...«

»Oder er kann ein neuer Spieler sein«, sagte Geffar, »der seine Ladung abwerfen will.« Sie vergrößerte die Darstellung Nordkubas. Das Radarbild zeigte nur einige wenige Seeziele in Küstennähe. »Jetzt ist er nur noch dreihundert Fuß hoch«, berichtete sie. »Kurz vor dem Abwurf. Das weiß ich!«

»Dafür fliegt er verdammt schnell«, widersprach Long. »Das paßt nicht zusammen...«

»Jedenfalls steuert er Mayberry an.« Die schnelle Maschine hatte Kurs auf das gelb hervorgehobene Gebiet, in dem in letzter zeit Drogenladungen abgeworfen worden waren. Dort befanden sich zwei Boote; zwei weitere waren nur wenige Meilen entfernt. »Er sinkt auf hundert Fuß und wird langsamer – unter zweihundert Knoten. Folglich will er was abwerfen.« Geffar wandte sich an Hardcastle. »Haben wir irgendwelche Flugzeuge in der Nähe?«

»Von den schon gestarteten ist die Nomad am nächsten dran. Nur für die Black Hawk wäre die Entfernung geringer. Es sei denn... unsere Sea Lion könnte die Maschine schneller abfangen als der Hubschrauber.«

»Die dürfen wir noch nicht einsetzen«, wehrte Geffar ab. »Fordern Sie eine Maschine aus Homestead an, die den Kerl abfängt. Für den Fall, daß eines der Boote nach Norden zu den Keys durchzubrechen versucht, soll die Nomad bleiben, wo sie ist.«

Hardcastle setzte sich mit der Customs Service Air Branch in Verbindung, damit eine Citation die Verfolgung aufnahm.

Geffar sprach inzwischen mit der Nomad. »Three-Four, hier Hammerhead One. Bei Mayberry steht vermutlich ein Abwurf bevor. Wir beobachten ein schnelles Flugzeug in stetigem Sinkflug. Bleibt am Ball.«

»Verstanden, Hammerhead«, antwortete Drury. »In der Nähe der Cayo-Sal-Bank liegen vier Boote, die auch Mitspieler sein könnten.« Geffar holte sich eine vergrößerte Darstellung der Cayo-Sal-Bank auf den Bildschirm. Der Computer meldete, daß die dort liegenden vier Boote ihren Standort seit dem gestrigen Überflug einer Nomad nicht mehr verändert hatten.

»Hammerhead One, hier SLINGSHOT«, funkte das Überwachungsteam aus Miami. »Omaha Four-Zero ist soeben gestartet.« Ein blinkendes Symbol über der Homestead AFB in Südflorida bestätigte diese Meldung.

»Hammerhead One, hier Three-Four«, sagte Jacqueline Hoey, die am SeaScan-Radar der Nomad saß. »Ziel verläßt Mayberry, dreht nach Norden ab, nimmt Kurs auf Cayo-Sal-Bank. Voraussichtliche Ankunftszeit in sechs Minuten.«

Mit ihrem Lichtgriffel zeichnete Geffar eine Verbindungslinie zwischen dem Symbol für die soeben gestartete Citation und der schnell nach Norden weiterfliegenden anderen Maschine. »Falls der Kerl seinen Kurs beibehält, müßten wir ihn abfangen können. Falls er vorher abdreht, sieht's schlecht für uns aus.«

»Er will zu diesen vier Booten, die schon den ganzen Nachmittag im Gebiet der Cayo-Sal-Bank liegen«, stellte Hardcastle fest. »Eindeutig ein Mitspieler! Wer diese Transporte organisiert, hat jetzt eine viel leistungsfähigere Maschine zur Verfügung.«

Customs Service Air Branch, Homestead AFB, Florida

Der Offizier vom Dienst hörte das Klingeln und nahm den Hörer des Apparats ab, der eine direkte Verbindung zur Zentrale in Miami herstellte. »Homestead. Davidson.«

»Chuck, hier ist Willy im Brickell Plaza. Bei mir ist eben ein anonymer Anruf eingegangen. Direktor Gates ist angeblich in Gefahr und soll die Abwurfzone vor Kuba schnellstmöglich verlassen.«

Davidson reagierte mit der unvermeidlichen Aufforderung eines Cops zu Beginn neuer Ermittlungen: »Sag das noch mal!«

»Ich hab' gesagt: Ein Anrufer hat behauptet, daß der Direktor bei diesem Nomad-Flug in Gefahr ist. Er hat nur ganz kurz gesprochen, aber behauptet, daß Direktor Gates' Maschine angegriffen werden könnte.«

»Wo? Wann...?«

»Sonst nichts. Kannst du Geffar benachrichtigen?«

»Klingt wie 'n Spinner, find' ich«, sagte Davidson. Trotzdem wußte er aus Erfahrung, daß man keinen noch so verrückten Anruf ignorieren durfte. »Okay, ich geb's weiter. Hast du ihn auf Band?«

»Das Gespräch ist über die Vermittlung reingekommen. Ich muß erst mal nachfragen.«

»Okay, ruf mich an, falls was da ist.«

Davidson telefonierte mit der Air Division, um eine Verbindung mit der Plattform, auf der Geffar und ihr Team sich aufhielten, herstellen zu lassen, was einige Minuten dauern konnte. Aber das machte nichts, denn der Anrufer war sicher nur ein Spinner gewesen.

Kontrollplattform Hammerhead One

»Mayberry«, sagte Geffar. »Vier Schmuggler liegen dort, vier weitere bei der Cayo-Sal-Bank.«

»Dort draußen sind massenhaft Fahrzeuge unterwegs«, wandte Long ein. »Zu viele für eine genaue Zielbestimmung.«

»Genau genug«, meinte Geffar. »Acht Schmuggler in organisierten Gruppen, die von einer schnellen Maschine angeflogen werden. Das genügt, um weitere Flugzeuge anzufordern!«

»Ich fordere auch ein paar unserer Schiffe an«, sagte der Admiral. »Heute nacht kann's noch spannend werden.«

»Sie sollen nicht alle zur Cayo-Sal-Bank laufen«, warnte Geffar ihn, »sondern sich bei uns melden, damit wir sie einsetzen können, wo sie am dringendsten gebraucht werden.«

»Omaha Three-Four müßte in drei Minuten dran sein«, meldete Long. »Die andere Maschine ist weiter auf Nordkurs und sinkt unter dreihundert Fuß. Sie steuert offenbar die zweite Gruppe von Booten an.«

»Die Navy stellt uns ein Tragflügelboot des Typs Pegasus zur Verfügung«, berichtete Hardcastle. »In Key West geht eine Coast-Guard-Besatzung an Bord. In eineinhalb Stunden kann die Pegasus im Zielgebiet sein. Ich schlage vor, daß wir sie vor den Keys stationieren. Falls die Boote dorthin durchzubrechen versuchen, können wir sie damit abfangen.«

»Three-Four müßte sie im Auge behalten können«, sagte Geffar. Sie sprach wieder mit der Nomad. »Three-Four, hier Hammerhead One. Wie sieht's bei euch aus?«

An Bord von Omaha Three-Four

»Hammerhead One, hier Three-Four«, meldete Hoey. »Wir kreisen jetzt über Mayberry. Wir haben Radarkontakt mit Verdächtigen. Wir gehen tiefer, um deutliche Infrarotbilder zu bekommen. Ende.«

Ron Gates umklammerte die Armlehnen seines Sitzes. Warum, zum Teufel, hatte er unbedingt mitfliegen müssen? Die Maschine ging in Steilkurven tiefer und geriet dabei in Turbulenzen, die seinem Magen zusetzten.

Hoey hatte ein schnelles Flugzeug gemeldet, das in unmittelbarer Nähe ihrer Position – eigentlich genau unter ihnen – etwas abgeworfen zu haben schien. Sie ließ die Infrarotkamera mit Teleobjektiv aus zehntausend Fuß Höhe auf die andere Maschine gerichtet. Unter ihnen lagen vier Boote. Im Wasser waren mehrere große Kisten zu erkennen, die von den wartenden Booten an Bord gehievt wurden. Das Flugzeug, das sie abgeworfen hatte, flog nach Südosten davon – vermutlich zu weiteren Booten vor den Bahama-Inseln. Es schien eine riesige Ladung zu transportieren...

Hoey war begreiflicherweise aufgeregt. Sie konnte kaum stillsitzen. »Hammerhead, das hier ist sensationell! Wir beobachten eine unerhört große Lieferung! Wir brauchen sämtliche Boote und Hubschrauber, die Sie herschicken können!«

»Verstanden, Three-Four. Bleiben Sie so lange wie möglich dran. Und geben Sie die neuen Kurse der Boote durch, sobald sie sich trennen.«

»Verstanden, Hammerhead.«

»Hammerhead One, hier Three-Four«, sagte Specialist Buff LaMont, dessen Infrarot-Scanner jetzt deutlichere Bilder zu liefern begann. »Wir sehen *mindestens* fünfzehn große Kisten im Wasser treiben. Wahrscheinlich mit je hundert Kilo Inhalt. Die genaue Zahl ist nicht festzustellen, aber fünfzehn sind's mindestens...«

»Melden Sie weiter, was Sie dort unten sehen, Buff.« Geffar wandte sich an Hardcastle. »Sind Ihre Leute gestartet?«

»Mit drei Falcons und zwei Kuttern der *Island*-Klasse aus Miami Beach. Mehrere Patrouillenboote sind klar zum Auslaufen. Sie können eingesetzt werden, sobald wir wissen, wohin die Schmuggler unterwegs sind.«

»Admiral Hardcastle«, meldete einer der von der Küstenwache abgestellten jungen Techniker, »die *Diamond* hat ein weiteres Flugziel erfaßt. Sechzig Seemeilen südöstlich von Mayberry, ebenfalls sehr schnell – nach ersten Messungen mindestens fünfhundert Knoten.«

»Fünf*hundert*?« Hardcastle schaltete auf diese Darstellung um und fand das hervorgehobene Radarziel. Der Computer hatte es mit Zuverlässigkeitsstufe 1 – dem höchsten Faktor – versehen, die einen Irrtum ausschloß. »Weiß man, wo der Kerl herkommt?«

»Negativ, Sir. Er ist allerdings erst weit vor der Küste erfaßt worden. Nicht aus Holguin oder Camaguey.« Dort waren mit MiG-21 ausgerüstete Jagdverbände der kubanischen Luftwaffe stationiert.

»Verdammt noch mal, hoffentlich halten die Kubaner sich da raus!«

»Sie haben schon manchmal Abfangjäger losgeschickt«, sagte Geffar, »aber immer nur von Havanna aus...«

»Sandra!« rief der Customs Service Agent, der an den Telefonen saß. »Nachricht aus Homestead. In Miami ist eine anonyme Warnung eingegangen, die Gates betrifft...«

»Hammerhead, hier Three-Four«, meldete Drury sich einige Minuten später über Funk. Schweiß lief ihm übers Gesicht, und seine behandschuhten Hände waren heiß und feucht. »Wo ist dieser Kerl? Wo ist sein Standort? Los, redet schon!«

»Three-Four, Rechtskurve mit dreißig Grad, Ziel dann bei neun Uhr, zehn Meilen«, antwortete ein Controller auf Hammerhead One. »Melden Sie Sichtkontakt.«

»Sichtkontakt negativ«, sagte der Pilot, der hörbar unter Streß stand. »Ich sehe keine Lichter. Flugsicht ungefähr fünf Meilen.

Anscheinend fliegt er ohne Lichter. Setze Rechtskurve fort.« Im Hintergrund war sein Kopilot zu hören, der den Eindringling auf der Wachfrequenz aufforderte, dieses Gebiet zu verlassen.

»Eindeutig Schmuggelware, Hammerhead«, berichtete Specialist Buff LaMont aus der Nomad. »Wir zählen mindestens acht Stränge aus großen schwimmfähigen Kisten – jeweils drei Kisten an einem Seil –, die jetzt aufgefischt werden. Der Größe nach enthält jede mindestens hundert Kilo.« Der Infrarot-Scanner zeigte ihm alle Einzelheiten gestochen scharf. »Die Kisten werden von je zwei Mann in die Boote gehievt. Augenblick... jetzt sehe ich vier Kisten. An jedem Seil vier Kisten zu hundert Kilo.«

»Das Flugzeug ist noch immer nicht zu sehen, Hammerhead!« rief Drury über Funk. »Wo soll ich hin, verdammt noch mal?«

»Three-Four, Linkskurve, Höhe halten«, lautete die Anweisung des Controllers. »Ziel in Zwölfuhrposition und über Ihnen... Kurve beenden, Kurs und Höhe halten... Ziel passiert Sie bei neun Uhr, Abstand zwei Meilen.«

»Das müssen Kubaner sein – wer sonst hätte eine so schnelle Maschine und würde es darauf anlegen, unsere Nomad zu belästigen?« meinte Geffar.

»Mindestens achthundert Kilo Drogen für jedes Boot«, sagte Hardcastle. »Ungewöhnlich viel! Wenn sein Abwurf bei Mayberry ebenso groß gewesen ist...«

»Und wenn er drüben bei Andros Island und Exuma Cays, wo ebenfalls Boote warten, weitere Ladungen abwirft«, sagte Geffar, »transportiert der Kerl wirklich Riesenmengen. Viel mehr als kleine Propellermaschinen.« Sie sah Hardcastle nachdenklich an. »Eine schnelle Maschine – schneller als die Shorts, die Sie abgeschossen haben –, die mit riesiger Nutzlast von Südamerika bis zu den Bahama-Inseln fliegt... Ein ziviles Frachtflugzeug... oder ein *Militärtransporter*?«

»Wenn das ein *Militärtransporter* ist...« Sie starrten das Radarbild an, auf dem die Nomad sich von dem nicht identifizierten Neuankömmling zu lösen versuchte, »...kann auch das eine Militärmaschine sein... etwa ein *Abfangjäger*?«

Geffar rief hastig die Nomad. »Three-Four, brechen Sie Ihre

Überwachung ab! Fliegen Sie mit Höchstgeschwindigkeit nach Marathon oder Key West!«

»Die Boote gehen auf Westkurs, Hammerhead«, meldete Drury. »Sobald diese Maschine vorbei ist, setzen wir unsere Überwachung fort.«

»Three-Four, Überwachung *sofort* einstellen und nach Norden abfliegen!«

»Er soll ganz tief bleiben«, warf Hardcastle ein. »Vielleicht läßt der Kerl ihn dann in Ruhe. Und er soll ihn weiter auf den Notfrequenzen zum Abdrehen auffordern. Ich versuche inzwischen, über meine Zentrale das Außenministerium einzuschalten.«

»Ziel von Three-Four aus bei sechs Uhr, drei Meilen«, berichtete Long. »Will der Kerl etwa Fangen spielen? Nicht zufällig einer Ihrer Leute, Hardcastle?« Longs noch immer vorhandenes Mißtrauen gegenüber der Coast Guard war typisch für den Customs Service.

»Leute, wir brechen die Überwachung ab«, teilte Drury seiner Besatzung mit. »Ein nicht identifiziertes Flugzeug versucht, uns...«

Er konnte den Satz nicht mehr beenden.

Aus dem Lautsprecher des Funkgeräts drang ein gellendes Kreischen, dann folgten dumpfe Detonationen und das Rauschen atmosphärischer Störungen. Geffar klammerte sich an der Konsole fest, weil sie im ersten Augenblick glaubte, die Plattform sei getroffen worden. Hoffentlich war das nicht...

»Feuer!« brüllte jemand im Kontrollzentrum von Hammerhead One. »Feuer an Bord der Nomad!«

Unter der Radarkonsole der Nomad schoß eine Flammensäule empor und ergriff Jacqueline Hoey. Ihr gellender Aufschrei ging fast in den Schreien anderer Besatzungsmitglieder unter. LaMont versuchte, ihr mit einem Feuerlöscher zur Hilfe zu kommen, aber er konnte sich nicht richtig auf den Beinen halten, sondern schien wie gewichtslos durch die Kabine zu schweben.

Im nächsten Augenblick wurde Hoey und er gegen die Decke geschleudert.

Ronald Gates, der neuernannte Direktor, öffnete den Mund, um zu schreien, aber sein Aufschrei ging im Röhren des Windes und dem Krachen der Explosionen unter. Sein Körper hing im Sitzgurt und wurde mit der oberen Hälfte gegen die Radarkonsole gedrückt. Seine Hände fuhren hoch und bedeckten sein Gesicht, das jetzt einer Totenmaske glich.

»Verbindung zu Three-Four abgerissen!« brüllte Long. »Sie ist vom Radar verschwunden!«

Geffar sprang auf und riß sich ihren Kopfhörer ab. »Lassen Sie die Black Hawk startklar machen. Geben Sie die letzte Position der Nomad auf allen Notfrequenzen durch. Verfolgen Sie die unbekannte Maschine, und stellen Sie fest, wohin sie fliegt. Meine Besatzung soll in zwei Minuten bewaffnet an Deck sein!«

Hardcastle schaltete die Sprechanlage zur Plattform ein. »Landeplatz eins, Landeplatz eins, Maschine startklar machen. Besatzung sofort zum Hubschrauber. Wiederhole: Besatzung der Black Hawk sofort zum Hubschrauber.« Während Geffar hinausstürmte, klickte er die Sprechanlage zum unteren Hangardeck an. »Deck drei, hier Admiral Hardcastle. Bringen Sie die Sea Lion sofort an Deck und machen Sie sie startklar... Nein, ich sagte *sofort*!« Er warf seinen Kopfhörer auf die Konsole und sah Curtis Long an, der das Tragflügelboot der Navy über Funk zu erreichen versuchte. »Kommen Sie allein zurecht?«

»*Was*...?«

»Ich fliege mit der Sea Lion zum...«

»Dazu sind Sie nicht berechtigt, Sir. Eine unserer Maschinen ist vom Radar verschwunden, zwei weitere sind noch dort draußen. Es ist Nacht, und die Sicht ist miserabel. Ich weiß nicht, ob ich die ganze Technik hier schon genügend beherrsche. Wenn Sie jetzt losfliegen, *Sir*, wird alles nur noch komplizierter...«

»Ich bin von einer Katastrophe auf See benachrichtigt worden und starte zu einem Aufklärungs- und Rettungsflug.« Der Admiral ignorierte Longs Einwände und verschwand in Richtung Ausgang.

An Deck goß es in Strömen, als Hardcastle zu dem Aufzug ging, der die Sea Lion nach oben bringen würde. Einige Minuten später kam die V-22C an Deck. Während Flugzeugwarte die Maschine zum Landeplatz 2 bugsierten, kletterte Hardcastle an Bord und zog die Sicherungsstifte aus dem rechten Behälter mit Lenkwaffen des Typs Sea Stinger und dem linken mit der Revolverkanone. Als das Flugzeug zum Stehen kam, schnallte er sich bereits an. Dabei sah er drei Männer – zwei seiner Leute und einen Customs Service Agent – an Bord kommen.

»Wir haben gehört, worüber Sie und Long im Kontrollzentrum gesprochen haben, Admiral«, sagte einer seiner Leute. »Seaman Toby Morton, Sir. Wir dachten, Sie könnten Unterstützung brauchen.«

Hardcastle erhob keine Einwände. »Okay, schnallt euch an«, sagte er. »Wen haben Sie mitgebracht?«

Die drei setzten die auf den Sitzen liegenden Hör-Sprech-Garnituren auf. »Seaman First Class Bill Petraglia und einen jungen G-Man, der uns über den Weg gelaufen ist.«

Der Customs Service Agent trat vor. »Agent Jim Coates, Admiral. Können Sie mich im Cockpit brauchen? Ich bin Flugzeug- und Hubschrauberpilot.«

»Kommen Sie, hier gibt's kostenlos Flugunterricht, Agent Coates.« Während der junge Mann sich über die Mittelkonsole hinweg auf den linken Copilotensitz zwängte, aktivierte Hardcastle die interne Stromversorgung der V-22C. Tanks voll, Öl- und Hydraulikdruck gut, Batterie in Ordnung. Keine Zeit für die vorgeschriebenen Startkontrollen. Zum Glück brauchte die Sea Lion keine externe Stromversorgung zum Anlassen der beiden Triebwerke.

Sobald kein Bodenpersonal mehr an der Maschine war, ließ Hardcastle das Hilfstriebwerk der V-22C an, das Strom, Druckluft und Hydraulikdruck lieferte. Dieses kleine Triebwerk war leistungsfähig genug, um die angeklappten Flügel in Normallage zu bringen, die Triebwerksgondeln in Senkrechtstellung zu schwenken, die Rotorblätter zu spreizen und dann das linke Triebwerk anzulassen. Zwei Minuten später war die Sea Lion startklar. Ohne eine Startfreigabe einzuholen, ließ Hardcastle sie senkrecht steigen und nahm Kurs auf die Absturzstelle des Seeaufklärers Nomad.

»Omaha Three-One, hier Hammerhead Four-Nine«, funkte Hardcastle. »Bin gestartet, fliege nach Südwesten.«

»Four-Nine, hier Three-One«, antwortete Geffar hörbar aufgebracht. »Verdammt noch mal, Hardcastle, Sie sind nicht berechtigt, die Sea Lion zu fliegen, bevor...«

»Ich habe Sie gerufen, um zu fragen, ob ich Three-Four irgendwie helfen kann«, unterbrach Hardcastle sie. »Ihr jetziger Standort?«

Ihre Antwort ließ einige Sekunden auf sich warten. »Okay, wir sind ungefähr über der Absturzstelle von Three-Four. Bisher keine Wrackteile, keine Überlebenden gesichtet. Ein amerikanischer Fischkutter kann in zwanzig bis dreißig Minuten hier sein; das Pegasus-Tragflügelboot braucht noch etwa eine Stunde. Unter uns Seegang Stärke eins – Sie könnten also mit der Sea Lion aufsetzen, um... Überlebende zu bergen.«

»Verstanden, Three-One«, antwortete Hardcastle. »Wir übernehmen die Suche nach Überlebenden. Weisen Sie das Tragflügelboot und Omaha Four-Zero an, die Schmugglerboote abzufangen.«

»Damit können wir uns jetzt nicht aufhalten«, sagte Geffar. »Die Rettung ist wichtiger...«

»Verdammt noch mal, Sandra, diese Kerle *müssen* wir schnappen!« rief Hardcastle aufgebracht.

Tatsächlich brauchte Geffar nur einen Anstoß, um auf seine Linie einzuschwenken. Inzwischen war das Durcheinander im Funk fast unerträglich geworden, weil alle möglichen Stellen wissen wollten, was, zum Teufel, passiert sei.

»An alle außer Omaha- und Hammerhead-Einheiten«, sagte sie über Funk. »*Verlassen Sie diese Frequenz!* Unterbrechung. Hammerhead One, hier Three-One. Lassen Sie die *Pegasus* die Boote abfangen, die dieses Gebiet verlassen. Four-Zero soll versuchen, an Ziel eins dranzubleiben. Setzen Sie hinzukommende Einheiten zum Abfangen der Boote ein, die vielleicht noch von Ziel eins beliefert werden.«

Wenige Minuten später erreichte auch Hardcastle die ungefähre Absturzstelle der Nomad. »Die Schalter für den Infrarot-Scanner finden Sie neben Ihrem rechten Ellbogen«, erklärte er Agent Coates. »Sie brauchen nur das Kabel einzustecken und wie ich das Visier runterzuklappen… Sehen Sie die Anzeigen?« Der andere nickte. »Okay, ich aktiviere jetzt Ihren Helm. Jetzt überträgt der Infrarot-Scanner seine Bilder auf Ihr Visier – und folgt dabei genau Ihren Kopfbewegungen. Mit den Knöpfen am Steuerknüppel schalten Sie auf Zoom oder Weitwinkel um. Wenn Sie aufhören wollen, klappen Sie einfach das Visier hoch.«

Tatsächlich hatte Coates freie Sicht in alle Richtungen – sogar nach hinten und über den Rumpf der V-22C hinweg –, und das Infrarotbild war hell und kontrastreich. Genau parallel zu seinen Kopfbewegungen veränderte sich auch der Blickwinkel des Infrarot-Scanners. Winzige eingespiegelte Zahlen lieferten Angaben über Kurs, Höhe und Geschwindigkeit der Sea Lion sowie die Peilung zum anvisierten Ziel. Zwischen den Schwenks benützte er mehrmals die Zoomfunktion, um Einzelheiten heranzuholen.

So entdeckte er über ein weites Gebiet verstreut einzelne Wrackteile der Nomad. Der Infrarot-Scanner registrierte mehrere warme Gegenstände, die aber nicht als Menschen zu erkennen waren. Überall brannte ausgelaufener Treibstoff und nahm ihnen die Sicht. Schließlich fanden sie das stabilste Teil der Nomad: ihren Flügelkasten, das Verbindungsstück zwischen Rumpf und Flügeln.

»Die rechte Seite des Flügelkastens ist aufgerissen«, meldete Coates, »vermutlich durch den Aufprall aufs Wasser. Die linke Seite sieht… abgesprengt aus. Ungefähr dort, wo die Triebwerksgondel sitzen müßte, hat sie ein großes halbkreisförmiges Loch.«

»Ich bin mir nicht ganz sicher«, sagte Coates, »aber… ja, das sind Einschußlöcher auf der Oberseite des Flügelkastens, Admiral. Die Nomad ist abgeschossen worden!«

The Oval Office, Washington, D. C.
Am nächsten Morgen

Der Präsident wirkte erschöpft. Zu einem dunklen Anzug trug er diesmal eine randlose Brille statt der Kontaktlinsen, die er erst vorhin herausgenommen hatte. Da er keine Zeit gehabt hatte, die hastig geschriebene Rede einzuüben, hielt er das Manuskript in den Händen, anstatt den Text wie sonst vom Teleprompter abzulesen. Als der Aufnahmeleiter ihm ein Zeichen gab, nahm er seine breiten Schultern zurück und begann:

»Meine amerikanischen Mitbürgerinnen und Mitbürger, inzwischen werden die meisten von Ihnen von dem grausigen Vorfall gehört haben, der sich vergangene Nacht vor der Südostküste Floridas ereignet hat. Ich will die Ereignisse für Sie zusammenfassen, wie sie sich uns gegenwärtig darstellen, und dann unsere Reaktion auf diese Greueltat bekanntgeben.

Vergangene Nacht um dreiundzwanzig Uhr einundvierzig EST ist ein mit sechs Personen besetztes Aufklärungsflugzeug des U. S. Customs Service bei einem Einsatz gegen Drogenschmuggler in der Florida-Straße etwa hundert Meilen südsüdöstlich von Miami angegriffen und abgeschossen worden. Kurz nachdem vier Boote damit begonnen hatten, mutmaßliche Drogenladungen an Bord zu nehmen, erschien ein schnelles Flugzeug und griff unseren Aufklärer mit schwerem MG-Feuer an, bevor dieser ausweichen konnte.

Die angegriffene Maschine stürzte ab. Es gab keine Überlebenden.

Außer den fünf Besatzungsmitgliedern gehört zu den Todesopfern auch Ronald Gates, der neue Direktor des Customs Service, den ich erst vormittags vereidigt hatte. Die Namen der übrigen Opfer: Flugingenieur George Bolan, Kopilot Jeffrey Crawford, Pilot Michael Drury, Radaroffizier Jacqueline Hoey und Sensoroffizier William LaMont.

Die Ermittlungen von Coast Guard und Customs Service haben gezeigt, daß der Aufklärer von einem Jagdflugzeug angegriffen worden ist, das mit den Drogenschmugglern zusammengearbeitet hat. Wir glauben, daß dieser Jäger ein Schmuggelflugzeug begleitet hat, das seine Ladung bei weiträumig verteilt stationierten Rennboten im Karibischen Meer abgeworfen hat. Als die Schmuggler gemerkt haben, daß unser Radarflugzeug Küstenwachkutter herangeführt hat, um sie aufbringen zu lassen, haben sie den Befehl gegeben, das Flugzeug abzuschießen.

Schon vor diesem tragischen Ereignis sind bei zwei ähnlich militärisch exakt geplanten Angriffen schwer bewaffneter und gut organisierter Schmuggler Angehörige von Coast Guard und Customs Service ums Leben gekommen. In den letzten Wochen haben diese Terroristen bei ihren Versuchen, illegal Drogen in die Vereinigten Staaten zu bringen, einundzwanzig Männer und Frauen ermordet. *Ich bin entschlossen, dafür zu sorgen, daß solche Angriffe sich nicht wiederholen.*

Deshalb schaffe ich durch Präsidialerlaß eine neue Organisation, die vorerst dem Verteidigungsministerium untersteht. Sie wird aus Schiffen, Flugzeugen und erfahrenem Personal von Coast Guard und Customs Service gebildet und erhält sämtliche Vollmachten, damit sie im See- und Luftraum vor unseren Grenzen sowie innerhalb der Vereinigten Staaten Ermittlungen führen, Durchsuchungen und Verhaftungen vornehmen und Flugzeuge abfangen kann. Aufgabe dieser Organisation ist die kompromißlose Sicherung der Grenzen der Vereinigten Staaten. Als Unterabteilung des Verteidigungsministeriums hat sie zudem das Recht, mit militärischen Mitteln gegen jeden vorzugehen, der dieses Land gefährdet, und dieses Recht schließt die Vernichtung von Schiffen und Flugzeugen ein, die unbefugt in unser Hoheitsgebiet eindringen oder dort Straftaten verüben.

Dieser neue Grenzsicherungsdienst erhält die Bezeichnung Border Security Force und arbeitet zunächst neunzig Tage lang mit vorläufiger Genehmigung durch mich als Oberbefehlshaber der Streitkräfte. Ich werde noch heute dem Kongreß einen Beschluß zur Schaffung einer permanenten Border Security Force vorlegen, der durch einfache Mehrheit in beiden Häusern des Kongresses gebilligt werden muß. Gleichzeitig wird im Senat ein Gesetzentwurf zur Schaffung des Postens eines Ministers für

Grenzsicherung eingebracht, dessen Befugnisse in seinem Bereich denen des Verteidigungsministers entsprechen sollen. Diese Maßnahme wird bereits vom Führer der Minderheit im Senat und weiteren Spitzenpolitikern befürwortet. Ich erwarte ihre zügige Behandlung und rasche Verabschiedung.«

Der Präsident machte eine Pause, blickte von seinem Manuskript auf und sah direkt in die Kamera.

»Im Klartext heißt das, meine amerikanischen Mitbürgerinnen und Mitbürger, daß die Vereinigten Staaten es nicht mehr hinnehmen werden, daß Schmuggler, Terroristen, bewaffnete Angreifer oder irgendwelche anderen nicht identifizierte oder uneingeladene Schiffe oder Flugzeuge unsere Grenzen überqueren. Tatsächlich existieren seit Jahren einschlägige Gesetze, aber wir haben nie geglaubt, sie durchsetzen zu können, weil unsere Grenzen so lang und unsere Bürokratie so schwerfällig ist. Nun, ab sofort werden wir diesen Gesetzen Geltung verschaffen.

Versuchen Sie als Schmuggler oder Terrorist, dieses Land ohne Erlaubnis zu betreten, spüren wir Sie auf und fangen Sie ab. Sie müssen damit rechnen, in Haft genommen zu werden, bis Ihre Identität geklärt ist. Wenn Sie unsere Warnungen ignorieren oder versuchen, unseren Patrouillen auszuweichen, werden Sie angegriffen und vernichtet, bevor Sie unsere Grenzen oder Küsten überschreiten können.

Nun wird es einige geben, die sich Sorgen wegen möglicher Zwischenfälle, wegen Angriffe unserer Patrouillen auf Unbeteiligte – besonders auf amerikanische Privatflieger – machen. Aus eben dieser Besorgnis habe ich die Verwirklichung dieses Programms um mehrere Wochen verzögert. Ich bedaure, daß Direktor Gates und fünf tapfere Customs Service Agents zu Tode kommen mußten, bevor ich mich zum Handeln entschlossen habe. Ich habe die zukünftig geltenden Vorschriften sorgfältig geprüft und bin der Überzeugung, daß sie nur minimale Auswirkungen auf gesetzestreue Bürger haben werden. Ich bin zuversichtlich, daß dieses Programm erfolgreich sein wird. Es *muß* erfolgreich sein.

Bisher haben wir geglaubt, die vor uns liegende Aufgabe mit polizeilichen Mitteln lösen zu können. Das ist nicht mehr der

Fall. In Zukunft setzen wir sämtliche staatlichen Machtmittel ein, um unsere Grenzen und Küsten zu kontrollieren und jeden zu stellen, der sich unserer Gerichtsbarkeit zu entziehen versucht. Und mit Ihrer Unterstützung, meine amerikanischen Mitbürgerinnen und Mitbürger, kann und *wird* dieses Programm erfolgreich sein. Ich danke Ihnen für Ihre Aufmerksamkeit. Gott segne Sie alle!« Und Gott helfe mir, fügte er im stillen hinzu.

Fünftes Kapitel

Kontrollplattform Hammerhead One
Sechs Monate später

Die umgebaute große Ölbohrinsel hatte eine erstaunliche Verjüngungskur hinter sich. Hardcastle kam aus dem Hauptquartier der Border Security Force in Alladin City, Florida, und flog an diesem Morgen zum ersten Mal seit Wochen wieder zu Hammerhead One hinaus. Obwohl er täglich über den Fortgang der Umbauarbeiten informiert worden war, hatte Geffar ihm am Telefon versichert, daß er staunen würde.

Vor ihm am Horizont türmten sich gewaltige Gewitterwolken auf, aber Hardcastle beachtete sie kaum, weil er in Gedanken wieder bei der hektischen Zeit nach der historischen Ankündigung des Präsidenten war, einen Grenzsicherungsdienst aufbauen zu wollen – eine Willenserklärung, die das Land scheinbar in zwei Lager geteilt hatte.

Daß die Border Security Force diese ersten neunzig Tage überdauert hatte, war fast ein Wunder, denn praktisch jede Organisation mit Zugang zu Mikrofonen oder Kameras warnte Amerika, diese neue Einrichtung werde sich nur nachteilig auswirken. Bürgerrechtsgruppen, die Luftfahrtlobby, Industrie- und Handelskammern und sogar Reiseunternehmen gaben ihren energischen Einspruch zu Protokoll. Sie befürchteten, die Schaffung eines bewaffneten Grenzschutzes werde zu Panikreaktionen, Einbußen im Außenhandel, Todesfällen Unbeteiligter und internationaler Verurteilung Amerikas führen. Natürlich wurde die Border Security Force auch mit den paramilitärischen Grenzwachen totalitärer Staaten verglichen, deren Auftrag es auch war, die eigene Bevölkerung im Lande zu halten.

Noch schlimmer waren die persönlichen Angriffe. Hardcastles Scheidung lieferte Stoff für süffisante Kommentare, und selbst die Tatsache, daß Sandra Geffar als Pistolenschützin zu Meisterwürden gelangt war, wurde negativ ausgelegt, denn die Reporter schilderten sie als ultrarechte Revolverheldin. Die Presse nahm Geffar, Hardcastle, Elliott und sogar McLanahan unter die Lupe und brachte wilde Gerüchte in Umlauf, indem sie »Regierungskreise« mit der Aussage zitierte, Elliott und McLanahan hätten im Alleingang beinahe den Dritten Weltkrieg ausgelöst.

Trotz dieser ersten Aufschreie beurteilte die amerikanische Öffentlichkeit die Border Security Force im allgemeinen jedoch positiv. Vielflieger, die zwischen Mittelamerika oder den Bahama-Inseln und Florida pendelten, genossen wenig Sympathie – die meisten Leute hielten sie für Reiche, die sich beschwerten, weil strengere Kontrollen ihr Freizeitvergnügen beeinträchtigten. Die Medien, denen Hardcastle, Elliott und Geffar zahlreiche Interviews gaben, brachten Meldungen, daß die Schmuggler den Südosten meiden und ihre Drogen anderswo verkaufen wollten – ihrer Einschätzung nach ein Beweis dafür, daß das Programm bereits funktionierte.

Selbstverständlich arbeiteten Geffar und Hardcastle auch mit ein paar Tricks. Die V-22C Sea Lion mit ihren Lenkwaffen und der Revolverkanone wurde sorgfältig unter Verschluß gehalten, und die beiden behaupteten, die Bewaffnung von Flugzeugen der Border Security Force sei erst »in Zukunft« zu erwarten. Der Drohnentyp Sea Lion überflog häufig Hochseeangler und Sonntagsausflügler, wackelte mit den Tragflächen und summte wie ein freundlicher Kolibri umher, während die Existenz der viel bedrohlicher wirkenden Seagull mit keinem Wort erwähnt wurde.

Entscheidend war jedoch, daß es seit der Aufstellung der Border Security Force keinen Toten gegeben hatte. Die lautstarken Befürchtungen, konsequenter Grenzschutz bedeute Hunderte von Toten, Schäden in Millionenhöhe sowie Außenhandelsverluste und Schadenersatzklagen in Milliardenhöhe, stießen auf taube Ohren. Meinungsumfragen ergaben, daß die Amerikaner die Existenz der »Hammerheads« – auch dieser Name wurde anfangs nur selten gebraucht – mehrheitlich begrüßten. Und wer das neue Programm unterstützen wollte, sorgte dafür, daß alle Abgeordneten und Senatoren diese Umfrageergebnisse erhielten.

Die Debatten in Senat und Abgeordnetenhaus waren lebhaft, aber nicht sonderlich heftig, und endeten mit klaren, allerdings nicht sensationellen Mehrheiten für die vom Präsidenten vorgeschlagenen Maßnahmen. Damit waren die Hammerheads zu einer parlamentarisch abgesegneten Realität geworden. Nun mußten Hardcastle, Elliott, Geffar und die anderen dafür sorgen, daß die neue Organisation ein Erfolg wurde.

Dieser Tag war jetzt gekommen.

Hardcastle flog einen ehemaligen Coast-Guard-Hubschrauber des Musters Dolphin. Die charakteristischen roten Diagonalstreifen der Küstenwache waren überlackiert worden; am Bug trug die Maschine jetzt das Emblem der Hammerheads – den von Hardcastle entworfenen geflügelten Hammerhai –, und ihre beiden Rumpfseiten waren in vierzig Zentimeter hohen Leuchtbuchstaben mit FOLLOW ME beschriftet.

»Shark, hier Hammerhead Two-Five«, meldete Hardcastle sich über Funk. »Erbitte Freigabe für einen Flug um die Plattform und Landung auf dem Mitteldeck, kommen.«

»Two-Five, hier Shark. Frei zur Umrundung. Achten Sie auf genügend Abstand im Südosten und melden Sie sich vor der Landung nochmals.«

Hammerhead One war größer geworden. Um Stellplatz zu sparen, waren auf ihrer Westseite drei kreisförmige Landeplattformen angebaut worden, die jeweils eine V-22C Sea Lion oder einen Hubschrauber bis hin zu den größten Baumustern aufnehmen konnten. In die Westhälfte des Hauptdecks war ein großer Flugzeugaufzug eingebaut, der die Maschinen in den darunterliegenden Hangar transportierte, wo sie gewartet wurden. Für Nachteinsätze wurde das Deck von drehbaren Scheinwerfern mit Natriumdampflampen auf Teleskopmasten beleuchtet.

Den Mittelteil der Plattform nahmen die Start- und Landeeinrichtungen für Drohnen des Baumusters Seagull ein. Drohnen des Typs Sky Lion, die Schwenktriebwerke wie die größeren

V-22C hatten, konnten ferngesteuert wie Hubschrauber gestartet und gelandet werden.

Das zweigeschossige Gebäude aus Stahl und Glas mitten auf der Plattform war die Zentrale für den Betrieb an Deck, die außerdem das Wartungsdienstbüro, Aufenthaltsräume für Besatzungen und einen Hangar für startklare Drohnen enthielt. Der Admiral sah, daß die Nord- und Südfassaden des Gebäudes das Emblem der Hammerheads trugen, während an dem Fahnenmast auf dem Dach träge die größte amerikanische Flagge wehte, die er je gesehen hatte.

In einem Anbau des Zentralgebäudes war der Kurssender des elektronischen Landesystems untergebracht. Das ELS sendete einen Leitstrahl, der die Seagull-Drohnen zur Landung herabführte, bis sie an Deck aufsetzten, wo sie von einer Fanganlage wie auf Flugzeugträgern abgebremst wurden.

In der Nordostecke der Plattform ragte der viergeschossige Kontrollturm auf, der zugleich die meisten Funk-, Radar-, Richtfunk und Sensorantennen der Station trug. An der Südostseite befand sich die ungewöhnlichste Einrichtung der gesamten Plattform: der Füll- und Aufstiegsplatz des Radarballons HIGHBAL. Dieser fünfundvierzig Meter lange und zwanzig Meter hohe Drachenballon trug ein leistungsfähiges RCA-Radar AN/APS 128 zur Ortung von Luft- und Seezielen. Außerdem diente HIGHBAL als Relaisstation für die Fernsteuerung der von Hammerhead One gestarteten Drohnen bis zu einer Entfernung von etwa zweihundert Seemeilen.

An diesem Morgen stand HIGHBAL in seiner Maximalhöhe von vierzehntausend Fuß – über vier Kilometer hoch. In dieser Höhe konnte er das Meer etwa hundertfünfzig Seemeilen weit überwachen und Flugzeuge aus bis zu zweihundert Seemeilen Entfernung orten. Natürlich setzten die im Süden und Westen stehenden Gewitter seine Reichweite herab, aber die meisten Schmuggler schreckten ohnehin davor zurück, ein Karibikgewitter zu durchfliegen.

»Shark, hier Two-Five«, meldete der Admiral sich wieder. »Meine Orientierungsrunde ist beendet. Erbitte Freigabe zur Landung.«

»Two-Five, hier Shark«, antwortete der Controller auf der Plattform. »Frei zur Landung auf dem Hauptdeck.«

Als der Rotor der Dolphin nach der Landung zum Stillstand kam, öffnete Geffar ihm die Cockpittür von außen. »Willkommen an Bord.«

Die beiden fuhren mit dem Hubschrauber in den Hangar hinunter, wo das Wartungspersonal ihn sofort vom Aufzug rollte, um die mitgebrachten Ersatzteile entladen zu können. Der gut viertausend Quadratmeter große und über drei Decks reichende Hangar nahm über ein Viertel des umbauten Raums der Plattform ein. Hier unten konnten drei V-22C Sea Lion oder vier Hubschrauber Black Hawk abgestellt werden. Auch die Drohnen wurden im Hangar gewartet und in hohen Stahlregalen gelagert, aus denen sie zum Einsatz mit Gabelstaplern geholt wurden.

Sie fanden Major Patrick McLanahan am Kontrollpult des für Drohnen eingerichteten Prüfstands. Er testete eine Seagull, die an einen prähistorischen Flugsaurier in seinem Horst erinnerte. Als Geffar und Hardcastle auf den Prüfstand zukamen, schwenkten die großen Infrarot-Fernsehkameras der Drohne in ihre Richtung und schienen sie anzuglotzen.

»Was ist neulich nacht passiert?« fragte Geffar.

»Im Grenzbereich der HIGHBAL-Reichweite ist die Datenübertragung zwischen Seagull und Plattform störanfällig«, erklärte McLanahan ihnen. »Die Bahamas-Route sechs-vier führt siebzig Seemeilen nördlich von uns vorbei. Der Karibikballon und wir haben mit äußerster Reichweite und Leistung gearbeitet – folglich hätte die Drohne ihr Ziel problemlos erfassen müssen...«

Der Karibikballon CARIBAL war ein ehemaliger Drachenballon der Coast Guard, der auf Grand Bahama Island etwa fünfundsechzig Kilometer östlich von Freeport stationiert war. Mit Hilfe einer Kette von Radarballonen, zu denen der in Cape Canaveral, der KEYSTONE der Navy in Key West und ein Drachenballon auf der Plattform Hammerhead Two bei Sarasota vor der Westküste Floridas gehören würden, sollten die Hammerheads in der Lage sein, mit ihren Drohnen im gesamten Gebiet zwischen Jacksonville, Florida, im Norden, Governor's Harbor auf den Bahamas im Osten und der Grenze des kubanischen Luftraums im Süden zu operieren.

»Ich habe die Seagull gründlich getestet, und sie scheint in Ordnung zu sein«, fuhr McLanahan fort. »Als nächstes nehmen wir uns die Datenübertragung vor. Solange dieses Versagen nicht geklärt ist, sollte der Einsatzradius der Drohnen auf sechzig Seemeilen von der Plattform aus oder auf die maximale HIGHBAL-Reichweite begrenzt werden. Möglich ist auch, daß dieser Fehler nur einmal zufällig aufgetreten ist.«

»Sechzig Meilen Reichweite sind nicht viel«, sagte Hardcastle. »Das bedeutet, daß wir die Lücken mit unseren Flugzeugen schließen müssen.«

Danach gingen Geffar und der Admiral zum Aufzug, um ins Kontrollzentrum hinaufzufahren. Der wachhabende Senior Controller war Michael Becker, Hardcastles ehemaliger Adjutant, der mit seinem Chef von der Küstenwache zur Border Security Force gegangen war. Das Kontrollzentrum war eine verkleinerte Version der fürs Strategic Air Command und das North American Air Defense Command errichteten Kommandozentralen.

Geffar und Hardcastle setzten Kopfhörer auf und meldeten sich beim Zentralcomputer an. Sofort erschien auf einem der Monitore eine Liste von Nachrichten, die Rushell Masters, der Einsatzleiter der Hammerheads auf der Homestead AFB, zum Teil für Geffar gekennzeichnet hatte. Sie setzte sich an ihre Konsole und rief ihn im Büro an.

»Gut, daß Sie anrufen«, sagte Masters. »Das FBI hat gerade eine der hier arbeitenden Putzfrauen verhaftet. Sie soll mit einem Handfunkgerät auf dem Vorfeld erwischt worden sein. Und ihre Grüne Karte ist auch gefälscht. Das FBI glaubt, daß sie schon längere Zeit spioniert und Informationen über Flugbewegungen weitergegeben hat. Die FBI-Agenten haben sie nach Miami mitgenommen.«

»Für wen spioniert? Kolumbianer?«

»Vermutlich.«

»Können wir jemanden rüberschicken, der sie vernimmt?«

Am anderen Ende entstand eine unbehagliche Pause. »Danach habe ich schon gefragt. Das FBI behauptet, ich sei nicht berechtigt, die Festgenommene zu befragen.«

»Aber das haben Sie doch früher auch...«

»Als Ermittler im Customs Service«, stellte Masters fest. »Das FBI weiß angeblich nicht, ob die Border Security Force dazu befugt ist. Eine dumme Ausrede, wenn Sie mich fragen.«

»Das lasse ich gleich klären, Rush. Sonst noch was?«

»Die Jungs können's kaum noch erwarten, die Sea Lion fliegen zu dürfen. Sind die zugesagten Maschinen unterwegs?«

»Sie bekommen insgesamt sechs. Sobald sie umlackiert, bewaffnet und mit Zusatztanks ausgerüstet sind, üben alle Piloten hier draußen Landungen auf der Plattform. Danach stationieren wir vier Maschinen auf Hammerhead One und die beiden anderen als Schulflugzeuge in Homestead. Soviel ich gehört habe, haben sich über ein Dutzend Piloten gemeldet – ein gutes Zeichen!«

»Am besten spreche ich mit Brad Elliott über unsere Rechte gegenüber den Sicherheitsbehörden«, schlug Hardcastle vor, als Geffar ihr Gespräch mit Homestead beendete. »Das mit den neuen Piloten ist erfreulich. Wurde allmählich auch Zeit!«

»Ich bin froh, daß wir endlich die V-22C bekommen«, sagte Geffar. »Bisher haben wir nur Piloten, aber keine Flugzeuge. Wir müssen alle unsere Leute in Tag- und Nachtlandungen auf der Plattform schulen, bevor wir einen Dienstplan aufstellen können. Und zerbrechen Sie sich nicht den Kopf wegen der Finanzierung. Dafür ist Elliott zuständig. Er weiß genau, wie er's machen muß. Angeblich ist er mit der Hälfte aller Abgeordneten und Senatoren befreundet, und der Rest hält ihn wegen seines geheimnisvollen Husarenritts von letztem Jahr für einen Helden. Er kann...«

»Alarm!« unterbrach Becker sie. »Eine nicht identifizierte Maschine, vermutlich aus Nassau. Außerhalb der Luftstraßen. Ein langsames Flugzeug in niedriger Höhe. Beim jetzigen Kurs überfliegt es in fünf Minuten die FIR-Grenze.«

»Also dann los, Leute!« sagte Geffar und drehte sich nach ihrer Konsole um. »Computer-Logbuch aktivieren und erste Warnung senden.«

»Logbuch aktiviert«, bestätigte Becker.

»An alle Flugzeuge, an alle Flugzeuge«, begannen die Controller, »hier U. S. Border Security Force. Ich rufe das unbekannte Flugzeug mit Kurs eins-fünf-fünf Grad, Standort vier-null Meilen südwestlich von VORTAC South Bimini und sechs-fünf Meilen östlich von VORTAC Biscayne Bay: Sie sind dabei, ohne Freigabe in den Luftraum der Vereinigten Staaten einzufliegen. Melden Sie sich auf eins-zwo-eins-komma-fünf – oder gehen Sie auf Gegenkurs. Alle Flugzeuge auf dieser Frequenz überprüfen ihren Standort und melden sich bei der zuständigen Anflugkontrolle.«

Diese Warnung wurde in Englisch und Spanisch auf über einem Dutzend Frequenzen gesendet und diente zugleich als Mahnung für alle sonstigen anfliegenden Maschinen: Die Hammerheads sind auf dem Posten; wir sehen euch – und fangen euch ab, wenn ihr nicht reagiert.

»Keine Antwort«, meldete einer der Controller Geffar und Hardcastle. »Er überfliegt jetzt die FIR-Grenze.« Da östlich von Florida die Entfernungen zwischen den Fluginformationsgebieten Bahama-Inseln, Kuba und Miami verhältnismäßig klein waren, funkten die Controller schon vor der FIR-Grenze erste Warnungen, obwohl ihr Zuständigkeitsbereich erst mit der Air Defense Identification Zone begann. »In schätzungsweise zehn Minuten erreicht er die ADIZ.«

»Er holte etwas nach Süden aus«, stellte Becker fest. »Auf diesem Kurs fliegt er in tausend Fuß genau über uns hinweg.« Er hatte das HIGHBAL-Radarbild auf den mittleren Monitor geholt. Der Computer, der ständig Kurs, Höhe und Geschwindigkeit des Ziels darstellte, errechnete auch die voraussichtlichen Ankunftszeiten auf den nächsten Flugplätzen. »Vielleicht ist das die Erklärung – der Computer sagt voraus, daß der Kerl den Sunrise Beach Club anfliegt.«

Geffar schüttelte aufgebracht den Kopf. Das erklärte allerdings einiges. Der Sunrise Beach Club an der Nordspitze von Key Largo gehörte zu den exklusivsten Wohnanlagen Floridas. Seine von einem Wochenende in Nassau oder Freeport zurückkehrenden Bewohner – darunter viele Politiker, Konzernbosse und im

Ruhestand lebende Prominente – setzten häufig voraus, sie könnten Sunrise Beach jederzeit anfliegen, ohne irgendwelche Freigaben einholen zu müssen.

Aber diesmal war Geffar entschlossen, ein Exempel zu statuieren. »Setzen Sie Customs nach Sunrise Beach in Marsch«, wies sie Becker an. »Lassen Sie eine Seagull an Deck bringen und startklar machen. Mal sehen, ob wir seine Identität feststellen können.«

»Wollen wir das nicht selbst übernehmen?« schlug Hardcastle vor. »Wir hätten's verdient!«

»Mit einer Sea Lion?« Hardcastle nickte. »Seid damals der Vizepräsident hiergewesen ist, hab' ich keine Sea Lion mehr geflogen«, wandte Geffar ein. »Das wäre keine gute Idee...«

»Sie arbeiten zuviel«, sagte Hardcastle. »Sie brauchen einen Flug, bei dem sie sich entspannen können. Ich habe die V-22 in letzter Zeit oft geflogen. Und der Fall scheint ziemlich einfach zu sein – irgendein Arzt im Ruhestand, der vergessen hat, sein Funkgerät einzuschalten. Also, wie wär's damit?«

Geffar zögerte keine Sekunde. Sie meldete sich beim Zentralcomputer ab und warf ihren Kopfhörer auf die Konsole. »Okay, Hardcastle, fliegen wir!«

Sie warteten, bis die Maschine – eine einmotorige Cessna 210 – die Plattform überflogen hatte, und starteten dann sofort hinter ihr. Die Cessna befand sich einige Seemeilen weit innerhalb der ADIZ, als die V-22C von links hinten zu ihr aufschloß und sich dem Piloten bemerkbar machte.

»Cessna Three Victor November, hier U. S. Border Security Force«, funkte Geffar, nachdem sie sich keine fünfzig Meter neben die Einmotorige gesetzt hatten. »Sie durchfliegen ohne Freigabe ein Sperrgebiet und haben sich damit strafbar gemacht. Wir führen Sie jetzt zu einem Landeplatz. Folgen Sie diesem Flugzeug, sonst müssen wir Sie als feindlich betrachten.«

Der Pilot saß nur da und starrte die V-22C Sea Lion an. Obwohl er seinen Kopfhörer trug, antwortete er nicht.

»Cessna Three Victor November, bestätigen Sie unsere Anweisungen, kommen.« Als Geffar jetzt noch näher an die Einmotorige heranging, sah sie den Piloten auf irgend etwas deuten. »Three Victor November, ich empfange keine Antwort. Winken Sie, oder wackeln Sie mit den Flügeln, wenn Sie mich hören.«

Der Pilot winkte lässig und brachte dabei sogar ein Grinsen zustande.

»Unglaublich, der Kerl kann mich hören... Irgendwie kommt er mir auch bekannt vor.« Geffar drückte auf ihre Sprechtaste. »Three Victor November, winken Sie, wenn Sie *nicht* funken können.«

Erneut ein rasches Winken.

»Senderausfall«, sagte Hardcastle. »Er hört uns, aber er kann nicht antworten.«

»Irgendwie kommt er mir bekannt vor«, wiederholte Geffar. »Er ist irgendein Staranwalt... Augenblick! Three Victor November? Max Van Nuys – so heißt er, glaub' ich. Er vertritt überall in der Karibik Bauträger und Investoren.«

»Ein verzogener Playboy, wollten Sie sagen«, fügte Hardcastle hinzu. »Ich hab' schon viel von ihm gehört. Er besitzt halb Miami Beach – oder tut wenigstens so. Wer seine Initialen als Flugzeugkennzeichen bekommt, muß allerdings ein Star sein.«

»Wenn Funkgerät und VOR-Empfänger ausgefallen sind, ist's allerdings vernünftig, über die Plattform zu fliegen«, sagte Geffar. »So hat er einen markanten Punkt, von dem aus er nur nach Westen zu fliegen braucht, um den Flugplatz Sunrise Beach zu finden.«

»Aber das erklärt nicht, was er hier zu suchen hat – wie er dazu kommt, ohne Flugplan und Zollfreigabe von den Bahamas rüberzufliegen«, stellte Hardcastle fest. »Mir ist egal, ob der Kerl ein Prominenter ist! Wir begleiten ihn nach Opa-Locka oder schnappen ihn uns in Sunrise Beach.«

»Three Victor November, winken Sie, wenn Ihr Zielflughafen Sunrise Beach ist.« Der Pilot winkte. »Sunrise Beach ist nicht für Einflüge aus dem Ausland freigegeben. Solche Flüge müssen zu einem Platz mit Zollabfertigung führen. Wir begleiten Sie jetzt nach Opa-Locka, damit Sie kontrolliert werden können.«

Van Nuys nickte, um zu zeigen, daß er verstanden hatte. Im nächsten Augenblick wirkte er seltsam aufgeregt, starrte in den

Fußraum seines Cockpits und sah dann mit deutlich besorgtem Gesichtsausdruck zu der Sea Lion.

»Rauch!« rief Hardcastle. »Sein Motor qualmt!«

»Auch im Cockpit ist Rauch«, sagte Geffar. Sie drückte auf ihre Sprechtaste. »Three Victor November, wir sehen Rauch unter Ihrem Motor und im Cockpit. Statt nach Opa-Locka fliegen wir zum Flugplatz Sunrise Beach. Folgen Sie uns. Keine Bestätigung erforderlich.« Sie sah den Piloten mehrmals heftig nicken. Vor der Windschutzscheibe wurde der Rauch durch den Luftstrom der Scheibenenteisung vertrieben und zog durch Lüftungschlitze in der Decke ab. Trotzdem schien er allmählich dichter zu werden.

»Shark Two-Zero, Mayday, Mayday, Mayday!« funkte Hardcastle auf der Notfrequenz. »Position fünfundzwanzig Meilen südöstlich von Biscayne Bay, Kurs zwo-null-null Grad, Höhe tausend Fuß, Geschwindigkeit hundertzwanzig Knoten. Wir begleiten Three Victor November, eine Cessna 210 mit einer Person an Bord. Die Cessna hat Rauch im Cockpit und teilweisen Funkausfall. Wir begleiten sie zur Notlandung in Sunrise Beach.«

»Three Victor November, fahren Sie Ihr Fahrwerk aus«, forderte Geffar den Piloten auf. »Halten Sie diese Geschwindigkeit bis kurz vor dem Aufsetzen.« Das Fahrwerk erschien, aber die Ausfahrbewegung wurde abrupt gestoppt.

»Three Victor November, das Fahrwerk ein- und wieder ausfahren.« Kein Erfolg. Van Nuys hielt seine Höhe, schien aber Schwierigkeiten zu haben, geradeaus zu fliegen. Geffar hielt etwas mehr Abstand von seiner Maschine.

»Three Victor November, noch zehn Meilen bis zur Landung. Wir sinken langsam und gehen mit der Fahrt auf neunzig Knoten herunter. Betätigen Sie leicht Ihre Klappen und verringern Sie Ihre Geschwindigkeit.« Die Klappen wurden nicht betätigt. Die Cessna wurde langsamer, aber gleichzeitig schien der Rauch dichter zu werden.

»Wahrscheinlich ein Kabelbrand oder ein Kurzschluß im Generator«, vermutete Hardcastle. »Er soll ihn lieber abstellen, bevor sich der Brand im Motorraum ausweitet.« Geffar gab die Anweisung weiter, aber die Rauchentwicklung wurde keineswegs schwächer.

»Three Victor November, noch drei Meilen. Fahren Sie Ihr Fahrwerk noch mal ein und aus. Oder versuchen Sie, es manuell auszufahren.« Wieder keine Bewegung. »Okay, Three Victor November, Sie müssen sich auf eine Bauchlandung einrichten. Lassen Sie den Klappenschalter in Mittelstellung. Wir fliegen mit neunzig Knoten an und begleiten Sie bis zum Aufsetzen. Über der Landebahnschwelle stellen Sie Zündung und Treibstoffzufuhr ab, um die Brandgefahr zu verringern. Alles Gute!«

Als der Platz in Sicht kam, flog Van Nuys noch schwankender, aber er hielt durch und schwebte zur Landung ein. Das Fahrgestell schien etwas weiter herausgekommen zu sein – die Räder waren ganz sichtbar –, aber es war bestimmt nicht verriegelt. Und die Klappen ließen sich nicht betätigen. »Jetzt!« rief Geffar, als das Flugzeug über der Landebahnschwelle war. Hardcastle und sie sahen, daß der Propeller zum Stehen kam. Van Nuys war sogar geistesgegenwärtig genug, um kurz den Anlasser zu betätigen und die Luftschraube querzustellen, damit sie bei der Bauchlandung nicht verbogen wurde.

Dann setzte die Cessna auf. Van Nuys war offenbar ein erfahrener Pilot. Er kam mit dem Heck zuerst auf, hielt den Bug so lange wie möglich hoch und rutschte so über die Landebahn. Aber dann brach die Maschine jäh nach links aus, legte sich auf die Nase, schlitterte quer über den Asphalt und blieb in einem flachen Graben westlich der Landebahn liegen.

Geffar setzte am Nordende der Landebahn gut 100 Meter von der Cessna entfernt auf, sprang aus der Sea Lion und rannte auf die verunglückte Maschine zu. Plötzlich tauchten von irgendwoher Feuerlösch- und Rettungsfahrzeuge auf, hätten sie beinahe umgefahren und kamen mit quietschenden Reifen vor der Cessna zum Stehen. Ein Feuerwehrmann mit dem weißem Helm des Kommandanten trat Geffar entgegen und forderte sie auf, Abstand zu halten, um die Rettungsarbeiten nicht zu behindern.

Geffar nickte. »Wir sind für Verletztentransporte ausgerüstet, falls Mr. Van Nuys in ein Krankenhaus überführt werden muß«, sagte sie.

Der Feuerwehrkommandant musterte sie überrascht und mißtrauisch. »Woher wissen Sie, daß das Van Nuys ist?«

»Wir haben seinen Flug von den Bahamas aus verfolgt. Wir haben ihn in der Nähe unserer Plattform angesteuert und dann hierher begleitet. Wir haben ihn lange genug aus der Nähe gesehen.«

Der Kommandant starrte über ihre Schulter hinweg die Sea Lion an. »*Damit* sind Sie so nahe rangegangen, daß Sie ihn erkennen konnten?«

»Er *ist* also Van Nuys...«

»Dem gehört das Flugzeug hier in Sunrise Beach – und er hat den Flugplan aufgegeben.«

»Der Border Security Force liegt kein Flugplan vor. Er hat gegen die Zollbestimmungen für Einflüge verstoßen. Wir müssen noch mit ihm reden...«

»Sie bleiben vorerst mal hier.« Der Kommandant ging zu den Fahrzeugen zurück, die das Flugzeug umgaben, und sprach unterwegs in sein Handfunkgerät. Im nächsten Augenblick war ein lautes Zischen zu hören; dann spuckten zwei Löschkanonen los und bedeckten das Sportflugzeug mit weißem, stark nach Chemikalien riechendem Schaum.

»Wie geht's ihm?« fragte Hardcastle, der inzwischen herangekommen war.

»Keine Ahnung, sie lassen mich nicht näher heran. Der Kommandant hat bestätigt, daß er Van Nuys ist. Er soll angeblich einen Flugplan aufgegeben haben.«

»Wir haben jedenfalls keinen bekommen. Und FAA und Customs auch nicht.«

Ein Krankenwagen raste mit heulender Sirene über die Landebahn. Er hielt bei der Cessna, und die Sanitäter holten eine Tragbahre aus dem Wagen.

»Wir sollten das Flugzeug beschlagnahmen«, sagte Hardcastle. »Obwohl wir wissen, wer der Pilot ist, und jetzt seinen Zielflugplatz kennen, liegt ein eindeutiger Verstoß vor. Die Maschine muß beschlagnahmt werden.« Geffar nickte, aber sie war in Gedanken woanders. »Ich fordere über Funk ein Ermittlungsteam aus Homestead an.«

»Ich sehe nach dem Piloten und beschlagnahme die Maschine«, sagte Geffar und ging in Richtung Unfallstelle davon.

Als sie das Flugzeug erreichte, wurde der Pilot eben auf die Tragbahre gebettet. Van Nuys war schwarzhaarig, braungebrannt und athletisch; er hatte große Hände, die kraftlos neben seinem Körper lagen. Die beiden Sanitäter hatten schwer zu schleppen, als sie ihn aufhoben und zu dem bereitstehenden Krankenwagen trugen. Geffar blieb an der Hecktür des Fahrzeugs stehen und beobachtete, wie Van Nuys hineingeschoben wurde. Er sah sie aus dem Augenwinkel und gab den Männern, die ihn trugen, ein Zeichen mit der Hand.

»Sie haben mich angesteuert?« Seine Stimme klang rauh und heiser. »Sie sind die Pilotin der... erstaunlichen Maschine dort drüben gewesen?«

Geffar nickte. »Sandra Geffar, Border Security Force, Mr. Van Nuys...«

»Max.«

Geffar war auch nur ein Mensch. Ihre Reaktion bestand aus einem Lächeln. Obwohl Van Nuys offensichtlich Schmerzen hatte und in ein Krankenhaus eingeliefert werden sollte, war er nicht nur freundlich, sondern aufrichtig interessiert... natürlich an der V-22C...

»Sie haben mir das Leben gerettet«, sagte Van Nuys heiser. »Ich danke Ihnen!«

Er versuchte, ihr die Hand hinzustrecken, aber diese Bewegung ließ ihn schmerzlich aufstöhnen. Die Sanitäter schoben den Verletzten in ihren Krankenwagen und fuhren davon. Wenig später folgten auch die Löschfahrzeuge.

Als Geffar zurückkam, inspizierte Hardcastle das beschädigte Flugzeug. Die Cessna, deren rechte Flügelspitze sich in den Sandboden zwischen Rollweg und Landebahn gebohrt hatte, lag auf der rechten Seite, unter dem Rumpf ragte links das abgeknickte Fahrwerk heraus. Sie war mit einer mindestens dreißig Zentimeter dicken Schicht aus klebrigem Löschschaum bedeckt, der beißend nach Formaldehyd und Sägemehl roch. Der Rumpf schien nur wenig beschädigt zu sein, was für die Kaltblütigkeit des Piloten bei der Bauchlandung sprach.

»Das Ermittlungsteam ist unterwegs«, berichtete Hardcastle Geffar. »Es wird Schaufeln und Atemschutzmasken brauchen, um dieses Zeug wegzuräumen. Ein Wunder, daß kein Benzin ausgelaufen und die Maschine nicht in Brand geraten ist.«

Ein Kranwagen der Feuerwehr fuhr an die Cessna heran, und drei Feuerwehrmänner luden starke Nylonschleppgurte ab, während ihr Kommandant auf Geffar und Hardcastle zuging.

»Ich bin Polizeichef Joseph Hokum. UNICOM hat gerade bei mir angerufen. Sie sollen Ihre... Maschine woanders abstellen. Wir erwarten ein Flugzeug, das hier landen will.«

»Ihre Landebahn ist bis auf weiteres gesperrt«, erklärte Geffar. »Da dies ein unkontrollierter Platz ist, bleibt die V-22 vorläufig zur Erinnerung stehen. Die Cessna bleibt auch, wo sie ist. Wir haben ein Ermittlungsteam angefordert, von dem Sie dann erfahren, wann Sie den Bruch abtransportieren können.«

»Ein Ermittlungsteam?«

»Das Flugzeug ist wegen mehrerer Verstöße gegen Einflugvorschriften beschlagnahmt«, erklärte Hardcastle. »Dieser Platz bleibt gesperrt, bis das Ermittlungsteam seine Arbeit beendet hat. Maschinen, die hier landen wollen, müssen Sie auf andere Plätze umleiten.«

»Hey, Sie haben hier nichts zu befehlen! Sunrise Beach ist Privateigentum, und ich bin hier der Sicherheitschef. Ich muß den Bruch wegräumen und die Landebahn wieder in Betrieb nehmen.« Er drehte sich um und befahl seinen Männern mit lauter Stimme, weiterzumachen.

Geffar, deren Adrenalinproduktion noch immer stark erhöht war, schockierte alle – nicht zuletzt auch sich selbst –, indem sie Hokum mit drei raschen Schritten einholte, am Jackenkragen packte und zurückriß.

»Hey, was...« Er griff unter seine Jacke, und Hardcastle erkannte ein Schulterhalfter mit einer großkalibrigen Pistole.

Hardcastle reagierte blitzschnell. Er verpaßte Hokum einen Kinnhaken, kniete sich auf die Brust des zu Boden Gegangenen, zog ihm seine 9-mm-Pistole aus dem Halfter, warf sie weg, drehte den Mann auf den Bauch und riß ihm die Jacke über die Arme nach unten.

»Wozu *das*?« fragte Geffar erstaunt.

»Er hat versucht, seine Waffe zu ziehen.« Hardcastle zog seine eigene SIG-Sauer-Pistole und zielte damit auf die Feuerwehrmänner. »Weg von der Maschine! Los, wird's bald?« Sie gehorchten widerstrebend. »Jacken ausziehen!« Alle drei waren bewaffnet. »Halfter abschnallen und ins Gras legen!«

Nach einem Blick auf Hokum, der hilflos unter Hardcastle lag, schnallten die drei langsam ihre Halfter ab und ließen sie fallen.

Hardcastle schaltete sein Handfunkgerät ein und drückte die Sprechtaste. »Shark, hier Two-Zero.«

»Two-Zero, hier Shark«, antwortete Becker von Hammerhead One.

»Auf dem Flugplatz in Sunrise Beach gibt's Schwierigkeiten, Mike. Schicken Sie uns einen Hubschrauber mit ein paar Leuten aus Homestead oder von der Plattform.«

»Wir leiten eine Dolphin um, die gerade nach Homstead zurückfliegt. Sie ist in zwei Minuten da.«

Der Admiral ließ Hokum aufstehen. »Warum sind Sie und Ihre Leute bewaffnet?« fragte er ihn.

»Wir sind die *Polizei*!« brüllte Hokum und rieb sich sein schmerzendes Kinn.

»Was tun *Feuerwehrmänner* mit Pistolen?« warf Geffar ein. »Das ist dumm und gefährlich...«

»Nicht halb so dumm, wie Sie sich aufführen! Dies ist ein privater Flugplatz, auf dem Sie nicht einfach ohne Erlaubnis landen dürfen!«

»Wir haben das Recht, auf jedem amerikanischen Flugplatz zu landen...«

»Aber nicht ohne triftigen Grund!«

»Van Nuys ist ohne Zollanmeldung in die USA eingeflogen. Er hat ein Sperrgebiet durchflogen, ohne eine Freigabe dafür zu haben. Wir sind berechtigt und verpflichtet, Luftraumverletzungen zu ahnden.«

»Van Nuys hat eine Zollanmeldung abgegeben und einen bestätigten Flugplan gehabt«, behauptete Hokum. »Ich habe eigens bei der FAA zurückgefragt, als er sich aus Freeport gemeldet hat. Was den Durchflug durchs Sperrgebiet betrifft... sein Funkgerät war ausgefallen, und in Notfällen dürfen Piloten von den vorgeschriebenen Strecken abweichen. Überhaupt können Sie mit Ihrer Border Security Force hier an Land einpacken!«

Aus der Menge, die sich inzwischen angesammelt hatte, trat ein weißhaariger Mann mit Schnauzbart. »Ich bin Fred Weintraub, der Vorsitzende der Hausbesitzervereinigung. Was geht hier vor?«

»Wir sind von der Border Security Force«, erklärte Hardcastle ihm. »Ihr Feuerwehrkommandant oder Polizeichef oder wer auch immer hat die Zusammenarbeit verweigert und ist vorläufig festgenommen...«

»Festgenommen? Sie haben ihn überfallen, meinen Sie!«

»Er wollte seine Pistole ziehen...«

In diesem Augenblick wurde das Knattern der anfliegenden Dolphin hörbar. Nach einer kurzen Orientierungsrunde um den Platz setzte der gelbe Hubschrauber einige Dutzend Meter von den am Rand der Landebahn zusammengeströmten Neugierigen auf. Aus der rechten Kabinentür sprangen zwei Uniformierte mit umgeschnallter Pistole und je einem Feuerlöscher in der Hand.

»Margaret, Jack, ihr sorgt dafür, daß nichts an der Cessna verändert wird«, befahl Geffar ihnen. »Keiner faßt sie an, bevor das Ermittlungsteam aus Homestead da ist. Ihr meldet mir über Funk, wenn es eintrifft.« Die beiden nickten und stellten sich zwischen das Flugzeug und die Neugierigen. »Anscheinend haben wir in ein Hornissennest gestochert«, sagte Geffar halblaut zu Hardcastle.

»Irgendwas ist hier merkwürdig«, antwortete er, indem er seine Pistole wegsteckte. »Dieser ganze Sicherheitsaufwand, diese Empörung wegen unseres angeblichen Eindringens... Wozu das alles?«

Border Security Force Headquarters, Alladin City, Florida

Vier Stunden später

Das neue Hauptquartier der Border Security Force befand sich in Alladin City, etwa fünfundzwanzig Kilometer südwestlich von Miami. Es lag inmitten eines riesigen Antennenlabyrinths, das für die U. S. Coast Guard errichtet worden war, damit ihre Schiffe in der Karibik und im Golf von Mexiko ständig Funkverbindung mit ihrem Hauptquartier in Miami hatten. Der über den Flughafen Taimiami erreichbare neue Stützpunkt hatte bereits den Spitznamen »Zoo« erhalten, denn das Hauptquartier der Border Security Force lag nicht einmal eine Meile vom Miami Metro Zoo entfernt.

»Euer kleiner Auftritt im Sunrise Beach Club ist ungefähr so gut angekommen wie 'ne Stripperin auf einer Beerdigung«, sagte Brad Elliott mit schwachem Lächeln zu Geffar und Hardcastle, die zu ihm ins Hauptquartier der Border Security Force gekommen waren. Sie befanden sich im Intelligence Operations Center, einem abhörsicheren Raum in Verbindung mit dem Kontrollzentrum, in dem auf drei Großbildschirmen der gesamte Südosten der Vereinigten Staaten überwacht wurde. Computer kombinierten die Sensor- und Radarbilder von vielen Dutzend Stationen und lieferten eine so komplette Darstellung, daß buchstäblich jedes Schiff und jedes Flugzeug in der Zweihundertmeilenzone vor Amerikas Küsten von den Hammerheads geortet und ständig überwacht wurde.

Geffar, deren Fliegerkombi durchschwitzt an ihrem Körper klebte, ging an den Fenstern des Raums auf und ab. Hardcastle ließ sich auf ein Ledersofa fallen.

»Wir haben nur getan, wozu wir da sind!« protestierte der Admiral.

Elliott hob abwehrend eine Hand. »Ich weiß, ich weiß, und Sie haben recht gehabt..., aber daß Sie den Polizeichef niedergeschlagen haben, ist vielleicht doch keine so tolle Idee gewesen.«

»Ich habe auf seine Pistole reagiert«, stellte Hardcastle fest. »Er wollte sie ziehen, er hat schon die Hand am Griff gehabt!«

»Verdammt noch mal, Ian, niemand macht Ihnen Vorwürfe. Hokum wird sehr eingehend über Aufgaben und Rechte der Border Scurity Force belehrt. Aber Sie wissen doch, daß die Presse sich nur darauf stürzen wird, was *Sie* getan haben – nicht etwa darauf, womit er Ihre Reaktion provoziert hat.«

»Er ist mir gar nicht wie'n *Polizeichef* vorgekommen«, sagte Hardcastle aufgebracht.

»Wir haben uns seine Akte angesehen. Er ist schon dreimal wiedergewählt worden. Ein ehemaliger Deputy Sheriff aus dem Dade County.«

Hardcastle schüttelte den Kopf. »Er... war einfach nicht für diese Rolle passend. Alles hat irgendwie nicht zusammengepaßt. Was war mit den Unmengen Löschschaum? Seine Männer haben das ganze Flugzeug damit zugedeckt.«

»Er hat ausgesagt, er habe Rauch gesehen und die Brandbekämpfung mit Schaum angeordnet.« Elliott blätterte in einem Schnellhefter, der auch Hokums Unfallbericht enthielt. »Seiner Aussage nach ist's ihm nur um die Sicherheit des berühmten Maxwell Van Nuys gegangen – an irgendwelche Ermittlungen will er gar nicht gedacht haben. Er hat geglaubt, mit Löschschaum sei die Gefahr am schnellsten zu beseitigen.«

»Okay, aber wer verwendet heutzutage noch Schaum?«

»Daß er beim Militär nicht mehr eingesetzt wird, bedeutet nicht, daß er wirkungslos ist«, sagte Elliott. »Hokum hat von seiner Verantwortung gegenüber den Anwohnern gesprochen...«

»Trotzdem unglaubwürdig«, murmelte Hardcastle.

»Was haben die Ermittler in der Cessna gefunden?« wollte Geffar wissen.

»Baupläne für ein neues Hotel auf Grand Bahama Island und eine Kiste Rum Marke Diamond Plantation. Anscheinend ist ein Kurzschluß im Generator an dem Funkausfall und der Rauchentwicklung im Cockpit schuld gewesen.«

»Was ist mit seinem Flugplan und der Zollfreigabe?«

»Den Flugplan haben wir im Computer entdeckt«, sagte Elliott. »Er hat einen VFR-Flugplan inklusive Zollanmeldung von

Freeport nach Sunrise Beach gehabt. Allerdings ist fraglich, wann er aufgegeben worden ist: Der Polizeichef will ihn eine Stunde vor dem Start durchgegeben haben, aber bei uns ist er erst eingegangen, als Van Nuys schon im amerikanischen Luftraum gewesen ist. Irgend jemand muß irgendwo Mist gemacht haben. Aber wir sind dabei, das zu klären. Und noch was: Er hat den Rum ordnungsgemäß deklariert.«

»Welche Erklärung hat Van Nuys für sein Verhalten?«

»Er behauptet genau, was Sandra vermutet hat«, antwortete Elliott. »Nachdem sein VOR-Empfänger ausgefallen war, hat er unsere Plattform angeflogen, um leichter nach Key Largo zurückzufinden.«

»Und was sagte er dazu, daß er ohne Flugplan und ohne Einfluggenehmigung ins Land gekommen ist?«

»Er hat einen Flugplan gehabt...«

»Aber keinen gültigen!« wandte Hardcastle ein. »Keinen vor dem Abflug aufgegebenen und von uns angenommenen!«

»Mit dem Flugplan hat er auch Befreiung von den üblichen Zollformalitäten beantragt, aber dieser Antrag ist ebenfalls nie bearbeitet worden.«

»Und damit kommt er durch?« fragte Hardcastle ungläubig.

»Na ja«, meinte der General, »wenn er wegen Funkausfalls nicht sprechen konnte...«

»Wieder eine merkwürdige Sache. Er kann hören, aber nicht reden. Auch sein Transponder ist ausgefallen. Verdammt praktisch! Genug, um sich damit rausreden zu können – aber nicht genug, um zu riskieren, abgeschossen zu werden.«

»Wir prüfen noch, ob Van Nuys schon früher durch unangemeldete Einflüge aufgefallen ist«, sagte Elliott. »Aber davon verspreche ich mir nicht allzuviel. Hier in Südflorida ist Van Nuys ein geachteter, sehr populärer Mann. Außerdem liegt er mit Unfallverletzungen im Krankenhaus... Ich gebe zu, daß diese Sache ein bißchen anrüchig ist, Ian, aber wir haben wirklich andere Sorgen. Das neueste Schlagwort in Washington heißt ›Entkriminalisierung‹. Angeblich soll der Besitz von Marihuana ganz freigegeben werden, und bei Kokainmengen unter fünfzig Gramm sollen lediglich Bewährungsstrafen verhängt werden.«

»Unglaublich!« sagte Geffar kopfschüttelnd. »Wir riskieren hier Kopf und Kragen, und Washington will uns so in den Rükken fallen!«

»Ebenso unglaublich finde ich, daß noch kein Spitzenpolitiker bereit gewesen ist, zu den Gerüchten Stellung zu nehmen«, fügte Elliott hinzu.

»Bei uns ist schon mal eine Droge entkriminalisiert worden, Sandra«, sagte Hardcastle. Er lächelte schwach. »Wirklich verblüffend, wie die Geschichte sich manchmal wiederholt. Während der Prohibition mußten erst Gruppen wie die damaligen Hammerheads auftreten, bevor die meisten Leute zu der Ansicht gelangt sind, daß Alkohol vielleicht doch nicht so verderblich ist, um vom Staat verboten zu werden. Damals hat sich gezeigt, daß Bürger, die Alkohol wollten, ihn auch bekommen konnten. Dagegen waren alle staatlichen Machtmittel nutzlos.«

»Rauschgifte sind was anderes«, widersprach Geffar. »Das Drogenproblem betrifft die Jugend unseres Landes. Ganze Städte werden von Drogenschmugglerbanden beherrscht...«

»Damals ist's nicht anders gewesen«, behauptete Hardcastle. »Es hat alkoholkranke Jugendliche, sogar krank geborene Säuglinge, Schmugglerbanden und wahre Straßenschlachten zwischen rivalisierenden Banden gegeben. Denken Sie bloß an Capone und seine Bande! Alkohol hat damals als Gift gegolten – genau wie Drogen heute. Aber die Prohibition ist trotzdem abgeschafft worden, weil sich gezeigt hat, daß die Gesellschaft sich selbst besser kontrollieren kann, als der Staat die Gesellschaft kontrollieren kann.«

»Sie überraschen mich jeden Tag wieder, Hardcastle«, sagte sie. »Dabei hab' ich Sie bisher für 'ne Art Kreuzritter gehalten, der mit seiner Windmühle losfliegt, um die Mächte des Bösen zu bekämpfen... Noch irgendwas für mich, Brad?«

»Im Augenblick nicht.«

Sie nickte und ging zur Tür. »Ich will ins Sunrise Beach Community Hospital, um mit Van Nuys zu reden.«

Hardcastle stand auf. »Ich fliege Sie hin...«

»Danke, ich habe einen Dienstwagen. Von dort aus fahre ich nach Homestead und lasse mich auf die Plattform mitnehmen.«

Nachdem sie gegangen war, herrschte langes Schweigen, bis Elliott fragte: »Wie kommt ihr miteinander aus? Soweit alles in Ordnung?«

Hardcastle zuckte mit den Schultern. »Gut... allerdings haben wir bis heute nie viel zusammengearbeitet. Und wir sind nicht immer derselben Meinung, aber das haben Sie von Anfang an gewußt. Ich bin dagegen, daß sie die Einsatzreichweite der Seagull beschränken will, bis das Datenübertragungsproblem gelöst ist. Mich interessiert nicht, was die Öffentlichkeit davon hält, wenn eine Drohne am Fallschirm ins Meer schwebt. Sandra interessiert das, und ich verstehe ihre Gründe. Insgesamt kommen wir gut miteinander aus.«

Elliott nickte zufrieden. »Freut mich, daß Sie das sagen. Ich bleibe übers Wochenende in Key West und fliege dann wieder nach Washington. Falls Sie mich brauchen...«

»Ich verstehe«, sagte Hardcastle grinsend. »Sie sind für niemanden zu erreichen.«

Sunrise Beach Community Hospital, Key Largo, Florida
Zwei Stunden später

Sandra Geffar hatte sich nur soviel Zeit genommen, um Jeans und eine Leinenjacke anzuziehen – die weit genug war, um die Pistole Kaliber 45 in ihrem Schulterhalfter zu tarnen –, bevor sie nach Key Largo fuhr.

Im Krankenhaus traf sie Van Nuys nicht im Bett an: Er ging in seinem Zimmer vor dem Fenster auf und ab. Auf seinen breiten Schultern saß eine Halskrause, und seine Bewegungen waren sehr steif.

»Mr. Van Nuys, tut mir leid, daß ich Sie störe, aber...«

»Miss Geffar! Welche Überraschung!« rief Van Nuys aus und kam auf sie zu. Geffar streckte ihm ihre Rechte hin, aber er ergriff beide Hände. »Eine wundervolle Überraschung. Nehmen Sie doch bitte Platz.« Er wollte sich in den zweiten Sessel sinken lassen, aber ein kurzer Schmerz, der ihn offensichtlich durchzuckte, zwang ihn dazu, aufrecht sitzenzubleiben.

Ohne viel darüber nachzudenken, nahm Geffar ein Kissen vom Bett und stopfte es hinter seinen Rücken. »Danke, das ist besser! Eines Tages werden Sie einen Mann sehr glücklich machen. Oder sind Sie...«

»Geschieden.« Allerdings war sie nicht hier, um biographische Daten auszutauschen. »Ich muß Ihnen noch ein paar Fragen zu heute morgen stellen.«

»Bitte sehr«, sagte er lächelnd. »Ich habe den Ermittlern vom Customs Service dafür zu danken, daß sie meine Vernehmung abgekürzt haben. Sehr ergiebig ist sie nicht gewesen, fürchte ich. Die Ärzte haben mich mit Schmerzmitteln vollgepumpt.«

»Sie sind offenbar nicht angeschnallt gewesen.«

Max Van Nuys starrte sie überrascht an. »Woher wissen Sie das?«

»Ihre Verletzungen sind typisch für Piloten, die nicht angeschnallt sind und sich beim Aufprall abzustützen versuchen. Ich habe schon einige Fälle dieser Art erlebt.«

»Das kann ich mir vorstellen«, sagte er lächelnd.

»Okay, soviel ich weiß, haben Sie Ihren Flugplan bei Polizeichef Hokum hier in Sunrise Beach aufgegeben. Weshalb? Warum nicht direkt bei der FAA?«

»Durch das Gespräch mit Hokum habe ich mehrere Fliegen mit einer Klappe geschlagen. Er hat nicht nur meinen Flugplan an die FAA durchgegeben, sondern auch gewußt, wann ich landen würde, und in meinem Auftrag ein paar Mitteilungen weitergeleitet. In solchen Dingen ist unser Polizeichef wirklich zuverlässig.«

Das alles stimmte mit der Auskunft der FAA überein, nach deren Unterlagen Hokum bereits früher gelegentlich Flugpläne für Van Nuys und andere Bewohner von Sunrise Beach aufgegeben hatte. Vielleicht eine etwas seltsame Methode, Flugpläne aufzugeben, aber andererseits riskierte man bei der Aufgabe auf den Bahamas oder mit Ferngespräch bei der Beratungsstelle Miami, daß der Flugplan verlorenging.

»Muß ich mit einem Strafverfahren rechnen?«

»Technisch gesehen liegt ein Verstoß vor, den die Border Security Force mit einer Mindeststrafe von zehntausend Dollar und Einziehung Ihres Flugzeugs ahnden kann, falls nicht mildernde Umstände vorliegen. Beim nächsten Mal sollten Sie lieber direkt mit der FAA telefonieren, anstatt Hokum Ihren Flugplan weiterleiten zu lassen, denn auch wenn er ihn verschlampt, bleiben *Sie* für Ihren Flugplan verantwortlich. Wegen der besonderen Umstände des Falls – und weil Ihre Cessna zu Bruch gegangen ist – glaube ich nicht, daß die Hammerheads eine zusätzliche Geldstrafe verhängen werden. Aber das wird in Washington entschieden.«

»Die Cessna ist schon älter und nicht mein Lieblingsflugzeug für Überwasserflüge... Sie haben von ›Hammerheads‹ gesprochen. Wer sind diese Hammerheads?«

»Das ist unser Spitzname für die Border Security Force«, antwortete Geffar. »Wir sind noch nicht sehr groß, aber wir schirmen bereits den gesamten Südosten der Vereinigten Staaten gegen unerwünschte Eindringlinge ab und werden bald die ganze Südflanke überwachen können.«

»Hammerheads... Wie Hammerhaie, was? Klingt sehr militärisch. Wie kommt eine schöne Frau wie Sie in diese Organisation?«

»Ich hab' eben Glück gehabt.« Sie bedankte sich nicht für das Kompliment, aber sie mußte zugeben, daß es gewirkt hatte. »Reden wir lieber davon, warum Sie nicht im Einflugkorridor geblieben sind, als Sie entdeckt hatten, daß Ihr Funkgerät ausgefallen war.«

»Wie meinen Sie das?«

»Ihr Flugplan hat folgendes vorgesehen: VFR-Flug von Freeport nach Opa-Locka, Zwischenlandung zur Zollabfertigung und VFR-Weiterflug nach Sunrise Beach. Aber als Sie mit Funkausfall in die ADIZ eingeflogen sind, waren Sie mehrere Seemeilen vom richtigen Kurs entfernt und haben Sunrise Beach direkt angesteuert. Weshalb?«

Van Nuys zuckte mit den Schultern. »Ich muß wohl etwas den Kopf verloren haben... Ich war sicher, auf Kurs zu sein, aber dann bin ich südlich aus dem Korridor geraten. Ihre Plattform war ein guter Orientierungspunkt, und ich habe mich dafür entschieden, direkt nach Sunrise Beach zu fliegen – statt ohne Funk den Nahverkehrsbereich Miami zu durchqueren.«

Geffar nickte. Van Nuys war clever. Dies war die richtige Antwort – die *einzig* richtige Antwort. Außer auf IFR-Flügen sollten Flugzeuge mit Funkausfall nicht in die verkehrsreiche TMA Miami einfliegen. Im Normalfall sollte der Pilot auf einem Platz außerhalb des Nahverkehrsbereichs landen, und da Van Nuys ohnehin nach Sunrise Beach wollte, hatte er sich logischerweise für diesen Platz entschieden…

»Da Sie von der angegebenen Strecke abgewichen sind«, fuhr Geffar fort, »wären Sie nach einer Notwasserung möglicherweise nicht gefunden worden… Und einen unkontrollierten Platz ohne Funk anzufliegen, ist auch keine gute Idee. *Aber* unter den gegebenen Umständen war Ihre Entscheidung vernünftig…«

Hat er's schon geschafft, dich auf seine Seite zu ziehen? fragte sie sich. Nein, das wäre zuviel gesagt. Unsinn, Sandra, hör mit dieser billigen Selbstanalyse auf!

»Die Zollformalitäten waren mir in diesem Augenblick ziemlich egal, fürchte ich«, erklärte Van Nuys ihr ernsthaft, »und Hokum wußte, daß ich kommen würde. Ein Überflug ohne Meldung bei UNICOM hätte ihm gezeigt, daß ich mich in einer Notlage befinde. Aber ich stimme Ihnen zu, daß es weitere Möglichkeiten gegeben hätte, die ich hätte berücksichtigen sollen. Aber dann hätte ich etwas anderes verpaßt! Ihr Auftritt mit der seltsamen Maschine hat mich sehr beeindruckt, Sandra Geffar. Ist das eine V-22 gewesen?« Sie nickte. »Die bewaffnete Ausführung?« Ein schwaches Nicken. »Nun, ich bin froh, daß ihr nicht auf mich geschossen habt, aber ich bin auch froh, daß ich vom richtigen Kurs abgekommen bin – das hat mir Gelegenheit verschafft, *Sie* kennenzulernen.«

Wieder Komplimente, die sie nervös und mißtrauisch machten… Als sie aufstand, um zu gehen, stemmte er sich mühsam hoch. Im Stehen war er einen Kopf größer als sie. »Entschuldigung, wenn mein Gerede Ihnen unangenehm gewesen ist.«

»Keineswegs.« Aber das war gelogen.

»Darf ich Sie wiedersehen?«

Obwohl Geffar diese Frage halbwegs erwartet hatte, war sie doch überrascht. »Dieser Vorfall muß restlos aufgeklärt werden... Passen Sie gut auf sich auf, Mr. Van Nuys«, sagte sie und ging.

Geffar war bereits zum Ausgang unterwegs, kehrte dann jedoch um und ging zu dem Krankenzimmer neben dem von Van Nuys, in dem Joseph Hokum lag. Bevor sie anklopfte, vergewisserte sie sich noch, ob ihre Pistole locker im Schulterhalfter unter ihrer Jacke steckte. Dann klopfte sie an, wartete einige Sekunden und trat ein.

Mehrere von Hokums Deputies und Feuerwehrmännern waren um sein Bett versammelt. Auf seinem Schoß war eine Karte ausgebreitet – was sie darstellte, konnte Geffar nicht erkennen –, und auf dem Nachttisch lagen Papiere und mehrere Faxblätter. Sobald sie den Raum betrat, kam einer der Deputies hastig auf sie zu, während ein anderer nach einer Krankenschwester klingelte.

»Hey, Sie haben hier nichts zu suchen...«

Als Geffar näher ans Bett herantrat, beeilten sich die Deputies, die Karte und alle übrigen Unterlagen wegzuräumen. Hokum, dessen untere Gesichtshälfte stark geschwollen war, forderte seine Männer undeutlich auf, sie rauszuwerfen. »Ich wollte bloß mal sehen, wie's Ihnen geht, Chief...«

Einer der Deputies packte sie an den Oberarmen und stieß sie bis über die Schwelle zurück.

»Was für 'ne große Kanone Sie haben!« sagte er grinsend, indem er ihre Pistole aus dem Halfter zog und einem der hinter ihm Stehenden zuwarf.

Geffar überlegte, ob sie einen Judogriff ansetzen sollte, als eine Stimme hinter ihr sagte: »Hände weg, Buck!« Das war Maxwell Van Nuys, der plötzlich in der Tür stand.

»Wir haben alles unter Kontrolle, Mr. Van...«

Von Nuys' linke Hand umklammerte das linke Handgelenk des Deputys. »*Hände weg*, hab' ich gesagt!« Die Knie des anderen gaben unter Van Nuys' hartem Griff nach, bevor er Geffar endlich losließ. »Gib ihr die Waffe zurück.« Der Feuerwehrmann gehorchte. Geffar staunte darüber, wieviel Kraft Maxwell Van Nuys selbst in seinem offensichtlich geschwächten Zustand besaß.

»Verschwindet!« forderte Van Nuys die beiden auf. Obwohl seine Stimme schwach klang, war ihr Befehlston unüberhörbar. Die Deputies zogen sich in Hokums Zimmer zurück und knallten die Tür zu.

Van Nuys sank leise stöhnend gegen die Wand im Flur. Geffar half der hinzukommenden Krankenschwester, ihn ins Bett zurückzubringen, in dem er bewegungslos ausgestreckt liegenblieb.

»Was haben Sie sich nur dabei gedacht?« fragte Geffar vorwurfsvoll.

»Das könnte ich Sie auch fragen«, sagte er, wobei er sie aus dem Augenwinkel beobachtete. »Halten Sie sich von diesen Leuten fern. Hokum ist zwar Polizeichef der konservativen, friedlichen Gemeinde Sunrise Beach, aber er spielt bei uns den Marshal einer Wildweststadt. Den meisten gefällt seine rauhbeinige Art.«

»Und diesen Mann lassen Sie Flugpläne für sich aufgeben?«

Van Nuys nickte ihr lächelnd zu. »Schon gut, ich habe verstanden. In Zukunft mache ich's wie alle anderen und gebe sie direkt bei der FAA auf. Aber das mit Hokum ist mein Ernst. Er hat das Gesetz und viele einflußreiche Mitbürger hinter sich... Okay, was wird aus uns beiden? Sehe ich Sie wieder?«

»Wie ich Ihnen schon gesagt habe, muß Ihr Verhalten restlos aufgeklärt werden.« Und *meines*, fügte sie im stillen hinzu, als sie sich abwandte und ohne ein weiteres Wort den Raum verließ.

Van Nuys lag auf seinem Bett und träumte von Geffar, als jemand anklopfte und die Tür einen Spalt weit öffnete. Einer von Hokums Deputies steckte seinen Kopf herein. »Sir?«

»Verschwinde.«

»Sir, der Chief möchte Sie sprechen.«

»Er soll sich zum Teufel scheren.«

»Tut mir leid... er besteht darauf, Sir.«

Van Nuys stand ruckartig auf, ohne sich das geringste von den Schmerzen anmerken zu lassen, die Sandra Geffars Mitleid erregt hatten, zog den Gürtel seines Bademantels fester, marschierte an dem Deputy vorbei und trat durch die Verbindungstür zwischen den Krankenzimmern.

Polizeichef Hokum lag von seinen Deputies umgeben im Bett. Er hatte gerade einen doppelten Tequila gekippt. Sein Gesicht war geschwollen und verfärbt.

»Dieser Hardcastle hat ganz schön hingelangt, was? Okay, was, zum Teufel, wollen Sie von mir?«

»Ich will wissen, was *sie* hier zu tun hatte.«

»Sie hat mich besucht.«

»Warum kam sie dann in mein Zimmer?«

»Vielleicht hat sie das Werk ihres Partners bewundern wollen.«

»Sehr witzig... Ich möchte Ihnen raten, sich nicht mehr mit ihr zu treffen.«

Van Nuys trat freundlich lächelnd und mit einem Nicken an Hokums Bett. Im nächsten Augenblick beugte er sich über den Liegenden und umklammerte seine Kehle mit der rechten Hand, so daß er vor Schmerz aufschrie. Van Nuys sah sich rasch um, aber keiner der Deputies machte Anstalten, Hokum zu Hilfe zu kommen.

Van Nuys beugte sich dicht über ihn, ohne seinen Griff zu lokkern. »Paß auf, du Strolch, *ich* leite diese Organisation, verstanden? Ich sage, was zu geschehen hat. Und ich sage *dir* jetzt: Hände weg von Geffar und der Border Security. Klar?« Er ließ die Kehle des Liegenden los. »Mich interessiert, was mit meinem Flugplan und meiner Maschine passiert ist. Wäre ich mißtrauisch veranlagt, würde ich glauben, du hättest die Maschine sabotiert und den Flugplan nicht weitergeleitet, damit die Border Security mich schnappt...«

»Das ist doch Unsinn, Mr. Van Nuys!« beteuerte Hokum mit schmerzverzerrtem Gesicht. »Sie haben Stoff für fünf Millionen an Bord gehabt. Was hätte mir daran liegen sollen, daß diese Lieferung nicht sicher ankommt?«

»Vielleicht sollte ich nicht durchkommen. Vielleicht wollen Sie sich meine Organisation unter den Nagel reißen. Vielleicht sollte ich mit 'ner riesigen Ladung Drogen gefaßt werden...«

»Nein, nein, Mr. Van Nuys! Wenn Sie geschnappt werden, bin auch ich sofort dran. Ich tue alles Menschenmögliche, um sicherzustellen, daß Ihnen nichts passiert. Deswegen hab' ich die Border Security von der Cessna ferngehalten und sie kräftig eingeschäumt. Ich würde nie was tun, das unser Unternehmen gefährden könnte...«

»*Meine* Organisation«, sagte Van Nuys, ohne völlig überzeugt zu sein, obwohl Hokum in panischer Angst vermutlich die Wahrheit sagte. »Was ist aus meinem Flugplan und der Zollanmeldung geworden? Weshalb ist die Border Security alarmiert worden?«

»Ich kann *beschwören*, daß ich davon nichts weiß. Ich habe den Flugplan wie angewiesen aufgegeben. Wir hatten schon alle Vorbereitungen getroffen, um den Zollinspektor am Tor aufzuhalten, bis die Drogen ausgeladen waren. Auch die nachgemachten Frachtsiegel mit den kopierten Nummern lagen bereit. Ihren Flugplan muß die FAA verschlampt haben...«

»Wirklich sehr zweckmäßig – für Sie. Noch so ein Fehler, Hokum, dann finden Sie sich im Betonfundament meiner neuen Ladenpassage auf Grand Bahama wieder. Und sorgen Sie dafür, daß die Cessna keimfrei ist, bevor sie eingezogen wird.«

»Der Kerl spinnt«, murmelte einer der Deputies, als Van Nuys den Raum verlassen hatte. »Der läßt das ganze Unternehmen wegen diesem Weibsbild platzen...«

»Todsicher nicht!« sagte Hokum. Er wandte sich an Daniel Frye, seinen bewährten Senior Deputy. »Was ist passiert? *Warum* ist das Flugzeug nicht abgestürzt?«

»Die Sprengladung muß defekt gewesen sein«, erklärte Frye. »Sie ist nicht detoniert. Ein paar Kabel sind durchgeschmort, und sein Generator ist ausgefallen. Wir haben verdammtes Glück gehabt, daß er's bis hierher geschafft hat, anstatt in Opa-Locka oder Miami notlanden zu müssen... Aber warum mußten wir seine Maschine einschäumen und den Koks rausholen, wenn du wolltest, daß er mit 'ner Drogenladung erwischt wird?«

»Denk doch mal nach!« forderte Hokum ihn auf. »Ich wollte, daß Van Nuys tot *und* mit 'ner Koksladung in der Maschine aufgefunden wird. Lebt er, kann er reden, und wenn er glaubhaft erklären kann, nichts von dieser Ladung gewußt zu haben, sind wieder wir dran. Wegen deiner Unfähigkeit wäre der Waffenschmuggel, den ich in jahrelanger Arbeit innerhalb seiner Organisation aufgebaut habe, beinahe geplatzt. *Eine* Chance kriegst du noch – aber das war's dann!«

Nach einer kurzen Pause kippte der Polizeichef noch einen Tequila und deutete mit dem Zeigefinger auf Frye. »Ich will alles wissen, was es über diese Sandra Geffar zu wissen gibt. Ich will wissen, wo sie wohnt, wohin sie geht, was sie tut und mit wem sie's tut. Unsere Freunde im Dade County Sheriff's Office können dir bestimmt weiterhelfen. Und paß auf, damit sonst niemand was mitkriegt!«

Kontrollplattform Hammerhead One

Zwei Wochen später

Nach zwölfstündiger Tagschicht hatten Geffar und Hardcastle offiziell dienstfrei, aber beide trugen noch Uniform. Sie saßen an einem Panoramafenster und beobachteten die Kontrolle eines Frachters aus Costa Rica, der an der Ostpier unter dem HIGHBAL-Startplatz festgemacht hatte. Scheinwerfer am Plattformrand tauchten den Frachter in gleißend helles Licht.

Michael Becker, der seinen Kopfhörer um den Hals gehängt trug, kam mit einem Essentablett an ihren Tisch. »Ich störe hoffentlich nicht?«

Geffar stand auf. »Ich muß mich aufs... Interview vorbereiten. Entschuldigt mich.« Sie wirkte verlegen – und war es auch.

»Sie wird in ein paar Stunden für *Nightline* interviewt«, sagte Hardcastle, als sie gegangen war.

»Ja, ich hab's gehört... Sie ist eine großartige Sprecherin für die Hammerheads.«

»Sie arbeitet sich dabei auf«, murmelte Hardcastle, indem er den Frachter anstarrte.

»Sie sind selbst verdammt viel hier draußen, Admiral. Mir ist aufgefallen, daß Sie den Hubschrauber, der an Land zurückfliegt, immer seltener benützen. Warum machen Sie nicht mal ein paar Tage Urlaub und besuchen Daniel?«

»Ja, das sollte ich... Okay, ich rufe ihn wenigstens an... Wissen Sie, was mir Sorgen macht, Mike?« fragte er plötzlich. »Daß wir nach über einem halben Jahr nur vier einsatzbereite Sea Lion und erst sieben für Plattformlandungen qualifizierte Besatzungen haben.«

»Wir haben zwei Sea Lion auf der Plattform, eine in Homestead und eine als Schulmaschine. Der Kongreß hat uns von Anfang an nicht genug Geld bewilligt. Die Beschaffung der nächsten sechs Sea Lion ist um zwei Monate verschoben worden, um erst die Reaktion der Öffentlichkeit abzuwarten... sagt Elliott, der sein Bestes tut. Und daß ein Prominenter wie Van Nuys öffentlich verkündet hat, wie effektiv und heroisch die Hammerheads im Einsatz sind, hat natürlich auch genützt...«

»Yeah, Van Nuys«, sagte Hardcastle kopfschüttelnd. »Unser neuer Kumpel, ein Playboy und Gesellschaftslöwe als Sprecher für die Hammerheads. Darauf könnte ich verzichten, auf *ihn* könnte ich verzichten...«

Becker äußerte sich nicht dazu, aber er wußte, daß Hardcastle die offenkundige Freundschaft zwischen Geffar und Van Nuys mißbilligte.

»Mike, unsere Besatzungen, Flugzeuge und Drohnen sollten bis zum Umfallen im Einsatz sein. Wir müßten unsere Existenz *fühlbar* machen. Wir sollten dafür sorgen, daß diese verdammte Station endlich auf Touren kommt.«

Becker hielt wieder den Mund. Weil das ein Thema war, das seinen Boß und Geffar anging. Und weil er fand, daß sein Boß recht hatte.

Am Rand von Hammerhead One erzeugten Fernsehscheinwerfer einen taghellen Kreis – noch heller als das Flutlicht am Ostrand der riesigen Plattform. Die Kamera konnte mit einem Schwenk an Geffar vorbei die Aktivitäten an Deck des costaricanischen Frachters, der eben kontrolliert wurde, einfangen.

Sandra Geffar, deren linke Hand ihren Ohrhörer bedeckte, mußte sich anstrengen, um die Stimme des Moderators zu verstehen. »Vielen Dank, Miss Geffar, daß Sie heute abend Zeit für uns haben...«

»Das ist mir ein Vergnügen. Eine wunderschöne Nacht hier draußen. Freut mich, daß Sie zu uns gekommen sind...«

Hardcastle, der in seinem Dienstzimmer neben dem Kontrollzentrum auf dem dritten Deck nur mit halbem Ohr zuhörte, schüttelte den Kopf. Wie konnte man bloß von Hammerhead One reden, als sei die Plattform eine weiße Badebucht auf den Jungfern-Inseln?

Die Gegensprechanlage auf seinem Schreibtisch summte, und er drückte die Sprechtaste, ohne den Blick vom Fernsehschirm zu nehmen. »Ja?«

»Die Dolphin ist klar zum Rückflug«, meldete Becker. »Sie wartet auf Sie, Admiral.«

Manche Leute glauben, wir hätten unbegrenzt Zeit, dachte Hardcastle. Aber wenn die Schmuggler erst mal in Massen kommen... verdammt, wir müssen aufpassen, daß wir nicht überrollt werden, wenn sie damit anfangen... »Ich fliege morgen früh zurück, Mike.«

»Sie haben in letzter Zeit verdammt viel gearbeitet.«

»Ich nehme den nächsten«, entschied er, ließ die Sprechtaste los und konzentrierte sich wieder auf den Bildschirm.

»Was passiert heute nacht hier draußen?« fragte der Interviewer gerade.

Eine Kamera schwenkte langsam über die Reling und zeigte den Frachter, während Geffar sagte: »Wir helfen dem Customs Service bei der Durchsuchung eines Frachters. In diesem Fall sind offenbar Hinweise darauf eingegangen, daß er große Mengen Schmuggelware an Bord haben könnte – deshalb ist die Besatzung aufgefordert worden, an dieser Plattform der Border Security anzulegen, damit das Schiff durchsucht werden kann, bevor es in amerikanische Gewässer einläuft. Der Customs Service kommt auf unsere Plattform, und wir holen die Besatzung von

Bord, damit das Schiff gründlich durchsucht werden kann. Zur Durchsuchung sämtlicher Frachtbehälter und Laderäume setzen wir Spürhunde, Sonden mit Glasfaseroptik, elektronische Schnüffler, Ultraschalldetektoren und Infrarotsonden ein.«

»Ist eine gründliche Durchsuchung dieser Art nicht ziemlich ungewöhnlich?«

»Nein, die Coast Guard führt sie zu Dutzenden durch. Hier auf Hammerhead One haben wir *bessere* Einrichtungen und haben die Situation besser im Griff als bei einer Durchsuchung auf hoher See. Das verleiht unseren Grenzkontrollen eine neue Dimension. Hier draußen haben wir größere Möglichkeiten – und wir nutzen sie auch.«

»Ist an Bord dieses Frachters schon Schmuggelware entdeckt worden?«

»Noch nicht...«

»Bedeutet das, daß Ihre Aufklärung fehlerhaft gearbeitet hat?«

»Leider ist Aufklärung keine exakte Wissenschaft. Sollten Schmuggler herausbekommen haben, was *wir* wissen, können sie die Ware auf ein anderes Schiff umgeladen oder die Lieferung zurückbehalten haben. Vielleicht haben sie das Zeug über Bord geworfen, als wir sie aufgefordert haben, an unserer Plattform anzulegen. Somit wird verhindert, daß allein durch die *Existenz* dieser Plattform eine mutmaßliche Drogenladung in unser Land kommt. Und jeder erzwungene Wechsel in der Planung der Schmuggler ist ein Erfolg für unsere Seite.«

»Können Sie uns das bitte näher erklären?«

»Nehmen wir einmal an, eine Lieferung mit einer Tonne Kokain soll in die USA gebracht werden. Die Schmuggler umhüllen ihre Ware mit Kreosot, stopfen sie in Melonen oder versenken sie in Fässern mit Tomatenmark. Diese eine Tonne Koks wird in mindestens drei Tonnen Material versteckt. Dann hören sie, daß wir herausbekommen haben, welcher Frachter ihre Lieferung transportieren soll. Daraufhin müssen die Schmuggler sie wieder ausladen, den ganzen Dreck beseitigen, ihre Lieferung erneut verpacken und einen neuen Versandweg finden. Das alles kostet Zeit und Geld. Und wenn sie den nächsten Anlauf nehmen, stehen wir wieder bereit.«

»Aber heißt das nicht, daß die Schmuggler den Seeweg durch die Karibik meiden und ihren Stoff vermehrt auf dem Landweg durch Mexiko und Texas oder Arizona transportieren werden?«

»Das ist möglich, aber dann haben wir sie dazu gezwungen, mehr Zeit und Energie aufzuwenden. Und indem wir unsere Kontrollen in der Karibik und vor Südflorida verschärfen, werden mehr Drogenfahnder für Einsätze im Süden und Südwesten frei. Die Border Security Force wird bald auch den Süden unter Kontrolle haben und später auch den Südwesten sichern.«

»Soll das heißen, daß zu Ihren Hauptzielen die Verlagerung von Schmuggelrouten in andere Bundesstaaten gehört?«

»Nein, das ist eine unzulässige Vereinfachung, die unsere Ziele in einem ganz falschen Licht erscheinen läßt.« Geffar bemühte sich, ihre Verärgerung hinunterzuschlucken. »Wie das FBI berichtet, ist der Straßenverkaufspreis für Kokain seit der Aufstellung der Border Security Force vor gut sechs Monaten um fast fünfzig Prozent gestiegen. Und da über die Hälfte des geschmuggelten Kokains durch den Südosten in die Vereinigten Staaten kommt, läßt sich sagen, daß unsere Kontrollen *wirklich* effektiv sind.«

»Sehen Sie den gemeldeten Preisanstieg als Erfolg?«

»Aber sicher! Fünfzig Prozent Preissteigerung machen Kokain für viele Abhängige zu teuer. Wer noch vor einem halben Jahr keine Schwierigkeiten gehabt hat, sich mit Stoff zu versorgen, muß plötzlich feststellen, daß der Nachschub stockt, oder kann sich das Zeug nicht mehr leisten...«

»Also überfällt er einen weiteren Liquor Store oder raubt eine weitere Handtasche oder unterschlägt noch mehr Geld in der Firma, um sich den Stoff leisten zu können?«

»*Oder* er verzichtet darauf, Sir. Oder er beginnt eine Therapie, weil Koks so teuer geworden ist. Oder er begeht eine Straftat und wird dabei geschnappt. Oder er kokst weniger, teilt seinen Vorrat seltener mit anderen oder streckt ihn mehr. Allein die Tatsache, daß durch unser neues Programm viele Ratten aus ihren Löchern gescheucht werden, so daß wir sie leichter unschädlich machen können, ist schon ein Erfolg. Wir *sind* erfolgreich. Und wir haben eben erst zu kämpfen begonnen...«

Valdivia, Kolumbien

Gonzales Gachez nahm eine Scheibe Limone aus der Schale auf der Theke und warf damit nach dem Großbildfernseher.

Er hockte an der Bar seines mit Eichenholz getäfelten Büros auf seiner Ranch im kolumbianischen Hochland und verfolgte die über Satellit ausgestrahlte Sendung *Nightline.* Jedes angekündigte Interview mit amerikanischen Beamten oder Politikern, die im Kampf gegen den Drogenschmuggel standen, konnte mit erhöhter Aufmerksamkeit rechnen. Umgeben war Gachez an diesem Abend von seinen engsten Mitarbeitern sowie den Kommandeuren der Verteilerorganisation.

Die Sendung wurde durch Werbung unterbrochen, aber da Gachez sie empfing, wie sie von Hammerhead One übertragen wurde, sahen sie Geffar, die gerade in ein Handfunkgerät sprach, weiter vor der Kamera stehen.

»Glaubt sie tatsächlich, unsere Lieferungen entscheidend behindern zu können?« fragte Gachez laut. »Wir schmuggeln jeden Tag mindestens tausend Kilo unter ihrer Nase vorbei ins Land, und selbst ihre modernsten Flugzeuge und Drohnen können uns nicht daran hindern!«

»Im Fernsehen muß sie das behaupten«, stellte sein Stabschef Luis Cerredo fest.

Anstatt Gachez zu beschwichtigen, wie an sich zu erwarten gewesen wäre, bewirkte Cerredos Äußerung genau das Gegenteil. »Bloß fürs Fernsehen, Luis? Warum kommen unsere Lieferungen dann nicht mehr an? Warum sagen unsere Kunden, daß wir nicht wie versprochen liefern? Wir verteilen Drogen über die ganzen Bahamas, in ganz Mexiko – und kriegen nur *die Hälfte* unseres Geldes für die gelieferte Ware. Wie kommt das?«

»Die Feiglinge, die für den Abtransport zuständig wären, sehen Hubschrauber kommen und laufen weg. Sie behaupten, daß die Flugzeuge der Cuchillos zuviel Aufmerksamkeit erregen – daß sie die *Federales* zum Abwurfpunkt locken, so daß die Ware nicht geborgen werden kann...«

»Und erregen sie wirklich Aufmerksamkeit?« fragte Gachez. »Sind die Cuchillos etwa nachlässig geworden?«

»Meiner Überzeugung nach nicht, Señor«, antwortete Cerredo. »Sie gehen recht umsichtig vor. Sie haben die Schwächen dieser Border Security Force analysiert und erfolgreich ausgenützt...«

»Und wie haben sie das geschafft? Durch Abwürfe irgendwo in den mexikanischen Bergen? Durch Fünfzigkilosendungen? Ist *das* ihre Vorstellung davon, wie man Schwächen ausnützt?«

»Wir sind uns darüber einig gewesen, daß es unklug wäre, die Cuchillos sofort gegen die Border Security Force antreten zu lassen«, stellte Cerredo fest. »Um ihre verschärften Kontrollen zu umgehen, haben wir unsere bisherigen Abwurfzonen zwischen Kuba und Florida nicht mehr benützt. Statt dessen setzen wir mehr auf Überlandtransporte und unser Verteilernetz in Südkalifornien...«

»Obwohl die Lieferungen unverändert hoch sind, wird immer mehr Ware von den Behörden beschlagnahmt. Wir brauchen eine viel zuverlässigere Route für Lieferungen in die Vereinigten Staaten. Heutzutage ist jede Sendung ihr Gewicht in Gold wert – unser Abgabepreis hat sich fast verdoppelt.«

»Trotzdem halte ich's für besser, andere Einfuhrmethoden zu optimieren, anstatt zu versuchen, unsere früheren Routen erneut zu benützen«, sagte ein vorlauter junger Kommandeur. »Meine Männer sind mehrmals versuchsweise in Richtung Südflorida ausgelaufen und jedesmal von einer Maschine der Border Security Force angeflogen worden. Außerdem hören wir ständig ihre über Funk verbreiteten Warnungen...«

»Aber habt ihr wirklich versucht, ihre Verteidigungslinie zu durchbrechen?« fragte Gachez. »Seid ihr jemals weitergefahren, um zu sehen, was passieren würde?«

Diese Frage machte den jungen Kommandeur sichtlich verlegen. »Äh... nein, wir bleiben außerhalb der amerikanischen Gewässer.«

»Warum? Wir haben uns doch auch früher nicht von Funkwarnungen abschrecken lassen!«

»Daran sind ihre kleinen Hubschrauberflugzeuge schuld, Señor. Sie surren wie Fliegen umher, schweben zwischendurch wie ein Hubschrauber und schießen zuletzt pfeilschnell davon. Wenig später kommt eine größere Maschine, die das Spiel wiederholt, und danach kreuzt eines ihrer schnellen Patrouillenboote auf.«

Gachez' Finger trommelten nervös einen Wirbel auf die polierte Theke. »Wir brauchen dringend Informationen über die Border Security Force. Ich will genau wissen, wie diese... diese Hammerheads operieren, wer sie sind, wo ihre Schwächen liegen. Und wir brauchen Informationen über die Drohnen, ihre ferngesteuerten Kleinflugzeuge – welche Reichweite sie haben, was sie leisten können und wie viele im dortigen Gebiet eingesetzt werden.«

»Das läßt sich sofort feststellen«, sagte einer der Kommandeure. »Wir können mehrere Boote und Flugzeuge losschicken, um ihre Überwachungsmaßnahmen zu testen. Bisher haben sie noch nicht auf uns geschossen, wenn wir vor der Küste abgedreht haben oder außerhalb der Zwölfmeilengrenze geblieben sind. Diesmal...«

»Augenblick!« unterbrach Gachez ihn und hob abwehrend die Hand, weil das Fernsehinterview weiterging.

»Interessant finde ich«, sagte der Interviewer gerade, »daß einer der engagiertesten Verfechter Ihrer Sache ein Mann ist, den Sie vor nicht allzu langer Zeit festgenommen haben: Maxwell Van Nuys.«

»Mr. Van Nuys ist ohne vorschriftsmäßig aufgegebenen Flugplan nach Südflorida eingeflogen. Seine Maschine ist eingezogen worden, er mußte zwanzigtausend Dollar Geldstrafe zahlen, und sein Pilotenschein ist für dreißig Tage eingezogen worden. Andererseits haben mildernde Umstände für ihn gesprochen – darunter die Tatsache, daß wichtige Bordgeräte ausgefallen waren, und seine Bereitschaft, uns bei der Aufklärung dieses Vorfalls behilflich zu sein.«

»Sie wissen natürlich, daß in nächster Zeit die wichtige Abstimmung über das Gesetz zur Aufstellung der Border Security Force bevorsteht. Irgendwelche Überlegungen dazu?«

»Nein. Die Hammerheads *funktionieren* als Einheit – unabhängig davon, ob sie nun ein Kästchen im Organisationsplan des Weißen Hauses bekommen oder nicht. Wir werden weiterarbeiten und weiter Erfolg haben ...«

»Findet ihn!« verlangte Gachez. Er drehte sich ruckartig zu seinen Männern um. »Ich will alles wissen, was es über Maxwell Van Nuys zu wissen gibt. Vielleicht kommen wir über ihn an sie ran.«

»Van Nuys ist ein Jet-Setter, ein Playboy«, wandte Cerredo ein. »Warum nehmen wir sie uns nicht selbst vor?«

»Weil sie im Staatsdienst ist. Wenn es uns gelingt, ihren Freund unter Druck zu setzen, haben wir vielleicht auch sie in der Hand. Und ich möchte wissen, wo die Schwachstellen dieser Border Security Force liegen. Ich bezweifle, daß sie die gesamte Südostküste der Vereinigten Staaten kontrollieren kann. Findet eine schwache Stelle, die sich ausnutzen läßt!«

»Wir sollen sie provozieren, meinen Sie?«

»Wie ihr das anstellt, ist mir egal, aber ich will Erfolge sehen! Die Hammerheads verhängen zehntausend Dollar Geldstrafe und beschlagnahmen das Boot oder Flugzeug? Ich zahle die Geldstrafe *und* fünftausend Dollar Prämie und stelle jedem, der den Mut hat, ein schnelles Boot zur Verfügung.« Das erwartete Echo blieb jedoch aus; nur in der hintersten Ecke wurde eine einzige Hand gehoben. Der Kartellboß ging darauf zu. »Wie heißt du?«

»Carlos«, antwortete ein sehr junger Mann. »Carlos Canseco.«

»Wie alt bist du, Carlos?«

»Neunzehn, Señor Gachez.«

»Aha.« Er zog den Jungen auf die Füße, legte ihm freundschaftlich seinen Arm um die Schultern und führte ihn nach vorn. *»Hier* ist ein Mann! Sein Mut beschämt euch alle. Dafür bekommt er *zehn*tausend Dollar und ein Haus.« Er wandte sich an den jungen Mann. *»Bueno.* Morgen abend liegt für dich in Freeport ein in Puerto Rico registriertes Rennboot bereit. Und wenn du's bis an Land schaffst, wovon ich überzeugt bin, lege ich fünftausend Dollar als Prämie drauf.«

Der junge Canseco platzte beinahe vor Stolz.

Kontrollplattform Hammerhead One
Am nächsten Morgen

Becker fand Hardcastle an seinem Schreibtisch eingeschlafen vor. »Guten Morgen, Sir. Hab' mir schon gedacht, daß ich Sie hier finden würde.«

»Wie spät ist es?« fragte Hardcastle und massierte sich den Nacken.

»Sechs Uhr dreißig. Der Morgenhubschrauber landet gleich. Ich habe Ihnen einen Platz für den Rückflug reservieren lassen.«

»Unsinn, Mike, in zwölf Stunden habe ich wieder Dienst – da kann ich gleich hierbleiben.« Hardcastle wandte sich ab und starrte in den grauen Morgen hinaus.

»Sie haben *frei.* Ich habe zwei Tage Urlaub für Sie beantragt.«

»Nett von Ihnen, Mike, aber ich kann nicht einfach...«

»Hier!« Hardcastle drehte sich um und sah, daß Becker einen Urlaubsschein mit seinem Namen hochhielt. »Der Hubschrauber wartet, bis Sie an Bord sind. Sie haben in letzter Zeit zuviel gearbeitet, Sir, und müssen unbedingt mal ausspannen!«

»Verdammt noch mal, Becker, ich brauche keine...« Hardcastle machte eine Pause und rieb sich die Augen und seinen Stoppelbart. »Gut, okay, ich bin frustriert, weil ich finde, daß wir nicht genug tun – deshalb bleibe ich an Bord, und je länger ich hier bin, desto frustrierter werde ich.«

Becker nickte verständnisvoll. »Alles nur eine Frage der Zeit, Sir. Das wissen Sie selbst. Sandra hat die Einsatzleitung, aber Sie sind für Planung und Bewaffnung zuständig... Das hat der Vizepräsident ausdrücklich gesagt – und sie hat es nie bestritten. Entschuldigen Sie meine deutlichen Worte, Sir, aber...« Hardcastle winkte schwach lächelnd ab. »Gut, dann erwarte ich Sie an Deck. Und ich weiß, daß Daniel sich über Ihren Besuch freuen wird.«

»Mike? Danke, Kumpel. Wir sehen uns an Deck.«

Es war Samstag, und Ian und Daniel Hardcastle nützten diese Tatsache gemeinsam aus.

Nach dem Morgentraining war Hardcastle Gast des Baseballteams der University of Miami beim Mittagessen vor dem ersten Spiel der Saison. Obwohl Daniel als Erstsemester meistens die Reservebank drücken mußte, galt der talentierte junge Infielder schon jetzt als Spieler mit Zukunft. Hardcastle sah das Spiel gegen die University of Georgia, das unglücklich verlorenging, von der Trainerbank aus, war stolz auf Daniel, der kurz eingewechselt wurde, und staunte darüber, wie erwachsen sein Sohn geworden war...

Beim Abendessen unterhielten sie sich wie Brüder oder alte Freunde, nicht wie Vater und Sohn. Daniel hielt nichts zurück – auch nicht die Reaktion mancher Kommilitonen auf die Tatsache, daß er der Sohn des Vizeadmirals war, der die Hammerheads aufgestellt hatte.

Beim Kaffee fragte Daniel seinen Vater, ob sie nach Key Biscayne hinausfahren und eine V-22C Sea Lion besichtigen könnten, und Hardcastle stimmte bereitwillig zu.

»Imponierend!« sagte Daniel Hardcastle beim Rundgang um die Sea Lion in ihrem Hangar neben dem Hauptquartier der Hammerheads. Für Alarmeinsätze war die in Alladin City stationierte V-22C mit Zusatztanks, einer Hughes-Revolverkanone im linken Waffenbehälter und sechs Lenkwaffen des Typs Sea Stinger im rechten binnen weniger Minuten startbereit. »Wie schnell ist sie?«

»Als Flugzeug macht sie etwa zweihundertfünfzig Knoten«, antwortete sein Vater. »Als Hubschrauber etwa hundert Knoten. Sie kann sogar mit vierzig Knoten rückwärts fliegen.«

»Und ganz schön bewaffnet, was?« murmelte Daniel vor dem aerodynamisch geformten Behälter mit der Revolverkanone. Sein junges Gesicht trug einen ernsteren Ausdruck, als er fragte: »Habt ihr schon jemand abgeschossen?«

»Nein.«

»Aber würdet ihr's tun? Ich meine, wenn jemand...«

Er brachte seinen Satz nicht mehr zu Ende. Vor dem Hangar heulte eine Sirene los; gleichzeitig flammte die Vorfeldbeleuchtung auf. Hardcastle wollte gerade ins Kontrollzentrum laufen, als die Besatzung der Sea Lion in den Hangar kam und einstieg.

»Eilig scheinen sie's nicht gerade zu haben«, meinte Daniel, der sich einen Alarmstart anders vorgestellt hatte.

»Die Sea Lion in Alladin City steht nur in dritter Linie in Reserve.« Hardcastle trat an die rechte Cockpitseite. »Was läuft, Adam?« fragte er Adam Fontaine, den Piloten der V-22C, der eben die externe Stromversorgung einschaltete, um seine Funkgeräte betreiben zu können.

»CARIBAL hat ein aus Bimini kommendes schnelles Boot geortet, das die Gegend nördlich von Fort Lauderdale ansteuert. Wegen der großen Entfernung hat Hammerhead One keine Drohne gestartet – deshalb soll ein Flugzeug bereitstehen. Weil wir näher dran sind als Marathon oder Homestead, sind wir alarmiert worden.«

»Bleibt der Kerl im vorgeschriebenen Fahrwasser?«

»Nein. Meistens ist er drin gewesen – zwischen Alice Town und Fort Lauderdale ist man zwangsläufig in unserem Korridor –, aber SLINGSHOT vermutet, daß der Kerl sich nicht wirklich daran halten will.«

»Keine Zollvoranmeldung?«

»Das hat den Alarm ausgelöst«, sagte Fontaine. »Er ist in Alice Town beim Zoll gewesen, aber die Kennzeichenprüfung hat ergeben, daß Marke und Modell nicht zusammenpassen.«

»Welchen Zielhafen hat er angegeben?«

»Irgendeinen schäbigen kleinen Binnenhafen am Kanal. Aber ich bezweifle, daß er dort aufkreuzen wird. Sieht wie 'n Kurier aus – kein sehr schlauer Bursche, aber trotzdem ein Kurier.«

Hardcastle kniff verärgert die Augen zusammen. »Wir sollten den Kerl sofort abfangen! Warum unternimmt die Plattform nichts?«

»Geffar will die Sache offenbar Customs überlassen«, antwortete Fontaine. »Ein kleiner Fisch, sagen sie, der keinen Alarmstart wert ist...«

»*Was?* Verdammt noch mal, die Hammerheads sollen doch

verhindern, daß Kuriere in unsere Gewässer eindringen. Wird er nicht vor der Küste gestellt, muß eine Großfahndung eingeleitet werden – und die geht dann *wirklich* ins Geld!« Hardcastle schüttelte den Kopf. »Wer hat heute abend Dienst?«

»Geffar ist auf der Plattform«, sagte Fontaine, »aber soviel ich weiß, ist Annette Fields dran.« Fields, die von der Drug Enforcement Agency gekommen war, hatte sich auf Hammerhead One als Wachleiterin bewährt und war deshalb als Stellvertreterin des Admirals auf Hammerhead Two vorgesehen.

Hardcastle bedeutete Fontaine ungeduldig, nach links hinüberzurutschen. Im nächsten Augenblick saß er mit aufgesetztem Kopfhörer im Cockpit der V-22C. »Shark, hier Bravo. Wie hören Sie mich?«

»Bravo, hier Shark«, antwortete der Controller auf Hammerhead One sofort. »Höre Sie fünf. Übergebe an Kitty.« Sekunden später meldete sich Fields. »Bravo, hier Kitty. Wie geht's, Tiger? Sind Sie in der Zentrale?«

»Ich bin bei Shark Two-Three«, sagte Hardcastle. »Wir müssen einen Einsatz gegen das Seeziel nördlich von Ihnen fliegen. Ist eine Maschine startklar?«

»Leider nicht, Tiger. Das Ziel liegt außerhalb der Reichweite unserer von HIGHBAL gesteuerten Drohnen, und wir haben nur eine Sea Lion – die andere ist seit heute morgen in Reparatur. Alpha möchte sie für Luftziele in Bereitschaft halten und Customs das Seeziel überlassen. Aus Fort Lauderdale kommt ein Patrouillenboot – Rufzeichen Five One –, um es abzufangen. Es müßte in zwanzig Minuten in Position sein.«

»Zwanzig Minuten?« knurrte Hardcastle, ohne die Sprechtaste zu drücken. »Eine Stunde wäre realistischer!« Er sprach wieder mit Fields: »Shark, wir lassen ihn von Two-Three abfangen.«

»Verstanden«, antwortete sie von Hammerhead One. »Fliegen Sie mit, Tiger?«

»Negativ. Die Besatzung ist an Bord.«

»Äh... wir sind nicht nachtflugberechtigt, Sir«, erklärte Fontaine ihm verlegen.

»Was? Ich dachte, Sie seien alle...«

»Die Nachtflugausbildung mit der Sea Lion ist vorerst eingestellt worden«, sagte der Pilot. »Von fünfzehn Stunden hab' ich erst elfeinhalb.«

Hardcastle verdrehte die Augen. »Verdammt, wie können Sie dann nachts als Alarmpilot eingeteilt werden?«

»Ganz einfach – weil kein anderer da ist.« Fontaine merkte, wie wütend der Admiral war. »Sir, normalerweise wäre ich doch nie drangekommen...«

Hardcastle beherrschte sich mühsam. »Okay, die restlichen Stunden kriegen Sie von mir. Wir stellen diesen Kerl, bevor er die Dreimeilengrenze erreicht.« Er nickte dem Bodenpersonal zu. »Rausrollen und startklar machen.« Dann sah er zu Daniel hinüber, der in der Nähe stand. »Willst du mitkommen?«

Daniel war sichtbar überrascht. Fontaine wirkte noch überraschter. »Äh, Sir, halten Sie das für 'ne gute Idee...?«

»Warum nicht? Wir haben auch schon Reporter bei Nachteinsätzen mitgenommen.«

»Aber auf einem Ausbildungsflug?«

Hardcastle winkte ab. »Verpassen Sie ihm eine Ausrüstung, damit wir starten können. Ich hole den Einsatzbefehl und die Freigabe.« Während er lostrabte, um seine Fliegerkombi anzuziehen, begann ein Schlepper die Sea Lion aus dem Hangar zu bugsieren.

Als Hardcastle zurückkam, fand er Daniel auf dem rechten Sitz unmittelbar hinter dem Piloten, wo er ihn vom Kopilotensitz aus mit einem Blick über die Schulter sehen konnte. Die Sitzgurte waren so straff angezogen, daß der Junge sich kaum bewegen konnte, aber dafür hatte er das rechteckige Beobachtungsfenster unmittelbar neben sich. Mit der dicken kugelsicheren Weste, der orangeroten Windjacke der Hammerheads, der Zweikammerschwimmweste CLU-93 und einem Helm mit eingebauten Kopfhörern und Infrarotvisier wirkte der athletisch schlanke Daniel wie ausgestopft.

»Alles klar?« rief Hardcastle nach hinten, als das Hilfstriebwerk der Sea Lion auf Touren kam. Daniel reckte grinsend den rechten Daumen hoch.

Zu dem Komplex der Hammerheads in Alladin City gehörte eine tausendfünfhundert Meter lange Start- und Landebahn, aber die V-22C benötigte nur einen Bruchteil davon. Beim Start, den Fontaine selbständig durchführte, beschränkte Hardcastle sich auf die Rolle des Copiloten. Als die Sea Lion sich mit einem Sprung in die Luft erhob, wurde Daniel in seinen Sitz gedrückt. Im Gegensatz zu allen Hubschraubern, mit denen er bisher geflogen war, beschleunigte die V-22C atemberaubend schnell. Dann wurden ihre Triebwerke in Horizontalstellung geschwenkt, und die Sea Lion raste durch den Nachthimmel über Ostflorida.

»Shark, hier Shark Two-Three, Start Alladin, zweitausend Fuß, steigen auf dreitausend.«

»Two-Three, hier Shark, Radarkontakt«, bestätigte der Controller auf Hammerhead One. »Seeziel bei zwölf Uhr, vierzig Meilen. Seine Geschwindigkeit etwa dreißig Knoten bei leichtem bis mittlerem Seegang. Ihre voraussichtliche Ankunftszeit acht Minuten.«

»Haben Sie versucht, ihn über Funk zu erreichen?« erkundigte sich Hardcastle.

»Positiv, Two-Three. Auf sämtlichen Frequenzen keine Antwort.«

»Der Kerl macht dreißig Knoten bei leichtem bis mittlerem Seegang«, sagte Hardcastle über die Bordsprechanlage. »Folglich liegt kein Notfall vor, sondern er versucht, zur Küste durchzubrechen.« Er sah nach hinten in die Kabine. »Ich brauche drei Leuchtraketen im rechten Waffenbehälter.« Dabei begegnete sein Blick dem Daniels, aus dem Aufregung und etwas Angst sprachen. Daniel beobachtete, wie drei der sechs Lenkwaffen mit der leuchtend roten Markierung FIM-93 RMP LIVE HE durch drei über einen Meter lange Raketen mit gelben Markierungen ersetzt wurden.

Hardcastle klappte sein FLIR-Visier herunter, aktivierte das System und überzeugte sich davon, daß er vom Fadenkreuz der Hughes-Revolverkanone, das seinen Kopfbewegungen folgte, auf das stationäre gelbe Ringvisier der Sea Stinger umschalten konnte.

»Two-Three, Entfernung zur letzten bekannten Zielposition fünfzehn Meilen«, meldete der Controller. »HIGHBAL erfaßt es nur noch gelegentlich. Wir versuchen, es mit CARIBAL wiederzufinden.« Hardcastle erinnerte sich an Geffars Warnung vor Drohnenflügen im Grenzbereich des Ballonradars – wahrscheinlich hatte sie doch recht. Durch sein FLIR-Visier suchte er die See vor ihnen nach einem leuchtend gelben Objekt ab, das ihr Ziel sein konnte.

Kontrollplattform Hammerhead One

Die Sprechanlage in Geffars Kabine war abgestellt, aber erhöhte Aktivität an Deck und gedämpfte Durchsagen draußen im Korridor weckten sie schließlich doch. Sie stellte verschlafen ihren Monitor an, der das Radarbild des Kontrollzentrums zeigte, und stand dann auf, um sich ein Glas Wasser zu holen.

Geffar kam mit dem Glas in der Hand zurück und betrachtete müde das Radarbild. Vor der links dargestellten Küste operierten zwei durch Datenblöcke gekennzeichnete Einheiten der Hammerheads: Two-Three, eine V-22C aus Alladin City, und Five-One, ein Patrouillenboot aus Fort Lauderdale. Das Gebiet vor den beiden war farbig hervorgehoben, aber dort war nichts zu sehen – keine Datenblöcke, keine Radarziele.

Sie trat an ihren Schreibtisch und schaltete die Sprechanlage ein. »Annette, was läuft?«

»Ein Unternehmen auf See«, antwortete Fields aus dem Kontrollzentrum. »Ein nicht identifiziertes schnelles Boot ist von Bimini zur Küste nördlich von Fort Lauderdale unterwegs. Eine Sea Lion und ein Patrouillenboot sollen es abfangen.«

»Keine Zollvoranmeldung?«

»Gefälschte Eintragung. Ist vorhin gemeldet worden.«

»Okay, wann haben Sie die Sea Lion gestartet?«

»Ich habe keine gestartet. Den Start hat der Admiral befohlen.«

»Hardcastle? Wo ist er? Im Hauptquartier?« Geffar schloß kurz die Augen. Sie wußte nur allzugut, wo Hardcastle sein würde...

»Er ist an Bord der Sea Lion.«

Ich hab's *gewußt!* sagte Geffar zu sich selbst. »Okay, ich bin gleich oben«, erklärte sie Fields und ließ die Sprechtaste los.

An Bord der V-22C Sea Lion

»Noch drei Meilen bis zur computerberechneten Position, Two-Three«, meldete der Controller. »Kein Radarkontakt über CARIBAL.«

Ein nur drei Seemeilen entferntes schnelles Boot müßte im Infrarot-Scanner ein riesiges Ziel abgeben, dachte Hardcastle. Er hatte Fontaine schon mehrmals vermeintliche Ziele ansteuern lassen – einen nach Norden ziehenden Wal, einen Ölfleck und eine Müllspur, die ein Kreuzfahrtschiff hinterlassen hatte.

»Two-Three, hier Alpha«, sagte eine andere Stimme.

»Ich höre, Alpha.«

»Wir sind alle überrascht gewesen, Sie in der Luft zu sehen, Bravo«, sagte Geffar hörbar verstimmt. »Haben Sie Ihren Urlaub abgebrochen?«

»Ich versuche, Ausbildung und Praxis miteinander zu verbinden, Alpha. Dann ist auch diese Besatzung bald einsatzbereit.«

»Sehen Sie zu, daß Sie den Kerl finden, führen Sie unser Patrouillenboot zu ihm, und kommen Sie zurück«, forderte Geffar ihn auf. »Unser Schulungsprogramm macht Ausbildung bei richtigen Nachteinsätzen überflüssig. Führen Sie unser Boot zu ihm, und fliegen Sie zurück.«

»Wir sind dran, Alpha«, versicherte Hardcastle ihr. »Wir haben ihn bestimmt gleich.«

Geffar schüttelte den Kopf. Das war keine Bestätigung, sondern eine klare Herausforderung. Hardcastle wollte mit einer unerfahrenen Besatzung nachts ein Seeziel abfangen.

Sollte sie ihn zurückbeordern? Dies war nicht der richtige Zeitpunkt für eine über Funk geführte Auseinandersetzung: keine drei Meilen bis zum Ziel, niedrige Höhe, eine nervöse Besatzung auf der Suche nach einem schwer zu findenden Ziel. Und sie wußte, daß Hardcastle nicht nachgeben würde. Nein, er war ein erfahrener Pilot; er flog die Maschine selbst und war vor Ort. Dies war Hardcastles Einsatz.

Keine zwei Seemeilen mehr. Fontaine ging auf unter hundert Knoten herunter, wobei er die Triebwerksgondeln der Sea Lion in Siebzig-Grad-Stellung schwenkte. Als sie sich dem computerberechneten Abfangpunkt näherten, verringerte er ihre Geschwindigkeit bei senkrecht gestellten Triebwerken auf neunzig Knoten, damit Hardcastle mehr Suchzeit hatte.

»Nichts«, murmelte Hardcastle enttäuscht. »Verdammt noch mal, er müßte irgendwo vor uns sein!«

»Ein cleverer Bursche«, sagte Fontaine. »Die meisten würden versuchen, mit Höchstfahrt die Küste zu erreichen, aber er weicht uns aus – bisher mit Erfolg.«

Mit eingeschalteten Positions- und Zusammenstoßwarnlichtern war das tief anfliegende Flugzeug leicht zu erkennen. Als sie bis auf einen Kilometer herangekommen war, drehte Carlos Canseco scharf backbord vom Flugweg der Maschine ab, beschrieb nach einigen hundert Metern einen Halbkreis, so daß der Bug in Richtung Flugzeug zeigte und zog die Leistungshebel seiner Triebwerke zurück. Canseco hatte eine Einweisung in die militärische Suchtaktik nach Seezielen bekommen und verhielt sich entsprechend. Während das Rennboot an Fahrt verlor, warf er eine dunkle Decke über die niedrige Windschutzscheibe, damit sie kein Licht reflektierte.

Der Mann neben Canseco, ein puertoricanischer Söldner, hob sein Sturmgewehr AK-47 mit Fünfzigschußmagazin und Mündungsfeuerdämpfer und zielte auf den näherkommenden Lärm. »Klingt wie 'n großer Vogel«, sagte er zu Canseco. »Um so leichter zu treffen...«

»Ich hab' dich nicht mitgenommen, damit du auf Flugzeuge schießt«, wehrte Canseco ab. »Ich hab' dich angeheuert, weil du Englisch kannst und diese Gewässer gut kennst. Sollten sie uns finden, schmeißt du das Ding hoffentlich rechtzeitig über Bord!«

»Vor der Coast Guard hab' ich keine Angst...« Das dumpfe Brummen des Flugzeugs kam näher, »...mit der kenn' ich mich aus. Bloß 'n paar Schüsse, dann ziehen sie den Schwanz ein, gehen in Deckung und plärren um Hilfe...«

Aber Canseco war cleverer. »Wenn du dein Geld willst, tust du, was ich dir sage.« Er wußte – obwohl die meisten Militärmaschinen wenigstens einen nach hinten gerichteten Infrarotsensor hatten –, daß ihnen weit weniger Gefahr drohte, solange sie hinter dem Flugzeug blieben. »Jetzt halt dich fest!« Canseco riß die Decke von der Windschutzscheibe, schob beide Leistungshebel nach vorn und steuerte auf die Küste zu.

Vor ihnen waren sekundenlang die Umrisse einer seltsamen Maschine zu erkennen, die kaum Ähnlichkeit mit den gewohnten Küstenwachflugzeugen hatte. Wie ein Hubschrauber hatte sie zwei Rotoren, aber sie war leiser und viel größer als andere Überwachungshubschrauber. Noch ungewöhnlicher waren die riesige rote Leuchtschrift FOLLOW ME auf beiden Rumpfseiten und mehrere an einen Streifenwagen erinnernde rote Blinklichter. Wenn dieses Flugzeug sie fand, waren sie geliefert.

Canseco hatte von dem seltsamen Flugzeug gehört, das die neue Küstenwache jetzt einsetzte: ganz ungewöhnliche Maschinen, die wie Flugzeuge fliegen und wie Hubschrauber schweben konnten und mit Bomben und Raketen bewaffnet waren. War dies eine der neuen Maschinen? Schwer zu sagen, aber er mußte sicherheitshalber davon ausgehen und versuchen, so schnell wie möglich die Küste zu erreichen...

»Verdammt!« sagte Hardcastle über die Bordsprechanlage. »Der Kerl ist spurlos verschwunden.« Er drückte die Funksprechtaste. »Shark, hat CARIBAL dieses Ziel geortet?«

»Negativ«, antwortete der Controller. »Im äußersten Grenzbereich treten jetzt Geisterechos auf. Sicher orten läßt sich im Augenblick keines.«

»In so niedriger Höhe nützt uns das FLIR nichts«, stellte Hardcastle fest. »Wir müssen steigen und dieses Gebiet noch mal absuchen. Verdammt, ich *weiß,* daß er irgendwo in der Nähe ist!«

»Äh... Dad?« Daniel saß gegen die Flugrichtung.

»Ja, Daniel?«

»Kannst du 'ne Linkskurve fliegen? Ich hab' hinter uns was gesehen.«

»Bestimmt?«

Eine kurze Pause. »Nein. Die Wellen sehen alle gleich aus. Aber ich hab' mir eingebildet, einen Lichtreflex zu sehen.«

Ein Versuch konnte nicht schaden. »Eine langsame Linkskurve«, verlangte Hardcastle von Fontaine und klappte das FLIR-Visier wieder herunter. Nun folgte eine lange Pause, in der Daniel schon bereute, überhaupt etwas gesagt zu haben.

»Kontakt!« rief Hardcastle plötzlich. »Ich hab' ihn!« Er betätigte einen Schalter an seinem Steuerknüppel, um das Infrarotbild auf dem FLIR-Monitor zu zentrieren, damit Fontaine es ansteuern konnte. »Ziel erfaßt, Adam. Wir haben ihn!«

Als die Blinklichter sich plötzlich nicht weiter entfernten, sondern eine träge Linkskurve beschrieben, begann Canseco eine Kurskorrektur nach Steuerbord, um die Entfernung zum Heck des Flugzeugs zu vergrößern. Aber als die Maschine plötzlich scharf nach links kurvte und rasch bis auf einige Meter über dem Wasser herunterging, wußte er, daß er entdeckt war.

»Bis zur Küste sind's nur noch ein paar Kilometer«, sagte er zu dem Söldner neben ihm. »Mal sehen, ob wir's bis dorthin schaffen.« Er schob die Leistungshebel bis zum Anschlag nach vorn und hielt auf die gerade am Horizont auftauchenden Lichter zu. Das Rennboot begann mit steil hochgerecktem Bug in die Wellen zu klatschen und zog dabei eine zehn Meter hohe Gischtfontäne hinter sich her. Canseco drückte sich möglichst tief in seinen Schalensitz, klammerte sich mit einer Hand an einem Griff am gepolsterten Instrumentenbrett fest und konzentrierte sich darauf, sein rasendes Boot so gut wie möglich auf Kurs zu halten.

Deshalb entging ihm das beinahe freudige Grinsen des puertoricanischen Söldners auf der Sitzbank hinter ihm. Der Mann drohte dem rasch näherkommenden Flugzeug mit der Faust, lud sein Sturmgewehr AK-47 durch, stemmte beide Füße auf den Boden und schlang sich den Gewehrriemen um den rechten Unterarm, um ruhiger zielen zu können...

»Sieht wie ein zwölf Meter langer Cigarette Racer aus«, berichtete Hardcastle über Funk. »Bisher kein Kennzeichen. Düsenantrieb, Renncockpit, zwei Mann Besatzung. Einer der beiden könnte eine Waffe haben. Wir sehen uns das Boot mal näher an.«

»Two-Three, hier Shark Five-One. Wir sind zehn Meilen von Ihrer Position entfernt, voraussichtliche Ankunftszeit eins-acht Minuten«, funkte Thomas Petraglia, der Skipper des Patrouillenboots. Die WSES-2 *Sea Hawk,* ein von der Coast Guard übernommenes Doppelrumpfboot, glich in Tonnage, Bemannung und Bewaffnung den Kuttern der *Island*-Klasse – aber sie war bis zu fünfunddreißig Knoten schnell und hatte erheblich weniger Tiefgang, um zwischen Inseln und auf Binnenwasserstraßen operieren zu können. Die Coast Guard hatte sechs ihrer acht WFCI Ocean Interceptors, zehn ihrer sechzehn Kutter und vier WS-ES-Katamarane an die Hammerheads abgegeben.

»Verstanden, Five-One«, antwortete Hardcastle. »Er steuert etwas nördlich von Pompano Beach genau die Küste an – möglicherweise sieht er die Hafeneinfahrt Boca Raton und hält darauf zu. Geschätzte Geschwindigkeit inzwischen drei-sechs Knoten. Vorsicht, vermutlich ist ein Bewaffneter an Bord!«

»Verstanden, Two-Three«, bestätigte Petraglia. »Noch kein Seeziel im Radar. Wir melden uns wieder. Ende.«

Hardcastle schaltete auf die gespeicherte Notfrequenz um. »Nicht identifiziertes Rennboot östlich von Pompano Beach, Florida, hier United States Border Security Force. Sie sind ohne Freigabe in ein Sperrgebiet eingefahren. Drehen Sie bei, sonst eröffnen wir das Feuer. Bestätigen Sie den Empfang dieser Aufforderung auf einer der Notfrequenzen. Kommen.« Nachdem er den Anruf auf sämtlichen Notfrequenzen wiederholt hatte, ließ er sie von seinem Funkgerät alle drei Sekunden automatisch absuchen.

Das angerufene Boot meldete sich nicht.

»Was sagt er?« rief Canseco dem Söldner auf dem Rücksitz zu. Als keine Antwort kam, riskierte er einen raschen Blick nach hinten und sah den Mann mit seinem AK-47 auf die anfliegende Maschine zielen.

»*Nein,* nicht schießen!«

»Warum nicht? Das vertreibt sie garantiert.«

»Du Idiot, wenn wir sie angreifen, erschießen sie uns! Wir sind nicht hier, um auf Küstenwachflugzeuge zu schießen.«

»Wozu denn sonst?«

Canseco gab keine Antwort. Er griff nach dem Mikrofon seines Funkgeräts und meldete auf Spanisch: »Wir sind zehn Seemeilen nordöstlich der Hafenbefeuerung R-5 von Pompano Beach auf Westkurs. Ein großes Flugzeug mit zwei Rotoren, das aber kein Hubschrauber ist, hat uns abgefangen. Nähere Einzelheiten sind bei Nacht nicht zu erkennen. Sie warnen uns auf Englisch, aber dieser Puertoricaner ist ein Idiot. Er versteht weniger Englisch, als ich dachte – oder gibt vor, weniger zu verstehen...

Wiederhole: Wir sind zehn Seemeilen nordöstlich von Pompano Beach. Sie haben uns entdeckt. Sie verfolgen uns mit einem sehr großen Flugzeug mit zwei Rotoren. Innerhalb der nächsten fünf Minuten werden wir geschnappt.« Er ließ sein Mikrofon fallen und klammerte sich wieder fest, als das von einem Wogenkamm abprallende Rennboot seinen Bug sekundenlang steil in die Luft reckte.

Vor Delray Beach, Florida – keine fünfzehn Seemeilen nördlich des Gebiets, in dem nun der letzte Teil der Verfolgungsjagd begann – folgte ein fünfzehn Meter langer Kabinenkreuzer mit langsamer Fahrt der amerikanischen Dreimeilengrenze. Für ein Boot dieser Größe besaß er auffällig viele Funkantennen und hatte sogar eine Satellitenantenne in einer schützenden Glasfaserkuppel auf dem Dach der Hauptkabine.

Unten in der Kabine bewegte sich ein Stechzirkel über eine Seekarte des Gebiets vor der Ostküste Floridas. Eintragungen in Bleistift markierten Cansecos wilde Fahrt von Bimini nach Florida. Die Eintragungen verrieten die Hand eines erfahrenen Navigators – sie waren klein, ordentlich und präzise wie die eines technischen Zeichners.

»Sie funken noch immer ohne Scrambler«, sagte jemand auf Spanisch zu dem Mann mit dem Stechzirkel. Dieser andere, der Skipper des Kabinenkreuzers, riß eine Bierdose auf und leerte sie halb, bevor er weitersprach: »Anscheinend ist irgendwas mit ihren Funkgeräten nicht in Ordnung.«

»Die Reichweite abhörsicherer Verbindungen ist begrenzt«, erklärte ihm der erste Mann. »Außerdem weiß Canseco, daß sie ihn entdeckt haben, und sie wissen, daß ihr Ziel *sie* längst entdeckt hat. Geheimhaltung ist also überflüssig.« Er trug Cansecos letzten Standort ein und bezeichnete den Punkt, an dem das Flugzeug ihn abgefangen hatte.

»Was für 'ne Maschine ist dort draußen unterwegs?« fragte der Skipper.

»Die Amerikaner nennen sie Sea Lion«, antwortete der andere. »Eine Neuentwicklung, die schneller und größer als ein Hubschrauber ist, aber wie einer schweben kann.«

»Sie ist bewaffnet?«

»Allerdings!« bestätigte der erste Mann. »Und die Hammerheads – vor allem dieser Admiral Hardcastle – setzen die Waffen auch ein. Sollten sie mit dem Abfangen Ernst machen, muß Canseco darauf vorbereitet sein, zu stoppen. Sonst eröffnen sie das Feuer auf ihn.« Er tippte auf die Seekarte. »Die Sea Lion hat Canseco nicht ohne weiteres entdeckt... CARIBAL und die Radargeräte der Plattformen scheinen im Grenzbereich ihrer Reichweiten nicht mehr effektiv zu arbeiten.«

»Was haben Sie gesagt?« fragte der Skipper.

»Schon gut. Jedenfalls hat Canseco sich heute nacht seine zwanzigtausend Dollar verdient. Ich nehme an, daß er die verwundbare Stelle der Hammerheads gefunden hat.«

»Okay, Adam«, sagte Hardcastle zu Fontaine. »Unsere *Sea Hawk* ist noch ziemlich weit entfernt, und der Kerl dort vorn kann sie unter Umständen abhängen – er macht jetzt vierzig Knoten. Wir müssen dafür sorgen, daß er langsamer wird, damit die *Sea Hawk* ihn schnappen kann. Das Gewehr, das ich zu sehen *glaube,* macht mir Sorgen, deshalb müssen wir vorsichtig sein. Sie gehen bis auf hundert Meter an ihn ran, damit wir ihn mit unserem ID-Scheinwerfer anstrahlen können. Sollte er nicht reagieren, vergrößern Sie den Abstand, damit wir neue Überlegungen anstellen können.«

»Was, zum Teufel, soll das heißen?«

»Das *heißt«,* erklärte Hardcastle, »daß wir uns darauf vorbereiten, ihm einen Schuß vor den Bug setzen, falls er nicht stoppen will.« Fontaines ganze Reaktion bestand darin, daß er den Steuerknüppel fester packte.

»Two-Three, hier Five-One«, meldete sich der Skipper der *Sea Hawk,* »wir haben jetzt Radarkontakt mit Ihnen. Auch das Seeziel müßten wir bald sehen können. Seine Position?«

»Ungefähr dreihundert Meter vor uns und mit fast vierzig Knoten auf Westkurs. Wir wollen versuchen, ihn zum Beidrehen zu zwingen.«

»In fünf Minuten sind wir in Position«, antwortete Petraglia. »Inzwischen haben wir positiven Radarkontakt mit Ihrem Ziel. Sie können die Nahüberwachung aufgeben, Two-Three.«

Fontaines Verkrampfung schien sich zu lockern, aber Hardcastle antwortete: »Negativ, Five-One. Wir gehen jetzt ran und melden uns wieder.«

Sandra Geffars Nervosität wuchs, während sie den Funkverkehr mithörte. Sie kannte Hardcastle gut genug, um zu wissen, daß er rangehen und das Boot zu stoppen versuchen würde, selbst wenn die *Sea Hawk* bereits in der Nähe war.

Annette Fields schienen ähnliche Gedanken zu bewegen, als sie sich jetzt umdrehte und zu Geffar aufsah. »Er ist der zuständige Kommandeur«, erklärte Geffar ihr. »Das hier ist sein Einsatz. Sollte das Boot die *Sea Hawk* abhängen, muß er vielleicht noch eingreifen.«

Fields machte eine kurze Pause. »Er hat einen Zivilisten an Bord«, sagte sie dann.

»Was? Wer ist noch an Bord?«

»Sein Sohn Daniel. Er hat ihn mitgenommen, als...«

»Er schleppt seinen eigenen Sohn in ein Feuergefecht mit?« Geffar beherrschte sich mühsam, als sie merkte, daß sich die übrigen Anwesenden im Kontrollzentrum nach ihr umdrehten. »Ich möchte, daß er so bald wie möglich zurückkommt«, erklärte sie Fields ganz ruhig. »Für diesen Passagier bin auch ich verantwortlich... er darf keineswegs gefährdet werden...«

Inzwischen war Fontaine mit der Sea Lion bis auf fünfzig Fuß über dem Meeresspiegel heruntergegangen und hatte den Abstand zu dem Cigarette Racer auf knapp hundert Meter verringert. Hardcastle klappte sein FLIR-Visier hoch, ließ den Infrarot-Scanner aufs Ziel gerichtete und schaltete den NightSun-Scheinwerfer ein.

Der fünftausend Watt starke Scheinwerfer tauchte das Rennboot in gleißend helles Licht, das ihnen ihr Ziel erstmals ganz deutlich zeigte. Die beiden Männer an Bord waren klar auszumachen – ebenso deutlich wie das Sturmgewehr, mit dem einer von ihnen auf die Sea Lion zielte.

»Shark, hier Two-Three«, funkte Hardcastle. »Haben Sichtkontakt mit dem flüchtenden Seeziel. Seine Besatzung besteht aus zwei Lateinamerikanern, von denen einer ein Sturmgewehr – vermutlich ein AK-47 – hat. Five-One, haben Sie mitgehört?«

»Five-One hat mitgehört«, bestätigte Petraglia. »Wir sehen Ihren Scheinwerfer und auch das Ziel. Den Rest übernehmen wir, Bravo.«

»Shark hat verstanden, Two-Three«, funkte Fields von Hammerhead One. »Alpha läßt Sie auffordern, im Interesse der Sicherheit Ihres Passagiers zurückzufliegen. Bestätigen Sie.«

Hardcastle sah zu Fontaine, warf einen Blick über die rechte Schulter nach hinten, wo Daniel saß, und drückte dann seine Sprechtaste. »Bitte wiederholen, Shark.«

»Alpha läßt Sie auffordern, im Interesse der Sicherheit Ihres Passagiers zurückzufliegen.«

Hardcastle nickte Fontaine zu. »Okay, Adam, gehen Sie auf tausend Fuß. Wir behalten das Boot im Scheinwerferkegel, bis Petraglia aufgeholt hat, und fliegen *dann* zurück.« Über Funk sagte er: »Verstanden, Shark. Two-Three überwacht das Abfangen aus größerer Höhe und fliegt danach zurück. Kommen.«

»Verstanden, Two-Three. Ich halte Sie weiter auf dem laufenden. Ende.«

An Bord des WSES-2 Sea Hawk

»Besatzung auf Gefechtsstationen!« dröhnte Petraglias Stimme von der Brücke aus den Bordlautsprechern der *Sea Hawk.* »Dies ist keine Übung. Besatzung auf Gefechtsstationen!« Vier Seemeilen westlich von ihnen raste ihr im Scheinwerferlicht der Sea Lion eben noch sichtbares Ziel weiter mit Höchstgeschwindigkeit auf die Küste zu.

»Backbord- und Steuerbord-MGs bemannt und feuerbereit«, meldete der Erste Offizier Janet Cirillo dem Skipper. Im Einsatz hatte jeder an Bord – sogar der Koch – eine Aufgabe an Deck zu erfüllen. Cirillo nahm den Hörer des Telefons hinter dem Rudergänger ab, ließ sich Meldung erstatten und hängte wieder ein. »Besatzung auf Gefechtsstationen, Sir.«

»Entfernung drei Meilen, langsam abnehmend«, meldete der Radargast auf der Brücke. »Empfehle Kurs drei-drei-null zum Abfangen nach drei-komm-vier Meilen.«

»Drei-drei-null steuern«, wies Petraglia den Rudergänger an. Er warf einen prüfenden Blick nach draußen, um den Bereitschaftsstand seiner Besatzung zu kontrollieren. Die *Sea Hawk* lag selbst bei hoher Geschwindigkeit viel ruhiger im Wasser als ein Cigarette Racer: Während der Bug des Rennboots immer wieder in die Wogen klatschte, glitt das Doppelrumpfschiff auf einem dicken Luftpolster erstaunlich ruhig dahin. Trotzdem überzeugte Petraglia sich davon, daß seine Leute die vorgeschriebenen Sicherungsleinen eingehakt hatten.

»Sir, das Abfangen könnte schwierig werden«, sagte der Radargast. »Bis zur Küste sind's noch fünf Meilen, und wir erreichen das Ziel nach frühestens dreieinhalb Meilen. Behält der Kerl seine Fahrt bei, kann er die Küste erreichen, bevor wir ihn einholen. Wenn er weiter nach Norden abdreht, kann er uns ganz abhängen.«

»Er *muß* langsamer werden!« behauptete Cirillo. »In Küstennähe sind massenhaft Boote unterwegs…«

»Dem ist's scheißegal, wer ihm in die Quere kommt, dafür garantiere ich!« entgegnete Petraglia. »Der will nur die Küste erreichen, sonst nichts. Wenn er mit dieser Fahrt weiter auf Boca Raton zuhält, kann's verdammt schnell ein paar Tote geben.« Er griff nach seinem Mikrofon. »Two-Three, hier Five-One.«

»Ja, Five-One?«

»Bravo, unser Radar zeigt, daß wir bei dieser Geschwindigkeit knapp vier Meilen brauchen, um den Kerl abzufangen«, berichtete Petraglia Hardcastle. »Sollte daraus eine Verfolgungsjagd werden, sind wir in schlechter Position. Sehen Sie eine Möglichkeit, ihn zum Beidrehen zu zwingen, damit wir ihn weit vor der Küste schnappen können? Teilen Sie uns mit, was Sie vorhaben. Kommen.«

»Verstanden, Five-One«, antwortete Hardcastle. Er hatte die sich entwickelnde Verfolgungsjagd beobachtet und war zu der gleichen Schlußfolgerung wie Petraglia gekommen: Die *Sea Hawk* würde das Rennboot möglicherweise erst dicht vor der Küste einholen können. »Okay, wir gehen näher ran und versuchen, ihn zu stoppen.« Er wandte sich über die Bordsprechanlage an Fontaine. »Wieder runter auf hundert Fuß und auf hundert Meter aufschließen. Besatzung, fertigmachen zum Abfangen.« Er spürte, wie sein Herz durch erhöhten Adrenalinausstoß zu jagen begann.

Daniel hatte klamme Hände und das Gefühl, keine Luft mehr zu bekommen. Die beiden Bordschützen im Frachtraum der V-22C hatten den rechten Waffenbehälter mit zwei Leuchtraketen und vier Lenkwaffen des Typs Sea Stinger beladen. Der Lademechanismus der Revolverkanone im linken Waffenbehälter war überprüft; ein Reservemagazin mit zweihundert Schuß lag zum Einsetzen bereit. Als die Waffenbehälter wieder ausgefahren waren, rückten die Bordschützen ihre kugelsicheren Westen zurecht, bevor sie sich wieder anschnallten. Sie sprachen nicht mit Daniel, aber einer von ihnen nickte ihm aufmunternd zu, obwohl er selbst nervös wirkte.

Hardcastele ging die Checkliste mit Fontaine durch, dessen gesamte Aufmerksamkeit auf das grell beleuchtete Rennboot vor ihnen fixiert zu sein schien. Als erwache er aus einer Trance, zwang der Pilot sich mit bewußter Willensanstrengung dazu, seine Instrumente abzulesen. Hardcastle übernahm die meisten Kontrollen selbst und nannte Fontaine die wenigen Positionen, die nur der verantwortliche Luftfahrzeugführer überprüfen konnte.

»Besatzung informiert«, las Hardcastle vor. »Treibstoff-Menge und Zufluß auf AUTO... müßte für ungefähr zwei Stunden reichen. Treibstoffdruck auf AUTO. Hydrauliksystem – primär, sekundär – geprüft, Warnleuchten aus. Bauchgurte, Schultergurte, Notausrüstung – angelegt und geprüft. Steuerung Pilot und Copilot – geprüft.«

Fontaine konzentrierte sich bereits wieder auf den Cigarette Racer. »Adam, nehmen Sie die Leistungshebel eine Kleinigkeit zurück.« Keine Reaktion. »Adam?« Fontaine hob ruckartig den Kopf und führte Hardcastles Anweisung aus. In hundert Fuß Höhe, wo die Warnleuchte des Radarhöhenmessers zu blinken begann, fing er die *Sea Lion* ab, ohne jedoch näher an das Rennboot heranzugehen. »Sechzig Meter näher!« drängte Hardcastle.

»Er zielt noch immer mit dem Gewehr auf uns...«

»Von dieser Nußschale aus kann er gar nicht richtig zielen. Und nach dem ersten Schuß zeigen wir ihm, was wir haben. Fliegen Sie die Maschine.« Hardcastle schaltete den Außenlautsprecher ein und sprach in sein Mikrofon: »Achtung, Rennboot, hier spricht die United States Border Security Force. Stoppen Sie die Triebwerke, und halten Sie sich zur Kontrolle bereit.« Dann wiederholte er in stockendem Spanisch: *»Atencion, marinos. Esto es* Border Security Force, *Estados Unidos. Pare. Alto. Cuidado.«* Unter ihnen keine Reaktion – das Boot raste mit unverminderter Geschwindigkeit weiter.

»Wir versuchen mal, uns rechts neben ihn zu setzen«, sagte Hardcastle. »Vielleicht können wir ihn nach Süden in Richtung *Sea Hawk* abdrängen.«

Während ihr greller ID-Scheinwerfer auf das Boot gerichtet blieb, brachte Fontaine die V-22C rechts neben den Cigarette Racer.

Noch immer keine Reaktion.

»Noch drei Meilen bis zur Küste«, sagte Fontaine mit einem

Blick auf seine DME-Anzeige. »Die Lichter der Hafeneinfahrt sind schon zu sehen.« Er hatte sich rechts neben das Rennboot gesetzt und die Sea Lion schräggelegt, damit er es beobachten und seine Besatzung das eingeschaltete Leuchtzeichen FOLLOW ME der V-22C sehen konnte. Aber der Cigarette Racer blieb unbeirrbar auf Kurs. »Der Kerl weiß entweder, von wo die *Sea Hawk* kommt – oder er will unbedingt in den Hafen«, erklärte er Hardcastle.

»Wir müssen deutlicher werden«, entschied Hardcastle. »Besatzung, ich mache eine Leuchtrakete scharf.« Über Funk meldete er: »Shark, wir schießen zur Warnung eine Rakete ab.« Zu Fontaine sagte er: »Okay, Adam, auch bei Leuchtraketen zentrieren Sie das Ringvisier aufs Ziel. Das Feuerleitsystem errechnet dann automatisch fünfzig Meter Vorhalt. Sie brauchen bloß das Ringvisier zu zentrieren.«

Fontaine führte eine kleine Korrektur nach links aus. »Ich hab's!« murmelte er mit zusammengebissenen Zähnen.

»Stromversorgung ein. Leuchtrakete klar zum Schuß. Feuer frei!« Fontaine klappte die Abdeckung des Feuerknopfs an seinem Steuerknüppel zur Seite, holte tief Luft und drückte auf den Knopf. Von rechts außen kam ein lautes Zischen, dann raste ein greller Lichtblitz am Cockpit vorbei. Sein plötzliches Aufflammen blendete Daniel sekundenlang.

Die Rakete zog funkensprühend einen langen gelben Feuerschweif hinter sich her, während sie das Rennboot überflog und weit vor seinem Bug ins Meer klatschte. Selbst im hellen Scheinwerferlicht war das Leuchten der Warnrakete unverkennbar.

Ebenso unverkennbar war die Reaktion eines Teils der Besatzung: Der Mann mit dem AK-47 zielte auf die Sea Lion, und obwohl kein Mündungsfeuer zu sehen war, zeigten die Rückstöße an der Schulter des Schützen ganz deutlich, was dort unten passierte.

»Abdrehen!« rief Hardcastle, aber Fontaine hatte die Sea Lion bereits im Steigflug in eine scharfe Rechtskurve gelegt. Durch dieses Ausweichmanöver hatte er fünfhundert Fuß Höhe gewonnen und befand sich fast auf Gegenkurs, bevor Hardcastle wieder nach seinem Steuerknüppel griff. »Okay, ich hab' sie.«

Erst dann sah er, daß eine Kugel die Cockpitscheibe vor Fontaine durchschlagen hatte. »Besatzung, irgendwelche Schäden?«

»Hinten ist alles klar«, meldete einer der Bordschützen.

Fontaine wischte sich Glas- und Plastiksplitter von seiner Fliegerkombi. »Alles in Ordnung, Adam?« fragte Hardcastle ihn.

»Mir fehlt nichts.« Aber das stimmte offensichtlich nicht. Obwohl er nur von ein paar Splittern getroffen worden war, schien er das Flugzeug, die Steuerung, die Besatzung vergessen zu haben und konnte nicht aufhören, Splitter von seiner Kombi zu wischen. Hardcastle stieg auf tausend Fuß, schaltete den Autopiloten ein und beugte sich zu Fontaine hinüber. Unter dem Helm war die linke Kopfhälfte des Piloten blutüberströmt. Durch einen unglaublichen Zufall hatte eine Kugel aus dem AK-47 die Cockpitscheibe durchschlagen und Fontaines Kopf unter dem Helm gestreift. Nur wenige Millimeter seitlicher, dann wäre Fontaine jetzt tot...

»Kommt nach vorn und helft Fontaine aus seinem Sitz«, verlangte Hardcastle. Der Pilot war bereits dabei, benommen seine Schultergurte zu lösen. Die Bordschützen hoben ihn aus dem Sitz und über die Mittelkonsole hinweg, trugen ihn nach hinten und legten ihn auf den Boden des Frachtraums. Daniel starrte den halb Bewußtlosen, dem noch immer Blut übers Gesicht lief, erschrocken an.

»Sieht nach 'nem Streifschuß an der linken Schläfe aus«, meldete einer der Bordschützen. »Er ist bei Bewußtsein, aber ich tippe auf Schock.«

»Shark, hier Two-Three«, funkte Hardcastle. »Wir sind von diesem Ziel beschossen worden. Ein Verwundeter, leichter Sachschaden.«

»Verstanden, Two-Three«, sagte der Controller auf Hammerhead One. »Wir holen für Sie Landefreigaben in Boca Raton und Fort Lauderdale Executive ein und veranlassen, daß Rettungsfahrzeuge bereitstehen.«

»Verstanden...« In diesem Augenblick sah Hardcastle den Cigarette Racer unter sich vorbeirasen und mit unverminderter Fahrt auf Boca Raton zuhalten. Der Schütze im Cockpit des Rennboots setzte sein Gewehr ab und drohte dem zurückbleibenden Flugzeug mit der Faust. Das war mehr, als Hardcastle ertragen konnte. Der verwundete Pilot, Daniel und alle anderen waren plötzlich vergessen; ihn beherrschte nur noch der Gedanke, das Boot und seine Besatzung an der Flucht hindern zu müssen.

Hardcastle legte die Sea Lion in eine steile Rechtskurve, stieß auf das Rennboot hinab und schaltete den Feuerknopf an seinem Steuerknüppel auf die Revolverkanone um. Der Suchscheinwerfer wurde automatisch nach vorn gerichtet, und das Fadenkreuz seines elektronischen Visiers erschien im Mittelpunkt des Scheinwerferstrahls. Nun genügte eine leichte Kopfbewegung, um das Fadenkreuz auf den Cigarette Racer zu zentrieren. Hardcastle klappte die Abdeckung beiseite und drückte auf den Feuerknopf.

Daniel fuhr heftig zusammen, als die Revolverkanone ohne Vorwarnung keine fünf Meter von seinem Sitz entfernt loshämmerte. Vor seinem Beobachtungsfenster zuckte hell das blaugelbe Mündungsfeuer der 30-mm-MK auf, die in jeder Sekunde drei panzerbrechende Geschosse ins Ziel brachte.

Hardcastle sah Feuerschein und aus dem Boot aufsteigenden Rauch – aber aus zweihundert Fuß Höhe war das Ergebnis nicht sonderlich befriedigend. Er wählte den Lenkwaffenbehälter an, machte eine Sea Stinger scharf und wartete darauf, daß das Ringvisier sichtbar wurde. Als es erschien, zeigte sich, daß er zu hoch war und zu schnell sank, aber anstatt nochmals anzufliegen, drückte er nach, bis er das Boot im Ringvisier hatte. Sobald das Aufleuchten des Visiers zeigte, daß der Infrarotsuchkopf der Lenkwaffe das Ziel erfaßt hatte, schoß Hardcastle die Luft-Boden-Rakete ab.

Die Sea Stinger mit ihrem 3,5 Kilogramm schweren Gefechtskopf war ein Volltreffer, aber weil Hardcastle stark nachgedrückt hatte, kam die V-22C unmittelbar hinterher. Die Lenkwaffe detonierte beim Aufschlag, verwandelte das linke Triebwerk in Schrott und ließ den restlichen Treibstoff explodieren. Als Hardcastle die Sea Lion abfing und steil nach links abdrehte, war der explodierende Treibstofftank keine zwanzig Meter von der Maschine entfernt.

Die Druckwelle traf die V-22C wie eine gigantische Fliegenklatsche. Das rechte Triebwerk drehte plötzlich unkontrollierbar hoch. Der Schlag drückte das beschädigte rechte Cockpitfenster ein, überschüttete Hardcastle mit Glassplittern und setzte ihn einem heulenden Orkan aus. Die Sea Lion schien eine Rolle fliegen zu wollen, bis es Hardcastle gelang, auch den linken Leistungshebel nach vorn zu schieben, um den gewaltigen Drehmomentenunterschied auszugleichen. So brachte er die Maschine nur wenige Meter über dem dunklen Atlantik wieder unter Kontrolle.

Aber das rechte Triebwerk reagierte nicht auf Bewegungen des Leistungshebels, und seine Öldruckanzeige ließ erkennen, daß es Öl verlor. Hardcastle schaltete rasch auf Querantrieb um, bei dem beide Rotoren von nur einem Triebwerk angetrieben wurden, und unterbrach die Treibstoffzufuhr des rechten Triebwerks, um es abzustellen, bevor es durch Ölmangel zerstört wurde.

»Shark, hier Two-Three«, funkte Hardcastle. »Weitere Schäden an Cockpit und rechtem Triebwerk. Das Triebwerk ist stillgelegt, und wir haben auf Querantrieb umgeschaltet. Wir erklären einen Notfall. Wir versuchen, Alladin City zu erreichen, und halten Sie auf dem laufenden. Kommen.«

Diesmal meldete sich Geffar. »Two-Three, verstanden. Wir benachrichtigen ATC von Ihrem Notfall und Ihren Absichten.« Am liebsten hätte sie gefragt, wie Sea Lion plötzlich so schwer beschädigt sein konnte, aber das hatte Zeit bis später. »Unterbrechung. Five-One, wie sieht's bei Ihnen aus?«

»Five-One ist im grünen Bereich und steuert das verdächtige Boot an«, antwortete Petraglia. »Wir haben Two-Three in Sicht. Die Maschine fliegt in Richtung Küste, geschätzte Höhe fünfzehnhundert Fuß. Wir sehen weder Feuer noch Rauch an Bord, aber sie ist dem Ziel sehr nahe gewesen, bevor sie... diese Schäden erlitten hat.«

»Kann das alles mitgehört werden?« erkundigte sich Geffar bei Fields.

»Ja, die abhörsichere Verbindung ist nicht zuverlässig. Unser Funkverkehr läuft den ganzen Abend über Ballonrelais.«

Das war also der Grund für Petraglias vorsichtige Zurückhaltung – vermutlich hörte halb Florida jetzt ihren Funkverkehr mit. »Verstehe, Five-One. Status des Ziels?«

»Wir haben das Ziel in Sicht. Es liegt gestoppt, aus dem Mittelteil steigt leichter Rauch auf, das Heck liegt tief im Wasser. Wir sind noch dreihundert Meter entfernt. Im Cockpit sehe ich einen Mann mit erhobenen Armen. Ich sehe keine Waffen, aber wir nähern uns trotzdem nur vorsichtig und abwehrbereit.«

»Verstanden, Five-One.« Geffar ließ ihre Sprechtaste los und wandte sich an Fields. »Lassen Sie eine Sea Lion zur Unterstützung von Five-One starten. Und eine Dolphin mit einer Rettungsmannschaft an Bord, die Hardcastle begleitet und ihn im Fall einer Notlandung unterstützt. Ich fliege in der Dolphin mit.« Geffar trug sich in ihrem Computerlogbuch aus und hastete an Deck.

Sie holten Hardcastles Sea Lion über Virginia Key ein – fünf Meilen vor der Landung im Hauptquartier der Border Security Forces in Alladin City. Wegen der zersplitterten Windschutzscheibe und um das linke Triebwerk zu schonen, schlich Hardcastle mit nur vierzig Knoten dahin. Als Geffar dicht an die rechte Seite der V-22C heranflog, sah sie die fehlende Scheibe, die Ölstreifen und weitere Spuren der Druckwelle an der rechten Triebwerksgondel.

»Wie fliegt sie sich, Ian?« funkte Geffar auf der abhörsicheren Frequenz.

»Eigentlich ganz gut. Ich habe das System in Hubschrauberstellung verriegelt, damit die Triebwerksgondeln nicht mehr automatisch geschwenkt werden. Bei über fünfundachtzig Prozent Leistung kommt die Warnung vor zu hoher Geschwindigkeit, aber ansonsten ist alles normal – keine außergewöhnlichen Vibrationen, keine Steuerprobleme.«

»Okay«, sagte Geffar. »Wenn Sie keine Schwierigkeiten bei der Landung erwarten, sollten Sie in Alladin City landen. Falls Sie mit Problemen rechnen, fliegen Sie besser über den Rickenbacker Highway nach Key Biscayne und landen auf dem Golfplatz Crandon Park. Dort stehen Rettungsfahrzeuge bereit. Sie brauchen nur ihren Scheinwerfern bis zum Aufsetzpunkt zu folgen.«

Bis auf einige bange Sekunden unmittelbar vor dem Aufsetzen verlief die Landung in Alladin City glatt. Sobald Hardcastle das Triebwerk abstellte, stürmten Feuerwehrleute, Sanitäter und die Besatzungsmitglieder von Geffars Hubschrauber auf die Sea Lion zu. Sekunden später wurde der bewußtlose Fontaine auf eine Tragbahre gelegt und im Laufschritt zu einem Krankenwagen gebracht.

Nachdem Geffar kurz nach Fontaine gesehen hatte, ging sie zur rechten Tür der V-22C zurück, wo Hardcastle seinem Sohn beim Aussteigen half. Die beiden starrten schweigend ein großes Loch in der Rückenpolsterung des Sitzes an, auf dem Daniel zuvor gesessen hatte. Es stammte von der ins Cockpit gelangten Kugel, die nur eine Handbreit über Daniels Kopf eingeschlagen war. Die Kugel, die Fontaine beinahe den Tod gebracht hatte, wäre um ein Haar auch für Daniel Hardcastle tödlich gewesen.

Daniel war kreidebleich. Er starrte noch immer das gezackte Loch in der Sitzpolsterung an. Auch Hardcastle war sichtlich mitgenommen: Sein Haar war schweißnaß, und die Fliegerkombi klebte an seinem Körper. Trotz Schwimmweste, Windjacke und kugelsicherer Weste schien Daniel völlig ausgekühlt zu sein. »Am besten fahre ich euch und die übrige Besatzung zur Untersuchung nach Key Biscayne ins Krankenhaus«, schlug Geffar vor.

Hardcastle nickte wortlos. Dann fiel ihm ein, daß die beiden sich noch gar nicht kannten. Eine verdammt schlechte Gelegenheit zum Kennenlernen, dachte er, während er Daniel einen Arm um die Schultern legte und ihn zu dem für die Fahrt ins Krankenhaus bereitstehenden Kleinbus führte.

Geffar ließ die beiden vorausgehen, nahm die Taschenlampe aus ihrer Halterung hinter der offenen Frachtraumtür und inspizierte den rechten Flügel der Sea Lion. Die von der Druckwelle hervorgerufenen Schäden waren schwer – Hardcastle hatte viel riskiert, als er von Boca Raton über Wasser bis nach Alladin City geflogen war. Der durch diesen Flügel verlaufende Antriebsstrang war intakt, aber erkennbar beschädigt und hätte jederzeit versagen können, was eine Wasserung bei Nacht erzwungen hätte. Also eine sehr riskante Entscheidung Hardcastles, vor allem mit einem Passagier – immerhin sein Sohn! – und scharfen Waffen an Bord...

Im Key Biscayne Community Hospital untersuchte ein Ärzteteam die Besatzungsmitglieder und stellte fest, daß alle dienstfähig waren – natürlich bis auf Fontaine, der außer seiner Gehirnerschütterung einen traumatischen Schock erlitten hatte und mehrere Tage im Krankenhaus würde bleiben müssen.

Nach der Untersuchung brachte Geffar die Männer ins Hauptquartier zurück, wo sie von Brad Elliott und Patrick McLanahan erwartet wurden. Der Kommandeur der Hammerheads ließ sie telefonieren, bestellte ihnen heißes Essen aus einem Restaurant in der Nähe und verteilte sie dann mit dem Auftrag, den Einsatz der V-22C aus ihrer Sicht zu schildern, auf einzelne Büros. Auch Daniel wurde aufgefordert, seine Eindrücke zu Papier zu bringen.

Während die anderen beschäftigt waren, nahm Elliott Geffar und Hardcastle in sein Dienstzimmer mit. »Ist das nicht ein ungewöhnliches Verfahren, Brad?« fragte der Admiral, sobald die Tür sich hinter ihnen geschlossen hatte. »Im allgemeinen werden solche Berichte von der ganzen Besatzung verfaßt. Ist das der Auftakt zu einer Inquisition?«

»Wohl kaum, aber das Routineverfahren reicht diesmal nicht aus. Heute haben wir zum ersten Mal ein Boot beschossen. Da wir kein klares taktisches Bild von dem Vorfall haben, brauche ich Einzelaussagen der Besatzungsmitglieder. Später wird die Besatzung gemeinsam befragt.« Hardcastle nickte widerwillig. »Warum sind Sie heute abend gestartet, Ian?« fragte der General weiter. »Sie hatten dienstfrei und waren in Zivil – und Sie hatten Ihren Sohn bei sich. Nicht gerade voll einsatzbereit, finde ich.«

»Daniel und ich sind im Hangar gewesen. Ich habe ihm die Sea Lion gezeigt. Als die Besatzung alarmiert worden ist, habe ich gehört, daß Sandra keine Maschine starten lassen wollte, um den Cigarette Racer abzufangen...«

»Richtig«, bestätigte Geffar. »Er ist in Freeport vom Zoll abgefertigt worden. Wir haben ihn über CARIBAL verfolgt, ohne ein Treffen mit anderen Fahrzeugen zu beobachten. Da wir keine Möglichkeit hatten, ihn vor der Küste abzufangen, habe ich den Fall dem Customs Service überlassen.«

»Aber wie kommt das Sturmgewehr an Bord, wenn er in Freeport kontrolliert worden ist?« fragte Elliott.

Geffar zuckte mit den Schultern. »Vielleicht hat er's nach der Kontrolle an Bord geschmuggelt. Entscheidend ist, daß wir gewußt haben, daß dieses Boot keine größere Ladung Schmuggelware transportiert...«

»Aber warum sollten wir darauf verzichten, ihn abfangen zu lassen?« fragte Elliott weiter. »Unser Auftrag ist die Grenzsicherung; wir dürfen nicht eigenmächtig entscheiden, wen wir durchlassen wollen oder nicht!«

»Das haben wir keineswegs getan, Sir. Aber wir hatten keine Maschine einsatzbereit: Die hiesige Besatzung – Fontaines Crew – ist noch nicht für Nachteinsätze qualifiziert...«

»Darum habe ich eingegriffen, Sandra«, stellte Hardcastle fest. »Ich habe die Meldung mitgehört. Ich bin für Nachteinsätze qualifiziert. Ich habe mich dafür entschieden, das verdächtige Boot abzufangen.«

»Vielleicht keine brillante Idee, Ian«, meinte Elliott.

Hardcastle runzelte die Stirn. »Ich habe diese Entscheidung als ranghöchster Offizier getroffen...«

»Unmittelbar nach Beginn des Abfangmanövers hat ein Reporter bei unserer Vermittlung angerufen«, sagte Elliott ruhig. »Wie zu erwarten war, ist unser Funkverkehr abgehört worden, und die Presse hat eine ziemlich gute Vorstellung davon, was dort draußen passiert ist... Dieser Reporter *behauptet,* Sie heute abend in einem Restaurant gesehen zu haben – mit einem Drink an der Bar und Wein zum Abendessen. Irgendein Kommentar dazu?«

»Klar, das stimmt! Ich leugne es keineswegs – ich *brauche* es nicht zu leugnen. Das hat meine Urteilsfähigkeit nicht im geringsten beeinträchtigt...«

»Würden Sie sich einer Blutprobe unterziehen?«

»*Was?* Verlangen Sie das von mir?«

»Ja.«

»Dann bin ich einverstanden. Das haben Sie nicht erwartet, stimmt's?«

»Kommen Sie, Ian, Sie wissen genau, daß ich das in unser aller Interesse und für *Ihre* Hammerheads tun muß! Nur damit können wir allen Verdächtigungen entgegentreten...«

Hardcastle war diese Vorstellung zuwider, aber er wußte, daß Elliott recht hatte. Trotzdem war er überzeugt, richtig gehandelt zu haben, und betonte das auch.

»Was ist passiert, nachdem ich Sie zur Rückkehr aufgefordert hatte?« fragte Geffar ihn.

»Hey, was soll dieses Kreuzverhör?«

»Bitte beantworten Sie die Frage«, sagte Elliott.

Die plötzliche Schärfe in seinem Tonfall überraschte Hardcastle. Er holte tief Luft und bemühte sich, seinen Zorn hinunterzuschlucken. »Wir haben das Abfangmanöver abgebrochen, sind auf tausend Fuß gestiegen und haben das Ziel weiter angestrahlt. Aber Five-One hat über Funk gemeldet, er bezweifele, das Rennboot vor der Hafeneinfahrt Boca Raton stoppen zu können. Daraufhin sind wir nördlich davon tiefergegangen, um es nach Süden in Richtung *Sea Hawk* abzudrängen. Das Boot hat seinen Kurs beibehalten – deshalb haben wir ihm als Stoppsignal eine Leuchtrakete vor den Bug geschossen. Dann hat er das Feuer eröffnet. Wir sind mehrmals getroffen worden, und Fontaine hat einen verdammt gefährlichen Streifschuß abgekriegt. Ich habe das Steuer übernommen und bin sofort auf fünfzehnhundert Fuß gestiegen.«

»Okay, aber wodurch ist die Maschine so stark beschädigt worden?«

»Ich wollte gerade nach Fort Lauderdale fliegen, um Fontaine versorgen zu lassen, als dieser Schweinehund unter mir vorbeigerast ist, als sei nichts passiert. Der Kerl mit dem Gewehr hat mir mit der Faust gedroht. Mir war klar, daß Petraglia die Verfolgung aufgeben würde, um uns notfalls aus dem Bach fischen zu können. Ich gebe zu, daß der Gedanke, die beiden könnten entwischen, zuviel für mich gewesen ist. Ich habe gewendet, bin tiefergegangen und habe mit der Revolverkanone und einer Sea

Stinger angegriffen. Beim zweiten Angriff bin ich zu dicht rangegangen, so daß die Druckwelle des Gefechtskopfs meine Maschine beschädigt hat. Dann habe ich abgedreht und bin zurückgeflogen.«

Der General schüttelte den Kopf. »Ihre Reaktion ist verständlich, aber Sie hätten die weitere Verfolgung Petraglia und dem Customs Service überlassen sollen.«

»Da bin ich anderer Meinung! Wir konnten sofort eingreifen, Fontaines Verletzung war nicht lebensgefährlich...«

»Er hat eine Gehirnerschütterung«, warf Geffar ein.

»Wir Hammerheads haben den Auftrag, dort draußen Wache zu halten und solche Leute von unseren Küsten fernzuhalten. Wir *sollen* unsere Mittel nutzen, statt sie zurückzuhalten oder die Arbeit dem Customs Service zu überlassen. Was wäre gewesen, wenn dieser Kerl die Küste erreicht hätte? Wenn er im Hafen ein paar kleinere Boote gerammt hätte? Wenn er Sprengstoff an Bord gehabt hätte? Wenn er...«

»Ian, Sie sind gestartet, obwohl Sie am Boden hätten bleiben sollen«, unterbrach Elliott ihn. »Sie haben angegriffen, obwohl Sie den Einsatz hätten abbrechen sollen. Sie haben Ihre Besatzung, einen Zivilisten und Ihr Flugzeug unnötig gefährdet und den Hammerheads eine Menge schlechter Publicity eingebracht – schlecht für Sie, schlecht für uns alle.«

»Das stimmt nicht! Ich hab's getan, weil's mein *Job* ist!«

»Vorläufig nicht mehr. Sie sind für achtundvierzig Stunden vom Dienst suspendiert. Ich lasse Sie zur Blutprobe nach Miami Beach in die Coast Guard Clinic fahren. Danach bringt der Fahrer Sie nach Hause. Morgen früh melden Sie sich hier bei mir. Sie geben keine Erklärungen ab, die nicht mit mir abgestimmt sind, verstanden?«

»Das ist verrückt, Brad! Wir haben keine Zeit für...«

»Verdammt noch mal, ich kann's Ihnen auch befehlen! Wäre Ihnen das lieber?«

Hardcastle hielt den Mund, reagierte sich mit einem Faustschlag auf die Schreibtischplatte ab, machte kehrt und stürmte hinaus.

Daniel hockte im Aufenthaltsraum für Besatzungen auf einem

Sofa und starrte den Berichtsvordruck an, den er ausfüllen sollte. Als er seinen Vater sah, trat ein neuer Ausdruck in seinen Blick, der Hardcastle Sorgen machte. War dies noch derselbe junge Mann, mit dem er sich nachmittags und abends so freundschaftlich unterhalten hatte?

Im Korridor wartete ein Pilot auf Hardcastle. »Als erstes bringen wir meinen Sohn nach Hause.«

»Tut mir leid, Sir, ich habe Befehl…«

»Ihr Befehl ist mir scheißegal.« Er führte Daniel zum Ausgang. Hinter ihm beobachtete Geffar, wie Hardcastle den Piloten beiseite schob und davonstürmte. Ein schlimmes Bild.

Draußen belagerten fünf, sechs Fernsehteams und über ein Dutzend Reporter dichtgedrängt das Tor des Maschendrahtzauns, der das Hauptquartier der Hammerheads umgab. Hardcastle zog seinen Sohn rasch mit sich und schirmte ihn so gut wie möglich vor den nur wenige Meter entfernten Kameras ab.

»Admiral Hardcastle, können Sie uns sagen, was heute nacht passiert ist?« rief einer der Reporter. »Wie wir gehört haben, ist einer Ihrer Piloten tot…«

»Niemand ist tot.«

Seine barsche Antwort provozierte vermehrte Anstrengungen der Reporter. »Wen haben Sie da bei sich, Admiral? Einen Verdächtigen?«

»Hatten Sie getrunken, bevor Sie auf das Boot geschossen haben, Admiral? Sind Sie betrunken gewesen?«

Das Stimmengewirr verstummte, als sie die Türen der Limousine zuschlugen und verriegelten, aber Hardcastle wußte, daß der Alptraum in Wirklichkeit erst begonnen hatte.

Sechstes Kapitel

Flugplatz Zaza, Verrettes, Haiti
Zwei Wochen später

Begeisterter Applaus begrüßte den jungen Carlos Canseco, als er den großen Bereitschaftsraum betrat.

Auch Salazar klatschte, als Canseco auf die Bühne gehinkt kam, sich vor ihm aufbaute und salutierte. Das gutgeschnittene Gesicht des Jungen war durch großflächige Brandwunden entstellt, die er bei dem Angriff auf sein Boot erlitten hatte, und er hatte weitere Verbrennungen am Rücken und an den Beinen. Deshalb war er im Krankenhaus in Miami nur nachlässig bewacht worden und hatte in einem unbeobachteten Augenblick fliehen können. Er hatte ein Boot gestohlen und war nach Andros Island gesegelt, wo er abgeholt worden war.

Salazar erwiderte seinen Gruß und umarmte den Jungen dann vorsichtig. Tatsächlich wünschte er sich, Canseco wäre noch in Gefangenschaft, denn als Märtyrer wäre er nützlicher gewesen. Immerhin stärkte seine Flucht die Kampfmoral der Cuchillos.

»Cansecos Verhalten verdient höchstes Lob. Abteilung... stillgestanden!« Die Besatzungen nahmen Haltung an. »Hiermit befördere ich den Gefreiten Canseco zum Leutnant der Flieger. Seine Taten im Namen der Cuchillos sollten uns alle ein Ansporn sein.«

Canseco grüßte erneut mit seiner verbundenen rechten Hand und hinkte von der Bühne.

»Wir danken Ihnen für die Ehrung des jungen Cansecos, Coronel«, sagte Trujillo, als später ihre Besprechung begann. »Vor allem den jüngeren Piloten bedeutet sie viel.«

»Er hat Mut bewiesen«, antwortete Salazar knapp. »Aber was hat uns sein Einsatz gebracht? Was lernen wir daraus?«

»Wir haben die Einsatzreichweiten und die Reaktionszeiten eines Großteils der Kräfte der Border Security Force im Südosten Floridas bestimmt, Coronel. Sie sind stark, besitzen große Feuerkraft und sind imstande, sie wirkungsvoll einzusetzen.«

»Canseco hätte es beinahe geschafft«, stellte ein Staffelchef fest. »Er war dicht vor der Küste...«

»Aber sein Boot ist von einer Sea Lion zerstört worden«, sagte Trujillo. »Der Pilot hätte das Feuer schon viel früher eröffnen können. Ein langsameres Boot wäre vielleicht nicht so weit gekommen.« Er wandte sich an Salazar. »Ich denke, wir sollten Südflorida nach Möglichkeit meiden. Die Border Security Force hat ihre Kräfte hauptsächlich dort konzentriert. Nach diesem Vorfall wird die Konzentration noch höher werden.«

»Aber das Kartell hat sein Verteilernetz vor allem im Süden Floridas ausgebaut«, stellte Salazar fest. »Lieferungen in andere Gebiete würden weit schlechter bezahlt.«

»Mag sein, Coronel, aber dort ist unser Risiko bedeutend größer geworden. Das müßte dem Kartell mitgeteilt werden. Und wir sollten neue Routen nach Mexiko und in den Südwesten der Vereinigten Staaten erkunden, bevor die Border Security Force auch diese Gebiete abriegelt.«

Valdivia, Kolumbien
Später an diesem Tag

»Das war ein dämlicher Plan, Salazar«, sagte Gonzales Gachez an dem abhörsicheren Telefon in seinem Büro. Er spielte mit einem mit Autogrammen bekritzelten Baseball. »Wozu erzählen Sie mir das alles? Worauf wollen Sie hinaus?«

»Ganz einfach darauf, daß es für meine Leute zu riskant ist, Ihre Ware zu Ihren Verteilerpunkten zu bringen. Lieferungen nach Südflorida oder die Bahamas bedingen in Zukunft einen Risikozuschlag – zehntausend Dollar pro Kilo. Die Hälfte im voraus, den Rest nach Lieferung...«

»Zehntausend? Sind Sie verrückt geworden? Das ist beinahe der Endverkaufspreis für ein Kilo Kokain!«

»Dann wird das Produkt eben teurer, Señor«, antwortete Salazar. »Die Border Security Force stellt eine ernste Gefahr dar. Sie ist kein Papiertiger. Der Preis beträgt zehntausend Dollar pro Kilo. Weitere Verhandlungen sind zwecklos.« Damit legte er auf.

Gachez knallte den Hörer auf die Gabel. »Scheißkerl! Ich sollte ihn ermorden lassen!« Er wandte sich an einen seiner Assistenten. »Für Lieferungen nach Florida verlangt Salazar jetzt zehntausend Dollar pro Kilo! Er sagt, daß die Transporte wegen der Hammerheads zu riskant geworden sind.«

»Er versucht, Sie zu erpressen, Señor Gachez«, sagte sein Mitarbeiter. »Gehen Sie nicht darauf ein. Warten Sie ab, bis er selbst wieder zu uns kommt.«

»Und was soll ich bis dahin mit den zweitausend Kilo Kokain tun, die wir auf Lager haben? Von den Lagerbeständen des restlichen Kartells ganz zu schweigen. Diese Sache gefährdet meine Stellung innerhalb des Kartells, Juan. Es könnte sich sogar dazu entschließen, direkt mit Salazar zu verhandeln.«

»Señor, Sie sind das reichste und mächtigste Kartellmitglied...«

Aber Gachez war offenbar ernstlich besorgt. Sein Mitarbeiter hielt ihm etwas hin. »Vielleicht ist das die Lösung Ihrer Probleme, Señor.«

Gachez legte seinen Baseball weg und griff nach dem Gegenstand, den Juan ihn hinhielt: ein Glas mit Schraubdeckel, das eine wasserklare, ölige Flüssigkeit enthielt. Gachez öffnete das Glas und stellte fest, daß die Flüssigkeit geruchlos war. »Was ist das?«

»Das ist ein halbes Kilo Kokain«, antwortete Juan. »Unter Zusatz von Salzsäure zur Verhinderung von Kristallbildung in Wasser aufgelöst. Die Lösung ist farblos, geruchlos und geschmacklos. Um das Kokain zurückzugewinnen, braucht man sie nur zu erhitzen, bis das Wasser verdampft ist. Oder man verkauft das Produkt gleich in diesem Zustand.«

Juan ließ sich das Glas zurückgeben, schraubte es fest zu und ging damit zum Aquarium in einer Ecke des Büros. Als er das

Glas hineinstellte, verschwand es prompt... nur der Schraubdeckel war noch sichtbar.

»Wir könnten die Ware zwischen Tiefkühlfisch oder in Benzintanks verschicken – oder sogar als Stangeneis«, fuhr Juan fort. »Aber es gibt eine noch bessere Methode...« Aus einer Plastiktüte holte er mehrere Grapefruits. »Jede dieser Früchte ist mit flüssigem Kokain injiziert worden und enthält ein Viertelkilo. Bei einem handelsüblichen Fünfzigpfundsack sind das etwa zwanzig Kilo. Selbst wenn die Früchte aufgeschnitten werden, merkt der Zoll nichts, weil er nur pulverförmiges Kokain sucht. Solange er nicht den Saft untersucht, ist unsere Ware nicht zu entdecken.«

»Raffiniert«, murmelte Gachez. »Dann sollten wir also auf Luft- und Seetransporte verzichten? Unsere Ware in Südfrucht- und Fischcontainern verschiffen?«

»Die Versendung in Containern ist eine sichere Alternative, Señor. Tagtäglich passieren Tausende von Containern die amerikanischen Grenzen. Der Zoll kann nur einen Bruchteil davon kontrollieren. Solange wir Schiffe und Häfen häufig wechseln und nicht versuchen, den Markt zu überschwemmen, können wir unseren Absatz halten, ohne auf Salazars Erpressungsversuch eingehen zu müssen.«

Gachez nickte. »Das ist kein vollwertiger Ersatz für Luft- und Seetransporte, aber zumindest vorläufig eine Alternative. Und sie sollte diesem Piraten Salazar etwas Wind aus den Segeln nehmen.«

Das hoffte er zumindest.

»Salazar und seine Piraten vergessen, was? Juan, das gefällt mir! Du sorgst dafür, daß dieses neue Verfahren sofort angewendet wird.«

Miami, Florida
Drei Tage später

Im Gusman Heritage Center stand Maxwell Van Nuys von seinem Platz am Prominententisch im vollbesetzten Bankettsaal auf, um die Gastrednerin des Abends anzukündigen. Obwohl Van Nuys nicht mehr Präsident der Handelskammer Miami war, blieb er eine in Geschäftskreisen Südfloridas populäre und bewunderte Gestalt. Während Kaffee und Cognac serviert wurden, stellte er den Gästen des jährlichen Festbanketts der Handelskammer Miami die Rednerin vor: Sandra M. Geffar von der United States Border Security Force.

Sandra Geffar, die solche Auftritte nicht mochte, aber als ungeliebte Pflichtübungen absolvierte, hatte gelernt, sich in der Öffentlichkeit anders zu verhalten. Auch wenn ihr eigentlich nicht danach zumute war, konnte sie äußerlich beherrscht und selbstsicher auftreten. Jetzt stand sie lächelnd am Rednerpult und wartete, bis der Beifall abgeklungen war.

»Vielen Dank, meine Damen und Herren...«, begann sie und erwähnte höflich alle wichtigen Anwesenden. »Es ist mir ein Bedürfnis, den Mitgliedern der Handelskammer für ihre Unterstützung der Border Security Force in den vergangenen Monaten zu danken. Diese Zeit ist nicht leicht gewesen, aber dank Ihrer Unterstützung haben die ominösen Vorhersagen, daß Tourismus, Schiffahrt, Handel und Lebensart Südfloridas durch striktere Grenzkontrollen ruiniert würden, sich nicht bewahrheitet. Wir arbeiten als Team zusammen, und indem ich Ihnen dafür danke, bitte ich Sie zugleich um weitere Unterstützung für die Zukunft.«

Das war ein cleverer Schachzug, denn die hiesige Handelskammer hatte anfangs gegen die Hammerheads opponiert und die Verlegung ihres Hauptquartiers aus Südflorida verlangt. Aber gute PR-Arbeit und Geffars offenkundige Freundschaft mit Van Nuys hatten sich bezahlt gemacht.

»Ich möchte kurz umreißen, was wir gemeinsam erreicht haben. Eindeutig festzustellen ist eine dramatische Abnahme des Drogenschmuggels auf dem Luft- und Seeweg in den Südosten der Vereinigten Staaten. Die Aktivitäten der Drogenschmuggler haben sich auf den Süden und Südwesten verlagert – daher brauchen wir *weiterhin* Ihre Unterstützung und die unserer Abgeordneten und Senatoren in Washington, um unser Einsatzgebiet ausweiten zu können. Ich bin der festen Überzeugung, daß wir binnen drei Jahren neunzig Prozent aller ins Land geschmuggelten Drogen abfangen können. Das ist nicht nur meine Überzeugung, sondern eine Verpflichtung, zu der ich mich heute abend vor Ihnen bekenne.

Grenzsicherung umfaßt sämtliche Maßnahmen zur Eindämmung des Zustroms illegaler Drogen, aber wir müssen auch etwas zur Bekämpfung der Nachfrage unternehmen – und das bedeutet vermehrte Anstrengungen auf dem Erziehungssektor. Wir müssen unsere Kinder offen über die Gefahren der Drogensucht aufklären: physische Abhängigkeit, emotionale Versklavung, Schmerzen und Leid für die Angehörigen. Wir alle kennen den Begriff ›Mit-Abhängigkeit‹, der nur ein Euphemismus für die Vernichtung der Lebensgrundlagen Unschuldiger ist. Ich habe darauf gedrängt, die außerplanmäßigen Einnahmen der Hammerheads aus Geldstrafen und der Versteigerung konfiszierter Wirtschaftsgüter dem Drug Education Trust Fund zuzuführen, der in Schulen wertvolle Aufklärungsarbeit über Alkohol- und Drogenmißbrauch leistet...«

Geffars engagiert und ausdrucksvoll vorgetragene viertelstündige Rede riß ihr Publikum zum fünften Mal in Folge dazu hin, ihr im Stehen zu applaudieren. Diese Ovationen verstärkten sich noch, als Van Nuys zu ihr ans Rednerpult trat. Eines stand außer Zweifel: Geffar und Van Nuys waren der Hit des Abends.

Später, als Geffar neben Van Nuys auf dem Rücksitz seiner Limousine saß, streifte sie ihre Schuhe ab. »Ich bin *erschossen«,* seufzte sie. »Mir kommt's vor, als wäre ich den ganzen Tag auf den Beinen gewesen.«

»Dein Tag beginnt morgens um fünf«, faßte Van Nuys für sie zusammen. »Du fliegst zwei bis drei Stunden, dann kommst du zurück, um den halben Abend in eurem Hauptquartier zu arbeiten, und *danach* hältst du eine Rede vor der Handelskammer. Ich weiß nicht, woher du die Energie dafür nimmst.«

»Das weiß ich manchmal auch nicht.« Geffar lehnte sich gegen ihn und zog seine Arme um sich. »Im Augenblick habe ich gar keine übrig.«

Seine großen Hände glitten höher und umfaßten ihre Brüste. »Überhaupt keine Energie?«

»Na ja, nicht genug *dafür.«* Sie schüttelte den Kopf. »So reizvoll es klingt, aber sich auf dem Rücksitz einer Limousine auf der Interstate zu lieben, entspricht nicht gerade meiner Vorstellung von Romantik. Oder können Sie sich etwa nicht beherrschen, Mr. Staranwalt?«

Er hielt ihre Brüste mit beiden Händen umfaßt und nahm die Spitzen zwischen seine Zeige- und Mittelfinger. »Ich kann's, wenn *Sie's* können, Miss Hammerhead.« Sie lehnte sich in seine Arme zurück und starrte schweigend aus dem Fenster in die Nacht hinaus.

»Eine eindrucksvolle Rede, die du über die Aufklärungsarbeit in Schulen gehalten hast, Sandra«, fuhr Van Nuys fort. »Im allgemeinen referierst du nur über die Erfolge der Hammerheads. Deine heutige Rede ist ganz anders gewesen. Leidenschaftlich.«

»Aus Überzeugung heraus«, antwortete Geffar. »Kinder sind unsere wichtigste Ressource. Ich weiß, daß das klischeehaft klingt, aber es ist nun mal wahr.«

»Wenn du das sagst, klingt's nicht klischeehaft.« Van Nuys machte eine kurze Pause. »Möchtest du eigene Kinder?«

Er spürte, wie sie sich entspannte. »O ja!«

»Tatsächlich?«

Sie sah zu ihm auf. »Du glaubst mir nicht?«

»Hmmm, eigentlich bist du nicht der Hausmütterchen-Typ.«

»Wieder mal 'ne sexistische Bemerkung, was?« tadelte sie ihn lächelnd. »Bloß weil ich Kommandeur einer paramilitärischen Organisation bin und fliegen und schießen kann, soll ich kein mütterlicher Typ sein. Gott bewahre mich vor engstirnigen Männern, die...«

»Nicht so stürmisch, Lady!« wehrte Van Nuys ab. »Ich hab' die Frage ernst gemeint.«

Sie schlang seine Arme noch enger um sich. »Ich hab' den Richtigen nur noch nicht gefunden. Erfolgreiche, gutsituierte Männer zur Gründung einer Familie sind schwer aufzutreiben. Außerdem hat meine Karriere immer an erster Stelle gestanden.«

»Jetzt? Immer?«

Er fühlte, daß sie mit den Schultern zuckte. »Kinder... vielleicht. Mit dem richtigen Mann. Kinder wären wunderbar.«

»Gut, gut«, sagte er mit den Lippen an ihrem Hals, »dann fahren wir am besten zu mir und üben, wie man welche macht!«

Geffar seufzte wohlig, als seine Hände wieder ihre Brüste streichelten – aber dann erstarrte sie plötzlich. Sie hatte einen Blick auf seine Rolex geworfen und die Zeit abgelesen. »Die Einladung klingt herrlich, Max, aber ich kann nicht. In sieben Stunden leite ich eine Besprechung, die ich noch vorbereiten muß.«

Van Nuys warf frustriert seinen Kopf in den Nacken, so daß er an die Kopfstütze prallte. »Das kann nicht dein Ernst sein, Sandra!« protestierte er. »Du machst mich so hart, daß ich kaum noch gehen kann – und jetzt behauptest du, arbeiten zu müssen...?«

»Tut mir leid«, sagte sie. »Wir verschieben's auf morgen, okay? In zwei Tagen übernehme ich die Nachtschicht – deshalb habe ich übermorgen frei.« Ihr Kuß sollte ihn trösten. »Dann können wir dafür sorgen, daß du wieder gehen kannst.«

Van Nuys seufzte aufgebracht und murmelte: »Frauen!« Dann beugte er sich nach vorn und schaltete die Sprechanlage ein. »Edward, kehren Sie um – wir bringen erst Miss Geffar heim.«

Eine Stunde später erreichte Van Nuys seinen luxuriösen Landsitz in Sunrise Beach. »Danke, Edward«, sagte er, als der Chauffeur ihm die Autotür aufhielt. »Unser erster Termin in der Stadt ist um halb zwölf. Fahren Sie um elf Uhr vor.« Der Chauffeur nickte und stieg wieder ein, um die Limousine wegzufahren.

Van Nuys lockerte seine Krawatte und stieg die Klinkerstufen zur Haustür hinauf. Geffar soll der Teufel holen! dachte er. Dieses Biest! Kein Wunder, daß sie mit fast vierzig noch keine Kinder hat... sie hält nie lange genug still, um sich bumsen zu lassen. Okay, sie kann verdammt sexy und eine leidenschaftliche Liebhaberin sein, aber sie läßt sich viel zu leicht durch ihre Arbeit ablenken, um sich ausschließlich auf etwas so Unwichtiges wie einen Mann konzentrieren zu können.

Trotzdem würde er sich ihretwegen keine grauen Haare wachsen lassen. Er kannte Dutzende von Spitzenfrauen jeglichen Alters, die auf den Knien die Einfahrt raufgerutscht wären, bloß um ihm die Füße küssen zu dürfen. Mit Geffar war er nur zusammen, um möglichst viel über die Hammerheads rauszukriegen – nicht um der Vater ihrer verdammten Kinder zu werden.

Auf den letzten Stufen vor der Haustür fühlte er sich plötzlich unbehaglich. Salman, sein muskulöser indischer Butler, hätte den Wagen hören und seinen Arbeitgeber an der Haustür empfangen müssen. Das Licht über dem Eingang brannte, und die Tür war noch gesichert, wie das rote Blinklicht des Tastenfelds neben der Haustür zeigte...

Van Nuys bückte sich etwas, streifte das rechte Hosenbein hoch und zog seine Kleinkaliberpistole Beretta 21A aus dem Knöchelhalfter. Die kleine Waffe verschwand völlig in seiner mächtigen Pranke. Dann gab er den Code ein, der die Haustür entriegelte, stieß sie rasch auf und trat einen Schritt zurück. Nichts. Kein Laut, keine Bewegung.

»Salman! Ich bin's!« Keine Antwort. »Salman?«

Irgendwas stimmte hier nicht. Salman hätte eine Nachricht hinterlassen, wenn er das Haus überraschend hätte verlassen müssen. Van Nuys hastete die Treppe hinunter und folgte der bogenförmigen Einfahrt zur Garage. Auch sein Chauffeur Edward war ein erfahrener Leibwächter – und wenn er das Haus betreten mußte, wollte er seine Überlebenschancen dadurch verbessern, daß er sich begleiten ließ.

In der Garage brannte kein Licht, aber die Limousine stand noch vor dem Tor. Auch die Seitentür war abgesperrt. Edward konnte unmöglich bereits heimgefahren sein. Wer ins Haus eingedrungen war, hatte jetzt nicht nur Salman, sondern auch Edward in seiner Gewalt. Das bedeutete ernstzunehmende Gegner, denn keiner seiner Leute war leicht zu überwältigen.

Um keinen Preis der Welt hätte er das Haus durch die Eingangstür betreten. Er überlegte, ob er Hokum anrufen sollte, aber das einzige Telefon außerhalb des Hauses befand sich auf der rückwärtigen Veranda, die vom Haus aus leicht einzusehen war. Von dort aus führte eine Wendeltreppe ins Schlafzimmer im ersten Stock, aber auch dieser Zugang würde überwacht werden. Sollte er versuchen, ein Nachbarhaus zu erreichen? Wie weit würde er dabei kommen?

Eine Möglichkeit blieb ihm noch: Der leere Speicher über der Anbaugarage stand mit dem Billardzimmer im ersten Stock in Verbindung. Der nur halbhohe Übergang war von beiden Seiten aus zugänglich und bot genügend Platz für einen kriechenden Mann. Vielleicht konnte er auf diesem Weg ins Haus gelangen, ohne irgendwelche Alarme auszulösen.

Eine Viertelstunde später öffnete Van Nuys – staubig, auf Strümpfen und voller Spinnweben – lautlos die schmale Tür am unteren Ende der in den Billardraum führenden Treppe. Mit etwas Glück war das Überraschungsmoment jetzt auf seiner Seite. Er schlich über den Parkettboden, wich dem Billardtisch aus und tastete mit der linken Hand nach der Korridortür.

In diesem Augenblick flammte das Licht auf. In den Ecken neben der Tür kauerten zwei Männer mit schußbreiten Uzi-MPs. Hinter ihm klatschte jemand spöttisch Beifall.

»Gut gemacht, Mr. Van Nuys! Sie haben Talent zum Meisterspion – oder wenigstens zum Einbrecher. Haben Sie schon mal daran gedacht, Ihren Drogenschmuggel aufzugeben und sich auf Spionage oder Einbruchdiebstahl zu verlegen?«

Dann waren die beiden Kerle bei ihm. Einer drückte Van Nuys die Mündung seiner Uzi an die rechte Schläfe, während der andere ihm die Beretta wegnahm. Sie packten seine Hände, legten sie ihm auf den Kopf und drehten ihn um. Jetzt konnte er den Mann sehen, der ihn angesprochen hatte – einen schwarzhaarigen lateinamerikanischen Typ Ende Vierzig mit schmalem Schnurrbärtchen. Er trug einen dunklen Anzug mit wildgeblümtem Tropenhemd, saß auf einem der Barhocker und ließ zwischen Daumen und Zeigefinger der linken Hand eine Sonnenbrille rotieren, während seine Rechte auf dem Hörer eines auf der Bartheke stehenden Mobiltelefons lag. Sein spöttisches Lächeln galt der schmutzigen, mit Spinnweben bedeckten Kleidung des sonst so eleganten Maxwell Van Nuys.

An einer Wand des Raums standen Edward und Salman – beide mit den Händen auf dem Kopf, beide von je einem Unbekannten mit einer Schrotflinte in Schach gehalten. Salman blutete aus einer Platzwunde über der Stirn. Edward war sichtlich so wütend, daß er am liebsten in den Lauf der Waffe vor seinem Gesicht gebissen hätte.

Die größte Überraschung war jedoch der Mann auf dem Barhocker neben dem Lateinamerikaner: kein anderer als Polizeichef, Feuerwehrkommandant und Sicherheitsbeauftragter Joseph Hokum. Obwohl auch er von einem Bewaffneten in Schach gehalten wurde, hatte er im Gegensatz zu Edward und Salman nicht die Hände auf dem Kopf. »Was, zum Teufel, geht hier vor, Joe? Wer sind diese Leute? Wie...«

»Ruhe!« verlangte der Mann in dem geblümten Hemd scharf. »Kein Wort mehr!«

»Ich will wissen, was...«

Im nächsten Augenblick sackte Van Nuys nach einem Schlag eines der Bewaffneten hinter ihm nach vorn über den Billardtisch. Vor seinen Augen verschwamm alles, so daß er fürchtete, ohnmächtig zu werden.

»Nächstes Mal spaltet Hervé Ihnen den Schädel«, sagte der Mann drohend. »Das ist meine letzte Warnung! Daß Sie noch leben, verdanken Sie nur der Tatsache, daß Sie und Ihr kleines Schmuggelunternehmen mich persönlich interessieren. Eigentlich soll ich Sie umlegen und Ihre Leiche beseitigen.«

»Blödsinn«, murmelte Van Nuys benommen. »Ihr Auftraggeber will etwas von mir.« Er hörte eine Bewegung hinter sich und machte sich auf einen weiteren Schlag gefaßt, aber der Mann im geblümten Hemd hob eine Hand. »Sie sind nichts als ein Botenjunge. Lassen Sie also den Gangsterscheiß, und sagen Sie mir, wozu Sie in mein Haus eingebrochen sind.«

»Ich habe Ihnen etwas auszurichten«, sagte der Mann. »Aber wenn ich Sie und Ihre Leute erschießen ließe, würde mir niemand große Vorwürfe machen. Haben Sie verstanden?«

»Wenn Sie mich erschießen wollen, dann tun Sie's endlich, verdammt noch mal! Oder sagen Sie, was Sie zu bestellen haben, und verschwinden Sie!« Das war natürlich nur ein Bluff, aber er hatte sein Leben lang geblufft.

Er hörte das metallische Klicken, mit dem eine Waffe entsichert wurde, schloß die Augen und machte sich aufs Ende gefaßt. Aber statt eine Kugel in den Kopf zu bekommen, hörte er den Mann im geblümten Hemd lachen. Die beiden Bewaffneten rissen ihn hoch und traten dann zur Seite, während ihr Boß sich zurücklehnte und ihn angrinste.

»Wie sind Sie in mein Haus gekommen?« fragte Van Nuys mit zur Schau gestelltem *Machismo* und zuversichtlicher als bisher. Diese Männer sollten ihn nicht umlegen – sonst wäre er längst tot... Er starrte Hokum an, der unter seinem Blick kleiner zu werden schien.

»Sie sind zu Recht ungehalten, Mr. Van Nuys«, bestätigte der Mann. »Der Polizeichef hat uns Ihren Geheimgang über der Garage verraten. An Ihrer Stelle würde ich dieses Manko beseitigen.« Hokum saß wie versteinert da.

»Ja, ich bin hergeschickt worden, um mich mit Ihnen zu befassen, Mr. Van Nuys«, fuhr der Mann fort. »Meine Auftraggeber und ich haben von Ihren engen Beziehungen zu Sandra Geffar von den Hammerheads und Polizeichef Hokum erfahren. Aber stellen Sie sich meine *Überraschung* vor, Mr. Van Nuys, als ich von Informanten gehört habe, daß *Sie* jeden Monat Drogen für mindestens eine Million Dollar ins Land schmuggeln. Ehrlich, ich war schockiert! Drogenschmuggel praktisch vor der lilienweißen Nase dieser Lady...«

»Ich weiß überhaupt nicht, wovon Sie reden!«

»Mit Lügen kommen wir nicht weiter, Señor. Wir wissen, daß Sie's geschafft haben, monatlich bis zu hundert Kilo von Grand Bahama Island hierher zu fliegen. Señor Hokum war sehr auskunftsfreudig. Er hat uns erzählt, wie seine Leute die Maschine entladen, bevor der Zollinspektor kommt – und wie er die Unterlagen fälscht, um Ihr Geld zu verstecken. Raffiniert!«

Van Nuys warf Hokum einen finsteren Blick zu, der den Mann im geblümten Hemd amüsierte.

»Seien Sie nicht böse auf Señor Hokum. Er hat's geschafft, Ihr Unternehmen monatelang vor uns geheimzuhalten, während er uns geholfen hat, Waffen und Geld nach Florida beziehungsweise außer Landes zu schmuggeln. Anfangs wollte er gar nicht reden, aber wir waren sehr, sehr großzügig... Dann hat er allerdings gründlich ausgepackt. Das war gut für ihn, es hat ihn am Leben erhalten.«

»Was wollen Sie von mir? Geld? Drogen? Ich kann Ihnen bestenfalls...«

»Nein, Señor Van Nuys, wie Sie unterdessen wissen, wollen wir Informationen von Ihnen. Sie sollen uns alles erzählen, was es über Commander Geffar zu wissen gibt, und wir möchten, daß Sie ein paar dieser kleinen Dinger verteilen.« Er hielt eine schwarze Plastikdose hoch und warf sie vor Van Nuys auf den Billardtisch. »Aufmachen!« Van Nuys gehorchte und fand darin ein Dutzend Stecknadeln mit dicken Köpfen und schwarze Knöpfe, an denen dünne Drähte hingen.

»Ich soll in ihrer Wohnung Wanzen verstecken?«

»In ihrer Wohnung, in ihren Autos, in ihrem Dienstzimmer, auf Hammerhead One, *überall.* Unsere Leute schaffen es nicht, die Border Security Force zu infiltrieren. Aber Sie scheinen beneidenswerterweise mit Geffar... befreundet zu sein. Außerdem möchten wir von Ihnen über ungewöhnliche Aktivitäten, Einsätze, Projekte und Unternehmen informiert werden.«

»Ausgeschlossen! So gut kenne ich sie wirklich nicht. Wir treffen uns nur gelegentlich – meistens auf Veranstaltungen. Ich bin noch nicht mal auf ihrer verdammten Plattform gewesen!«

»Dann erwarten wir, daß Sie Ihren berühmten Charme einsetzen und ihr menschlich näherkommen, Mr. Van Nuys. Schließlich ist sie trotz allem *auch* eine Frau.« Sein Zeigefinger tippte das Mobiltelefon auf der Bar an. »Wir stellen Ihnen sogar ein Telefon zur Verfügung, Mr. Van Nuys – abhörsicher, nicht aufspürbar und für Sie kostenlos. Als Geschäftsmann sollten Sie dieses Angebot zu schätzen wissen.«

»Angebot? Was bekomme ich, wenn ich nicht mitmache? Eine Kugel in den Kopf?«

»Wie melodramatisch, Sir! Sie werden sehen, daß meine Auftraggeber sehr großzügig sein können. Fragen Sie Ihren Polizeichef. Eine zusätzliche Verteilerorganisation können meine Auftraggeber immer brauchen. Selbst eine so kleine wie Ihre.« Er setzte langsam die Sonnenbrille auf. »Aber meine Auftraggeber verstehen keinen Spaß mit Leuten, die sie enttäuschen oder betrügen. Sie haben viel zu verlieren, Mr. Van Nuys: Haus, Ansehen, Beruf. Es wäre doch schade, wenn Sie den Rest Ihres Lebens hinter Gittern verbringen müßten...«

Van Nuys wußte, daß ihm keine Wahl blieb. Eine Selbstanzeige bei den Hammerheads konnte Haftverschonung bedeuten – aber wie lange hätte er dann noch zu leben? »Was ist, wenn ich nichts rauskriege? Was ist, wenn sie mir nichts anvertrauen will?«

»Da setze ich ganz auf Sie, Mr. Van Nuys.« Der Mann stand auf. »Sie haben einen Ruf als Herzensbrecher, den Sie gewiß verteidigen wollen. Sollten Sie das aus irgendwelchen Gründen nicht schaffen, besuchen wir Sie wieder... Und nun möchte ich eine Story von Ihnen hören, Mr. Van Nuys. Erzählen Sie mir, was Sie über Sandra Geffar wissen.«

San Diego, Kalifornien
Am nächsten Nachmitag

Im Hafen San Diego kommandierte Chefinspektor Roger Bolan das Contraband Enforcement Team (CET) mit dem Auftrag, Schmuggelware – Drogen, Bargeld, Diebesgut sowie weitere illegale oder unangemeldete Gegenstände – in den Containern oder Laderäumen einlaufender Schiffe aufzuspüren. Der Enddreißiger Bolan war seit fünfzehn Jahren beim Customs Service und hatte das hiesige CET vor drei Jahren als einer der jüngsten Chefinspektoren Amerikas übernommen. Weshalb er Karriere gemacht hatte, lag auf der Hand: Er nahm seine Arbeit sehr, sehr ernst und erwartete von allen Untergebenen dieselbe Einstellung.

Jetzt legte Bolan die Füße auf seinen mit Akten überladenen Schreibtisch, schob seinen Revolver Kaliber 44 Magnum etwas weiter unter die linke Achsel und nahm sich eine Customs Form 1302 vor – das Zollmanifest eines amerikanischen Frachters, der in wenigen Stunden einlaufen würde. Der Chefinspektor war klein, aber drahtig; er trug sein dunkelbraunes Haar militärisch kurz und hatte sich seinen Schnurrbart auf sanftes Drängen seiner Frau abrasiert, so daß er noch jünger aussah. Das Zollmanifest umfaßte rund dreißig Seiten, deshalb holte er sich aus dem Vorzimmer eine Tasse Kaffee, bevor er wieder die Füße hochlegte und es gründlich durchlas.

Der Frachter *Maria Star Kelly,* das größte Schiff der Kelly Steamship Company in Alameda, Kalifornien, hatte auf seiner dreiwöchigen Reise sechs Häfen angelaufen: Valparaiso, Chile (Tomatenprodukte, Traubensaft, Edelholz, Wein, Möbel, Fisch), Callao, Peru (Umzugsgut, Autos, Kupferdraht, Bleischrot), Guayaquil, Ekuador (Glasflaschen, Balsaholz, Kaffee, Tiefkühlgarnelen, Bananenpüree), Buenaventura, Kolumbien (Kaffee, Autoreifen), Balboa, Panama (Fliesen, Melonen, Elektrogeräte) und Puntarenas, Costa Rica (Bambusmöbel, Keramikwaren, Zigaretten). Das alles transportierte die *Maria Star Kelly* teils gekühlt in zweiundfünfzig Zwanzig-Fuß-Containern und sechsundfünfzig Vierzig-Fuß-Containern – alle mit registrierten Bleiplomben, deren Nummern ins Zollmanifest eingetragen waren.

Darüber hinaus enthielt das Manifest den Namen des Kapitäns, die Daten der Hafenliegezeiten und die Namen der Verfrachter und der Empfänger oder Agenten, die bei Eintreffen der Ware zu benachrichtigen waren. Außerdem gab es das Bruttogewicht jedes Containers an und beschrieb, wie sein Inhalt verpackt war, in welchem Zustand die Ware sich befand – zum Beispiel ganze Tomaten, Tomatenmark, Tomatenpüree oder Tomatensaft –, und ob sie gekühlt werden mußte.

Bis vor wenigen Jahren wäre die Kontrolle eines Frachters dieser Art ein Alptraum gewesen. Kühlgut mußte sofort inspiziert werden – es durfte nicht im schwülheißen San Diego herumstehen, bis das nächste CET vorbeikam –, und die Zollbeamten mußten sich immer vorsehen, wenn sie zerbrechliche Fracht wie

Umzugsgut, Porzellan oder Keramikwaren kontrollierten. Es war riskant, einen Jungen mit einem zwei Tonnen schweren Gabelstapler durch einen Container mit fünftausend Flaschen zu schicken – in vielen Fällen war dann Schadenersatz für große Mengen versehentlich zerstörter Ware zu leisten.

Aber dieser Gemischtwarenladen schrie geradezu nach einer gründlichen Inspektion. Er hatte irgendwas an sich, das einen Volltreffer vorausahnen ließ. Bolan und seine CET-Leute nannten es »einen Steifen kriegen«, wenn ein Schiff nur *vage* verdächtig wirkte. Natürlich diente Fracht aus Peru, Kolumbien und Panama – alles wichtige Kokainproduzenten und -lieferanten – nur dazu, diesen Verdacht zu nähren. In bezug auf die *Maria Star* hatte Bolan längst einen Steifen.

Er griff nach dem Telefon, rief Hafenkapitän Danerkouros an, benachrichtigte ihn, daß die *Maria Star* gründlich inspiziert werden sollte, und forderte für sie den Liegeplatz auf dem »Jahrmarkt« an. Danach trank er seinen Kaffee aus, telefonierte kurz mit seiner Frau, ging aufs Klo und schaute im Computerzentrum vorbei, um die für ihn bereitliegenden Ausdrucke aller die *Maria Star* betreffenden Meldungen abzuholen. Noch eine Tasse Kaffee und eine kurze Sprechprobe am Funktelefon, dann war Bolan zum »Jahrmarkt« im Hafen unterwegs.

Der »Jahrmarkt« umfaßte spezielle Inspektionseinrichtungen, die erst vor einigen Monaten mit für den Aufbau der Border Security Force bewilligten Mitteln geschaffen worden waren. Solche Systeme zur Cargo Automated Inspection (CAI) waren in einigen großen Häfen im Süden der Vereinigten Staaten installiert worden, damit in wenigen Stunden ganze Schiffsladungen kontrolliert werden konnten. Diese Ansammlung von Gebäuden, Kammern, Gleisen, Kränen, Förderbändern und Rutschen hatte irgend jemand an einen billigen Vergnügungspark erinnert – daher der Spitzname »Jahrmarkt« –, obwohl dieser hier bei einem Stückpreis von hundert Millionen Dollar keineswegs billig war.

Im Augenblick war der Liegeplatz frei; das letzte Schiff war vormittags kontrolliert worden. Im CAI-Kontrollzentrum sprach der Chefinspektor zuerst mit Ed Bartolo, dem Schichtleiter. »Bald gibt's wieder Arbeit, Ed«, erklärte Bolan. »Wir nehmen uns die *Maria Star* vor – den Trampfrachter, von dem ich Ihnen erzählt habe.«

Bartolo nickte und zog sein Exemplar des Manifests aus einem Stapel, während er sich den Rest eines Truthahnsandwichs in den Mund stopfte. »Yeah«, grunzte er mit einem Blick auf Vordruck 1302. »Hab' mir schon gedacht, daß Sie die herschicken würden. Okay, von uns aus kann's losgehen.«

Die Lagerhaus- und Inspektionsgruppen waren noch beim Mittagessen, deshalb informierte Bolan seine Männer und Frauen in der Kantine. »Heute nachmittag gibt's was Schönes, Leute«, begann er. »*Maria Star Kelly,* amerikanischer Frachter, neuntausend BRT. Insgesamt hundertacht Container – davon dreißig gekühlte –, zweiundfünfzig mit zwanzig Fuß, sechsundfünfzig mit vierzig. Anzahl der Doppelender unbekannt.«

Bolan schlug seine Mappe mit Computerausdrucken auf. »Vor drei Jahren ist dieser Frachter in New Orleans in einen unbedeutenden Marihuanaschmuggel verwickelt gewesen. Kapitän und Reederei sind nicht angeklagt worden, sondern mit hohen Geldstrafen davongekommen. Keine weiteren Erkenntnisse über Reederei, Schiff und Kapitän; im allgemeinen werden amerikanische Schiffe von ausländischen Schmugglern wegen der schärferen Kontrollen an Bord eher gemieden. Die *Maria Star Kelly* ist zuletzt vor neun Monaten ganz und vor fünf Monaten teilweise durchsucht worden – beide Male ergebnislos.

Okay, sehen wir uns mal an, was alles zu tun ist. Von oben angefangen: Ein leerer Container zur Ultraschalluntersuchung; seht nach, ob wir sein elektronisches Profil im Computer haben, aber nehmt es trotzdem auf, damit wir's vergleichen können. Umzugsgut, Keramiken und Bambusmöbel in die Schnüfflerkammer; ich habe eine schriftliche Bestätigung der Eigentümer, daß das militärische Umzugsgut keine Sprühdosen enthält. Gemüse und Südfrüchte müssen handsortiert werden; wir haben Honigmelonen, Tomaten und Bananen. Also Vorsicht vor Taranteln, Leute!«

Seine Zuhörer ächzten. Die behaarten Spinnen waren selbst in sorgfältig kontrollierten Bananenkartons anzutreffen; obwohl ihr Biß nicht tödlich war, waren sie lästige Gäste.

»Elektrogeräte kommen in den Schnüffler«, fuhr Bolan fort. »Melonen... wieder Melonen... Fliesen sind auch was für den Schnüffler, aber ich möchte, daß auch die Container, die keine Doppeltüren haben, stichprobenartig durchsucht werden.« Container mit Türen an beiden Stirnseiten waren leichter zu inspizieren und wurden im allgemeinen bevorzugt abgefertigt. In Containern alter Bauart mit nur einer Tür war Schmuggelware viel leichter zu verstecken – deshalb nahm der Customs Service sie sich besonders vor.

»Jede Menge Kaffee«, kündigte der Chefinspektor an. Aus dem Publikum kam Zustimmung, denn selbst für Leute, die keine Kaffeetrinker waren, gab es kaum etwas Schöneres als der Duft eines Vierzig-Fuß-Containers mit kolumbianischen Kaffeebohnen. »Auch die kommen in den Schnüffler. Wir haben...« Bolan zählte rasch nach, »...vierundzwanzig Container mit Kaffeesäkken aus Kolumbien. Ich möchte, daß mindestens sechs davon nachkontrolliert werden, wenn sie aus dem Schnüffler kommen. Was haben wir noch? Balsaholz kann in den Schnüffler. Zigaretten ebenfalls. Noch mal Kaffee, diesmal aus Ekuador – in den Schnüffler. Tiefkühlgarnelen, zehn Container... tut mir leid, Leute, die müßt ihr von Hand kontrollieren. Lagertemperatur minus achtzehn Grad Celsius – zieht euch also warm an.« Wieder mißvergnügtes Ächzen. »Fässer mit Bananenpüree – klarer Fall für Ultraschall. Umzugsgut... aha, mit dem Vermerk: ›Zerbrechlich! Vorsichtig behandeln!‹ Bolan nickte nachdenklich. Diese Forderung kannten sie von heimkehrenden amerikanischen Diplomaten, die oft teure Stücke mitbrachten, die unter keinen Umständen beschädigt werden sollten.

»Was haben Sie damit vor, Boß?« fragte Bartolo.

Bolan las den Vermerk erneut und schüttelte den Kopf. »Ich hab' schon lange nichts mehr von Hand inspiziert«, stellte er dann fest. »Diese Sache übernehme ich.«

Das schien vielen seiner Inspektoren zu gefallen, die befriedigt grinsend konstatierten, daß ihr Boß auch prominente Diplomaten – und sich selbst – wie jeden anderen behandelte. »Gut, dann bin ich Ihnen behilflich, damit Sie alles richtig machen, Sir«, schlug Bartolo vor.

»Darauf hätte ich ohnehin bestanden«, antwortete Bolan lächelnd. Er ging die Liste weiter durch, wies jeden Container einem bestimmten CAI-System zu und las dann ein Rundschreiben des Customs Service vor, in dem die Inspektoren aufgefordert wurden, auf bestimmte Dinge zu achten, die andere Inspektoren entdeckt hatten. Zum Schluß besprach er eine Zusammenfassung von Meldungen von FBI, DEA und BSF über voraussichtliche Aktivitäten von Drogenschmugglern.

»Wir sind wieder vor Umzugsgut gewarnt worden«, gab Bolan bekannt. »Diese Warnung kommt in regelmäßigen Abständen, aber Umzugsgut ist tatsächlich noch immer ein beliebtes Versteck für kleinere Mengen. Die DEA empfiehlt, auf Umzugsgut zu achten, das aus dem Ausland heimkehrenden Beamten und Soldaten gehört. Es wird von dortigen Speditionen verpackt, wobei der Zuschlag oft an den billigsten Anbieter geht. Das bedeutet, daß Schmuggler sich als Spedition tarnen und einen Transport unterwegs fast mühelos mit ihrer Ware vollstopfen können. Also aufgepaßt!

Vom FBI haben wir vertrauliche Informationen über die aktuelle Entwicklung des Drogenhandels in den Vereinigten Staaten erhalten. Im Vergleich zum Vorjahreszeitraum soll der Umsatz um zehn Prozent zurückgegangen sein, während der Preis für Kokain in handelsüblicher Qualität auf durchschnittliche dreiundzwanzigtausend Dollar gestiegen ist. Das ist fast hundert Prozent mehr als im Vorjahr. Und die Folgen liegen leider auf der Hand: Die Beschaffungskriminalität steigt rapide an, und je höher der Endverkaufspreis wird, desto größer ist die Gewinnspanne, so daß letztlich immer mehr Mitspieler einsteigen wollen.

Von der Border Security Force ist eine Warnung vor Durchbruchsversuchen von aus dem Ausland kommenden Flugzeugen eingegangen. Kaum zu glauben, Leute, aber Schmuggler versuchen noch immer, unsere Sperren zu durchbrechen, statt sie zu umfliegen. Entlang der Grenze zu Mexiko und im Südwesten haben die Aktivitäten sich verstärkt, und die Border Security sagt voraus, daß in unserem Gebiet schon bald Zustände wie früher in der Karibik herrschen werden. Da nicht beabsichtigt ist, ihren Einsatzbereich in nächster Zukunft auch auf den Südwesten zu erweitern, werden die Schmuggler versuchen, diese relative Lücke im offensiven Grenzschutz auszunützen.«

Chefinspektor Bolan klappte seinen Ordner zu. »Noch Fragen?« Als sich niemand meldete, stand er auf. »Okay, die *Maria Star* dürfte bald anlegen. Viel Spaß bei der Arbeit!«

Für das Contraband Enforcement Team war die Inspektion eines ganzen Schiffs – selbst eines mittelgroßen Frachters wie der *Maria Star Kelly* – eine riesige Aufgabe. Da San Diego der erste amerikanische Hafen der *Maria Star* war, würde der Customs Service Ausweise und Gepäck der Besatzung sowie die Schiffspapiere kontrollieren. Bevor die *Maria Star* amerikanische Gewässer befahren durfte, inspizierte die Coast Guard die Sicherheitseinrichtungen an Bord. Jetzt war Bolans CET für die Durchsuchung von Schiff und Ladung nach Schmuggelware verantwortlich. Sobald die nach dem Anlegen üblichen Formalitäten erledigt waren, rollte ein riesiger Portalkran übers Schiff, und die Cargo Automated Inspection begann.

Die Container wurden einzeln von Bord gehoben und auf einen Plattformwagen gesetzt, um automatisch zu seinen vorprogrammierten Haltepunkten innerhalb des Jahrmarkts geschleppt zu werden. Beim ersten Halt gab der CAI-Verteiler die Containernummer ein und überzeugte sich davon, daß die Bleiplomben unversehrt waren. Container mit beschädigten, fehlenden oder erkennbar manipulierten Plomben waren so verdächtig, daß sie sofort beschlagnahmt wurden. Danach gab der Verteiler Computerbefehle ein, die den Container automatisch zu einem oder mehreren der drei Inspektionsbereiche brachten: zum »Schnüffler«, zur Röntgen/Ultraschall-Kammer oder zu den Arbeitsplätzen, an denen manuell kontrolliert wurde.

Mindestens die Hälfte aller Waren konnten in der Analysenkammer – dem »Schnüffler« – geprüft werden. Sobald der Container in der Kammer stand, wurde die Luft aus ihr herausgepumpt. Dabei analysierten Hochleistungscomputer die ausströmende Luft und katalogisierten die in ihr enthaltenen Verbindungen. In Drogen, Sprengstoffen oder bestimmten anderen Waren enthaltene Verbindungen lösten automatisch Alarm aus, der Bolans Inspektoren zur Nachsuche veranlaßte.

Aber auch der Schnüffler war nicht unfehlbar. Schmuggler konnten Plastikbeutel mit Drogen so luftdicht versiegeln oder so tief in dickflüssigen Massen versenken, daß der Schnüffler sie nicht finden konnte.

Transportbehälter, die der Schnüffler nicht prüfen konnte, kamen in die »Bilderbox«, eine große Röntgen/Ultraschall-Kammer, die elektronische Aufnahmen vom Inneren fast jedes Behälters von großen Treibstofftanks bis hinunter zu kleinen Sprühdosen machen konnte. Verzerrungen oder Reflexionsunterschiede im Vergleich zu ähnlichen Behältern deuteten darauf hin, daß das Prüfstück etwas Fremdartiges enthielt, das die Strahlen ablenkte.

Den größten Platzbedarf hatten die Kontrollpunkte, an denen manuell untersucht wurde – eine besonders arbeitsintensive Tätigkeit. Das einzige dort eingesetzte High-tech-Produkt war ein alter Gabelstapler, der die Paletten aus den Containern hob, sofern sie nicht in Handarbeit ausgeladen werden mußten. Hier wurden Bolans Leute von Nationalgardisten unterstützt, was erst durch eine Gesetzesänderung möglich geworden war, die das noch aus den Jahren nach dem Bürgerkrieg stammende Verbot des Einsatzes von Militär in der Exekutive gelockert hatte.

Sämtliche Kisten, Kartons und Möbelstücke aus den Containern wurden auf dem Boden des Lagerhauses aufgestellt, katalogisiert und geöffnet. Ultraschallsonden erforschten das Innere von Kartons mit Geschirr, Kleidung, Büchern und persönlichen Papieren. Spürhunde wurden auf Möbelstücke und einige der Kartons angesetzt. Die größten Einzelstücke waren mehrere Lattenverschläge mit schweren südamerikanischen Terrakottafiguren, die durch dicke mit Flüssigkeit gefüllte Absorbermatten vor Stößen geschützt waren.

»Wir prüfen mit Röntgen und Ultraschall, ob sie Hohlräume enthalten«, entschied Bolan. »Danach können wir sie freigeben, glaub' ich.« Die Figuren wurden vorsichtig ausgepackt, auf Rollwagen gestellt und in die Röntgen/Ultraschall-Kammer gefahren, um untersucht zu werden.

Eine Stunde später stand das Ergebnis fest: negativ.

»Ich hätte geschworen, daß da was zu finden ist«, sagte der Chefinspektor eben zu Bartolo, als sein Funktelefon summte.

»Inspektor Bolan, Außenministerium, Büro Konsul Simpson«, meldete sich eine Sekretärin. »Ich rufe im Auftrag des Konsuls an, um nach seinem Hausrat zu fragen. Nach Auskunft der Reederei ist die Sendung bei Ihnen.«

»Ja, das stimmt. Ich...«

»Bleiben Sie bitte am Apparat, Inspektor.« Sekunden später drang eine weit aufgeregtere Stimme aus dem Hörer. »Hier Konsul Simpson. Bolan? Sie haben meine Sachen?«

»Ja, Sir. Ich...«

»Ihre Behörde hat mir übers Außenministerium *versichert,* unsere Sachen würden bevorzugt abgefertigt. Wir wohnen seit fast drei Wochen im Hotel – für immerhin dreihundert Dollar pro Nacht. Unsere Sachen sollten hierher nach Washington befördert werden... was, zum Teufel, sie in San Diego tun, ist mir schleierhaft! Ich verlange, daß sie *augenblicklich* freigegeben und weitergeschickt werden!«

Bolan kannte Simpson nicht, aber bei dreihundert Dollar pro Nacht tat der Mann ihm nicht allzu leid. »Die Inspektion Ihrer Sachen ist abgeschlossen, Sir«, sagte er beschwichtigend. »Sobald die gesamte Ladung freigegeben ist, können Sie...«

»Okay, wann ist *das* zu erwarten?«

»Heute abend, spätestens morgen früh.«

»Ich lasse meine Sachen abholen, sobald sie kontrolliert sind. Der Spediteur ist in zwei Stunden bei Ihnen.«

»Wir können nichts freigeben, bevor die gesamte...«

»Inspektor Bolan, Sie werden noch von Ihren Vorgesetzten hören. Ich rate Ihnen, meine Sachen in zwei Stunden abholbereit zu haben.« Am anderen Ende wurde aufgelegt.

»Dieser ganze Krempel gehört irgendeinem Washingtoner Bürokraten«, sagte Bolan zu Bartolo. »Er ist stinksauer, weil das einzige Hotel, in dem er bleiben kann, pro Nacht dreihundert Dollar kostet.«

Bartolo schüttelte den Kopf. »Der Ärmste!« Er drehte sich nach den Nationalgardisten um, die von einer Zigarettenpause zurückkamen und nun begannen, die Terrakottafiguren wieder zu verpacken.

Bolan zuckte enttäuscht mit den Schultern. »Dabei bin ich mir so *sicher* gewesen...« Er machte eine Pause. »Wie laufen die übrigen Kontrollen?«

»Alle negativ«, antwortete Bartolo. »Bei einem Holzcontainer hat der Schnüffler Alarm geschlagen – aber der hat sich als ein durch Harze ausgelöster Fehlalarm rausgestellt. Unsere Leute haben acht Kaffeecontainer durchsucht: alle negativ.«

Bolan deutete mit dem Kopf auf die Nationalgardisten, die damit beschäftigt waren, die großen Terrakottafiguren sorgfältig in spezielle Absorbermatten zu hüllen. »Ich hätte ein Monatsgehalt verwettet, daß das Zeug in diesen Tonfiguren steckt.«

»Alle negativ«, stellte Bartolo lakonisch fest.

Aber Bolan schien nicht zuzuhören. Er starrte weiter die Nationalgardisten an, die jetzt mit der größten Figur fertig wurden. Über die mit Baumwolltüchern abgedeckte Figur wurde ein Eisengestell gestülpt, das als Träger für die mit einer Flüssigkeit gefüllten speziellen Absorbermatten diente, die mit Spanngurten festgezurrt wurden. Zuletzt wurde der Lattenverschlag, auf dessen Grundplatte die jetzt stoßfest eingehüllte Terrakottafigur stand, wieder zusammengeschraubt. Die Männer packten eben die zweite Figur ein, als Bolan auffiel, daß einer der Nationalgardisten sich die Hände an der Hose seines Arbeitsanzugs abwischte. Er war mit wenigen Schritten bei ihm. »Was haben Sie da an den Händen?«

Der Nationalgardist zuckte mit den Schultern. »Keine Ahnung, Inspektor. Von einem Loch in einer der Matten?«

Bolan griff nach seiner linken Hand und roch daran. »Sergeant, haben Sie schon mal Kokain gerochen?«

Der Uniformierte schüttelte den Kopf. »Nein, Sir, mit dem Scheiß will ich nichts zu tun haben.«

»Das müßten wir euch Leuten als erstes beibringen«, sagte Bolan. »Ihr müßtet lernen, wie Kokain *riecht.* Packt die Statue wieder aus, die ihr eben eingepackt habt. Sucht das Loch in der Absorbermatte. Bartolo... Lagerhaus abriegeln und Sicherheitsdienst alarmieren!«

Während der Schichtleiter Alarm gab, überwachte Bolan die Arbeit der Nationalgardisten, die auf seinen Befehl hin die erste Terrakottafigur wieder auspackten. Nachdem der Lattenverschlag und die Spanngurte entfernt waren, suchte er sorgfältig die Baumwolltücher ab. Nach kurzer Suche entdeckte er im unteren Drittel einen handtellergroßen feuchten Fleck.

»Gebäude abgeriegelt und gesichert«, meldete Bartolo. Der Chefinspektor grunzte, ging vor der Absorbermatte in die Knie und fand die Leckstelle, an der noch einige Tropfen hingen. Er griff in seine Hemdtasche und zog ein dünnen Plastikröhrchen mit Kobaltthiozyanat heraus. Bolan streifte einen Tropfen hinein, schraubte den Verschluß zu, bog das Röhrchen, um die Glaskanüle in seinem Inneren zu zerbrechen, und schüttelte es, damit die Flüssigkeiten sich vermischten. Als er das Röhrchen hochhielt, war sein Inhalt kobaltblau.

»Flüssiges Kokain!« rief Bartolo aus. »Ich hab' schon davon gehört, aber gesehen hab' ich's noch nie.«

Der Chefinspektor nickte. »Kokain in übersättigter Lösung. Durch Röntgen schwer zu entdecken – ein Behälter mit diesem Zeug sieht leer aus –, und sogar der Schnüffler findet es oft nicht. Ein Viertelkilo Kokain in jedem Liter Flüssigkeit in diesen Absorbermatten – das sind insgesamt mindestens fünfzig Kilo.« Bolan starrte die Nationalgardisten an. »Fünfzig Kilogramm Koks, und ihr habt nichts gemerkt!« Er drehte sich befriedigt grinsend zu Bartolo um. »Verständigen Sie Brad Elliott in Alladin City. Ich glaube, daß unser schnodderiger Konsul jetzt größere Sorgen bekommt, als ihm seine Hotelrechnung machen könnte.«

Im Büro des Staatssekretärs des Äußeren, Washington, D. C.

Einen Tag später

Wilson Riley, der Staatssekretär für Lateinamerika, stand auf, als Geoffrey Simpson, ehemals Leiter der Konsularabteilung der amerikanischen Botschaft in Lima, sein Dienstzimmer betrat. »Freut mich, Sie zu sehen, Geoffrey. Nehmen Sie Platz, nehmen Sie Platz!«

»Danke, Sir.«

Riley setzte sich ebenfalls und faltete die Hände auf der Schreibtischplatte. »In Lima vermißt man Sie bereits, Geoffrey«, sagte er. »Sie haben erfolgreich gearbeitet und einen ausgezeichneten Eindruck hinterlassen.«

»Vielen Dank, aber das ist natürlich nicht nur mein Verdienst...«

»Ich kann Ihnen verraten, daß der Botschafter und die peruanische Regierung Sie sehr positiv beurteilt haben.«

»Danke, Sir.«

Rileys Telefon summte. Der Staatssekretär nahm den Hörer ab. »Augenblick noch«, sagte er knapp, legte auf und wandte sich wieder an Simpson. »Was Ihre weitere Verwendung angeht, müssen Sie sich auf einen Job hier in Washington einrichten – in unserer Abteilung oder drüben in der europäischen. Das wollten Sie doch, nicht wahr? Ich verliere Sie ungern, Geoffrey, aber irgend jemand mit mehr Einfluß schnappt Sie mir bestimmt weg.« Simpson lehnte sich entspannt zurück, lächelte und nickte, nickte und lächelte. »Kann ich sonst noch irgendwas für Sie tun? Wie ich höre, haben Sie inzwischen ein Haus in Williamsburg gefunden.«

»Richtig«, bestätigte Simpson. »Gestern haben wir den Vertrag unterschrieben. Wenn in den nächsten Tagen unsere Möbel kommen, können wir endlich einziehen.«

Rileys Freundlichkeit war schlagartig verflogen. »Ja...« Dann wurde an die Tür geklopft, und der Staatssekretär rief: »Herein!«

Als Simpson sich umdrehte, sah er zu seinem Erstaunen General Brad Elliott in Begleitung eines Unbekannten hereinkommen. Er stand auf, als er den General erkannte. »General Elliott... Geoffrey Simpson, bisher unser Konsul in Lima. Geoffrey... General Brad Elliott, BSF, und Special Agent Michael Farmer, FBI.«

Simpson brach der Schweiß aus, als er BSF hörte, aber den eigentlichen Schock bewirkte die Abkürzung FBI. Elliott nahm vor Rileys Schreibtisch Platz, während Farmer sich seitlich neben ihm aufbaute, so daß Simpson ihn nur aus dem Augenwinkel heraus sehen konnte.

»Geoffrey«, fuhr Riley fort, »bei der Zollkontrolle Ihres Umzugsguts scheint Schmuggelware entdeckt worden zu sein.«

»O Gott...«

»Hören Sie bitte gut zu, Mr. Simpson«, sagte Farmer. »Wir verhaften Sie vorläufig noch nicht, aber ich lese Ihnen Ihre Rechte vor, damit wir Sie vernehmen können. Wir erwarten natürlich rückhaltlose Offenheit.«

»Ich will einen Anwalt«, murmelte Simpson.

»Mr. Simpson, wenn Sie die Aussage verweigern, müssen wir Sie festnehmen.«

»Ich dachte, Sie hätten gesagt, Sie würden ihn nicht verhaften müssen«, warf Riley ein.

»Bei ihm besteht Fluchtgefahr, Sir. Er hat Freunde in Peru und Bolivien, Auslandskonten, gute Verbindungen... Dieses Risiko kann ich nicht eingehen. Ich habe angenommen, er würde mit uns zusammenarbeiten.«

Riley, der nur allzugut wußte, welchen Horror das Ministerium vor schlechter Publicity hatte, wandte sich an Simpson. »Verdammt noch mal, Simpson, Sie *müssen* aussagen...«

»Ich möchte erst mit einem Anwalt sprechen, Sir«, wiederholte er tonlos. Seine Hände begannen zu zittern.

»Schaffen Sie ihn weg«, verlangte Riley. Farmer ging zur Tür, öffnete sie und ließ zwei FBI-Agenten eintreten. Simpson stand benommen auf. Einer der Agenten packte ihn an den Oberarmen. Während sein Kollege dem Festgenommenen von einer Plastikkarte seine Rechte vorlas, zog der erste Agent Simpson die Arme nach hinten, legte ihm Handschellen an und tastete ihn nach Waffen ab. »Müssen Sie ihn wirklich in Handschellen abführen?« fragte Riley aufgebracht. »So sieht ihn das ganze verdammte Ministerium!«

Farmer sah zu Riley hinüber, nickte und wies seine Agenten an, Simpson die Jacke auszuziehen und die Hände vor dem Körper zu fesseln. Dann hängten sie die Anzugjacke über seine Handgelenke, bevor sie ihn hinausführten. »Wir verständigen die Rechtsabteilung und Ihre Frau, Geoffrey. Keine Angst, der Fall wird schnellstens aufgeklärt...« Riley wußte nicht, ob Simpson ihn überhaupt gehört hatte. Und er hätte Elliott am liebsten erwürgt.

Sobald die drei den Raum verlassen hatten, ging Riley an seinen Schreibtisch zurück und griff nach dem Telefonhörer. »Anna, sorgen Sie dafür, daß Bob Turnbull schnellstens herkommt.« Dann fauchte er Brad Elliott an: »In solchen Fällen ermitteln *wir* zunächst hausintern. Wir laufen nicht zum FBI, um...«

»Ich hatte keine andere Wahl.«

»Sie hätten erst zu mir kommen können, statt gleich das FBI einzuschalten. Wir haben hier eine sehr gute Ermittlungsabteilung. Nach Abschluß unserer Ermittlungen hätten wir FBI und Border Security Force das gesamte Material zur Verfügung gestellt. Außerdem hat Simpson vielleicht für alles eine Erklärung...«

»Klar, Mr. Riley«, sagte der General auf dem Weg zur Tür. »Vielleicht hat Simpson wirklich nichts von den Absorbermatten gewußt, vielleicht ist er unschuldig wie ein Neugeborenes. Für diese Ermittlungen bin ich nicht zuständig. Ich habe den Auftrag, möglichst viel über die Leute rauszukriegen, die diese Matten hergestellt und mit dem Umzugsgut eines Konsuls ins Land zu schmuggeln versucht haben.«

»Weshalb mischen Sie sich überhaupt in diese Sache ein?« wollte der Staatssekretär wissen. »Ich dachte, die Border Security Force hätte einzig und allein unsere Grenzen zu schützen. Washington scheint mir nicht ganz zu Ihrem Revier zu gehören.«

»Die BSF hat die Drug Enforcement Administration übernommen, Mr. Riley. Die DEA ist jetzt unsere Aufklärungs- und Ermittlungsabteilung. Der Customs Service gibt alle Fälle von Drogenschmuggel an uns ab; wenn ein Fall andere staatliche Stellen oder Personen im Inland betrifft, *müssen* wir das FBI einschalten.«

»Klingt verdammt bürokratisch und umständlich.« Aus dem Munde eines hohen Beamten des Außenministeriums war diese Feststellung beinahe komisch. »Wie ich höre, hält der Präsident große Stücke auf Sie – daher dieser schöne Posten. Aber ich warne Sie: Wenn Sie versuchen, einen meiner Beamten ohne handfeste Beweise einzulochen, bekommen Sie's mit mir zu tun!«

Elliott kam von der Tür zurück und beugte sich über Rileys Schreibtisch.

»Wenn wir schon persönlich werden, habe ich auch ein paar Anmerkungen zu machen«, sagte er leise, aber sehr nachdrücklich. »Was Bürokraten betrifft, sehe ich hier einen, dem es wichtiger ist, seine eigene Haut zu retten, als die Wahrheit zu finden. Ihr Ressort hat keine Ermittlungsabteilung. Das habe ich nachgeprüft. Ich bin davon überzeugt, daß Sie blitzschnell eine aufgestellt hätten – um die Auswirkungen auf Sie zu minimieren, nicht um die Wahrheit zu finden.

Die möglicherweise schlechte Publicity macht ihnen größere Sorgen als Simpsons weiteres Schicksal. Sie wollten, daß er redet, obwohl Sie wußten, daß das der allerschlechteste Rat war, den Sie ihm hätten geben können. Sie wissen, daß es sein gutes Recht war, vor Beginn der Vernehmung einen Anwalt zu verlangen. Ich bin kein Jurist und verstehe nicht viel von Ermittlungsverfahren, Riley, aber ich weiß, daß man verkauft ist, wenn der eigene Boß einen auffordert, sich kooperativ zu verhalten und auszupacken.

Ich glaube, daß *Sie* ihn für schuldig halten. Der Rechtsberater Ihres Ministeriums sollte kommen, um *Sie* zu beraten. Sie wollten hören, was Simpson aussagen würde, um mit Ihrer eigenen Schadensbegrenzung anfangen zu können…«

»Scheren Sie sich zum Teufel!« fauchte Riley. »Verlassen Sie sofort mein Büro!«

»Mit Vergnügen«, sagte Elliott.

Später am selben Tag

Der Geoffrey Simpson, der neun Stunden später Wilson Rileys Dienstzimmer betrat, war kaum wiederzuerkennen. Seine Anzugjacke saß schief und war verknittert, als hätte er darin geschlafen.

Riley ließ Simpson zunächst vor seinem Schreibtisch warten, während er vorgab, irgendein Schriftstück abzuzeichnen, und deutete dann auf einen Stuhl. Simpson sank darauf, als könnten seine Beine sein Gewicht keinen Augenblick länger tragen. Riley studierte weiter seine Akten, bis er sah, daß Simpson nervös auf dem Stuhl hin und her zu rutschen begann. »Ich habe einen Anruf vom FBI bekommen. Sie sind entlassen. Anklage gegen Sie wird nicht erhoben.«

Simpson seufzte erleichtert. »Gott sei Dank!«

»Aber damit ist der Fall für Sie noch nicht ausgestanden, Simpson. Noch längst nicht! Das FBI hat lediglich bestätigt, daß Sie offenbar nichts mit der Verpackung Ihres Hausrats zu tun hatten.«

»Natürlich hatte ich nichts damit zu tun! Als meine Sachen verpackt wurden, wohnten wir in der Botschaft und...«

»Aber Sie haben *diese* Spedition mit dem Umzug beauftragt – ein glatter Verstoß gegen die Richtlinien des Außenministeriums für die Auswahl von Speditionen.«

Simpson rieb sich müde die Augen und hob dann eine Hand. »Wenn's Ihnen recht ist, Sir, möchte ich das alles nicht noch mal durchkauen.«

»Ich rate Ihnen, mir reinen Wein einzuschenken, Simpson.«

»Mein Anwalt sagt...«

»Diesen Scheiß können Sie sich bei *mir* sparen. Ihr Anwalt interessiert mich nicht. Sie sind Beamter des Außenministeriums und gehören zu *meiner* Abteilung. Diese Peinlichkeiten hätten vermieden werden können, wenn Sie mit dem FBI zusammengearbeitet und gleich alles auf den Tisch gelegt hätten.

Die Rechtsabteilung sagt, daß das FBI Sie dann nicht verhaftet hätte. Aber Sie haben sich wie irgendein schmieriger Mafiaboß auf Ihre verfassungsmäßigen Rechte berufen und sind prompt in Handschellen durchs ganze Gebäude geführt worden – durch *mein* Gebäude.

Sie sind eine einzige gottverdammte Peinlichkeit, Simpson! Bilden Sie sich ja nicht ein, Sie könnten auch hier bei mir die Aussage verweigern. Wenn ich sage, daß Sie reden sollen, reden Sie gefälligst. Wenn ich sage, daß Sie die Klappe halten sollen, halten Sie die Klappe. Ist das verstanden?«

Simpson nickte benommen.

»Okay, weshalb haben Sie dieser Spedition den Auftrag erteilt, Ihre Sachen zu packen? Im Ratgeber der Border Security Force haben Sie gelesen, daß Schmuggler sich oft als Speditionen tarnen, um ihre Ware ins Land zu bringen. Warum haben Sie den Ratgeber ignoriert und gegen unsere hausinternen Bestimmungen verstoßen?«

»Die Spedition gehört dem Neffen eines wichtigen konservativen Politikers«, antwortete Simpson kleinlaut, »der vor einigen Monaten maßgeblich an der Errichtung der neuen Freihandelszone beteiligt war. Mit diesem Auftrag wollte ich ihm einen persönlichen Gefallen erweisen...«

»Dämlicher hätten Sie's kaum anfangen können!« unterbrach ihn Riley. »Wahrscheinlich steht er selbst auf der Gehaltsliste der Schmuggler. Die ganze Freihandelszone soll vermutlich nur den Drogenschmuggel erleichtern, und Sie Schlaukopf sind prompt darauf reingefallen. Aber warum haben Sie beim Customs Service angerufen und sich über die schleppende Abfertigung Ihrer Sachen beschwert? Warum haben Sie Himmel und Hölle in Bewegung gesetzt, um Ihren Krempel möglichst sofort zu kriegen? Sie haben sich wie ein Dealer aufgeführt, der's nicht erwarten kann, wieder ins Geschäft zu kommen!«

»Weil wir pro Nacht dreihundert Dollar für ein Hotelzimmer zahlen mußten«, sagte Simpson leise. »Unsere Sachen waren fast einen Monat lang unterwegs...«

»Richtig, darauf wollte ich noch kommen! Warum, zum Teufel, wohnen Sie wie ein gottverdammter Scheich in einer Suite im Madison? Das FBI ist der Überzeugung, daß Sie irgend jemand bestochen hat. Das hat verflucht verdächtig ausgesehen!«

Simpson ließ leicht den Kopf hängen. »Tina... meine Frau... sie war so glücklich, aus Peru rauszukommen, wieder daheim zu sein... sie wollte schon immer mal im Madison wohnen. Wir wollten nur eine Woche bleiben, sozusagen... sozusagen als Urlaub. Aber... wir sind eben doch nicht ausgezogen...«

»Und Sie haben die Hotelrechnung bar bezahlt?«

»Wir... wir hatten eine Menge Pesos umgetauscht...«

Riley wandte sich angewidert ab und schüttelte den Kopf. »Dämlicher geht's nicht«, murmelte er, starrte aus dem Fenster und ließ Simpson im eigenen Saft schmoren. »Sie sind ab sofort in Frank Melvins Abteilung versetzt«, sagte er dann. »Meine Sekretärin hat Ihre Unterlagen bei sich draußen.«

Simpson wurde blaß. »Melvin... Ich komme zur Afrika-Abteilung? Warum? Das verstehe ich nicht...«

»Das Generalkonsulat in Kinshasa hat Ersatz angefordert«, antwortete Riley. »Es braucht sofort einen neuen Mann. Genau der richtige Posten für Sie.«

»Kinshasa? In Zaire, meinen Sie? Sie schicken mich wegen dieser Sache nach *Zaire?«*

»Gute Reise, Simpson.«

»Aber ich bin *unschuldig.«* Simpson sprang auf. »Ich hab' nichts von dem verdammten Kokain gewußt! Ich kann jeden Cent meiner Ausgaben belegen...«

»Simpson, wir nehmen unsere Leute in Schutz – solange sie sich kooperativ zeigen. Ich habe ihnen die Chance dazu gegeben, aber Sie mußten sich hinter einem Anwalt und Ihren *Rechten* verstecken. Sie haben meine ganze Abteilung in Mißkredit gebracht. Ich kann Ihnen nicht mehr helfen. Alles Gute, Mr. Simpson, und viel Spaß im Busch!«

Flugplatz Zaza, Verrettes, Haiti

Einen Tag später

»Señor Gachez. Was für eine Überraschung!« sagte Salazar über die abhörsichere Verbindung. Er saß in seinem Dienstzimmer am Schreibtisch und ließ sich von einem kleinen Bauernjungen die Stiefel putzen. Bei ihm waren Major Trujillo, sein Chefpilot, und *Capitán* Hermosa, sein Adjutant. Sie alle hatten auf diesen Anruf gewartet.

»Wir haben von dem bedauerlichen Vorfall gehört, der neulich in San Diego passiert ist«, fuhr Salazar fort. »Hundert Kilo. Eine kleine Lieferung, aber ein Vorfall mit großen Konsequenzen.«

»Kein Grund zur Schadenfreude, Salazar«, wehrte Gachez ab. »Dafür sind andere Lieferungen durchgekommen...«

»Flüssiges Kokain? Gefrorenes Kokain? Sehr einfallsreich, Señor, aber die Hammerheads haben nur zwei Wochen gebraucht, um Ihnen auf die Schliche zu kommen. Jetzt ist der ganze Südwesten abgeriegelt. Überall stehen Radarballons, und der Customs Service hat die Zahl seiner Inspektoren verdoppelt. Alles wegen hundert Kilo!«

»Melden Sie sich, wenn wir vernünftig übers Geschäft reden können.«

»Sie wollten mich kaltstellen, Señor Gachez. Sie wollten unsere Vereinbarung nicht einhalten.«

»Sie haben sich nicht daran gehalten! Wir hatten sechstausend Dollar pro Kilo vereinbart...«

»Und Ihretwegen ist der Preis nochmals in die Höhe gegangen«, unterbrach Salazar ihn. »Da alle Grenzen jetzt scharf bewacht werden, muß ich einen Risikozuschlag berechnen. Weitere Lieferungen kosten Zwölftausend Dollar pro Kilo. Fünfzig Prozent Anzahlung, den Rest nach Auslieferung.«

»Zwölftausend Dollar? Niemals!«

»Dafür garantiere ich prompte Auslieferung überall in den Vereinigten Staaten«, antwortete Salazar. »Und nicht nur ein paar mickrige Kilo – wir transportieren alles Kokain, das Sie und die übrigen Kartellmitglieder auf Lager haben.«

Gachez schwieg so lange, daß Salazar schon dachte, er hätte aufgelegt. »Zehntausend«, sagte er dann.

»Zwölftausend, *Señor.* Keinen Cent weniger.«

Wieder eine lange Pause. »Abgemacht.« Am anderen Ende wurde aufgelegt.

Salazar lehnte sich grinsend zurück. Der Kleine nahm sich den anderen Stiefel vor. »Wir sind wieder im Geschäft, Señores – für zwölftausend Dollar pro Kilo.«

Hermosa – wie immer in letzter Zeit sehr ernst – äußerte sich nicht dazu. Trujillo nickte zustimmend. »Ausgezeichnet, *Coronel,* aber das Überwachungssystem der Border Security Force ist tatsächlich fast unüberwindbar geworden. Selbst mit Jagdschutz wird es sehr schwierig sein, dort durchbrechen.«

»Wir setzen mehr Flugzeuge ein, operieren weit auseinandergezogen, stoßen nach Norden und Westen vor...«

»Das hängt davon ab, wohin Gachez die Ware geliefert haben will, Coronel«, wandte Trujillo ein. »Im Südosten müßten wir mit einer ganz anderen Taktik operieren.«

»Ihnen fällt bestimmt was ein, Major. Ich habe volles Vertrauen zu Ihnen.« Sein Blick fiel auf den kleinen Schuhputzer. »Hmmm, vielleicht habe ich selbst eine Idee...« Und er streckte eine Hand aus, um den Kopf des Jungen zu tätscheln.

Hermosa beobachtete Salazars Miene und hatte das Gefühl, eine eiskalte Hand greife nach seinem Herzen. Nein! begehrte er innerlich auf. Nicht einmal Salazar würde *das* in Erwägung ziehen...

Kontrollplattform Hammerhead One
Zwei Tage später

»Deck klarmachen zum Drohnenstart! Deck klarmachen zum Drohnenstart!«

Geffar beobachtete vom Rand der Startfläche für Drohnen, wie die Bedienungsmannschaft eine Seagull mit Deltaflügeln aus dem Aufzug zum Katapult rollte. Neben ihr stand Patrick McLanahan, der jetzt als ihr Stellvertreter auf Hammerhead One für Drohnenstarts verantwortlich war. »Der Alarm wurde um sieben Uhr drei gegeben«, sagte er mit einem Blick auf seine Armbanduhr. »Spätestens in fünf Minuten sollte sie in der Luft sein.«

»Wo ist das Ziel?«

»Gut hundertfünfzig Seemeilen vor der Westküste Floridas«, antwortete McLanahan. »Kein Flugplan, keine Zollvoranmeldung, niedrige Flughöhe. Die Seagull fängt ihn innerhalb von dreißig Minuten ab.« Er empfing über Kopfhörer eine Meldung und fügte hinzu: »In Homestead wird eine Sea Lion startklar gemacht, um die weitere Verfolgung übernehmen zu können.«

Die Bedienungsmannschaft schuftete wie ein Mechanikerteam in Indianapolis, um die Seagull für den Katapultstart klarzumachen. »Drohne aufgestellt, Katapult getestet, eine Minute vorbei«, sagte McLanahan, der sich auf einem Schreibbrett Notizen machte.

Jetzt überprüften vier Techniker die Drohne. Kameras und Sensoren, Triebwerk, Luftschraube, Treibstoff, Antennen und Gesamtzustand des Vogels wurden kontrolliert. Hochgereckte Daumen zeigten dem Sicherheitsoffizier, daß alles in Ordnung war. »Erster Check ohne Triebwerk beendet, zwei Minuten vorbei«, stellte McLanahan fest.

Die Techniker hasteten davon, und die Plattformreling vor dem Katapult wurde eingefahren. »Jetzt wird die Datenübertragung getestet«, erklärte McLanahan Geffar. Auf Anweisung des Sicherheitsoffiziers wurde das Triebwerk angelassen und lief warm. »Zweiter Check mit Triebwerk beginnt, drei Minuten vorbei«, sagte McLanahan.

Die letzte Überprüfung sämtlicher Funktionen der Seagull vor dem Start erfolgte ferngesteuert vom Kontrollzentrum aus. Sie war abgeschlossen, als das Triebwerk wieder in Leerlaufstellung gebracht wurde. »Zweiter Check mit Triebwerk beendet, noch dreißig Sekunden«, konstatierte McLanahan. Die Bedienungsmannschaft entfernte die Spannketten, mit denen die Drohne bisher noch gefesselt gewesen war, und zog sich hinter die Sicherheitsnetze zurück.

»Klar zum Start, Deck frei. Start!« Das Triebwerk der Seagull heulte auf, und das fünfzehn Meter lange Katapult schleuderte die Drohne über den Rand der Plattform. Sie sank zunächst etwas, so daß Geffar schon fürchtete, sie werde ins Meer stürzen, fing sich aber sofort wieder, ging in steilen Steigflug über und kam rasch außer Sicht.

»Die Datenübertragung steht«, berichtete McLanahan. »Die Seagull steht bereits mit KEYSTONE in Verbindung und empfängt Informationen über das anzusteuernde Ziel.«

Als die beiden zu dem Aufzug gingen, der sie ins Kontrollzentrum bringen würde, wurde eine weitere Seagull aufs Katapult geschoben, damit sie für Notfälle bereitstand.

Hardcastle saß auf dem Kommandantenplatz vor dem Zentralbildschirm, der ein Radarbild der Westküste Floridas in hundert Seemeilen Umkreis von dem Ziel zeigte, das die Seagull jetzt ansteuerte. Er machte Geffar den Platz frei, nachdem sie sich beim Computer angemeldet hatte. »Die Seagull hat Kontakt mit KEYSTONE, ist auf Kurs und fliegt Plantation Key an«, berichtete er. »Wir haben Radarkontakt mit mehreren Booten westlich von Cape Romero und Ten Thousand Islands, die möglicherweise Schmuggelware aufnehmen wollen.«

»Okay, lassen Sie eine Sea Lion in Alladin City startklar machen.«

McLanahan, der den Admiral beobachtete, stellte fest, daß Hardcastle sichtlich enttäuscht war, als Geffar den Einsatz einer landgestützten Maschine anordnete – bestimmt hatte er gehofft, selbst mit einer Sea Lion von der Plattform starten zu dürfen. Seit dem sogenannten Zwischenfall vor Boca Raton hatte Elliott ihm – außer für Ausbildungs- und Überführungsflüge – praktisch Flugverbot erteilt. Darunter litt Hardcastle offensichtlich. Zugesetzt hatte ihm auch die Kampagne in den Medien wegen seiner angeblichen Alkoholisierung zum Zeitpunkt des Einsatzes. Und sein Verhältnis zu seinem Sohn Daniel war seither nachhaltig zerrüttet...

Alles das wegen des Todes eines Schmugglers? dachte McLanahan. Hardcastle hatte getan, wozu die Hammerheads berechtigt waren; er hatte lediglich in die Tat umgesetzt, was er zur Lösung des Drogenproblems in den Vereinigten Staaten vorgeschlagen hatte. Statt dafür belobigt zu werden, wurde er von allen Seiten kritisiert. McLanahan hielt das für verdammt unfair und stand mit dieser Auffassung nicht allein. Die Einsatzbereitschaft der Hammerheads litt darunter, daß viele von ihnen ähnlich dachten.

Nachdem Hardcastle veranlaßt hatte, daß eine Sea Lion aus Alladin City startete, stand er auf und ging zum Lift hinaus. McLanahan folgte ihm.

Er fand Hardcastle an der Barriere zwischen Wartungsgebäude und Flugzeugaufzug lehnend. Der Aufzug brachte gerade eine Sea Lion herauf, die in Reserve bereitstehen sollte. McLanahan lehnte sich neben Hardcastle.

»Wie geht's, Admiral?«

Hardcastle rang sich ein Lächeln ab. »Nicht schlecht. Ich habe mir den Start am Bildschirm angesehen. Ihre Leute sind wirklich auf Draht! Diesmal haben sie keine fünf Minuten gebraucht.«

»Stimmt. Vor ein paar Wochen haben wir noch geglaubt, eine Startzeit unter zehn Minuten sei unrealistisch? Jetzt schaffen wir's fast immer in weniger als fünf Minuten.«

»Mit den Drohnen und ihrer Mannschaft haben Sie großartige Arbeit geleistet.«

»Für 'nen Flugzeugjockey, meinen Sie?«

»Sie würden auch einen guten Seebären abgeben.«

McLanahan ließ zehn Sekunden verstreichen, bevor er fragte: »Und wie geht's Ihnen wirklich?«

Hardcastle starrte weiter geradeaus. »Wissen Sie, daß die Bezeichnung der Sea Lion geändert worden ist? Als *Angriffs*flugzeug heißt sie jetzt offiziell AV-22.« Das hatte McLanahan allerdings gehört: Die Änderung war bekanntgeworden, als Kongreßabgeordnete sich über die offensive Verwendung dieses *Rettungs*flugzeugs beschwert hatten.

»Ich weiß nicht, warum Sie sich selbst das Leben schwermachen«, sagte McLanahan. »Der Einsatz war in Ordnung. Daß Sie Daniel mitgenommen haben, daß Sie geflogen sind, obwohl Sie getrunken hatten…«

»Ich bin *nicht* betrunken gewesen!«

»Das *weiß* ich. Ich will damit nur sagen, daß die Begleitumstände vielleicht nicht ideal waren. Aber letztlich haben Sie nach Vorschrift gehandelt.«

»Elliott hat mich enttäuscht. Ich dachte, er…«

»Admiral, lassen Sie mich Ihnen was über Brad Elliott erzählen. Ich kenne ihn länger und vermutlich besser als Sie. Wir sind viel miteinander geflogen, und ich kann Ihnen versichern, daß er lieber am Steuerknüppel als an einem Schreibtisch säße. Aber er hat den Job angenommen, weil die Hammerheads ihm neue Perspektiven eröffnen. Das gefällt ihm – und mir übrigens auch. Trotzdem sind wir sicher beide froh, wenn wir wieder ins Dreamland zu Brads Spielsachen zurückdürfen. Bis dahin garantiere ich Ihnen, daß er hundertprozentig auf Ihrer Seite steht. Um die Hammerheads aus der Schußlinie zu nehmen, muß er den Anschein erwecken, daß er hart durchgreift, aber das gibt sich wieder. Entschuldigung, Sir, ich wollte Ihnen keinen Vortrag halten, aber ich dachte, Sie sollten wissen, was…«

Hardcastle lächelte schwach. »Sie argumentieren überzeugend, Patrick, und ich bin Ihnen dafür dankbar. Aber ich habe diese verdammte Untätigkeit trotzdem satt; ich fühle mich irgendwie ausgeschlossen.«

»Admiral, Sie *können* nicht ausgeschlossen werden. Sandra Geffar kommandiert diese Plattform, und sie macht ihre Sache gut, aber jeder weiß, daß Sie Herz und Seele der Hammerheads sind. Sie haben unsere Organisation praktisch im Alleingang zu dem gemacht, was sie heute darstellt. Wir anderen sind zu Ihnen gestoßen, weil Sie uns aufregende neue Herausforderungen geboten haben. Wir alle stehen aus Überzeugung hinter Ihnen. Daran sollten Sie bitte denken, Sir, wenn Sie sich einsam und deprimiert fühlen.«

»Ich soll versagt haben, ich soll...«

»Blödsinn! Jeder weiß, daß sich der Kerl mit dem Rennboot von niemandem hätte aufhalten lassen – auch nicht von Fontaine. Sie haben seinen Durchbruch verhindert. Sie haben die Sache angepackt und ganze Arbeit geleistet. Daß Sie Daniel an Bord hatten, war vielleicht keine gute Idee, aber andererseits weiß jeder, daß Politiker und Reporter auch bei Coast Guard und Customs Einsatzflüge mitmachen dürfen.« McLanahan musterte Hardcastle prüfend. »Was haben Sie noch auf dem Herzen, Mann? Daniel... hängt's mit Daniel zusammen?«

Hardcastles Miene verfinsterte sich. »Er redet nicht mehr mit mir, hört mir nicht mehr zu. Er läßt sich am Telefon verleugnen und ruft nie zurück. Von seiner Mutter weiß ich, daß er aus dem Baseballteam ausgetreten ist.« McLanahan schwieg verlegen. »Angefangen hat alles, als die Reporter uns nach dem Flug erwischt haben. Als wir endlich im Auto waren, hat er so gezittert, daß ich gefürchtet habe, er sei verletzt. Er hat gesagt, er fühle sich wie ein Verbrecher, als sei ich der Mörder des Jungen im Boot – und er habe bei der Tat zugesehen. Seine Mutter wirft mir vor, daß er sich daheim verkriecht, seit er seinen Namen in den Nachrichten gehört hat. So ängstlich habe ich ihn seit fünfzehn Jahren nicht mehr erlebt.«

»Hören Sie, Ian, das gibt sich bestimmt wieder«, versuchte McLanahan ihn zu trösten. »Er hat einiges mitgemacht, aber er ist noch jung und...«

»Patrick, das ist *drei Wochen* her!« unterbrach Hardcastle ihn. »Ich habe meinen Sohn seit drei Wochen nicht mehr gesehen. Er läßt mir immer bloß ausrichten, daß er am Wochenende keine Zeit hat. Ich weiß, daß seine Noten schlechter geworden sind, und ich weiß, daß er die meiste Zeit allein in seinem Zimmer hockt oder sich spät nachts irgendwo rumtreibt, aber ich kann ihm nicht helfen. Er will mich einfach nicht mehr an sich heranlassen.«

McLanahan legte ihm eine Hand auf die Schulter. »Ich weiß, was Sie im Augenblick durchmachen, Ian«, sagte er. »Mein Vater ist daheim in Kalifornien Polizeibeamter gewesen. Er hat sein Leben lang geschuftet – erst bei der Polizei, später in seiner eigenen Bar. Es war schwer, an ihn ranzukommen, weil er so hart gearbeitet hat, aber ich habe später eingesehen, daß er das alles nur für uns getan hat. Das habe ich nur zu spät erkannt. Aber für Sie ist's noch nicht zu spät, Ian.«

Die Decklautsprecher wurden knackend eingeschaltet. »Mr. Hardcastle, Mr. McLanahan, bitte ins Kontrollzentrum.« McLanahan wollte sich in Bewegung setzen, aber Hardcastle hielt ihn am Arm fest.

»Danke fürs Zuhören, Patrick. Sie sind in Ordnung... für 'nen Flugzeugjockey.«

Auf dem großen HDTV-Bildschirm im Kontrollzentrum sahen sie ein zweimotoriges Flugzeug. »Das ist unser Mann!« sagte Geffar, während Hardcastle sich wieder beim Computer anmeldete. »Unbeirrbar auf Kurs. Keine Reaktion auf unsere Anrufe.«

Hardcastle rief eine Karte des Seegebiets vor der Westküste mit dem Datenblock dieses Ziels auf. »Siebzig Seemeilen bis zur Küste – ungefähr eine halbe Stunde Flugzeit. Weit in der ADIZ. Und er fliegt auffällig tief. Wo hat der Kerl bloß in den letzten zehn Monaten gesteckt – vielleicht in der Antarktis?«

Inzwischen hatte McLanahan die Betriebsdaten ihrer Drohne aufgerufen. »Seagull Six-One im grünen Bereich«, meldete er. »Bei dieser Geschwindigkeit noch vier Stunden Flugzeit. Gute Datenübertragung durch KEYSTONE.«

»Wir haben sieben Boote geortet, die für einen Abwurf in Frage kämen«, meldete ein Controller. »Bis zum ersten hat er noch zehn Minuten.«

»Okay, dann soll die Sea Lion aus Alladin City starten«, entschied Geffar. »Und schicken Sie für den Fall, daß er einen Mehrfachabwurf versucht, von dort eine Sky Lion los.«

»Dazu kommt er nicht«, versicherte Hardcastle ihr. »Beim ersten Ballen, der aus der Maschine fliegt, schlagen wir zu!« Einige Controller quittierten diese Drohung mit beifälligem Nicken.

»Six-One ist zwei Meilen vom Ziel entfernt«, meldete McLanahan. »Annäherung mit fünfundvierzig Knoten. Abfangen in drei Minuten.«

»Weiter Warnungen auf allen Frequenzen senden«, wies Geffar ihre Controller an. »Vielleicht dreht der Kerl dann wenigstens ab.« Die Warnungen wurden von dem Radarballon KEYSTONE und der Drohne gesendet. Keine Reaktion. Die Zweimotorige flog unbeirrt weiter: nur wenige hundert Fuß über dem Wasser und außerhalb der vorgeschriebenen Einflugkorridore. Ihr Pilot versuchte nicht, mit BSF- oder Flugsicherungsstellen Verbindung aufzunehmen.

»Eine Minute bis zum Abfangen«, kündigte McLanahan an.

»Er hält seinen Kurs«, stellte Hardcastle fest.

»Dreißig Sekunden bis zum Abfangen. Könnte 'ne Piper Cheyenne in Frachtausführung sein. Ziemlich großer Höhenruderausschlag – weil er Zusatztanks eingebaut oder viel geladen hat. Vielleicht ist das Kennzeichen wenigstens teilweise ablesbar... nein, er hat's übermalt.«

»Eindeutig ein Schmuggler«, stellte Hardcastle fest.

»In fünf Minuten erreicht er das erste Seeziel«, meldete ein Controller. »Er hält darauf zu. Ich glaube, daß er's anfliegen wird. Umbenennung in Ziel zwei.« Die Darstellung auf dem rechten Bildschirm, der die Seeziele gezeigt hatte, verschmolz mit der auf dem Zentralmonitor, auf dem jetzt beide Ziele dargestellt wurden. Datenblöcke ließen die Abstände zu Drohnen, Flugzeugen und Schiffen der Hammerheads erkennen.

»Ganz meine Meinung«, bestätigte Geffar. »Shark Two-Five soll bei Ziel zwei bleiben. Ein SES soll nach Norden laufen, um das Boot zu kontrollieren, aber wahrscheinlich muß die Sea Lion ihr eigenes Boot zu Wasser bringen.« Bis die Hammerheads über mehr eigene Schiffe verfügten, hatte jede AV-22 ein großes Schlauchboot an Bord. Bei ruhiger See konnte sie wassern und ihr Boot aussetzen, das drei bis fünf Mann an Bord eines verdächtigen Schiffs brachte. Gemeinsam mit der einsatzbereit in der Nähe schwebenden oder auf dem Meer treibenden AV-22 war das Prisenkommando imstande, kleine bis mittlere Schiffe mehrere Stunden lang zu stoppen, bis Unterstützung heran war.

»Das Kennzeichen ist unleserlich übermalt«, meldete McLanahan, »aber wir lassen die Konfiguration von EPIC prüfen.« EPIC war das El Paso Intelligence Center, das Informationen über die Aktivitäten von Drogenschmugglern sammelte und auswertete.

»Weiter nach vorn«, verlangte Geffar. »Wir wollen den Piloten sehen – und er soll uns sehen!«

»Wird gemacht«, bestätigte McLanahan. Sein Controller ließ die Seagull mit etwas größerem Abstand beschleunigen und die Zweimotorige überholen. Dabei bestrich ihre Videokamera den Flugzeugrumpf vom Heck aus, um den Hammerheads die Schmuggler und ihre Fracht zu zeigen.

»Drei Minuten bis zum Kontakt mit Ziel zwei«, meldete ein Controller.

Die Kamera glitt über das hintere Fensterpaar auf der linken Rumpfseite der Zweimotorigen hinweg, die mit Kisten oder Behältern aus Glasfaser oder lackiertem Holz zugestellt waren. »Ich tippe auf Schwimmbehälter«, sagte Hardcastle. »Jedenfalls steht ein Abwurf bevor.« Die Kamera schwenkte etwas weiter und zeigte die entriegelte Frachttür, die im Schraubenstrahl hin und her schlug.

»Auf Tarnung legen sie nicht viel Wert, was?« meinte Hardcastle.

»Worauf warten wir überhaupt noch?« fragte einer der Controller.

»Halt!« sagte Geffar energisch. »Wir sorgen dafür, daß der Pilot uns bemerkt, und geben ihm die Chance, abzudrehen. Niemand eröffnet das Feuer ohne meinen ausdrücklichen Befehl!«

Die Kamera glitt manuell gesteuert über das erste Fensterpaar vor der Frachttür. Was dahinter zu sehen war, verblüffte alle.

Das ovale Fenster rahmte ein kleines Mädchen von drei oder vier Jahren ein, das der Seagull jetzt *zuwinkte!* Die Kleine war deutlich zu erkennen... schwarzes Haar, dunkle Kulleraugen, fröhliches Lachen. Sie winkte der neben der Zweimotorigen herfliegenden Drohne eifrig zu.

»Großer Gott!« flüsterte Geffar. »Sie haben ein *Kind* mitgenommen... ein kleines Mädchen.« Auf ihrem Monitor wählte sie die Frequenz der zum Abfangen dieses Flugzeugs gestarteten Sea Lion an. »Shark Two-Five, hier Alpha. Bestätigen Sie folgenden Befehl: Waffen nicht auf Ziel eins richten. Kommen.«

»Two-Five, verstanden. Waffen nicht auf Ziel eins richten. Wo liegt das Problem?«

»Schon gut, sichern Sie Ihre Waffen, und warten Sie weitere Anweisungen ab.«

Nun schwenkte die Kamera nach vorn zum Cockpitfenster und zeigte ihnen den Piloten: einen Lateinamerikaner von etwa zwanzig Jahren, der eine Pilotenbrille trug und frech in die Kamera der Seagull grinste. Rechts neben ihm saß ein etwa zehnjähriger Junge, der ebenfalls in die Kamera lachte und ihr sogar einen hochgereckten Mittelfinger zeigte.

»Was tun wir jetzt?« fragte ein Controller.

»Wir können nicht einfach untätig dahocken!« protestierte Hardcastle.

»Wir setzen die Sea Lion gegen alle Schiffe ein, bei denen Abwürfe stattfinden. Wir lassen die Seagull das Flugzeug begleiten und zu seinem Stützpunkt zurückverfolgen.«

»Verfolgen?«

»Was würden Sie vorschlagen, Admiral?«

»Abwurf!« sagte einer der Controller laut. Aus der linken Frachttür wurden mehrere Glasfaserbehälter mit aufgeblasenen Schwimmkörpern geworfen.

»Koordinaten feststellen und an die Sea Lion übermitteln.« Die Controller riefen die vom Ballonradar festgestellten genauen Koordinaten der Abwurfstelle ab, um sie ans Navigationssystem der AV-22 weiterzugeben.

»Wir könnten eine Sea Lion starten«, schlug Hardcastle vor. »Die Revolverkanone schießt so präzise, daß wir auch nur *weniger* wichtige Flugzeugteile treffen können…«

»Mit der Revolverkanone wird nicht geschossen!«

»Dann stellen Sie einen Mann mit einem M-16 in die Frachttür der Sea Lion und lassen ihn auf Bug oder Leitwerk schießen. Er braucht nicht zu versuchen, die Maschine zum Absturz zu bringen. Vielleicht genügen ein paar schlimme Löcher, um den Piloten davon zu überzeugen, daß es besser wäre, sich zu ergeben.«

»Wir dürfen kein Flugzeug beschießen, das Kinder an Bord hat!«

»Wenn wir *überhaupt nichts* tun, kommt dieser Pilot morgen mit einem größeren Flugzeug, einer noch größeren Ladung und weiteren Kindern zurück. Wenn die Schmuggler merken, daß sie damit durchkommen, wiederholt sich dieses Spiel ständig – bis wir handeln. Wir müssen irgendwie reagieren...«

»Two-Five hat noch fünf Minuten bis zur Abwurfstelle«, berichtete der zuständige Controller. »Ziel eins behält seinen Kurs in Richtung Küste bei.«

»Der Kerl hat mehrere Abwürfe vor«, sagte Hardcastle aufgebracht. »Noch ein paar über dem Meer, danach ein paar über Land – und wir können nicht überall gleichzeitig sein.«

»Die Sky Lion in Alladin City soll starten, um weitere Abwürfe über Wasser zu beobachten. Customs soll eine Black Hawk losschicken, die bei Abwürfen über Land da ist. Und in Homestead soll eine weitere Sea Lion starten.«

Hardcastle stand auf und setzte seinen Kopfhörer ab. »Ich fliege mit einer unserer AV-22 los...«

»Nein!« sagte Geffar so scharf, daß im Kontrollzentrum abrupt betroffenes Schweigen herrschte.

»Vor Westflorida werfen Schmuggler größere Mengen Drogen ab, Sandra«, erklärte Hardcastle ihr mühsam beherrscht. »Das findet kaum hundertfünfzig Meilen von uns entfernt statt. Wir schwatzen über Funk, geben Befehle und schicken ein Flugzeug nach dem anderen los, ohne einen Kommandeur an Ort und Stelle zu haben. So kann man keinen Einsatz leiten!«

»Das weiß ich...«

»Wir vergeuden kostbare Zeit. Ich schlage vor, daß Sie mit unserer Sea Lion losfliegen und diesen Einsatz leiten – sonst tue ich's«, fügte er halblaut hinzu.

Geffar schlug mit der Faust auf ihre Konsole, sprang auf und meldete sich beim Computer ab. *»Ich* fliege los. Sie übernehmen das Kommando über die Plattform. Lassen Sie eine weitere Maschine als Reserve bereitstellen.«

Hardcastle nahm ihren Platz vor der Konsole ein, meldete sich mit seinem Paßwort beim Computer an und übernahm damit den Befehl über Hammerhead One. »Alles hört auf mein Kommando«, kündigte er an, während Geffar zum Ausgang lief.

Bevor die Tür sich hinter ihr schloß, hörte sie Hardcastle sagen: »Okay, Leute, wir haben einiges aufzuholen. Shark Two-Eight an Deck bereitstellen. Auf meinem Bildschirm brauche ich eine Lagekarte. Jemand ruft beim Customs Service an und fragt, wo seine Black Hawk bleibt. Beeilung! Ich verlange, daß diese Lücke *sofort* geschlossen wird...«

Fünf Minuten später erreichte Shark Two-Five die Abwurfstelle. »Shark Base, hier Two-Five. Wir haben Kontakt mit Ziel zwei. Es ist ein Zehnmeterboot Marke Chris Craft, Typ Sport Fisher. Der Name am Heck ist übermalt, aber vielleicht doch lesbar. Ein weißes Boot mit erhöhtem Steuerstand, ohne Flagge, geschätzte Geschwindigkeit zwanzig Knoten, Kurs Ost in Richtung Ten Thousend Islands. An Bord sind vier Personen zu erkennen. Wir versuchen jetzt, das Kennzeichen festzustellen.«

Die AV-22 ging tief über das mit schäumender Bugwelle ablaufende Boot hinunter und blinkte mit ihren Scheinwerfern, um die Besatzung auf sich aufmerksam zu machen. Mit senkrecht gestellten Triebwerken blieb die Sea Lion in hundert Fuß Höhe etwa fünfzig Meter links hinter dem schnellen Boot. Aus dieser Entfernung war zu beobachten, wie drei Besatzungsmitglieder die Seile zerschnitten, mit denen die vier Glasfaserbehälter zusammengebunden waren. Das Trio schien sich keine Sorgen wegen einer möglichen Entdeckung zu machen, sondern öffnete die großen Behälter gleich an Deck – praktisch vor den Augen der Sea-Lion-Besatzung.

»Shark, sie haben die Behälter an Deck geöffnet... der Inhalt sieht verdammt nach Drogen aus... eine in Plastikbeutel eingeschweißte braune Masse... sie entladen die Behälter und...«

Der Kopilot, der diesen Bericht gab, ließ sein Fernglas sinken und wechselte einen ungläubigen Blick mit dem Piloten. Dann setzte er das Fernglas wieder an die Augen und berichtete weiter, was er dort unten sah. »Shark, sie entladen die Behälter und reichen die Pakete an *Kinder* weiter. Sie haben Kinder an Bord, die ihnen beim Entladen helfen...«

Auf Hammerhead One wollte Hardcastle seinen Ohren kaum trauen. »Auch Ziel zwei hat Kinder an Bord? Anscheinend glauben sie, ein ideales Mittel gefunden zu haben, uns daran zu hindern, sie anzugreifen: Sie setzen uns ein Ziel vor, auf das wir nicht schießen können...«

»Shark, hier Two-Six. Lassen Triebwerke an.«

Hardcastle drückte auf seine Sprechtaste. »Two-Six, verstanden. Achtung, Two-Five meldet, daß auch Ziel zwei mehrere Kinder an Bord hat. Ist das verstanden?«

Geffar schwieg so lange, daß Hardcastle seine Warnung bereits wiederholen wollte. »Verstanden, Shark«, sagte sie zuletzt. »Unterbrechung. Two-Five, hier Alpha. Waffen nicht auf Ziel zwei richten. Verfolgen und überwachen. Bestätigen.«

»Two-Five, verstanden. Ziel zwei läuft in Richtung Küste. Wir bleiben dran.«

»Two-Six«, funkte Hardcastle, »wir haben keine See- oder Landeinheiten in Position. Wir müssen unsere Flugzeuge einsetzen, um diese Ziele zu stoppen, bevor sie...«

»Fordern Sie Unterstützung von Customs gegen die Landziele an«, sagte Geffar aus der AV-22. »Lassen Sie die Seeziele weiter verfolgen und überwachen, aber unter keinen Umständen beschießen. Geben Sie diesen Befehl an alle Hammerhead-Einheiten weiter.«

Hardcastle hatte Mühe, seinen Ärger hinunterzuschlucken, bevor er die Sprechanlage einschaltete. »Ed, geben Sie an alle Flugzeuge durch: Seeziele nicht beschießen. Verfolgen und überwachen.«

»Verfolgen und überwachen«, wiederholte Eric Whipple, der Pilot von Shark Two-Five, über die Bordsprechanlage. »Die reinste Zeitvergeudung.« Er war inzwischen auf zweihundert Fuß gegangen und folgte dem schnellen Chris Craft in gleichbleibendem Abstand. Seine Blinksignale mit dem NightSun-Scheinwerfer zeigten nicht die geringste Wirkung. Das Sportboot lief unbeirrbar weiter nach Osten auf die Everglades zu.

»Scheiße!« sagte Will Hardy, Whipples Kopilot auf dem linken Sitz. »Wir führen hier doch *Krieg.* In jedem Krieg leiden auch

Unschuldige... Wir könnten diese Kerle aufhalten, aber sie lassen uns nicht.«

Whipple nickte zustimmend. »Shark, hier Two-Five«, funkte er. »Wir sind weiter hinter diesen Kerlen her. Was, zum Teufel, sollen wir jetzt tun?«

Hardcastle warf einen Blick auf den rechten Großbildschirm, der das Flugdeck zeigte, von dem jetzt Shark Two-Six mit Geffar an Bord abhob. Er drückte auf seine Sprechtaste. »Two-Five, hier Shark. Halten Sie Funkdisziplin!«

»Wird gemacht, wird gemacht, wenn Sie uns bloß sagen, was wir tun sollen. Diese Kerle haben bloß noch sechs Meilen bis zur Küste. Ist schon Unterstützung im Anmarsch?«

»Der Customs Service kommt. Voraussichtliche Ankunftszeit zwanzig Minuten.« Das war nur eine grobe Schätzung, denn in Wirklichkeit war das in Homestead stationierte Eingreifteam noch nicht einmal gestartet. Bei Höchstgeschwindigkeit würde es etwa zwanzig Minuten brauchen, um das voraussichtliche Landegebiet der Schmuggler zu erreichen; danach mußte es sie aufspüren und in ihrer Nähe zu landen versuchen. Oder im Klartext: Die Schmuggler würden entkommen, wenn die Hammerheads sie nicht daran hinderten.

Hardcastle wußte, daß er etwas unternehmen mußte. Er stand auf, starrte sekundenlang die Bildschirme an und drückte dann wieder seine Sprechtaste. »Two-Five, hier Shark. Waffen nicht aufs Ziel richten – *aber finden Sie eine Möglichkeit, dieses Boot zu stoppen!«*

»Verstanden, Shark«, antwortete Two-Five.

Geffar hatte eben den Übergang vom Senkrecht- zum Horizontalflug abgeschlossen. Sie konzentrierte sich so sehr auf den Steuerwechsel vom Hubschrauber zum Flugzeug, daß sie fast zwanzig Meter Höhe verlor. Maryann Herndon, ihre Kopilotin, gab ihr dabei Anweisungen über die Bordsprechanlage. »Noch immer etwas zu niedrig, Sandra... jetzt ist's richtig... die Triebwerke nicht zu früh schwenken... fünfzig Grad ist die beste Stellung, bis über zweihundert Knoten angezeigt werden...«

Geffar hob eine Hand, als sie den Funkverkehr zwischen der Plattform und Shark Two-Five mitbekam. Als Herndon verstummte, war das kurze Gespräch schon beendet. Geffar drückte auf ihren Sprechknopf. »Shark, hier Two-Six. Status unserer Einheiten?«

»Sämtlich im grünen Bereich«, antwortete Hardcastle. »Ziel zwei knapp sechs Meilen vor der Küste. Two-Five verfolgt es weiter.«

»Haben alle Einheiten bestätigt, daß keine Waffen auf bemannte Ziele gerichtet werden dürfen?«

»Positiv... Two-Five, bestätigen Sie.«

»Two-Five bestätigt.«

Geffar setzte ihren Übergang in den Horizontalflug fort. Was hatte Hardcastle zu Two-Five gesagt? Nun, es hatte keinen Zweck, ihn über Funk ausfragen zu wollen. Sie würde die Lage bald selbst am besten überblicken können...

»Achtung, Besatzung, wir gehen näher ans Ziel ran.«

Whipple schob die Leistungshebel nach vorn, überflog das Schmugglerboot in weniger als drei Meter Höhe und setzte die fünfundzwanzig Tonnen schwere Sea Lion vor das dahinrasende Chris Craft. Die Rotoren der AV-22 peitschten das Meer zu weißer Gischt auf, die das Flugzeug und sein Ziel einhüllte. Die Sea Lion wendete und flog rückwärts – keine fünfzehn Meter vor dem Schmugglerboot und genau auf seinem Kurs.

»Hey, Eric«, sagte Hardy vorn im Cockpit. »Hältst du das für 'ne gute Idee?« Die Schmuggler versuchten, der Sea Lion auf einem Zickzackkurs auszuweichen, aber Whipple machte jede Bewegung mit und blieb genau vor ihrem Bug. »Falls sie Waffen haben, geben wir 'ne prima Zielscheibe ab.«

»Ich hab' Waffen!« Whipple fuhr die Behälter mit den Lenkwaffen und der Revolverkanone aus, wählte das eingespiegelte Helmvisier an und überzeugte sich davon, daß die Kanone schußbereit war.

»Hey, das kannst du nicht machen...«

»Wir haben Befehl, keine Waffen auf dieses Ziel zu richten«, sagte der Pilot. »Das tue ich auch nicht.« Er wartete, bis das Chris

Craft wieder nach Backbord zackte, zielte dicht vor den Bug und drückte den Feuerknopf am Steuerknüppel. Das Hämmern der Revolverkanone übertönte den Triebwerkslärm, und die vor dem Bootsbug aufsteigenden Wassersäulen waren unverkennbar. Der Rudergänger wich vor diesem Hagel aus 30-mm-Geschossen scharf nach Steuerbord aus.

Hardys frühere Bedenken schienen schlagartig verflogen zu sein. Er bejubelte jedes wilde Ausweichmanöver des Schmugglerboots. »Sieh dir das bloß an!« rief er begeistert. »Vielleicht geht ihnen der Sprit aus, bevor sie die Küste erreichen...«

»Das war noch gar nichts.« Whipple sicherte die Revolverkanone und ließ die Schmuggler geradeaus weiterfahren, was sie prompt taten. Sobald sie keinen Zickzackkurs mehr steuerten, verminderte er – noch immer rückwärtsfliegend – den Abstand zu dem Chris Craft. Als er bis auf wenige Meter an das Sportboot herangekommen war, rückte er seitlich immer näher, bis der rechte Flügel der Sea Lion sich genau über dem Bootsbug befand.

Das Meer wurde durch die Rotoren der AV-22 aufgewühlt, als fahre das Boot durch einen Taifun. Es wurde heftig durchgeschüttelt und schien mehrmals dicht vor dem Kentern zu sein. Aber es wurde noch immer nicht langsamer, sondern versuchte weiter, mit äußerster Kraft vor der Sea Lion wegzulaufen.

Die Schmuggler hatten das Leuchtfeuer Cape Romano unmittelbar südwestlich der Gullivan Bay in den westlichen Everglades angesteuert. Jenseits des Leuchtfeuers begann der Collier-Seminole State Park mit seinem unübersichtlichen Gewirr aus kleinen und kleinsten Inseln und Inselchen; dort konnte ein Boot mit wenig Tiefgang unter den niedrigen Bäumen leicht außer Sicht geraten. Aber durch seine Ausweichmanöver hatte der Rudergänger das Leuchtfeuer aus den Augen verloren, das ohnehin nur aus einem halben Dutzend in den Meeresboden gerammter Holzpfähle bestand, auf denen ein mit Solarenergie betriebenes Blinklicht montiert war.

Das Ganze stellte ein Hindernis mit kaum fünf Meter Durchmesser dar, das aus einigen Quadratkilometern offener Wasserfläche aufragte. Aber während die Schmuggler versuchten, aus dem Mahlstrom zu entkommen, den die Sea Lion um sie herum erzeugte, stand plötzlich das Leuchtfeuer dicht vor ihnen. Der Rudergänger versuchte noch, dem Hindernis auszuweichen, aber das Bootsheck streifte die Holzpfähle...

Direkt unter Whipples rechtem Cockpitfenster blitzte es weiß auf. »Wir werden beschossen!« rief er über die Bordsprechanlage, während er die Maschine ins Steigen brachte und sekundenschnell an Höhe gewann, bevor er in tausend Fuß in den Schwebeflug überging. »Alles kontrollieren!« sagte er zu Hardy. »Besatzung, alles kontrollieren!« Whipples Blick glitt über die Bordinstrumente und Triebwerksanzeigen, die nichts Ungewöhnliches erkennen ließen.

Sekunden später entdeckte er das Chris Craft: Aus dem Motorraum stieg eine dünne Rauchsäule auf, und das Boot schien nach Steuerbord zu krängen. Whipple drückte seine Sprechtaste. »Shark, hier Two-Five. Ziel zwei liegt gestoppt und hat leichte Schlagseite. Ich setze unser Boot aus und schicke ein paar Mann rüber.« Über die Bordsprechanlage befahl er: »Boot mit vier Mann klar zum Aussetzen.«

Das Schlauchboot nahm den größten Teil des Laderaums der Sea Lion ein. Es war für maximal vierzehn Personen ausgelegt, hatte einen leichten Metallboden erhalten und war mit einem Ruderstand mit Steuerrad ausgerüstet worden. Unter dem gepolsterten Sitz des Rudergängers befanden sich die beiden Zwanziglitertanks für den Mercury-Außenbordmotor.

Die vier Männer des Prisenkommandos trugen Panzerwesten, Schwimmwesten und Helme mit Visier und eingebauten stimmengesteuerten Funkgeräten. Alle waren mit einer Pistole bewaffnet – meistens 9-mm-Pistolen SIG Sauer mit fünfzehn Schuß im Magazin –, und außer dem Rudergänger hatte jeder zusätzlich ein Sturmgewehr M-16.

Das Team wirkte unbehaglich. Zwei der Männer hatten vier *Wochen* lang einen Schnellkurs an der Maritime Law Enforcement School der Küstenwache absolviert. Tatsächlich hätten selbst vier *Jahre* Ausbildung nicht genügt, um sie auf alles vorzubereiten, was passieren konnte. Jedes Anbordgehen war anders.

Dieser Schmuggler war in die Enge getrieben, eine Sea Lion der Hammerheads schwebte über ihm, und Bewaffnete waren dabei, sein Boot zu entern...

Whipple ging etwa hundert Meter von dem Chris Craft entfernt bis auf etwa einen Meter aufs schwach bewegte Meer hinunter. »Wir müssen ihn schnappen, bevor er den Motor wieder in Gang bringt«, sagte er über die Bordsprechanlage. »Los, los, Beeilung!«

»Klar bei Rampe«, kam die Meldung aus dem Laderaum. Hardy betätigte den Schalter, mit dem die Heckrampe der AV-22 langsam abgesenkt wurde. Gleichzeitig ging Whipple kaum merklich tiefer, bis das Flugzeug auf dem Meer schwamm. »Rampe im Wasser«, meldete ein Besatzungsmitglied, sobald sie eintauchte. Um die Sea Lion beim Aussetzen des Schlauchboots stabiler zu halten, ließ Whipple die Rotoren mit leicht erhöhter Drehzahl weiterarbeiten.

Das Boot wurde die Rampe hinabgeschoben, bis die Schraube des Außenbordmotors ins Wasser tauchte; danach kletterte der Rudergänger an Bord und ließ den Motor an. Nachdem er sämtliche Systeme überprüft und eine Sprechprobe mit den Piloten und seinen drei Kameraden durchgeführt hatte, schob der Rest des Teams das Schlauchboot ganz ins Wasser und kam an Bord. Sobald Whipple sah, daß das Boot den Drehkreis seiner Rotoren verlassen hatte, schloß er die Heckrampe, hob wieder ab und begleitete das Schlauchboot in ganz geringer Höhe. Dabei aktivierte er die Waffenbehälter der AV-22, um notfalls sofort Lenkwaffen oder die Revolverkanone einsetzen zu können.

»Der Rudergänger ist nirgends zu sehen«, meldete Scott aus dem Boot, während er das gestoppt liegende Chris Craft durch sein Fernglas absuchte. »Two-Five, könnten Sie nachsehen, ob er sich auf der anderen Seite aufhält?«

»Verstanden«, antwortete Whipple und umkreiste das Sportboot langsam mit der Sea Lion. »Er ist nirgends zu sehen... Ich gehe etwas näher ran.«

Er hatte sich dem Chris Craft bis auf zwanzig Meter genähert, als plötzlich ein großer dunkelhäutiger Mann mit einem kleinen Mädchen auf dem Arm an Deck erschien. In der rechten Hand hielt er eine Schußwaffe, mit der er das Kind bedrohte, über seiner linken Schulter hing eine prallvolle Nylontasche.

»Scott, jetzt sehe ich einen!« rief Whipple. »Er hat ein kleines Mädchen als Geisel genommen, *er hält ihr eine Schußwaffe an den Kopf!«*

Der Mann holte mit der rechten Hand zu einer abwehrenden Bewegung aus und richtete die Waffe dann wieder auf den Kopf der Kleinen.

»Ich glaube, daß er mich auffordert, mehr Abstand zu halten, sonst erschießt er die Geisel.«

Scott machte dem Rudergänger ein Zeichen, auf den Bug des Sportboots zuzuhalten, unter dem der Schmuggler sie nicht sehen konnte. Er nahm seinen Helm ab und machte sich daran, die Stiefel auszuziehen.

»Was, zum Teufel, machst du da?« fragte Bennett, der Rudergänger des Schlauchboots.

»Ich gehe über Bord«, erklärte Scott, »bevor der Kerl uns sieht.«

»Das ist verrückt, Scotty«, meinte einer der anderen. »Wohin soll er schon? Ihm bleibt nichts anderes übrig, als sich zu ergeben...«

»Yeah – aber was ist, wenn er anfängt, ein Kind nach dem anderen zu erschießen? Wir müssen etwas unternehmen, solange das Überraschungsmoment auf unserer Seite ist.« Dem konnten die anderen nicht widersprechen. »Sobald ihr mich abgesetzt habt, holt ihr nach Backbord aus und zeigt euch wieder. Sorgt dafür, daß er sich auf euch und die Sea Lion konzentriert.«

Scott nahm seinen Webgurt mit dem Pistolenhalfter zwischen die Zähne, damit die Waffe nicht mit Salzwasser in Berührung kam, und setzte sich auf die wulstige Bordwand des Schlauchboots. Als sie bis auf etwa 25 Meter an das Christ Craft herangekommen waren, ließ er sich ins kalte Wasser gleiten und begann darauf zuzuschwimmen. Der Rudergänger drehte sofort ab und nahm in 30 Metern Entfernung rechts neben der AV-22 eine drohende, aber vorerst noch abwartende Position ein.

Das Wasser war viel kälter, als Scott erwartet hatte, und die Kälte schien seine Arme und Beine in Blei zu verwandeln. Obwohl er sonst ein guter, ausdauernder Schwimmer war, hatte er diesmal Mühe, den Kopf über Wasser zu halten. Er bemühte sich, die in ihm aufsteigende Panik zu verdrängen, und holte mit kräftigen Schwimmstößen aus, wobei der Pistolengriff ihm bei jedem Zug gegen das Gesicht klatschte...

Innerhalb von nur zehn Sekunden hatte seine Lage sich in einen wahren Alptraum verwandelt. Alberto Runoz sah die furchterregende Bewaffnung des seltsamen Militärflugzeugs auf sich gerichtet. Und das Schlauchboot mit dem uniformierten Prisenkommando schien aus dem Nichts aufgetaucht zu sein.

Jetzt konnten ihm nur noch die Kleinen zur Flucht verhelfen. Diese haitischen Straßenkinder waren leicht an Bord zu locken gewesen; mit Essen für ein paar Dollar konnte man in dem verarmten Land ein halbes Dutzend von ihnen kaufen. Nun konnten sie ihren wahren Wert beweisen...

Mit dem kleinen Mädchen auf dem linken Arm und dem Zwanzig-Kilo-Beutel Kokain über der Schulter nahm er seine Pistole in die linke Hand und griff mit der Rechten nach dem Mikrofon des Funkgeräts im Steuerstand. Vermutlich war es auf die Seenotfrequenz eingestellt, aber das war egal, denn die Hammerheads hörten bestimmt sämtliche Frequenzen ab.

Coronel Salazar hatte ihm versichert, diese Kinder seien der Schlüssel zum Erfolg. Das stimmt tatsächlich! dachte Runoz, während er niederkniete, um so gut wie möglich vor den M-16 sicher zu sein, und die Sprechtaste drückte.

»Achtung, Border Security Force, hier spricht der Kapitän des gestoppten Boots. Wenn meine Forderungen nicht erfüllt werden, erschieße ich die Kinder – und zuletzt mich selbst. Dann sind Sie an ihrem Tod mitschuldig.

Ich verlange das Schlauchboot und freien Abzug zur Küste. Bis auf einen Mann kehren Ihre Leute wieder in den Hubschrauber zurück. Dieser eine Soldat legt alle Waffen ab und bringt mir das Boot, das ich mit den drei kleinsten Kindern besteige, die mich auf der Flucht begleiten.

Ich bestehe darauf, daß alle meine Forderungen sofort erfüllt werden, sonst...«

»Wo ist Scott?« fragte Whipple den Rudergänger des Schlauchboots über Funk. »Ich sehe ihn nicht.«

»Hoffentlich ist ihm nichts passiert«, sagte Bennett sorgenvoll. »Ich sehe ihn auch nicht mehr! Er ist ziemlich langsam geschwommen. Vielleicht hat er das Boot nicht erreicht; vielleicht braucht er Hilfe.«

»Er hat jedenfalls sein Bestes getan. Hoffentlich können wir ihn rechtzeitig auffischen«, antwortete Whipple. »Haltet vorerst eure Position. Two-Six müßte in ein paar Minuten hier sein. Vielleicht gibt dieser Verrückte auf, wenn er zwei Sea Lions über sich sieht...«

Das seltsame Flugzeug und das Schlauchboot mit den drei Bewaffneten hielten lediglich ihre Position, ohne im geringsten auf seine Forderungen zu reagieren. Erneut griff Runoz wütend nach dem Mikrofon. »Ich denke nicht daran, mich auf ein Geduldsspiel einzulassen! Ich will das Schlauchboot *sofort!«* Er ließ das Mikrofon fallen und nahm die Tokarow wieder in die rechte Hand.

Vielleicht hatte die magere, verängstigte Kleine auf seinem Arm nicht den Tod verdient, aber das Boot sank jetzt rascher... Rumoz zog den Hammer der Tokarow zurück...

»Halt... Hammerheads... keine Bewegung...« Die Stimme klang schwach, angestrengt und war kaum mehr als ein Flüstern. Trotzdem zuckte Rumoz heftig zusammen und warf einen vorsichtigen Blick über die Bordwand. Dort trieb ein Mann der Border Security Force in seiner Schwimmweste mit deutlich erkennbarem Abzeichen im Wasser. Er war leichenblaß und hatte purpurrote Lippen. Seine linke Hand umklammerte eine schwarze Pistole, aber sein Arm zitterte, und er erweckte nicht den Eindruck, als würde er's noch lange machen.

Runoz griff erneut nach dem Mikrofon. »Hey, Border Security Force, hier treibt einer eurer Leute im Wasser. Bringt sofort das Schlauchboot rüber und schafft das Flugzeug mindestens eine Meile weit weg, sonst knall' ich das Arschloch ab!«

Er stand an der Bordwand, benützte die Kleine auf seinem Arm weiter als Schild und zielte mit seiner Tokarow auf den im

Meer treibenden Scott. Nachdem er sich mit einem raschen Blick davon überzeugt hatte, daß das Schlauchboot nicht näher herankam, wandte er sich wieder dem im Wasser keuchenden Mann zu, dessen Hand mit der Waffe erbärmlich zitterte. »Hey, du dort unten, weg mit der Pistole, sonst knall' ich dich ab!«

Plötzlich zitterte die Hand mit der Waffe nicht mehr. Der Mann stemmte sich mit einem kräftigen Beinscherenschlag fast einen halben Meter aus dem Wasser und drückte einmal, zweimal, dreimal nacheinander ab. Runoz krachte mit zwei Kugeln in der Brust und der rechten Schulter rücklings aufs Deck.

Er ließ die Kleine fallen und griff sich mit der freien linken Hand an seine blutende Schulter. Scott hatte unterdessen das Heck des sinkenden Sportboots erreicht und war dabei, an Bord zu klettern, als Runoz ihn sah und seine Pistole hob. Scott war keine drei Meter von ihm entfernt – ein Ziel, das selbst der sterbende Runoz nicht verfehlen konnte.

So sah Scott sich Runoz gegenüber, der mit einer großkalibrigen, mörderisch aussehenden Schußwaffe auf ihn zielte. Ihm blieb keine Zeit mehr, auszuweichen oder sich auf Runoz zu stürzen. Dann fielen Schüsse. Scotts Körper zuckte, seine Pistole fiel über Bord, und er klatschte ins eisige Wasser zurück, in dem ihn die ewige Nacht des Todes erwartete...

Aber die Nacht kam nicht. Sein Verhalten war eine reflexartige Reaktion auf ein erwartetes Ereignis gewesen. Als er wieder auftauchte, stellte er zu seiner Überraschung fest, daß er noch lebte. Er zog sich wieder an der Bootswand hoch und kletterte an Bord. Der Schmuggler, dessen Oberkörper von zwei Dutzend M-16-Geschossen durchsiebt war, hing über der Steuerbordreling. Auch die mit dem Schlauchboot kaum dreißig Meter entfernten Hammerheads hatten ihr Ziel nicht verfehlen können.

Bis Scott sich wieder an Bord des Sportboots gezogen hatte, war das Schlauchboot heran, und seine Besatzung enterte das tief im Wasser liegende Chris Craft. Die Männer suchten rasch Schwimmwesten für die Kinder zusammen und verfrachteten sie ins Schlauchboot, das sie zur Sea Lion bringen würde. Scott war inzwischen unter Deck verschwunden und kam wenig später mit einer umgehängten Wolldecke und zwei großen braunen

Päckchen in den Händen wieder herauf. Bennett kam ihm an Deck entgegen. »Alles okay, Scotty?«

»Mir ist verdammt kalt, aber sonst ist alles in Ordnung. Sieh dir das an: In den Seitenkästen liegen mindestens hundert solcher Päckchen, und zwei Glasfaserbehälter sind noch gar nicht ausgepackt. Dreihundert Kilo Kokain – im Handelswert von viereinhalb Millionen Dollar.«

»Wir schaffen eine tragbare Pumpe von der Sea Lion rüber und versuchen, den Kahn über Wasser zu halten, bis die Coast Guard da ist und den Stoff übernimmt«, sagte Bennett. Sie beobachteten, wie die Kinder das Schlauchboot für die Fahrt zur Sea Lion bestiegen. »Mein Gott, was für Verbrecher mißbrauchen *Kinder,* um ihre Schmuggelware durchzubringen?«

»Ein wirkungsvoller Trick«, meinte Scott. »Diesmal haben wir noch Glück gehabt. Hätte der Kerl nicht das Leuchtfeuer gerammt, hätten wir ihn wahrscheinlich nie gefaßt. Aber wenn ich ans nächste Mal denke...«

Die Seagull war von McLanahans Team wieder an Bord genommen worden. Shark Two-Six, die von Sandra Geffar geflogene AV-22, hatte die Verfolgung übernommen.

Seit der Ablösung der Drohne hatten sie drei weitere Abwürfe auf See beobachtet und weitergemeldet. Die Schmuggler in dem Flugzeug ließen sich durch das Auftauchen von Geffars Maschine nicht im geringsten stören. An den Fenstern auf der linken Rumpfseite sah Geffar *winkende* Kinder.

Geffar ließ nichts unversucht, um den Piloten wenigstens zum Abdrehen zu veranlassen: Warnschüsse mit der Revolverkanone und einer Sea Stinger, Flug in enger Formation, mit M-16 bewaffnete Männer an der Frachttür der Sea Lion. Der Schmuggler wich etwas aus, wenn der Abstand zwischen ihren Flugzeugen sehr klein wurde, ging dann aber sofort wieder auf Kurs und war nicht von der Küste abzudrängen...

Fast als habe Hardcastle Geffars Gedanken und Zweifel erraten, fragte er auf der abhörsicheren Frequenz an: »Two-Six, Ihr Status?«

»Weiter in enger Formation mit Ziel eins.«

»In ungefähr drei Minuten erreicht ihr die Küste«, teilte Hardcastle ihr mit. »Customs ist seit zehn Minuten unterwegs, um bei der Suche nach Abwurfstellen an Land mitzuhelfen. Two-Five fliegt mit den von Ziel zwei an Bord genommenen Kindern zum Stützpunkt zurück. Two-Seven startet eben, um je nach Erreichbarkeit Ziel drei, vier oder fünf abzufangen. Zur weiteren Überwachung der Seeziele haben wir eine unbewaffnete Sky Lion gestartet.«

»Danke für die Informationen«, antwortete Geffar. »Setzen Sie die Überwachung fort. Lassen Sie zwei Seagulls startklar machen, um Ziel eins verfolgen zu können, sobald die Abwürfe über Land beendet sind. Two-Six nimmt sich die Ziele an Land vor – wir haben bessere Möglichkeiten, direkt einzugreifen.«

»Bitte wiederholen, Two-Six. Sie wollen die Verfolgung der Cheyenne an die Seagulls abgeben?«

»Positiv. Wir können hier nichts ausrichten. Die Seagulls sollen den Kerl dann bis an die Grenze ihrer Reichweite verfolgen.«

Hardcastle zögerte merklich. Er war noch immer der Überzeugung, fliegende Schmuggler sollten gestoppt werden, *bevor* sie Land erreichten. Aber er sagte »verstanden« und behielt seine Gedanken für sich...

Gullivan Bay kam rasch näher. Dieses fast tausend Quadratkilometer große Gebiet mit winzigen Inseln, Buchten, Sümpfen, Mooren und nur vom Wasser aus erreichbaren Stränden war seit Jahrhunderten bei Schmugglern beliebt. Hier waren Luftschraubenboote das ideale Fortbewegungsmittel: Für Hubschrauber – erst recht für ein Ungetüm wie die Sea Lion – gab es nur wenige Landeplätze, und Boote mit gewöhnlichen Schiffsschrauben riskierten, schon bald in seichtem, veralgtem Wasser liegenzubleiben. Das Schmugglerflugzeug ging bis auf wenige Meter übers Wasser herunter und flog noch unterhalb der Wipfel der alten Trauerweiden und Zypressen.

»Seine Fahrt ist auf ungefähr achtzig Knoten zurückgegangen«, berichtete Geffar Hardcastle über Funk. »Sieht so aus, als stünde der nächste Abwurf bevor.«

»Verstanden«, sagte Hardcastle. »Wir starten eine Seagull, die ihn auf dem Rückflug abfängt. Ihre Höhe wird mit weniger als zehn Meter angezeigt. Ist das richtig?«

»Richtig«, bestätigte Geffar. »Er ist tief und langsam.«

»Vielleicht sollten Sie versuchen, das Leitwerk oder einen Motor zu zerstören«, schlug Hardcastle vor. »Auch wenn die Maschine dann außer Kontrolle gerät, stürzt sie nur aus geringer Höhe ab. Dabei dürften die Sach- und Personenschäden sich in Grenzen halten. Ich empfehle Ihnen, diesen Versuch zu machen.«

»Nein... Ich will nicht, daß Waffen auf Ziele gerichtet werden, die Kinder an Bord haben. Das dürfen wir nicht riskieren.«

Da Hardcastle keine Antwort gab, konzentrierte Geffar sich wieder auf die Cheyenne, die jetzt offenbar ihren Abwurfpunkt erreichte.

Vor ihnen schossen etwa ein halbes Dutzend Luftschraubenboote unter den Bäumen hervor. »Boote unter mir«, funkte sie. »Fünf... sechs Luftschraubenboote. Der Abwurf beginnt. Position aufzeichnen.«

Der Abwurf ging mit militärischer Präzision vor sich. Die Boote waren nur wenige Meter von den Stellen entfernt, an denen die Glasfaserbehälter ins schlammige Wasser klatschten. Die wendigen Luftschraubenboote schienen kaum langsamer zu werden, als die Behälter aus dem Wasser gezogen und vorn auf den flachen Booten aufgestellt wurden. Während Geffar den Abwurfpunkt umkreiste, drehte die Cheyenne nach rechts ab und flog in niedriger Höhe wieder aufs Meer hinaus.

Da jedes Boot einen Glasfaserbehälter an Bord hatte, entschied sich Geffar dafür, das langsamste Boot zu verfolgen. »Shark, haben Sie irgendeines dieser neuen Ziele auf dem Radar?« fragte sie über Funk an.

»Negativ«, antwortete Hardcastle. »Wir versuchen, die Bäume auszublenden, aber eine stabile Ortung ist nicht möglich, weil Sie am äußersten Rand des Erfassungsbereichs von KEYSTONE sind. Der Customs-Hubschrauber müßte in fünf Minuten bei Ihnen sein, und wir haben als Verstärkung eine Sky Lion gestartet.«

»Vielleicht lassen die Luftschraubenboote sich mit Infrarot

unter den Bäumen orten. Und sorgen Sie dafür, daß Route 92 von der Gullivan Bay und Route 41 durch den Nationalpark von Sheriffs aus Collier County gesperrt werden. Diese Kerle haben noch ein paar Meilen bis zur Küste – vielleicht können wir wenigstens ein paar von ihnen schnappen, bevor...« Geffar brachte den Satz nicht zu Ende. »Mein Gott, das Boot vor mir hat auch ein Kind an Bord!«

Unter ihr klammerte sich ein kleiner Junge stehend an die Rückenlehne des erhöhten Sitzes für den Steuermann, während das Boot durchs schlammige Wasser raste. Der Mann am Bootsbug hatte eine Schrotflinte in der rechten Armbeuge und hielt sich mit der linken Hand fest. Der Junge konnte entführt worden oder ein unschuldiger Verwandter der Schmuggler sein, der sich zu einer Bootsfahrt hatte einladen lassen, ohne zu ahnen, daß er als lebender Schutzschild gegen die Hammerheads mißbraucht werden würde.

Sobald eine größere freie Wasserfläche vor ihnen lag, ging Geffar bis auf drei Meter über das Luftschraubenboot hinunter. Es geriet fast außer Kontrolle, weil die Rotorstrahlen der Sea Lion seine Steuerflächen trafen. Der Steuermann rief dem Bewaffneten etwas zu, der prompt seine Schrotflinte hob, rasch zielte und auf die Sea Lion schoß...

»Nein!« rief Geffar und wich nach links aus, als der Mann gerade abdrückte. Sie spürte einen heftigen Schlag irgendwo rechts hinter dem Cockpit der AV-22, stieg sofort um einige hundert Fuß und überprüfte ihre Instrumente. »Rechten Flügel kontrollieren«, verlangte sie über die Bordsprechanlage. Eines der vier Besatzungsmitglieder blickte aus dem Fenster neben der Frachttür. »Ich sehe ein paar große schwarze Flecken auf der Flügelunterseite und an den Klappen«, lautete seine Meldung. »Aber das Triebwerk scheint in Ordnung zu sein, und ich sehe keine Flüssigkeiten austreten.«

»Gut, die Maschine fliegt einwandfrei... wir bleiben also dran.« Sie kurvte nach rechts, fand das Luftschraubenboot wieder und schloß allmählich zu ihm auf. »Hey, ich sehe den Jungen nicht mehr!« sagte sie dann plötzlich. »Er hat hinter dem Steuermann gestanden und sich am Sitz festgehalten. Jetzt ist er verschwunden. Er muß über Bord gefallen sein…« Geffar ging abrupt in den Schwebeflug über. »Schlauchboot klarmachen. Zwei Mann Besatzung. Ich will, daß der Junge gefunden wird.« Sie ging langsam aufs Wasser hinunter und öffnete die Heckrampe. Keine fünf Minuten später hatte die Sea Lion das Luftschraubenboot wieder eingeholt.

»Siehst du ihn irgendwo auf dem Boot?« fragte Geffar ihre Kopilotin.

»Negativ.« Herndon beobachtete mit heruntergeklapptem Teleskopvisier das unter riesigen Magnolien verschwindende und wieder auftauchende Luftschraubenboot. »Er ist wirklich nicht mehr an Bord.«

»Two-Six, hier Boot eins«, funkte einer der beiden abgesetzten Männer. »Wir haben ihn gefunden, ihm scheint weiter nichts zu fehlen…«

Geffar wählte den Waffenbehälter mit der Revolverkanone, wartete einige Sekunden, bis er ausgefahren war, aktivierte das Ringvisier und betätigte den Wahlschalter WARNING/TARGET. Dann zentrierte sie das Visier auf das Luftschraubenboot und überließ die Nachführung dem Infrarotsensor im Bug der AV-22, um sich ganz aufs Fliegen der Maschine konzentrieren zu können. Nachdem sie weitere dreißig Fuß gestiegen war, um in sicherer Höhe über den Bäumen zu sein, drückte sie auf den Feuerknopf der Revolverkanone.

Aus zunächst unerklärlichen Gründen schlug die Geschoßgarbe aber nicht wie vorgesehen fünfzig Meter *vor* dem Boot ein, sondern die 30-mm-Geschosse durchsiebten das Luftschraubenboot mittschiffs. Der Motor explodierte in einem hellgelben Feuerball; das Boot überschlug sich mehrmals, wobei der Glasfaserbehälter und einer der Schmuggler durch die Luft flogen. Der auf seinem Sitz angeschnallte Steuermann wurde von dem explodierenden Motor buchstäblich zerfetzt und klatschte ins Wasser, als das brennende Boot sich überschlug.

»Shark, hier Two-Six«, funkte Geffar, »gegenwärtige Position für Customs aufzeichnen. Ziel angegriffen und vernichtet.« Als sie die Revolverkanone sicherte, zeigte sich, daß der Wahlschalter WARNING/TARGET in Stellung TARGET geblieben war.

Geffar schluckte schwer, legte den Schalter auf WARNING um und fuhr fort: »Ich fliege zurück, um einen Überlebenden und mein Schlauchboot aufzunehmen. Ende.«

Als Geffar in Alladin City landete, stand dort ein Krankenwagen bereit, aber der Junge, der vom Luftschraubenboot gefallen und aus den Marschen gerettet worden war, konnte ohne fremde Hilfe zum Wagen gehen. Geffar ging zu Whipple, der eine halbe Stunde vor ihr mit sechs Kindern an Bord gelandet war. Whipple lag auf der offenen Heckrampe der AV-22 und ließ seine durchschwitzte Kombi in der Sonne trocknen. Hardy und die restliche Besatzung halfen der Bodenmannschaft, die Sea Lion wieder flugklar zu machen.

»Alles okay, Whip?« erkundigte sich Geffar.

»Yeah.«

»Wie geht's Scott?«

»Ich hab' ihn zur Untersuchung ins Krankenhaus geschickt«, sagte Whipple, »aber ich glaube nicht, daß ihm was fehlt. Wie haben wir heute abgeschnitten? Ich liege hier in der Sonne, seit der Admiral uns mitgeteilt hat, daß er uns nicht mehr braucht.«

»Ich habe ein Luftschraubenboot gestoppt, Customs auch eines und die Leute des Sheriffs zwei«, antwortete Geffar. »Ein Boot wird noch von einer Sky Lion verfolgt, und wir lassen es von Shark Two-Eight abfangen. Zwei Boote und zwei Luftschraubenboote sind uns durch die Lappen gegangen. Die Cheyenne ist längst auf dem Rückflug nach Lateinamerika, aber eine Seagull beobachtet sie weiter.«

»Erstklassige Planung«, stellte Whipple nachdenklich fest. »Sie haben mit präziser Organisation eine Riesenmenge Drogen ins Land gebracht…«

»Fast militärisch exakte Planung, nicht wahr?«

»Richtig!« Whipple schüttelte den Kopf. »Die Kinder, die wir an Bord genommen haben, sind für *'ne Packung Kekse* mitgeflogen. Schrecklich!«

»Der Junge, den wir gerettet haben, ist entführt worden«, sagte Geffar. »Die Kerle haben ihn in Everglades City angesprochen und zum Mitfahren eingeladen.«

»Was sollen wir *dagegen* machen?« fragte Hardy, der jetzt hinzugekommen war. »Wir können nicht verhindern, daß Drogenschmuggler Kinder entführen oder zum Mitkommen überreden. Damit haben sie uns praktisch die Waffen aus der Hand geschlagen!«

»Nein, das stimmt nicht, Will«, widersprach Geffar. »Einige haben wir gefaßt...«

»Unseren Kerl aber nur, weil der Idiot das Leuchtfeuer Cape Romano gerammt hat«, stellte Hardy fest. »Und wenn Scotty nicht den Mut gehabt hätte, rüberzuschwimmen und den Kerl zu überfallen, wären wir jetzt noch dort draußen. Letzten Endes hätten wir ihm das Schlauchboot geben und freien Abzug gewähren müssen.«

Geffar starrte Hardy und Whipple an. »Glaubt ihr tatsächlich, daß es besser gewesen wäre, die Cheyenne abzuschießen? Wir haben doch Erfolg gehabt! Keine toten Kinder, Hunderte Kilogramm Kokain beschlagnahmt, über ein Dutzend Festnahmen. Ist das etwa nichts?«

»Aber was soll den nächsten Schmuggler daran hindern, es mit demselben Trick zu versuchen?« fragte Hardy. »Haben in Zukunft alle Kinder an Bord? Holen sie sich einfach Kids von der Straße, um vor uns sicher zu sein?«

»Vielleicht lassen sie's bleiben, wenn sich herumspricht, daß man auch mit Kindern an Bord abgeschossen wird«, schlug Whipple vor.

»Das würde ganz Amerika empören! Was wäre, wenn Ihr Kind entführt würde? Wie wäre Ihnen dann zumute?«

»Den Hammerheads würde ich jedenfalls keine Vorwürfe machen«, antwortete Hardy ruhig. »Ich dachte, wir hätten einen Auftrag auszuführen. Man hat uns Schiffe, Flugzeuge und Waffen gegeben, damit wir solche Verbrecher *stoppen.* Wir haben diesen Auftrag übernommen, wir müssen ihn auch ausführen...«

»Ihr seid übermüdet, ihr könnt nicht vernünftig denken«, sagte Geffar kopfschüttelnd. »Darüber reden wir später mal.«

Hardy und Whipple starrten sie an, wechselten einen Blick und beschlossen, vorerst den Mund zu halten.

Dabei standen sie mit ihrer Auffassung keineswegs allein. Selbst Geffar dachte ähnlich. Sie hatte sich einzureden versucht, der heutige Einsatz sei erfolgreich gewesen. Aber was war mit den Schmugglern, die nicht gefaßt worden waren? Sie würden bei anderer Gelegenheit zurückkommen, um ihr Gift abzuwerfen…

Kontrollplattform Hammerhead One

Als Hardcastle zu ihm hinüberkam, thronte McLanahan in seinem hochlehnigen Sessel vor den Steuerkonsolen für die Drohnen und arbeitete mit einem alten mechanischen Navigationsrechner E-6B, dem »Whiz Wheel« der USAF. Nachdem er sich einige Ergebnisse notiert und nachgerechnet hatte, starrte er den Monitor an, der die Piper Cheyenne zeigte, mit der die Schmuggler sich anscheinend in Sicherheit brachten.

»Status der Drohne, Patrick?«

»Im grünen Bereich. In etwa zwanzig Minuten ist die Cheyenne im kubanischen Luftraum. Wir können die Drohne um die Insel herumschicken, damit sie das Flugzeug dann weiterverfolgt.«

»Okay. Ich habe Elliott wegen des Überflugs angerufen. Er veranlaßt, daß das Außenministerium offiziell bei der kubanischen Regierung dagegen protestiert, daß ein Drogenschmuggler die Insel überfliegen darf. Der Kerl bekommt eine Überflugerlaubnis, während sie unseren Drohnen und Sea Lions verweigert wird. Soviel zur angeblichen Kooperationsbereitschaft der Kubaner.«

McLanahan nickte geistesabwesend.

»Irgendwas nicht in Ordnung? Was rechnen Sie da aus?«

»Mich interessiert bloß die Reichweite der Cheyenne«, antwortete McLanahan. Er rief eine Computerdarstellung auf, die ihnen zeigte, wo dieses Flugzeug schon früher in den amerikanischen Luftraum eingedrungen war – und wo es voraussichtlich hinfliegen würde. Die meisten Linien deuteten Landungen auf Militärflugplätzen an der Nordküste Kubas an. Wenig wahrscheinlich waren ein Absturz vor Haiti oder eine Notwasserung auf der Cayo Sal Bank. »Glauben Sie, daß die Kubaner den Kerl bei sich landen lassen?«

»Wer weiß?« Hardcastle zuckte mit den Schultern. »Obwohl die Kubaner in letzter Zeit die guten Nachbarn spielen, haben sie heute noch kein Wort verloren. Ich nehme an, daß sie den Überflug genehmigen – vielleicht auch eine Landung, wenn er den Notfall erklärt. Aber unser heißer Draht nach Havanna glüht bereits. Informieren wir die Kubaner rechtzeitig über den Kerl, sind sie *vielleicht* bereit, ihn auszuliefern, falls er geschnappt wird. Heutzutage fühlen sie sich ziemlich isoliert.«

»Jede Wette, daß er demnächst den Notfall erklärt«, sagte McLanahan. »Der Computer berechnet diese möglichen Strekken für eine vollgetankte Maschine mit dreißig Prozent Nutzlast. Aber dieser Kerl hat fünfzehn Hundertkilobehälter mit Kokain abgeworfen; dazu kommen fünfhundert Kilo Treibstoff in Innenbehältern und das zusätzliche Gewicht der Kinder an Bord... Das bedeutet, daß er vor dem ersten Abwurf *mindestens* fünfhundert Kilo Übergewicht hatte. Viel Treibstoff kann er nicht mehr haben.«

»Das könnte die Erklärung dafür sein, daß er in vierzehntausend Fuß geblieben ist, anstatt auf fünfundzwanzigtausend zu gehen«, meinte Hardcastle. »Vielleicht kann er nicht höher steigen.«

»Doch, aber das würde mehr Sprit kosten, als er in großer Höhe sparen könnte«, stellte McLanahan richtig.

»Hmmm... vielleicht lohnt es sich doch nicht, Kinder auf Schmuggelflüge mitzunehmen«, sagte Hardcastle. »Jedes Kind bedeutet entsprechend weniger Ladung. Und das Mehrgewicht kostet Treibstoff.«

»Und die Kinder sind während des gesamten Fluges eine Belastung. Die Behälter werden abgeworfen – die Kinder bleiben an Bord. Sie bedeuten erhöhtes Gewicht und verminderte Reichweite.« McLanahan starrte die Zahlen an, die er sich notiert hatte. »Am besten schicken wir sofort ein SES oder einen Küstenwachkutter los, damit wir ein Schiff in der Nähe der Cheyenne haben, wenn sie demnächst...«

»Bei Ziel eins passiert irgendwas«, meldete der Wachleiter. Hardcastle und McLanahan beobachteten die Cheyenne auf dem Monitor. »Die Maschine ist auffällig langsamer geworden – unter hundertfünfzig Knoten. Ich glaube, daß die Tür geöffnet werden soll... da, jetzt ist's passiert!«

Das untere Türdrittel mit der Einstiegstreppe und die der Rumpfform angepaßte restliche Tür waren aufgesprungen. Beide Teile vibrierten im Schraubenstrahl des Triebwerks und drohten abgerissen zu werden.

»In vierzehntausend Fuß Höhe?« fragte der Admiral. »Merkwürdig! Soll das etwa ein Abwurf werden? Sind Boote in der ...*Heilige Muttergottes!«*

Hardcastle und McLanahan waren aufgesprungen und starrten entsetzt den Bildschirm an... eines der Kinder war aus der offenen Tür der Cheyenne geworfen worden.

Es kam noch schlimmer. Ein Mädchen, dessen langes Haar im Schraubenstrahl flatterte, klammerte sich verzweifelt an das Drahtseil, an dem die untere Hälfte der Einstiegstreppe hing. Aber sein Kampf dauerte nur wenige Augenblicke, dann war es plötzlich verschwunden.

»Position aufzeichnen, Position aufzeichnen! Großer Gott, sofort die Übertragung an Land einstellen!« Hardcastle wußte, daß Leute mit Satellitenschüsseln manchmal ihre Videosignale von der Plattform empfangen konnten. Und es war durchaus möglich, daß Politiker oder andere Gäste in Alladin City die von der Seagull übertragenen Bilder sahen. »Alle verfügbaren Sea Lions sollen sofort starten, um...«

Der Rest des Befehls ging in einem allgemeinen Aufschrei unter, als wieder ein Kind wie vorher die Glasfaserbehälter mit Kokain aus der offenen Tür der Cheyenne geworfen wurde. Das letzte Opfer war der etwas größere Junge, den die Kamera der Seagull ihnen im Cockpit hinter dem Piloten stehend gezeigt hatte. Er flog nicht weit genug, prallte vom Flugzeugrumpf ab und schlug – auf den Monitoren erschreckend deutlich zu sehen – gegen das linke Höhenleitwerk. Durch diesen Schlag drehte die Cheyenne abrupt nach links ab, worauf die Seagull automatisch auswich und die Maschine nicht mehr mit ihrer Kamera erfaßte.

Hardcastle wankte auf seinen Platz zurück und setzte sich rasch, weil er spürte, daß seine Knie nachgaben. »Lassen Sie die Seagull dort kreisen«, befahl er mit zitternder Stimme. »Sie soll das Seegebiet aus fünfhundert Fuß mit Infrarot absuchen. Schikken Sie sofort alle verfügbaren Küstenwachschiffe hin. Lassen Sie… lassen Sie…« Seine Stimme versagte wie ein ablaufendes Grammophon, und er saß nur noch da und starrte den Bildschirm an.

Siebtes Kapitel

In den Sümpfen südlich von Dulac,
Terrebonne County, Louisiana
Eine Woche später

Über die Sümpfe und Wasserläufe zwischen der Kleinstadt Dulac und dem Nordufer des Lake Boudreaux in Louisiana verteilt hockten hundert bewaffnete Männer – die meisten mit Schrotflinten oder Jagdgewehren – unbeweglich in flachbödigen Fischerkähnen. Sie schienen sich nicht viel aus dem sintflutartigen Gewitterregen zu machen, der auf sie herabprasselte. Tatsächlich war das Gewitter für sie sogar eine Art Selbstbestätigung, als seien sie der Überzeugung, nur *sie* könnten in einer so schlimmen Regennacht unterwegs sein. Diese Männer aus dem Terrebonne County nutzten das schlechte Wetter und ihre Kenntnis der Sümpfe im Süden Louisianas als Schutz vor jedermann, der sie übervorteilen oder es wagen wollte, in die Sümpfe zu kommen, um sie womöglich zu verhaften.

Die Fischerkähne der Einheimischen umringten ein großes, schnelles Luftschraubenboot, das für dieses Unternehmen als Kommandoschiff diente. Der Anführer der Gruppe, ein Schmuggler namens Girelli, schnippte seine Zigarette ins schlammige Wasser, in dem etwas undefinierbar Dunkles an ihnen vorbeiglitt. »Jesus«, murmelte er in seinem New Yorker Akzent, der in den Ohren der Einheimischen so fremdartig wie der eines Marsianers klang, »hier gruselt's mir allmählich.«

Girelli drehte sich nach dem Mann hinter ihm um, der eine Muschel seines Kopfhörers ans Ohr gedrückt hielt. Das dazugehörige Funkgerät von der Größe einer Kühlbox stand in einer wasserdichten Segeltuchhülle in der Mitte des Boots, und seine biegsame Gummiwendelantenne ragte weit über den Luftschraubenkäfig hinaus. Außer dem Funkgerät enthielt das Gehäuse auch einen Scrambler für abhörsichere Verbindungen und ein leistungsfähiges Funkfeuer. »Wie sieht's aus, Mario?«

»Nichts zu hören«, knurrte der andere. »Schon seit Stunden nichts mehr.« Sein Gerät war ursprünglich für taktische Einsätze im Vietnamkrieg entwickelt worden, bei denen vorgeschobene Beobachter von Army und Air Force mit Fallschirmen abgesetzt worden waren, um die eigenen Bomber mit Hilfe des Funkfeuers zu ihren Zielen zu leiten. Heutzutage waren diese Geräte in Läden, die ausgemusterte Heeresbestände verkauften, für ein Butterbrot zu haben. Mario hatten die Schmuggler für diesen Job angeworben, weil er das Gerät aus Vietnam kannte. Aber statt Luftangriffe auf den Ho-Chi-Minh-Pfad zu leiten, sollte er das Funkfeuer heute nacht für den Präzisionsabwurf kolumbianischen Kokains bei den darauf wartenden Schmugglern einsetzen...

»Woher wissen wir überhaupt, daß uns diese Jungs an den richtigen Ort gebracht haben?« fragte Girelli. Einer »dieser Jungs«, ein gewisser George Debeauchalet, der den Schmugglern als Verbindungsmann zugeteilt war, ignorierte das Gerede der beiden Fremden. »Wir könnten zwei Meilen von der Abwurfzone entfernt sein.«

»Diese Leute sind nicht dumm, Tony«, sagte Mario. »Sie bekommen gutes Geld für ihre Hilfe. Sollte unser Stoff ausbleiben, steht's schlecht um ihre Finanzen.«

Girelli sah sich unbehaglich um und versuchte, sich nicht anmerken zu lassen, wie ihm zumute war. Die Einheimischen – ihren Cajun-Dialekt sprechende stämmige Fischer und Fallensteller, waren aus dem Nichts aufgetaucht, als Debeauchalet mit den beiden Schmugglern in diesen Teil der Sümpfe nördlich des Lake Boudreaux gekommen war. Wie diese Leute sich in dem Labyrinth aus endlosen Sümpfen, Inseln, überhängenden Mangroven und schlammigen Wegen zurechtfanden, war Girelli ein Rätsel. Aber sie waren pünktlich gekommen – jeweils zwei, drei Mann in einem Boot –, ohne daß Mario und Girelli ihre Annäherung bemerkt hätten.

Jedes Boot hatte einen von Girellis schwerbewaffneten Leuten an Bord, die für zusätzliche Feuerkraft garantierten und dafür sorgen sollten, daß die Einheimischen die Lieferung so schnell wie möglich bargen. Obwohl die Bootsbesatzungen von seinen Soldaten überwacht wurden, traute Girelli ihnen nicht recht. »Was ist, wenn die Jungs uns über Bord schmeißen, den Stoff mitnehmen und verschwinden?«

»Hey, die wissen genau, was läuft!« versicherte Mario ihm. »Das Kartell und die Cuchillos haben sie in der Hand. Und ihre Familien dazu. Solange sie spuren, kriegen sie 'nen Haufen Geld. Wenn wir nicht mehr kommen, können sie von Baumrinden leben. Und jetzt halt die Klappe, damit ich was hören kann!«

Girelli hielt beleidigt den Mund. Sekunden später nahm Mario den Kopfhörer ab und hängte ihn sich um den Hals. »Noch zu früh. Aber in ein paar Minuten müßte was zu hören sein.« Er betätigte einen Kippschalter und griff nach dem Mikrofon. »Duncan, hier Mario. Sprechprobe.«

»Yo, Mama«, kam die Antwort. Mario lachte und hängte sein Mikrofon in die Halterung zurück. Duncan war ein weiterer Schmuggler, der fünfundzwanzig Kilometer südlich der Abwurfzone postiert war, wo ihn die erwartete Maschine überfliegen mußte. Er sollte beobachten, ob sie beim Anflug verfolgt wurde, und notfalls über Funk eine Warnung durchgeben.

»Keine schlechte Idee, daß das Kartell die Abwurfzone nach Louisiana verlegt hat«, meinte Girelli. »Das muß man sich mal vorstellen: Schnee für drei Millionen Dollar! Drei *Millionen.* Und wir kriegen dreihundert Riesen für ein paar Tage Arbeit.«

»Von denen wir diesen Good Ol' Boys hundert abgeben müssen, falls du's vergessen haben solltest.«

Girelli spuckte über Bord. »Für gute Arbeit sollen sie das Geld meinetwegen haben. Daß das halbe County aufgekreuzt ist, ist ihre eigene Schuld – angefordert haben wir bloß zwanzig Kerle.«

»Ich frage mich nur, wie die Cuchillos es schaffen wollen, an den Hammerheads vorbeizukommen«, sagte Mario. »Die haben hier doch alles abgeriegelt, stimmt's?«

»Wozu hocken wir deiner Meinung nach in diesem Sumpf?« erkundigte Girelli sich. »Die Hammerheads können nicht den gesamten Golf abriegeln. Sie konzentrieren sich auf Florida und die Karibik. Hier draußen haben sie noch keine ihrer Plattformen. Der nächste Punkt, an dem sie landen könnten, liegt hundertzehn Kilometer von hier.«

»Klar, das *weiß* ich alles...« Er wußte es nicht, aber er wollte sich keine Blöße geben. »Aber was ist mit ihren Radarflugzeugen? Die können anfliegende Maschinen aus Entfernungen von Hunderten von Kilometern orten. Das haben sie neulich im Fernsehen gezeigt.«

»Deshalb sitzen wir in diesem verdammten Gewitter, Mario«, erklärte Girelli. »Im Gewitter ist jedes Radar blind.«

»Tatsächlich? Woher willst du das wissen?«

»Radar kann Wasser nicht durchdringen. Hast du damals in der Ausbildung nicht aufgepaßt? Radar sieht Gewitter nur als große weiße Wolken. Und Flugzeuge meiden Gewitter, um nicht in Turbulenzen zu geraten.«

»Und wie wollen die Cuchillos bei diesem Scheißwetter ihre Lieferung abwerfen?«

»Sie schaffen's, weil sie vor nichts zurückschrecken. Außerdem wissen Sie, daß die Hammerheads bei diesem Wetter gar nicht fliegen. Die Cuchillos schrecken vor überhaupt nichts zurück! Und die Hammerheads operieren hauptsächlich in Florida.« Er mußte lachen. »Mit Spicks und Wetbacks werden sie leicht fertig, aber sie haben keine Lust, sich mit guten alten *amerikanischen* Runners anzulegen.«

Girelli stieß Mario an. »Weißt du, was ich neulich gehört habe? Weißt du, was die Cuchillos tun, um nicht abgeschossen zu werden, falls sie mal erwischt werden? Sie nehmen in ihren Flugzeugen *Kinder* mit. Kannst du dir das vorstellen?« Hätte er Marios Gesicht beobachten können, wäre ihm klargewesen, daß sein Partner davon keineswegs begeistert war. »Aber das ist noch längst nicht alles! Weißt du, was sie tun, wenn der Sprit knapp wird und vielleicht nicht mehr für den Rückflug reicht?«

»Hör zu, das...«

»Sie schmeißen die Kleinen einfach aus der Maschine.« Girelli stieß einen Pfeifton aus und stampfte danach mit einem Fuß auf. »Kannst du dir das vorstellen?«

»Eine Schande!« protestierte Mario. »Ich hab' selbst Kinder. Wer Kinder wie...«

»Geschäft, Kumpel. Geschäft ist Geschäft.«

Mario schwieg verbissen, setzte seinen Kopfhörer auf und horchte angestrengt. Er drehte sich nach Girelli um. »Jetzt ist was zu hören, glaub' ich.« Er streckte eine Hand nach der oberen Klappe der Segeltuchumhüllung des Geräts aus.

»Warte, bis du den Code gehört hast!« mahnte Girelli.

»Ich weiß, ich weiß, stör mich nicht!«

Das Signal wurde schwächer und verschwand dann ganz. Mario wartete geduldig, weil er wußte, daß dieses Verschwinden normal war, solange die anfliegende Maschine nicht genau auf Kurs war. Sekunden später kam das Signal klarer als zuvor an. Mario buchstabierte die Morsezeichen mit. »Ich hab's! Der Kode stimmt.« Er hob die Klappe hoch und drückte einen wasserdicht mit Gummi verkleideten Knopf. Als das Signal wiederholt wurde, blinkte diesmal eine gelbe Kontrolleuchte mit. Mario schaltete das Funkfeuer ein und sah das gelbe Blinklicht erlöschen.

»Sie kommen«, kündigte er an. »Erste Kontaktaufnahme bei achtzig Kilometer, hat's geheißen. Das bedeutet, daß sie in einer Viertelstunde hier sind.«

»Und wir brauchen wirklich bloß das Funkgerät? Keine Fakkeln, um die Abwurfzone zu beleuchten, keine Leuchtsignale, nichts weiter?«

»Dieses Baby macht alles«, antwortete Mario stolz, indem er die Klappe wieder schloß. »Damit werfen die Cuchillos uns das Zeug in den Schoß. Sie steuern das Funkfeuer an und wissen genau, wann ihre Ladung raus muß. Die Sache ist so gut wie gelaufen.«

Border Security Force Headquarters, Alladin City, Florida

»Datenübertragung wird aufgebaut, Sir«, meldete ein Controller. Alle sahen zu dem mittleren der drei Riesenbildschirme auf, die das Kontrollzentrum der Hammerheads im Süden Miamis dominierten. Normalerweise zeigte dieser Monitor ein zusammengesetztes Radarbild des Südostens der Vereinigten Staaten mit den bekannten Schmugglerrouten über Florida, die Bahamas und die gesamte Karibik. Heute war jedoch der Süden der Vereinigten Staaten zwischen Mobile, Alabama, und Houston, Texas, dargestellt.

Allzuviel gab es nicht zu sehen. Brad Elliott, der an einer der Konsolen saß, begutachtete das Bild, das die Computer der Hammerheads aus Informationen von Radarstationen entlang der Südküste zusammensetzten. Samuel T. Massey, der als »Drogenzar« bekannte Sonderberater des Präsidenten in Fragen der Drogenbekämpfung, schüttelte den Kopf. »Die Bildqualität ist nicht berühmt, stimmt's, Brad?«

»Die Datenübertragung aus Houston klappt schlecht«, antwortete Elliott. »Wir tun alles, um den Datenfluß zu verbessern, aber die Testphase beginnt erst in ein paar Wochen. Außerdem herrscht im Zielgebiet ein schweres Gewitter, das den Empfang beeinträchtigt.« Er nickte dem Controller rechts neben ihm zu. »Schalten Sie das OTH-Radar ein.«

Das Radarbild änderte sich schlagartig: Der Monitor zeigte mit Datenblöcken versehene Einzelheiten – Verkehrsflugzeuge im Raum New Orleans, kleinere Maschinen, die Gewitter umflogen, und sogar Schiffe im Golf von Mexiko. »Sind das OTH-Informationen?« fragte Massey. »Ein erstaunlich klares Lagebild ... Und wo steht das Radar? New Orleans? Baton Rouge? Oder ist das ein Radarflugzeug?«

»Wie wär's mit Bull Shoals, Arkansas?« schlug Elliott vor.

»Arkansas? Dann muß es Hunderte von Kilometern von der Küste entfernt sein...

»Genau achthundertzwanzig Kilometer von der Südküste Louisianas. Tatsächlich ist bewußt ein Standort in über achthundert Kilometer Entfernung von der Küste gewählt worden, weil das die *Mindestentfernung* für OTH ist.« Elliott gab auf der Tastatur einen Befehl ein, der den Erfassungsbereich auf den gesamten Süden der Vereinigten Staaten vergrößerte. Der nächste Befehl erzeugte eine Darstellung, die von den Bermudas im Osten bis Los Angeles im Westen reichte und im Süden noch die mexikanische Halbinsel Yucatán und die Kleinen Antillen vor der Nordküste Südamerikas einschloß.

»Das ist der Erfassungsbereich von OTH«, sagte der General. »Wie Sie wissen«, fuhr er fort, obwohl er bezweifelte, daß Massey viel davon verstand, »bedeutet die Abkürzung OTH ›Over-the-Horizon‹-Radar. Dieses System arbeitet mit von der Ionosphäre reflektierten Radarimpulsen, um Ziele zu orten, die Hunderte von Kilometern hinter dem Horizont liegen – bis zu einer Entfernung von zweieinhalbtausend Kilometern.«

»Ist das nicht ungefähr das Zehnfache der Leistung normaler Radargeräte? Ich dachte, daß Radar immer nur mit quasi-optischer Sicht funktioniert. Wie kann dieses Gerät zweieinhalbtausend Kilometer weit sehen, obwohl so viele Berge dazwischen sind? Schon die Erdkrümmung müßte das verhindern...«

»Bei herkömmlichen Radargeräten trifft das alles zu«, bestätigte Elliott. »Der OTH-Sender in Bull Shoals schickt seine Impulse mit unterschiedlichen Winkeln hoch über den Horizont, wo sie von der Ionosphäre zurückgeworfen werden, und der Computer stellt nur Echos dar, die den von ihm berechneten Laufzeiten entsprechen. Für Entfernungen unter achthundert Kilometern ist das System allerdings unbrauchbar, weil es keinen Abstrahlungswinkel mehr gibt, der die Radarimpulse zurückkommen ließe.«

»Aber macht dieses System Ihre Radarballons und -stationen nicht überflüssig? Mit einigen dieser Geräte könnten Sie unsere Grenzen doch lückenlos überwachen!«

»Schön wär's«, sagte Elliott lakonisch. »Aber das OTH-Radar ist noch nicht ausreichend erprobt. Es arbeitet mit Informationen über die elektrischen Eigenschaften der Ionosphäre, und die

Feinabstimmung der Radarimpulse darauf ist sehr schwierig, noch keineswegs perfekt. Und bei Störungen in der Ionosphäre – zum Beispiel bei Sonnenprotuberanzen – ist das OTH praktisch wertlos. Da Zeitpunkt und Dauer solcher Störungen überall veröffentlicht werden, wüßten die Schmuggler ohnehin genau, wann unser OTH-Radar außer Betrieb ist. Ein weiteres Problem stellt der Einsatz genügend schneller Computer zur Berechnung der Flughöhen von Zielen dar. Unsere Werte sind vorläufig nur auf tausend bis zweitausend Fuß genau.«

»Da muß sofort was geschehen!« sagte Massey. »Landesverteidigung ist immer wichtig, aber in Friedenszeiten muß die Sicherung unserer Grenzen, vor allem gegen Schmuggler, Vorrang haben. Aber das kostet natürlich mehr Geld...«

»Ich bin hundertprozentig Ihrer Meinung«, stimmte Elliott zu. Auch deswegen hatte er Massey nach Alladin City eingeladen – es war immer leichter, ein kostspieliges, weitreichendes Programm wie dieses durchzusetzen, wenn man die wichtigsten Leute auf seiner Seite hatte.

»Ich begrüße Ihre Entscheidung, Brad, den Customs Service an diesem Unternehmen zu beteiligen.«

Innerlich verabscheute der General diesen PR-Trick, aber wenn er den Hammerheads nützte... »Nach unseren Erkenntnissen soll der Abwurf in einem bestimmten Gebiet stattfinden. Deshalb fassen wir die Sache als Polizeieinsatz auf.« Elliott wußte, daß Massey zu den Leuten in Washington gehörte, die weiterhin viel von nichtmilitärischen Organisationen zur Bekämpfung des Drogenschmuggels hielten – zum Beispiel vom alten Customs Service.

»Holen Sie das Zielgebiet ran, damit wir sehen, was dort passiert«, wies Elliott den OTH-Controller an.

Das Radarbild zeigte jetzt einen Ausschnitt mit hundert Kilometer Durchmesser, in dem das sumpfige Mississippidelta südwestlich von New Orleans lag. Der Computer hob mehrere Flugzeuge hervor – darunter eines genau in der Bildschirmmitte. »Das ist er!« sagte Elliott. »Wir haben ihn vor einer Stunde über Kuba geortet. Bis zu unserer ADIZ ist er auf der Luftstraße geblieben; dann ist er tiefgegangen und steuert jetzt die Abwurfzone an. Er hat Nerven, das muß man ihm lassen: In seiner jetzigen Höhe werden Gewitterböen bis zu fünfzig Knoten und starke Turbulenzen gemeldet – und er ist nur tausend Fuß über dem Wasser.«

»Und New Orleans Radar kann ihn nicht kommen sehen?«

Elliott wies den Controller an, die OTH-Radardaten auszublenden. Zu den sichtbar bleibenden Zielen gehörte auch das Flugzeug in der Bildschirmmitte, das aber sekundenlang verschwand, um dann wieder aufzutauchen. Nun war es mit dem Kode TR 5 gekennzeichnet.

»Houston Center sieht dieses Radarbild«, fuhr der General fort. »Ein Ziel, das gelegentlich verschwindet und den Kode TR 5 trägt. Der bedeutet, daß der dortige Computer es nicht für ein Flugzeug hält – oder daß die Wahrscheinlichkeit, daß dieses Radarecho ein Ziel darstellt, sehr gering ist. Kommt es näher oder erscheint bei der Anflugkontrolle New Orleans auf dem Radar, dürfte es als Eindringling identifiziert werden, aber dann kämen Gegenmaßnahmen schon zu spät. Die meisten Controller unterdrücken TR-5-Ziele, um weniger auf dem Radarschirm zu haben.«

Elliott ließ die OTH-Radardaten wieder einspeisen, so daß der Eindringling wieder deutlich hervorgehoben wurde.

»Und wo sind unsere Flugzeuge?« fragte Massey.

»Zwei Sea Lions und fünf Black Hawks stehen etwa sechzig Kilometer von der Abwurfzone entfernt auf dem kleinen Flugplatz South Lafourche. Unter Tarnnetzen für den Fall, daß die andere Maschine den Platz überfliegt – obwohl sie vermutlich bis kurz vor dem Abwurf in den Wolken bleibt. Außerdem wollten wir sie über Wasser, wo ein Abwurf möglich wäre, von einer AV-22 beschatten lassen, aber die Sea Lion mußte die Verfolgung wegen Schlechtwetters abbrechen. Sobald das Ziel an South Lafourche vorbeifliegt, starten unsere Maschinen zur Verfolgung und halten dabei möglichst großen Abstand. Kontakt halten sie mit Infrarotsensoren, weil wir inzwischen erfahren haben, daß die Schmuggler ihre Flugzeuge mit Radarwarnern ausrüsten.«

»Setzen die Schmuggler nicht meistens Beobachter am Boden

ein, die auf verfolgende Maschinen achten und die Flugzeugbesatzung warnen können?«

»Richtig, das tun sie. Um nicht entdeckt zu werden, wollen wir den Abstand möglichst groß halten, aber unser eigentliches Ziel sind die Schmuggler an Land. Wenn wir die Chance haben wollen, sie am Tatort zu fassen, müssen wir uns gewaltig ranhalten, sobald die Lieferung abgeworfen ist. Diese Kerle brauchen nicht lange, um die Ware einzuladen und damit zu verschwinden. Und falls das Flugzeug uns sieht und vor dem Abwurf abdreht, wird es verfolgt. Im ungünstigsten Fall hätten wir dann verhindert, daß eine große Drogenlieferung ins Land gebracht wird. Aber wir wollen viel mehr erreichen...«

In der Abwurfzone der Schmuggler, Dulac, Louisiana

»Höchstens noch ein paar Minuten«, sagte Mario, der das gelbe Abfragelicht am Gerätegehäuse beobachtete. In den letzten Minuten hatte es mehrmals aufgeleuchtet – ein Zeichen dafür, daß die anfliegende Maschine das Funkfeuer zur Feinorientierung vor dem Abwurf benützte.

»Ich höre nichts«, stellte Girelli fest. »Müßten wir sie nicht längst hören?«

»Die Cuchillos sind da und wieder weg, bevor du was mitkriegst«, erklärte Mario ihm. »Die verlieren keine Sekunde Zeit, das kannst du mir glauben!« Er beobachtete wieder das gelbe Licht, als er eine Stimme über Funk sagen hörte: »Mario, hier Duncan. Mario, bitte melden.«

Mario griff nach dem kleinen Mikrofon und drückte auf die Sprechtaste. »Was gibt's Dunc?«

»Ich höre Hubschrauber«, berichtete ihr Vorposten nervös. »Mindestens zwei, vielleicht auch mehr.«

»Verfolgen sie das Flugzeug?«

»Keine Ahnung. Kann ich nicht beurteilen. An eurer Stelle

würde ich abhauen.« Die Verbindung brach ab. Mario und Girelli wußten, daß Duncan jetzt genau das tat, was er ihnen empfohlen hatte.

»Schöner Vorposten!« sagte Girelli angewidert. »Der Scheißer ist wertlos!«

»Was tun wir jetzt?«

»Wir bleiben«, entschied Girelli. Er hob sein Sturmgewehr, ein M-16 mit aufgesetzter Abschußvorrichtung M203 für Gewehrgranaten, und befestigte den Beutel mit Reservemagazinen und 40-mm-Granaten an seinem breiten Gürtel. Mario trug sein eigenes M-16 über die Schulter gehängt. »Mit zwei Hubschraubern werden wir fertig.« Er wandte sich an Debeauchalet. »Sag deinen Jungs, daß es bald losgeht.« Der alte Cajan-Führer machte den Männern im nächsten Fischerboot ein Zeichen, das rasch und wortlos weitergegeben wurde. Girellis Soldaten, die mit Handfunkgeräten ausgerüstet waren, hatten Duncans kurze Warnung bereits mitbekommen.

Der Abwurf erfolgte scheinbar aus dem Nichts. Die Schmuggler hörten das dumpfe Röhren von mit voller Leistung arbeitenden Flugzeugtriebwerken; im nächsten Augenblick schien ein dunkelgrünes Ungetüm aus dem wolkenschwarzen Nachthimmel auf sie herabzustürzen. Sie hatten kaum Zeit, zwei riesige Luftschrauben und einen kastenförmigen Rumpf wahrzunehmen, bevor das Transportflugzeug in kaum zehn Meter Höhe über sie hinwegraste.

Sie spürten einen Schwall heißer Luft, hörten ein lautes Brechen und Knacken von Ästen und glaubten schon, die Maschine habe Bäume gestreift. Aber dann sahen sie einen großen Gegenstand in den Sumpf klatschen, sich überschlagen und unter den ersten Bäumen der nächsten Insel liegenbleiben. Der Gegenstand war durch ein schwach leuchtendes Blinklicht und eine lange orangerote Fahne gekennzeichnet, die beide überflüssig waren, denn der Abwurf war punktgenau erfolgt. Knapp vor einer Baumgruppe zog der riesige Transporter steil hoch. Äste peitschten und knackten, und das Flugzeug verschwand im dunklen Nachthimmel. Sekunden später war der Abwurf beendet.

»Sie haben's geschafft!« rief Girelli. »Genau ins Zielgebiet! Die Jungs sollen sich ranhalten, Mario!«

Mario hielt bereits das Mikrofon in der Hand. »Los!« sagte er nur, bevor er das Funkgerät ausschaltete. Girelli deutete mit seinem Gewehr auf die Abwurfstelle, und Debeauchalet ließ den Motor des Luftschraubenboots an und hielt darauf zu.

Der Glasfaserbehälter hatte mehrere Risse, war aber sonst intakt geblieben. Mario benützte ein Kampfmesser KA-Bar, ein Andenken aus dem Vietnamkrieg, um die Stahlbänder um den Behälter zu zerschneiden. Ohne sich die Mühe zu machen, die zugeschweißten und verklebten Plastikbeutel zu zählen, warf er rasch zwei Beutel Girelli zu, der sie auf dem Luftschraubenboot in einer Sporttasche verstaute. Als die anderen Männer herankamen, warf Mario auch ihnen Plastikbeutel zu.

»Wir haben's *geschafft!«* sagte Girelli lachend. Er fühlte sich high, fast wie im Kokainrausch. Die ersten Fischerkähne mit Einheimischen verschwanden bereits in der Regennacht, um in vorher festgelegten Verstecken zu warten, bis es Zeit wurde, den vereinbarten Treffpunkt anzulaufen. Girelli rief lachend Befehle, ohne auf den strömenden Regen zu achten, der sie bis auf die Haut durchnäßte...

Und ohne auf das dumpfe Knattern großer Rotoren zu achten, bis die Maschinen nur noch wenige hundert Meter entfernt waren. Plötzlich flammten mehrere Fünftausendwattscheinwerfer auf, glitten übers Wasser auf die Abwurfstelle zu und tauchten sie in gleißend helles Licht.

»Hammerheads!« sagte eine Lautsprecherstimme. »Bleibt alle, wo ihr seid!« Eine riesige orange-weiße Maschine, die an ein Frachtflugzeug erinnerte, aber Rotoren wie ein Hubschrauber hatte, schwebte in nur fünfzig Fuß Höhe über dem schlammigen Wasser, das ihre Rotorstrahlen schäumend aufwühlten. Und dann waren weitere Drehflügler heran: nachtschwarze Hubschrauber mit der Aufschrift U. S. CUSTOMS SERVICE und große Rotorflugzeuge mit der Aufschrift U. S. BORDER SECURITY FORCE. Zwei der Hubschrauber drehten ab und röhrten über die Sümpfe, um einige Fischerkähne zu verfolgen, die ihre Ladung an Bord hatten und zu entkommen versuchten.

Der starke Suchscheinwerfer eines der Rotorflugzeuge verließ das Luftschraubenboot, um die kleine Insel abzusuchen. Einige Sekunden lang saß Girelli wie vor den Kopf geschlagen in tiefer Dunkelheit. Wie hatten die Hammerheads nur so überraschend auftauchen und die Abwurfzone völlig einkreisen können? Ein Hubschrauber dröhnte heran, als wolle er auf der Insel landen. Wenn Girelli das zuließ, würden sie von Agenten überrannt werden. Er steckte eine 40-mm-Granate in den Aufsatz seines M-16 und lud das Sturmgewehr durch.

»Sie mit dem Gewehr!« blaffte die Lautsprecherstimme. »Sofort weg mit der Waffe! Aufstehen und Hände auf den Kopf!«

Diese Kerle brauchten nicht mal Scheinwerfer – sie mußten Nachtsichtgeräte haben.

Girelli hockte sekundenlang unschlüssig da. Er durfte den Hubschrauber nicht landen lassen... Gut, sie konnten ihn sehen, aber konnten sie ihn auch am Schuß hindern?

Er hob sein M-16, zielte auf den Hubschrauber und betätigte den Abzug...

An Bord der Führungsmaschine Lion Two-Six

Rushell Masters hatte das Infrarotvisier seines Helms abwechselnd ein- und ausschalten müssen, weil der NightSun-Scheinwerfer einer Black Hawk ihn immer wieder blendete. Aber als der Hubschrauber die Insel entlang weiterflog, um einen Landeplatz zu suchen, konnte er seinen IR-Scanner endlich wieder benützen. Er suchte die nähere Umgebung ab und fand die Drogenladung, neben der zwei Schmuggler kauerten. Beide waren bewaffnet, aber nur einer von ihnen hielt sein Gewehr schußbereit.

»Ich hab' die Kanone«, sagte er zu seinem Kopiloten, während er die Revolverkanone M230 wählte und mit seinem IR-Visier koppelte. Er zentrierte das Fadenkreuz auf die wärmste Stelle des Bildes: die Brust des Schmugglers mit dem erhobenen Gewehr. Der Mann beobachtete die zur Landung ansetzende Black

Hawk. Masters sah deutlich, wie er eine Patrone in die Kammer seines M-16 schob und die Waffe durchlud.

»Sie mit dem Gewehr!« rief Masters über die Außenlautsprecher. »Sofort weg mit der Waffe! Aufstehen und Hände auf den Kopf!«

Der Mann blickte kurz zu der Sea Lion auf, aber sein Gewehr blieb auf die Black Hawk gerichtet. Masters drückte die Sprechtaste seines Funkgeräts: »Omaha One-Seven, ein Verdächtiger in Zwei-Uhr-Position, sechzig Meter, mit einem Gewehr mit Granatenaufsatz. Scheinwerfer ausschalten, Abstand vergrößern...«

Als der Bewaffnete seine linke Schulter etwas in Richtung Hubschrauber drehte, schrillten bei Masters sämtliche Alarmglocken. Der Kerl würde schießen! »Omaha, *schnell weg!«* rief er noch hastig über Funk, bevor er mit dem Daumen die Sicherungsklappe hochschob und den Feuerknopf der Revolverkanone drückte.

Aber Masters hatte einen Augenblick zu spät reagiert. Als er die Sicherungsklappe hochschob, krümmte der Schmuggler bereits den Zeigefinger am Abzug, um die Gewehrgranate zu verschießen. Es gab einen grellweißen Lichtblitz und eine ringförmige Rauchwolke... Sekundenbruchteile bevor das erste 30-mm-Geschoß aus der Revolverkanone den Oberkörper des Mannes durchschlug.

Die Gewehrgranate traf den Bug der Black Hawk, detonierte beim Aufschlag und hüllte das gesamte Cockpit in eine Feuerwolke. Der Hubschrauber wurde nach links rückwärts geworfen und drehte eine unmöglich enge Rolle, bis der Hauptrotor sich in den morastigen Inselboden fräste. Dann explodierte die Maschine.

Obwohl Masters instinktiv gegen die Druckwelle des explodierenden Hubschraubers ankämpfte, wurde er von der Insel weg und fast aufs Wasser herabgedrückt. Er schaffte es zwar, die Sea Lion in der Luft zu halten, aber seine rechte Triebwerksgondel kam einer Baumgruppe so nahe, daß die sechs Meter langen Rotorblätter durch regenschwere Äste säbelten. Masters schob beide Leistungshebel nach vorn und versuchte, von den Bäumen wegzukommen, ohne verhindern zu können, daß auch sein Doppelleitwerk Baumberührung bekam. Dann konnte er die AV-22 endlich wenige Fuß über dem schlammigen Wasser stabilisieren und langsam von den Bäumen wegbringen.

»An alle, hier Lion Two-Six«, sagte Masters auf der Einsatzfrequenz. »Omaha One-Seven ist abgeschossen. Ich wiederhole: Omaha One-Seven ist abgeschossen. Two-Six beginnt Rettungsversuch. Vorsicht: Die Verdächtigen sind bewaffnet und gefährlich. Ende.«

Masters, der jetzt nur wenige Dutzend Meter von der Insel entfernt schwebte, schaltete den Scheinwerfer ein und suchte die Absturzstelle nach Überlebenden ab. Aber selbst wenn es einigen der Customs Agents an Bord gelungen wäre, sich durch einen Sprung zu retten, wären sie in dem Flammenmeer umgekommen, das fast die gesamte Insel einhüllte. Er ging etwas höher, flog dichter heran und suchte das Inselufer nach Überlebenden ab.

Ein Schmuggler hielt den Toten unter beiden Armen gepackt und zerrte ihn durch den Morast zu dem in der Nähe liegenden Luftschraubenboot. Masters richtete den Scheinwerfer auf ihn und koppelte die Revolverkanone mit seinem Helmvisier. Sowie der Scheinwerfer ihn erfaßte, wandte sich der Schmuggler der Sea Lion zu und hob die Hände. Aber Masters sah, daß er ein Gewehr umhängen hatte, und wollte keinen Fehler mehr machen. Er drückte den Feuerknopf, durchsiebte den Mann mit panzerbrechenden Geschossen und hielt weiter drauf – bis er seiner Frustration Luft gemacht hatte, bis sein Copilot ihm zurief, er solle aufhören, bis der Schmuggler zu einer mit dem Morast vermengten unkenntlichen Masse geworden war. Umgeben war der Tote von einem Dutzend aufgeplatzter Plastikbeutel, aus denen weißes Pulver quoll.

Masters war ausgepumpt, als er sich dazu zwang, das Feuer einzustellen und die anderen Überlebenden auf die schlammige Insel kriechen zu lassen. Der abgeschossene Hubschrauber war inzwischen fast ausgebrannt, ohne daß Öl oder Treibstoff ins Wasser gelangt zu sein schien. »Schlauchboot klar zum Aussetzen«, befahl Masters, fuhr den Scanner ein und ging mit der Sea

Lion aufs Wasser hinunter. Nachdem das Schlauchboot mit einem Zweierteam aus Ermittlern der Border Security Force und drei Customs Agents ausgesetzt worden war, begann die gründliche Suche nach weiteren Überlebenden.

Während Masters die auf der kleinen Insel entstandene Verwüstung anstarrte, dachte er an die Zeit vor der Existenz der Hammerheads und erinnerte sich an den Vorfall, der Anlaß zur Aufstellung der Border Security Force gewesen war. Dies war das zweite tödliche Feuergefecht mit Schmugglern, in das er in den letzten Jahren verwickelt worden war. Und obwohl sie jetzt die zusätzliche Feuerkraft der Hammerheads zur Verfügung hatten, schien das Damoklesschwert des Todes stets über ihnen zu hängen...

Das erste Ermittlerteam erreichte den Frachtbehälter, in dessen Nähe die zwei von Masters erschossenen Schmuggler lagen. Die Customs Agents hatten vier liegende Männer auf den Bauch gedreht und fesselten ihnen die Hände auf den Rücken. Masters sah, wie die Ermittler die M-16 der Erschossenen mit Tritten zur Seite beförderten, als könnten die Leichen unerwartet zu neuem Leben erwachen und nach ihnen greifen. »Die beiden sind tot«, meldete der Teamführer Masters über Funk. Dann füllte er im Scheinwerferlicht der AV-22 etwas von dem weißen Pulver aus dem Frachtbehälter in ein Prüfröhrchen mit Kobaltthiozyanat, zerbrach die Glaskanüle, schüttelte den Inhalt des Röhrchens und hielt es ans Licht.

»Kokain, aber ziemlich schlechter Stoff. Bestenfalls dreißig Prozent Kokaingehalt. Insgesamt dürften hier zwanzig bis dreißig Kilo liegen.«

»Bloß zwanzig bis dreißig Kilo? Mehr nicht?« Masters sah zur anderen Seite der Insel, wo Hammerheads gemeinsam mit Customs Agents entstellte und verbrannte Leichen aus den Trümmern der abgeschossenen Black Hawk bargen.

»Kokain ist heutzutage teurer als Gold, Rush«, sagte der Teamführer. »Was hier liegt, ist bestimmt ein paar Millionen wert.«

»Übernimm mal für mich«, forderte Masters seinen Kopiloten auf. Dann legte er seinen Kopf an die Kopfstütze, starrte ins Leere und versuchte, seine Frustration zu überwinden. Als er später wieder zur Insel hinübersah, waren dort sechs bis zur Unkenntlichkeit verbrannte Leichen, die sich kaum von dem schlammigen Untergrund abhoben, nebeneinander ausgelegt.

»Verdammt noch mal«, murmelte er und schloß fest die Augen, um diesen Anblick nicht länger ertragen zu müssen. »Verdammt…«

Über dem Golf von Mexiko

Zwanzig Minuten später

»Nicht identifiziertes zweimotoriges Transportflugzeug, hier United States Border Security Force auf der Wachfrequenz. Gehen Sie auf Gegenkurs, und folgen Sie mir. Kommen.«

Die Maschine der flüchtenden Schmuggler, eine alte sowjetische Antonow An-24, hatte sich auf dem Rückflug durchs Gewitter gekämpft und befand sich jetzt in achtzehntausend Fuß über dem Golf von Mexiko auf Südostkurs. Sehr dicht neben ihr – keine fünfzig Meter entfernt – flog eine AV-22 der Hammerheads mit dem Rufzeichen Lion Two-Two. Diese Sea Lion hatte versucht, die Antonow schon beim Einflug in den amerikanischen Luftraum abzufangen, aber die Verfolgung wegen starker Gewitterturbulenzen abbrechen müssen. Sobald die Schmuggler nach Süden abflogen, war die AV-22 jedoch wieder zur Stelle. Die Verfolgungsjagd ging weiter.

Hank McCauley, der Pilot der Sea Lion, verglich seine Navigationsanzeigen mit der auf einem der Bildschirme abrollenden Kartendarstellung. »Knapp östlich von Alpha-32 und kurz vor Alpha-39«, sagte er zu Janice Hudkins, seiner Kopilotin. »Versuch's noch mal auf der BSF-Frequenz. Vielleicht empfängt uns der neue Radarballon auf Hammerhead Two.«

Genau das versuchte Hudkins schon seit mehreren Minuten – bisher ohne Erfolg. In Funkreichweite lagen keine Stützpunkte der Hammerheads. Der Radarballon der Border Security Force in Mobile war wegen des Gewitters, das über die Golfstaaten hinwegzog, eingeholt worden, und das Gewitter störte die Verbindungen auf Kurzwelle. Die einzige weitere Möglichkeit war NAPALM, die neueste Kontrollplattform der Hammerheads etwa fünfzig Seemeilen westlich von Naples an der Westküste Floridas. Falls der dortige Radarballon in der Luft war, konnten sie jeden Augenblick in Reichweite kommen.

»NAPALM, hier Lion Two-Two auf zehn-zehn«, funkte die Kopilotin. »Gehen Sie auf zehn-zehn, falls Sie mich hören. Kommen.« Keine Antwort.

»Was hast du vor, Mick?« fragte Hudkins. »Für eine lange Überwasserverfolgung haben wir nicht genug Sprit. In spätestens fünf Minuten müssen wir umkehren – und sind dann dreihundert Meilen vom nächsten Flugplatz entfernt.«

»Masters hat gesagt, daß diese Scheißkerle einen unserer Hubschrauber abgeschossen haben«, antwortete McCauley. »Wir haben sie jetzt im Visier, und ich denke nicht daran, sie abhauen zu lassen! Diese Kerle sind Schmuggler. Ihre Komplicen am Boden haben eine Black Hawk, einen Customs-Hubschrauber, *abgeschossen.* Du bist früher doch auch beim Customs Service gewesen, Janice...«

»Was ist, wenn sie Kinder an Bord haben?«

»Die bringen sie sowieso um. Wir sind für *nichts* von dem verantwortlich, was sie tun. *Sie* sind die Verbrecher, nicht wir. Ich verfolge die Kerle, bis wir umkehren müssen.«

Hudkins versuchte weiter, Funkverbindung mit irgendeiner Station zu bekommen. Während sie damit beschäftigt war, fuhr McCauley den Waffenbehälter mit den Luftzielraketen des Typs Sea Stinger aus und vergrößerte gleichzeitig ihren Abstand zu der An-24. »Hank...«

»Ich geb' einen Warnschuß ab«, sagte der Pilot. »Versuch weiter, jemanden zu erreichen.« McCauley veränderte dabei langsam seine Position, um den Waffenbehälter an Backbord aufs rechte Triebwerk der AN-24 auszurichten. Er hatte noch keine Lenkwaffe ausgewählt und das Feuerleitsystem nicht aktiviert.

Als McCauley in Position war, überprüfte er nochmals die GPS-Anzeige. Ihr Standort war fast gleichweit von der mexikanischen Halbinsel Yucatán, Florida, Kuba und dem Mississippidelta entfernt – mindestens dreihundert Seemeilen von der nächsten größeren Landmasse. Ihr Abstand zur nächsten über dem Golf führenden Luftstraße betrug wenigstens vierzig Seemeilen, und sie befanden sich außerhalb der Funkreichweite aller mit UKW arbeitenden Küstenstationen.

»Unser Treibstoff ist halb verbraucht, Hank«, meldete Hudkins. »Wir sollten allmählich umkehren. Nördlich von uns ist das Wetter ziemlich schlecht. Am besten fliegen wir nach St. Petersburg oder Miami, um den Schiebewind auszunützen.« Aber McCauley blieb unbeirrbar schräg rechts hinter dem Transportflugzeug. »Hank...?«

McCauley sah Hudkins kurz an, konzentrierte sich aber sofort wieder auf die Maschine vor ihnen. »Hol mir die Anflugkarte für St. Petersburg aus der FLIP-Tasche. Sie ist im Staufach hinter meinem Sitz.«

»Hank...«

»Und wir alle könnten 'ne Tasse Kaffee vertragen.«

»Hank!«

»Meinen mit Milch und Zucker.« Er wandte sich ab, klappte das Helmvisier mit den eingespiegelten Zielmarkierungen herunter, schaltete das Feuerleitsystem ein und koppelte danach sein Leuchtvisier mit dem Lenkwaffenbehälter.

Border Security Headquarters, Alladin City, Florida

Das OTH-Radar hatte jeden Augenblick dieser Abfangjagd verfolgt. Elliott und Drogenzar Massey beobachteten den Zentralbildschirm und warteten auf eine Funkverbindung mit der Sea Lion.

»Noch keine Antwort, Brad«, meldete einer der Controller. »NAPALM hat seinen Radarballon wegen des starken Windes auf fünftausend Fuß runtergeholt. Two-Two ist jetzt an der äußersten Grenze von NAPALMs Reichweite.«

»Sie können also nicht mit der Besatzung dort oben sprechen?« fragte Massey.

»Wir haben's über Kurzwelle versucht, aber die atmosphärischen Störungen sind zu stark«, antwortete der General. »Im Augenblick befindet die Maschine sich außer Reichweite unserer Küstenstationen. Auch die neue Kontrollplattform westlich von Naples kann sie nicht erreichen.«

»Verfolgt die AV-22 die andere Maschine bis zu ihrem Heimatflugplatz?«

»Der Pilot hat bestimmt nicht mehr viel Treibstoff«, sagte Elliott. »Er kann noch ein paar Minuten dranbleiben, aber dann muß er abbrechen.«

»Hmmm.« Massey war sichtlich unzufrieden. »Ein Hubschrauber abgeschossen, sechs Tote – und die Schmuggler können ungestört heimfliegen?«

»Wir haben die Schmuggelware und mehrere Schmuggler. Hier geht's nicht nach dem biblischen Prinzip ›Auge um Auge, Zahn um Zahn‹ – zumindest noch nicht. Wir...«

Plötzlich begann der Datenblock neben dem Radarsymbol für das Schmugglerflugzeug zu blinken. »Höhenalarm für Ziel eins, Sir«, meldete einer der Controller dem General. »Geschwindigkeit null, Höhe... rapid abnehmende Höhe... Kontakt abgerissen, Sir. Ziel eins ist nicht mehr auf dem Radarschirm.«

»Was ist mit Two-Two?«

Aber das sahen sie selbst: Die Sea Lion, die noch vor wenigen Sekunden kaum eine halbe Seemeile von dem Schmugglerflugzeug entfernt gewesen war, änderte jetzt ihren Kurs und flog nach Osten in Richtung Florida. »Was, zum Teufel, ist *passiert?«* fragte Elliott, obwohl er's bereits wußte.

Massey studierte noch sekundenlang den Großbildschirm, bevor er sich an Elliott wandte. »Das dürfte klar sein«, sagte er halblaut. »Ihr Pilot ist offenbar entschlossen gewesen, diese Flucht zu verhindern.«

Kontrollplattform Hammerhead Two

Drei Wochen später

Sechzig Seemeilen südwestlich von Sarasota knatterte die als Marine Two bekannte grüne Black Hawk mit dem auffallend weiß abgesetzten Top, von zwei AV-22 Sea Lion der Border Security Force eskortiert, lärmend durch den stillen Morgen. Der elegant aerodynamische Hubschrauber flog mit Höchstgeschwindigkeit sein Ziel an: eine riesige auf massiven Beinen stehende Plattform, die einer stählernen Insel gleich aus der leuchtendblauen See aufragte.

Marine Two blieb in achttausend Fuß Höhe, bis die Plattform nur noch drei Seemeilen entfernt war; dann ging der Hubschrauber steil hinunter, wurde kurz über dem Flugdeck abgefangen und setzte mit einfederndem Fahrwerk auf. Wegen terroristischer Morddrohungen im Vorfeld dieses Besuchs des Vizepräsidenten der Vereinigten Staaten auf Hammerhead Two hatten die Piloten einen steilen Anflug gewählt und auch auf eine Orientierungsrunde um die Plattform verzichtet.

»Willkommen an Bord, Mr. Martindale«, begrüßte Elliott den Vizepräsidenten.

»Aus der Luft wirkt die Plattform wirklich eindrucksvoll, Brad.«

»Sie ist vor allem größer als Hammerhead One. Aber wir haben auch die technischen Einrichtungen verbessert.«

Martindale sah Sandra Geffar und Ian Hardcastle in der Nähe stehen und nickte ihnen zu. Er schüttelte Hardcastle die Hand. »Wie geht's, Ian? Ein aufregender Tag, was? Heute erleben Sie die Verwirklichung Ihres großen Plans.«

»Wirklich ein großer Tag, Sir«, stimmte Hardcastle zu. Ihr Gespräch war kurz, wirkte eingeübt und klang etwas gezwungen. Dann ergriff Martindale Geffars Hand.

»Ich möchte, daß Sie alle gleich wissen, daß der Präsident Ihnen anläßlich der Inbetriebnahme der zweiten Kontrollplattform seine besten Grüße übermitteln läßt. Er erkennt dankbar an, was Sie alle geleistet und mitgebracht haben, und läßt Sie zu diesem nächsten wichtigen Schritt auf dem Weg zum Ausbau der Border Security Force zu einem bedeutsamen Verteidigungs- und Exekutiv-Organ beglückwünschen.«

General Elliott lächelte pflichtschuldig. »Die Plattformbesatzung ist im Besprechungsraum auf Ebene drei versammelt. Wenn Sie bitte mitkommen wollen, Sir?«

»Die Inbetriebnahme von Hammerhead Two, der neuesten Kontrollplattform der Border Security Force«, erklärte der Vizepräsident vor versammelter Plattformbesatzung, »ist ein freudiger Anlaß. Das amerikanische Volk ist stolz auf Sie, auf die Hammerheads. Dank Ihrer Anstrengungen beginnen wir tatsächlich, den Krieg gegen den internationalen Drogenhandel zu gewinnen. Die Inbetriebnahme dieser Station, der in drei Monaten eine weitere vor Mobile, Alabama, folgen wird, ist sichtbarer Ausdruck unserer Anerkennung für Sie und Ihre Arbeit.

Ihr einzigartiger Auftrag und die zu erwartenden Reaktionen eines Teils der Öffentlichkeit darauf sind in einer Denkschrift festgehalten worden, als die Aufstellung der Hammerheads vor nunmehr zwei Jahren vorgeschlagen wurde. Ian Hardcastle hat Bedenken, Mißtrauen und sogar Feindseligkeit vorausgesagt. Teilweise ist alles das noch heute vorhanden. Aber Hardcastle und Geffar haben die richtigen Antworten darauf gefunden und werden sie auch in Zukunft finden.

Sie alle sind sich bewußt, welchen wichtigen Auftrag Sie erfüllen... die Vereinigten Staaten vor Eindringlingen zu schützen, die Grenzen Amerikas zu bewachen, mutmaßliche Verbrecher und Terroristen abzufangen und unsere Grenzen notfalls mit militärischer Gewalt zu schützen. Denken Sie daran, daß Amerikas Grenzen früher für Verbrecher aller Couleur weit offen gewesen sind – und das trotz aller Anstrengungen der Männer und Frauen unter Ihnen, die aus Coast Guard, Customs Service und Drug Enforcement Agency zu den Hammerheads gekommen sind. Wegen *Ihrer* Erfolge trifft das nicht mehr zu. Amerika ist Ihnen zu großem Dank verpflichtet...«

An dieser Stelle war eine Pause vorgesehen, in der Beifall kommen sollte, aber die Plattformbesatzung rührte keine Hand. Der Vizepräsident legte sein Redemanuskript beiseite und trat an den Rand des Podiums.

»Okay, soviel zur amtlichen Version. Lassen Sie mich ein paar inoffizielle Anmerkungen machen. Als erstes möchte ich den Angehörigen und Freunden der Männer, die bei dem Feuergefecht in Louisiana umgekommen sind, mein Beileid aussprechen. Dieses Gefecht – seit zwei Jahren die erste bewaffnete Auseinandersetzung zwischen Schmugglern und Hammerheads – beweist den ungebrochenen Kampfeswillen der Schmuggler. Sie stellen unsere Entschlossenheit weiter auf die Probe, bewaffnen sich bis an die Zähne und sind weiterhin bereit, auf uns zu schießen.

Hat Ihre Arbeit denn wenigstens spürbar Erfolg? Und wie! Die neulich in Louisiana sichergestellte Lieferung hat weniger als dreißig Kilo Kokain enthalten, aber nach Auskunft des FBIs entspricht das einem Handelswert von etwa drei Millionen Dollar – das sind hunderttausend Dollar pro Kilo. DEA-Analytiker haben festgestellt, daß der Reinheitsgrad bei nur vierzig Prozent lag. Die Süchtigen zahlen mehr und bekommen weniger. Das Kartell liefert minderwertige Ware und macht damit im Augenblick noch riesige Gewinne, aber selbst dieser Markt kann schlechte Lieferanten eines Tages boykottieren.

Auf der Straße kostet ein Gramm Kokain hundert Dollar. Es ist viel billiger, eine Entziehungskur zu machen, als weiter Kokain zu kaufen. Und da die Richter mehr und mehr dazu übergehen, Süchtige in Drogenkliniken einzuweisen oder zu Sozialarbeit zu verurteilen, wird in unseren Gefängnissen Platz für die *wirklich* hartgesottenen Dealer. In mehreren Bundesstaaten gibt es inzwischen lebenslängliche Haftstrafen oder sogar die Todesstrafe für *gewalttätige gewohnheitsmäßige* Dealer und Lieferanten.

Amerika befindet sich in einer Umbruchphase. In gewisser Weise leiden wir wie Drogensüchtige unter Entziehungssymptomen. Es gibt Schmerzen und Anschuldigungen, die sich teilweise gegen Sie richten..., aber ich sage Ihnen, daß die Ereignisse in unserem Land – *auch* die Bandenkriege und die überfüllten Gefängnisse und Drogenkliniken – nur beweisen, daß Sie Ihre Arbeit tun. Sie kämpfen, und ich glaube, daß Sie diesen Kampf gewinnen werden.

Die Hammerheads haben längst bewiesen, was sie wert sind. Sollten in Ihrem Bereich Straftaten verübt werden, erwartet die Regierung, daß die Border Security Force mit angemessenen Mitteln dagegen einschreitet. Tun Sie *alles,* damit keine Unbeteiligten zu Schaden kommen. Aber wenn Sie genau wissen, daß die Verdächtigen Ihre Befehle verstehen und Ihre Warnungen bewußt ignorieren, haben Sie das Recht, notfalls Gewalt anzuwenden. Halten Sie sich an Ihre Vorschriften und wenden sie mit Augenmaß und gesundem Menschenverstand an, garantiere ich Ihnen, daß das Weiße Haus hinter Ihnen steht. Hoffentlich habe ich mich klar genug ausgedrückt.«

Der Beifall der Plattformbesatzung zeigte, daß er verstanden worden war.

Hardcastles Dienstraum auf Hammerhead Two lag im Obergeschoß des zentralen Wartungsgebäudes. Von dort aus bot sich ihm eine spektakuläre Aussicht auf das gesamte Flugdeck der Plattform. Höher als das dreigeschossige Wartungsgebäude waren nur der Kontrollturm am Südrand der Plattform und das mit Stahl armierte dicke Nylonseil des Radarballons, das wie beim indischen Seiltrick von selbst zu stehen schien. Der Vizepräsident versuchte, dem Seil folgend den Fesselballon zu erkennen – aber der Ballon stand in fast vierzehntausend Fuß Höhe und verschwamm vor dem wolkenlos blauen Himmel.

»Hübsch haben Sie's hier, Ian«, sagte Martindale anerkennend. »Noch vor einem Vierteljahr hätte Ihnen niemand diesen Raum gegönnt. Der Kongreß wäre bereit gewesen, Sie den Löwen zum Fraß vorzuwerfen…«

»Das weiß ich, Sir.«

»Ich habe dem Präsidenten gesagt, die Reaktion der Öffentlichkeit auf Ihren Einsatz sei weit überzogen. Man solle Sie nicht kaltstellen, sondern Ihnen ein eigenes Kommando geben. Der Präsident ist meiner Meinung gewesen. Die Greueltaten der Schmuggler und der Hubschrauberabschuß in Louisiana haben die Öffentlichkeit wieder dazu gebracht, sich hinter die Hammerheads zu stellen. Der Präsident hätte vielleicht sogar einen Luftangriff auf den Stützpunkt der Schmuggler genehmigt, wenn wir sicher wüßten, wo er liegt...«

»Wir *wissen,* wo er liegt, Sir.« Diese Chance konnte McLanahan sich nicht entgehen lassen. »Beide Schmugglerflugzeuge haben nach dem Abwurf Kurs auf Haiti genommen. Ihr Stützpunkt liegt dort im Inselinneren...«

»In dem Bericht, den ich gelesen habe, stand, das Flugzeug, das die Kinder an Bord hatte, sei kurz nach Überfliegen der Küste abgestürzt«, stellte der Vizepräsident irritiert fest. »Es ist auf keinem Flugplatz gelandet.« Er sah zu Elliott hinüber. »Und wir wissen alle, daß die zweite Maschine nicht mal in die *Nähe* irgendeines Flugplatzes gekommen ist.«

»Das stimmt, Sir«, sagte McLanahan, »aber wir sind davon ausgegangen, daß beide Flugzeuge vor dem Absturz auf Heimatkurs waren. In der Verlängerung ihres Flugwegs lagen mehrere mögliche Landeplätze – allerdings keiner auf Kuba. *Beide Maschinen waren nach Haiti unterwegs.* Ich habe überprüft, welcher Platz für die in Louisiana eingesetzte An-24 in Frage käme, und nur einen wirklich geeigneten gefunden. Verrettes ist ein aufgelassener Militärflugplatz aus dem Zweiten Weltkrieg, der sich jetzt in Privatbesitz befindet. Bestätigt wird meine Annahme auch durch die in unserem Computer gespeicherten Radardaten...«

»Das reicht nicht aus!« wehrte Martindale ab. »Das genügt nicht für Ermittlungen von DEA oder CIA – von einer Militäraktion ganz zu schweigen.«

»Dann lassen Sie uns die Überwachung dieses Gebiets verstärken«, schlug Elliott vor. »Haiti und die Dominikanische Republik liegen im Grenzbereich der Reichweite unseres Radarballons in Guantanamo auf Kuba und werden deshalb nur lückenhaft überwacht. Könnten wir einen Radarballon auf Haiti oder in der DR stationieren oder ein Ballonschiff in die Windward Passage entsenden, hätten wir bald Klarheit.«

»Kuba, Haiti und die Turks und Caicos Islands behaupten, unsere Radarballone beeinträchtigten Luftverkehr, Richtfunkstrekken, Fernsehempfang, Militärflüge und sogar Hochseefischerei und Tourismus«, stellte der Vizepräsident fest. »Sie sagen, wir hätten kein Recht, unsere Radarenergie ohne ihre Zustimmung über ihre kostbaren Grenzen hinweg abzustrahlen. Das ist natürlich Unsinn, aber wir müssen vorerst mitspielen, bis wir wieder in besserer Verhandlungsposition sind.«

»Lächerlich!« sagte Elliott aufgebracht. »Der ärmste und korrupteste Karibikstaat gewährt Schmugglern Zuflucht – und wir sollen nichts dagegen unternehmen können?«

»Zumindest vorläufig nicht. Aber wir bemühen uns um eine Lösung. Das Außenministerium ist eingeschaltet. Mehr gibt's dazu nicht zu sagen. Und ich darf noch mal darauf hinweisen, Leute, daß ich verhindert habe, daß der... Vorfall über dem Golf von Mexiko in der Öffentlichkeit bekannt wird.«

»Pilot McCauley bestreitet noch immer, das Frachtflugzeug beschossen zu haben, Sir«, antwortete Elliott. »Er sagt, er habe den Piloten mehrmals angerufen, ihn durch Sichtkontakt auf sich aufmerksam gemacht und einen einzelnen Warnschuß abgefeuert...«

»Versuchen Sie nicht, mich für dumm zu verkaufen, Brad«, wehrte Martindale ab. »Ich habe die aufgezeichneten OTH-Radardaten selbst gesehen. Was tatsächlich passiert ist, steht außer Frage.« Er machte eine Pause und starrte aus einem der Fenster. »Tut mir leid, aber McCauley und Hudkins sind draußen. Die Hammerheads können sich einfach keine... Versehen dieser Art leisten, Brad. Im Kongreß gibt's genügend Oldtimer, die bloß auf eine Gelegenheit lauern, dieser Organisation was anzuhängen. Damit schaden Sie Ihren Freunden – vor allem dem Präsidenten und mir...

Okay, jetzt zur neuen Linie: Der Präsident verlangt genau festgelegte Verfahren für das Abfangen verdächtiger Flugzeuge, die mit Einfluggenehmigung oder illegal in unseren Luftraum gelangt sind. Also bindende Vorschriften für die Besatzungen Ihrer Maschinen, an die Ihre Leute sich zu halten haben, wenn sie in unserem Luftraum ein mutmaßliches Schmugglerflugzeug abfangen oder verfolgen. Habe ich mich deutlich genug ausgedrückt, Brad?«

»Aber wir behalten das Recht, Schiffe oder Flugzeuge von Drogenschmugglern notfalls mit Waffengewalt zu stoppen?«

»Ja – unter Beachtung genauer Vorschriften. Abfangen oder angreifen dürfen Sie nur im amerikanischen Luftraum oder innerhalb der Dreimeilenzone, nicht auf hoher See oder im internationalen Luftraum. Ein verdächtiges Flugzeug muß beim Abwurf einer Drogenlieferung beobachtet worden sein. Sie müssen verifizieren, daß der abgeworfene Behälter mit dem aufgefundenen identisch ist – und daß er Drogen enthält.«

»Und das muß alles passieren, bevor der Kerl unseren Luftraum wieder verläßt?« fragte Hardcastle.

»Genau! Das Kabinett und Spitzenpolitiker beider Parteien sind verdammt sauer wegen dieses... Versehens von neulich. Sie wollen nicht, daß die Hammerheads auf der gesamten Nordhalbkugel unterwegs sind, um Flugzeuge abzuschießen und Boote in internationalen Gewässern zu versenken... Der Druck wächst, Freunde. Haltet euch an die Vorschriften, sonst stehen wir bald alle auf der Straße. Macht's gut!«

Elliott, Hardcastle, Geffar und McLanahan begleiteten den Vizepräsidenten zum Ausgang. Aber bevor Martindale den Raum verließ, wandte er sich an Elliott und McLanahan. »Ich möchte, daß ihr mitfliegt.«

An Bord von Marine Two, einem umgebauten Hubschrauber UH-60 Black Hawk, aß Martindale ein Sandwich, das er mit Orangensaft hinunterspülte. Danach sah er zu Elliott und McLanahan hinüber. »Was ist mit diesem Stützpunkt auf Haiti, Patrick?«

»Verrettes. Ich brauche genaue Informationen darüber, was sich dort abspielt. Ich weiß, daß Verrettes ein aufgelassener Militärflugplatz ist, den eine Privatfirma gekauft hat. Der Verkehr von und zu diesem Platz ist lebhaft – teilweise mit schnellen und schweren Maschinen. Ich muß wissen, welche Leute dort sind, was sie haben und was sie tun.«

»Nicht das haitianische Militär?«

»Haiti besitzt keine Luftwaffe, die der Rede wert wäre.«

»Glauben Sie wirklich, daß dort ein Schmuggelring sitzt?«

»Ich halte ihn für *den* Schmuggelring. Meiner Überzeugung nach sind das auch die Kindermörder...«

Der Vizepräsident sah zu Elliott hinüber. »Brad?«

»Ich bin seiner Meinung. Sie könnten hinter dem Schmugglerring stehen, der die Black Hawk in Louisiana abgeschossen hat. Ich finde, wir sollten nicht länger zuwarten.«

Martindale starrte aus seinem Fenster. »Unsere Beziehungen zu den karibischen und mittelamerikanischen Staaten sind zur Zeit nicht sonderlich gut. Fast alle tun so, als sei die Border Security Force eine Tarnorganisation mit dem Auftrag, uns die militärische Vorherrschaft in diesem Gebiet zu sichern. Unglaublich, was? Deshalb müssen wir leisetreten, bis die Aufregung sich wieder gelegt hat.« Er sah zu Elliott hinüber. »Trauen Sie sich zu, eine Möglichkeit zu finden, *unauffällig* festzustellen, was in Haiti gespielt wird?«

»Ich glaube nicht, daß das ein Job für uns ist«, antwortete der General. »Wir haben selbst reichlich Arbeit, und für solche Aufträge wären CIA oder DEA zuständig...«

»Und für Ihren Bombenangriff vor zwei Jahren auf die sowjetische Radaranlage wäre das Strategic Air Command zuständig gewesen. Statt dessen sind Sie und Patrick und eine Gruppe von Technikern und Wissenschaftlern losgeflogen. Ihr Unternehmen war nicht nur erfolgreich, sondern so gut geheimgehalten worden, daß die Öffentlichkeit bis heute nur gerüchteweise davon erfahren hat.«

»Das ist was anderes gewesen«, wehrte Elliott ab. »Damals haben wir Geräte für den Bomber B-1 erprobt und waren sozusagen in Übung. Aber jetzt...« Er verstummte, als er McLanahans Gesichtsausdruck sah. Patrick schien in Gedanken bereits bei der Einsatzplanung zu sein.

»Eine AV-22 Sea Lion mit Zusatztanks könnte den Hin- und Rückflug schaffen«, stellte McLanahan fest. »Sonst bräuchten wir Landerechte auf den Bahamas oder in der Dominikanischen Republik.«

»Das wäre verdammt schwierig«, sagte Martindale. »Es würde mehrere Tage dauern, und wir müßten den Dienstweg benützen. Den Dienstweg übers Außenministerium.«

Damit war klar, daß der Vizepräsident dieses Unternehmen möglichst ohne Mitwirkung Außenstehender durchgeführt haben wollte.

»In einem Punkt stimme ich Ihnen zu, Brad. Ich will nicht, daß Sie für dieses Unternehmen Ihre eigenen Flugzeuge einsetzen. Sollte irgendwas schiefgehen, darf uns niemand vorwerfen können, wir versuchten, die Karibikstaaten unter Druck zu setzen.«

»Aber welche sollen wir sonst...?« Elliott begriff endlich, worauf Martindale hinauswollte. »Sie meinen, wir sollen Flugzeuge aus Dreamland nehmen?«

»Richtig!« bestätigte der Vizepräsident. »Niemand weiß genau, was ihr Jungs dort draußen alles habt – nicht mal *ich.* Deshalb muß das Unternehmen von dort aus durchgeführt werden – streng geheim und jederzeit dementierbar. Sollte die Sache rauskommen, gehen die Schmuggler in den Untergrund, und die schlechte Publicity könnte das Ende der Hammerheads bedeuten. Sogar Dreamland wäre dann gefährdet. Das Weiße Haus muß völlig... abgeschirmt werden.«

Elliott, der sichtlich irritiert zugehört hatte, schüttelte den Kopf. »Um ehrlich zu sein, Sir: Ich hab's ein bißchen satt, das Weiße Haus *abzuschirmen.* Meinetwegen kann das Unternehmen von Dreamland aus stattfinden – aber nur mit entsprechender Dokumentation. Ich habe keine Lust, wie North und Pointdexter zu enden.«

»North hat Schwierigkeiten bekommen, weil er seine Befugnisse überschritten und unklug gehandelt hat«, sagte Martindale. »Auf *Ihre* Urteilsfähigkeit vertraue ich, Brad. Und der Präsident ebenfalls. Er hat mich damit beauftragt, dafür zu sorgen, daß die Border Security Force noch effektiver arbeitet und aus den Schlagzeilen rausgehalten wird. Falls es einen Schmugglerring gibt, der von Haiti aus operiert und für die Ermordung dieser Kinder und den Drogenschmuggel nach Florida verantwortlich ist, müssen wir ihn irgendwie ausschalten. Und dazu brauchen wir erst mal Informationen.

Okay, ich bin bereit, das alles zu Papier zu bringen und Ihrer Dienststelle eine vertrauliche Denkschrift zu übersenden, aber ich verlange, daß Sie nicht warten, bis sämtliche Details geregelt sind. Ich will Ergebnisse sehen – und zwar so schnell wie möglich! Ich nehme an, daß das auch in Ihrem Interesse und dem Ihrer Leute liegt. Stellen Sie unauffällig fest, was auf diesem Privatflugplatz passiert, ohne die Hammerheads hineinzuziehen. Das ist Ihr Auftrag.«

Die Atmosphäre war eisig geworden. McLanahan wollte seinen Ohren nicht trauen, als er seinen Boß jetzt sagen hörte: »Sobald ich Ihre vertrauliche Denkschrift erhalte, bespreche ich sie mit meinem Stab, arbeite einen Plan aus und lege ihn Ihnen vor. Und sobald der Plan von Ihnen genehmigt ist, sorge ich dafür, daß er ausgeführt wird...«

»General, es wird keinen gottverdammten Plan, keine Genehmigung, keine Stabsbesprechungen, keinen Schriftwechsel zwischen Ihnen und mir geben. Sie sorgen dafür, daß dieses Unternehmen schnellstens durchgeführt wird, verstanden?«

Elliott ließ sich nicht einschüchtern. »So einfach ist die Sache nicht, Sir. Bei Einsätzen, die Dreamland betreffen, erhalte ich meine Befehle wie schon beim letzten Mal direkt vom Präsidenten. Ich bin schließlich nicht der Anführer eines Söldnerhaufens! Wenn ich dieses Unternehmen für *Sie* durchführen soll, Mr. Vice President, verlange ich einen schriftlichen Auftrag, den ich mit meinem Stab besprechen kann. Und ich garantiere Ihnen, daß Sie binnen zwölf Stunden eine Antwort bekommen.«

»Bilden Sie sich ja nicht zuviel auf Ihre Bedeutung fürs Weiße Haus ein, Brad.«

»Das gilt auch für Sie, Sir.«

Mardindale funkelte den General an. »Sie unterstehen noch immer *mir!*«

»Das stimmt, und ich führe jeden Auftrag, den ich von Ihnen bekomme, richtig aus. Ich bin bereit, ein verdammt gutes Unternehmen zu planen, aber ich will zuerst die entsprechende Genehmigung in der Hand haben. Für mich, ja, und für meine Leute. Bekomme ich sie nicht, stehen wir im Regen, falls irgendwas schiefgeht. Sie können mich entlassen, wenn Sie's für richtig halten, aber damit verlieren wir beide – und ich glaube, daß wir auf ein gemeinsames Ziel hinarbeiten.«

Der Vizepräsident biß die Zähne zusammen und umklammerte die Armlehnen seines Sessels mit beiden Händen. Dann drückte er auf den Klingelknopf in der rechten Armlehne. »Todd, kommen Sie rein. Bringen Sie Ihren Notizblock mit.«

Sein Mitarbeiter erschien, zog den Vorhang hinter sich zu und blieb mit aufgeschlagenem Notizblock an die Kabinenwand gelehnt stehen.

»Einstufung: streng geheim«, diktierte sein Boß. »Ort, Datum, Namen der Anwesenden. Betreff: Aufklärungsunternehmen. Der Vizepräsident der Vereinigten Staaten ermächtigt hiermit General Bradley J. Elliott, Befehlshaber der Border Security Force, Dienstsitz und Personenkennziffer einfügen, zu einem Geheimunternehmen zur Gewinnung von für den Grenzsicherungsdienst wichtigen Informationen. Auftrag: Beschaffung von Erkenntnissen über einen mutmaßlichen Drogenschmugglerring in oder bei Verrettes, Haiti. Finanzierung durch NSC-Titel eins-eins-neun J, Obergrenze wie dort angegeben, kein zeitliches Limit, Koordination ausschließlich durch mein Büro, Verteiler E. Setzen Sie meinen Namen darunter. Schicken Sie das sofort über Satellit weg, warten Sie die Bestätigungen ab und bringen Sie mir drei Ausfertigungen.«

Sein Mitarbeiter notierte sich die Namen der Anwesenden, warf einen Blick auf seine Uhr, um die Zeit festzuhalten, und verschwand nach draußen.

»Verteiler E«, sagte Martindale zu Elliott, »bedeutet das NSC, die Vereinten Stabschefs...«

»Verteidigungsministerium, Außenministerium, Innenministerium und CIA«, ergänzte Elliott. »Lauter Stellen, die dem Präsidenten der Vereinigten Staaten mehr oder weniger direkt unterstehen.«

»Genügt Ihnen das etwa nicht? Soll ich die Sache im Rundfunk bekanntmachen?«

»Nein.«

»Meine NSC-Dienstvorschrift bestimmt, daß ich den Präsidenten binnen zwölf und den Rest seines Stabes binnen zweiundsiebzig Stunden informieren muß. Ist der Präsident einverstanden, kann er sofortige Ausführung befehlen. Damit rechne ich. Und ich erwarte, Brad, daß Ihre Leute zehn Minuten später in der Luft sind. Das bedeutet, daß ich binnen acht Stunden einen Plan auf meinem Schreibtisch haben will.«

»Den bekommen Sie.«

Sie flogen schweigend weiter. Wenige Minuten vor der Landung auf dem Miami International Airport betrat der Mitarbeiter des Vizepräsidenten das winzige Büro und legte ihm eine rote Mappe mit mehreren Blatt Papier hin. Martindale gab eines davon dem General. »Zufrieden? Genehmigung, Finanzierung, Verteiler, Bestätigungen. Jetzt ist alles aktenkundig.«

»Danke«, sagte Elliott und gab seine Ausfertigung McLanahan, ohne auch nur einen Blick darauf geworfen zu haben. McLanahan hielt das geheime Schriftstück fest, als fürchte er, es könnte ihm aus der Hand springen.

Nachdem Marine Two in Miami gelandet war, wurden Elliott und McLanahan angewiesen, noch auf ihren Plätzen zu bleiben, bis der Vizepräsident weggefahren war und die Pressevertreter das Vorfeld verlassen hatten. Martindale schüttelte beiden die Hand und sagte zu Elliott: »Ich setze mich so bald wie möglich mit Ihnen in Ihrer Dienststelle hier in Florida in Verbindung. Ich nehme an, daß Sie das Unternehmen von hier aus leiten werden.«

»Richtig – und falls ich unterwegs sein sollte, verbindet meine Sekretärin Sie nach Dreamland oder sonstwo weiter.«

»Gut.« Der Vizepräsident gestattete sich ein Lächeln. »Wir zählen auf Sie, Brad. Sie müssen's schaffen!«

Border Security Force Headquarters, Alladin City, Florida

Fünf Stunden später

Maxwell Van Nuys stand mit seinem Jaguar XJ-12 vor dem Hauptquartier der Hammerheads in Alladin City, um Sandra Geffar abzuholen. Seine Aufmachung entsprach genau dem Typ, den er sich zu verkörpern bemühte: dem Prototyp des rassigen italienischen Herrenfahrers. Er begrüßte Sandra, hielt ihr die Beifahrertür auf, setzte sich ans Steuer und röhrte mit quietschenden Reifen vom Parkplatz der Border Security Force.

Die beiden schwiegen, bis sie auf der Florida Turnpike waren. »Na, wie war's auf der neuen Plattform?« erkundigte sich Van Nuys, sobald er sich auf der schnellen Spur eingeordnet hatte. »War der Vizepräsident beeindruckt?«

»Ich denke schon«, antwortete Geffar. »Aber ich wünschte, der Kongreß würde sich dazu durchringen, uns vorbehaltlos zu unterstützen.«

»Wie meinst du das? Findet ihr denn nicht genug Unterstützung? Eine neue Plattform, neue Radarballons... Oder sollen Einrichtungen von euch geschlossen werden?«

»Nein, wir haben vor kurzem sogar eine neue Radaranlage in Betrieb genommen.«

»Großartig!« sagte Van Nuys. Nicht zu neugierig, ermahnte er sich. Ganz cool bleiben... »Richtig, darüber habe ich vor ein paar Wochen etwas gelesen. Du meinst die Anlage in Arizona, stimmt's?«

»Nein, in Arkansas. Bei...« Sie machte eine Pause, weil ihr einfiel, daß das Außenstehende nichts anging. »Bei einem Nest, von dem du noch nie gehört hast.«

Arkansas? Von einer neuen Radarstation in Arkansas wußte er nicht das geringste. Aber er durfte nicht gleich nachfassen. Sie war clever genug, um mißtrauisch zu werden, wenn er sie auszuhorchen versuchte. »Das klingt jedenfalls vielversprechend. Der Kongreß unterstützt euch also weiter...«

»Vor allem, solange sich die Schmuggler vor Angriffen zu schützen versuchen, indem sie Kinder mitnehmen. So was Gräßliches hab' ich nie gesehen!«

»Ich hab's auch nicht glauben können«, beteuerte Van Nuys. Aber seitdem Hokum und die anderen Gangster ihn zum Mitmachen erpreßt hatten, wußte er, daß diese Leute vor nichts zurückschreckten.

»Nun, ich glaube nicht, daß das in Zukunft funktionieren wird«, fuhr Geffar fort. »Hardcastle, der Schmuggler schon immer kompromißlos angreifen wollte, wird sich wahrscheinlich durchsetzen. Der Vizepräsident hat die Entscheidung mehr oder weniger dem Kommandeur am Einsatzort überlassen...«

Auf Geffars Wunsch fuhren sie in ihr Appartement in Key Biscayne, damit sie sich – sie trug noch Uniform – fürs Abendessen umziehen konnte. Sie verschwand im Bad, um zu duschen und etwas anderes anzuziehen.

Sobald er Wasser rauschen hörte, trat er an den Schrank, in dem Geffar ihre Dienstwaffen aufbewahrte, öffnete ihn mit ihrem Schlüssel, griff nach ihrer Smith & Wesson Kaliber 45 und warf das siebenschüssige Magazin durch Knopfdruck aus.

Van Nuys hatte viel riskiert, aber von allen Dingen, die Geffar regelmäßig trug oder bei sich hatte, war ihm nur diese Pistole aufgefallen. Deshalb war es logisch – aber auch sehr gefährlich – gewesen, die Waffe für Abhörzwecke zu präparieren. Früher hatte Geffar oft auf dem Schießstand der Homestead Air Force Base trainiert, aber dazu blieb ihr heutzutage kaum noch Zeit. Und da sie mit ihrem Job auf Hammerhead One ausgelastet war und nur ab und zu Einsätze flog, war das Risiko, daß sie diese Waffe tatsächlich gebrauchen würde, eigentlich nicht allzu hoch.

Er schob die ersten drei Patronen heraus, um sie zu begutachten. Die oberste Patrone enthielt einen leistungsfähigen Minisender; die zweite war eine Batterie für die Stromversorgung des Senders und des in der dritten Patrone untergebrachten Empfängers und Mikrochip-Speichers. Dieser Empfänger nahm Impulse von den winzigen Mikrofonen auf, mit denen er Geffars dienstliche und private Umgebung gespickt hatte und speicherte sie in verschlüsselter Form. Abgerufen wurden diese Informationen nur, wenn Van Nuys in Geffars Nähe seinen Empfänger aktivierte, was zugleich das Risiko verminderte, daß ein Wanzenspürgerät den Sender entdeckte.

Van Nuys nahm rasch die drei Patronen heraus, ersetzte sie durch echte, schob das Magazin hinein, legte die Pistole in den Schrank zurück und sperrte ihn wieder ab. Er wußte recht gut, daß dieses Spiel nicht ewig weitergehen konnte. Unabhängig davon, wie nützlich seine Informationen waren, hatten die Drogenschmuggler ihn in der Hand und konnten ihn hinter Gitter bringen oder ermorden, wann immer es ihnen paßte. Irgendwann würde er geschnappt oder den Löwen zum Fraß vorgeworfen...

Er war sich darüber im klaren, daß seine einzige Chance, seine Haut zu retten, darin lag, sich Geffar, der Border Security Force oder dem FBI zu offenbaren. Um straffrei auszugehen und sich Polizeischutz zu sichern, mußte er auspacken, was er über Identität und Absichten der Schmuggler wußte, damit Verhaftungen vorgenommen werden konnten. Vorläufig wußte er nicht allzu viel über die Leute, die ihn erpreßten – aber das wollte er ändern, während er seine geschäftlichen Angelegenheiten regelte, bevor er zum FBI ging. Das bedeutete, daß er dieses Spiel noch eine Zeitlang weiterspielen mußte.

Vorerst blieb ihm keine andere Wahl, als Geffar im Auftrag dieser kolumbianischen Verbrecher weiter zu bespitzeln.

Verrettes, Haiti
Zwei Tage später

»Den Hammerheads ist es gelungen, ganz Florida zur See und in der Luft abzuriegeln«, führte Capitán Enrique Hermosa bei der wöchentlichen Offiziersbesprechung aus. Er stand mit seinem hölzernen Zeigestab vor einer riesigen Wandkarte der Karibik. Die Atmosphäre im Besprechungsraum war gedrückt. Zum ersten Mal in ihrer kurzen Existenz hatten die Cuchillos es mit Gegnern zu tun, die ihnen an Feuerkraft offensichtlich überlegen waren.

»Welche Teile Floridas kontrollieren sie?« fragte ein junger Leutnant. »Soll das heißen, daß sie den gesamten Südosten Floridas kontrollieren?«

»Nein, Teniente«, erklärte Hermosa, »sie kontrollieren *ganz* Florida. Wahrscheinlich fast den gesamten Südwesten der Vereinigten Staaten.«

Während die Offiziere unbehaglich die Wandkarte anstarrten, tarnte Agusto Salazar seine mißmutige Miene hinter dem Qualm seiner Havanna. »Ein so großes Gebiet läßt sich unmöglich kontrollieren«, wandte er ein. »Irgendwo muß es Schwachstellen geben!«

»Coronel, ich gebe nur Aufklärungsergebnisse und Berichte unserer Informanten in Florida – auch von Maxwell Van Nuys – wieder«, sagte Hermosa. »Dies ist nicht *meine* Analyse. Soll ich weitermachen?« Der Boß der Schmugglerbande aus Exilkubanern machte eine ungeduldige Handbewegung, um ihn zum Weiterreden aufzufordern.

»Sie haben die neue Kontrollplattform vor Sarasota in Betrieb genommen«, fuhr Hermosa fort. »Der Radarballon arbeitet schon seit einigen Monaten, aber jetzt können dort auch Rotorflugzeuge, Hubschrauber und unbemannte Drohnen gestartet werden. Die Plattform steht keine hundert Kilometer von unserer neuen Route zu den Ten Thousand Islands vor Florida entfernt. Da beim letzten Abwurf in diesem Gebiet viele unsrer Verteiler festgenommen und erschossen worden sind, ist es nicht ratsam, diese Route in den kommenden Monaten weiter zu benützen.

Die Border Security Force hat ihren bisher kleinen Stützpunkt in Key West ausgebaut, um die bisher von dort aus operierende Küstenwache abzulösen. Wie wir aus Meldungen von Informanten wissen, benützen ihre Flugzeuge seit einiger Zeit auch Freeport auf Grand Bahama Island als Stützpunkt. Außerdem hat sie natürlich schon seit Jahren einen Radarballon auf Grand Bahama Island stationiert.«

Er hängte eine Klarsichtfolie mit farbigen Kreisen vor die Karte, so daß jetzt alle Stützpunkte der Hammerheads im Südosten der Vereinigten Staaten markiert waren.

»Zusammenfassend läßt sich sagen, Coronel«, fuhr Hermosa fort, »daß die Hammerheads jetzt in der Lage sind, den gesamten Südosten der Vereinigten Staaten elektronisch zu überwachen. Ihre lückenlose Radarkette reicht von Wilmington, North Carolina, bis Brownsville, Texas. Das bedeutet, daß sie ihre Drohnen in Florida starten und ferngesteuert zwischen diesen Punkten einsetzen können. Außerdem berichtet Van Nuys von einer neuen Radarstation mit großer Reichweite irgendwo in Arkansas. Nähere Einzelheiten darüber sind vorläufig nicht bekannt.«

Salazar entlockte seiner Havanna aufgebracht eine weitere Qualmwolke. Hermosa sprach rasch weiter.

»Die Luftflotte der Hammerheads ist noch klein, aber sie wächst stetig. Drohnenstarts sind nur auf den vier Stützpunkten in Florida möglich: auf der neuen Plattform vor Sarasota, in Key West, auf der Plattform vor Miami und in ihrem Hauptquartier in Südflorida. Aber die Drohnen sind stundenlang in der Luft und werden über die Radarkette ferngesteuert. Beide Muster können mit Luft-Luft- und Luft-Boden-Raketen ausgerüstet werden; sie sind jedoch meistens unbewaffnet, weil ihre Zuverlässigkeit zu wünschen übrig läßt. Sie...«

»Wo liegt die Kommandozentrale für diese Drohnen?« unterbrach Salazar ihn.

»Auf Hammerhead One, der ersten Kontrollplattform. Obwohl wir annehmen, daß sie von jedem Stützpunkt und sogar von anderen Flugzeugen aus gesteuert werden können, werden sie unseren Erkenntnissen nach immer nur von Hammerhead One aus gesteuert. Sämtliche anderen Einrichtungen dienen als Relaisstationen, und die Steuerbefehle werden von den Radarballons übermittelt.

Aber ihre gefährlichste Waffe ist das Rotorflugzeug AV-22 Sea Lion«, fuhr Hermosa fort. »Die Border Security Force hat bewaffnete AV-22 auf Stützpunkten von Savannah, Georgia, bis Mobile, Alabama, stehen, und sie sind auf anderen Zivil- und Militärflugplätzen überall in den USA gesichtet worden. Auf beiden Plattformen sind jeweils vier dieser Maschinen stationiert, und die Stützpunkte an Land haben eine bis zwei. Die Sea Lion ist mit acht Jagdraketen mit Infrarotsuchkopf zum Einsatz gegen Luft- und Seeziele und einer 30-mm-Revolverkanone bewaffnet. Sie ist mindestens so schnell wie unsere Maschinen mit Propellerturbinen, kann aber auch wie ein Hubschrauber schweben und sogar...«

»Das *wissen* wir, Hermosa«, wehrte Salazar ab. Das war etwas, was er nicht hören wollte.

»Zusammenfassend läßt sich feststellen, Coronel, daß unser Flugbetrieb im gesamten Südosten in Gefahr ist. Die Erfolgsaussichten für weitere Einsätze in diesem gesamten Gebiet sind so gering, daß die Chancen dafür, daß eine unserer größeren Maschinen in den strikt überwachten amerikanischen Luftraum eindringen und eine Lieferung abwerfen kann, vielleicht... eins zu fünfzig stehen...«

»Eins zu fünfzig!« rief einer der Staffelchefs aus. »Das ist gelogen! Ich kann mit jeder unserer Maschinen jedes beliebige Ziel in Florida erreichen. Sie brauchen mir nur eine Chance zu geben, Coronel!« Einige der anderen Piloten äußerten laute Zustimmung.

Hermosa machte eine abwehrende Handbewegung. »Wie Van Nuys berichtet, können wir in Zukunft nicht mehr darauf bauen, daß die Hammerheads nicht auf unsere Boote und Flugzeuge mit Kindern an Bord schießen. Sie haben Schießbefehl, wenn Eindringlinge nicht auf ihre Anrufe reagieren...«

»Was für Befehle sie haben, spielt keine Rolle«, behauptete Salazar. »Keiner dieser Weichlinge würde es wagen, auf ein Boot oder Flugzeug mit kleinen Kindern an Bord zu schießen.« Er zuckte mit den Schultern. »Sterben müssen sie so oder so. Wenn sie nicht von den Amerikanern erschossen werden, steht ihnen auf dieser verdammten Insel der Hungertod bevor.«

»Aber sie nehmen im Flugzeug Platz weg, der für Fracht genützt werden könnte.«

»Dann sucht euch nächstes Mal ganz magere. Die sind schwächer, lassen sich leichter an Bord bringen, sind leichter und brauchen weniger Platz...«

Und sind leichter rauszuwerfen, dachte Hermosa, der fürchtete, sich übergeben zu müssen. Seine Rechte mit den Notizen zitterte sichtbar, und er hatte große Schweißperlen auf der Stirn. Die Cuchillos schienen zu seelenlosen Robotern verkommen zu sein, die bereit waren, jeden Befehl auszuführen.

»Unsere besten Piloten sind durch schlechtestes Wetter geflogen und trotzdem von den Hammerheads abgefangen worden«, stellte Hermosa fest. »Wir haben eine ganze Lieferung eingebüßt, und unser Verteilernetz in Louisiana hat schwer gelitten. Unser Flugzeug ist bis fast hierher zurückverfolgt worden, was ein erhebliches Sicherheitsrisiko darstellt...«

Obwohl Salazar warnend den Kopf schüttelte, sprach Hermosa rasch weiter. »Nach Auswertung aller verfügbaren Informationen drängen sich bestimmte Schlußfolgerungen auf: Um weitere Verluste zu vermeiden, sollten wir auf Einsätze im amerikanischen Südosten verzichten. Statt dessen sollten wir uns darauf konzentrieren, Überlandrouten durch Texas, New Mexico und Arizona – alles Staaten, die von der Border Security Force erst lückenhaft überwacht werden – zu erkunden und auszubauen. Auch Südkalifornien bietet zusätzliche Möglichkeiten, da unser Verteilernetz dort besonders...«

»Wir sollen also den Schwanz einziehen und weglaufen?« unterbrach Salazar ihn scharf. »Weglaufen und uns irgendwo verkriechen?«

»Nicht weglaufen und verkriechen, Coronel. Vorläufig zurückziehen und versuchen, neue Routen zu finden. Wir riskieren erhebliche Verluste, wenn wir weiter...«

»Aber dabei verdienen wir auch kein *Geld,* Hermosa.« Salazar hielt plötzlich sein Wurfmesser in der Hand, das ebenso plötzlich zitternd im Holzrahmen der Wandkarte steckte – keine Handbreit von Hermosas linkem Ohr entfernt. »Geh mir aus den Augen, Idiot!« Der Capitán trat hastig einen ungeordneten Rückzug an.

Nun trat Salazar selbst vor seine Offiziere. »Vergeßt dieses defätistische Gerede! Ihr seid die *Cuchillos,* die besten Piloten beider Amerikas – nein, der ganzen *Welt.* Wir laufen nicht vor dem Feind weg und verkriechen uns. Wir stellen uns zum Kampf; wir *besiegen* ihn...

Ich sage euch, was wir tun. Die Plattform Hammerhead One ist der wichtigste Stützpunkt der Border Security Force; sie schützt die Küste Floridas – aber *nichts* schützt die Plattform. Ich will, daß sie angegriffen und für die nächsten Monate unbrauchbar gemacht oder ganz zerstört wird. In dieser Zeit können wir unsere Lieferungen nach Florida wieder erheblich ausweiten... Major Trujillo!«

Ein großer, kräftig gebauter Pilot mit Brandnarben im Gesicht und leicht hängender linker Schulter sprang auf.

»Sie sind mein ältester und erfahrenster Pilot. Ich möchte, daß sie einen Angriff auf Hammerhead One planen und als Sekundärziel den Radarballon auf Grand Bahama Island vorsehen. Ich möchte, daß dieser Angriff möglichst bald stattfindet und schwerste Schäden hinterläßt. Schaffen Sie das?«

»Die Plattform ist so gut wie Schrott, Coronel. Mein Stab und ich danken Ihnen für diese...«

»Achtung, Achtung!« unterbrach ihn eine Lautsprecherstimme. »Unbekanntes schnelles Flugzeug im Anflug auf den Stützpunkt! Alarmstufe drei für Flak, Raketen und Jäger!«

Während Luftschutzsirenen zu heulen begannen, rannten die Piloten zu ihren Maschinen. Salazar überlegte kurz, ob er ihnen folgen sollte, und verschwand dann doch lieber in seinem unterirdischen Gefechtsstand, der mit zwei Technikern besetzt war. »Meldung!« verlangte er.

Das veraltete amerikanische Rundsichtradar TPS-17G mußte nach der Aufwärmphase neu eingestellt werden. »Coronel, ein schnelles Flugzeug – Kennzeichen unbekannt – fliegt unseren Platz aus Süden an.«

»Das habe ich gehört. Ich will Details!«

Zum Glück erfaßte das Radar jetzt die nicht identifizierte Maschine. »Coronel, das Ziel befindet sich in hundert Meter Höhe, Geschwindigkeit vierhundert Knoten... Höhe nimmt ab, jetzt noch fünfzig Meter. Entfernung achtzehn Kilometer, rasch abnehmend...«

»Tiefflieger!« rief Salazar aus. Er dankte seinem Schicksal, daß er nicht mit seinen tapferen Piloten ins Freie gerannt war, denn selbst die Waffenlast eines einzigen Jagdbombers reichte aus, um ihren Flugzeugbestand erheblich zu dezimieren. »Befehl an die Luftabwehr: Ziel aus größtmöglicher Entfernung bekämpfen!«

»Sollten wir nicht warten, bis unsere Beobachter es identifiziert haben?«

»Das ist keine unserer Maschinen, und die haitische Luftwaffe hat keinen Überflug angemeldet«, sagte Salazar. »Jedes unangemeldete Flugzeug ist für mich eine feindliche Maschine. Abschießen!«

»Jawohl, Coronel.«

Der Stützpunkt Verrettes war gegen Überraschungsangriffe gerüstet. Salazar hatte vor allem sowjetische SA-7 – von der Schulter abzufeuernde Fla-Raketen mit Infrarotsuchkopf – beschafft und auf Jeeps montieren lassen, um sie beweglicher zu machen. Ergänzt wurde die Luftabwehr durch eine 3,7-cm-Zwillingsflak, deren Treffsicherheit jedoch zweifelhaft war. Das Prunkstück war sein Kleinhubschrauber UH-1 Huey, der betankt und flugklar in einer Splitterbox neben dem Bunker stand. Mit der Huey konnte er sich nach Jamaika, auf die Cayman-Inseln oder die Bahamas absetzen, um von einem sicheren Zufluchtsort aus an seine Privatkonten in Europa und der Karibik heranzukommen.

Salazar überlegte eben, wann er flüchten sollte, als weitere Informationen kamen.

»Entfernung sieben Kilometer«, meldete der Mann am Radarschirm. »Weiter in fünfzig Meter Höhe, Geschwindigkeit etwas über dreihundert Knoten. Er fliegt genau zwischen Rollweg und Landebahn an...«

»Der klassische Tieffliegerangriff«, stellte Salazar fest. »So kann er beide Bahnen gleichzeitig bombardieren. Aber vorher holen wir ihn runter! Sie sind die SA-7 in Position?«

»Bisher keine Meldung, *Coronel.* Der Südposten hat die Maschine in Sicht! Er meldet einen... einen sowjetischen Jäger... eine Suchoi Su-27...«

Eine *sowjetische* Maschine? »Was, zum Teufel...? An alle: Noch nicht schießen! Nur zielen, aber nicht schießen. Sollte der Jäger angreifen, ist sofort Feuer frei!«

Während Salazar hinauslief, überlegte er angestrengt. Ein *sowjetischer* Jäger, der Haiti und seinen Stützpunkt überflog? Wollte ihn einer seiner alten Kameraden besuchen? Obwohl er wußte, daß die Russen auf Kuba hochmoderne Su-27 stationiert hatten, wurden sie seines Wissens nur von sowjetischen Piloten geflogen. Aber was wollte ein Russe mit diesem Flugzeug hier? Wollte er desertieren? Nach Haiti? Wollte er seine Maschine Salazar und den Cuchillos verkaufen? Eine Su-27 hätte ihr Arsenal erheblich verstärkt – aber würden sich die Russen auf Kuba diese Entführung gefallen lassen?

Vor dem Bunker wartete ein Jeep mit Fahrer und bewaffnetem Beifahrer, um ihn aufs Vorfeld zu bringen, aber Salazar winkte ab, weil die Su-27 eben die Platzgrenze überflog. Zu seiner und aller Überraschung führte der Jäger in sehr niedriger Höhe über der Landebahn ein fast unglaubliches Kunstflugprogramm vor. Die Su-27 mit ihrer Kombination der besten Eigenschaften der amerikanischen F-14 Tomcat und F-15 Eagle gehörte ohne Zweifel zu den leistungsfähigsten Abfangjägern der Welt, und ihr Pilot demonstrierte den verblüfften Exilkubanern, was in ihr steckte.

Salazar schüttelte den Kopf. »Unglaublich! So was hab' ich noch nie gesehen...«

Als der russische Jäger weit ausholend einkurvte, um den Platz erneut zu überfliegen, drang eine Stimme aus Salazars Handfunkgerät: »Einsatzleitung, Rotte eins fertig, rollt zum Start.«

Salazar sah die Startbahn entlang. Zwei der vier MiG-21MF der Cuchillos rollten aus ihren halb unterirdischen Bunkern und beschleunigten auf dem zur Startbahn führenden Rollweg. Zum Alarmplan bei Luftangriffen gehörte, daß die Abfangjäger so schnell wie möglich starten sollten.

Salazar drückte auf den Sprechknopf seines Handfunkgeräts. »Erst Startfreigabe abwarten! Ich wiederhole: Erst Startfreigabe abwarten!«

Im nächsten Augenblick tauchte Capitán Hermosa völlig außer Atem neben Salazars Jeep auf. »Die reinste Flugschau, was der Kerl da macht«, sagte Salazar. »Warum? Wer ist der Kerl?« Er wandte sich an seinen schweratmenden Adjutanten. »Wo haben *Sie* gesteckt, Hermosa? Haben Sie sich verkrochen?«

»Nein, Coronel. Ich habe das Geschwader in Camaguey angerufen – Ihre damalige Einheit...« Salazar funkelte ihn an, als Hermosa die Garnison Camaguey und das Geschwader erwähnte, das ihn wegen seiner Schmugglertätigkeit praktisch an die Regierung verkauft hatte. Hermosa schluckte trocken und fuhr fort: »Das Geschwader will etwaige Aktivitäten dort stationierter Su-27 weder dementieren noch bestätigen.«

»Die Standardantwort«, stellte Salazar fest. »Sie hätten sich nicht abwimmeln lassen dürfen. Haben Sie gesagt, wer Sie sind, in wessen Auftrag Sie anrufen?«

»Ich glaube, daß man dort ebenso verwirrt ist wie wir, Coronel.«

Salazar winkte verächtlich ab und konzentrierte sich wieder auf den sowjetischen Jäger. Sein Pilot mußte die am Ende der Startbahn bereitstehenden MiG-21 und vermutlich auch einige der anderen Maschinen in ihren Bunkern und Splitterboxen gesehen haben; er hatte seine Kunstflugvorführung beendet und flog jetzt in sicherem Abstand parallel zur Landebahn. Salazar stellte sein Handfunkgerät auf die internationale Notfrequenz 121,5 MHz ein und drückte die Sprechtaste: »Unbekannte Suchoi über Verrettes«, sagte er auf Spanisch, »geben Sie Ihr Kennzeichen an. Kommen.«

»Ihr Rufzeichen?« fragte eine energische junge Stimme auf Russisch. »Wer hat uns gerufen?«

»Unbekannte Suchoi, sprechen Sie möglichst Spanisch.« Salazar rieb sich die Stirn, während er seine vor einem Jahrzehnt in der Sowjetunion erworbenen Sprachkenntnisse zusammenkramte. »Können Sie Spanisch?« fragte er stockend auf Russisch. »Englisch?«

»Ich spreche etwas Spanisch«, bestätigte die junge Stimme zögernd und mit starkem Akzent.

»Hier Coronel Agusto Salazar, Kommandant des Platzes, den Sie umfliegen. Identifizieren Sie sich, und erklären Sie Ihre Absichten.«

Nach langer Pause kam die Antwort plötzlich auf Englisch: »Ich spreche besser Englisch als Spanisch. Bitte wiederholen Sie.«

Salazar schüttelte irritiert den Kopf. »Verstehen Sie mich jetzt, Dummkopf?«

»Ja, ich verstehe Sie.« Der Suchoi-Pilot sprach erstaunlich gutes, fast akzentfreies Englisch. »Hübscher Flugplatz, den Sie da haben. Gehören die MiGs alle Ihnen – oder mieten Sie die stundenweise?«

»Lassen Sie die dummen Witze! Hier sprich Coronel Agusto Salazar, der Kommandant des Platzes, den Sie umfliegen. Sie haben unseren Luftraum verletzt. Wir haben das Recht, fremde Maschinen ohne Warnung abzuschießen. Geben Sie Ihren Heimatflugplatz, Ihre Absichten und Ihre Bewaffnung an – oder verlassen Sie sofort unseren Luftraum...«

Der Mann auf dem Rücksitz der SU-27 tippte auf einer kleinen Tastatur mit achtzeiliger LED-Anzeige. Sein stämmiger Körper war fast zu groß für das hintere Abteil, das auf diesen Flug mit modernster Nachrichtentechnik vollgestopft war. Dazu gehörte ein Satellitensender zur Übermittlung von Videobildern, Digitalaufnahmen und der auf der Tastatur geschriebenen Texte. Die Besatzung der Suchoi hatte bereits Dutzende von Aufnahmen des Flugplatzes via Satellit übermittelt.

»Salazar... Salazar... nie gehört. Soviel ich weiß, kennen wir ihn nicht als Kommandeur einer haitischen Einheit.« Major Patrick McLanahan, USAF, tippte diesen Namen und fügte Beobachtungen über die in Verrettes stationierten Flugzeuge hinzu. »Sagt Ihnen der Name was, Powell?«

»Nein«, antwortete Oberleutnant Roland »J. C.« Powell. Seine knappe Antwort ging beinahe im gleichmäßigen Pfeifen der beiden Triebwerke der SU-27 unter. McLanahan wartete auf mehr, bis ihm klarwurde, daß das schon alles gewesen war. Der junge Pilot war eben kein redseliger Typ.

Die Suchoi Su-27 gehörte erst seit einem guten halben Jahr dem High Technology Aerospace Weapons Center – kurz Dreamland – der U. S. Air Force im Süden Nevadas. Ein sowjetischer Überläufer hatte sie aus Chabarowsk nach Japan geflogen und politisches Asyl in den USA beantragt. Seither diente die Maschine in Dreamland zur Aus- und Fortbildung von Piloten und Besatzungen, die bei Spionageeinsätzen an den Grenzen zur Sowjetunion damit rechnen mußten, diesem modernen Abfangjäger zu begegnen.

Ihr neuester und weitaus bester amerikanischer Pilot war Oberleutnant Roland O. Powell, bisher Fluglehrer auf der Williams Air Force Base in Arizona. Der vierundzwanzigjährige Pilot dachte sich nichts dabei, diese komplexe, ziemlich labile Maschine zu fliegen, in deren Cockpit sämtliche Instrumente kyrillisch beschriftet waren. Obwohl Powell offiziell noch dem Air Training Command unterstand, wurde er häufig nach Dreamland abkommandiert, um mit der Su-27 Sondereinsätze zu fliegen. Er würde einen ausgezeichneten Testpiloten für Dreamland abgeben – falls sie dieses Unternehmen lebend überstanden.

»Antworten Sie, daß wir nicht sagen dürfen, woher wir kommen und was wir vorhaben, und versichern Sie ihm, daß wir unbewaffnet sind«, verlangte McLanahan. »Bleiben Sie weiter in der Platzrunde. Ich brauche noch ein paar Aufnahmen und möchte sehen, wo hier die Flakstellungen sind.«

»Ich darf keine Auskunft über Heimatflugplatz, Absichten und Bewaffnung geben«, sagte Powell über Funk. »Ich kann Ihnen aber versichern, daß ich in ständiger Funkverbindung mit meinem Bezirkskommando stehe und die vorgeschriebenen Freigaben eingeholt habe. Ich bin keine Gefahr für Sie, Freund. Wir machen bloß einen kleinen Ausflug...«

»Der Kerl ist verrückt!« rief Salazar aus. Hermosa war ebenso perplex. »Was hat er so weit von Kuba entfernt zu suchen – und was soll dieses Kunstflugprogramm?«

»Er muß ein hoher sowjetischer Luftwaffenoffizier auf Kuba sein«, antwortete Hermosa. »Ich habe gehört, daß die russischen Piloten dort nicht mal Übungsflüge über Wasser machen dürfen. Nur ein hoher Offizier bekäme einen Flug nach Haiti genehmigt...«

»Ein hoher Offizier? Er muß der sowjetische Luftwaffenkommandeur auf Kuba sein! Aber seine Stimme klingt verdammt jung... Wahrscheinlich ist er eines ihrer neuen Asse.«

»Aber was tut er über Haiti?«

»Vielleicht testet er die hiesige Luftverteidigung – oder er befindet sich auf einem Erkundungsflug für Kuba...« Aber Salazar schien nicht allzuviel von seinen eigenen Vermutungen zu halten.

»Oder steht uns ein Angriff bevor?« gab Hermosa zu bedenken. »Vielleicht ist er als Aufklärer im Einsatz...«

»Unsinn! Ein Jäger? Und mit diesem Kunstflugprogramm? Das wäre blödsinnig...« Salazar dachte kurz nach. »Aber dieser Blödsinn hat vielleicht Methode. Unsere Leute müssen abwehrbereit bleiben, als stünde ein Angriff bevor.« Er schaltete auf eine andere Frequenz um. »MiG eins und zwei, Bordwaffen sichern. Ihr beschattet die Suchoi, aber geschossen wird nur auf meinen Befehl. Start frei! Zeigt ihm, aus welchem Stoff die Cuchillos sind!«

Die Piloten der beiden MiG-21 stimmten begeistert zu. Sekunden später rollten die älteren sowjetischen Jäger an, beschleunigten mit eingeschalteten Nachbrennern und hoben dann ab, um zu der geduldig über dem Platz kreisenden Su-27 aufzuschließen.

Nicht ganz so geduldig war McLanahan, der sich auf dem Rücksitz der Su-27 plötzlich wie eine in der Falle sitzende Ratte vorkam. »Die beiden MiGs sind gestartet!« rief er. »Los, wir verschwinden lieber!«

Statt dessen hielt Powell direkt auf die MiGs zu, die sich nach dem Abheben im Steigflug befanden. »Zu spät«, entschied er. »Wenn wir jetzt abhauen, sitzen sie uns im Nacken. Am besten bleiben wir dran.«

»Was, zum Teufel, haben Sie vor, Powell?« fragte McLanahan, als er sah, daß der andere die Sauerstoffmaske festzog. »Sie wollen's doch nicht etwa mit *zwei* MiGs gleichzeitig aufnehmen?«

»Keine Sorge, Major«, antwortete der Pilot ungerührt, »das wird echt interessant...«

»Wir haben den Auftrag, den Stützpunkt zu erkunden – aber nicht, uns auf *interessante* Luftkämpfe mit MiGs einzulassen!«

»Er hat uns geschnappt«, sagte Powell, der die einkurvenden MiG-21 genau beobachtete. »Würden wir weiterbluffen, würde er mißtrauisch. Er würde versuchen, unseren Flugweg zu ermitteln oder unser Kennzeichen nachprüfen zu lassen. Und dabei würden viele Fragen offenbleiben. Er und die anderen dort unten würden zusammenpacken und aus Haiti verschwinden – und wir müßten sie erneut aufspüren. So muß er uns wenigstens für echte *Russen* halten.«

Powell schob die Leistungshebel nach vorn und drückte auf seine Sprechtaste: »Wie ich sehe, sind Ihre Jäger gestartet, Coronel. Sollten sie Lust zu 'ner Luftkampfübung haben – ich bin bereit!«

Die erste Annäherung bestand aus einem simplen Vorbeiflug zur gegenseitigen Identifizierung.

»Das sind zwei Fisbed-J«, stellte Powell fest. »Noch mit dem alten Strahltriebwerk Tumansky R-13 statt dem neuen RD-33, ohne Zusatztank in der Rückenflosse. Sie haben drei abwerfbare Zusatztanks und je vier Jagdraketen K-13 mit Infrarotsuchkopf. Die Jungs meinen es ernst. Halten Sie sich fest, Major!«

Als Powell den Steuerknüppel zurückriß, preßte der plötzliche Andruck McLanahan wie eine gewaltige Faust in den Sitz. Seine Arme und Beine, jeder Körperteil, selbst Nase und Finger schienen plötzlich das Fünffache zu wiegen.

»Sehen Sie sie dort draußen, Sir?«

»Was?«

»Sie müssen die MiGs für mich finden, Sir.«

McLanahan versuchte, nach oben durch die Cockpithaube zu blicken, aber es war ihm fast unmöglich, den Kopf zu bewegen – er konnte kaum die Lider heben. »Ich kann nicht!« grunzte McLanahan angestrengt nach Atem ringend. »Ich kann mich kaum bewegen...«

»Sehen Sie nach hinten«, forderte der Pilot ihn auf. Seine Stimme klang etwas gepreßt, aber erstaunlich ruhig. »Suchen Sie ihn zwischen den Seitenleitwerken. Ich muß wissen, ob er mitgestiegen ist.«

»Können Sie nicht etwas weniger...«

»Schon entdeckt, Sir?« Als McLanahan nicht antwortete, zog Powell sich an Handgriffen am Cockpitrand hoch, bis er nach hinten beobachten konnte. McLanahan blieb unbegreiflich, wie der eher schmächtige Powell sich trotz des starken Andrucks so mühelos bewegen konnte. »Wie ich's mir gedacht habe – einer hat mitzusteigen versucht. Er hat vergessen, daß er vollgetankt ist und mehr Luftwiderstand hat.« Er legte die Su-27 auf den Rücken, flog eine halbe Rolle und raste der MiG entgegen, die scheinbar bewegungslos am Himmel hing.

»Er ist dabei die Maschine zu überziehen«, stellte McLanahan fest. Im nächsten Augenblick kippte die MiG-21 seitlich über einen Flügel ab und zeigte der anfliegenden Suchoi ihre Rumpfunterseite. »Sie haben ihn erwischt!«

»Wo steckt die andere MiG?« fragte der Pilot, dessen Stimme nicht mehr ganz so cool klang.

McLanahan suchte den Himmel ab und entdeckte Sekunden später die zweite MiG als winzigen Punkt am Horizont. »Ich sehe ihn... drei Uhr hoch...« Über Funk hörten sie einen Ausruf auf Spanisch – einen lauten Siegesschrei?

»Diese Jungs sind gut«, sagte Powell. Er kurvte steil nach rechts weg, kontrollierte seine Höhe, drückte nach, um Fahrt aufzuholen, und riß dann die Maschine hoch, um die zweite MiG ins Visier zu bekommen. Aber diese MiG war höher und schneller, so daß Powell nichts anderes übrigblieb, als mit einer Rolle unter ihr hinwegzutauchen, bevor sein Gegner in Schußposition kam.

Als McLanahan merkte, daß er zuviel Sauerstoff einatmete, riß er sich die Maske vom Gesicht, um nicht noch mehr Sauerstoff zu atmen, bevor er die einsetzende Hyperventilation unter Kontrolle bekam.

»Die Kerle sind echt gut«, meinte Powell anerkennend. McLanahan hörte die zunehmende Erregung in seiner Stimme. »Ein klassisches Manöver: Einer stellt sich tot, während der andere erst mal verschwindet, um unerwartet zurückzukommen und anzugreifen. Beinahe hätten sie's geschafft... Haben Sie den ersten Jäger im Auge behalten, Major?«

McLanahan fühlte seine Unterlippe zittern und haßte sich und Powell deswegen. »Ich kann kaum was sehen. Wie soll ich bei all dieser Rumturnerei einen winzigen Punkt im Auge behalten?«

»Sir, Sie müssen mir helfen«, sagte Powell wieder so cool wie zuvor. »Wenn ich einen Kerl angreife, müssen Sie den anderen im Auge behalten. Bei Zielwechseln oder Ausweichmanövern müssen Sie auf beide achten, bis ich dann wieder angreife. Wir haben kein funktionierendes Radar oder Zielsuchsystem an Bord, deshalb sind unsere Augen die einzigen Sensoren... Wie steht's mit unserem Treibstoff?«

McLanahan hatte Mühe, die Reserveanzeige abzulesen. »Knapp zehntausendachthundert Liter.«

»Okay, dann haben wir noch ein paar Minuten, bevor wir abbrechen müssen. Wir... da ist einer!« rief er plötzlich aus. »Neun Uhr tief. Suchen Sie den zweiten, Major. Fixieren Sie nichts, bevor Sie den anderen Jäger gefunden haben.« Er legte die Su-27 in eine steile Linkskurve und raste im Sinkflug auf die MiG zu, die plötzlich nach rechts abdrehte.

»Er hat uns gesehen«, sagte Powell. Zu McLanahans Überraschung drehte er nicht ebenfalls nach rechts ab.

»So erwischen wir ihn nie...«

»Sehen Sie über die linke Schulter, acht Uhr, unsere Höhe oder etwas höher«, unterbrach Powell ihn. Er wartete sekundenlang, bevor er fragte: »Sehen Sie ihn?«

McLanahan suchte den Horizont ab. »Ich sehe ihn!« rief er dann. »Etwa neun Uhr, unsere Höhe.«

»Wieder ein klassisches Manöver aus dem Lehrbuch«, stellte Powell fest. »Von diesen Jungs könnten unsere Piloten noch was lernen. Sir, achten Sie auf den Kerl, der nach rechts abdreht. Behalten Sie ihn im Auge. Was macht er?«

»Er haut ab, so schnell er kann.«

»Gut.« Powell beobachtete die zweite MiG-21 links von ihnen, ohne seine Fluglage zu ändern.

»Die erste MiG zieht eine Rauchspur hinter sich her«, berichtete McLanahan. »Auch sie wird langsamer, glaube ich.«

»Er will, daß wir ihn verfolgen«, sagte der Pilot. »Augenblick noch... *jetzt!*«

Powell kurvte steil nach rechts ein, als wolle er die nach Norden abfliegende erste MiG verfolgen, beobachtete aber zugleich die zweite MiG links von ihnen. Sobald sie die Verfolgung aufnahm, riß Powell den Steuerknüppel nach hinten links und hielt auf den sie verfolgenden Jäger zu. McLanahans Helm knallte gegen den rechten Cockpitrand, und er stöhnte unwillkürlich, als der Andruck ihn wie eine Faust traf.

»Powell!« hörte McLanahan sich ächzen. Die MiG-21 war unglaublich dicht vor ihnen: Sie schien in greifbarer Nähe nur wenige Meter entfernt zu sein...

Der Oberleutnant flog eine weite, schnelle Tonnenrolle um die zweite MiG-21, ließ noch eine Rolle folgen und tauchte im nächsten Augenblick in Schußposition rechts hinter ihrem Gegner auf. »Eine MiG erledigt«, kündigte Powell über Funk an. Gleichzeitig schaltete er den Nachbrenner der Su-27 ein und beschleunigte an der MiG vorbei, deren Pilot seine Niederlage eingestand, indem er in einer weiten Rechtskurve zum Platz zurückkehrte. »Wo ist die erste MiG, Sir?«

»Bei ein Uhr, unter uns, kurvt nach links.«

»Okay, ich hab' ihn. Er müßte zurückkommen, um seinem Kameraden zu helfen«, sagte Powell voraus. »Er hat ein bißchen zu weit ausgeholt... jetzt kommt er!« Die erste MiG-21, die eine Verfolgungsjagd hatte provozieren wollen, befand sich in einer Linkskurve, die sie genau vor den Bug der Su-27 brachte. Powell behielt sie sekundenlang im Visier. »Rakete, Rakete, peng, peng!« berichtete er Salazar über Funk. »Greife mit MK an.« Die MiG versuchte noch ein Ausweichmanöver, aber in Wirklichkeit wäre sie bereits abgeschossen gewesen.

McLanahan bemühte sich, seine verkrampften Arm- und Beinmuskeln zu lockern. Für Powell war alles nur ein Spiel gewesen. Klar, er beherrschte es sehr, sehr gut. Aber eines Tages konnte aus diesem Spiel blutiger Ernst werden...

Salazar und Hermosa staunten noch über das Manöver, mit dem sich die Su-27 hinter die zweite MiG gesetzt hatte, als ihnen plötzlich klarwurde, daß jetzt auch die erste MiG abgeschossen worden wäre. In weniger als einer halben Minute hatte der junge Suchoi-Pilot beide Cuchillos ausmanövriert und sich zweimal in Schußposition gebracht. »Teniente Miguel hat fünf Sekunden zu lange ausgeholt«, kritisierte Hermosa. »Er hätte früher zurückkommen müssen, um...«

»Die Suchoi ist viel wendiger als die MiG-21«, unterbrach Salazar ihn. »Der Russe hat keine Mühe gehabt, unsere Maschinen auszumanövrieren. Die MiGs sind mit Zusatztanks geflogen, die normalerweise vor einem Luftkampf abgeworfen würden, um sie wendiger und steigfähiger zu machen. Jedenfalls hat Thomas die Suchoi gleich zu Anfang genau im Visier gehabt.«

»Er hat aber nicht gemeldet, daß er sich in Schußposition befinde...«

»Das spielt keine Rolle«, behauptete Salazar. »Die beiden haben präzise zusammengearbeitet und den Russen in die Zange genommen. Der Kampf ist vorbei gewesen, bevor er richtig begonnen hatte!«

»Schluß für heute, Genossen«, hörte Salazar den Suchoi-Piloten funken. Powell wartete, bis feststand, daß die beiden MiG-21 keinen weiteren Angriff mehr fliegen würden, bevor er auf Westkurs zu ihrem Zwischenlandeplatz Jamaika ging. »Ich würde gern weiter mit euch üben, Jungs, aber mein Treibstoff wird knapp. Danke fürs Training, Coronel.«

Der spöttische Tonfall des jungen Piloten war zuviel für Salazar. Auf der Frequenz der Cuchillos befahl er: »MiG eins und zwei, ich will, daß dieses Flugzeug hier landet. Zwingt es zur Landung! Gebt notfalls Warnschüsse ab – aber versucht vorerst noch nicht, es abzuschießen«, fügte er widerstrebend hinzu.

Die Cuchillos reagierten sofort. Als Powell und McLanahan die MiGs zuletzt beobachtet hatten, waren sie schon im Landeanflug; jetzt schossen sie plötzlich wieder heran und nahmen Powell und seinen russischen Jäger in die Zange.

»Das nennt man schlechte Verlierer«, meinte Powell scheinbar ungerührt. »Die Jungs sind ein bißchen sauer, glaub' ich.«

»Eben ist eine Nachricht für uns eingegangen«, berichtete McLanahan nach einem Blick auf sein Satelliten-Terminal. »Von Hurlburt Field sind ein Bomber F-111 und eine Black Hawk unterwegs, um uns rauszuholen, falls wir zur Landung gezwungen werden.«

»Ich glaube, daß wir die Kerle abhängen können«, sagte Powill. »Das wird allerdings riskant. Wir sind unbewaffnet, sie haben Kanonen und Raketen. Und sie sind gut. Aber ich denke, daß dieser Jet ihre alten MiGs abhängen kann...«

»Das kommt nicht in Frage, fürchte ich«, antwortete McLanahan nach kurzer Pause. »Wir müssen dort landen.«

Powell schüttelte ungläubig den Kopf. »Das kann doch nicht Ihr Ernst sein! Sie wollen auf seinem Stützpunkt *landen?«*

»Solange dieser Salazar uns für Russen hält, muß er Vergeltungsmaßnahmen fürchten, falls er uns festhält oder sonstwas mit uns anstellt. Dies ist eine großartige Gelegenheit, seine Organisation unter die Lupe zu nehmen. Ich kann weitere Aufnahmen machen und...«

»Was soll ich dabei tun? Diesen Kerl fragen, ob er Kokain schmuggelt? Mir seinen Lagerraum zeigen lassen? Wir tragen amerikanische Nomex-Anzüge und amerikanische Fliegerstiefel und benützen amerikanische Karten. Glauben Sie nicht, daß ihn das ein bißchen mißtrauisch machen wird?«

»Wir tragen Anzüge ohne Dienstgradabzeichen, die jeder kaufen kann. Alle Fliegerkombis sehen ohnehin ähnlich aus. Und jeder, der in der westlichen Hemisphäre fliegt, benützt amerikanische Luftfahrtkarten. Die Russen gehören sicher zu den größten Abnehmern amerikanischer TPC-Charts...«

»Ich spreche miserabel Russisch. Sie noch schlechter. Damit kommen wir nie durch!«

»Hey, wo ist der alte Sportsgeist geblieben? Außerdem ist Englisch die internationale Fliegersprache. Ich spreche gut – oder schlecht – genug Russisch, um mich als Pole oder Tscheche ausgeben zu können. Ich spiele einfach den Bordwart, der Ihre Befehle ausführt und ansonsten den Mund hält. Sie sind freundlich zu diesem Kerl und zeigen ihm das Cockpit.«

»Okay, und was ist, wenn das nicht funktioniert? Was ist, wenn sie uns einsperren oder gleich an die Wand stellen und unser Flugzeug behalten?«

»Dann müssen wir uns auf die F-111 und die Black Hawk verlassen. Wir haben von Anfang an gewußt, daß dieser Einsatz riskant ist. Aber ich glaube, daß wir völlig chancenlos sind, wenn wir jetzt abhauen...«

Beide wußten, daß ihre Chancen schlecht standen, aber ihnen blieb praktisch keine andere Wahl. »Wenn wir die empörten, stinksauren Russen spielen, kommen wir vielleicht damit durch«, fügte McLanahan aufmunternd hinzu.

»Das ist eine verrückte Idee, Sir, das klappt niemals!«

McLanahan sah, daß Powell seine Instrumente kontrollierte. Die MiGs drängten sie bereits nach rechts ab, und Powell blieb nichts anderes übrig, als ihnen zu folgen. »Gut, *vielleicht* kommen wir damit durch – aber ich bin jedenfalls verdammt froh, wenn die F-111 hier aufkreuzt.«

»Okay, Roland, folgen Sie den beiden.« McLanahan war wieder mit seiner Tastatur beschäftigt, um dem Hauptquartier einen neuen Lagebericht zu geben.

»Ich höre übrigens nicht auf Roland, Sir. Meine Kameraden nennen mich J. C.«

»J. C.? Was heißt das?«

Wie als Antwort riß Powell die Maschine hoch und flog eine weitere enge Tonnenrolle über die MiG-21 links neben ihnen. Wenige Augenblicke später flog er dicht neben der zweiten MiG in perfekter Formation mit beiden Jägern. Der Pilot der zweiten MiG winkte anerkennend, und Powell winkte rasch zurück.

McLanahan konnte nur sagen: »Jesus Christus, Powell...«

Während er das sagte, wurde ihm klar, daß er damit seine eigene Frage beantwortet hatte.

Vor der Landung flogen die drei Maschinen in fünfhundert Fuß Höhe die Bahn entlang, aber anstatt zeitlich gestaffelt zu sein, drehten sie in der Landebahnmitte unterschiedlich eng nach links ab, um eine räumliche Staffelung zu erzielen. Die erste MiG erreichte 6 g, wobei das Herz ihres Piloten, das normalerweise knapp fünf Pfund wog, jetzt fast *dreißig* wog; die zweite MiG kurvte mit 4 g ein, und Powell begnügte sich mit 2 g. So entstand zwischen den Flugzeugen ein Abstand von etwa sechs Sekunden, mit dem sie nacheinander zur Landung einschwebten.

Powell nützte die hervorragenden Langsamflugeigenschaften der Su-27, um gleich zu Beginn der zweitausendvierhundert Meter langen Landebahn in Verrettes aufzusetzen, und brachte den achtzehntausend Kilogramm schweren Jäger nach weniger als sechshundert Meter Ausrollstrecke zum Stehen. Er rollte zur ersten Querbahn weiter, ohne jedoch die Landebahn zu verlassen, so daß die Schmuggler beide Bahnen blockieren mußten, um die Suchoi an einem Wiederstart zu hindern...

Das taten sie prompt. Zwei mit je drei Soldaten mit russischen Sturmgewehren besetzte Jeeps hielten mit quietschenden Reifen dicht vor dem Jäger. Hinter ihnen rollte ein Tankwagen heran. Ein dritter Jeep raste die Querbahn entlang und parkte so, daß er sie blockierte. Powell hätte nicht mehr starten können.

Salazar kletterte aus dem auf der Querbahn geparkten Jeep, stemmte wie Il Duce beide Arme in die Hüften, während er darauf wartete, daß die Triebwerke des Jägers abgestellt wurden, und kam dann auf die Suchoi zu. Dann wurde die Cockpitabdekkung geöffnet, und der Mann auf dem Rücksitz, der noch einen Jethelm mit heruntergeklapptem Visier trug, zielte mit einer Uzi auf den Coronel. Um ihn herum wurden Waffen durchgeladen, aber Salazar wußte, daß der Russe ihn erledigen würde, bevor einer seiner eigenen Leute schießen konnte. Vielleicht war's doch keine so gute Idee gewesen, sich aus der Deckung zu wagen – aber wer hätte gedacht, daß diese Russen solche Waffen an Bord haben würden?

»Keine Aufregung!« rief der Suchoi-Pilot auf Russisch. Er nahm seinen Helm ab, legte ihn vor sich auf die Sonnenblende und schwang die Beine über den Cockpitrand. »Nur keine Aufregung!« wiederholte er auf Englisch. »Ich komme runter.« Der junge Pilot kletterte auf die Landebahn hinunter, trottete zu Salazar hinüber und streckte ihm die Rechte entgegen. *»Buenos dias, señor.* Damit sind meine Spanischkenntnisse so ziemlich erschöpft, Sir. Sie müssen Coronel Salazar sein. Ich bin Hauptmann Viktor Pawlowitsch Tscharbakow.«

Nach einer langen Pause ergriff Salazar die hingestreckte Hand. Er studierte den Blick des Mannes, seine Uniform, sein Benehmen. Er musterte das Pistolenhalfter an der Überlebensweste des Piloten, das europäisch, sogar amerikanisch, aber keineswegs russisch aussah. »Sie sind Pilot der sowjetischen Luftwaffe, Hauptmann Tscharbakow? Bei welcher Einheit?«

»Tut mir leid, das darf ich Ihnen nicht sagen, Sir«, antwortete Powell. »Ich bin als Berater zur kubanischen Revolutionsluftwaffe abkommandiert. Weitere Auskünfte darf ich Ihnen nicht geben.«

»Sie fliegen einen russischen Jäger, aber Sie tragen keine russische Kombi und keinen russischen Helm. Äußerst ungewöhnlich. Wir werden Sie und Ihr Besatzungsmitglied festhalten müssen, bis Ihre Identität zweifelsfrei geklärt ist.«

»Das ist nicht sehr gastfreundlich, Coronel.«

»Sie sind hier auf meinem Stützpunkt. Hier bestimme ich!«

Powell zuckte mit den Schultern und drehte sich zu McLanahan in der Suchoi um, dessen Uzi weiter auf Salazar gerichtet war. »Ganz wie Sie meinen, Coronel. Tun Sie, was Sie für richtig halten. Aber falls Boris dort drüben nicht innerhalb von fünf Minuten über Funk bestätigt, daß hier alles in Ordnung ist, macht sich meine Staffel auf die Suche nach uns. In Santa Clara sind bereits mein Rottenflieger mit einer Su-27, zwei Bomber Su-24 und drei Kampfhubschrauber mit Schocktruppen gestartet.« Der Pilot verschränkte lässig die Arme. »Ihre Leute sind gut, Coronel, sehr gut. Aber wollen Sie's wirklich mit den Einundfünfzigsten Schocktruppen und meiner Staffel aufnehmen?«

Bei der letzten Frage kniff Salazar unbehaglich die Augen zusammen. Natürlich kannte er die Einundfünfzigsten Schocktruppen: eine im Raum Havanna stationierte Eliteeinheit der russischen Marineinfanterie. Und er kannte ihren Ruf als schlagkräftigste, am besten ausgebildete und am besten bewaffnete Truppe der Welt, die seinen Stützpunkt mit geschlossenen Augen hätte erobern können.

Als der russische Pilot merkte, daß Salazar die ihm drohende Gefahr richtig einschätzte, legte er ihm freundschaftlich einen Arm um die Schultern, drehte ihn um und führte ihn zu seinem Jeep zurück. »Ich wäre Ihnen dankbar, Coronel, wenn Sie diese Jeeps von der Landebahn und meinem Flugzeug wegfahren lassen würden. Außerdem wäre ich Ihnen dankbar, wenn Sie mir ein paar tausend Liter Treibstoff verkaufen würden – natürlich zu einem von Ihnen festgelegten Preis. Danach würde ich mir gern Ihren imponierenden Stützpunkt ansehen. Als Gegenleistung zeige ich Ihnen die Su-27 und diskutiere mit Ihren Piloten über unseren Luftkampf von vorhin. Und ich vertraue darauf, daß es keinen Anlaß mehr zu Mißtrauen und Verdächtigungen gibt.«

Salazar schluckte trocken. »Gewiß, Hauptmann. Aber laden Sie Ihr Besatzungsmitglied ein, ebenfalls mitzukommen.«

»Leider hat er andere Aufgaben. Er bleibt in der Maschine. Außerdem hätte er ohnehin nicht viel von unserer Diskussion unter Piloten.«

»Wie kommt das?«

»Er begleitet mich als Sicherheitsoffizier«, sagte Powell. »Er hat dafür zu sorgen, daß sein Flugzeug nicht in falsche Hände gerät. Er kann seine Maschinenpistole, die Funkgeräte und den Schleudersitz bedienen – sonst nichts. Wenn er mich unterwegs in Verdacht hätte, desertieren zu wollen, würde er mich erschießen und mit dem Schleudersitz aussteigen. Falls sich einer Ihrer Leute dem Flugzeug nähert, hält er ihn lange genug ab, um den Zerstörungsmechanismus auszulösen. Beim nachfolgenden Angriff würde unsere Marineinfanterie Ihren Stützpunkt zerstören.« Powell lächelte schwach. »Ich kann mich von der Maschine entfernen, Coronel, aber ich hänge sozusagen an der Leine. Und jetzt umgibt diese Leine auch Sie und Ihre Leute. Deshalb schlage ich vor, daß Sie tun, was ich sage.«

Salazar nickte, denn er kannte die Russen und ihre Geheimhaltungsmethoden noch aus der Zeit vor seiner Flucht ins Exil. Trotz *Glasnost* und *Perestroijka* war die alte Garde noch keineswegs entmachtet – vor allem nicht auf Kuba. Die sowjetische Luftwaffe würde niemals zulassen, daß ein hochmodernes Flugzeug wie die Su-27 in feindliche Hände geriet. Eher würde sie die Maschine und alles um sie herum in die Luft jagen.

Der ehemalige kubanische Offizier drehte sich um und gab den Fahrern der Jeeps, die das Flugzeug blockierten, ein Zeichen. Die Fahrzeuge rollten sofort zur Seite und machten die Landebahn frei. Trotzdem zielte der Mann auf dem Rücksitz der Su-27 weiter mit seiner Uzi auf Salazar.

»Danke, Coronel«, sagte der junge Pilot. »Ich möchte das Betanken überwachen und nähere Einzelheiten über Ihren Stützpunkt erfahren. Danach bin ich gern bereit, Ihnen meine Maschine zu zeigen.«

Salazar drückte auf die Sprechtaste seines Handfunkgeräts und wies den Tankwagenfahrer an, die Su-27 zu betanken. Powell verstand nicht alles, was er sagte, aber er sah den Wagen zu seiner Maschine rollen und auf der linken Seite neben dem zentralen Tankverschluß halten. Nachdem sich Powell davon überzeugt hatte, daß der Treibstoffschlauch richtig angeschlossen war, begleitete er Salazar auf einem Rundgang um die Suchoi. Der Mann auf dem Rücksitz blieb selbst beim Betanken auf seinem Platz. »Ihn stört's wohl nicht, daß die Maschine jeden Augenblick in die Luft fliegen kann, falls was passiert?« fragte Salazar mit einem erstaunten Blick auf McLanahan.

»Von Unfällen beim Betanken versteht er nichts. Er kennt bloß seine Befehle.« Powell wechselte das Thema. »Sie haben hier also zwei MiG-21 und mehrere andere Flugzeuge. Ist dies eine Einheit der haitischen Luftwaffe – oder etwas anderes?«

»Sie haben sicher Verständnis dafür, daß auch ich auf Geheimhaltung mancher Dinge bestehen muß, Hauptmann. Tatsächlich gehören wir zur haitischen Milizreserve. Wie Sie wissen, ist die politische Lage hierzulande sehr labil, aber mehr darf ich dazu nicht sagen. Auch wir haben unsere Befehle. Wir sind sehr gut ausgerüstet und bewaffnet, aber meine Einheit stellt – das möchte ich unterstreichen – keine Bedrohung für Kuba dar. Als meine Heimat ist Kuba mir heilig.«

»Das verstehe ich. Aber wie kommt es, daß eine Milizeinheit besser ausgerüstet ist als die haitische Luftwaffe?«

»Ihre fliegerischen Leistungen sind eindrucksvoll, Hauptmann Tscharbakow«, sagte Salazar gezwungen lächelnd, »aber Ihre Fragen lassen einen gewissen Mangel an... Disziplin erkennen.« Er wechselte rasch das Thema. »Gute, wagemutige Piloten wie Sie können wir immer brauchen, Hauptmann. Könnten Sie sich vorstellen, Ihre Fliegerlaufbahn auf Haiti fortzusetzen? Unsere Klientel... die haitische Regierung besoldet uns sehr großzügig. Als Cheffluglehrer wären Sie nur mir und meinem Adjutanten Capitán Hermosa dort drüben unterstellt.«

»Ein verlockendes Angebot, Coronel.« Die beiden sahen zu, wie der Kerosinschlauch aufgerollt wurde. Danach fuhr der Tankwagen über die Landebahn. »Besten Dank für den Treibstoff. Jetzt möchte ich Ihre Piloten kennenlernen, wenn Sie einverstanden sind.«

Salazar nickte. Er machte Hermosa ein Zeichen. »Sie bleiben bei der Maschine«, wies er ihn an.

Powell blickte zu McLanahan im Cockpit der Su-27 auf. Seine Waffe war nicht mehr auf Salazar gerichtet, aber obgleich er sich nicht bewegt zu haben schien, erkannte Powell sofort ihr vereinbartes Signal – McLanahans linke Hand lag mit drei ausgestreckten Fingern auf der Kopfstütze des Pilotensitzes. Drei Minuten bis zur Ankunft des Jagdbombers F-111. Wenn sie zehn Minuten später nicht gestartet waren, würde eine MH-60 Black Hawk mit zwölf Fallschirmjägern an Bord eintreffen, um sie herauszuholen. Zumindest sah das der Einsatzplan vor.

Powell wollte sich nicht allzuweit von der Su-27 entfernen, aber Salazar bot ihm einen Platz in seinem Jeep an, den er nicht ablehnen konnte. Er saß vorn neben dem Fahrer, während Salazar und ein weiterer Soldat hinten Platz nahmen.

Der Jeep fuhr eben an, als Powell am Ende der Querbahn einen Lastwagen mit quietschenden Reifen bremsen hörte. Mehrere Soldaten sprangen von der Ladefläche, gingen hinter ihrem Fahrzeug in Deckung und zielten auf McLanahan in der Suchoi. Powell drehte sich zur Seite und stemmte sich mit einer Hand vom Sitz hoch, um aus dem Jeep zu springen, aber im nächsten Augenblick spürte er etwas Hartes im Genick.

»Sitzenbleiben, Hauptmann Tscharbakow, falls Sie wirklich so heißen«, befahl Salazar ihm. »Wir passen gut auf Ihr Flugzeug auf. Legen Sie beide Hände aufs Instrumentenbrett. Keine falsche Bewegung, sonst...«

Powell wartete den Rest nicht ab. Er holte mit dem linken Fuß aus, traf den Ganghebel zwischen den Sitzen und versetzte danach dem Fahrer einen schmerzhaften Tritt ans Knie. Während der Motor aufheulte, machte der Fahrer instinktiv eine Vollbremsung. Der Soldat auf dem Rücksitz wurde nach vorn geschleudert. Die Mündung seines Gewehrs schrammte an Powells linker Kopfseite entlang und war nur eine Handbreit von seinem Ohr entfernt, als sich ein Schuß löste.

Durch den Knall halb betäubt, warf sich Powell aus dem stehenden Jeep. Er landete auf der rechten Schulter, rollte sich ab und versuchte, auf die Beine zu kommen. Aber er hatte nur gelbe und weiße Sterne vor den Augen, und seine Beine wollten ihm nicht gehorchen. Er hörte laute Ausrufe auf Spanisch, dann schwere Schritte und das Klicken einer Waffe, die hinter ihm entsichert wurde...

Schüsse, Schreie, das Geräusch von Kugeln, die Beton trafen und Metall durchschlugen, aber er lebte noch immer. McLanahan hatte den Jeep von der Su-27 aus unter Feuer genommen. »Powell, *Beeilung,* verdammt noch mal!«

Der junge Pilot war noch immer desorientiert, aber McLanahans Warnung erreichte ihn trotz seiner Benommenheit. Powell kam auf die Beine, zog seine Pistole und torkelte seitwärts auf die Suchoi zu. Als der Soldat auf dem Rücksitz des Jeeps sein Gewehr hob, zielte Powell rasch und drückte ab. Der Schuß ging daneben, aber der Mann suchte hastig hinter dem Jeep Deckung, um vor Powells und McLanahans Feuer sicher zu sein.

Der Coronel kletterte über die Feigheit des Soldaten fluchend aus dem Jeep und baute sich Powell gegenüber auf, der etwa zwanzig Schritte von ihm entfernt stand und in seine Richtung schoß. Salazar bückte sich, zog ein langes, schmales Wurfmesser aus dem rechten Reitstiefel, holte gewaltig aus und warf es mit aller Kraft und Geschicklichkeit nach Powell...

Beinahe geschafft! dachte Powell. Der Soldat aus dem Jeep war in Deckung gegangen, Salazar schien unbewaffnet zu sein, und McLanahan hielt die Soldaten hinter dem Lastwagen in Schach. »Major!« rief Powell. »Hilfstriebwerk anlassen! Wir...«

Dann hörte er ein tiefes Surren, als fliege eine Hummel an seinem Kopf vorbei. Plötzlich steckte eine dünne Stahlklinge dicht über dem Ellbogen in seinem linken Arm. Hervorschießendes Blut färbte den Ärmel seiner Fliegerkombi dunkelrot, fast schwarz. Er ließ seine Pistole fallen, griff mit der rechten Hand nach dem Messer... und wurde vor Schmerz halb ohnmächtig. Er spürte die Messerspitze über Knochen schaben, taumelte benommen und merkte noch, daß die Finger der linken Hand gefühllos wurden.

»Powell, schnell, hierher...«

Zum Glück rief McLanahan wieder seinen Namen. Powell riß sich zusammen, stolperte auf das pfeifende Hilfstriebwerk der Suchoi zu – und prallte gegen den Rumpf des Jägers. Er kroch unter dem Bug des Jägers hindurch, fand die Griffe und Tritte auf der linken Rumpfseite und zog sich mühsam daran hoch. Als er das rettende Cockpit schon fast erreicht hatte, spürte er eine Hand an seinem rechten Bein.

Powell verließen die Kräfte. Sein linker Arm war wie gelähmt. »Major, Hilfe...«, murmelte er.

McLanahan zielte mit seiner Uzi auf Capitán Hermosa, der mit erhobenen Händen vor ihrem Flugzeug stand. In einer Hand hielt er ein Stück Papier.

Ohne die Soldaten rechts neben der Maschine aus den Augen zu lassen, ließ McLanahan seine Waffe auf Hermosa gerichtet. »Was, zum Teufel, wollen Sie?«

Hermosa warf einen Zettel ins Cockpit des Jägers. »Ich weiß, wer Sie sind«, sagte er. »Ich kenne Sie aus dem Fernsehen – Sie sind einer der Hammerheads der Border Security Force...«

Das Pfeifen des ersten Triebwerks der SU-27 übertönte bereits seine Stimme, so daß Hermosa schreien mußte. »Ich habe die Bremsklötze weggezogen. Sie müssen die Liste in Ihrem Hauptquartier vorlegen. Sie ist sehr...«

Ein Schuß fiel, und Hermosa brach auf dem Beton zusammen. McLanahan schoß auf zwei Soldaten, die links neben dem Jäger aufgetaucht waren. Einer blieb liegen, der andere wälzte sich in den Entwässerungsgraben neben der Startbahn.

»Tempo, Powell!« rief McLanahan, während der Pilot benommen die Startvorbereitungen weiterführte.

Sobald das zweite Triebwerk auf Touren kam, setzte Powell seinen Helm auf, löste die Bremsen und schob den linken Leistungshebel nach vorn. McLanahan schoß sein letztes Magazin auf Soldaten ab, die hinter dem LKW hervorkamen, warf die Uzi aus der anrollenden Maschine, ließ sich in seinen Sitz fallen und schloß die Cockpithaube. Die dicke Plexiglashaube wies bereits mehrere Einschüsse auf.

»Hey!« rief Powell, der sich wieder erholt hatte. Vor ihnen am Ende der Startbahn waren Lastwagen aufgefahren, um sie zu blockieren. Soldaten schwärmten mit auf die Su-27 gerichteten Waffen aus. Powell bremste scharf und brachte die Leistungshebel in Leerlaufstellung.

»Kommen Sie darüber weg?«

»Ich glaube schon. Sie stehen fast am Ende der Startbahn. Aber wir geben beim Überflug 'ne schöne Zielscheibe ab...«

»Das ist unsere einzige Chance«, stellte McLanahan fest. »Dieser Vogel ist teilweise gepanzert. Vielleicht kommen wir irgendwie durch...«

Der Major verstummte abrupt, als er zwei Soldaten mit auf der Schulter getragenen Raketenwerfern sah, die drahtgelenkte Panzerabwehrraketen oder Fla-Raketen mit Infrarotsuchkopf verschießen konnten. »Die warten nicht, ob wir uns ergeben«, sagte McLanahan. »Die schießen uns gleich ab...«

Die Raketenwerfer stießen große Rauchwolken aus, und zwei gelbe Feuerstrahlen schossen in hohem Bogen über die Startbahn auf sie zu. Aber die beiden Fla-Raketen SA-7 mit Infrarotsuchkopf röhrten über sie hinweg und verschwanden in Richtung Anflugsektor.

»Mein Gott, daneben!« rief Powell ungläubig aus. Er griff mühsam nach der Haubenentriegelung. »Schnell, wir müssen hier raus!«

»*Nein,* sie haben nicht auf uns geschossen...«

McLanahan behielt recht. Als sich der Rauch verzog, sahen sie die Soldaten an der Barrikade auseinanderlaufen. Plötzlich ging der erste Lastwagen in Flammen auf. Leuchtspurgeschosse stanzten eine feurige Spur durch den Qualm. Sekunden später brannten sämtliche Lastwagen. Und dann sahen sie einen einzelnen Jagdbomber die Rauchwand durchstoßen und verschwinden.

»Die F-111, sie schießen auf die Hundertelf... Los, wir müssen abhauen!«

Powell schob die Leistungshebel nach vorn, wartete einige Sekunden, bis die Triebwerke mit Vollschub arbeiteten, schaltete die Nachbrenner halb ein, löste die Bremse und steigerte langsam die Nachbrennerleistung. Im Gegensatz zu amerikanischen Jägern setzten die Nachbrennerstufen der Su-27 mit lautem Knall ein, aber die Leistung stieg rasch an. Bei etwa neunzig Knoten hob Powell das Bugrad ab, drückte leicht nach, als das Hauptfahrwerk abhob, betätigte den Fahrwerksschalter und ließ den Jäger in wenigen Metern Höhe über der Startbahn weiter beschleunigen.

Mit voller Startleistung und eingeschalteten Nachbrennern erreichte die Su-27 in wenigen Sekunden fast dreihundert Knoten

– hundertfünfzig Meter in der Sekunde. Nur zweihundert Meter vor der Rauchwand riß Powell den Steuerknüppel zurück, so daß die Maschine fast senkrecht in die Luft schoß. Sie waren über fünfhundert Fuß hoch, als sie die brennenden Lastwagen überflogen, und hatten am Startbahnende fast tausend Fuß erreicht.

»Nachbrenner aus und wieder runter, J. C.«, riet McLanahan seinem jungen Piloten. »Vielleicht haben sie auch anderswo Fla-Raketen stehen. Wir bleiben lieber tief, statt ihnen die heißen Triebwerke zu zeigen.« Powell befolgte seinen Rat, und wenige Minuten später waren sie über Wasser und außerhalb des kubanischen und haitischen Luftraums.

Obwohl die zersplitterte Cockpithaube jederzeit wegfliegen konnte, nahm Powell die Leistungshebel kaum zurück, und McLanahan beobachtete den Luftraum hinter ihnen, bis sie in Reichweite des Radarballons von Hammerhead One waren – lieber die Haube verlieren, als von Salazars MiGs eingeholt zu werden. Irgendwie hielt die Haube aber doch, und nach zehnminütigem Flug knapp unter Schallgeschwindigkeit ging Powell auf dreihundert Knoten zurück, stieg auf VFR-Reiseflughöhe und meldete sich auf ihrer speziellen Einsatzfrequenz.

»Hammerhead One, hier Pinko«, funkte er mit eingeschaltetem Scrambler. »Wie hören Sie mich?«

»Laut und klar, Pinko«, bestätigte Elliott von der Plattform aus. »Melden Sie Status.«

»Die Maschine ist Code eins, der Pilot ist Code zwei, und der zweite Mann hat die Hosen voll, ist aber Code eins«, berichtete McLanahan. »Haben Sie einen Landeplatz für uns? Bis zum vorgesehenen Platz ist's zu weit.« Eigentlich sollten sie auf der Eglin Air Force Base in Florida landen, die zu den größten und abgelegensten Militärstützpunkten des Landes gehörte – ein ideales Versteck für die Su-27, von deren Existenz niemand erfahren sollte.

»Sie können in Aladdin City landen«, antwortete Elliott. »Die Rettungsmannschaft steht bereit, und wir fordern einen Krankenwagen für J. C. an. Schafft er's bis dorthin?«

McLanahan sah Powell zustimmend nicken. Trotz des gräßlichen Messers, das noch immer in seinem linken Oberarm steckte, schien der junge Pilot die Su-27 gut unter Kontrolle zu haben. »Positiv, Hammerhead. Bereiten Sie alles für eine Notlandung vor.«

»Verstanden, Pinko. Wir stehen bereit.«

»Wie sind die Aufnahmen geworden?«

»Besser als erwartet, Pinko. Sie haben unsere Jungs aufgespürt, das steht fest. Gut gemacht!«

Erst jetzt hatte McLanahan Gelegenheit, den Zettel zu lesen, den Hermosa ins Cockpit geworfen hatte. Dabei bekam er große Augen. Er nahm den Text mit seiner Digitalkamera auf, schob die Diskette ins Übertragungsgerät und drückte auf den Sendeknopf.

»Ich habe noch ein Bild für Sie, Hammerhead«, kündigte er an. »Machen Sie sich auf eine Überraschung gefaßt!«

Die Kugel aus dem Gewehr eines Soldaten hatte Hermosas Rückgrat durchschlagen. Die anrollende Su-27 hatte ihm eine Hand zerquetscht, und der glühendheiße Abgasstrahl der Triebwerke des russischen Jägers hatte ihn meterweit über den Beton der Startbahn geblasen. Aber irgendwie lebte er trotzdem noch.

Salazar fand ihn mit vor Schmerz geweiteten Augen als armseliges Bündel am Startbahnrand. Er kniete neben Hermosa und drehte sich nach dem Soldaten um, der seinen Adjutanten niedergeschossen hatte. »Sie haben gesehen, daß er dem Mann auf dem Rücksitz einen Zettel gegeben hat?«

»Ja, Coronel. Erst hat er die Bremsklötze weggezogen, und ich wollte hinlaufen, um ihn zu warnen, daß Sie befohlen hatten, das Flugzeug am Start zu hindern. Dann hab' ich gesehen, daß er den Zettel ins Cockpit geworfen hat, und wurde mißtrauisch...«

Salazar nickte und starrte wieder Hermosa an. »Wahrscheinlich haben Sie einen Spitzel erschossen. Das stimmt doch, Capitán?«

Hermosa versuchte mit schwacher Stimme zu antworten. Salazar beugte sich tiefer über ihn. »Das ist für... die Kinder, die... Sie ermordet haben...« Und er schaffte es, Salazar ins Gesicht zu spucken.

Salazar verzog keine Miene und zuckte nicht einmal zusammen. Er zeigte Hermosa einen Dolch mit rasiermesserscharfer Klinge und schnitt ihm die Kehle durch.

»Verscharrt ihn irgendwo«, befahl er seinen Leuten. »Und durchsucht sein Dienstzimmer und seine Unterkunft. Ich will wissen, warum er den Russen eine Nachricht mitgegeben hat – *falls* sie Russen gewesen sind. Russisch an ihnen ist eigentlich bloß ihr Flugzeug gewesen. Ohne diese Su-27 hätten sie ebensogut *Yanquis* sein können...«

Salazar schaltete sein Handfunkgerät ein. »Wachhabender, hier Kommandant. Sämtliche Piloten und Staffelchefs sollen in fünf Minuten im Besprechungsraum sein. Sorgen Sie dafür, daß alles für eine Einsatzbesprechung vorbereitet ist. Capitán Hermosa brauchen Sie nicht zu verständigen – der ist ab sofort nicht mehr bei uns.«

Sunrise Beach Club
Eine halbe Stunde später

Salman, der muskulöse indische Butler, füllte die ganze Tür aus, während er Sandra Geffar ohne zu lächeln gegenüberstand – eine Hand an der offenen Haustür, die andere am Türrahmen.

»Hallo, Salman«, sagte Geffar, nahm ihre Sonnenbrille ab und steckte sie in die Tasche ihrer Fliegerjacke. Sie trug eine Fliegerkombi mit Fliegerstiefeln und hatte ihre leichte Jacke auf der Fahrt von Aladdin City hierher trotz des heißen Wetters angelassen. »Wie geht's Ihnen heute?«

Mit diesen Worten versuchte sie, sich an ein Salman vorbeizuzwängen, aber der Inder stand unbeweglich wie ein Baum.

»Ist irgendwas nicht in Ordnung?«

»Bedaure, Miss Geffar, aber Mr. Van Nuys hat eine Besprechung und will nicht gestört werden. Er hat mich angewiesen, Sie auf die Sonnenterrasse zu bitten, wo Sie bis zum Mittagessen auf ihn warten möchten.«

Geffar wandte sich ab, als wolle sie ums Haus herumgehen, griff dann plötzlich über die Schulter, packte Salmans Arm, stemmte ihre rechte Hüfte nach außen und setzte einen klassischen Jagdwurf an. Der gut hundert Kilo schwere indische Butler flog über Geffars Hüfte und in hohem Bogen über die Treppe vor der Haustür und prallte unten auf den Natursteinplatten auf.

Aber er war auch ein ausgebildeter Leibwächter, der einen Sturz wegstecken konnte. Trotz des harten Sturzes war Salman sofort wieder auf den Beinen und griff nach der Pistole unter seiner Jacke. Das hatte Geffar vorausgesehen. Ihre eigene Smith & Wesson Kaliber 45 zielte auf Salmans Brust, bevor er das Gleichgewicht wiedergefunden hatte.

»Keine Bewegung, sonst knallt's!« Der Butler hob die Hände. Dann nahmen zwei Drogenfahnder der Border Security Force, die durch Deputy Sheriffs aus Monroe County verstärkt wurden, Salman fest, legten ihm Handschellen an und führten ihn ab.

»Klassewurf«, sagte einer der Agenten der Drug Enforcement Agency anerkennend. Er hielt Geffar eine kugelsichere Kevlarweste und einen Spezialhelm hin – schußfest, mit eingebautem Funkgerät, Scheinwerfer und Gesichtsschutz.

Geffar nickte wortlos, setzte den Helm auf, schlüpfte in die Weste und schaltete das Funkgerät ein. »Ich gehe zuerst rein und versuche, Van Nuys rauszulocken«, erklärte sie den um sie versammelten Agenten und Deputies. »Er hat überall Kameras und Mikrofone eingebaut und ist bestimmt schon gewarnt – seid also vorsichtig!«

Sie zeigte auf die vier Deputies die ebenfalls Helme trugen, um sich mit den Hammerheads verständigen zu können. »Ihr geht hinters Haus, sobald der Befehl dazu kommt, aber bleibt in Dekkung. Und ihr...« Sie nickte zwei Agenten zu, die ihre Kevlarwesten zurechtrückten. »Ihr folgt mir und nehmt euch den ersten Stock vor. Ihr anderen durchsucht das Büro und die Schlafzimmer im Ostflügel. Am Ende des Flurs liegt der Wirtschaftsraum mit einer Tür zur Kellertreppe. Das Haus hat einen riesigen Keller, in dem er sich verstecken könnte.

Van Nuys hat einen Chauffeur, der größer als Salman ist – also Vorsicht! Vielleicht sind noch weitere Leute im Haus. Sie wissen offenbar, daß wir hier sind, und denken nicht daran, freiwillig herauszukommen. Schießt im Zweifelsfall zuerst!« Sie stieg mit schußbereiter Pistole die Treppe zur Haustür hinauf.

Geffar warf einen Blick ins Haus. Die große Eingangshalle schien menschenleer zu sein. Sie stieß die Tür ganz auf, bog das Mikrofon von ihren Lippen weg und trat über die Schwelle. Dann zog sie ein Schriftstück aus der Weste, faltete es auseinander und hielt es hoch, damit die Überwachungskamera es erfassen konnte.

»Max, hier ist Sandra Geffar!« rief sie. Falls er irgendwo im Haus war, mußte er sie hören. »Ich habe einen Durchsuchungsbefehl.« Sie ließ den Zettel hinter die Tür fallen und umfaßte den Pistolengriff wieder mit beiden Händen. »Das Haus ist umstellt, der Flugplatz ist gesperrt, und der Hafen wird von Schnellbooten blockiert. Salman haben wir bereits geschnappt. Wer zu flüchten versucht, riskiert, erschossen zu werden. Ergib dich lieber gleich!«

Nichts. Sie bog das Mikrofon wieder vor ihre Lippen. »Deputies, hinters Haus. Achtet auf die Balkone.« Geffar schaltete ein zweites Helmmikrofon ein, das alle Geräusche um sie herum auffing und verstärkte. Jetzt konnte sie unter anderem das Surren eines Kühlschranks in der Küche, das Klacken der Eismaschine hinter der Bar und die Schreie der Möwen auf dem Rasen hinter dem Haus hören.

Der Keller des weitläufigen Hauses machte ihr die größten Sorgen: Dort unten konnte Van Nuys eine halbe Armee verstekken. Sie ging durch die Küche, warf einen Blick in Anrichte und Speisekammer und blieb vor der Tür zur Kellertreppe stehen. Nachdem sie ihr Helmmikrofon auf die Kellertür gerichtet hatte, hielt sie den Atem an und horchte.

Leises Holzknarren, Atemzüge, schweres Schlucken – hinter der Tür stand jemand.

»Border Security Force! Sie hinter der Tür... Hände hoch und rauskommen!«

»Komme schon, komme schon...« Das war Bullock, Van Nuys' Chauffeur. Die Tür wurde eine Handbreit geöffnet, aber niemand zeigte sich.

»Bullock, werfen Sie Ihre Waffe raus!«

Durch ihr Richtmikrofon hörte Geffar das nur zu vertraute Klicken, mit dem der Hammer eines Revolvers gespannt wurde, und ein geräuschvolles Atemholen. Als sie sich zu Boden warf, durchschlugen sechs Kugeln die hölzerne Kellertür. Geffar erwiderte noch im Liegen das Feuer und hörte einen Aufschrei, dem ein schwerer Sturz die Kellertreppe hinunter folgte.

Zwei DEA-Agenten und zwei Deputies mit M-16 tauchten hinter ihr auf. Während ein Deputy sein Gewehr auf die Kellertür gerichtet ließ, stieß der andere sie vorsichtig auf und nickte seinem Partner zu. »Gib mir Feuerschutz.«

»Nein, bleibt hier«, sagte Geffar, die inzwischen aufgestanden war. »Der Keller ist riesengroß. Setzt Tränengas ein und fordert Verstärkung an.« Der erste Deputy lief zu seinem Streifenwagen hinaus.

»Wir sind im ersten Stock«, berichtete einer der Agenten über Funk. »Hier oben ist niemand.«

»Alle Räume gründlich durchsuchen«, funkte Geffar zurück. »Auch den Verbindungsgang zwischen Haus und Garage.«

»Verstanden. Wir fangen mit der Durchsuchung an.«

Geffar war plötzlich todmüde. Nachdem sie die Mitteilung gelesen hatte, die ein kubanischer Drogenschmuggler McLanahan zugespielt hatte – einen Zettel mit Informationen über Maxwell Van Nuys –, war sie wie vor den Kopf geschlagen gewesen. Der Schock saß tief, denn einige Zeit hatte sie fast an eine gemeinsame Zukunft mit diesem Mann geglaubt... Aber in der nächsten Sekunde war der Zorn über ihre enttäuschten Hoffnungen wieder stärker als ihre Müdigkeit.

Sie ging durchs Haus auf die Terrasse und lud ihre Pistole nach, während sie in den blassen Sonnenschein trat. Vor dem Jachthafen kreuzte ein Schnellboot der Hammerheads, um Fluchtversuche zu vereiteln, während ein weiteres den Hafen nach Van Nuys absuchte. Eine Drohne des Musters Sky Lion schwebte niedrig über dem Sunrise Beach Club und suchte elektronisch nach Van Nuys oder seinem Wagen.

Über Funk hörte Geffar weitere Meldungen – darunter auch eine, die sie nicht überraschte: Van Nuys' Jaguar stand auf dem

Flugplatz, und eines seiner Flugzeuge fehlte. Anscheinend hatte er im letzten Augenblick fliehen können, bevor die Falle der Hammerheads zuschnappte.

»Haben Sie das mitgehört?« fragte ein DEA-Agent über Funk. »Van Nuys ist abgehauen!«

»Fragen Sie bei Hammerhead One an, ob unser Radar ein von hier kommendes Flugzeug geortet hat«, verlangte Geffar. »Bis dahin geht die Suche weiter!«

Sie betrat den makellos gepflegten Rasen und sah sich um. Rechts von ihr befanden sich Swimmingpool und Doppelgarage; dahinter lagen der Jachthafen und ein enger Kanal nach Old Rhodes Key. Links bezeichneten die Einfahrt und ein Entwässerungsgraben unter Büschen und Bäumen die Grundstücksgrenze; dann kam ein schmaler Streifen Sand, hinter dem der Atlantik begann. Hier an der Nordspitze von Key Largo hatten schon immer Reiche und Prominente gewohnt, und trotz vieler Umbauten und Erweiterungen war das Haus eigentlich noch die Villa, die seit fast einem Jahrhundert auf diesem Grundstück stand. Und es hatte die Prohibitionszeit erlebt, in der diese Gegend ein Paradies für Alkoholschmuggel gewesen war.

Geffar zog wieder ihre Pistole und folgte der Einfahrt zu dem Entwässerunsgraben, der ins Meer mündete. Obwohl seine Ufer fast undurchdringlich zugewachsen waren, war der Graben breit und tief – und im seichten Wasser dümpelte ein kleines Schlauchboot unter den Bäumen.

»Oh, hallo!« sagte Maxwell Van Nuys, als er aus einem Abflußrohr neben dem Schlauchboot kroch. Sein teurer Anzug war von der Kriecherei durch die Kanalrohre über und über mit Schlamm bedeckt.

Sie zielte mit der Pistole auf ihn. »Beinahe hättest du's geschafft«, stellte sie fest. »Dein Wagen und das verschwundene Flugzeug haben sie auf die falsche Fährte gesetzt – sie wollten die Suche schon abblasen.«

»Ein alter Flucht- und Versorgungsweg für Alkoholschmuggler«, sagte er mit gespielter Gelassenheit, indem er auf das Abflußrohr zeigte. »Aus dem zweiten Kellergeschoß führt dieser praktische Fluchtkorridor vom Haus bis zum Meer.«

»Bullock hat versucht, mich zu erschießen.«

»Ich hab' ihm gesagt, er solle sich ergeben. Aber er hat wahrscheinlich Angst davor, eingesperrt zu werden.«

»Bullock tut, was du ihm sagst.«

»Nein! Ich würde dir niemals was tun, niemals den Befehl geben, dich ... Ich wollte abhauen, bevor ich's mir ganz mit dir verderbe.«

»Erzähl mir, daß du nichts mit dem militärischen Schmugglerring auf Haiti zu schaffen hast.« Ihre Pistole blieb ohne zu zittern auf Van Nuys gerichtet.

»Hör zu ...« Seine Selbstsicherheit schwand sichtbar. »Sie haben rausgekriegt, daß ich selbst ein kleines Geschäft aufgezogen habe, und mir ein Angebot gemacht, das ich nicht ablehnen konnte, wenn ich weiterleben wollte. Aber ich hatte immer vor, mich zu stellen und ...«

»Wer sind ›sie‹?«

»Kolumbianische Drogenschmuggler. Sehr reich, sehr mächtig, gut ausgerüstet. Sie haben ehemalige Militärflieger engagiert, die ihre Ware ins Land bringen. Das ist schon fast alles, was ich über sie weiß.« Er schlurfte einige Schritte durchs Brackwasser auf sie zu. »Ich habe mitgemacht, bis ich genug flüssiges Kapital hatte, um mich in Südamerika zu etablieren. Mir gehört jetzt eine Ranch in Brasilien. Wenn du mich laufen läßt, kriegt ihr alles, was ich über diese Organisation weiß: Frequenzen, Landkarten, Namen, Kontaktpersonen, sichere Häuser in Florida und auf den Bahamas. Aber das Kartell darf nichts erfahren, sonst bin ich so gut wie tot. Ich packe bei den Hammerheads aus – aber nur im Tausch gegen das Recht, selbst für meine Sicherheit sorgen zu dürfen.«

»Nimm die Hände hoch und komm langsam raus!« befahl Geffar ihm. »Du bist verhaftet.«

Van Nuys platschte durchs Wasser und benützte beide Hände, um sich an der Grabenböschung hochzuziehen. »Hör mir bitte zu ...«

»Weg da!« rief eine Stimme hinter ihm. Van Nuys warf sich sofort hin. Hokum, der Chef des Sicherheitsdiensts im Sunrise Beach Club, war mit einem Gewehr in der Hand aus dem Abfluß-

rohr aufgetaucht. Bevor Geffar reagieren konnte, drückte Hokum ab.

Die Kugel Kaliber 30 traf Geffar wie ein Schlag mit einem Vorschlaghammer, ohne jedoch ihre mit Stahlplatten verstärkte Kevlarweste durchschlagen zu können. Aber Geffar taumelte meterweit rückwärts, verlor ihre Smith & Wesson und stürzte nach Atem ringend zu Boden. Schritte klatschten durchs Wasser, und sie hörte, wie eine Waffe durchgeladen wurde: Hokum kletterte aus dem Graben, um ihr den Rest zu geben.

Geffar kämpfte gegen in Wellen kommende Schmerzen an und griff nach der Pistole Kaliber 38 im Knöchelhalfter über dem rechten Stiefel.

»Alles in Ordnung?« rief eine besorgte Stimme im Helmkopfhörer. »Bitte melden! Bitte melden!«

Sie versuchte zu sprechen, aber Van Nuys kroch zu ihr und riß ihr den Helm vom Kopf. Sie nahm alle Kräfte zusammen, um die Pistole zu heben, deren Gewicht sich verzehnfacht zu haben schien.

Van Nuys rappelte sich auf, war mit einigen großen Sprüngen wieder im Graben und bemühte sich, Hokum zu packen und mit sich in den Fluchttunnel zu ziehen.

Geffar hob die kleine Pistole mit beiden Händen und zielte unsicher. »Stehenbleiben, Max…«

»Mit der hab' ich noch 'ne Rechnung zu begleichen.« Hokum riß sich los, kam aus dem Graben und zielte mit seinem Jagdgewehr auf Geffars Kopf. »Ich hab' Ihnen versprochen, daß Sie den Tag bereuen würden, an dem Sie sich mit mir angelegt haben. Nehmen Sie Abschied von ihr, Van Nuys…«

Geffar zuckte krampfartig zusammen, als drei Schüsse fielen. Sie ließ die Pistole fallen und wartete aufs große Dunkel. Aber es kam nicht. Als sie die Augen öffnete, sah sie Hokum tot am Grabenrand liegen, während Van Nuys mit einem rauchenden Revolver im knietiefen Brackwasser stand.

»Okay, das war's dann«, sagte er lakonisch und verschwand in dem Fluchttunnel, während Geffar von Schmerzen überwältigt das Bewußtsein verlor.

Border Security Force Headquarters, Aladdin City, Florida

Drei Stunden später

Der Großbildschirm zeigte eine detaillierte Übersichtsaufnahme des haitischen Flugplatzes Zaza bei Verrettes. Den Teilnehmern der Besprechung im Hauptquartier der Hammerheads erschien er wie ein typischer Militärflughafen in den Vereinigten Staaten oder sonstwo – und das war das Erschreckende daran. Eine Schlangengrube, ein Mördernest... so tödlich und so dicht vor der eigenen Haustür.

Nervöse Energie erfüllte den Raum. Erstmals wußten sie genau, von wo aus ein großer Schmugglerring operierte. Vor allem Hardcastle und Michael Becker konnten es kaum noch erwarten, ihre Kräfte für einen Schlag gegen dieses offenkundige Ziel zu mobilisieren – auch um den Überfall auf Geffar zu rächen. Sogar Brad Elliott wirkte aufgeregt, weil sie endlich ein Ziel hatten, das die Zentrale einer großen Schmuggelorganisation zu sein schien.

»Gut ausgebildet, bewaffnet und organisiert«, faßte McLanahan für die Anwesenden zusammen. »Ihre Organisation unterscheidet sich von allen anderen, mit denen wir's normalerweise zu tun haben. Sie haben *militärisch verwendbare Flugzeuge und Waffen* und verstehen auch, sie wirksam einzusetzen.« Er machte eine nachdenkliche Pause. »Die Frage ist nun: Was tun wir dagegen?«

»Sie sind eindeutig eine große Gefahr für uns und die gesamte Region«, stellte Elliott fest. »Eine Streitmacht dieser Größe, die noch dazu gut bewaffnet ist und keiner politischen Kontrolle untersteht, gefährdet unsere *Sicherheit.* Ob sie Drogen schmuggelt oder nicht, spielt fast keine Rolle – *jede* Privatarmee vor unserer Haustür ist gefährlich und müßte entwaffnet und aufgelöst werden. Schließlich haben wir es hier mit einer gutbewaffneten Terroristenorganisation keine dreihundert Kilometer von unserer Küste entfernt zu tun.

Ich werde dem Vizepräsidenten diese Aufnahmen sowie Oberleutnant Powells Einsatzbericht vorlegen. Ich werde empfehlen, in Zusammenarbeit mit der sogenannten Regierung Haitis einen Luftangriff durchzuführen, um den Platz und die dort stationierten Flugzeuge zu zerstören, bevor Bodentruppen den Stützpunkt besetzen, um ihn endgültig unbenutzbar zu machen.« Der General wandte sich an McLanahan. »Powell und Sie haben erstklassige Arbeit geleistet. Sie haben gewaltig viel riskiert, um uns wertvolle Informationen zu beschaffen, und sind mit dem Glück der Tüchtigen lebend davongekommen.«

McLanahan machte ein ernstes Gesicht. »Dieser Oberst Salazar ist ein gefährlicher Bursche, und seine Piloten würden für ihn durchs Feuer gehen. Und J. C. Powell ist ein verdammt guter Pilot. Er fliegt mit nur einem Arm besser als viele Düsenjockeys mit zwei gesunden.«

»J. C.? Was bedeutet das?«

»Fliegen Sie mal mit ihm, dann wissen Sie's.«

Elliott lächelte wissend. Wenn McLanahan den jungen Powell als »verdammt guten Piloten« charakterisierte, mußte er außergewöhnlich gut sein... »Nun, ich hoffe, er ist sich darüber im klaren, daß seine Tage als ATC-Fluglehrer gezählt sind«, sagte der General. »Nach diesem Einsatz auf Haiti können wir ihn nicht einfach zur Truppe zurückschicken.«

»Weil er zuviel weiß?«

»Oder so ähnlich. Sobald er wieder dienstfähig ist, wird er nach Dreamland versetzt. Vielleicht ist er genau der Mann, den wir für das Projekt Cheetah brauchen.«

McLanahan nickte zustimmend. »Garantiert! Übrigens möchte er noch mal gegen Salazars Leute eingesetzt werden – diesmal mit einem amerikanischen Jäger mit richtiger Bewaffnung.«

»Vielleicht bekommt er seine Chance...«

»Während wir dasitzen und über Cheetahs und Dreamland und Top Guns schwatzen«, warf Hardcastle irritiert ein, »befinden Salazar und seine Piloten sich vielleicht schon auf der Flucht. Sie können gehört haben, daß Van Nuys verhaftet werden sollte, und vermuten bestimmt, daß wir ihren Flugplatz ausgekundschaftet haben. Wir müssen sofort etwas unternehmen, um zu verhindern, daß sie ihren Stützpunkt räumen und mit unbekanntem Ziel verschwinden!«

»Als ich dem Vizepräsidenten das vorläufige Ergebnis unseres Einsatzes gemeldet habe, sagte er mir, das Thema mit dem Präsidenten zu besprechen – aber weitere Einsätze machte er ausdrücklich von seiner Zustimmung abhängig. Einen abgelegenen Teil Haitis ohne Genehmigung zu überfliegen, mag gerade noch angehen – obwohl uns ein gewaltiger Anschiß bevorsteht, falls rauskommt, daß die Su-27 von Amerikanern geflogen worden ist –, aber ein Luftangriff, um einen Militärstützpunkt zu zerstören, ist etwas ganz anderes!«

»Gut, der wäre politisch unerwünscht, weil er internationale Verwicklungen heraufbeschwören könnte«, sagte Hardcastle verärgert. »Was wären die Folgen? Haiti bricht die diplomatischen Beziehungen zu den Vereinigten Staaten ab? Umwerfend! Wir leisten finanzielle Wiedergutmachung und entschuldigen uns, wie wir's eigentlich immer tun, und die Sache ist vergessen. Aber dafür haben wir einen bedeutenden Schmugglerring in unserem eigenen verdammten Hinterhof zerschlagen!«

»Ich verstehe, was Sie meinen, aber ich kann's nicht genehmigen...«

Michael Becker ergriff das Wort, während er auf den HDTV-Bildschirm zeigte, der die über Verrettes gemachten Aufnahmen automatisch nochmals vorführte. »Sehen Sie sich das an! Salazar hat mindestens zwei MiG-21 und zwei Mirage F 1C, und die MiGs, die unsere Jungs abgefangen haben, sind mit Jagdraketen und Luft-Boden-Lenkwaffen ausgerüstet gewesen. Stünden auch nur zwei davon bewaffnet und aufgetankt bereit, könnten sie aus einem Dutzend AV-22 Hackfleisch machen. Es wäre geradezu Mord, Sea Lions nach Verrettes zu schicken, ohne zuvor diese Jäger auszuschalten. Und für den Fall, daß einige unserer Flugzeuge und Hubschrauber durchkommen sollten, haben Salazars Leute eine Fla-Batterie und russische Fla-Raketen SA-7 mit Infrarotsuchköpfen.

Sobald wir am Boden sind – *falls* wir durchkommen –, haben sie mindestens drei leichte Erdkampfflugzeuge FMA Pucará und zwei leichte Bomber Aero L-39Z zur Bekämpfung von Bodenzielen. Das bedeutet, daß wir eigene Fla-Batterien oder -Raketen brauchen, sonst sind wir verloren. Und danach bekommen wir's erst mit den Verteidigern des Platzes zu tun. Auf dem Vorfeld hat McLanahan mindestens dreißig Soldaten mit Sturmgewehren beobachtet. Daraus ergibt sich für mich, daß wir mindestens hundert Mann nach Verrettes transportieren müssen, bevor wir auch nur daran denken können, den Stützpunkt einzunehmen...«

»Ich will den verdammten Stützpunkt nicht *erobern,* Mike«, stellte Hardcastle fest. »Ich will diesen Leuten die Mittel nehmen, weiter Drogen ins Land zu schmuggeln, bevor sie verschwinden und anderswo weitermachen.« Er wandte sich an Elliott und McLanahan. »Schickt die F-111 noch mal los – oder gleich drei oder vier Jagdbomber. Laßt sie die Hangars, die Startbahn und möglichst viele Flugzeuge zerstören, damit der Stützpunkt wenigstens für einige Zeit außer Gefecht ist.«

»Ich lege Ihre Empfehlungen dem Vizepräsidenten vor, Ian«, sagte Elliott, »aber ich brauche einen Einsatzplan, nicht nur blutrünstiges Rachegeschrei. Arbeiten Sie so schnell wie möglich einen konkreten Plan aus, den ich im Weißen Haus vorlegen kann, dann bekommen Sie meine volle Unterstützung.«

»Ich schicke Ihnen ein Fax mit meinen Empfehlungen«, antwortete Hardcastle verstimmt. »Sie haben es, bevor Sie in Washington landen. Aber unterstreichen Sie, daß *dies* unser Hinterhof ist – unser Zuständigkeitsbereich, seitdem wir in der Lage sind, ihn mit unseren Seestreitkräften zu kontrollieren. Die Vereinigten Staaten sind für die Sicherheit dieser gesamten Region verantwortlich, und dazu gehört selbstverständlich auch Haiti. Diese Organisation in Verrettes ist ein gewichtiger destabilisierender Faktor. Wir sind verpflichtet, einzugreifen und dort auszumisten.«

»Okay«, sagte Elliott, »Sie arbeiten einen Plan aus, wie wir Salazar und seinen Fliegern beikommen können, und ich lege ihn sofort dem Vizepräsidenten vor. Aber kein Lone-Ranger-Rachefeldzug gegen Salazar oder Verrettes, bevor wir die Genehmigung dazu haben, verstanden? Damit würden wir den Hammerheads und uns selbst am meisten schaden.« Er machte eine Pause. »Und wie geht's Sandra?«

»Jede Bewegung tut ihr weh, aber ansonsten scheint alles in Ordnung zu sein«, berichtete Hardcastle. »Das Geschoß hat das Kevlar nicht durchschlagen, und die Stahlplatte hat die Aufprallenergie verteilt. Sie hat eine starke Prellung, aber sie glaubt, daß sie in ein paar Tagen wieder dienstfähig ist.«

»Ich würde sie gern noch besuchen, aber ich muß dringend nach Washington. Bestellen Sie ihr einen Gruß von mir.« Elliott hinkte zu seinem bereitstehenden Flugzeug hinaus.

Hardcastle schlug wütend mit der Faust auf die Tischplatte und ließ sich auf seinen Stuhl zurücksinken. »Was hat er bloß immer? Als ich ihn kennengelernt habe, ist er der reinste Feuerspucker gewesen. Jetzt ist er so verdammt zögerlich geworden...«

»Stimmt nicht!« widersprach McLanahan energisch. »Er weiß nur recht gut, daß er die Verantwortung trägt, wenn er etwas zuläßt, was die Position der Hammerheads beeinträchtigen oder schwächen müßte.«

»Aber das Unternehmen mit dem russischen Jäger hat er in ein paar Stunden auf die Beine gestellt...«

»Sobald er die Genehmigung des Vizepräsidenten dafür eingeholt hatte. Glauben Sie mir, der Kampf gegen Salazars Bande ist ihm so wichtig wie Ihnen. Aber er behält dabei seinen kühlen Kopf...«

»Außer wenn Martingdale ihm irgendwas einflüstert«, murmelte Hardcastle.

»Richtig. Und darüber sollten wir alle froh sein. Sie haben die Weisung des Vizepräsidenten und die Bestätigungen der zuständigen Stellen gesehen; Sie haben miterlebt, wie alles dokumentiert worden ist. Glauben Sie, daß das ein Zufall gewesen ist? Mit seiner Organisation und seinen Ressourcen hätte er ganz Haiti flachlegen können. Aber er hält sich an die Vorschriften – zumindest bis der Kampf ausbricht.« McLanahan lächelte schwach. »Er hat schon viele Leute überrascht.«

Hardcastle wirkte noch immer skeptisch. »Gut, in ungefähr drei Stunden landet Brad in Washington«, sagte er. »Bis dahin muß ich den Plan für unseren Einsatz gegen diesen Salazar ausarbeiten. Ich habe schon ein paar Ideen, die nur noch verfeinert werden müssen...«

»Lassen Sie mich Ihnen etwas zeigen, das mir eingefallen ist«, unterbrach McLanahan ihn. »Auf dem Rückflug zum Zoo haben J. C. Powell und ich uns einen Plan zurechtgelegt. Wie Sie wissen, kann der Junge es kaum erwarten, sich bei Salazar für das Messer im Arm zu revanchieren. Ich glaube, daß wir eine Möglichkeit gefunden haben, Jäger und Flak auszuschalten und mit ein paar AV-22 auf dem Platz zu landen. Wir zerstören alle Flugzeuge am Boden und sehen zu, daß wir wieder wegkommen. Ich habe unsere Ideen im Computer gespeichert, um sie jederzeit abrufen und...«

»Okay, worauf warten wir noch?« unterbrach Hardcastle ihn. »Nichts wie hin!«

Das Intelligence Operations Center in Aladdin City war völlig vom Kontrollzentrum abgetrennt, obwohl riesige, auf der anderen Seite verspiegelte Scheiben den dort Arbeitenden freien Blick auf die Großbildschirme des Kontrollzentrums gewährten, ohne daß Außenstehende ins IOC hineinsehen konnten. In diesem schallgedämmten, abhörsicheren Raum wurden Informationen von Militär-, Polizei- und Geheimdienststellen im In- und Ausland gesammelt, ausgewertet und an eigene Kommandeure und Einheiten weitergeleitet. Der Raum bot drei Dutzend Personen Platz und war sogar mit Bänken und Waffenschränken für Militärpersonal ausgestattet. Damit bot das IOC beste Voraussetzungen für die Planung eines Angriffsunternehmens.

Nachdem McLanahan sich davon überzeugt hatte, daß die Türen und Fenster geschlossen waren, aktivierte er den Computer und rief seine gespeicherten Daten auf. »Wie ich bereits gesagt habe«, begann er, »machen uns die in Verrettes stationierten Jäger die größten Sorgen. Sicherheitshalber sind wir davon ausgegangen, daß Salazar dort vier MiGs und vier Mirages haben könnte. Mit vier Jagdraketen und dreihundert Schuß Munition pro Flugzeug könnte jeder Jäger bei einer Trefferquote von hundert Prozent bis zu acht unserer Maschinen abschießen...«

»Wir brauchen also mindestens vierundsechzig Flugzeuge, um gegen ihre Jäger bestehen zu können?« fragte Michael Bekker. »So viele AV-22 haben wir nicht...«

»Richtig – aber wir haben mehr als genug Drohnen des Typs Seagull.«

»Sie wollen *Drohnen* losschicken?«

»Dafür sind sie schließlich entwickelt worden«, antwortete McLanahan. »Für Aufklärungs- und Überwachungseinsätze und Angriffe auf stark verteidigte Ziele. Wir können ein ganzes Geschwader Drohnen von einem einzigen Radarflugzeug des Musters Hawkeye aus steuern – oder über einen Radarballon, den eines unserer Schiffe vor Haiti aufsteigen läßt. Wir schicken die Seagulls los, damit sie die Jäger rauslocken, und greifen sie erst an, wenn sie im Einsatz gegen die Drohnen viel Treibstoff und Munition vergeudet haben. Wir schlagen zu, sobald sie zum Auftanken zurückfliegen. Unsere Drohnen stellen fest, wo ihre Luftabwehr konzentriert ist, und wir setzen sie durch kleine, bewegliche Stoßtrupps oder präzise Luftangriffe außer Gefecht. Sind ihre Jäger und die Luftabwehr erst ausgeschaltet, dürfte die Besetzung des Stützpunkts keine Schwierigkeiten mehr bereiten.«

Das Trio machte sich daran, McLanahans Plan in allen Einzelheiten auszuarbeiten. Keine zwei Stunden nachdem sie sich im Intelligence Operations Center eingesperrt hatten, drückte Hardcastle auf den Sendeknopf eines Faxgeräts und übermittelte ihre Ausarbeitung mit den computererzeugten Landkarten in Elliotts Flugzeug, das zur Andrews Air Force Base bei Washington, D.C., unterwegs war.

»Ein riskanter Plan«, gab der Admiral zu, »aber er könnte funktionieren. Alles hängt davon ab, wie unbesonnen Salazars Piloten reagieren, wenn sie uns kommen sehen.«

McLanahan nickte zustimmend. »Ihre alarmbereit stehenden Maschinen – zwei MiGs und wahrscheinlich zwei Mirages – sind garantiert in der Luft, sobald wir bis auf fünfzig Seemeilen an ihren Stützpunkt herangekommen sind. Salazar hat gute Piloten, das kann ich aus eigener Anschauung bestätigen. Seit unserem Kurzbesuch sind seine Jäger vermutlich Tag und Nacht startklar, um uns abfangen zu können... Jedenfalls wird das kein Spaziergang.«

Becker teilte dem wachhabenden Controller mit, daß er zu Hammerhead One unterwegs sei, um eine Zwölfstundenschicht zu beginnen – aus der nach dem Überfall auf Geffar ein Vierundzwanzig-Stunden-Tag werden konnte. Hardcastle meldete sich beim Computer ab. Wie McLanahan war er seit über vierundzwanzig Stunden im Dienst; er war todmüde und wollte »heim« – in seinem Fall nach Hammerhead zwei –, um etwas zu schlafen, bevor... bevor die nächste Krise ausbrach. »Hoffentlich lassen sie sich rauslocken«, sagte Hardcastle beim Hinausgehen zu dem jungen Navigator.

»Die können sich garantiert nicht beherrschen«, versicherte McLanahan ihm. Und dann fügte er hinzu: »Vorher abschießen kann uns natürlich noch der Präsident...«

Draußen war es schon beinahe dunkel, als das abendliche Fährflugzeug AV-22 von Hammerhead Zwei landete. Hardcastle sah zu, wie die Besatzung die Maschine verließ, die dann von der Bodenmannschaft betankt und gewartet wurde, während die Nachtbesatzung das Flugzeug übernahm. Da diese spezielle Sea Lion hauptsächlich zur Passagier- und Frachtbeförderung diente, waren ihre Waffenbehälter mit den Lenkwaffen des Typs Sea Stinger und der 30-mm-Revolverkanone ausgebaut worden, um mehr Platz für Sitze und Fracht zu schaffen.

Nach einer Lautsprecherdurchsage des Crew Chiefs bestiegen die Controller der Nachtschicht das Flugzeug, und Hardcastle folgte ihnen an Bord. Auf den dünn gepolsterten Sitzen konnte die Sea Lion vierundzwanzig Fluggäste verhältnismäßig komfortabel befördern; dazu kamen drei bis vier Mann Besatzung, maximal drei Tonnen Fracht im Heck und gelegentlich eine fünf Tonnen schwere Palette mit Ersatzteilen oder Treibstoffbehältern am Lasthaken unter dem Rumpf. Da die Kabine gut schallgedämpft war und die Triebwerke und Rotoren an den Flügelenden saßen, anstatt wie bei einem Hubschrauber genau über den Fluggästen angeordnet zu sein, war der Lärmpegel im Kabineninneren gut zu ertragen.

Hardcastle bekam einen der vorderen rechten Sitze angeboten, die am begehrtesten waren, weil man dort neben dem großen Fenster in der rechten Tür saß und es nicht weit bis zur Kaffeemaschine in der Bordküche hatte. Aber er verzichtete zugunsten eines neuen Controllers auf diesen Platz und suchte sich einen Sitz in der Nähe der Laderampe. Dies war eines der wenigen Male, daß er in einer AV-22 hinten saß; im allgemeinen nützte er seinen Dienstgrad aus, um wenigstens den Fluglehrersitz zwischen den Piloten zu beanspruchen, wenn er die Maschine nicht sogar selbst flog.

Diesmal vergeudete Hardcastle keine Minute des Vierzigminutenflugs zur Kontrollplattform: Er zog seinen Gurt straff, knipste die Leselampe aus und schlief bereits fest, als die Sea Lion fünf Minuten später in achttausend Fuß in den Horizontalflug überging.

Miami Air Route Traffic Control Center, Miami, Florida

»Miami Center, hier Sun and Sand Three-Five-One in eins-zwotausend. Guten Abend.«

»Sundstrand Air Three-Five-One, Identent«, verlangte der für die Frequenz 127,30 MHz und den ATC-Südsektor zuständige Controller. Da der Flugplan dieser Maschine für den Überwasserflug vom Willemstad Airport der zu den Niederländischen Antillen gehörenden Insel Curaçao bereits seit einigen Stunden vorlag, hatte der Controller die Maschine, die hundertfünfzig Seemeilen südlich von Miami Kurs auf Fort Lauderdale hatte, bereits auf seinem Radarschirm geortet. Jetzt beobachtete er, wie das Symbol für ein nicht identifiziertes Radarziel gelb umrahmt aufleuchtete, als der Pilot seine Ident-Taste drückte. Auf die Minute pünktlich, genau auf Kurs.

»Sundstrand Three-Five-One, Radarkontakt in eins-zwo-tausend. Ebenfalls guten Abend.«

Der Pilot antwortete mit einem zweimaligen Klicken seiner Sprechtaste. Piloten dieser Gesellschaft benützten gern das Rufzeichen »Sun and Sand« statt »Sundstrand«, denn sie flogen regelmäßig von Florida, Georgia und Texas zu den Niederländischen Antillen mit ihren Stränden und Spielkasinos. Ihre freien Tage verbrachten sie auf Curaçao in den Spielkasinos oder in Miami am Strand. Kein schlechter Job.

Plötzlich kam ein Anruf, der durch ein gelbes Blinklicht am Arbeitsplatz des Flutlotsen signalisiert wurde. Der Controller wußte, daß er aus dem »Zoo« kam: von der Border Security Force im Süden Miamis. Die Hammerheads hatten Standleitungen zu sämtlichen Radarstationen im Südosten der Vereinigten Staaten und benützten sie auch häufig – nach Ansicht der Fluglotsen viel zu häufig, um Piloten unter FAA-Kontrolle Fragen zu stellen oder Anweisungen zu erteilen.

Obwohl die FAA-Controller für die Staffelung des Flugverkehrs zuständig blieben, hatte die Border Security Force das Entscheidungsrecht darüber, welche Maschinen in den amerikanischen Luftraum einfliegen durften. Und sie machte nur allzu häufig im ungeeignetsten Augenblick von diesem Recht Gebrauch. Kaum hatte man einem Piloten eine bestimmte Höhe oder einen bestimmten Kurs zugewiesen, meldeten sich die Hammerheads und forderten eine Überprüfung seiner Identität oder seines Flugplans, verlangten von dem Controller, ihm eine andere Höhe oder einen anderen Kurs zuzuweisen, oder bestanden auf einer Warteschleife oder einem anderen Zielflughafen.

Dabei spielte es keine Rolle, ob dahinter ein Dutzend Maschinen auf Landeerlaubnis wartete, das Flugzeug vielleicht nicht mehr viel Treibstoff hatte oder der Pilot nicht allzu gut Englisch sprach. Die Hammerheads brauchten sich nie mit den Piloten auseinanderzusetzen. Nein, die Fluglotsen in Miami mußten sich ihre Beschwerden über geänderte Freigaben und Zielflughäfen anhören – nicht die Border Security Force.

Und erst ihre Maschinen... Die Hammerheads dachten sich nichts dabei, ein halbes Dutzend Flugzeuge in einen Anflugsektor mit hohem Verkehrsaufkommen zu schicken, ohne ihre Absicht auch nur anzukündigen. Noch beängstigender waren ihre

Drohnen, von denen manche aus Hunderten Kilometern Entfernung gesteuert wurden. Irgendwann in naher Zukunft würde eine dieser fast fünf Tonnen schweren ferngesteuerten Moskitos durchs Cockpit einer Boeing 747 fliegen, das stand fest.

Kravitz, der FAA-Controller in Miami, stellte seinen Kaffeebecher weg. Wenn er sich zu lange Zeit ließ, riefen die verdammten Hammerheads den Wachleiter an. Er drückte auf den blinkenden Knopf. »Kravitz, Südost sieben. Guten Abend, Aladdin.« Aladdin war das Rufzeichen des Hauptquartiers der Border Security Force im Süden Miamis – passenderweise ganz in der Nähe des Zoos.

»Ich brauche eine Verifizierung von Sierra-Alpha Three-Five-One«, sagte eine energische Frauenstimme.

Kein »Hallo«, kein »Guten Abend«, kein gar nichts. Typisch für die Hammerheads. »Was brauchen Sie genau, *Ma'am*?«

»Bei uns ist seine Höhe mit zwölftausend angezeigt. Stimmt das?«

»Ja, das stimmt. Eins-zwo-null-fünf-null – fünfzig Fuß zu hoch. Soll ich den Piloten deswegen verwarnen?«

Aber sein Scherz kam nicht an. »Für ein Verkehrsflugzeug so weit vor der Küste ist das etwas niedrig. Wir müssen wissen, weshalb er in zwölftausend Fuß fliegt und ob er in dieser Höhe bleiben will.«

Kravitz verstand nicht, was die Anfrage sollte. »Gut, ich frage nach, wenn Sie diese Informationen wirklich brauchen. Darf man erfahren, wozu Sie das wissen wollen?«

»Unser Computer zeigt, daß Sundstrand-Flugzeuge normalerweise bis zum Einflug in die ADIZ höher sind. Sie kommen hoch an und gehen dann steil in den Nahverkehrsbereich hinunter. Dieser Pilot hält sich nicht an das sonst bei seiner Gesellschaft übliche Verfahren.«

Kravitz schüttelte den Kopf. »Ich soll ihn fragen, warum er heute ein paar tausend Fuß tiefer als üblich fliegt?«

»Er ist nur dreitausend Fuß höher als HIGHBALL«, antwortete sie, als sei damit alles erklärt.

»Aber er bleibt fünfzig Seemeilen westlich Ihres Sperrgebiets, Ma'am«, sagte Kravitz. »Um Ihren schönen Ballon brauchen Sie keine Angst zu haben.« Der strahlend hell beleuchtete Radarballon war von einem Sperrgebiet mit dreißig Meilen Radius umgeben, und alle Luftstraßen waren mindestens weitere zwanzig Seemeilen entfernt. Keine Maschine kam freiwillig in die Nähe von HIGHBALL oder seinem Fesselkabel, denn ein Zusammenstoß hätte dem Piloten gründlich den Tag verdorben.

»Ich muß den Grund dafür wissen, Mr. Kravitz«, sagte sie knapp.

»Bitte warten Sie, Ma'am«, forderte Kravitz sie übertrieben höflich auf. Er schaltete auf seine Kontrollfrequenz um. »Three-Five-One, Miami Center mit einer Anfrage. Nennen Sie den Grund für Ihre jetzige Flughöhe, Sir.«

»Bitte wiederholen.«

»Border Security möchte wissen, weshalb Sie in dieser Höhe fliegen und wie lange Sie noch in Flugfläche ein-zwo-null bleiben wollen.«

»Ich habe nicht gewußt, daß ich einen Grund brauche, um in dieser Höhe zu bleiben«, antwortete der Pilot erstaunt.

»Dafür brauchen Sie an sich keinen Grund, Sir. Aber Border Security möchte wissen, weshalb Sie sich für diese Höhe entschieden haben und wie lange Sie sie noch halten wollen.«

»Ich werde sie bis kurz vor der Landung halten«, kam die Antwort, die Kravitz erwartet hatte. Da der Pilot jetzt lauter sprach, war sein bis dahin nur schwach ausgeprägter spanischer Akzent deutlich hörbar.

»Verstanden, Three-Five-One. Haben Sie diese Höhe aus einem bestimmten Grund gewählt, Sir?«

»Was soll das, Center? Ich wähle eine Höhe, und Sie erteilen mir die entsprechende Freigabe. So funktioniert's jedesmal. Wollen Sie mich in einer anderen Höhe haben?«

»Negativ, Three-Five-One. Ihre Freigabe für eins-zwo-tausend gilt weiter. Die Anfrage kommt von der U.S. Border Security Force in Miami. Wenn Sie wollen, können Sie sie eins-eins-zwo-komma-fünf-fünf selbst rufen.«

»Ich hab' keine Lust, mit der gottverdammten Border Security zu reden! Ich...« Der Pilot, dessen spanischer Akzent noch stärker geworden war, machte eine verlegene Pause. »Entschuldigung, Center. Wir schalten um auf eins-eins-zwo-komma-fünf-fünf.«

»Three-Five-One, frei zum Verlassen dieser Frequenz, lassen Sie die Wachfrequenz geschaltet, und melden Sie sich später wieder auf meiner Frequenz«, sagte Kravitz.

»Three-Five-One.«

Kravitz stellte sofort die Kontrollfrequenz der Border Security Force ein, um das Gespräch zwischen Flugzeug und Hammerheads mithören zu können. Danach beugte er sich zu seinen Kollegen hinüber, um ihnen von der bevorstehenden Diskussion zu erzählen. Das konnte amüsant werden...

Kontrollplattform Hammerhead One

»Border Security Force, hier Sundstrand Air Three-Five-One, kommen.«

Angela »Angel« Mink – mit gut zehn Dienstjahren bei Coast Guard und Border Service Force eine Veteranin – überwachte als Controllerin den Südabschnitt des Zuständigkeitsbereichs von Hammerhead One. Ihr Sektor reichte von Puerto Rico bis Mittelkuba und im Süden bis nach Hispaniola. Obwohl die Hammerheads nur Ziele innerhalb der hier sehr schmalen Air Defense Identification Zone abfangen durften, verfolgte und kontrollierte Mink rountinemäßig alle Radarziele in ihrem Bereich.

Mit langem blonden Haar, feingeschnittenem Gesicht und sportlicher Figur sah Angel Mink genauso aus, wie ihr Name klang. Dabei standen Name und Aussehen in auffälligem Gegensatz zu ihrer Persönlichkeit: zurückhaltend, introvertiert, intelligent, im Dienst sehr korrekt und pflichtbewußt. Ihre Spezialität war die Nutzung der in den Computern der Border Security Force gespeicherten Daten zur frühzeitigen Identifizierung von Luft- oder Seezielen in ihrem Sektor.

Die Höhenangabe von Flug 351 der Sundstrand Air hatte den Computer sofort alarmiert, und Mink hatte den Punkt auf die

Kontrolliste des Wachleiters gesetzt. Solange Geffar noch Genesungsurlaub hatte, fungierte Michael Becker als Kommandant von Hammerhead One. Becker, der den Controller Ricardo Motoika zum Wachleiter fortbildete, hatte ihn vor die drei Großbildschirme gesetzt und ließ ihn unter seiner Aufsicht sämtliche Funktionen eines Wachleiters übernehmen.

Jetzt trat Becker von der erhöhten Kommandantenplattform an Minks Konsole, bog das Mikrofon seiner Hör-Sprech-Garnitur zur Seite, damit die anderen nicht mithören konnten, und beugte sich über ihre linke Schulter. »Was ist da so interessant?« fragte er.

»Sun and Sand aus Curaçao«, antwortete sie, indem sie ihr Mikrofon ebenfalls zur Seite klappte und einen Schluck Wasser trank. »Dorthin sollten wir fliegen, wenn wir nächsten Monat gemeinsam Urlaub machen.«

»Wir machen gemeinsam Urlaub? Seit wann?«

»Seit ich's mir vorhin ausgedacht habe«, antwortete sie. »Du und ich am weißen Strand, Nacktbaden um Mitternacht mit einer Flasche Champagner...«

»Und ich dachte, du seist hier bei der Arbeit!«

»Ich bin eine Frau, Commander Becker...«

»Beweise, Technikerin Mink!«

»Wir Frauen können uns gleichzeitig Berge von Informationen über mutmaßliche Schmuggler oder Terroristen ins Gedächtnis zurückrufen, einen romantischen Urlaub planen und uns eine leidenschaftlich wilde Nacht mit einem gutaussehenden Mann vorstellen. Wie schade, daß ihr Männer immer nur an eine Sache denken könnt.«

»Dann denk mal über folgendes nach«, forderte Becker sie auf. »Der Strand an den Stränden Curaçaos ist rosa, nicht weiß. Nach einem Glas Champagner schläfst du meistens ein. Und wir haben schon eine Buchung fürs Hotel Barra Palace an der Barra di Tijuca. Den Ort kannst du im Computer suchen, wenn du Zeit hast.« Er bog sein Mikrofon wieder nach vorn. »Erzähl Ricardo, was du hast, Angel.«

»Ricardo, ich habe Sundstrand Three-Five-One auf der allgemeinen Frequenz«, berichtete sie. Motoika nickte zustimmend und machte sich daran, den Datenblock des Flugzeugs auf seinen drei Bildschirmen zu suchen.

»Holen Sie sich erst eine detaillierte Darstellung auf den eigenen Bildschirm«, riet Becker ihm. Er wartete, bis Motoika sich die Computerdarstellung auf seinen Bildschirm geholt und die richtige Frequenz eingestellt hatte. »Außerdem sollten Sie folgendes tun: Ihren Kommandanten oder die Kommandantin verständigen, sich vom Einsatzstand des Flugdecks und aller Maschinen überzeugen und darüber nachdenken, wieviel Zeit Ihnen zum Abfangen bleibt, falls...«

»Und das alles nur, weil Angel mich wegen eines planmäßigen Einflugs angerufen hat?« unterbrach Motoika ihn. »Bisher ist nichts Verdächtiges passiert – und ich soll trotzdem ein Abfangen planen?«

»Kommen Sie, Ricardo, Sie sind lange genug Radarcontroller gewesen«, sagte Becker. »Was hat der Diensthabende im CIC getan, wenn Sie ihm ein verdächtiges Ziel gemeldet haben?«

Motoika, der an seine acht Dienstjahre an Bord der U.S.S. *Coral Sea* zurückdachte, nickte langsam. »Richtig, er hat den Flight Boss angerufen und sich nach der Einsatzbereitschaft von Flugdeck und Alarmflugzeugen erkundigt.«

»Bei unseren Controllern hier ist die Sache ähnlich. Sie bekommen so viele Ziele zu sehen, daß ein wirklich auffälliges meistens auch verdächtig ist. Okay, alle weiteren Informationen finden Sie auf Ihren Bildschirmen. Während Sie sich damit beschäftigen, sollte die Controllerin mit dem Flugzeug reden, um weitere Auskünfte einzuholen.« Er nickte Angela zu, die ihre Sprechtaste drückte.

»Sundstrand Air Three-Five-One, hier Border Security Force, Radarkontakt, eins-null-fünf Seemeilen südlich von Miami in eins-zwo-tausend Fuß, Sir, bestätigen Sie, daß Sie diese Höhe halten wollen.«

»Ja, Ma'm, Three-Five-One möchte bis zum Landeanflug in Fort Lauderdale in zwölftausend bleiben. Ich befinde mich in einem Einflugkorridor, halte die Mindestflughöhe ein und habe einen Flugplan mit entsprechender Freigabe. Irgendwelche Probleme damit?«

»Wir dachten Sie hätten Schwierigkeiten, Ihre normale Reiseflughöhe zu halten, Three-Five-One«, behauptete Mink geistesgegenwärtig. *Irgend etwas* stimmte hier nicht, aber vorläufig verhielt der Kerl sich noch legal. »Fliegen Sie durch schlechtes Wetter?«

»Negativ, bei uns ist alles in Ordnung... Wir haben gehört, daß weiter oben Turbulenzen auftreten sollen – deshalb bleiben wir lieber tief und genießen die Aussicht.«

»Treffer!« sagte Mink halblaut. Sie holte sich die Höhenwindkarte des National Weather Service für Südflorida und die Karibik auf den Bildschirm. Über dem Vorhersagegebiet lag ein stabiles, nahezu ortsfestes Hoch. Angela sprach erneut mit dem Wachhabenden. »Ricardo, der NWS meldet keinerlei Turbulenzen in seiner gewöhnlichen Reiseflughöhe. Dort oben hätte er fünfunddreißig Knoten Rückenwind. In seiner jetzigen Höhe sind's nur zwölf Knoten.«

Motoika schüttelte den Kopf. »Okay, der Kerl fliegt also nicht in optimaler Höhe. Aber er ist pünktlich, hält seinen Kurs und verstößt gegen keine Vorschriften. Was liegt gegen ihn vor? Nichts!« Er wandte sich an Becker. »Stimmt's?«

Becker antwortete nicht gleich. An sich lag gegen den Piloten nichts vor, aber wenn er einmal Verdacht erregt hatte, war es besser, der Sache nachzugehen, bis alle zufrieden waren. »Machen Sie weiter, Ricardo. Sie sind der Wachleiter.« Er nickte Mink zu, die ihr Gespräch verfolgte. »Arbeiten Sie mit Ihren Controllern.«

»Angel, wir machen weiter«, entschied Motoika. »Sagen Sie dem Piloten, daß er auf einem anderen Flughafen landen muß. Lassen Sie sich die Passagierliste, den Heimatflughafen, die Frachtliste und so weiter durchgeben und vergleichen Sie alles mit den Angaben im Flugplan.«

Mink drückte wieder ihre Sprechtaste. »Verstanden, Three-Five-One. Sir, wir haben Probleme mit der Überprüfung Ihrer Zollvoranmeldung. Deshalb werden Sie hiermit angewiesen, in Opa-Locka zu landen, damit Ihre Maschine kontrolliert werden kann. Bestätigen Sie, kommen.«

»Wiederholen Sie, Border Security.« Der spanische Akzent klang lauter und wütender als zuvor. »*Wo* sollen wir landen?«

»Opa-Locka Airport«, erwiderte Mink gelassen. »Sundstrand Air Three-Five-One, ich weise Sie hiermit an, auf dem kürzesten Weg und ohne Sperrgebiete zu berühren zum Opa-Locka Airport zu fliegen, dort zu landen und sich sofort beim Customs Service zu melden, damit Ihre Papiere und Ihr Flugzeug überprüft werden können. Ich warne Sie, daß die Befolgung dieser Weisung notfalls mit Waffengewalt erzwungen werden kann.

Opa-Locka Airport ist VFR, Landebahn zwei-sieben rechts, Sicht- oder ILS-Anflug. Wir melden Miami Center Ihren neuen Zielflughafen. Halten Sie Kurs und Höhe, und bleiben Sie auf dieser Frequenz. Weitere Anweisungen folgen. Sundstrand Air Three-Five-One, bestätigen Sie die neue Freigabe.«

Der Pilot hatte bereits zu reden begonnen. Als Mink ihre Sprechtaste losließ, hörten sie: »... mir von keiner blöden Gans bieten! Ich habe eine Freigabe für Fort Lauderdale. Ich will sofort Ihren Vorgesetzten sprechen! Kommen!«

»Three-Five-One, der Wachleiter ist informiert, bitte warten Sie«, sagte Mink. Seine öffentliche Beleidigung über Funk störte sie nicht weiter, da sie wußte, daß der Kerl sie noch bereuen würde. Das I-Team der Hammerheads und des CET des Customs Service, die inzwischen von Miami nach Opa-Locka unterwegs sein mußten, würden diesen Funkverkehr mithören und sich über seine Unverschämtheit ärgern.

»Holen Sie ihn lieber ans Mikrofon, Lady«, verlangte der Pilot. »Was soll dieser Blödsinn? Ich habe keine Passagiere an Bord. Kontrollieren können Sie die Maschine auch in Fort Lauderdale. Die Einrichtungen dafür sind da. Warum wird die verdammte Inspektion nicht in Fort Lauderdale durchgeführt?«

Mink gab etwas auf ihrer Tastatur ein und wartete ab, bis die gewünschten Informationen auf dem Bildschirm erschienen. »Um ganz sicherzugehen, fordere ich seine Zollvoranmeldung an«, erklärte sie Ricardo, »aber ich glaube, daß er Passagiere an Bord haben sollte.«

»Was?«

»Augenblick, Ricardo!« rief ein anderer Controller. »Bloß zur Information: Die Verbindung zu CARIBAL scheint unterbrochen zu sein.« Damit meinte er den Radarballon auf dem Stützpunkt der Hammerheads auf Grand Bahama Island knapp zweihundert Kilometer östlich von Palm Beach. Michael Becker trat an seine eigene Konsole, um den Wahrheitsgehalt dieser Meldung selbst zu überprüfen.

»Prüfen Sie, ob er in unser System eingegliedert ist, und fragen Sie dort nach, was los ist«, verlangte Motoika.

»Wird gemacht.«

»Funkstille bei Grand Bahama Island«, stellte Becker fest. »Ich versuch's mal übers Telefon.«

»Ich hab's, Ricardo«, warf Angel ein. »Auf seiner Zollvoranmeldung stehen acht Passagiere – lauter Amerikaner.«

»Trotzdem behauptet er, keine Passagiere an Bord zu haben«, sagte Motoika. »Verlangen Sie eine Bestätigung von ihm.«

Plötzlich schrillte die Alarmglocke der Plattform dreimal; danach kam Beckers Stimme aus allen Lautsprechern: »Achtung, hier spricht der Kommandant! Soeben ist gemeldet worden, daß unser Radarballon auf Grand Bahama Island durch einen feindlichen Luftangriff zerstört worden ist. Ab sofort herrscht Alarmstufe gelb. Das Flugdeck freimachen und für Starts und Landungen vorbereiten! Freiwache auf Alarmstationen! Ich wiederhole: Alarmstufe gelb!« Er wandte sich an Ricardo. »Senden Sie eine Alarmmeldung auf sämtlichen Frequenzen von Militär, Border Security und Coast Guard und sorgen Sie dafür, daß der Luftraum in fünfzig Meilen Umkreis um diese Plattform freigehalten wird.«

Fast alle Controller hatten ihre Arbeitsplätze verlassen und umstanden Beckers Konsole. »Geht auf eure Stationen zurück und überwacht eure Sektoren«, befahl Becker ihnen. »Legt eure Schwimmwesten an, aber kontrolliert weiter. Los, an die Arbeit!«

Nur Angel Mink war auf ihrem Platz geblieben. Sie drückte ihren Kopfhörer mit einer Hand fester, während sie über Funk wiederholte: »Sundstrand Three-Five-One, bestätigen Sie! Sie verlassen den Einflugkorridor und fliegen in ein Sperrgebiet ein. Steuern Sie sofort Kurs drei-fünf-null Grad.« Keine Antwort. Über die Bordsprechanlage meldete sie Becker: »Mike, Sundstrand Three-Five-One hat den Einflugkorridor verlassen und kommt auf uns zu. Keine Antwort auf meinen Anruf. Seine Geschwindigkeit ist auf zwo-achtzig gestiegen. Er ist dreißig Meilen südwestlich. Geschätzte Flugzeit knapp sieben Minuten.«

An Bord von Lion Two-Nine auf dem Flug nach Hammerhead Two

Hardcastle schrak aus leichtem Schlaf auf, als eine Hand seine Schulter berührte. Vor ihm stand Lee Tanner, der auf Hammerhead Two als Controller arbeitete und auch an Bord der Sea Lion einen Kopfhörer trug. »Entschuldigen Sie, Sir...«

»Ja, was gibt's, Lee?« fragte der Admiral, den wegen Tanners ernster Miene schlimme Vorahnungen befielen.

»Hammerhead One sendet einen Rundruf auf sämtlichen Frequenzen«, antwortete der Controller. »Für die Plattform gilt Alarmstufe gelb. CARIBAL scheint nach einem Luftangriff ausgefallen zu sein...«

Hardcastle riß Tanner beinahe die Ohren ab, als er einen Kopfhörer an sich brachte. »Ken, was ist passiert?« fragte er den Kopiloten Ken Sherry.

»Keine Verbindung zu CARIBAL«, meldete der Copilot. »Für Plattformen eins und zwei gilt Alarmstufe gelb. Key West und der Zoo sind ebenfalls alarmiert worden.«

»Was ist mit dem angeblichen Luftangriff?«

»Unbestätigt, Sir«, sagte Sherry. »Aber Hammerhead One hat von einem Luftangriff auf CARIBAL gesprochen.«

Hardcastle warf einen Blick aus dem Fenster an Steuerbord, aber draußen war es stockfinster. Die Besatzungsmitglieder im Heck der AV-22 begannen unruhig zu werden, weil sie die Erregung in seiner Stimme spürten. »Wo sind wir?«

»Zwanzig Meilen westlich der Küste. Hammerhead Two liegt fünfundzwanzig Meilen vor uns.«

»Wir kehren um und landen«, entschied Hardcastle. »Irgendwo in der Nähe – Naples oder Southwest Regional...«

»Aber was ist mit Hammerhead Two?«

»Sollte die Plattform angegriffen werden, will ich nicht weitere fünfundzwanzig Leute auf ihr haben. Evakuieren können wir die Besatzung besser mit einer leeren Maschine. Kehrt um und setzt uns schnellstens irgendwo ab!«

Im Weißen Haus, Washington, D.C.

Zu der Besprechung im Lageraum des Weißen Hauses kam der Präsident in seinem bekannten blau-rot-weißen Jogginganzug: eine Erinnerung an seine Zeit als Footballspieler. Anwesend waren Vizepräsident Martindale, Verteidigungsminister Thomas Preston, der Vorsitzende der Vereinigten Stabschefs, Viersternegeneral Randolph McKyer, der neue Stabschef des Weißen Hauses, Jack Pledgeman, CIA-Direkter Kenneth Mitchell sowie der erst vor kurzem ernannte Sicherheitsberater des Präsidenten, Luftwaffengeneral Wilbur Curtis. Weitere NSA- und Kabinettsmitglieder waren durch hohe Beamten ihrer Dienststellen vertreten. Etwas abseits von den anderen saßen Brad Elliott und Patrick McLanahan mit ihren vorbereiteten Karten und Unterlagen.

»Bei allem Respekt, General Elliott«, sagte der Präsident irritiert, »läßt Ihr Bericht doch noch sehr viele Fragen offen.« Er wandte sich an Martindale. »Wie steht's damit, Kevin? Sie schicken McLanahan und einen blutjungen Piloten mit einem... *russischen* Jäger nach Haiti. Die beiden werden zur Landung gezwungen und beinahe festgesetzt. Oder an die Wand gestellt. Und jetzt behaupten Sie, diese Einheit sei ein Drogenschmugglerring?«

»Ich gebe zu, daß nur Indizienbeweise vorliegen, aber das Beweismaterial ist dokumentiert und schlüssig, Sir«, antwortete Martindale. »Die Border Security Force hat diesen Stützpunkt schon seit geraumer Zeit überwacht.« Das stimmte nicht ganz, war aber im Augenblick nötig. »Major McLanahan konnte beweisen, daß diese Schmuggler Kinder aus ihren Flugzeugen *ge-*

worfen haben und auf dem fraglichen Stützpunkt gelandet sind. Deshalb habe ich General Elliott den Auftrag erteilt, den Stützpunkt mit allen ihm zur Verfügung stehenden Mitteln möglichst rasch zu erkunden.«

»Mit einem russischen *Jäger*? Wozu hat er einen russischen Jäger benutzt?«

»Weil er das einzige für unsere Zwecke geeignete Flugzeug war, Mr. President«, warf Elliott ein. »Aus Sicherheitsgründen brauchten wir eine schnelle und wendige Maschine, aber wir wollten zugleich vermeiden, die Schmuggler aufzuschrecken und in die Flucht zu treiben, was möglicherweise der Fall gewesen wäre, wenn wir eine amerikanische Maschine benützt hätten. Da auf Kuba sowjetische Jäger stationiert sind, ist unsere Wahl logischerweise auf eine sowjetische Maschine gefallen...«

»Und wenn die beiden gefangengenommen oder erschossen worden wären? Dann hätten wir jetzt verdammt viel zu erklären!«

»General Elliotts Organisation ist streng geheim, Mr. President«, sagte Martindale. »Eine Beteiligung des Weißen Hauses wäre schwer oder gar nicht nachweisbar gewesen.«

Der Präsident sah zu Preston hinüber, der leicht nickte. »Nicht einmal ich habe gewußt, daß wir eine Su-27 haben, die von amerikanischen Piloten geflogen wird«, sagte der Verteidigungsminister. »Obwohl ich den Einsatz eines... konventionelleren Flugzeugs begrüßt hätte, finde ich das Ergebnis dieses Unternehmens eindrucksvoll. Aber ich bin keineswegs davon überzeugt, daß es sich bei der von McLanahan entdeckten Gruppe um einen Drogenschmugglerring handelt, und noch weniger davon, daß wir jetzt eingreifen sollten...«

»Einspruch!« warf Martindale ein. »Gemeinsam mit der sogenannten haitischen Regierung müssen wir die Bande sofort zerschlagen. Wenn wir zu lange warten, setzt sie sich ab und errichtet irgendwo einen neuen Stützpunkt, den wir erst wieder finden müßten.«

Janet Johnson, die Unterstaatssekretärin für Mittelamerika, ergriff das Wort. »Ich habe den legalen Status des Obersten Agusto Salazar überprüft, den Oberleutnant Powell auf Haiti entdeckt hat. Tatsächlich ist Salazar einer der dortigen Milizkommandeure…«

»*Was* ist er? Soll das heißen, daß der Kerl ganz legal operiert?«

»Obwohl Salazar geborener Kubaner ist und Oberst der kubanischen Revolutionsluftwaffe war, besitzt er die Staatsbürgerschaften Haitis und Panamas«, antwortete Johnson. »Statt eine Besoldung zu erhalten, hat er das Recht, im Westen Haitis eine Miliz aufzustellen. Er untersteht nominell dem haitischen Militär und ist berechtigt, in Verrettes eine bewaffnete Streitmacht zu unterhalten.«

»Außerdem ist er in Kuba wegen Drogenschmuggels angeklagt und zum Tode verurteilt worden«, warf CIA-Direktor Mitchell ein. »Seine Anhänger, die jetzt alle in Verrettes sein dürften, haben ihn wenige Tage vor den Hinrichtung aus der Haft befreit. Unsere Quellen behaupten, er habe sich durch größere Zahlungen mit dem kubanischen Regime arrangiert. Als Gegenleistung stehen seiner Organisation der Luftraum und die Hoheitsgewässer Kubas uneingeschränkt zur Verfügung, obwohl die Kubaner das natürlich nie zugeben würden, denn schließlich operiert er von Haiti aus.«

»Worauf läuft die Sache hinaus, Leute?« wollte der Präsident wissen. »Können wir uns den Kerl schnappen oder nicht?«

»Wir könnten bei der haitischen Regierung einen Auslieferungsantrag stellen«, antwortete Johnson. »Salazar hat große Ähnlichkeit mit Manuel Noriega in Panama: ein Militärkommandeur, ein starker Mann, der staatlichen Schutz und Immunität genießt. Er ist der reichste und mächtigste Mann Haitis…«

»Sobald wir das Einverständnis der dortigen Regierung haben, können wir ihn sehr schnell rausholen«, stellte General McKyer fest.

»Schon wieder eine Invasion?« fragte der Präsident. »Als Bush in Panama einmarschierte, standen wir in ganz Südamerika als Aggressoren da.«

»Aber das Unternehmen war erfolgreich, Sir«, sagte McKyer. »Wir haben Noriega gefaßt. Der Mann sitzt gegenwärtig eine Haftstrafe ab…«

»Eine Invasion Haitis würde weltweit verurteilt werden«,

wandte Johnson ein. »Davon kann ich nicht nachdrücklich genug abraten.«

»Richtig!« stimmte Thomas Preston zu. Martindale ließ die Schultern hängen – er wußte, wie groß der Einfluß des Verteidigungsministers im Weißen Haus war. »Salazar ist nicht ohne weiteres mit Noriega zu vergleichen. Noriega hat Oppositionspolitiker ermorden lassen und korrekt zustande gekommene Wahlergebnisse ignoriert, um Panama beherrschen zu können. *Und* er hat uns den Krieg erklärt und mit der Zerstörung des Panamakanals gedroht. Die Invasion Panamas ist eine notwendige, eine vertretbare Entscheidung gewesen. Bei Haiti sähe die Sache anders aus – wir führen keinen Krieg gegen die Insel, niemand auf Haiti hat uns den Krieg erklärt, und Salazar bedroht weder die Sicherheit Haitis noch die der Vereinigten Staaten...«

»Völlig meine Meinung, Thomas«, stimmte der Präsident zu. Er wandte sich an Martindale. »Wir können Salazar zeigen, daß wir sein Verhalten mißbilligen – vielleicht sogar durch eine Anklage wegen Drogenhandels wie im Fall Noriegas –, und seine Aktivitäten gemeinsam mit der haitischen Regierung beobachten. Aber nichts von dem, was ich bisher gehört habe, rechtfertigt ein *militärisches Eingreifen* gegen Salazar. Wir können ihm praktisch *nichts* nachweisen.«

»Außer natürlich seinen Drogenschmuggel«, warf Elliott ruhig ein. Obwohl er äußerlich gelassen blieb, war seine Erregung unüberhörbar.

»Seinen *angeblichen* Drogenschmuggel«, stellte Janet Johnson richtig.

»Falls wir ihn überhaupt anklagen *können*«, meinte McKyer, indem er Elliott kritisch musterte. »Den Beweis dafür, daß Salazar auf Haiti ist, verdanken wir amerikanischen Soldaten, die mit einem sowjetischen Flugzeug ohne Genehmigung in den haitischen Luftraum eingedrungen sind. Nicht gerade erstklassiges Beweismaterial für ein Schwurgericht.«

»Dieser Einsatz ist mit staatlicher Genehmigung durchgeführt worden«, warf Martindale rasch ein. »Das Beweismaterial ist bei Gericht verwertbar, auch wenn wir unsere Quellen und Methoden nicht preisgeben.«

»Jedenfalls müssen wir die Sache richtig anfangen«, sagte der Präsident. Sein Tonfall signalisierte, daß sich diese Besprechung ihrem Ende näherte. »Solange wir keine handfesten Beweise haben, solange der Kerl nichts wirklich Dummes tut, wie eines unserer Schiffe oder Flugzeuge anzugreifen, können wir nicht gegen ihn vorgehen...«

»Ich glaube, daß er das bereits getan hat, Sir«, warf Elliott ein. »Wir sind dabei, die von seinem Stützpunkt gemachten Aufnahmen zu analysieren, und ich bin sicher, daß wir das Flugzeug finden werden, das vor zwei Jahren eine Falcon der Coast Guard abgeschossen hat.« Er machte eine Pause und fügte eindringlich hinzu: »Ich kann nicht genug betonen, Mr. President, daß von diesem Stützpunkt bei Verrettes eine große Gefahr für unsere nationale Sicherheit ausgeht.«

»Das reicht nicht, Brad«, wehrte der Präsident ab. »Sollte die Analyse der Aufnahmen etwas Neues ergeben, können wir noch mal darüber reden. Ansonsten machen wir weiter wie bisher.« Er stand auf und strich seine Trainingsjacke glatt. »Ich danke Ihnen allen, daß Sie gekommen sind. Tut mir leid, daß es so spät geworden ist.«

Einige Minister wollten den Präsidenten noch privat sprechen. Pledgeman war dabei, Elliott, McLanahan und die anderen aus dem Lageraum zu führen, als das Signallicht des stummen Telefons auf einem Tisch in der Raummitte zu blinken begann. Gleichzeitig ertönten die Piepser an den Gürteln mehrerer Anwesender, darunter Preston, Curtis und Elliott.

Prestons Assistent nahm den Hörer ab, während die Männer ihre Piepser abstellten. »Mitteilung aus der Nachrichtenzentrale, Sir«, sagte er. Als Preston ans Telefon gehen wollte, nickte sein Assistent Elliott zu. »Ein dringender Anruf für Sie, Sir – aus Ihrem Hauptquartier.«

Elliott ließ sich den Hörer geben, hörte kurz zu und verlangte laut, um Aufmerksamkeit zu erregen: »Wiederholen Sie!« Einen Augenblick später sagte er: »Ich rufe zurück!« und legte auf.

»Unser Radarballon-Startplatz auf Grand Bahama Island ist durch einen Luftangriff zerstört worden, Mr. President« meldete Elliott mit lauter Stimme. Im Lageraum war es plötzlich totenstill. »Offenbar werden auch beide Kontrollplattformen der Border Security Force von unbekannten Flugzeugen angegriffen.«

Kontrollplattform Hammerhead One

Angel Minks Farbbildschirm zeigte die Umgebung der Plattform in zehn Seemeilen Umkreis. Sie hatte diesen Erfassungsbereich gewählt, damit Lion Two-One, die eben von Hammerhead One gestartete AV-22, und das Ziel, die Verkehrsmaschine der Sundstrand Air, abgebildet waren. Die beiden Flugzeuge befanden sich auf entgegengesetzten Seiten des Bildschirms – wie Ritter bei einem Turnier.

Und das Computersymbol der Sea Lion wurde von dem der Kontrollplattform Hammerhead One buchstäblich überlagert. Noch zehn Seemeilen – keine drei Minuten Flugzeit –, dann war das unbekannte Flugzeug, welche Absicht es auch haben mochte, genau über ihnen.

»Two-One, Ihr Ziel ist bei elf Uhr, neun Meilen«, kündigte sie an. »Frei zum Abfangen. Ausweichbewegungen möglichst nach links. Seagull One befindet sich bei vier Uhr, fünf Meilen, auf Abfangkurs.«

»Verstanden«, sagte der Pilot knapp. »Two-One hat Radarkontakt, geht zum Abfangen ran.«

»Negativ«, warf Michael Becker ein. »Wir haben keine Zeit für eine Verfolgungsjagd, Two-One. Versuchen Sie's besser aus dieser Entfernung, und bleiben Sie unter allen Umständen dran.« Über die Bordsprechanlage verlangte er: »Weitere Warnungen senden, verdammt noch mal!« Immerhin bestand noch eine winzige Hoffnung, daß dieser Kerl die Orientierung verloren hatte und die Plattform nur zufällig ansteuerte, seitdem CARIBAL ausgefallen war.

»Zielhöhe tausend Fuß, weiter abnehmend«, informierte Mink ihre Kollegen im Kontrollzentrum. »Sieben Meilen von Two-One, weiter abnehmend, zwölf Uhr, jetzt fünf Meilen.«

»Mike, Homestead hat Abfangjäger zur Unterstützung gestartet«, berichtete einer der anderen Controller. »Wir haben eine F-16, Rufzeichen Trap One, Entfernung dreißig Meilen, Geschwindigkeit Mach eins-komma-zwo. Zwei fliegen nach Key West, eine weitere zu Hammerhead Two.« Mink vergrößerte den Erfassungsbereich ihres Monitors, bis er auch die F-16 zeigte.

»Two-One, Lenkwaffen abgeschossen«, meldete der Pilot der AV-22. Er schoß die Sea Stinger an der Grenze ihrer Reichweite auf eine tieffliegende Propellermaschine ab – keine guten Voraussetzungen für einen Treffer.

Das Ergebnis ließ nicht lange auf sich warten. »Fehltreffer«, berichtete der Pilot. »Er ist nicht richtig erfaßt gewesen. Ich versuch's noch mal.«

»Die F-16 ist bei zwanzig Meilen, jetzt im Mach eins-kommaeins«, meldete Mink. »Der Pilot hat beide Maschinen im Radar und will, daß die Sea Lion ihren Abstand vergrößert.«

»Wann ist er hier?«

»Neunzig Sekunden bis zum Abfangen«, sagte Mink. »Gleichzeitig mit dem Ziel über der Plattform.«

Michael Becker zögerte. Die AV-22 war nur wenige Seemeilen von dem Eindringling entfernt – aber sie würde kostbare Sekunden brauchen, um in gute Schußposition zu kommen. Ihre Lenkwaffen waren nicht für Einsätze aus großen Entfernungen, sondern für die Bekämpfung von Flugzielen in Sichtweite ausgelegt. Bis die Sea Lion wirkungsvoll eingreifen konnte, war es vielleicht schon zu spät dafür.

Die F-16 war mit radargesteuerten Jagdraketen bewaffnet, die sie aus größeren Entfernungen abschießen konnte. Und sie war notfalls rasch heran, um das Ziel mit ihrer 20-mm-Revolverkanone zu bekämpfen. Aber falls sie es beim ersten Anflug verfehlte, konnte sie den Eindringling nicht mehr aufhalten: bei Mach 1 hatte die F-16 mit Zusatztanks und voller Waffenlast einen Kurvenradius von über fünfzig Kilometern. Sie konnte also nicht wieder angreifen, bevor das Ziel die Plattform erreichte.

»Irgendeine Reaktion auf unsere Warnungen über Funk?« erkundigte Becker sich.

»Keine, Mike.«

»Ich brauche die Einsatzfreigabe für die F-16«, sagte Angel Mink. »Sechzig Sekunden bis zum Abfangen. Er ist auf Mach eins runtergegangen, um seine Raketen abschießen zu können – aber er ist noch immer verdammt schnell.«

»Verdammt noch mal«, murmelte Becker, »funkt weiter Warnungen. Sagt ihm, daß er demnächst vom Himmel geholt wird.« Er spürte, daß seine Unentschlossenheit ihn lähmte, aber er *mußte* sich Zeit nehmen, die Sache durchzudenken... Die Border Security Force durfte kein Ziel angreifen, ohne es visuell identifiziert und gewarnt zu haben: Darauf hatte Hardcastle bei der Ausarbeitung der Einsatzprinzipien der Hammerheads größten Wert gelegt.

»Michael...«

Aber dieser Fall lag anders, nicht wahr? Die Situation mit der Terroristengruppe auf Haiti, der Angriff auf Grand Bahama Island, die wachsende Spannung... er durfte nicht zulassen, daß die Plattform in Gefahr geriet. Fünfzig Menschen auf dieser Plattform zählten auf ihn. Er trug Verantwortung – aber nicht nur den Hammerheads gegenüber. Ein ungerechtfertigter Abschuß würde alles zerstören, was Ian Hardcastle so mühsam aufgebaut hatte. Er durfte diesen Kerl nicht ohne eindeutige Identifizierung angreifen, auch wenn er eine potentielle Gefahr darstellte. Er mußte sich seiner Sache erst ganz sicher sein...

»Two-One soll versuchen, diesen Hundesohn abzufangen und zu identifizieren«, befahl Becker. »Die F-16 soll den Angriff abbrechen und noch warten.«

»Trap One, Trap One, abbrechen und ausweichen«, wies Mink den Piloten an. Über die Bordsprechanlage meldete sie: »F-16 steigt... dreht ab.« Sekunden später erzitterten die Fenster des Kontrollzentrums, als der Mach-Kegel des Jägers über die Plattform hinwegfegte.

»Ich will ein normales Abfangmanöver mit Lichtsignalen und Warnschüssen!« rief Becker in sein Mikrofon. »Sie setzen sich neben ihn und leuchten ihm ins Cockpit, aber sie greifen erst an, wenn er Ihr FOLLOW-ME-Zeichen gesehen hat. Ist das klar?«

»Two-One, verstanden. Ich gehe dichter ran. Mein Scheinwerfer hat ihn erfaßt, aber er reagiert nicht.«

»Noch dreißig Sekunden!«

»Two-One hat Radarkontakt... Two-One hat Ziel erfaßt. Anfrage: Feuer frei?«

»Setzen Sie sich neben ihn, Two-One«, befahl Becker. »Versuchen Sie's mit Warnschüssen...«

»Ich sehe die Plattform, Becker«, meldete der Pilot. »Er fliegt genau darauf zu. Er ist schon zu dicht dran, ich hab' ihn im Visier. Feuer frei?«

»Nein, nicht schießen! Setzen Sie sich neben ihn. Zwingen Sie ihn zum Abdrehen...«

»Zu spät, Mike! Er greift die Plattform an! *Feuer frei?*«

»Alarm auslösen!« befahl Becker. »Alle bleiben auf ihren Stationen, aber...«

Plötzlich eine laute Stimme aus ihren Kopfhörern: »Border Security, hier Sundstrand Three-Five-One.« Die Stimme war gellend laut, fast ein Kreischen. Seit Vietnam hatte Becker nicht mehr solche Todesangst in der Stimme eines Mannes gehört. »Nicht schießen, nicht schießen, könnt ihr mich hören, *bitte nicht schießen...*

»Sorg dafür, daß er abdreht, Angel!« rief Becker ihr zu.

»Sundstrand Three-Five-One, hier Border Security Force«, funkte sie. »Drehen Sie sofort nach rechts ab! Sofort Fünfundvierzig Grad nach rechts abdrehen, sonst werden Sie angegriffen...«

Die Reaktion erfolgte augenblicklich. Das Flugzeug drehte in einer steilen Rechtskurve von der Plattform ab. Mink holte so tief Luft, als hätte sie seit Minuten den Atem angehalten. »Ziel dreht nach rechts ab, Kurs null-vier-null, jetzt im Steigflug.« Einige Controller ächzten erleichtert. Becker, der vorhin aufgesprungen war, ließ sich in seinen Sessel fallen, nahm den Kopfhörer ab und rieb sich die Augen.

»Two-One soll den Schweinehund nach Aladdin City begleiten«, ordnete Becker an. »Am liebsten würde ich ihm persönlich die Fresse polieren! Die F-16 kannst du mit Dank wieder nach Hause schicken.«

»Verstanden«, bestätigte Mink. Auf der taktischen Frequenz sagte sie: »Trap One, hier Hammerhead One. Unser Ziel hat abgedreht und befolgt unsere Anweisungen. Danke für die Unterstützung.« Um das Gebiet zwischen der F-16 und der Homestead Air Force Base im Nordwesten überblicken zu können, vergrößerte sie den Darstellungsbereich ihres Monitors wieder auf die üblichen fünfzig Seemeilen. »Kurs drei-fünf-null Grad, halten Sie zehntausend Fuß, rufen Sie Homestead Approach auf eins-eins-acht-komma-eins. Gute Nacht.«

Angel Mink erfaßte die neuen Radarechos, als der F-16-Pilot gerade antwortete: »Augenblick, Hammerhead One. Ich habe ein…«

Über die Bordsprechanlage meldete sie: »Zwei neue Ziele, Kurs null-sieben-null, bei zehn Meilen, in fünfhundert Fuß, mit vierhundert Knoten. Beide kommen schnell näher. Ein weiteres ist höher – in der Nähe der F-16.« Auf der taktischen Frequenz sagte sie hastig: »Trap One, Verkehr bei sechs Uhr, acht Meilen, IAS über…«

Plötzlich hörten sie auf der Notfrequenz: »Mayday! Mayday! Mayday! Trap One, fünf Meilen südwestlich von Hammerhead One. Ich werde angegriffen. Ich bin getroffen. Ich bin getroffen!« Anrufe auf der Notfrequenz hatten Vorrang vor allem sonstigen Verkehr, und die Stimme des Piloten klang schriller, immer schriller – bis sie ganz abbrach.

»Ich empfange ein ELT-Signal«, meldete Mink. »Die F-16… die F-16 ist abgeschossen, fürchte ich.«

»Was, zum Teufel, ist *los,* Angel?« fragte Becker.

»Drei Flugzeuge… nein, ich zähle vier, vier Flugzeuge sind aus dem Nichts aufgetaucht. Ich war im Nahbereich und hab' sie nicht gesehen. Zwei sind oben, wo die F-16 gewesen ist. Die beiden anderen kommen aus Nordosten schnell auf uns zu. Keine Identifizierung, keine Flugpläne.«

»Alle flugklaren Sea Lions starten!« befahl Becker laut. »Auf sämtlichen Frequenzen Warnungen funken!« Er sah sich im Kontrollzentrum um. »Alarmstufe rot! Rettungsstationen besetzen!« Er machte Angel Mink ein Zeichen, zum Ausgang zu rennen, aber sie drehte sich nur mit ihrem Sessel um, nahm die Kopfhörer ab und starrte auf den Großbildschirm…

Einige jüngere, weniger erfahrene Controller hasteten zur Notrutsche, die zu den Rettungsbooten auf der untersten Ebene führte. Die meisten blieben an ihren Konsolen und funkten weiter Warnungen, während erst zwei und dann noch eine AV-22 Sea Lion starteten. Auf dem Hangardeck wurde eben die letzte AV-22 auf den Aufzug zum Flugdeck geschoben, als die Jagdbomber angriffen.

»Einer abgeschossen!« lautete die Funkmeldung.

»Gut gemacht, Fänge, sehr gut«, lobte Agusto Salazar, der den führenden Jagdbomber flog, die beiden Jäger. »Die Krallen greifen jetzt an. Fänge, ihr bleibt über uns und fluchtbereit.«

Wegen der Nähe amerikanischer Abfangjäger waren alle vier Jäger und Jagdbomber der Cuchillos schwer für Luftkämpfe bewaffnet. Die erste MiG-21 trug zwei Zusatztanks, zwei radargesteuerte Jagdraketen, zwei Lenkwaffen mit Infrarotsuchkopf und eine 23-mm-Maschinenkanone. Da die erste Dassault Mirage F 1C bei diesem Einsatz mit nur einem Zusatztank auskam, bestand ihre Bewaffnung aus vier Jagdraketen und zwei 30-mm-Maschinenkanonen. Dies waren die »Fänge«: die Begleitjäger der beiden Jagdbomber der Cuchillos.

Die andere MiG-21 und die zweite Mirage F 1C trugen ebenfalls Abwehrbewaffnung: Für den Fall, daß die Maschinen der Cuchillos von amerikanischen Jägern angegriffen wurden, trugen sie neben Zusatztanks je zwei radargesteuerte Jagdraketen, so daß nur Platz für je zwei Angriffswaffen blieb. Salazar hatte beide Jagdbomber – die Krallen – mit je einer Schüttbombe BL755 zum Einsatz gegen den Ballonstartplatz der Hammerheads auf den Grand Bahama Islands ausgerüstet. Die britische BL755 enthielt hundertvierzig Einkilobomben, die das ganze Zielgebiet verwüstet hatten. Darüber hinaus konnte nur noch eine ziemlich kleine und leichte Waffe für den Angriff auf Hammerhead One untergebracht werden.

Die argentinische Martin Pescador – eine Abwurflenkwaffe gegen Schiffsziele – war die wirkungsvollste Waffe im Arsenal der Cuchillos. Bei nur hundertfünfunddreißig Kilo Gewicht flog sie mit Überschallgeschwindigkeit vier bis fünf Kilometer weit, und ihre Zerstörungskraft war auch ohne den zwanzig Kilo schweren Gefechtskopf gewaltig. Wegen des weltweiten Überangebots an solchen Lenkwaffen nach dem Falkland-Krieg, in dem die französische Exocet sich so grausig bewährt hatte, war die Pescador relativ preiswert gewesen, als Salazar als Waffenkäufer aufgetreten war. Für ihren Angriff auf Hammerhead One trugen die beiden Jagdbomber je eine Abwurflenkwaffe Pescador.

»Krallen greifen an, Führer zuerst. Viel Erfolg!« Salazars MiG-21 und die zweite Mirage F 1C verringerten ihre Geschwindigkeit auf unter Mach 0,5 und klinkten ihre Lenkwaffen gut drei Kilometer vor der Plattform aus. Die Pescador war funkgesteuert, und selbst bei Nacht bot die inzwischen verdunkelte Plattform aus dieser Entfernung ein leichtes Ziel. Da die Jagdbomber weiter in Richtung Plattform fliegen mußten, damit die Lenkwaffen ins Ziel trafen, konnten sie – im Gegensatz zu einem Schüttbombenangriff – das Feuerwerk von Anfang bis Ende beobachten...

Die beiden Lenkwaffen trafen das Flugdeck von Hammerhead One fast gleichzeitig: eine in der Nähe der Verankerung des Radarballons, die andere direkt den Flugzeugaufzug, auf dem noch die Sea Lion stand. Die Spitze der Pescador war als Titanprojektil ausgebildet, das Schiffsrümpfe aufreißen sollte, damit der Gefechtskopf tief im Schiffsinneren detonieren konnte. Genau das passierte jetzt.

Die erste Lenkwaffe durchschlug mühelos die erste Plattformebene und durchstieß die Decke des Kontrollzentrums, bevor ihr Gefechtskopf detonierte. Diese Detonation verwüstete das Kontrollzentrum und den größten Teil der Osthälfte der ersten und zweiten Plattformebene, tötete alle im Kontrollzentrum Zurückgebliebenen und riß die Ostseite des Flugdecks auf. Der Kontrollturm in der Nordostecke kippte in den Krater, und das Fesselkabel des Radarballons riß ab, so daß der Ballon entflog, während ein großer Teil des fast zwei Tonnen schweren Fesselkabels an Deck krachte.

»Volltreffer! Volltreffer!« meldete Salazar über Funk.

Auch die zweite Lenkwaffe durchschlug das Flugdeck und erreichte den dreigeschossigen Hangar, bevor ihr Gefechtskopf detonierte. Eine AV-SS Sea Lion und ein Hubschrauber Dolphin gingen in Flammen auf. Die zwanzig Wartungstechniker waren augenblicklich tot. Der Überdruck als Folge der Treibstoffexplosion sprengte die Westwand des Hangars nach außen und schor die Verbindungsstücke von zweien der sechs massiven Beine ab, auf denen die Plattform stand.

Die demolierte und von Sekundärexplosionen weiter beschädigte Westhälfte der Plattform kippte ins Meer, und die beiden Stützbeine gaben nach, knickten ein und kippten um. Vier der sechs Beine hielten – aber nicht genug, um verhindern zu können, daß die gesamte Plattform sich auf die zerstörte Seite legte. Die restlichen Beine verhinderten ein Kentern der Plattform, aber die unteren Ebenen und das halbe Flugdeck lagen jetzt unter Wasser. Brände wüteten unkontrollierbar, und ausfließender Treibstoff setzte das Meer in weitem Umkreis in Brand.

In sechzig Sekunden war die erste Kontrollplattform der Border Security Force zerstört, und die vier Jäger und Jabos brachten sich mit Höchstgeschwindigkeit nach Süden in Sicherheit. Die vor dem Angriff gestarteten AV-22 begannen mit Rettungsversuchen, aber ihre Besatzungen lernten bald die schreckliche Wahrheit kennen: Auf der Plattform hatten einundvierzig Männer und Frauen ihr Leben verloren – darunter Angela Mink, Michael Becker und Ricardo Motoika.

Achtes Kapitel

An Bord der AV-22 Lion Two-Nine in Westflorida

»Achtung, an alle Flugzeuge, Achtung, dies ist eine Luftverteidigungswarnung der United States Border Security Force«, begann die über Funk ausgestrahlte Mitteilung. »Mit sofortiger Wirkung tritt in den Kontrollbezirken Jacksonville, Miami und Houston Ost SCATANA in Kraft. Ich wiederhole: SCATANA tritt ab sofort in Kraft. Alle Flugzeuge, die diese Mitteilung hören, halten sich zum Empfang von Einzelanweisungen zur Fortsetzung ihres Fluges bereit.«

Hardcastle fühlte die AV-22 Sea Lion erzittern, als einer ihrer Piloten, die diese Warnung mitgehört hatten, versehentlich den Steuerknüppel berührte – als drücke das Flugzeug die Angst vor dem Ungewissen aus, die alle an Bord in diesem Augenblick empfanden. SCATANA, das Akronym für Security Control of Air Traffic and Air Navigation Aids, sollte in Krisenzeiten die Kontrolle ein- und durchfliegenden Luftverkehrs ermöglichen und im Kriegsfall verhindern, daß feindliche Flugzeuge amerikanische Funknavigationsanlagen nutzten. Dies war das erste Mal, daß SCATANA seit ihrer Einführung während der Kubakrise tatsächlich verhängt worden war.

»Alle IFR- und VFR-Flüge mit genehmigten Ein- oder Durchflugplänen in sämtlichen Alpha- und Bravo-Korridoren und auf den Victor-Routen 157, 539 und 225 bleiben hörbereit zum Empfang von Ausweichanweisungen«, wurde die auf allen Flugsicherungsfrequenzen ausgestrahlte Mitteilung fortgesetzt. »Achtung: Funknavigationsanlagen können ab sofort außer Betrieb sein. Alle IFR-Flüge warten auf Ausweichanweisungen der zuständigen Flugsicherungsstellen. Alle anderen Flugzeuge verlassen sofort den amerikanischen Luftraum, sonst können sie ohne Warnung beschossen werden. Navigationshilfe leistet die United States Border Security Force auf den Wachfrequenzen.«

Hardcastle spürte, wie sich seine Magennerven verkrampften, als diese Mitteilung auf Englisch und Spanisch wiederholt wurde. Solange SCATANA in Kraft war, waren das Militär und die Border Security Force ermächtigt, alle Sendeanlagen stillzulegen, die als Navigationshilfen dienen konnten – auch alle Rundfunk- und Fernsehsender in einem hundert Meilen breiten Küstenstreifen. Angesichts weltweiter Abrüstung galt SCATANA bei vielen fast als Anachronismus, als Relikt des überwundenen Kalten Krieges. Ein Luftangriff auf die Vereinigten Staaten galt als äußerst unwahrscheinlich.

Trotzdem hatte irgend jemand ihn jetzt doch gewagt und die Radarstationen der Hammerheads zum Ziel präziser, koordinierter Luftangriffe gemacht...

Agusto Salazar! dachte Hardcastle sofort. Dafür kam kein anderer in Frage. Der hochmodern gerüstete kubanische Drogenschmuggler, dieser sogenannte Milizkommandeur auf Haiti, der über mehr konzentrierte Feuerkraft verfügte als einige der kleineren Karibikstaaten zusammen, hatte es tatsächlich gewagt, Einrichtungen der Border Security Force anzugreifen.

Salazar mochte ein Fanatiker, vielleicht sogar ein Verrückter sein, aber im Augenblick hatte er die Oberhand. Irgendwie war es den angreifenden Flugzeugen in der allgemeinen Verwirrung wegen des auf CARIBAL gemeldeten Angriffs gelungen, unentdeckt ins Radarnetz zu schlüpfen und HIGHBAL abzuschießen oder zumindest außer Betrieb zu setzen. Möglicherweise drohte jetzt auch KEYSTONE, NAPALM oder sogar der Radarstation der Navy im kubanischen Guantanamo und den Stationen der Border Security Force in Puertorico sowie auf den Turks and Caicos Islands unmittelbare Gefahr.

Hardcastles AV-22 war inzwischen auf dem Naples Municipal Airport an der Westküste Floridas gelandet – etwa neunzig Kilometer östlich der Kontrollplattform Hammerhead Two. Sobald die Sea Lion vor dem kleinen General Aviation Terminal zum Stehen gekommen war, öffnete der Admiral die rechte Tür, sprang aus der Maschine und hastete mit langen Schritten in das Gebäude.

Der Flughafenmanager, den die Landung der Sea Lion nur wenig verblüfft zu haben schien, hatte sein Telefon bereits auf der Theke stehen und sagte kein Wort, als Hardcastle hereinstürmte und die Nummer des Wachhabenden im Hauptquartier der Border Security Force in Aladdin City wählte.

Als Annette Fields sich meldete, hörte Hardcastle im Hintergrund uncharakteristisch lautes Stimmengewirr. Dort drüben mußte es zugehen wie im Tollhaus. »Aladdin, Wachhabende. Bitte warten...«

»Annette, hier ist Hardcastle.«

»Ich bin froh, daß Sie anrufen, Ian. Über Funk geht überhaupt nichts mehr. Hier ist angezeigt, daß Sie gelandet sind, aber wo, zum Teufel, stecken Sie? Alles in Ordnung?«

»Wir stehen auf Naples Municipal. Flugzeug und Besatzung sind okay. Ich habe die SCATANA-Warnung gehört. Was ist passiert? Und wo brauchen Sie Lion Two-Nine?«

»Am besten fliegen Sie und die Besatzung zum Zoo zurück«, sagte Fields. »Hammerhead One ist getroffen worden. Schlimm. Noch rechtzeitig gestartete Sea Lions melden, daß die Plattform von zwei Raketen von Jagdbombern getroffen worden ist. Die Plattform ist schwer beschädigt und steht in Flammen.«

Hardcastle war wie vor den Kopf geschlagen. Er schluckte schwer. »Verluste?«

»Noch keine Angaben.« Ihre Stimme klang hölzern. Hardcastle ahnte, wie die Antwort lauten würde. »Zwei Sea Lions sind noch rechtzeitig gestartet – beide mit je fünf Mann an Bord. Sie versuchen jetzt, Überlebende zu bergen.« Was Hardcastle befürchtet hatte, blieb ungesagt: Die beiden Maschinen hatten noch keine Überlebenden finden können.

»Ich komme mit Two-Nine zum Zoo zurück, setze die Plattformbesatzung ab und fliege zu Hammerhead One. Wie viele Sea Lions hat Hammerhead Two zur Verfügung?«

»Vier und zwei Dolphins. Alle unsere Maschinen sind in der Luft und einsatzbereit.«

»Gut«, sagte Hardcastle. »Dieser Vogel hier ist als Fährflugzeug ausgestattet und taugt nicht für Rettungsarbeiten. Ich bringe die Besatzung zurück, tanke auf, lasse die Sitze ausbauen und nehme eine Winde, Schlauchboote und einen Waffenbehälter an Bord.«

»Okay, dann erwarte ich Sie. Ich sorge dafür, daß die Bodenmannschaft bereitsteht, um Ihre Maschine umzurüsten.«

»Schon irgendeine Nachricht von KEYSTONE oder einem unserer Schiffe?«

»KEYSTONE und Hammerhead Two sind noch in Betrieb«, antwortete Fields. »Wir befürchten, daß auch sie angegriffen werden, aber die Situation im Luftverkehr ist ein Alptraum. Wir versuchen, etwas Ordnung reinzubringen, aber...«

»Sie *müssen* dafür sorgen, daß kein Flugzeug in die Nähe unserer Radarballons kommt, Annette«, sagte Hardcastle nachdrücklich. »Sollten NAPALM und KEYSTONE zerstört werden...«

»Ich weiß, ich weiß. Dann wären wir blind. Aber ich kann mir nicht vorstellen, daß jemand verrückt genug ist, die beiden Ziele anzugreifen. KEYSTONE befindet sich auf amerikanischem Boden, und Hammerhead Two steht zu weit nördlich.«

Hardcastle konnte ihren Optimismus nicht teilen. Er traute Salazar alles zu – vor allem wenn sich der Exilkubaner bedroht fühlte. »Darauf würde ich mich lieber nicht verlassen, Annette. Was ist mit den Maschinen, die HIGHBAL angegriffen haben? Sind sie zu KEYSTONE oder Hammerhead Two unterwegs?«

»KEYSTONE hat die vier Jets, die CARIBAL und HIGHBAL angegriffen haben, nach Südsüdost abfliegend geortet: mit hoher Geschwindigkeit und sehr tief. Anscheinend ist kein weiterer Angriff mehr geplant. Wir bemühen uns, sie bis zu ihrem Heimatflugplatz zu verfolgen.«

»Ich kann Ihnen sagen, wo ihr verdammter Heimatflugplatz liegt...« Hardcastle machte eine Pause. Während seines Gesprächs mit Fields hatten sich Neugierige um ihn versammelt, die alle wissen wollten, was passiert war. »Wir sehen uns in zwanzig Minuten«, sagte er abrupt und legte auf.

Über den Dry Tortugas, hundertdreißig Kilometer südlich von Hammerhead Two

Auch nach wochenlanger Planung, tagelangen Besprechungen und Übungsflügen wäre es selbst hervorragend ausgebildeten Besatzungen schwergefallen, die beiden Kontrollplattformen genau gleichzeitig anzugreifen. Trotzdem mußten die Cuchillos mit einem unerprobten Plan, einer ziemlich kurzen Einsatzbesprechung und ganz ohne Übungsflüge auskommen. Daß zwischen den Angriffen der beiden Gruppen nur zehn Minuten lagen, war ein kleines Wunder, das den hohen Ausbildungsstand der Cuchillos unterstrich – und unerwartete Folgen haben sollte.

Die vier Jäger und Jagdbomber, die CARIBAL und Hammerhead One angreifen sollten, mußten 2300 Kilometer weit fliegen – größtenteils über Wasser –, um beide Radarstationen zu vernichten und nach Verrettes zurückzukehren. Auf einer so langen Strecke konnten Funkverbindungen abreißen, Zeitvorgaben nicht eingehalten werden oder notwendige Korrekturen unterbleiben. In der Hitze des Gefechts, vor allem wenn man angegriffen wurde, war das eigene Überleben wichtiger als jeder Zeitplan. Wurde der Angriff vorzeitig entdeckt, kam es darauf an, das Ziel trotzdem zu erreichen und den Verteidigern zu entkommen, ohne sich im Augenblick Sorgen wegen fehlender Koordinierung mit der anderen Gruppe machen zu können.

Die zweite Gruppe – ebenfalls zwei MiG-21 und zwei Jagdbomber Mirage F 1C – mußte fast dreitausend Kilometer weit fliegen, um ihren Auftrag durchzuführen, und war dabei allerdings nur etwa zwanzig Minuten lang wirklich gefährdet. Die vier Jets waren auf einer Luftstraße die Nordküste Kubas entlanggeflogen und hatten Funkverkehr mit Militärfluglotsen gehabt. Auf dieser Strecke waren sie der Border Security Force, die solche Flüge überwachte, nicht weiter aufgefallen. Als sie dann plötzlich nach Norden abbogen, fand eben der Angriff auf Hammerhead One statt. Die allgemeine Verwirrung war groß, und alle Aufmerksamkeit konzentrierte sich auf die Ereignisse im Osten.

Aber die vier Cuchillos waren noch immer mehrere Minuten von der großen Insel Cudjoe Key entfernt, auf der ein Radarballon der Hammerheads stationiert war. Wegen der benachbarten Naval Air Station sollte ihr Angriff verständlicherweise nicht dem Stützpunkt der Border Security Force, sondern nur dem 25 Kilometer entfernten Aufstiegsplatz des Radarballons KEYSTONE gelten.

Die erste Gruppe hatte vorzeitig angegriffen, obwohl die Angriffe auf CARIBAL und KEYSTONE gleichzeitig hätten stattfinden sollen; jetzt waren Schwärme von amerikanischen Nachtjägern unterwegs – und das erste Ziel der zweiten Gruppe war noch nicht einmal erreicht.

Der Führer der zweiten Formation fluchte in seine Sauerstoffmaske, als die Amerikaner plötzlich Befehle und Warnungen zu funken begannen. Sie hatten fast zehn Minuten Verspätung, als der Radarballon auf Grand Bahama Island angegriffen wurde. Seine Vierergruppe hatte den amerikanischen Luftraum noch nicht erreicht und befand sich erst recht nicht in Angriffsposition.

»Gruppe Gold, hier Gold Eins«, funkte er. »Gruppe Silber scheint ihr erstes Ziel schon angegriffen zu haben. Auf den Not- und Wachfrequenzen werden Warnungen gefunkt.«

»Was tun wir jetzt?« fragte einer der anderen Piloten auf Spanisch. Allen lag diese Frage auf der Zunge, aber nur der Jüngste hatte den Mut, sie zu stellen. Man fühlte sich nackt und hilflos, als ob die ganze Welt einen sehen könnte – als ob sämtliche Waffen der Welt auf einen gerichtet seien.

»Als erstes *halten wir Funkstille*«, antwortete der Führer verärgert auf englisch. Ihre Funkgeräte waren mit Scramblern ausgerüstet, die aber nach einem veralteten mechanischen Verfahren arbeiteten, das leicht zu knacken war. Für den Fall, daß sie abgehört wurden, sollte aller nichttaktischer Funkverkehr zur Tarnung auf englisch abgewickelt werden. »Formationswechsel, Fänge und Krallen – jetzt!«

Bisher war die Gruppe als Viererkette unterwegs gewesen: Die

Jagdbomber (»Fänge«) – der Führer in einer MiG-21 und sein linker Flügelmann in einer Mirage – auf der linken Seite; die Begleitjäger (»Krallen«) – ebenfalls eine MiG-21 und eine Mirage – rechts neben dem Führer. Auf seinen Befehl hin bildete die Verergruppe sich in zwei Rotten um, die aus je einem Jagdbomber und einem Begleitjäger des gleichen Musters bestanden.

»Meine Gruppe übernimmt die Plattform, die andere den Radarballon. Gold Drei hört die taktische Frequenz der Border Security ab. In fünfzehn Minuten sind alle wieder auf dieser Frequenz hörbereit, damit wir ein Treffen vereinbaren können. Viel Erfolg!« Während der Führer mit seiner MiG-21 links wegkurvte, um Kurs auf die Plattform zu nehmen, kippten die beiden anderen Maschinen über den rechten Flügel ab und begannen ihren Angriff auf den Radarballon KEYSTONE.

Border Security Force Headquarters, Aladdin City

Auf sämtlichen Radarschirmen im Westen und Südwesten Floridas herrschte heilloses Durcheinander. Flugzeuge waren überall. Während ihre Piloten dringend Verkehrsinformationen und Landeanweisungen verlangten, ereigneten sich mehrfach Beinahe-Zusammenstöße zwischen Verkehrsmaschinen mit Hunderten von Passagieren an Bord und Sport- oder Geschäftsreiseflugzeugen. Die FAA-Controller waren hoffnungslos überlastet, weil alle Maschinen noch irgendwo landen wollten, bevor die Schießerei losging. Und da die Hammerheads einen Großteil der Funknavigationsanlagen entlang der Küste abgeschaltet hatten, gerieten immer mehr Flugzeuge aus den ihnen zugewiesenen Korridoren, was ebenfalls Alarm auslöste.

Und jetzt erschien die Luftwaffe auf der Bildfläche. Abfangjäger F-16 der teilweise in Homestead stationierten 125th Fighter Interceptor Group waren als erste in der Luft. Unterstützung erhielten sie durch F-16 des 56th Tactical Training Wing von der

McDill Air Force Base bei Tampa. Und nun flitzten auch F-16 der 125th Fighter Interceptor Group aus Jacksonville in der Hoffnung heran, irgendwo ein Ziel zu finden. Viele Piloten äußerten die Befürchtung, sie könnten von einer F-16 abgeschossen werden, und mehrere meldeten Bombendetonationen und Raketenabschüsse und starke Explosionen, die den Himmel erzittern ließen.

Als Wachhabende im Kontrollzentrum Aladdin City hatte Annette Fields alle Hände voll zu tun: Sie sollte den zivilen Luftverkehr kanalisieren, die wahren Eindringlinge finden und dafür sorgen, daß niemand ihren Radarstationen NAPALM, KEYSTONE und ALADDIN zu nahe kam. Die Hauptgefahr ging von der Luftstraße Bravo-646 aus, der großen Ost-West-Verbindung zwischen Süd- und Mittelamerika und den Bahamas. Flugzeuge auf dieser Streckte benützten das VORTAC Key West und kamen dann sehr nahe an KEYSTONE vorbei; tatsächlich berührte der Nordrand von Bravo-646 das Sperrgebiet um den großen Radarballon. Überflüge und Zusammenstoßwarnungen wegen KEYSTONE, der in vierzehntausend Fuß dicht unter der normalen Reiseflughöhe auf Bravo-646 stand, waren häufig.

Fields blieb nichts anderes übrig, als allen Luftverkehr südlich von Bravo-646 zu halten, denn nur so war gewährleistet, daß keine Maschine näher als dreißig Seemeilen an eine der Radarstationen herankam. Hatten sie dann KEYSTONE passiert, konnte Miami ATC sie wieder auf ihre flugplanmäßigen Strekken lotsen oder den Anflug nach Miami oder Fort Lauderdale fortsetzen lassen. Das klang einfach, aber Fields' Anweisung bewirkte ein Verkehrschaos. Darüber hinaus mußten die Hammerheads weiter darauf achten, daß kein Schmuggler diese Gelegenheit nutzte, um ihren Radarkordon zu durchbrechen. Selbst wenn alle Stationen der Kette in Betrieb waren, war es für ein kleines, schnelles Flugzeug manchmal leicht, so dicht neben einer Verkehrsmaschine herzufliegen, daß ihre Radarechos miteinander verschmolzen.

»Key West Approach, hier Aladdin, weisen Sie Mexicali One-Seven-Nine Charlie an, südlich von Bravo-646 zu bleiben«, hörte Fields jetzt Darrell Fjelmann, einen ihrer Controller, zu den FAA-Controllern sagen. »Ob er Ihre Kursanweisungen befolgt oder nicht, ist mir egal. Er soll sofort abdrehen... Wiederholen Sie die Anweisungen, bevor's ein Unglück gibt... Ich meine, er könnte 'ne Rakete in den Hintern kriegen, Sir, und Sie sind rechtzeitig gewarnt worden. Machen Sie jetzt die Strecke frei!« Fjelmann trennte die Verbindung, drehte sich mit seinem Stuhl um und rieb sich müde die Augen.

»Dranbleiben, Darrell, dranbleiben«, forderte Fields ihn auf.

»Annette, Lion Two-Two kommt von Hammerhead One«, meldete ein anderer Controller. »Möglicherweise mit einem Geretteten an Bord.«

In dieser Katastrophennacht waren die diensthabenden Hammerheads für jeden vagen Hoffnungsschimmer dankbar. »Two-Two soll direkt nach Homestead fliegen«, entschied Fields. »Und hol eine Freigabe von Homesteads ein, damit die AV-22 gleich auf der Rasenfläche vor dem Lazarett landen kann.«

Plötzlich stieß Fjelmann einen Fluch aus, drehte sich wieder nach seiner Konsole um und betätigte den Telefonschalter. »Key West, wohin will der Mexicali-Pilot? Er soll nach rechts abdrehen – nicht nach links... Sie glauben, daß er desorientiert ist? Ja, das sieht man. Wenn er so weiterfliegt, hat er demnächst unseren Radarballon vor der Nase... Gut, reden Sie mit ihm! Machen Sie ihm klar, daß er das nächste Jahr hinter Gittern verbringt, wenn er nicht sofort nach rechts abdreht und aus unserem Sperrgebiet verschwindet... Nein, *Sie* reden mit ihm. Das ist *Ihr* Job, verdammt noch mal!«

»Nicht aufregen, Darrell«, ermahnte Fields ihn. »Das ist ein Linienflug. Wir zeigen keinen Piloten an, nur weil er in Panik geraten ist. Sorg dafür, daß möglichst niemand in die Nähe von KEYSTONE kommt, aber laß die Drohungen – die nützen ohnehin nichts.«

»Man könnte glauben, diese Piloten seien eben erst aufgewacht«, sagte Fjelmann gereizt. »Wird ihre gewohnte Routine mal durchbrochen, reagieren sie im Schneckentempo. Wir geben ihnen einen ganz einfachen Befehl, und sie geraten in Panik! Das einzige, was diese Kerle zu beherrschen scheinen, ist das Einschalten ihres Autopiloten.«

»Das brauchst du *mir* nicht zu erzählen...«

»Okay, okay, ich wollte bloß ein bißchen Dampf ablassen.« Fjelmann nahm seinen Kopfhörer ab, massierte sich die Schläfen, ohne dadurch die Schmerzen hinter seinen Augen lindern zu können, und setzte die Kopfhörer wieder auf. Dann drehte er sich wieder nach seinem Bildschirm um, holte tief Luft und konzentrierte sich auf das vom Kurs abgekommene mexikanische Verkehrsflugzeug, das dem über Cudjoe Key stehenden Radarballon immer näher kam. »Annette, wir müssen KEYSTONE kurz beleuchten, sonst rammt dieser Kerl den Ballon!«

Fields warf einen Blick auf den Monitor, nickte und betätigte ihre Sprechtaste. »Sicherheitsdienst, Blinklichter von KEYSTONE eine Minute lang einschalten«, befahl sie.

An Bord des Jägers Mirage F 1C der Cuchillos

Gold Drei und sein Flügelmann mit dem zweiten Jagdbomber Mirage F 1C der Cuchillos waren mit sechshundert Knoten Marschgeschwindigkeit auf Bravo-646 unterwegs und noch knapp hundertdreißig Kilometer von ihrem Ziel entfernt. Um sie herum schien der Himmel mit langsam ziehenden Kometen bevölkert zu sein: mit Verkehrsmaschinen, die mit eingeschalteten Landescheinwerfern und Zusammenstoß-Warnlichtern flogen. Bei dieser sehr hohen Verkehrsdichte war die Gefahr eines Zusammenstoßes so groß, daß alle ihre Lichter eingeschaltet hatten. Die beiden Mirages schwammen in diesem Strom aus Lichtpunkten mit, weil ihre Piloten sich ausrechneten, daß das eine Verfolgung durch amerikanische Abfangjäger erschweren würde.

Plötzlich klickte Gold Drei mit der Sprechtaste, um seinen Flügelmann auf etwas aufmerksam zu machen. Weit vor ihnen am Horizont sahen sie eine erstaunliche Erscheinung: eine helle Lichtsäule, die aus dem Nichts aufzuragen schien. Nun begann die Erscheinung alle zwei Sekunden zu blinken. Ein fast überirdischer Anblick, großartig und zauberhaft zugleich...

Aber die Verzauberung hielt nicht lange an, sondern wurde bald durch Zufriedenheit und eine gewisse Erleichterung ersetzt, die selbst dann noch anhielten, als die ungewöhnliche Erscheinung kurze Zeit später verschwand. Die beiden Cuchillos wußten, daß dieses seltsame Objekt ihr Ziel KEYSTONE gewesen war, das zweifellos wegen des in seiner Umgebung herrschenden starken Luftverkehrs kurz beleuchtet worden war. Sie waren exakt auf Kurs. In weniger als sieben Minuten würde der Radarballon vom Himmel verschwunden sein.

Kontrollzentrum der Border Security Force, Aladdin City

»Key West Approach, die Mexicali scheint an unserem Radarballon vorbei zu sein«, sagte Darrell Fjelmann am Telefon, »aber sie soll südlich von Bravo-646 bleiben. Ich brauche sie noch zwei Minuten auf Südkurs... *mindestens* zwei Minuten... Danke. Ich sehe sie jetzt abdrehen... Yeah, bei uns geht's noch immer drunter und drüber. Nochmals besten Dank.«

Fjelmann vergrößerte den Darstellungsbereich seines Bildschirms. Die Lage schien sich etwas entspannt zu haben – der Verkehr war flüssiger geworden, und die Zahl der Alarme hatte abgenommen... Wieder ein Alarm. Vermutlich ein Business Jet oder ein Militärtransporter, der versuchte, sich vor den Verkehrsmaschinen nach Südflorida reinzumogeln. Fjelmann wollte eben Key West Approach anrufen, aber diesmal meldete der FAA-Controller sich ausnahmsweise als erster.

»Aladdin, Sie haben 'nen Eindringling, glaube ich«, sagte er ohne lange Vorrede. »Dem Piloten einer Delta-Maschine ist ein Flugzeug aufgefallen, das ihn überholt hat. Er sagt, daß es wie ein ausländischer Düsenjäger aussah – und daß es möglicherweise sogar zwei Maschinen waren. Ich habe keinen Squawk von diesem Kerl.«

»Annette, wir haben einen Unbekannten, achtundvierzig

Seemeilen westlich von KEYSTONE, sechshundert Knoten schnell!« rief Fjelmann zu ihr hinüber.

Im nächsten Augenblick stand Fields links neben ihm. »Wie ist das möglich?«

»Ich hab' ihn einfach übersehen«, gab Fjelmann zu. »Weil's in den letzten zehn Minuten so viele Alarme gegeben hat, hab' ich nicht mehr darauf geachtet. Während ich mit der Maschine bei KEYSTONE beschäftigt gewesen bin, haben diese Kerle sich zwischen die Flugzeuge gesetzt, die wir südlich an Bravo-646 vorbeigeleitet haben. Ich sehe nur ein Echo, aber der Pilot will vielleicht sogar zwei ausländisch aussehende Düsenjäger beobachtet haben...«

»Ausländisch aussehende Düsenjäger? Ist das die beste Beschreibung, die's davon gibt?« Aber Fields wußte recht gut, daß bei Nacht und in dem dort draußen herrschenden Durcheinander nicht mehr zu erwarten war. »Okay, bis sie visuell eindeutig identifiziert sind, behandeln wir sie als feindliche Maschinen. Falls sie das sind, brechen sie demnächst aus dem Verkehrsstrom aus, um *KEYSTONE* anzugreifen. Sieh zu, daß die beiden F-16 aus Homestead so schnell wie möglich herangeführt werden. Für dieses Abfangmanöver bist du verantwortlich.«

Fjelmann ärgerte sich darüber, daß er dieses Ziel übersehen hatte. Er glaubte, die Blicke der anderen Controller auf sich zu spüren, als habe er sie im Stich gelassen. Fjelmann starrte seinen Bildschirm an und murmelte: »Vielleicht macht das lieber ein anderer...«

»Wir haben keinen anderen. Du bist fürs Abfangen verantwortlich.« Über die Lautsprecheranlage sagte Fields: »Alles mal herhören, Leute. Wir haben zwei Eindringlinge, die sich demnächst aus dem Rudel lösen und versuchen werden, KEYSTONE anzugreifen. Telefoniert mit euren FAA-Controllern, damit sie ihre Flugzeuge um dieses Gebiet herumführen.« Danach nickte sie Fjelmann zu. »Okay, sorg dafür, daß die beiden F-16 so schnell wie möglich rangeführt werden.«

An Bord des Jägers Mirage F 1C der Cuchillos

Draußen war es stockfinster, windstill und warm. Links voraus waren am Horizont Lichtflecken zu erkennen: die Florida Keys und das nur fünfzig Kilometer entfernte Key West. Der Nachthimmel war so klar, daß der Pilot das Gefühl hatte, die Sterne mit Händen greifen zu können, wenn die Cockpitverglasung nicht gewesen wäre. In der Ferne waren noch einige Verkehrsflugzeuge zu sehen, aber das größte Durcheinander schien vorbei zu sein, und die Verkehrsmaschinen befanden sich wieder auf Kurs – allerdings zehn Kilometer südlicher als sonst.

Bisher klappte das Unternehmen erstaunlich gut... Wo waren die amerikanischen Abfangjäger? Ihr Ziel lag gleich dort vorn, praktisch in Griffweite. Abgesehen von den Verkehrsmaschinen um sie herum war der Himmel friedlich und heiter. Irgendwie klappte alles fast zu gut...

Der führende Pilot verglich seinen Kurs mit dem der Verkehrsmaschinen, die immer weiter nach Süden ausholten. Obwohl sie mit fast fünfzehn Kilometern in der Minute nach Osten flogen, hatte ihr Abstand zum Ziel sich bereits auf über fünfzig Kilometer vergrößert. Hatten die Verkehrsflugzeuge die Anweisung, dieses Gebiet zu meiden? Das konnte nur bedeuten, daß...

Sekunden später bestätigte sich sein Verdacht. Der Radarwarner – ein High-tech-Gerät, das von Flugzeugen oder Bodenstationen abgestrahlte Impulse empfing – begann zu piepsen, um ihn zu warnen, daß er von feindlichem Radar erfaßt worden war. Also wurden die anderen Flugzeuge fortgeschickt, bevor die Schießerei losging.

Der Pilot überzeugte sich davon, daß sein Flügelmann weiter neben ihm war, ermittelte den Kurs zum Ziel durch Doppler-Navigation und führte eine minimale Kurskorrektur durch. Er widerstand der Versuchung, den Leistungshebel nach vorn zu schieben, um schneller als vierhundertfünfzig Knoten zu fliegen – was etwa der Geschwindigkeit der Verkehrsmaschinen entsprach –, und verzichtete darauf, den Störsender EP-171 einzuschalten. Der Radarstörsender hätte aller Welt verkündet, daß hier ein Militärflugzeug unterwegs war. Jetzt wurde es Zeit für das geplante Täuschungsmanöver, das letztlich darüber entscheiden würde, ob sie das Zielgebiet erreichten oder nicht.

Der kubanische Pilot schaltete sein Funkgerät auf die internationale Notfrequenz 122,50 Megahertz um. Er holte tief Luft, drückte die Sprechtaste und sagte mit breitem amerikanischen Akzent: »Mayday, Mayday, Mayday, hier Challenger Five-Six Mike-Mike, hört mich jemand?« Das Rufzeichen war ein Einfall in letzter Minute, den er einer amerikanischen Fernsehshow verdankte: Es war das bekannte Rufzeichen eines Firmenjets der Disney Corporation.

»Challenger Five-Six Mike-Mike, hier United States Border Security Force. Wir hören Sie fünf. Squawken Sie Notfall, und melden Sie sich wieder.«

Diese Aufforderung bedeutete, daß der Pilot seinen Transponder auf Code 7700 stellen sollte, womit sein Standort auf den Radarschirmen der Amerikaner eindeutig bestimmt war. Bevor er den verlangten Code einstellte und das Gerät einschaltete, überzeugte er sich davon, daß der Modus C nicht gerastet war, damit sein Transponder keine Höhenangaben übermittelte. Wenige Sekunden später schaltete er das Gerät bereits wieder aus.

Obwohl die Amerikaner jetzt wußten, wo er war, würden sie noch ein paar Minuten brauchen, um sich Klarheit über seine wahre Identität zu verschaffen, bevor sie Abwehrmaßnahmen ergreifen konnten – und er und sein Flügelmann waren nur noch drei Minuten von ihrem Ziel entfernt.

Border Security Force Headquarters, Aladdin City

»Wir haben ihn!« rief Fjelmann aus. »Er hat sich auf der Notfrequenz gemeldet. Sein Rufzeichen ist Challenger Five-Six Mike-Mike. Er... verdammt, jetzt ist sein Transpondersignal weg!«

Annette Fields blieb trotzdem mißtrauisch. »Das Abfangmanöver geht weiter«, entschied sie. »Und du sorgst dafür, daß er abdreht und aus unseren Sperrgebiet verschwindet.«

»Aber er hat Mayday gefunkt...«

»Das ist mir egal. Bis wir ihn eindeutig identifiziert haben, soll er nach Süden fliegen.«

»Bißchen komisches Rufzeichen, was? Mike-Mike. Mickey Mouse...?«

»Darrell! Das Abfangen ist wichtiger!«

Fjelmann nickte und schaltete auf die Einsatzfrequenz der beiden F-16 um. »Trap Two, hier Aladdin. Eine Alarmmeldung: Ein Jet, möglicherweise zwei, bei zwei Uhr, siebzig Seemeilen, zehntausend Fuß. Ihr Abfangkurs zwo-fünf-null in zwölftausend.«

Nach kurzer Pause antwortete der Pilot der führenden F-16: »Aladdin, hier Trap Two. Auf dieser Frequenz sprechen wir mit BUTCHER. Bitte warten.« BUTCHER war die Jägerleitstelle für den Südosten.

»Trap Two, dieses Abfangen wird von uns koordiniert. Ihr Abfangkurs zwo-fünf-null in zwölftausend.«

»Bitte warten, Aladdin. Wir müssen erst mit unserer Leitstelle sprechen.«

Fields, die mitgehört hatte, telefonierte bereits mit der Homestead Air Force Base. Fjelmanns Kopfschmerzen wurden heftiger, als er auf die andere Frequenz umschaltete, um mit dem nicht identifizierten Eindringling zu sprechen.

An Bord des Jägers Mirage F 1C der Cuchillos

»Challenger Five-Six Mike-Mike, hier United States Border Security Force, Radarkontakt. Wir empfangen kein Transpondersignal mehr von Ihnen. Schalten Sie den Transponder aus und wieder ein, drehen Sie nach rechts ab und meiden Sie Bravo-646 bis auf weiteres. SCATANA-Verfahren sind in Kraft. Bestätigen Sie meine Anweisungen, kommen.«

Sie glauben mir nicht, dachte der Pilot. Noch einen Versuch, dann war diese Kriegslist offenbar ausgereizt. »Unser rechtes Triebwerk brennt, und wir haben Rauch im Cockpit!« rief er über Funk. »Ich muß schnellstens landen. Ich fliege zur Notlandung nach Key West. Kommen.«

»Five-Six Mike-Mike, das kann ich nicht genehmigen. Wegen eines Einsatzes zur Luftverteidigung müssen Sie südlich von Bravo-646 bleiben. Fliegen Sie sofort eine Rechtskurve, um das Sperrgebiet zu verlassen. Wir führen Sie zur Notlandung auf dem Flughafen Marathon.«

»Bis Marathon schaff' ich's nicht. Ich lande in Key West. Ich erkläre einen Notfall und erwarte Ihre Freigabe zur Landung in Key West. Kommen.«

»Wenn Sie glauben, Key West erreichen zu können, schaffen Sie's auch bis Marathon«, sagte der Controller. Damit hatte er recht: Die beiden Mirage F 1C waren von beiden Flughäfen nahezu gleich weit entfernt. Jetzt half keine Kriegslist mehr. »Gehen Sie sofort auf Kurs eins-zwo-null, kommen.«

Aber der Exilkubaner ließ nicht locker. »Key West hat eine längere Landebahn und bessere Rettungseinrichtungen, Sir. Marathon ist ungeeignet. Ich möchte in Key West landen. Geben Sie mir Ihren Wachleiter...«

»Mein Wachleiter ist beschäftigt, Five-Six Mike-Mike. Auf Ihrem jetzigen Kurs gefährden Sie sich selbst, Ihre Passagiere und anderen Luftverkehr. Wir haben keinen Flugplan von Ihnen, und Ihre Identität kann nicht überprüft werden. Sie haben keine Freigabe, ich wiederhole, keine Freigabe zum Weiterflug. Gehen Sie sofort auf Kurs eins-zwo-null und verlassen Sie das Sperrgebiet. Anweisung bestätigen und ausführen. Kommen.«

Nichts mehr zu machen, dachte der Jägerpilot, aber wenigstens haben wir ein paar Minuten gewonnen. Er schaltete seine Positionslichter kurz ein und wieder aus: das Signal für seinen Flügelmann, den Abstand zu vergrößern. Als der Jagdbomber diesen Befehl ausgeführt hatte, ließ er seine Zusammenstoß-Warnleuchte einmal aufblitzen und blinkte nochmals mit den Positionslichtern: das Signal, den Zusatztank abzuwerfen und die Waffen scharfzustellen. Dann sicherte er seine Waffen, wählte den mittleren Aufhängepunkt, warf den leeren Zehntausendlitertank ab und machte die Waffen sofort wieder scharf.

Er konnte nur annehmen, daß sein Flügelmann, der im Dunkel nicht zu sehen war, das gleiche getan hatte. In den kommenden Minuten konnte er alles, was die andere Mirage betraf, nur annehmen: Er mußte annehmen, daß der Jagdbomber auf Kurs bleiben, sein Ziel treffen und dabei nicht abgeschossen werden würde. Während die zweite Mirage F 1C zum Angriff auf weniger als hundert Meter übers Meer hinunterging, hatte der Jäger den Auftrag, etwaige Angreifer zu bekämpfen, bis er alle Munition und Raketen verschossen hatte und selbst zu entkommen versuchen mußte.

Er drückte den Leistungshebel bis zum Anschlag nach vorn, überzeugte sich erneut davon, daß seine Waffen einsatzbereit waren und schaltete zuletzt den Störsender und sein Feuerleitradar ein.

Der Radarwarner sprach erneut an – diesmal länger und so stark, daß sein Störsender automatisch aktiviert wurde. Das bedeutete, daß amerikanische Abfangjäger ihn im Radar hatten und gleich angreifen würden...

Border Security Force Headquarters, Aladdin City

»Challenger Five-Six Mike-Mike, Anweisung bestätigen und ausführen. Kommen... Five-Six Mike-Mike, Sie sind in Gefahr, ohne weitere Warnung angegriffen zu werden. Drehen Sie sofort nach rechts ab. Kommen.« In seiner Panik drückte Fjelmann auf den Lautsprecherknopf, während er gleichzeitig Ausschau nach der Wachhabenden hielt.

»Diese Challenger beschleunigt plötzlich«, verkündete er über Lautsprecher. »Sie ist schon bei Mach null-komma-acht.« Seine Warnung war überflüssig, denn schließlich kontrollierte er das Abfangmanöver. Die anderen meldeten ihm, was wichtig sein konnte, oder hielten den Mund. »Trap Two und Three, hier Aladdin, Rechtskurve, Abfangkurs eins-neun-null, Höhe fünfhundert, Entfernung... vierzig Seemeilen.«

»Aladdin, bitte warten«, verlangte der führende Pilot der Zweierformation. Auch er war hörbar verwirrt, weil er nicht wußte, ob er Anweisungen eines Controllers außerhalb der Air Force ausführen durfte. »Sir, wir haben bisher keine Genehmigung, uns von Ihnen Kurse geben zu lassen. Wir warten auf die Entscheidung unserer Leitstelle.«

»Scheiße, das ist...« Fjelmann verstummte, als Fields neben ihm auftauchte, um das Radarbild zu studieren. »Trap Two, Sie müssen sich jetzt gleich entscheiden, sonst schicke ich Sie weg, damit Flugzeuge von uns eingreifen können. Befolgen Sie meine Anweisungen – oder gehen Sie augenblicklich auf Gegenkurs!«

Wieder eine Pause. »Aladdin, können Sie mir die Radardaten des Ziels übermitteln?« fragte der Pilot dann.

»Los!« sagte Fields. Im nächsten Augenblick flogen Fjelmanns Hände über seine Computertasten. Durch die Datenverbindung zwischen Radarstation und Flugzeug erhielt der Jäger Steuerbefehle. Der Pilot der F-16 hätte den Autopiloten einschalten und die Maschine das Abfangmanöver selbständig fliegen lassen können. Außerdem ließ sich so feststellen, ob der Controller ihm Anweisungen erteilen durfte, denn nur eine berechtigte Dienststelle besaß die dafür erforderlichen Geräte und die nötige Erfahrung. In der Blickfelddarstellung des Piloten zeigte dann ein kleiner Kreis mit einer Kanalnummer in der Mitte – in diesem Fall die 8 der Border Security – die Position des Ziels an.

»Aladdin, die Datenverbindung steht«, hörte Fjelmann wenig später. »Trap Two und Three in einer Rechtskurve.« Sekunden später: »Trap Two, Kontakt, zwölf Uhr, siebenundzwanzig Seemeilen. Judy.« *Judy* bedeutete, daß der Pilot das Ziel jetzt selbständig ansteuern konnte, weil das Radar der F-16 es erfaßt hatte.

»Negativ, Trap Two.« Fjelmann brach der Schweiß aus. »Negativ! Ihr Ziel ist bei fünfunddreißig Meilen und fliegt in fünfhundert Fuß nach Norden.« Dann erschien auf seinem Digitalbildschirm eine weiße Linie mit dem Text WARNUNG FREQUENZ GESTÖRT WARTEN WARTEN. »Diese verdammte Mexicali ist im Weg«, schimpfte Fjelmann über die Lautsprecheranlage, »und der Hurensohn hat seinen Störsender eingeschaltet…«

»Trap Two ohne Kontakt… Trap hat Musik.« Die F-16 meldete, daß auch ihr Radar gestört wurde. »Trap hat Radarkontakt, Radarkontakt… warten Sie, Aladdin.«

»Trap Two, Ihr Ziel bei zwölf Uhr, zwanzig Seemeilen. Vorsicht, Verkehr bei zehn Uhr, fünfzehn Meilen und hoch. Ziel bei achtzehn Meilen, zwölf Uhr tief, jetzt elf Uhr dreißig, Judy melden.«

»Trap sucht weiter… Scheiße!… Three, ich bin blind, du mußt die Führung übernehmen.« Wie das Radarsystem der Hammerheads konnte das Angriffsradar der F-16 Störversuche durch häufigen Frequenzwechsel unwirksam machen – aber bei der Führungsmaschine klappte das offenbar nicht. Nun mußte der zweite Jäger die Führung und damit die Suche nach dem Ziel übernehmen.

»Laßt das, laßt das«, murmelte Fjelmann vor sich hin. »Dazu habt ihr keine Zeit!«

»Kein Wechsel, Three«, sagte der erste Pilot, als habe er die beschwörenden Worte gehört. »Ich bleibe in Führung, sonst wird die Zeit knapp. Aladdin, führen Sie uns ran.«

»Verstanden, Trap. Elf Uhr, acht Seemeilen, Vorhalt eine halbe Meile, tief, Ziel jetzt achthundert Fuß, zehn Uhr dreißig, sieben Meilen, Vorhalt eine dreiviertel Meile…«

»Trap Leader meldet Judy, Aladdin. Zehn Uhr dreißig, sechs Meilen.«

»Das ist Ihr Ziel, Trap. In zwanzig Sekunden über Wasser.«

»Entfernung zur Verkehrsmaschine, Aladdin?«

»Sieben Seemeilen bei neun Uhr dreißig.« Als die F-16 die Küste überflogen, fügte Fjelmann hinzu: »Trap jetzt über Wasser. Angriff frei. Vorsicht: Möglicherweise gibt's zwei Ziele. Angriff frei!«

An Bord des Jägers Mirage F 1C der Cuchillos

Der Radarwarner der Mirage schrillte so laut, daß der Pilot ihn schließlich abstellte. Sein Warnton unterstrich nur das Offenkundige: Der Kampf hatte im Ernst begonnen.

Der Angreifer ist immer im Vorteil – das hatte *Coronel* Salazar sie gelehrt. Auch bei technologischer, auch bei zahlenmäßiger Unterlegenheit behält der aggressive, überraschend zuschlagende Angreifer die Oberhand. Jetzt galt es, Salazars Theorie in der Praxis zu erproben.

An Bord des ersten Abfangjägers F-16

Die letzten Worte des Controllers gingen fast im Pfeifen des Gefahrenwarnsystems der F-16 unter. Ihr Radarwarner meldete nicht nur feindliche Radarimpulse, sondern gab auch die Richtung an, aus der sie kamen, und konnte unterscheiden, ob es sich um ein Zielsuchradar, ein Feuerleitradar oder ein Steuersignal für Lenkwaffen handelte. Bei dieser geringen Entfernung folgten alle drei rasch aufeinander: Das Radarsignal begann als Zielsuchradar, verwandelte sich rasch in ein Feuerleitradar, das die F-16 erfaßte, und wurde im nächsten Augenblick zu einem Steuersignal für eine Jagdrakete. An der Instrumententafel des Jägers blinkte eine große Leuchtanzeige LOCK auf, während in der Blickfelddarstellung des Piloten die Warnung MISSILE LAUNCH erschien.

»Trap Three, weiche rechts aus«, meldete der führende Pilot. In diesem Augenblick war der Angriff vergessen, denn er mußte versuchen, sich und seine Maschine zu retten. Mit einem Lenkwaffenstart hatte er nicht gerechnet: Ein Treffer in dieser Situation, wo zwei Jäger aufeinander zurasten, war fast unmöglich, wenn der Angreifer nicht hochmoderne Waffen hatte…

Trotzdem durfte er die Raketenwarnung nicht einfach ignorieren. Der erste Pilot stieß aus dem linken Behälter Düppel aus – Aluminiumstreifen zur Täuschung des gegnerischen Radars – und riß die Maschine in einer steilen Rechtskurve mit 6 g hoch. Nachdem er in wenigen Sekunden über tausend Fuß gestiegen war, legte er seine F-16 blitzschnell auf den Rücken, ging im Sturzflug aufs Wasser hinunter und bemühte sich, eine möglichst enge Kurve zu fliegen, ohne dabei bewußtlos zu werden. Zuvor hatte er nochmals Düppel ausgestoßen, weil er hoffte, die Jagdrakete werde statt seiner schnellen F-16 die langsam treibende Wolke aus Metallstreifen ansteuern.

Der Pilot der Mirage F 1C hatte jedoch keine Lenkwaffe abgeschossen. Er hatte ihren Abschuß nur simuliert, um den gegnerischen Jäger zu veranlassen, vorzeitig zu manövrieren und eine Abwehrposition einzunehmen – was die erste F-16 prompt getan hatte. Sobald der Mirage-Pilot den amerikanischen Jäger steil hochziehen sah, schaltete er sofort von seinen radargesteuerten Lenkwaffen für größere Entfernungen auf Jagdraketen mit Infrarotsuchkopf für kürzere Entfernungen um, beschleunigte und stieg hinter der F-16 her. Anstatt ihr frontal zu begegnen, hatte er's jetzt geschafft, sich hinter sie zu setzen und in Schußposition zu kommen...

Aber der Trick mit dem scheinbaren Raketenabschuß war altbekannt, und die beiden F-16-Piloten reagierten auf die einzig richtige Weise: Bei diesem Ausweichmanöver vor einem frontal angreifenden Gegner mußte die zweite Maschine etwas zurückbleiben.

Als die führende F-16 steil hochzog, wartete der Flügelmann zwei quälend lange Sekunden – immerhin *konnte* tatsächlich eine Jagdrakete auf ihn zufliegen –, suchte den Nachthimmel nach dem Angreifer ab und stieg dann hinter ihm her, als er auftauchte. Das Manöver funktionierte. Als die Mirage sich hinter die führende F-16 setzte, war die zweite F-16 dicht hinter ihr. Und als der erste amerikanische Jäger seinen Sturzflug begann, konnte die nicht so wendige Mirage ihm nicht sofort folgen und blieb mehrere Sekunden lang für die zweite F-16 verwundbar, die jetzt mit ihrer Vulcan-Revolverkanone das Feuer eröffnete.

»Fox Three, Fox Three!« meldete der zweite F-16-Pilot über Funk, als er den Feuerknopf an seinem Steuerknüppel drückte. »Er ist vor mir... Ich kann nicht sehen, wer er ist, aber er ist verdammt schnell...«

An Bord des Jägers Mirage F 1C der Cuchillos

Dann kam der Augenblick, in dem er die F-16 mitten im Visier seines Radarschirms hatte und ein fast überwältigendes Siegesgefühl empfand. Aber er wußte auch, daß dieses Triumphgefühl oft zu Fehlern verleitete. Deshalb kontrollierte er die Anzeigen seiner Instrumente und ermahnte sich, nicht leichtsinnig zu werden.

Für einen Raketenangriff war er bereits zu nahe, aber für einen Angriff mit seiner Maschinenkanone mußte er noch näher heran. Geduld, Geduld, Geduld. Obwohl die F-16 leistungsfähig genug war, um senkrecht steigen zu können, würde der Amerikaner vermutlich Düppel und Leuchtkörper als Raketenabwehr ausstoßen und im Sturzflug tiefergehen, um wieder Fahrt aufzuholen. Deshalb legte der Mirage-Pilot seine Maschine auf den Rücken und wartete auf den Augenblick, in dem die F-16 ihren Sturzflug einleiten und ihm dabei ein perfektes Ziel bieten würde. Auf seinem Radarschirm war nicht zu sehen, ob die F-16 sich schon im Rückflug befand, aber sobald sich ihr Leuchtfleck nach unten bewegte, würde er ihr folgen, den Winkel verkürzen und das Feuer eröffnen. So mußte die F-16 genau durch den Geschoßhagel seiner Maschinenkanone fliegen.

Als er eben darauf wartete, daß die F-16 in den Sturzflug übergehen würde – worauf sein eigener dramatischer Fahrtverlust bei der Verfolgung schließen ließ –, spürte er plötzlich ein Hämmern, das sein Flugzeug durchrüttelte. Zuerst glaubte er, die Maschine überzogen zu haben, aber das Triebwerk lief noch. Hatte er auf den Feuerknopf gedrückt? Das Hämmern hätte von seinen eigenen Kanonen stammen können... Vielleicht hatte er auf den Feuerknopf gedrückt, ohne es zu merken. Er horchte auf den Radarwarner, der keinen Ton von sich gab. Nicht einmal ein Piepsen, obwohl die F-16 dicht vor ihm war...

Das konnte nicht sein! Aus dieser Nähe *mußte* der Radarwarner ansprechen... Dann erinnerte er sich, daß er das Gerät ausgeschaltet hatte. Eine weitere F-16 saß ihm im Nacken und beschoß ihn...

Er ging aus der Rückenlage in den Sturzflug über, flog eine Rolle, änderte seinen Kurs um neunzig Grad und ging danach auf Gegenkurs, um die zweite F-16 abzuschütteln. Er war sich darüber im klaren, daß er den Fehler gemacht hatte, sich zu lange auf eine Maschine zu konzentrieren. So war es der zweiten F-16 gelungen, sich hinter ihn zu setzen. Als er jetzt seinen Radarwarner wieder einschaltete, schrillte das Gerät andauernd, aber im Gegensatz zum Warnsystem der F-16 konnte das der Mirage dem Piloten nicht anzeigen, aus welcher Richtung ihm Gefahr drohte.

Dunkelheit, geringe Höhe – der Luftkampf mit den F-16 hatte in unter tausend Metern stattgefunden –, wenig Fahrt, ständiges Schrillen des Radarwarners, nichts auf dem Radarschirm, kein Flügelmann, kein klares Bild der Lage... das alles suggerierte nur eine Möglichkeit: Flucht, um ein andermal weiterkämpfen zu können. Er kehrte in die Normalfluglage zurück, leitete einen flachen Sinkflug ein, um tief über dem Wasser relativ sicher zu sein, und schaltete seinen Nachbrenner ein. Als er dann auf Südkurs aufs offene Meer hinausflog, suchte er den Nachthimmel um sich herum nach Gegnern ab...

Er sah gerade noch rechtzeitig über die rechte Tragfläche nach hinten, um verfolgen zu können, wie eine Jagdrakete AIM-9L Sidewinder aus dem Dunkel heranraste und in seinem Triebwerk verschwand. Der Pilot griff nach dem Auslösegriff des Schleudersitzes zwischen seinen Beinen, aber die Mirage überschlug sich und stürzte ins Meer, lange bevor er den gelben Griff ziehen konnte. Er blieb lange genug bei Bewußtsein, um den Aufschlag mitzubekommen und die Kühle des Meerwassers vor Südflorida zu spüren, bevor es über ihm zusammenschlug und ihn erdrückte.

An Bord des ersten Abfangjägers F-16

»Two, hinter dir alles frei!« hörte der Pilot seinen Flügelmann rufen. »Hammerheads, einer liegt im Bach. Hey, der ist aus dem *Nichts* gekommen!«

Der führende F-16-Pilot drehte in die Normalfluglage zurück und zog seine Maschine hoch, als er merkte, daß er nur hundert Fuß über dem Wasser war. Wenn er einen Augenblick länger gezögert hätte, wäre er jetzt tot.

»Trap Two, ein weiteres Ziel auf Nordkurs, sehr tief, Abfangkurs null-drei-null in tausend, Entfernung acht Meilen, Geschwindigkeit sechshundert Knoten.«

Der erste Pilot stieg auf die angegebene Höhe, war dankbar, wieder höher über den Wellen zu sein, selbst wenn es nur tausend Fuß waren, und benützte diesmal die von der Border Security Force übermittelten Zielinformationen für sein Abfangmanöver. Er setzte sich hinter das Ziel und schob seinen Leistungshebel nach vorn, um erneut Fahrt aufzuholen...

Aber nach all der Kurverei hatte er den Überblick noch immer nicht völlig wiedergewonnen. Er starrte sekundenlang den zögernd nach oben gehenden Zeiger seines Fahrtmessers an, bevor ihm klarwurde, daß sein Feuerleitradar ein Ziel erfaßt hatte. »Trap Two meldet Judy«, sagte er über Funk.

»Angriff frei, Trap Two.«

Er zog den Steuerknüppel etwas zurück, um das Ziel leicht zu übersteigen, weil alle Jagdraketen für mittlere und große Entfernungen – vor allem seine AIM-7F Sparrow – etwas Überhöhung brauchten, damit ihre Triebwerksleistung nicht zur Erhaltung der Flughöhe aufgebraucht wurde. In seiner Blickfelddarstellung überlagerte jetzt eine blinkende Raute das Radarsymbol des Ziels und zeigte ihm an, daß die Jagdrakete abgeschossen werden konnte. Dicht unter dem Rechtecksvisier erschien das Wort SHOOT. Sobald zweitausend Fuß erreicht waren, überprüfte er die Stellung der Waffenschalter, meldete über Funk: »Trap Two, Fox One, Fox One« – eine Warnung vor Lenkwaffenstarts – und drückte auf den Feuerknopf.

An Bord des Jagdbombers Mirage F 1C der Cuchillos

Die Mirage war nicht mit funk- oder lasergesteuerten Lenkbomben bewaffnet; sie mußte ohne Trägheitsnavigationssystem, ohne Ringlaser-Kreisel oder GPS-System auskommen. Ihr 21jähriger Pilot, der erst vor wenigen Monaten zu den Cuchillos gestoßen war, nachdem er – zu Unrecht, wie er meinte – von der Jagdbomberschule der kubanischen Revolutionsluftwaffe geflogen war, war müde, aufgeregt und nervös zugleich. Dies war sein erster wirklicher Angriff ohne Fluglehrer, ohne Führer, ohne Flügelmann, sogar ohne Controller am Boden.

Aber er war ein begabter Pilot, dem es gelang, seine Nervosität zu überwinden und seine Aufregung als Stimulans einzusetzen. Plötzlich allein zu sein, ohne ab und zu die Stimme seines Rottenführers im Kopfhörer zu haben, hatte zumindest den Vorteil, daß man sich besser konzentrieren konnte. Seine Welt bestand nur noch aus dem Cockpit, seinen Instrumenten und den winzigen gelben Leuchtflecken auf seinem kleinen Radarschirm.

Neue Angst und Nervosität überfluteten ihn, als das Piepsen des Radarwarners in seinem Helmkopfhörer begann: Sie hatten ihn entdeckt! Solange er in hundert Meter Höhe geradeaus flog, war er eine leichte Beute für einen modernen Abfangjäger wie die F-16. Er wußte, daß ihm für seine Reaktion nur wenige Sekunden blieben. Das Ziel war noch nicht zu sehen, aber er war genau auf Kurs, und es mußte dicht vor ihm liegen. Versuchte er, die Jäger auf Zickzackkursen abzuhängen, kam er weit vom Ziel ab und erreichte es vielleicht gar nicht mehr.

Er riß den Steuerknüppel zurück, so daß die Mirage beinahe

senkrecht in den Nachthimmel schoß. Nachdem er fast zweitausend Meter gestiegen war, legte er seine Maschine auf den Rükken, flog einen Looping und stürzte sich wieder in die Tiefe.

Dieses abrupte Manöver rettete ihm das Leben. Die beiden Jagdraketen AIM-7F der ersten F-16 verfehlten ihn und konnten ihr Ziel nicht wieder erfassen, bevor ihre ausgebrannten Triebwerke die Selbstzerstörung auslösten.

Das Ziel war noch immer nicht auszumachen, aber er sah die schemenhaften Umrisse von Cudjoe Key, die sich vom dunkel glänzenden Meer abhoben. An der Nordküste der kaum zweieinhalb Kilometer langen und einen halben Kilometer breiten Insel standen Gebäude und Hafenanlagen, von denen eine kleine Straße zur Bodenstation des Radarballons der Border Security Force in der Inselmitte führte.

Er zielte mit dem Bug der Mirage auf die Inselmitte, verbesserte seinen Kurs etwas, als die Hafenlichter der Nordküste auftauchten, und nahm eine letzte Kurskorrektur vor, als er schräg vor sich einen Lichtschein aufblitzen sah. Die Bodenstation des Radarballons war die einzige Gebäudegruppe in der Inselmitte. Das mußte sein Ziel sein...

Nachdem er die Schüttbombe ausgelöst hatte, wählte er die zur Bekämpfung von Schiffszielen konstruierte Lenkwaffe Pescador und schoß sie auf die Inselmitte ab. Mit einer, möglicherweise sogar zwei F-16 im Nacken konnte er sich den Luxus, Gelegenheitsziele zu suchen, nicht leisten, und ohne Außenlasten, die sonst den Widerstand erhöhten, hatte er eher eine Fluchtchance. Er ging in hundert Meter Höhe in den Horizontalflug über, schaltete den Nachbrenner ein und raste nach Süden in Richtung freies Meer.

Die Schüttbombe BL755, die von einem Jagdbomber im Horizontalflug mit hoher Geschwindigkeit geworfen werden sollte, war nicht für einen Senkrechtwurf wie eine Bombe herkömmlicher Bauart gedacht. Da ihre hundertvierzig Bombenkörper keine Gelegenheit hatten, sich übers Zielgebiet zu verteilen, blieb ihre sonst vernichtende Wirkung beschränkt. Aber der junge Pilot hatte sein Ziel richtig erkannt. Obwohl die kleinen Bombenkörper sich nur wenig verteilten, schlugen die meisten zwischen der Kabelwinde des Ballons und dem Generatorengebäude ein. Dort kam es zu einer großen Sekundärexplosion, als mehrere Kleinbomben den Generator zerstörten und seinen Dieseltank hochgehen ließen. Durch den Stromausfall riß die Verbindung zwischen dem Radarballon und dem Hauptquartier der Border Security Force ab.

Border Security Force, Aladdin City

»Kontakt zu KEYSTONE abgerissen, Annette«, meldete Fjelmann bedrückt. Im Kontrollzentrum Aladdin City herrschte daraufhin betroffene Stille – kein Klappern von Computertastaturen, keine leisen Stimmen, keine Schritte. In seiner Frustration hämmerte Fjelmann mit den Fäusten auf die Arbeitsplatte seiner Konsole.

»Weitermachen!« forderte Fields ihn mit gezwungen klingendem Optimismus in der Stimme auf. »Sieh zu, daß du die Eindringlinge findest! Die beiden F-16 dort draußen warten auf deine Anweisungen.«

»Schalte auf Navy Key West und FAA Miami Center um«, bestätigte er, indem er seinem Computer den Befehl eingab, ihm eine aus Radardaten von Key West und Miami kombinierte Darstellung auf den Bildschirm zu holen. Das bisherige Bild verschwand, während der Computer damit beschäftigt war, die Radardaten dieser beiden Stationen zu kombinieren; danach erschien eine Karte des Erfassungsbereichs mit Flugsicherungsangaben, Luftzielen und Datenblöcken. Angaben über Seeziele fehlten völlig – keine ortsfeste Radarstation konnte Schiffe so gut orten wie ein Radarballon –, und bei allen Such-, Analyse-, Vergleichs- und Speicheroptionen des Computers war lakonisch vermerkt: AUSSER BETRIEB.

Der Computer konnte die Ziele nicht mehr voneinander unterscheiden, aber der Eindringling war unschwer zu orten: Er flog mit etwas über Mach 1 von KEYSTONE nach Süden ab. »Trap Two, hier Aladdin. Abfangkurs eins-acht-fünf in zweitausend. Höhenangabe nicht möglich. Seine Geschwindigkeit sieben-neun-null, zunehmend. Entfernung zwanzig Seemeilen.«

Fields beobachtete diese Verfolgungsjagd über der Florida-Straße, als über eine Standleitung ein weiterer Anruf einging: »Aladdin, hier NAPALM. Wir haben ein Problem. Wir orten zwei schnelle Flugzeuge, die uns auf Nordkurs ansteuern. Ein Abfangjäger F-16 ist hierher unterwegs, aber wir brauchen weitere Unterstützung. Wie sieht's bei Ihnen aus?«

»Bitte warten, NAPALM«, antwortete Fields am Telefon. »Wir haben zwei F-16 im Einsatz. KEYSTONE ist ausgefallen.« Ein Angriff auf Hammerhead Two hätte katastrophale Folgen haben können – immerhin befanden sich auf dieser Plattform über neunzig Menschen. Und nachdem die anderen drei Radarballons der Border Security Force schon nicht verteidigt worden waren, mußten sie jetzt wenigstens den letzten retten.

»Trap Two, hier Aladdin«, sagte Fields auf der taktischen Frequenz der Abfangjäger. »Hammerhead Two meldet einen bevorstehenden Angriff. Wir rechnen auch dort mit zwei Maschinen. Zur Abwehr steht allein Trap Four zur Verfügung. Könnte einer von Ihnen aushelfen?«

Die Antwort kam sofort. »Positiv, Aladdin«, bestätigte der erste F-16-Pilot. »Trap Three fliegt zur Unterstützung nach Norden. Trap Two setzt Verfolgung nach Süden fort. Kommen.«

»Verstanden, Trap Two. Trap Three, Ihr Abfangkurs drei-drei-acht, Entfernung hundertzehn Seemeilen, Höhe fünfzehntausend. Trap Two, Ihr Ziel ist bei zwölf Uhr, achtzehn Meilen. Melden Sie Judy.«

Aber der Pilot der ersten F-16 hatte noch immer Probleme mit seinem Zielsuchradar, das nach einem Frequenzwechsel wegen des Störsenders der Mirage nicht richtig ansprechen wollte. »Trap Two sucht noch«, meldete er. »Suche weiter...«

»Verdammt«, sagte Fjelmann halblaut zu Fields, »wenn er so weitermacht, verliert er den Kerl noch. Wir wissen nicht, wie hoch der andere fliegt, und in ein paar Minuten kann Key West ihn nicht mehr orten.«

»Dann schaltest du auf Miami Center um und führst ihn so gut wie möglich weiter. Die F-16 muß ihn finden, solange sie weiß, wo sie suchen soll. Du gibst ihm weitere...«

Im nächsten Augenblick hörten sie: »Trap Two, Judy. Zwölf Uhr, fünfzehn Meilen. Er ist mit Mach eins-komma-zwo in zweihundert Fuß – mit Nachbrenner und allem, was er hat.«

An Bord des Abfangjägers F-16 Trap Two

Sobald sein Radar das Ziel erfaßt hatte, hob er den Kopf und erkannte einen hellgelben Fleck am Horizont – der Angreifer flog tatsächlich mit eingeschaltetem Nachbrenner nach Süden ab und blieb sehr tief, weil er hoffte, daß radargesteuerte Jagdraketen durch die Rückstreuung über dem Wasser getäuscht werden würden. Aber der Nachbrenner machte den Kerl deutlich sichtbar und war geradezu eine Einladung, ihn mit einer Lenkwaffe wie der AIM-9L Sidewinder abzuschießen.

Das war nur gut, denn außer den fünfhundert Schuß 20-mm-Munition für seine Revolverkanone hatte der Pilot nur noch zwei unter den Flügelenden hängende Sidewinder mit Infrarotsuchkopf. Die beiden AIM-7F Sparrow hatte er bei seinem ersten Angriff über Cudjoe Key verschossen.

Der Abstand verringerte sich allmählich – jetzt auf weniger als zwölf Meilen. Mit ihrer Reichweite von maximal zehn Meilen war die AIM-9L bei Entfernungen unter acht Meilen sehr treffsicher und unter sechs Meilen absolut tödlich. Also mußte er noch warten. Er entschied sich dafür, seine beiden Zusatztanks abzuwerfen, um vor dem Angriff nochmals beschleunigen zu können. Danach mußte er schnellstens zum Stützpunkt zurück, denn er bewegte sich fast an der Grenze seiner Reichweite, und die Situation verschlimmerte sich mit jeder Minute, die er nach Süden weiterflog. Er konnte nur hoffen, daß die Verfolgungsjagd bald zu Ende sein würde...

Die leuchtende Raute über dem Radarsymbol seines Ziels erschien bei neuneinhalb Meilen; die Aufforderung SHOOT folgte bei knapp neun Meilen. Trotzdem wartete der F-16-Pilot weiter, bis er bei etwas weniger als acht Meilen »Trap Two, Fox Two!« meldete und die linke Jagdrakete abschoß. Die kleinere Sidewinder donnerte nicht los und blendete den Piloten, wie es die massive AIM-7F Sparrow nach dem Abschuß tat, sondern zischte mit einem kurzen Aufleuchten ins Dunkel davon. Schon nach weniger als einer Meile hatte sie auf Mach 2 beschleunigt und befand sich genau auf Kurs zum Ziel.

Der Brennschluß des Triebwerks der Lenkwaffe trat ein, bevor sie den gegnerischen Jäger erreichte, so daß der F-16-Pilot nicht genau mitbekam, was dort vorn passierte. Er sah den Nachbrenner des anderen Flugzeugs erlöschen und beobachtete einen kurzen Lichtblitz – sonst nichts. Aber sein Radar zeigte ihm, daß die andere Maschine weiterflog. Sie wurde langsamer, ging rasch auf unter Mach 1, stabilisierte sich dann bei etwa sechshundert Knoten und blieb sehr tief. Die Sidewinder mußte ihr Ziel verfehlt haben oder in zu großer Entfernung detoniert sein, um es zum Absturz bringen zu können.

Der Kerl hat wirklich neun Leben! dachte der F-16-Pilot. Mit Hilfe seines Feuerleitradars setzte er sich wieder hinter den anderen Jäger. Diesmal würde er den Abstand auf weniger als sechs Meilen verringern, bevor er die letzte Sidewinder abschoß. Versagte sie ebenfalls, hatte er noch genug Treibstoff für ein, zwei Angriffe mit seiner Revolverkanone, bevor er abbrechen und zurückfliegen mußte.

An Bord des Jagdbombers Mirage F 1C der Cuchillos

Der Pilot starrte seine Instrumente an und bemühte sich, Benommenheit und Schwindelgefühl abzuschütteln. Da die Sauerstoffzufuhr unterbrochen war, blieb ihm nichts anderes übrig, als seine Maske abzureißen. Er spürte Glassplitter in Armen und Schultern und bewegte den Leistungshebel mehr mit der Schulter als der linken Hand, weil seine ganze linke Körperhälfte gefühllos war. Obwohl die Außenluft angenehm temperiert war, zitterte der Mirage-Pilot vor Kälte.

Kurz vor der Detonation der Sidewinder hatte er seine Mirage erst in eine linke, dann in eine rechte Steilkurve gelegt, um sehen zu können, ob er verfolgt wurde. Dieses Manöver im letzten Augenblick rettete ihm das Leben. Die Jagdrakete mit Infrarotsuchkopf verfehlte das heiße Triebwerk des Jagdbombers, schoß über Rumpf und linken Flügel hinweg und detonierte neben dem Cockpit. Die Verglasung wurde fast völlig weggesprengt, wobei zahlreiche Splitter sich in den Oberarm des Piloten bohrten. Seine Mirage flog hoch, aber der Winddruck und die Verletzungen ließen ihn fast bewußtlos werden, und er mußte die Geschwindigkeit verringern, bevor der Winddruck ihm das Genick brach.

Der junge Pilot dachte nicht daran, das beschädigte Flugzeug mit dem Schleudersitz zu verlassen. Die Mirage F 1C flog noch, er lebte noch, und Coronal Salazar hatte ihm versprochen, wenn er seinen Auftrag erfülle, werde er als Held empfangen werden. Obwohl er wußte, daß von solchen Versprechungen nicht allzuviel zu halten war, und bereits damit rechnete, irgendwann aussteigen zu müssen, wollte er das lieber in kubanischen oder haitischen Gewässern als in internationalen oder amerikanischen Gewässern tun.

Im Augenblick kam es nur darauf an, sich vor einem weiteren Angriff zu schützen, und das einzige Mittel dazu lag auf der Hand: umkehren und selbst angreifen. Er hatte zweihundertsiebzig Schuß Munition und zwei französische Jagdraketen Matra R.550 Magic mit Infrarotsuchkopf. Diese Waffen mußte er jetzt einsetzen. Aber er mußte blitzschnell und überraschend zuschlagen, denn er wußte recht gut, daß die amerikanischen F-16 seiner Mirage im Kurvenkampf klar überlegen waren.

Trotz seiner Verletzungen und der Tatsache, daß sein einziger Windschutz wegen der fehlenden Cockpitverglasung sein Helm war, riß er den Bug der Mirage hoch und flog in nur fünf Sekunden einen halben Looping. Als die Maschine sich in 1500 Meter Höhe im Rückenflug befand, stellte er sein Radar auf den Luft-

Luft-Modus ein, wählte eine Jagdrakete aus und suchte den Himmel hinter sich nach Verfolgern ab. Ohne abzuwarten, bis die Matra Magic ein Ziel erfaßt hatte – im Gegensatz zur AIM-9L Sidewinder konnte sie kein sich frontal annäherndes Ziel erfassen –, schoß er die Lenkwaffe ab, sobald sein Radar ihm ein Ziel zeigte.

An Bord des Abfangjägers F-16 Trap Two

Dieses plötzliche Manöver, das sein Angriffsradar APG-66 ihm zeigte, kam nicht ganz unerwartet – kein Jägerpilot ließ sich von einem anderen mit Raketen beschießen, ohne sich irgendwann zu wehren –, aber der Lichtblitz, den er dann sah, war überraschend. Ein Frontalangriff mit einer Jagdrakete hatte selbst mit einer modernen Lenkwaffe wie der Sidewinder wenig Erfolgschancen. Aber diese Kerle rechneten sich keine Chancen aus – sie wollten den Gegner abschießen, und jeder Raketenangriff erforderte Abwehrmaßnahmen, selbst wenn die Trefferwahrscheinlichkeit gering war.

Da die Warnung MISSILE LAUNCH nicht aufleuchtete, mußte es sich um eine ballistische Rakete oder eine Lenkwaffe mit Infrarotsuchkopf handeln. Der Pilot stellte seine F-16 auf den rechten Flügel und konstatierte, daß kein Nachbrenner den Himmel hinter ihm beleuchtete. In dieser Fluglage zeigte er dem Infrarotsuchkopf der Jagdrakete das kleinste und kühlste Profil.

Er beobachtete, wie das Raketentriebwerk ausbrannte, behielt seine Fluglage noch zwei Sekunden bei, ging wieder in die Normalfluglage über und begann steil zu steigen. Nun kam es darauf an, möglichst viel kühles Metall zwischen den Infrarotsuchkopf und sein heißes Triebwerk zu bringen, sonst verfolgte ihn die Jagdrakete weiter. Als ihr Feststofftriebwerk ausgebrannt war, hatte er die Lenkwaffe rasch aus den Augen verloren, aber sie hatte ihn offenbar nicht erfaßt gehabt, denn sie schien weit hinter ihm vorbeizufliegen.

Jetzt konnte er sich wieder auf den Jäger konzentrieren. Sein Gegner stürzte sich auf ihn herab – aber diesmal hatte er den Vorteil höherer Geschwindigkeit. Seine hohe Kurven- und Sinkgeschwindigkeit verriet dem F-16-Piloten, daß der Angreifer sich vermutlich noch in Rückenlage befand. Dagegen gab es nur ein Mittel: steil wegkurven, auf Gegenkurs gehen und nicht unter dem anderen Jäger hindurchfliegen, der durch seine höhere Position im Vorteil war.

Als die F-16 ihre steile 180-Grad-Kurve beendet hatte, zeigte sein Radarwarngerät keine Bedrohung an. Hätte der Angreifer sich nicht im Rückenflug befunden, hätte er sich hinter die F-16 setzen können, um erneut mit Raketen oder Bordwaffen anzugreifen. Der Amerikaner nutzte seinen Fahrtüberschuß aus, um einige Sekunden länger auszuholen, wartete auf das erste Warnsignal vor dem Zielsuchradar des Gegners, kurvte wieder steil und ging erneut auf Gegenkurs. Mit Hilfe der Anzeigen seiner Blickfelddarstellung konnte er die Fähigkeit seiner F-16, Kurven mit 7 g zu fliegen, erfolgreich ausnützen, um seinen Gegner, der inzwischen selbst eingekurvt war, ins Visier zu bekommen.

Während der F-16-Pilot sich davon überzeugte, daß er seine Maschinenkanone gewählt hatte, zog er sein Flugzeug weiter steil nach rechts, um genügend Vorhalt zu haben, wenn er das Feuer eröffnete. In seine Blickfelddarstellung zeichneten Feuerleitradar und Angriffscomputer eine Linie, die dem vorausberechneten Flugweg des Ziels entsprach, und der Pilot richtete sein Rechteckvisier darauf, bevor er das Feuer eröffnete. Sein Gegner – er wußte noch immer nicht, wer der andere war oder was für eine Maschine er flog – hatte offenbar erkannt, daß die F-16 in Schußposition gelangt war, und kurvte zu ihr hin ein und beschleunigte zugleich, um sein Schußfeld so rasch wie möglich zu durchfliegen. Sobald die Entfernung weniger als eine Meile betrug, eröffnete der Amerikaner das Feuer und bewegte das Rechteckvisier seiner Blickfelddarstellung von der errechneten Linie auf das quadratische Radarsymbol des Gegners zu. Er konnte fünfmal kurz auf den Feuerknopf drücken, bevor der andere wegtauchte, so daß er steil einkurven mußte, um die Verfolgung aufzunehmen.

Ein Blick aus dem Cockpit nach rechts zeigte ihm, daß aus dem Rumpf des anderen Jägers kleine Flammen schlugen. »Aladdin, hier Trap Two. Mein Ziel brennt. Ich greife noch mal an. Kommen.«

Keine Antwort. Der Pilot kontrollierte die Anzeige seines Trägheitsnavigationssystems: Er befand sich fast sechzig Seemeilen südlich von Key West. Da KEYSTONE außer Betrieb war, war er vermutlich schon vor dreißig Meilen außer Funkreichweite geraten. Mit seinem Controller in Aladdin City würde er erst wieder sprechen können, wenn er höher war. Ein Blick auf seinen Treibstoffmesser zeigte ihm, daß er in spätestens zwei, drei Minuten umkehren mußte; angesichts der Verkehrslage über Südflorida wurde es sogar höchste Zeit für den Rückflug. Falls er nach MacDill oder Jacksonville ausweichen mußte, konnte der Treibstoff sogar verdammt knapp werden... Er drehte nach Norden ab, stieg allmählich und schlug die Leistungstabellen seiner Checkliste auf, um die Marschgeschwindigkeit mit der besten Kombination aus Geschwindigkeit und Reichweite herauszusuchen.

Als er gerade zehntausend Fuß durchstiegen hatte, setzte wieder Funkverkehr ein, so daß er sich sicherer fühlte. »Aladdin, hier Trap Two. Mit viertausend auf dem Rückflug, fünfzig südlich von Key West, Code eins. Kommen.«

»Trap Two, Trap Two, hier Aladdin. Wir haben dauernd versucht, Sie zu erreichen. Sie haben Gegner bei sechs Uhr und neun Seemeilen. Sechs Uhr, neun Meilen, näherkommend. Wir sehen drei Ziele, wiederhole drei Ziele...«

Der Jäger war plötzlich zum Gejagten geworden. Der F-16-Pilot schaltete den Nachbrenner mit Wassereinspritzung ein und ging in steilen, aber kontrollierten Sinkflug über. Dabei begann sein Radarwarngerät ihm piepsend und pfeifend mitzuteilen, was er bereits wußte – daß er zu spät reagiert haben konnte.

Die Angreifer waren viel kleiner, schwächer und langsamer als die F-16 – sobald ihr Pilot den Leistungshebel ganz nach vorn schob, war er hundert Knoten schneller als seine Verfolger –, aber die von Salazars Cuchillos geflogenen Schulflugzeuge Aero L-39 Albatross hatten das Überraschungsmoment auf ihrer Seite.

Die drei Kampftrainer waren in der Luft, um den heimkehrenden Jägern und Jagdbombern Feuerschutz zu geben. Jedes der kleinen Düsenflugzeuge trug zwei Zusatztanks mit je achtzehnhundert Liter Treibstoff, einen Waffenbehälter mit einer Maschinenkanone GSH-23 unter seinem Rumpf und zwei Jagdraketen Bofors Rbs 70 mit Infrarotsuchkopf an Aufhängepunkten unter den Flügeln. Wie die Sea Stinger der Hammerheads war die Rbs 70 eine modifizierte Luftabwehrrakete, die gegen Luft-, Land- und Seeziele eingesetzt werden konnte.

Jetzt schoß eine Albatross nach der anderen je eine Jagdrakete auf die fliehende F-16 ab. Die Entfernung war inzwischen auf fünf Seemeilen geschrumpft und lag knapp innerhalb der wirksamen Reichweite der winzigen Rbs 70, aber die F-16 hatte mit vollem Nachbrenner schon fast Mach 1 erreicht. Die erste Rakete verfehlte die F-16 nur um wenige Meter und veranlaßte den Piloten zu ruckartigen senkrechten und waagrechten Ausweichbewegungen. Die beiden anderen Jagdraketen konnten ihr Ziel nicht mehr erfassen, denn trotz ihrer Höchstgeschwindigkeit von Mach 2 waren sie nicht wendig genug, um der F-16 zu folgen. Als sie kein Ziel fanden, zerstörten sie sich nach fünfzehn Sekunden Flugzeit selbst.

Aber auch ohne Abschußerfolg hatten die L-39 Albatross ihren Auftrag erfüllt. Der Abfangjäger F-16, den seine Flucht vor ihrem Überraschungsangriff zusätzlich Treibstoff gekostet hatte, konnte aus Treibstoffmangel nicht umkehren und seinerseits angreifen, sondern mußte schleunigst heimfliegen.

Eine halbe Stunde später stieg der überlebende Mirage-Pilot dicht vor der Westküste Haitis mit dem Schleudersitz aus seiner Maschine aus – nur hundert Meter von einem Boot entfernt, das dort auf ihn wartete.

Der Angriff der Cuchillos auf die Kontrollplattform Hammerhead Two wurde abgeschlagen. Bei einem jetzt ausgeglichenen Kräfteverhältnis zwischen Angreifern und Verteidigern – zwei gegen zwei statt zwei gegen einen – war der Kampf rasch entschieden. Der Jagdbomber MiG-21 mußte die Schüttbombe BL-755 CBU und seine Lenkwaffe Martin Pescador über dem

Meer abwerfen, als er überraschend von den beiden F-16 angegriffen wurde. Aber selbst seine erhöhte Wendigkeit und Geschwindigkeit nach dem Abwurf der widerstandserhöhenden Außenlasten konnten die Überlegenheit der modernen F-16 über die veralteten MiG-21 nicht wettmachen. Der Jagdbomber und sein Begleitjäger wurden mit Lenkwaffen mit Infrarotsuchkopf abgeschossen, ohne daß die F-16 näher als fünf Seemeilen an ihre Ziele hätten herangehen müssen.

Aber der Schaden war bereits angerichtet...

An Bord eines USAF-Verbindungsflugzeugs C-20B

»Endlich ein Lichtblick!« sagte General Elliott an Bord seiner Maschine, einer umgebauten Gulfstream III mit speziellen Kommunikationseinrichtungen, auf dem Rückflug von Washington nach Südflorida. »NAPALM ist weiter einsatzbereit?«

»Dort sind sie nicht mal bis auf zwanzig Meilen rangekommen«, berichtete Hardcastle aus dem Hauptquartier der Border Security Force in Aladdin City. »Vor Hammerhead Two haben die F-16 einen Angreifer abgeschossen und den zweiten vertrieben. Ähnlich sieht's bei KEYSTONE aus: eine Maschine abgeschossen, eine schwer beschädigt. Aber unsere F-16 ist bei der Verfolgung auf drei aus Richtung Kuba kommende Gegner gestoßen und mußte umkehren.«

»Kubanische Flugzeuge?«

»Negativ. Das OTH-Radar RAZORBACK hat sie beim Anflug aus Mittelhaiti geortet. Den genauen Standort kennen wir nicht, aber außer Port-au-Prince ist Verrettes der einzige für Düsenjäger mit Jagdraketen geeignete Flugplatz auf Haiti. Salazar hat einen Angriff auf unsere Radareinrichtungen fliegen lassen. Ich kann's *noch immer* nicht glauben!«

»Augenblick, bitte«, sagte Elliott und starrte aus einem der Bullaugen im Heck der C-20... Die Border Security Force war schwer angeschlagen. Die Präzisionsangriffe auf CARIBAL und

Hammerhead One hatten die Hälfte ihrer Überwachungskapazitäten zerstört, und die hohen Verluste der Besatzung von Hammerhead One waren erschreckend. Falls es nicht gelang, in nächster Zeit eine provisorische Radarplattform zu installieren, stand die gesamte Karibik Schmuggelschiffen und -flugzeugen wieder weit offen...

»Ich setze den Notfallplan in Kraft, so schnell ich kann«, sagte Elliott am Funktelefon. »Ich glaube, daß die *Oriskany* in spätestens einer Woche in Position sein kann. Der Präsident hat die Marine bereits angewiesen, uns in der Karibik zu unterstützen. Voraussichtlich stellt sie F-14 als Begleitjäger für unsere Sea Lions ab.«

Hardcastles ursprünglicher Plan hatte die Verwendung von ausgemusterten Flugzeugträgern als vorgeschobene Stützpunkte für die V-22 der Hammerheads vorgesehen. Dazu sollten Ausbildungs- oder Reserveträger der Navy als Kontrollplattform am Schnittpunkt wichtiger Schmuggelrouten stationiert werden. Zu den dafür in Frage kommenden Flugzeugträgern gehörten die kürzlich ausgemusterte U.S.S. *Coral Sea* und der Ausbildungsträger *Oriskany* der *Essex*-Klasse, den unterschiedliche Regierungsstellen, die einen Träger als Spielzeug wollten, immer wieder vor dem Verschrotten gerettet hatten.

»Was wir tun wollen, um unsere Grenzen zu sichern, interessiert mich im Augenblick nur wenig, Brad«, wandte Hardcastle ein. »Ich möchte wissen, was wir gegen Salazar und seine Bande unternehmen wollen.«

»Nun, jedenfalls müßte ein Schlag gegen ihn und seine Terroristen sofort erfolgen. Morgen um diese Zeit sind sie vielleicht schon über alle Berge...«

»Dann schicken Sie die F-111 wieder los, und lassen Sie Verrettes flachlegen, verdammt noch mal!« schlug Hardcastle vor. »Oder bitten Sie den Präsidenten, die Schnelle Eingreiftruppe oder die Special Forces zu entsenden. Allein auf Hammerhead One hat's über *vierzig* Tote gegeben, Brad! Auch Michael Becker ist dort umgekommen...«

»Ich weiß, ich weiß.« Elliott dachte bereits über die von Hardcastle angesprochenen Möglichkeiten nach – und überlegte auch, ob er Jagdbomber aus Dreamland einsetzen sollte. Seitdem er den Su-27-Einsatz auf Haiti organisiert hatte, waren sein Stellvertreter, General John Ormack, und sein Stab damit beschäftigt, weitere Aufklärungs- und Angriffsunternehmen gegen Salazars Stützpunkte zu planen. In ihre Planung bezogen sie auch Flugzeuge ein, die noch bei keinem Verband der U.S. Air Force in Dienst gestellt waren.

»Wie lange würde die Luftwaffe für die Planung eines Einsatzes gegen Verrettes brauchen?« fragte Hardcastle, als könne er Gedanken lesen.

»Bei allen taktischen Einheiten liegen fertig ausgearbeitete Angriffspläne für alle möglichen Gebiete der Welt in den Schubladen – aber soviel ich weiß, gehört Haiti nicht dazu. Mit Computer-Flugplanung und unseren eigenen Aufklärungsergebnissen ließe sich ein Angriff in... ungefähr vier Stunden planen. Danach Besatzungen einweisen, Flugzeuge startklar machen und in sechs Stunden in der Luft sein.«

»Worauf *warten* wir dann noch?«

»Das alles setzt voraus, daß das Weiße Haus einen Angriff auf Verrettes genehmigt«, ergänzte Elliott rasch. »Ian, Sie wissen so gut wie ich, daß das Haupthindernis bei einem Vorhaben dieser Art die Genehmigung von oben ist. Die meisten Einheiten der Air Force dürfen nicht mal eine Bombe an Bord eines ihrer Flugzeuge bringen, ohne wenigstens die Erlaubnis des Luftwaffenministers zu haben. Und ein Unternehmen wie dieses... das müßte der Präsident selbst genehmigen. Er ist natürlich über den Angriff informiert worden, aber das Kabinett und die Vereinten Stabschefs werden erst für morgen früh einberufen – also in frühestens sechs Stunden.«

»Aber wir können doch schon mal mit der Planung *anfangen,* auch wenn die Genehmigung noch aussteht!«

»Wir können Material sichten, Karten zeichnen und Optionen untersuchen – aber kein Geschwaderkommandeur stellt uns ohne Genehmigung von oben auch nur eine Besatzung, auch nur eine Maschine zur Verfügung.«

»Dann entkommt uns Salazar todsicher. Wir lassen den Kerl einfach laufen. Wollen Sie darauf hinaus?«

»Nein, aber...« Elliott ließ die Sprechtaste los, bevor er einen halblauten Fluch ausstieß. Er *mußte* etwas tun, um seine Leute zu schützen. Blieb er untätig, konnten andere die Initiative ergreifen – oder an seiner Stelle entscheiden, die Border Security Force sei aufzulösen. Eines hatte er in seiner Dienststellung gelernt: *Jeder* erwartete, daß der Kommandeur den Befehl übernahm und etwas *tat.* Tat er jedoch nichts, kamen andere zum Zug.

An den Tatsachen war nicht zu rütteln: Kein Kommandeur wäre ohne Genehmigung von ganz oben bereit gewesen, Flugzeuge und Besatzungen für einen Gegenschlag zur Verfügung zu stellen. Aber Elliott war selbst Kommandeur und konnte die Hammerheads innerhalb ihrer Reichweite überallhin beordern. Und er war nach wie vor Kommandeur von Dreamland, dem High Technology Aerospace Weapons Center mit seinem zum Teil streng geheimen Waffenarsenal.

Aus seiner Aktentasche zog Elliott jetzt das Fax mit dem Plan für einen Einsatz gegen Verrettes, den Hardcastle und McLanahan ausgearbeitet und ihm als Fax übermittelt hatten. Bisher hatte er ihn nur überfliegen können. »Ian, ich habe hier den Plan, den Sie und McLanahan ausgearbeitet haben... Sie wollen Seagull-Drohnen einsetzen, um Salazars Abfangjäger zu ködern – so weit bin ich gekommen. Und dann?«

»Danach setzen wir mit Raketen bewaffnete Sea Lions und Seagulls ein, um die Gebäude und sonstige lohnende Ziele zu zerstören. Eigentlich müßten wir auch Truppen heranschaffen, um Salazar und möglichst viele seiner Leute gefangennehmen zu lassen, aber...«

»Wie viele Drohnen und Sea Lions wären im Moment einsatzbereit?«

»Augenblick, ich sehe nach.« Hardcastle brauchte nur eine Minute, um die Einsatzbereitschaft aller in Frage kommenden Maschinen zu überprüfen. Wie Elliott vermutet hatte, befanden sich die meisten Sea Lions bei Such- und Rettungsaktionen im Einsatz.

»Hier in Aladdin City haben wir zwanzig Seagulls, zwölf Sky Lions und eine Sea Lion«, berichtete der Admiral. »Weitere fünf

Sky Lions und vier unserer Sea Lions sind im Rettungseinsatz. NAPALM hat vier Seagulls, fünf Sky Lions und eine Sea Lion an Bord. Weitere zwei Sea Lions sind im Rettungseinsatz. In der Karibik, in Key West und am Golf haben wir weitere sechs Sea Lions stationiert, von denen zwei auf Cudjoe Key und zwei auf Grand Bahama Island im Rettungseinsatz sind…«

»Okay.« Als Starrflügler waren die schnellen, gutbewaffneten Seagulls für Rettungseinsätze ungeeignet, so daß sie alle zur Verfügung standen. »Ian, lassen Sie bitte feststellen, ob…«

»Ob die Drohnen vom Flugzeug aus gesteuert werden können?« unterbrach Hardcastle ihn. »Dafür ist McLanahan zuständig. Er meldet sich gleich… Tun wir's, Brad? Schlagen wir endlich mal richtig zu?«

»Ich denke an ein genehmigtes Fernaufklärungsunternehmen der Border Security Force«, wehrte Elliott ab. »Hier geht's nicht ums Zuschlagen, aber nachdem jetzt HIGHBAL, CARIBAL und KEYSTONE ausgefallen sind, brauchen wir irgendein Mittel zur Fernaufklärung, bis unsere Vorpostenschiffe einsatzbereit sind.«

»Hier McLanahan, General. Sie wollten wissen, ob die Drohnen vom Flugzeug aus gesteuert werden können? Wenn wir unsere E-2 aus Mobile zurückkriegen, kann ich die Sensor-Software in etwa einer Stunde umschreiben lassen. Dann könnte ein Radarnavigator sie von Bord aus steuern…«

»Ich habe bereits die E-2 aus Alabama zurückgerufen«, sagte Hardcastle und meinte damit ein bordgestütztes Frühwarn- und Seeüberwachungsflugzeug Grumman E-2 Hawkeye. Zur Bekämpfung des Drogenschmuggels hatte der Customs Service mehrere dieser Maschinen beschafft und später den Hammerheads übergeben. Sowie im Südosten genügend Radarballone stationiert waren, wurden die E-2 nach Westen verlegt, wo die Radarüberwachung noch lückenhaft war. »Sie landet in ungefähr einer halben Stunde. Ich wollte sie zur Unterstützung der Rettungseinsätze über dem Santaren-Kanal patrouillieren lassen.«

»Brauchen Sie die Maschine unbedingt?« erkundigte Elliott sich.

»Sie sollte die Karibik überwachen, bis wir dafür Schiffe bekommen«, sagte Hardcastle, »aber ich glaube nicht, daß wir dort in nächster Zeit allzu viele Schmuggler sehen werden. Die haben garantiert zuviel Angst, von einer F-16 abgeschossen zu werden. Nein, die E-2 können Sie haben.«

»Gut! Patrick, Sie nehmen sie in Aladdin City in Empfang und fangen sofort an, ihre Software zu ändern. Ian, Sie sorgen dafür, daß unsere Seagulls bewaffnet und startklar sind. Mal sehen, ob wir's schaffen, sie noch heute nacht eine ›Patrouille‹ fliegen zu lassen.«

Border Security Force Headquarters,
Aladdin City, Florida
Zwei Stunden später

Auf dem blendend hell ausgeleuchteten Vorfeld des Flugplatzes herrschte fieberhafte Aktivität, während alle drei Minuten mindestens ein Rotorflugzeug AV-22 Sea Lion landete oder startete. Tankwagen fuhren zwischen den abgestellten Maschinen hin und her, um sie sofort wieder zu betanken. In der Nähe des Kontrollzentrums standen Krankenwagen mit eingeschalteten Blinkleuchten, aber ohne Sirenen, weil noch keine Überlebenden von Hammerhead One geborgen worden waren.

Die ans Vorfeld angrenzende asphaltierte Fläche war durch Barrieren abgesperrt und weniger hell beleuchtet, aber auch dort herrschte reger Betrieb: Männer waren damit beschäftigt, dunkle, fledermausähnliche Flugkörper aus ihren Lagercontainern zu ziehen.

Die ungewöhnlich aussehenden Flugkörper wurden nacheinander startklar gemacht. Ein Tankwagen betankte auch sie, aber im Gegensatz zu den Sea Lions dauerte dieser Vorgang bei den Drohnen nur etwa so lange wie beim Familienauto in der Tankstelle an der Ecke. Auch der Ölstand wurde geprüft und die »Windschutzscheibe« gereinigt – in diesem Fall das halbkugelförmige Sensorauge im Rumpfbug der für Langstrecken ausgelegten Seagull.

Nach dem Betanken kamen Waffenwarte und rüsteten die Drohnen mit je zwei Glasfaserbehältern aus, die in Rumpfnähe unter die Flügel gehängt wurden. Diese röhrenförmigen Behälter mit etwa neun Zentimetern Durchmesser und einen Meter achtzig Länge wogen keine zwanzig Kilogramm, so daß zwei Männer sie mühelos in die Halterung heben und einklinken konnten. Jeder Waffenbehälter enthielt eine Lenkwaffe des Typs Sea Stinger, die ferngesteuert abgeschossen werden konnte. Da der Waffenbehälter der die Drohnen begleiteten AV-22 Sea Lion weitere sechs Lenkwaffen enthielt, standen insgesamt sechsundvierzig dieser tödlichen Raketen zur Verfügung.

Während die Drohnen schnell und unauffällig startklar gemacht wurden, versammelten die Besatzungen sich im Wartungshangar zur Einsatzbesprechung. Elliott hatte eine Wandkarte der Karibik aufhängen lassen – für ein nicht genehmigtes Geheimunternehmen gab es keine Computergrafiken, keine detaillierten Unterlagen.

»Gegen die Hammerheads ist heute nacht ein schwerer Schlag geführt worden«, begann Elliott. »Von Hammerhead One werden sechsunddreißig Tote und fünf Vermißte gemeldet. Der Angriff auf CARIBAL hat drei Tote – darunter zwei Kinder – gefordert, der auf KEYSTONE mehrere Verletzte. Ein Pilot ist verwundet. Drei unserer vier Radarballons hier sind zerstört oder schwer beschädigt. Der Sachschaden geht in die Milliarden.

Gestern morgen hat ein Aufklärungsunternehmen gegen einen abgelegenen Flugplatz bei Verrettes auf Haiti stattgefunden, von dem aus unserer Überzeugung nach ein Schmugglerring operiert. Patrick McLanahan und einer meiner Piloten aus Nevada sind dort gelandet, und der Pilot hat mit Oberst Salazar, dem Platzkommandanten, gesprochen. Während ihres Aufenthalts haben die beiden MiG-21, Mirages, Kampftrainer Aero Albatross und Erdkampfflugzeuge FMA Pucará beobachtet. Obwohl Salazar, ein ehemaliger kubanischer Luftwaffenoffizier, angeblich nur ein Milizkommandeur ist, befehligt er Luftstreitkräfte, die schlagkräftiger als die vieler Karibikstaaten sind.

Das war gestern morgen. Ich habe den Verdacht, daß dieser Salazar unsere Radarballons angegriffen hat, um sich für unseren Aufklärungseinsatz zu rächen und uns daran zu hindern, seine Schmuggelflugzeuge abzufangen. Bewaffnung, Flugeigenschaften, Reichweite und Einsatzprofil der angreifenden Flugzeuge entsprechen den in Verrettes beobachteten Maschinen. Solche Flugzeuge besitzt sonst nur noch Kuba, aber wir haben keinen Hinweis darauf, daß Kuba der Angreifer gewesen sein könnte.

Außerdem glauben wir, daß Salazar und seine Leute für Angriffe auf Coast Guard und Customs Service – speziell für den Überfall bei Mahogany Hammock vor drei Jahren –, den Abschuß der Falcon der Küstenwache bei Bimini *und* die Ermordung von in Schmuggelflugzeugen mitgenommenen Kindern verantwortlich sind. Möglicherweise geht über die Hälfte des in den letzten fünf Jahren im Südosten mit Flugzeugen durchgeführten Drogenschmuggels auf sein Konto. Ganz sicher trägt Salazar die Verantwortung für die Luftangriffe von heute nacht...

Daher ordne ich kraft meiner Autorität als Kommandeur der Border Security Force einen Aufklärungs- und Überwachungseinsatz in der nördlichen Karibik mit Schwerpunkt Haiti und Flugplatz Zaza bei Verrettes an. Wegen der möglichen Bedrohung durch Salazars Flugzeuge fliegen der AV-22, die diesen Auftrag durchführt, von der E-2 Hawkeye gesteuerte bewaffnete Drohnen voraus. Sollte eines unserer Flugzeuge angegriffen werden, verteidigen wir uns, um unser Leben zu schützen und den Erfolg des Unternehmens sicherzustellen.«

Der General machte eine Pause, trat einige Schritte näher an die versammelten Piloten, Besatzungsmitglieder und Techniker heran und wandte sich vor allem an die schwerbewaffneten Männer des I-Teams.

»Was ich bisher gesagt habe, ist die offizielle Version – meine offizielle Version –, an die Sie sich halten, falls Sie später befragt werden. Ansonsten ist dieser Einsatz streng vertraulich... Sie alle wissen vermutlich, welchen Zweck er wirklich hat. Wir greifen Verrettes an, um Salazars Schmuggelring zu zerschlagen. Sehen wir dort Flugzeuge am Boden, lasse ich sie von McLanahan mit Seagulls angreifen. Das gleiche gilt für Fla-Batterien,

Hallenbauten, Wartungseinrichtungen und Flugzeugbunker. Sollte der Widerstand schwächer als erwartet sein, landet das I-Team und sprengt die Flugzeuge oder wichtige Gebäude; ansonsten umfliegt die AV-22 den Platz, um festzustellen, zu wieviel Prozent er zerstört ist.

Wir greifen mit zwanzig Seagulls an, die jeweils zwei Sea Stinger tragen. Ich wollte, wir hätten mehr, aber die können wir nicht zusammenziehen, ohne Verdacht zu erwecken. Sollten die Drohnen den Stützpunkt wegen starker Luftabwehr nicht erreichen, blasen wir das Unternehmen ab. Aber ich hoffe sehr, daß es uns wenigstens gelingt, ein paar von Salazars Maschinen abzuschießen.

Wir haben eine AV-22 – Rufzeichen Lion Two-Nine –, die von Rushell Masters geflogen wird. Ich leite dieses Unternehmen selbst und fliege als Kommandeur auf dem linken Sitz von Two-Nine mit. Unsere Bewaffnung besteht wie üblich aus zwei Behältern mit Raketen und der Revolverkanone M230 – mit nur einem Reservemagazin, um Gewicht zu sparen. Wir haben ein achtköpfiges I-Team an Bord, das ich gern mit MGs und Granatwerfern ausgerüstet hätte. Aber an solche Waffen kommen wir im Augenblick nicht ran...

Wir haben ein Überwachungsflugzeug E-2 Hawkeye – Rufzeichen Lion Seven-One –, das zwei Aufgaben übernimmt: Erstens die Steuerung der Drohnen aus der Luft und zweitens die Überwachung des Luftraums, in dem sie eingesetzt werden. Koordiniert wird der Drohneneinsatz von Major McLanahan in Lion Seven-One.

Zur Unterstützung haben wir eine AV-22 – Lion Three-Three – als Tankflugzeug für die AV-22 und die Hawkeye. Sie bleibt zunächst mit der E-2 zurück, ist aber wie Lion Two-Nine bewaffnet und kann notfalls in Verrettes eingreifen. Zusätzlich hat sie dreitausend Kilo Treibstoff an Bord, was garantieren dürfte, daß die eingesetzten bemannten Flugzeuge den Hin- und Rückflug schaffen.« Elliott blickte auf den vor ihm sitzenden enttäuschten Hardcastle hinunter. »Tut mir leid, Ian, aber irgend jemand muß hier die Stellung halten.«

»Warum nicht ich?« fragte eine Stimme vom Eingang her. Dort

stand Sandra Geffar in ihrer Fliegerkombi mit einer großkalibrigen Pistole am Schulterhalfter. Sie rang sich ein Lächeln ab, das jedoch nicht kaschieren konnte, daß sie bei jeder Bewegung starke Schmerzen hatte, als sie jetzt nach vorn kam und neben Hardcastle Platz nahm.

»Wieso sind Sie nicht mehr im Krankenhaus?«

»Hätte ich dort bleiben sollen, wenn meine Besatzung tot und die Plattform zerstört ist? Ich bin wieder fit. Ich habe nicht alles mitgehört, aber ich hätte ein paar Verbesserungsvorschläge für...«

»Sie sind *nicht* fit!«

»Okay, Dr. Elliott, ich bin nicht zu hundert Prozent fit. Mir tut alles weh, aber ich gehöre nicht ins Krankenhaus. Ich gehöre hierher.« Sie blickte in Elliotts abgespanntes, übermüdetes Gesicht und sah sich nach den anderen um. »Ich habe in den letzten achtundvierzig Stunden mehr geschlafen als ihr alle. Ihr seht schlimmer aus, als ich mich fühle, Jungs. Wie lange Pausen habt *ihr* gehabt? Sollen wir anfangen, alle nach Hause zu schicken, die bei Einhaltung der vorgeschriebenen Ruhezeiten nicht fliegen dürften?«

Elliott äußerte sich nicht dazu.

»Okay, jetzt zur Sache. General, Sie sollten nicht in der AV-22 mitfliegen, sondern mit McLanahan in der E-2 sein. Sie können kein Unternehmen dieser Art befehligen und gleichzeitig den Kopiloten der AV-22 spielen. Lassen Sie Ian bei Rush einsteigen. Annette und ich halten hier die Stellung.« Geffar schien energisch die Arme verschränken zu wollen, zuckte dann aber schmerzlich zusammen und blieb ruhig sitzen.

»Einverstanden«, sagte Elliott sofort. »Ian, Sie sind mit Rush in Two-Nine.« Er trat an die Wandkarte, um die geplante Route zu erläutern, und fuhr fort: »Verteidigt wird der Flugplatz Zaza von Jägern, Fla-Batterien und Boden-Luft-Raketen ähnlich unserer Stinger. Salazar hat wenigstens zwei MiG-21, zwei Mirage F 1C, drei Aero Albatross und zwei FMA Pucará. Wir lassen durch unsere Seagulls feststellen, wo die Luftabwehr steht, den Stützpunkt genauer erkunden und Gebäude, abgestellte Flugzeuge und weitere Gelegenheitsziele angreifen. Rushells AV-22 kommt später nach und erledigt nur noch, was die Drohnen nicht getroffen haben...

Für die Gesamtstrecke von zweitausenddreihundert Kilometer sind vier Stunden Flugzeit vorgesehen; dazu kommt maximal eine Stunde über Verrettes, so daß die Drohnen gut eine Stunde Reserve haben. Die Reichweite der E-2 genügt für diesen Einsatz, aber die AV-22 muß auf dem Rückflug nachtanken. Als Ausweichlandeplatz für die Seagulls kommt nur Hammerhead Two in Frage; die E-2 und die Sea Lions können notfalls nach Puerto Rico oder auf die Virgin Islands ausweichen. Weitere Möglichkeiten wären Guantanamo, Grand Turk Island, die Bahamas oder Kingston auf Jamaika.

In den Mappen, die ich vorhin ausgegeben habe, finden Sie Ihren Einsatzbefehl, eine schriftliche Wetterberatung, alle nötigen Flugkarten und Überflug- und Landegenehmigungen für die Bahamas und die Turks and Caicos Islands. Meiden Sie unter allen Umständen den Luftraum Kubas und – außer in wirklicher Notlage – den der Dominikanischen Republik.« Elliott machte eine Pause und betrachtete ein Gesicht nach dem anderen. Er sah keine Helden, aber er sah Männer, die bereit waren, gegen die Leute vorzugehen, die einen so schweren Schlag gegen die Hammerheads geführt hatten. »Fragen?«

»Welche Unterstützung können wir von der Navy in Guantanamo erwarten, Sir?« fragte einer der Männer des I-Teams.

»So gut wie keine. Wir haben bisher keine Erlaubnis, dort zu landen. Sollte eine Landegenehmigung benötigt werden, kann sie über Funk beantragt werden – aber ich bezweifle, daß sie erteilt wird. Als Ausweichplatz bietet sich übrigens auch Navassa Island westlich der haitischen Hotte-Halbinsel an. Die Navy betreibt dort eine Funkstation. Wie Sie wissen, ist unser Verhältnis zu Haiti mal gut, mal schlecht – aber die Leute sind freundlich...«

»Was im Klartext heißt: ›Steckt Bargeld und Kreditkarten ein!‹« sagte Rushell Masters. »Im Vergleich zu ’ner guten alten American-Express-Karte sind diese Überflug- und Landegenehmigungen nicht das Papier wert, auf dem sie stehen.«

Elliott war Masters dankbar, daß er versuchte, einen Scherz zu machen. »Denken Sie vor allem daran, daß wir uns nicht im Krieg gegen Kuba oder Haiti oder sonst jemanden befinden. Unser Unternehmen richtet sich allein gegen Salazar und seine Terroristen in Verrettes. Noch Fragen?... Keine mehr? Gut, dann starten wir in einer halben Stunde.«

Elliott hatte den Start für drei Uhr festgesetzt – etwa fünf Stunden nach dem Angriff auf Hammerhead One. Zuerst startete die E-2 Hawkeye vor den Augen aller Neugierigen und Reporter wie zu einem Routineflug im Rahmen der laufenden Rettungsbemühungen.

Während die E-2 langsam nach Süden abflog, wurden die Seagulls nacheinander gestartet. Damit ihr Start nicht beobachtet werden konnte, war er auf eine hinter dem Gebäudekomplex der Border Security Force vorbeiführende Zufahrtsstraße parallel zur Startbahn verlegt worden. Die Drohnen brauchten keine hundert Meter Startstrecke und würden von den Gaffern wegfliegen, die das Hauptgebäude umlagerten. Ein am Straßenende errichtetes Sicherheitsnetz sollte Seagulls abfangen, die ihren Start abbrechen mußten. Tatsächlich war das zweimal der Fall: Eine Drohne raste ins Netz und wurde dabei beschädigt, die andere konnte McLanahan noch rechtzeitig abbremsen und nach kurzer Überprüfung erneut starten.

Sobald die Seagulls gestartet, auf Steuerbarkeit getestet und mit der E-2 nach Süden abgeflogen waren, starteten auch die beiden AV-22 – diesmal jedoch vollbeladen in konventioneller Manier wie Flugzeuge. Bei ihrem dieses Mal sehr hohen Startgewicht hätte ein Hubschrauberstart mehr Leistung erfordert und somit höheren Treibstoffverbrauch bedeutet. Und sie mußten mit jedem Tropfen Sprit geizen, damit sie über einem so stark verteidigten Ziel wie Verrettes noch reichlich Vorrat hatten.

Die erste Stunde des Fluges verlief ohne besondere Ereignisse. Um sicherzustellen, daß das Lufttanken klappte, tankten die E-2 und die AV-22 eine Viertelstunde vor dem Erreichen des Warteraums der Hawkeye bei der als Tanker eingesetzten Sea Lion. Das bedeutete, daß die Drohnen einige Minuten lang mit automatischer Steuerung fliegen mußten, während die E-2 am Tankschlauch hing, weil starke Radarimpulse in dieser Umgebung voller Treibstoffdämpfe sehr gefährlich hätten sein können.

Zum Tanken rollte die Sea Lion einen langen Schlauch mit einem beleuchteten Trichtermundstück aus. Sobald es etwa 30 Meter hinter der Maschine hing, kamen die E-2 und die AV-22 nacheinander heran, schoben ihre Tanksonde in den Trichter, wo sie von Magnetklammern festgehalten wurde, und übernahmen Treibstoff. Die Piloten der E-2, die schon häufig nachts in der Luft getankt hatten, übernahmen ihre Ladung schnell und mühelos. Rushell Masters, der dieses Tankmanöver bisher nur im Simulator geübt hatte, brauchte einige Minuten, um die Sonde in den Trichter einzuführen.

»Einfach verrückt!« murmelte er nach dem dritten abgebrochenen Versuch. »Als müßte man nachts auf der Achterbahn 'ne Nadel einfädeln…«

»Denk einfach daran, wie weit wir zurückschwimmen müssen, wenn du's nicht schaffst«, sagte Hardcastle grinsend.

»Hey, das hier ist schwierig genug, okay?« Masters schaffte es beim nächsten Versuch, eine halbe Tonne Treibstoff zu übernehmen, bevor er wegen wilder Rollbewegungen ihrer AV-22 den Tankvorgang abbrechen mußte.

»Ich glaube, da ist mehr Sprit daneben gegangen als in unsere Tanks, Rush«, meinte Hardcastle, »aber was wir haben, müßte reichen.« Er las die restlichen Punkte der Checkliste von dem Bildschirm in der Mittelkonsole ab: »Tankventile – geschlossen, Tanks – unter Druck, Treibstoff – Zufuhr und Menge geprüft.« Auf der taktischen Frequenz meldete er. »Two-Nine im grünen Bereich, fünftausendfünfhundert Kilo.« Und über die Bordsprechanlage ordnete er an: »Besatzung, Kabine und Ausrüstung prüfen.«

»Seven-One im grünen Bereich, sechstausend«, meldete der E-2-Pilot.

»Verbindung zu allen Seagulls wiederhergestellt«, ergänzte McLanahan. »Bei einigen scheint's allerdings Probleme mit den Waffen zu geben. Ich bin dabei, das zu prüfen.«

»Three-Three ist im grünen Bereich, siebentausendfünfhundert«, meldete der Tankerpilot, der in Rumpftanks zusätzlich dreitausend Kilo Treibstoff an Bord hatte. Sobald der Warteraum erreicht war, würde er Lion Two-Nine nochmals betanken.

Als Great Inagua Island zwischen Kuba und Haiti überflogen war, ging die E-2 außerhalb nationaler Lufträume in eine achterförmige Warteschleife über. Die beiden AV-22 und ihr Rudel Drohnen drehten nach Süden ab und folgten der Windward Passage, dem schmalen Korridor zwischen Kuba und Haiti. Dort fand das letzte Nachtanken vor dem Erreichen des haitischen Luftraums statt.

Diesmal flog Hardcastle den ersten Versuch. »Wichtig ist, daß du unverkrampft bleibst, Rush«, erklärte er dem Piloten. »Konzentrier dich darauf, in gleicher Höhe mit dem Tanker zu bleiben und die Sonde allmählich an den Trichter heranzuführen. Wenn du ganz nahe bist, kannst du sie einfach reinschieben. Statt nur das Licht anzustarren, kontrollierst du deine Fluglage durch Vergleich mit der Tankersilhouette.« Während Hardcastle das Verfahren erläuterte, ließ er die Sonde in den faßgroßen Trichter gleiten. »Two-Nine, Kontakt.«

»Three-Three Kontakt, Treibstoff läuft.«

»Two-Nine«, bestätigte Hardcastle. Er übernahm nur wenige hundert Kilo, ließ die Zufuhr unterbrechen und zog die Sonde wieder aus dem Trichter. »Jetzt bist du dran, Rush.«

»Ich hab' die Maschine«, sagte Masters. Da ihr Ziel jetzt keine hundert Seemeilen mehr entfernt war, wollte er nichts anbrennen lassen. Er führte die lange Sonde der Sea Lion gleich beim ersten Mal in das Trichtermundstück ein, als habe er das schon hundertmal gemacht.

»Erstaunlich, wie etwas konstruktive Kritik deinen Lufttankfähigkeiten auf die Sprünge hilft, Rush«, stellte Hardcastle fest.

»Schon gut«, murmelte der Pilot, ohne den weißen Leuchtring vor ihnen aus den Augen zu lassen. Zwanzig Seemeilen vor dem Punkt, an dem sie abdrehen und tiefer gehen mußten, war der Tankvorgang abgeschlossen, und die zweite Sea Lion flog zurück, um wie die E-2 vor Great Inagua Island in Warteposition zu gehen.

»Sie haben fünfzehn Seagulls hinter sich«, berichtete McLanahan auf der abhörsicheren Frequenz, als sie Kurs auf Haiti genommen hatten. »Vier sind nicht einsatzfähig – zwei wegen Problemen im Zündsystem ihrer Lenkwaffen, eine wegen eines Motorschadens, eine wegen Empfangsstörungen bei größerer Entfernung. Alle anderen scheinen in Ordnung zu sein, Admiral. Sie können jetzt absteigen. Ich lasse die Drohnen hinter ihnen – aber stets fünfhundert Fuß höher.«

»Danke, Leute«, antwortete Hardcastle. »Two-Nine ist mit sechstausend Kilo im grünen Bereich. Wir melden uns, sobald sich was ergibt.« Über die Bordsprechanlage fragte er seinen Piloten: »Kann's losgehen, Rush?«

»Jederzeit.«

»Verstanden. Autopilot – ein, Kurshalten – ein, Höhehalten – aus. Radar und Radarhöhenmesser.«

»Ein und geprüft«, antwortete Masters. »Abstandswarner – auf fünfhundert Fuß. Radar – auf Hindernisvermeidung, keine Fehlerwarnung, Funktionstest okay.«

»Mein linker Monitor auf Zielerfassung, Reichweite dreißig Seemeilen«, sagte Hardcastle und holte sich ein keilförmiges Radarbild mit Fünfmeilenmarkierungen auf seinen 23-cm-Farbmonitor. Nachdem er den zweiten Monitor so eingestellt hatte, daß er Triebwerks- und Leistungsdaten anzeigte, holte er das Bild des IR-Scanners auf den mittleren Bildschirm und umfaßte mit der rechten Hand den Steuerknüppel. »Ich hab' die Maschine.«

»Du hast sie«, bestätigte Masters und ließ den Steuerknüppel los, um sich eigene Informationen auf seine Bildschirme zu holen. Während der rechte Monitor ihm das Radarbild zeigte, holte er sich auf dem linken die Triebwerksdaten in großen Zahlen und in grafischer Darstellung, um etwaige Unregelmäßigkeiten sofort erkennen zu können. »Meine MFDs sind eingestellt und geprüft. Laß mich jetzt noch das IR-Bild testen ... wenn's gut ist, fliege ich nach ihm weiter.«

Hardcastle betätigte die FLIR-Scannertaste am Steuerknüppel, um den mit Stickstoff gekühlten Sensor im Bug der AV-22 auszufahren. Vor ihnen zeichnete sich die Küste Haitis deutlich als heller Streifen vor dunklem Hintergrund ab. Masters klappte das Helmvisier herunter und schaltete das TADS/PBNVS-System ein, das den Scanner – und die Revolverkanone, falls sie aktiviert war – seinem Blick folgend nachführte. Das Bild war klar und nur wenig verzerrt, so daß er weiterhin aus dem Fenster sehen und seine Monitore kontrollieren konnte, wenn er wollte.

»Mein Visier ist in Ordnung.« Er klappte es hoch, sah Hardcastle an und umfaßte wieder den Steuerknüppel. »Ich hab' die Maschine. Du testest dein Visier, siehst dich noch mal im Cockpit um und prüfst, ob ich alle Lichter ausgeschaltet habe.«

»Du hast sie«, bestätigte Hardcastle. Nachdem er sein IR-Visier getestet hatte, kontrollierte er die Stellung sämtlicher Lichtschalter, denn es wäre sinnlos gewesen, sich im Tiefflug anzuschleichen, wenn ihre AV-22 wie ein Christbaum beleuchtet war. »Außenbeleuchtung aus.«

Über die Bordsprechanlage sagte Masters: »Besatzung, klar zum Tiefflug. Helme, Westen, Jacken, Handschuhe, Sitzgurte.«

»Bei uns alles klar«, meldete der Führer des I-Teams.

»Okay, dann geht's los.« Auf der taktischen Frequenz kündigte Masters an: »Two-Nine beginnt Sinkflug.«

»Verstanden, Two-Nine«, antwortete Elliott. »Viel Erfolg. Die Seagulls sind schon hinter euch.«

»Verstanden.« Masters drückte seinen Steuerknüppel leicht nach vorn, trimmte die Maschine ein, bis sie mit fünf Metersekunden sank, und prüfte das Funktionieren des Radarhöhenmessers. »Radar gut, Radarhöhenmesser gut. Triebwerksgondeln weiter bei null Grad.«

»Richtig«, bestätigte der Admiral. Er aktivierte ihr GPS und überprüfte seine Positionsangabe mit Hilfe von zwei haitischen VORs. »Die Satellitendaten sind gut. Wir sind genau auf Kurs.«

»Sonst hätte Seven-One sich bestimmt gemeldet«, sagte Masters. »Sinken durch zehntausend Fuß...«

»Richtig«, antwortete Hardcastle wieder.

Einige Minuten später ging die Sea Lion fünfzig Kilometer vor der Westküste Mittelhaitis fünfhundert Fuß über dem Golf von Gonave in den Horizontalflug über. Als die Küste näherkam, stellte Masters den Autopiloten auf diese Höhe ein und kontrollierte erneut Radarhöhenmesser, Terrainfolgeradar und IR-Scanner. »Das FLIR-Bild ist ziemlich gut, ich bleibe dabei«, kündigte Masters an. Hardcastle schaltete ihr Radar auf BETRIEBSBEREIT um, damit die haitische Küstenverteidigung es nicht anpeilen konnte. Im Funk hörten sie einige Meldungen von Verkehrsflugzeugen, die Port-au-Prince oder Gonaives anflogen, aber keine Warnung – weder auf Englisch oder Spanisch – vor dem Einflug ihrer AV-22 oder der sie begleitenden Drohnen.

»Two-Nine, Überflug«, meldete Hardcastle Elliott, als sie die Inselküste überflogen. Er schaltete die Bordsprechanlage ein. »Besatzung, noch zehn Minuten bis zum Zielgebiet.«

»Gleich wird's spannend«, sagte Masters, zog seine Becken- und Schultergurte fest und krempelte die Ärmel seiner Fliegerkombi herunter. »Demnächst müßten die Drohnen vor uns zu sehen sein.«

Aber die E-2 meldete sich nicht mehr, und die Drohnen waren bisher nicht zu sehen gewesen. »Noch sechs Minuten«, kündigte Hardcastle an. »Die Drohnen müßten schon im Anflug auf Verrettes sein.«

»Im Funk ist's merkwürdig ruhig«, stellte Masters fest.

»Ich habe den Verdacht, daß Salazar uns nicht erst warnen wird«, antwortete Hardcastle, während er den Himmel vor ihnen absuchte. »Sollte er uns entdecken, greift er bestimmt sofort an. McLanahan hat berichtet, daß sie erst kurz vor dem Stützpunkt abgefangen worden sind – und unsere Drohnen sind viel kleiner als ein Jäger.«

Sie warteten noch eine Minute. Da die AV-22 nur noch fünf Minuten von Verrettes entfernt war, hätten sie *irgend etwas* hören müssen – der Angriff konnte nicht so reibungslos klappen...

»Ich halt's nicht länger aus«, sagte Hardcastle. »Ich weiß, daß Funkstille befohlen ist, aber ich muß wissen, was dort vorn passiert.« Er schaltete auf die taktische Frequenz um. »Seven-One, hier Two-Nine. Wie ist unser Status?« Keine Antwort. »Seven-One, wie hören Sie mich?«

»Laut und klar, Two-Nine«, antwortete McLanahan.

»Wo bleiben die Drohnen? Was passiert vor uns? Hat der Angriff schon begonnen?«

Eine kurze Pause, dann sagte Elliott: »Two-Nine, die Drohnen befinden sich auf dem Rückflug.«

»*Was?* Sie schicken sie zurück? Sie schicken *alle* zurück?«

»Positiv.«

»Verdammt noch mal, Elliott, was soll der Scheiß? Was haben Sie vor? Wollen Sie uns ohne Unterstützung losschicken? Dafür reicht unsere Feuerkraft nicht aus. Was geht hier vor? Werden Sie angegriffen?«

»Negativ, Two-Nine. Wir haben Verbindung zu Ihnen... und zur Zweierkette Shadow One-One.«

»Shadow? Wer ist das?«

»Überzeugen Sie sich selbst – bei zwei Uhr, Abstand eine Seemeile.«

»Was, zum Teufel...?« Masters schaltete das Terrainfolgeradar ein, um eine Kollision mit dem Hügelland unter ihnen zu vermeiden, ließ den Autopiloten die Maschine fliegen und sah durch sein IR-Visier nach rechts vorn. Auch Hardcastle klappte sein Helmvisier herunter und starrte in die gleiche Richtung.

Etwas rechts voraus flogen zwei dunkle Formen, die Masters an riesige fliegende Kakerlaken erinnerten. Sie hatten flache Unterseiten, ungewöhnlich gewölbte Oberseiten, tief angesetzte Stummelflügel und sehr schmale, stark schräggestellte Doppelleitwerke. Im Gegensatz zu dem gewohnten Erscheinungsbild anderer Flugzeuge, deren Cockpit und Triebwerke sich im Infrarot-Scanner deutlich als heiße Flecken abzeichneten, waren diese beiden Maschinen durchweg kühl und dunkel: Ihre Infrarot-Signatur war kühler als die der Landschaft hinter ihnen. Masters holte die seltsamen Flugzeuge mit dem Zoom näher heran, aber auch bei stärkster Vergrößerung waren kaum mehr Einzelheiten zu erkennen.

Jetzt beschleunigten die beiden Maschinen, ließen die AV-22 allmählich hinter sich zurück und verschwanden in der Dunkelheit. Sie schienen sich einfach in Nichts aufzulösen. Obwohl Masters genau wußte, daß sie sich im Erfassungsbereich des Infrarot-Scanners und ihres Mehrzweckradars befanden, waren sie mit keinem ihrer Systeme zu orten.

»Hast du *die* gesehen?« fragte er Hardcastle. »Was sind das für Vögel?« Er schaltete den Infrarot-Scanner auf Weitwinkel um. »Unser FLIR zeigt nichts an. Fliegen die mit Überschall?«

»Das glaube ich nicht«, antwortete Hardcastle. »Stealth-Jäger bleiben im allgemeinen im Unterschallbereich.«

»Stealth-Jäger? *Das* sind Stealth-Jäger gewesen? Was haben sie hier zu suchen?«

»Wenn du mich fragst, hat Elliott Salazar und den Drogenschmugglern gerade den Krieg erklärt«, sagte Hardcastle mit gedämpfter Stimme. »Er beschränkt sich nicht mehr nur darauf, was die Border Security Force aufbieten kann, sondern setzt seine eigene Luftwaffe ein.«

»Aber... wie kann er das?« fragte Masters, der die AV-22 jetzt wieder selbst flog. »Ich meine, wie kann er von einem Aufklärungsunternehmen reden, wenn hier Stealth-Jäger rumfliegen? Darf Elliott einfach solche Maschinen...«

Masters machte eine Pause, als ihm die Wahrheit dämmerte. »Elliott hat diesen Kerlen *wirklich* den Krieg erklärt«, sagte er quer durchs Cockpit. »Er will ihren Stützpunkt flachlegen lassen!«

Die Kleinstadt Verrettes mit dem Flugplatz Zaza liegt im Westen Mittelhaitis im fruchtbaren weiten Tal des Flusses Artibonite. Die beiden Stealth-Jäger F-117A blieben im Tiefflug – nur fünfhundert Fuß über Grund – über dem Höhenzug, der das Tal begrenzte, und hielten sich von der Bahnlinie und den Straßen unten am Fluß fern. Im Gegensatz zur AV-22 Sea Lion benützten die Stealth-Jäger kein Terrainfolgeradar, sondern hatten ihre Route im Navigationscomputer gespeichert und setzten im Tiefflug ihre Infrarot-Scanner ein, um etwa nicht gespeicherte künstliche Hindernisse zu umfliegen.

Die Piloten der F-117A waren auf Ausweichmanöver und Bombenangriffe in noch geringerer Höhe vorbereitet, aber beim Anflug auf Salazars Stützpunkt konnten sie keinerlei Anzeichen für einsetzende Luftabwehr entdecken. Anstatt das Ziel auf Zickzackkursen ansteuern zu müssen, konnten sie es nach dem Einkurven direkt anfliegen und hatten sekundenlang Zeit, ihre Markierungspunkte zu identifizieren.

Die Jagdbomber trugen je zwei Durandal-Bomben zum Einsatz gegen Flugplätze und vier Abwurflenkwaffen Maverick mit Infrarot-Fernsteuerung. Mit zehn Sekunden Abstand zwischen den beiden Maschinen raste die erste F-117A die Bahn entlang und warf ihre Bomben mit sechshundert Meter Abstand genau auf die Mittellinie. Die raketengetriebenen Gefechtsköpfe der Durandal-Bomben durchschlugen den Stahlbeton und bohrten sich tief in den Untergrund, bevor sie mit der Sprengkraft von fünfhundert Kilogramm TNT detonierten. Diese unterirdische Detonation wölbte den Stahlbeton auf, erzeugte einen Bombentrichter mit zehn Meter Durchmesser und schleuderte riesige Betonbrocken nach allen Seiten. Da der Flugplatz parallel zur Landebahn einen breiten Rollweg hatte, belegte die zweite F-117A ihn mit ihren Durandal-Bomben.

Innerhalb einer Minute waren die Startbahn und der Hauptrollweg des Flugplatzes für Düsenmaschinen unbrauchbar geworden – nur Hubschrauber oder Leichtflugzeuge hätten noch zwischen den Bombentrichtern landen können.

Die Ziele für die acht Mavericks der Jagdbomber waren im voraus sorgfältig festgelegt worden. Die F-117A flogen südlich des Platzes mehrere Ausweichmanöver, um feindliche Jäger oder Fla-Raketen abzuschütteln, kurvten wieder nach Norden ein und steuerten ihre Ziele an. Zwei der Abwurflenkwaffen waren für Betonbunker am Startbahnende bestimmt; die übrigen wurden auf die großen Hangars und die Betankungsanlage abgeschossen, an der Powell und McLanahan nach ihrer Landung Flugzeuge gesehen hatten. Die Jagdbomber wechselten sich bei den Angriffen ab: Die erste F-117A flog den Platz an, schoß eine Maverick aus ein bis zwei Meilen Entfernung ab, kurvte steil weg und setzte zum nächsten Zielanflug an, während die zweite Maschine angriff.

Es dauerte nicht lange, bis die acht AGM-65 Maverick verschossen waren. Die Stealth-Jäger überflogen den Platz nochmals, um die Schäden zu begutachten und Ausschau nach bisher nur wenig beschädigten Zielen oder Gelegenheitszielen zu halten. Beide F-117A hatten je eine eingebaute 20-mm-Maschinenkanone mit fünfhundert Schuß Munition, aber ihre Piloten konnten keine Gelegenheitsziele ausmachen.

»Lion Seven-One, hier Shadow Flight. Angriff beendet, verlassen Zielgebiet. Fliegen zurück und warten Schadensmeldung durch Lion Two-Nine ab.«

»Seven-One, verstanden. Bisher kein anderer Verkehr.« Die E-2 Hawkeye würde auf etwaige Verfolger achten, während die Stealth-Jäger im Tiefstflug über Haiti hinweg in Richtung Küste abflogen. Als sie draußen über dem Golf von Gonave noch immer nicht verfolgt wurden, stiegen sie in eine treibstoffsparendere Höhe und vereinbarten ein Treffen mit ihrem Tankflugzeug KC-135, das eigens aus Tonopah, Nevada, gekommen war und jetzt mit der E-2 über Great Inagua Island kreiste.

Für den Fall, daß die gegnerische Luftabwehr nicht vollständig ausgeschaltet oder nach dem Angriff der Jagdbomber reorganisiert worden war, überflog die AV-22 Salazars Stützpunkt beim ersten Mal mit Höchstgeschwindigkeit – fünf Seemeilen in der Minute. Während der Autopilot Kurs und Höhe hielt, suchten Hardcastle und Masters den Flugplatz nach irgendwelchen Aktivitäten ab: abgeblendete Scheinwerfer, Mündungsfeuer von Fla-Batterien, auf sie abgeschossene Fla-Raketen… Nichts. Kein Licht, keine Soldaten, keine Fahrzeuge, keinerlei Aktivitäten.

Trotzdem kurvte Masters am Ende der Landebahn steil weg, um etwaige Verfolger abzuschütteln. Er nutzte die unglaubliche Wendigkeit der Sea Lion aus, ging unter Baumhöhe auf Gegenkurs und blieb weiter tief. So steuerte er die freie Fläche hinter den Flugzeugbunkern an, die ihr erstes Ziel sein sollten.

»Beide Waffenbehälter ausgefahren und feuerbereit«, meldete Hardcastle mit lauter Stimme.

Masters schwebte in nur fünf Meter Höhe hinter der offenen Rückwand eines der Bunker und hielt Ausschau nach Flugzeugen, Soldaten oder Fahrzeugen… vergebens. Die Mavericks der F-117A hatten das Innere in eine ausgebrannte Stahlbetonhöhle mit teilweise eingebrochener Decke verwandelt. Masters suchte angestrengt nach einem lohnenden Ziel, ohne eines zu finden.

»Zeit!« rief Hardcastle. Masters schob die Leistungshebel nach vorn, ließ die Sea Lion über den Bunker steigen, wendete dabei und hatte jetzt den zweiten ausgebrannten Flugzeugbunker vor der Revolverkanone. Wieder begann die Suche nach

Fahrzeugen oder Soldaten, die versucht haben konnten, hinter die schwebende AV-22 zu gelangen... wieder vergebens.

»In diesen Bunkern sind keine Flugzeuge«, stellte Masters fest. »Ich sehe keine Fahrzeuge, keine Soldaten, keine Gefallenen. Noch heute morgen sind hier Düsenjäger stationiert gewesen – *wir haben die Aufnahmen gesehen.* Über ein Dutzend Flugzeuge und mindestens zweihundert Mann! Wie kann er die so schnell verlegt haben?«

»Sie müssen irgendwo in der Nähe sein«, sagte Hardcastle. »Komm, wir suchen zwischen den Gebäuden weiter. Sollten wir nichts finden, setzen wir das I-Team ab.«

Masters flog auf Zickzackkursen zwischen den Gebäuden hin und her, blieb stets unberechenbar und verharrte nie länger als einige Sekunden im Schwebeflug, bevor er weiterflitzte. Nach einigen Minuten war jedoch auch Hardcastle der Überzeugung, der Stützpunkt sei verlassen.

Auf seinen Befehl ließ Masters die AV-22 über dem am weitesten von allen Gebäuden entfernten Startbahnende schweben.

»Okay, I-Team«, sagte Hardcastle, »wir haben den Platz abgesucht, aber niemanden gesehen. Wir fliegen jetzt zu den großen Hangars dort drüben, setzen euch ab und starten wieder. Ihr klärt ein paar hundert Meter weit nach allen Richtungen auf. Wir umkreisen dabei den Platz und halten die Augen offen, damit ihr in keinen Hinterhalt geratet. Sobald ihr das Vorfeld besetzt habt, kommen wir zurück und landen.«

Die AV-22 ging etwas höher und raste mit fast hundert Knoten die Startbahn entlang. Über dem Vorfeld zwischen den Hallen drehte Masters das große Rotorflugzeug, so daß sein Bug wieder zur Startbahn zeigte, und setzte die Sea Lion auf die betonierte Fläche. Die Männer des I-Teams verließen die Maschine hastig über die Heckrampe und schwärmten mit schußbereiten Waffen nach allen vier Himmelsrichtungen aus. Sobald der letzte Mann von Bord war, stieg die AV-22 senkrecht auf etwas dreißig Meter in den Nachthimmel, wendete und flog schräg über die Startbahn davon.

Der Flug entlang des Stacheldrahts, mit dem der Stützpunkt eingezäunt war, dauerte nicht lange. Nirgends ein Lebenszeichen. In der Ferne entdeckten sie einen langsam in Richtung Flugplatz fahrenden Lastwagen; er war jedoch noch einige Kilometer entfernt und würde auf der kurvenreichen Bergstraße bei seinem Schneckentempo wenigstens eine halbe Stunde brauchen, um den Platz zu erreichen. Masters folgte der Zufahrt vom Haupttor zum Stabsgebäude, vor dem zwei Jeeps mit noch lauwarmen Motoren standen. Aber auch hier nirgends ein lebendes Wesen.

»I-Team, Meldung«, verlangte Hardcastle über Funk. Masters flog zum Vorfeld zurück und landete, um ihre Männer notfalls unterstützen zu können. Aber das I-Team war auf keinerlei Widerstand gestoßen.

»Westsektor negativ«, berichtete Arturo Cordova, der Führer des I-Teams. »Wir sind in den Hangars auf unserer Seite gewesen. Die Kerle müssen Hals über Kopf abgehauen sein.«

»Nordsektor ebenfalls negativ«, meldete ein weiteres Teammitglied. »Ich bin im Kontrollturm. Hier sind Diensttagebücher, Einsatzpläne und sonstige Unterlagen zurückgeblieben – aber kein Hinweis auf kürzliche Aktivitäten.«

»Nehme alle Diensttagebücher mit, die ihr tragen könnt«, wies Hardcastle ihn an. »Wir fliegen noch mal langsam um den Platz und sind in zehn Minuten wieder da.«

»I-Team, verstanden.« Cordova und sein Partner liefen zum Kontrollturm, um den beiden anderen zu helfen.

Masters startete zu einem weiteren Flug den Stacheldrahtzaun entlang. Sie entdeckten Stellungen beweglicher Fla-Batterien hinter halbhohen Splitterwällen und mit Munitionsbunkern in unmittelbarer Nähe, aber auch diese Bunker und Stellungen waren leer. »Stimmt, sie sind abgehauen«, sagte Hardcastle. »Sie haben die gesamte Einheit in weniger als achtzehn Stunden verlegt. Wirklich erstaunlich!«

Dann meldete sich Elliott: »Two-Nine, hier Seven-One. Ihr bekommt anscheinend Gesellschaft. Aus Port-au-Prince ist eine Maschine zu euch unterwegs – Kleinflugzeug oder Hubschrauber. Dem Funkverkehr nach tippen wir auf Militär oder Polizei. Voraussichtliche Ankunftszeit: eins-drei Minuten. Euer Status?«

»Der Stützpunkt ist geräumt«, berichtete Hardcastle. »Hier ist nichts und *niemand* mehr. Wir bringen ein paar Unterlagen mit, die wir gefunden haben.«

»Okay. Damit der Kontakt zu unseren Drohnen nicht abreißt, müssen wir bald nach Norden weiterfliegen. Ich rechne damit, daß ihr in zehn Minuten in der Luft seid. Macht zur Schadensbeurteilung noch ein paar Infrarotaufnahmen des Stützpunkts.«

»Verstanden, Seven-One.« Hardcastle sah zu Masters hinüber und schüttelte den Kopf. »Elliott scheint's nicht zu stören, daß wir einen verlassenen Stützpunkt angegriffen haben.«

»Er hat nicht ahnen können, daß die Kerle so schnell abhauen würden. Trotzdem...«

»Trotzdem stehen er und wir jetzt wie Idioten da«, sagte Hardcastle. »Dieser Einsatz ist gut geplant und gut durchgeführt worden. Bloß mit einem gottverdammten kleinen Problem: Die Schurken sind zu schnell abgehauen.«

An Bord der E-2 Hawkeye Lion Seven-One
Einige Minuten später

Elliott lehnte sich in seinen Sitz zurück. Er fühlte sich ausgepumpt und konnte den Anblick der Radarschirme kaum noch ertragen.

»Two-Nine ist eben gestartet«, meldete der Radarcontroller. »Das andere Luftziel ist neun Seemeilen entfernt und hat weiter Kurs auf den Flugplatz. Ansonsten kein Verkehr in näherer Umgebung.«

»Sämtliche Drohnen sind einwandfrei steuerbar«, berichtete McLanahan. »Wir müßten alle nach Aladdin City zurückbringen können.«

Elliott nickte, indem er sich müde die Augen rieb. »Schicken Sie die Stealth-Jäger nach Hause«, wies er den Controller an. »Sagen Sie ihnen, daß sie ihre Sache gut gemacht haben – was mehr ist, als ich von mir behaupten kann.«

»Ich kann's noch immer kaum fassen!« sagte McLanahan. »Jede amerikanische Staffel wäre imstande, binnen achtzehn Stunden ein Dutzend Maschinen mitsamt allen Waffen zu verlegen – aber sie könnte unmöglich alles Material, alle Wartungs- und Versorgungseinrichtungen abtransportieren. Diese Kerle haben *alles* mitgenommen.« Er machte eine kurze Pause, bevor er hinzufügte: »Sie konnten nicht wissen, daß sie so schnell abhauen würden, General. Wir *mußten* den Stützpunkt angreifen.«

»Sie müssen die Verlegung gleichzeitig mit dem Angriff auf unsere Radarballone geplant haben«, vermutete Elliott. »Sie haben sich ausgerechnet, daß wir sofort nach diesem Angriff zurückschlagen würden. Die Flugzeuge, die uns angegriffen haben, sind vermutlich als letzte gestartet.«

»Aber wohin können sie ausgewichen sein?«

»Irgendwohin. Zum Beispiel nach Kolumbien – das liegt nur tausend Kilometer entfernt – oder einfach auf einen anderen haitischen Flugplatz. Einige der Transporter, die Sie gesehen haben, könnten Mexiko, Venezuela oder sogar Brasilien erreichen.« Er schlug mit der flachen Hand auf seine Armlehne. »Ich hätte *niemals* ohne vorherige Aufklärung angreifen dürfen. Sobald wir wußten, wer sie waren, hätten wir sie ständig überwachen müssen. Statt dessen habe ich sie entwischen lassen. Sie haben HIGHBAL, KARIBAL und KEYSTONE erfolgreich angegriffen *und* sind entkommen. Wir starten eine großartige Gegenoffensive und stehen zuletzt mit leeren Händen da!«

Elliott schwieg einen Augenblick; dann gab er sich verärgert einen Ruck. »Die Arbeit geht trotzdem weiter, Patrick. Ich brauche einen detaillierten Lagebericht mit Angaben über die unbeschädigt gebliebenen Einheiten. Sobald Sie die Daten haben, rufen wir spätestens um sechs Uhr den Verteidigungsminister an. Dann ist er wach, aber noch nicht im Pentagon, und wir erwischen ihn vor irgendwelchen Reportern – für den Fall, daß doch etwas über unseren Angriff durchgesickert sein sollte...

Ich melde ihm, was sich heute nacht hier draußen ereignet hat, und bitte um einen Morgentermin beim Präsidenten. Unsere Hauptsorge muß die Reaktivierung der Überwachungseinrichtung in den betroffenen Gebieten sein. Ich werde Radarballone auf Schiffen in der Bimini-Straße, in der Florida-Straße vor Key West und vor Grand Bahama Island vorschlagen. Außerdem sollte bei Hammerhead One ein Flugzeugträger stationiert werden, damit wir den Luftraum wieder überwachen können.

Sobald das geschafft ist, koordinieren wir die Suche nach diesem Zauberer Salazar und seiner Truppe. Wir können unsere Radaraufzeichnungen von Auslandsflügen ab Haiti kontrollieren und versuchen, verdächtige Flüge bis zum Zielort zu verfolgen. Zudem sollten wir mit der CIA und unseren DEA-Leuten beraten, wie wir Salazar aus seinem Versteck locken können. Wahrscheinlich bleibt er erst mal für einige Zeit unsichtbar.«

»Ein Mittel gibt's immer, um solche Kerle rauszulocken«, sagte McLanahan. »Geld. Die Gier danach ist stärker als die Angst, geschnappt zu werden.«

Aber wie lange kann das dauern? dachte Elliott. Es widerstrebte ihm, untätig dazusitzen und abzuwarten. Er mußte sie irgendwie ausräuchern. Irgendwie...

Oval Office des Weißen Hauses, Washington, D. C.

Eineinhalb Stunden später

»Sagen Sie das noch mal, Tom!« Der Präsident starrte Verteidigungsminister Preston an. »Elliott hat einen Einsatz gegen Haiti geflogen – einen *Angriffseinsatz?*«

»Ja, das hat er mir vor einer halben Stunde gemeldet. Sein Einsatz...«

»*Sein* Einsatz? Ich habe keinen Einsatz gegen Haiti befohlen, schon gar keinen verdammten Angriffseinsatz. Was hat er angegriffen? Und womit? Vielleicht wieder mit 'ner B-52?«

»Eingesetzt waren zwei AV-22 Sea Lion aus Elliotts Hauptquartier in Florida, ein Überwachungsflugzeug E-2 der Border Security Force, zwanzig Drohnen des Musters Seagull und zwei Stealth-Jäger F-117A aus Tonopah, Nevada.«

»Stealth-Jäger... er hat ohne meine Genehmigung *Stealth-Jäger* eingesetzt? Wie kann er das? Wie kann er über sie verfügen, ohne mich um Erlaubnis zu fragen?«

»Sir, General Elliott ist viele Jahre Kommandeur des Erprobungsgeschwaders in Tonopah gewesen, bevor es in ein taktisches Geschwader umgewandelt worden ist. Er ist weiterhin Kommandeur des Versuchszentrums, obwohl er dort im Augenblick nicht mehr aktiv ist...«

»Ich sollte den Kerl an die Wand stellen lassen! Was tut er als nächstes? Kuba bombardieren? China bombardieren? Washington bombardieren, wenn er seinen Willen nicht durchsetzen kann?«

»Sir, wenn ich Ihnen die Sachlage erläutern darf... General Elliott war sehr wohl berechtigt, dieses Unternehmen durchzuführen.« Der Präsident starrte ihn nur an. »Um seine Einrichtungen und die Vereinigten Staaten zu verteidigen, ist er als Kommandeur berechtigt, alle ihm geeignet erscheinenden Maßnahmen zu treffen. General Elliott hat sich an die Vorschriften gehalten, Sir. Vier seiner Einrichtungen wurden vergangene Nacht angegriffen, und er hatte allen Grund zu der Annahme, daß dieser Angriff von einem Stützpunkt auf Haiti kam. Er hatte keine andere Wahl – er *mußte* zurückschlagen, bevor...«

»Ihren Vortrag können Sie sich sparen, Tom. Er hat keinen Menschen benachrichtigt – nicht mal Sie!«

»Die Kommandeure brauchen uns nicht sofort zu benachrichtigen, wenn ihre Einheiten angegriffen werden.«

»Unsinn, Preston!«

»Nein, das ist die Wahrheit. Wenn sowjetische Truppen eines Tages nach Westeuropa vorgestoßen wären, hätten wir erwartet, daß unsere Kommandeure ihre Einrichtungen verteidigen und zu Gegenangriffen antreten – ohne uns erst zu benachrichtigen. Wir erwarten, daß unsere Kommandeure *handeln*, Mr. President. Und genau das hat General Elliott getan.«

Der Präsident schien sich beruhigt zu haben, als er seinem Stabschef Pledgeman zunickte. »Ich lasse Martindale, Chapman, Curtis und Mitchell zu mir bitten. Aber unauffällig, Jack.« Pledgeman ging hinaus, um im Vorzimmer zu telefonieren.

»Okay, lassen wir die Frage, ob er berechtigt war oder nicht. Was hat er dort drüben gefunden? Wie ist die Sache gelaufen?«

»Der Stützpunkt war geräumt«, sagte Preston und berichtete Einzelheiten.

»Was war mit diesen Drohnen, diesen Seagulls?«

»Die wurden nicht eingesetzt. Ich denke, daß General Elliott sie eingesetzt hätte, wenn er die Stealth-Jäger nicht bekommen hätte.«

»Alle wieder zurück? Keine Verluste?«

»Keine«, bestätigte Preston. »Unter den gegebenen Umständen finde ich das Unternehmen eindrucksvoll. General Elliott hat es erstaunlich schnell, unter strenger Geheimhaltung und mit beachtlicher Feuerkraft organisiert. Wäre er am Ziel auf Widerstand gestoßen, wären die Verluste wahrscheinlich trotzdem gering gewesen. Er hat dieses Unternehmen rasch, präzise und...«

»Yeah, ich weiß. Der Kerl ist Ihr Liebling, er ist jedermanns gottverdammter Liebling. Aber ich will nicht, daß er in der Karibik rumfliegt und Flugplätze bombardiert, auf denen er Schmuggler vermutet. Ich will nicht, daß meine Kommandeure ohne meine ausdrückliche Erlaubnis ausländische Ziele angreifen. Was in den Vorschriften über seine Rechte steht, ist mir egal. Mit der Verteidigung des amerikanischen Luftraums haben Bombenangriffe auf andere Staaten nichts zu tun, verdammt noch mal!«

»Ich werd's General Elliott ausrichten«, sagte der Verteidigungsminister ausdruckslos. »In ungefähr drei Stunden ist er hier. Möchten Sie mit ihm sprechen?«

»Klar möchte ich mit ihm sprechen. Am liebsten möchte ich den Hundesohn erwürgen! Nein, vielleicht degradiere ich ihn zum Oberstleutnant und erwürge ihn *dann!*«

»Ich denke, daß die Öffentlichkeit eine angemessene Reaktion auf den Überfall erwartet, Sir«, betonte Preston. »General Elliotts Angriff – so sehr Sie ihn mißbilligen – würde diese Erwartungen erfüllen. Wir könnten ein paar handverlesene Journalisten informieren – und ansonsten jegliche Beteiligung leugnen.«

»Wenn Sie wüßten, wie ich diese Spielchen hasse! Ich hab'

keine Lust, Elliotts Angriff als Bestandteil meiner Außenpolitik akzeptieren und *dann* das Wie-aus-informierten-Kreisen-verlautet-Spiel mitspielen zu müssen.«

»Wissen Sie bestimmt, Mr. President, daß General Elliott nicht getan hat, was Sie in Wirklichkeit wollten?«

»Was soll das wieder heißen?«

»Damit will ich andeuten, daß Sie vielleicht nur Herr der Lage sein wollten. Sie sind nicht wirklich gegen den Angriff, aber Sie stört, daß sie nicht informiert worden sind und ihn nicht selbst leiten konnten.«

»Auf billige Psychoanalysen kann ich verzichten, Preston!« Trotzdem mußte er sich eingestehen, daß Preston wahrscheinlich recht hatte. »Ich möchte, daß Sie anschließend den Rest meines Stabes unterrichten. Und lassen Sie meine schon angesetzte Pressekonferenz verschieben...«

Lageraum des Weißen Hauses, Washington, D. C.

Drei Stunden später

Im Lageraum hielten sich nur der Vizepräsident, Brad Elliott und zwei Adjutanten auf. Die Kabinettssitzung beim Präsidenten war soeben zu Ende gegangen, und die weitere Entwicklung in der Karibik wurde jetzt direkt aus dem Weißen Haus überwacht. Die Hauptbeteiligten sollten erreichbar bleiben, was im Klartext bedeutete: Sie hatten im Weißen Haus zu bleiben.

Sie sahen eine Wiederholung der Pressekonferenz des Präsidenten – die wie erwartet kein Spaziergang gewesen war – und Aufnahmen der zerstörten, von Rettungsschiffen umgebenen Kontrollplattform Hammerhead One. Im Hintergrund ragte der Rumpf des Trägers *Coral Sea* auf, der die Grenzsicherung und die Kontrolle des Luft- und Seeverkehrs übernommen hatte. Kommentatoren sprachen über die Schrecken der vergangenen Nacht in Südflorida, aber Martindale drehte den Ton leiser.

»Ein regelrechter Alptraum!« ächzte er. »Wir müssen einen Flugzeugträger einsetzen – und wenn's nur die alte *Coral Sea* ist –, um unsere *eigenen* Grenzen zu schützen. Ein gefundenes Fressen für die Medien!«

»Noch immer besser, als das Gebiet unkontrolliert zu lassen«, sagte Elliott. »Mit dem Träger können wir uns behelfen, bis eine neue Plattform in Dienst gestellt ist.«

»Und wie lange wird das dauern?«

»An Ort und Stelle kann die Plattform in zwei Wochen sein, aber komplett ausgerüstet und einsatzfähig ist sie bestimmt erst in zehn bis zwölf Monaten. Die neue Plattform soll mehr als vorgeschobener Stützpunkt eingerichtet werden... mit weniger Personal, weniger Computern, weniger Überwachungsfunktionen. Die Kontrolle des Luft- und Seeverkehrs kann aus dem Hauptquartier erfolgen.

Besser wär's jedoch, Hammerhead Two aus Westflorida herzuschleppen und die *Coral Sea* dorthin zu schicken. Sie könnten vor der Küste kreuzen und mit ihren Flugzeugen den gesamten Golf von Mexiko überwachen. Wir könnten die Abwehrbewaffnung der Plattform verstärken, aber da die F-16 aus Homestead rasch zur Stelle sein können, rechne ich nicht mit einem weiteren Angriff von Schmugglern.«

Der Vizepräsident nickte langsam. »Stellen Sie die Kosten beider Vorschläge zusammen, damit ich sie dem Alten vorlegen kann. Aber erwarten Sie nicht zuviel. Er ist verdammt sauer und geht wahrscheinlich hoch, wenn Sie schon wieder Geld haben wollen, um...«

Die Tür des Lageraums öffnete sich, und der Präsident kam mit Stabschef Pledgeman, Verteidigungsminister Preston, Drogenberater Massey und Sicherheitsberater Curtis herein. Der Präsident nahm oben am Tisch Platz, wartete ab, bis Pledgeman ihm seine Unterlagen zurechtgelegt hatte, nickte der Stenografin zu, die geduldig in einer Ecke des Raums saß, und blickte erst dann zu Elliott hinüber. »Sie haben eine aufregende Nacht hinter sich, stimmt's, General?«

»Ja, Sir.«

»Ich weiß, daß Sie von Preston und Chapman und deren Mitarbeitern befragt worden sind. Ich habe ihre Notizen hier«, sagte der Präsident mit einem Blick auf die Unterlagen vor ihm. »General Elliott, warum, zum Teufel, haben Sie das Weiße Haus nicht über Ihre Absicht informiert, diesen Einsatz auf Haiti durchzuführen?«

»Um die Terroristen, die unsere Radarballons und Kontrollplattformen angegriffen hatten, überhaupt fassen zu können, mußten wir schnellstens handeln, sonst...«

»Sie haben recht, General, aber nur teilweise. Sie hatten kein Recht, ein anderes Land zu bombardieren. Damit hätten Sie das Weiße Haus in eine verdammt peinliche Lage bringen können. Ich habe mich darauf verlassen, daß Sie die Border Security Force in dieser kritischen Situation führen würden. Aber statt dessen sind Sie unterwegs gewesen, um irgendeinen Flugplatz auf Haiti zu bombardieren – mit Stealth-Jägern, die Sie unter keinen Umständen selbständig hätten einsetzen dürfen!«

Der Präsident machte eine Pause und starrte Elliott an. Elliott starrte zurück. »Wir alle kennen Sie als tüchtigen, energischen und intelligenten Kommandeur, Brad. Aber Sie handeln, verdammt noch mal, im Auftrag des Präsidenten der Vereinigten Staaten, nicht nach eigenem Ermessen!«

»Sie werden mir sicher zubilligen, Mr. President, daß ich überzeugt bin, das getan zu haben, was im Interesse der nationalen Sicherheit und der Border Security Force richtig und notwendig war«, sagte Elliott. »Ich habe die Pflicht, die Vereinigten Staaten zu verteidigen, und ich habe getan, was ich im Augenblick für notwendig erachtet habe. Ich habe eine Entscheidung getroffen und danach gehandelt.«

»Richtig, das haben Sie.« Der Präsident verschränkte die Arme und holte tief Luft. »Nach Beratung im Kabinett ist beschlossen worden – übrigens keineswegs einstimmig! –, nichts gegen Sie zu unternehmen. Wir müssen diese Krise überwinden und wieder auf die Beine kommen. Ich erwarte, daß Sie sich in Zukunft an meine Befehle halten und Ihre Aktivitäten auf den Tätigkeitsbereich der Border Security Force beschränken. Alle darüber hinausgehenden Einsätze müssen zuvor von mir genehmigt werden. Ist das klar, General?«

»Ja, Sir.«

»Brad, Sie sind ein verdammt guter Offizier, ein tatkräftiger Mann, aber wenn ich Ihnen nicht vertrauen kann, lasse ich Sie sofort ablösen. Ich hoffe, daß ich mich kristallklar ausgedrückt habe.«

»Das haben Sie, Sir.«

»Okay.« Der Präsident schlug den ersten vor ihm liegenden Ordner auf, der eine lange Liste der nach dem Überfall zu ergreifenden Maßnahmen enthielt. »Ich möchte mit Ihnen besprechen, was als nächstes zu tun ist, um...«

»Darf ich, Sir?« unterbrach Elliott ihn sofort. Der Präsident sah von seinen Unterlagen auf, unterdrückte ein Seufzen und nickte ihm zu.

»Mr. President, als erstes müssen Sie mich entlassen und die Kontrollplattform Hammerhead Two außer Dienst stellen.«

»*Was?* Was, zum Teufel, soll das heißen, Elliott?«

»Sir, die Schmuggelorganisation Salazars ist in den Untergrund gegangen. Wir konnten nicht feststellen, wohin er und seine Leute sich von Haiti aus abgesetzt haben. Er kann sich irgendwo in Mittel- oder Südamerika aufhalten. Ich habe einen Plan ausgearbeitet, der ihn aus seinem Versteck locken und zu dem Versuch veranlassen soll, wieder eine größere Menge Drogen zu schmuggeln – aber das kann nur klappen, wenn wir ihn davon überzeugen, daß die Tätigkeit der Hammerheads eingeschränkt wurde, so daß ein weiterer Schmuggelversuch verhältnismäßig risikolos wäre...«

Elliott wartete eine Reaktion ab, die aber ausblieb, und sprach dann rasch weiter.

»Damit die Sache auch glaubwürdig klingt, Mr. President, müssen Sie bekanntgeben, daß ich wegen krasser Führungsfehler an der Spitze der Border Security Force meinen Rücktritt einreichen mußte – und daß die Kontrollplattform Hammerhead Two zur Instandsetzung an Land geschleppt wird, um später anstelle von Hammerhead One in der Florida-Straße stationiert zu werden.«

Das brachte Reaktionen – hauptsächlich erstaunte Blicke.

»Weiterhin geben Sie bekannt, Sir, daß der Flugzeugträger *Co-*

ral Sea nach Westflorida verlegt wird, um Hammerhead Two zu ersetzen. In Wirklichkeit läuft er jedoch St. Petersburg oder Mobile an und bleibt dort, weil die beantragten Mittel nicht bewilligt worden sind und der Kongreß Zweifel an der Effektivität der Border Security Force angemeldet hat.«

»Passen Sie bloß auf, daß daraus nicht Ernst wird, General!« sagte der Präsident warnend. »Wenn Sie so weitermachen, ist...«

»Sir, wir dürfen nicht zulassen, daß Salazar über die mexikanische Grenze hinweg oder im Westen neue Schmuggelrouten erschließt und Verteilernetze aufbaut – dort fehlen den Hammerheads die Mittel zu großräumigen Überwachungsaktionen. In Florida und im Südosten verfügt er bereits über Verteilernetze, und dort sind auch die Hammerheads schlagkräftig. Wenn wir aber hinausposaunen, daß in Zukunft jedes unbekannte Schiff oder Flugzeug versenkt oder abgeschossen wird, riskiert Salazar wahrscheinlich keinen weiteren Versuch mehr und bleibt im Untergrund. Dann kann es Monate dauern, bis unsere Geheimdienste ihn aufspüren.«

»Wie wollen Sie ausschließen, daß er im Untergrund bleibt oder Drogen in andere Länder schmuggelt, Brad?« fragte General Curtis, der Vorsitzende der Vereinten Stabschefs. »Dieser Salazar ist 'ne Ratte, aber er ist nicht dumm.«

»Natürlich kann's passieren, daß er die Veränderungen bei uns ignoriert und seine Tätigkeit auf andere Gebiete verlagert. Andererseits weiß auch Salazar, daß der Süden Floridas der größte und lukrativste Drogenmarkt der Welt ist – und immer bleiben wird. Wir haben festgestellt, daß Drogen, die anderswo ins Land geschmuggelt wurden – teilweise in weit entfernten Staaten wie Kalifornien –, mit Lastwagen nach Florida transportiert worden sind, um dann von dort aus weiter verteilt zu werden...

Wenn wir aller Welt erzählen, daß die Grenzen im Südosten weiterhin mit schweren Waffen gesichert werden, verlegt sich Salazar meiner Meinung nach auf die unauffällige Erkundung anderer Routen. Aber wenn er den Eindruck hat, eine scheinbare Schwäche unseres Überwachungssystems zu erkennen, ist er vielleicht frech und kühn genug, um einen weiteren Versuch zu wagen – oder zumindest aufzutauchen. Dann haben wir eine Chance, ihn zu fassen.«

»Aber wie wollen Sie die Schmuggler stellen«, fragte Vizepräsident Martindale, »wenn Sie keine Plattformen und Radarstationen zur Überwachung der Küste haben – *falls* sie so entgegenkommend sind, weiter Drogen zu schmuggeln?«

»Mit dem OTH-Radar in Arkansas, Sir. Unser über den Horizont blickendes Radar kann Schiffe und Flugzeuge aus Entfernungen von Hunderten von Seemeilen orten – von North Carolina bis fast nach Kalifornien. Damit können wir unsere Flugzeuge so nahe heranführen, daß sie das restliche Abfangmanöver mit Hilfe ihres Bordradars fliegen können.«

»Ich habe das OTH-Radar im Einsatz gesehen«, warf Drogenzar Massey ein, »und es hat mich sehr beeindruckt. Aber Sie haben selbst auf mehrere Schwächen des Systems hingewiesen: Es liefert keine verläßlichen Höhenangaben, ist anfällig für atmosphärische Störungen und befindet sich noch im Versuchsstadium. Können wir uns darauf verlassen, daß es Salazar abfängt, falls er wieder Drogen ins Land zu schmuggeln versucht?«

»Ich weiß, daß wir viele Unabwägbarkeiten einkalkulieren müssen«, gab Elliott zu, »aber ich glaube, daß wir damit die größten Chancen haben. Wir können darauf hoffen, daß unsere Geheimdienste Salazar durch Denunzianten auf die Spur kommen – und daß er Amerika nicht schon mit Drogen überschwemmt hat, bis wir ihn schnappen. Oder wir können versuchen, ihn anzulocken, indem wir vorgeben, durch seinen Überfall geschwächt zu sein.

Salazar versteht sich darauf, Schwächen auszunützen, und wird von Geldgier getrieben. Er macht bestimmt weiter, denn die Chancen, hohe Gewinne zu machen, sind besser als jemals zuvor. Setzen wir dagegen die Navy ein, um den Südosten abriegeln zu lassen, bleibt er weg und sucht sich eine andere schwache Stelle – von denen es entlang der Grenze zu Mexiko etliche gibt. Wir haben gesehen, wie schnell er sein Unternehmen verlagern kann, und müssen ihn fassen, bevor er dort ein neues Vertriebsnetz aufbauen kann.«

Der Präsident blickte in die Runde. »Kommentare?«

»Bei allem Respekt, General Elliott«, begann Samuel Massey, der Drogenberater des Präsidenten, »finde ich doch, daß dieser Vorfall uns zeigt, daß wir die gesamte Konzeption der Border Security Force überdenken sollten. Wir haben ihr den Namen Border Security Force gegeben und uns einzureden versucht, sie sei nur eine paramilitärische Organisation – aber in Wirklichkeit erfüllt die Border Security Force eine militärische Funktion.

Brad, ich gestehe Ihnen und Admiral Hardcastle und Chief Inspector Geffar zu, in den letzten Jahren hervorragende Arbeit geleistet zu haben. Aber jetzt müssen wir dort draußen einen Flugzeugträger stationieren, Milliarden Dollar für die Beseitigung angerichteter Schäden aufwenden – von den unersetzlichen Verlusten an Menschenleben ganz zu schweigen – und darüber hinaus für ausreichende militärische Präsenz nur zum Schutz dieser Einrichtungen sorgen...

Daher schlage ich vor, die Border Security Force *wirklich* aufzulösen und ihr Personal und Material in Heer, Marine und Luftwaffe zu integrieren. Die verwundbaren Ölbohrplattformen ließen sich durch reaktivierte eingemottete Kriegsschiffe ersetzen. Auch diese Schiffe könnten als Stützpunkte für Drohnen und Rotorflugzeuge dienen, und das Abfangen von Drogenschmugglern könnte mit anderen Übungen oder Patrouillenfahrten kombiniert werden...«

Und du, Massey, du Hundesohn, könntest uns endlich loswerden, wie du's dir gewünscht hast, seitdem Hardcastle die Aufstellung der Hammerheads vorgeschlagen hat, dachte Elliott – und hätte es beinahe laut ausgesprochen. Aber zum Glück machte der Präsident das unnötig.

»Danke, Sam, bringen Sie Ihren Vorschlag zu Papier und legen Sie ihn dann dem Vizepräsidenten vor. Zumindest in absehbarer Zeit soll die Border Security Force jedoch im Einsatz bleiben wie bisher.«

Er wandte sich an den Vizepräsidenten. »Kevin, die weiteren Maßnahmen möchte ich Ihnen überlassen. Setzen Sie sich mit General Elliott und Tom Preston zusammen, entwerfen Sie einen Plan, und halten Sie mich auf dem laufenden. Diese Idee klingt nicht schlecht, und ich finde, wir sollten sie ausprobieren.«

Zuletzt sah der Präsident Elliott an. »Brad...« Er lächelte ironisch-amüsiert. »Brad, Sie sind eine verdammte Katze – irgendwie schaffen Sie's jedesmal, auf die Füße zu fallen. Heute morgen hätte ich Sie am liebsten an die Wand stellen lassen, und jetzt lasse ich mich auf Ihre verrückte Idee ein. Von der wir alle nur hoffen können, daß sie funktioniert...«

Er zeigte Elliott einen hochgereckten Daumen, wandte sich an den Vizepräsidenten und knurrte: »Okay, Kevin, feuern Sie den Hundesohn!«

Neuntes Kapitel

Westchester, Florida
Zwei Wochen später

Hardcastle war überrascht, als er sah, wie gut er früher gelebt hatte. Das einstöckige Haus, das seine Ex-Frau Jennifer jetzt mit Daniel bewohnte, war eine hübsche Villa im Tudorstil in einer besseren Wohngegend südwestlich von Miami. Als er seinen alten Kombi vor dem Haus parkte, erinnerte er sich selbst daran, daß dies kein Nostalgie-Trip war. Er war hier, um seinen Sohn zurückzugewinnen.

Unter dem Garagenvordach war ein brandneues Motorrad abgestellt. Das war also Jennifers Reaktion auf die Schwierigkeiten, in die Daniel geraten war, als er ein Motorrad »ausgeliehen« hatte, um seinen Vater zu besuchen. Sein Ärger verflog rasch, als ihm klarwurde, daß dieser Vorfall schon fast drei Jahre zurücklag. In dieser Zeit hatte er Daniel etwa ein dutzendmal gesehen.

In der Einfahrt stand ein weiteres Auto: ein ausländischer Wagen, den er nicht kannte. Aber er gehörte bestimmt Jennifers Anwalt und gelegentlichem Begleiter – Hardcastle konnte sich die beiden noch immer nicht als Liebespaar vorstellen – Vance Hargrove.

Nach fast fünfzehn Stunden Dienst kam Hardcastle direkt aus dem Hauptquartier der Border Security Force. Diese ewigen Schwierigkeiten mit der Navy, mit dem DOD, mit der Küstenwache, mit jedermann... Die Verlegung der *Coral Sea* nach Westflorida war schlimm genug gewesen, aber jetzt sahen der Bundesstaat Florida und die Coast Guard größere Probleme beim Transport von Hammerhead Two an die Ostküste: Sie hatten Angst vor Umweltverschmutzung, terroristischen Anschlägen, den Transportkosten und sogar vor ihren eigenen Schatten.

Am Telefon hatte Jennifers Stimme so aufgeregt geklungen, daß er geradewegs aus Aladdin City herübergekommen war, ohne erst seine Fliegerkombi mit der SIG-Pistole am Koppel auszuziehen – die frühere Vorschrift, daß Angehörige der Border Security Force außer Dienst keine Waffen tragen durften, war nach den Angriffen auf die Radarballone gelockert worden. Anfangs war Hardcastle etwas verärgert gewesen, aber dann hatte er eingesehen, daß die Sache ernst sein konnte – und er vielleicht die Gelegenheit bekam, mit Daniel zu reden...

Jennifer empfing ihn an der Tür und verzichtete auf Höflichkeitsfloskeln.

»Komm rein.« Das hörte sich wie ein Befehl an, nicht wie eine Einladung.

»Was ist los? Du bist am Telefon ganz aufgeregt gewesen.« Hardcastle war nicht überrascht, im Wohnzimmer Vance in seinem Sechshundertdollaranzug mit Seidenkrawatte und einem Kristallglas mit einer bernsteingelben Flüssigkeit in der Hand zu sehen.

»Er ist oben«, erklärte sie ihm kühl.

»Was macht er?«

»Das frage ich dich!«

»Komm schon, Jen, was ist los?«

»Ich fürchte, daß er Heroin nimmt, das ist los. Er hängt bloß noch in seinem Zimmer rum – oder ist nächtelang unterwegs. Ich mache mir *Sorgen* um ihn.«

»Hast du versucht, mit ihm zu reden?«

»Natürlich. Er versichert mir, ich brauchte mir keine Sorgen zu machen, alles sei in bester Ordnung. Aber er kommt mir immer... distanzierter vor. Er ist mir entglitten, ich habe keinen Zugang mehr zu ihm...

»Das sehe ich.« Er deutete auf Hargrove. »Warum ist *er* hier?«

»Er hat mich heute nachmittag besucht. Ich habe ihm meine Sorgen erzählt, und er ist vorbeigekommen, um...«

»Er ist dein Anwalt, nicht Dannys Vater. Schon gut«, sagte er, schnallte sein Koppel ab und legte es mitsamt der Pistole auf einen Sessel.

Hardcastle roch es schon auf halber Höhe der Treppe: den süßlichen, aber durchdringenden Duft von Marihuana. Seltsamerweise war seine erste Reaktion nicht Wut auf Daniel, sondern Zorn auf seine Ex-Frau. Wie konnte sie behaupten, Danny koche Heroin auf? Jennifer hatte stets ein ziemlich beschütztes Leben geführt, aber er hätte geglaubt, daß sie wenigstens den Duft von Gras erkennen würde.

Er blieb vor Daniels Tür stehen und klopfte an. »Daniel?«

»Dad?« Die Stimme seines Sohnes klang etwas überrascht; Hardcastle rechnete mit einer gewissen Verzögerung, während Daniel versuchte, das Beweismaterial zu verstecken, aber die Tür wurde sofort geöffnet. »Hey, Dad, ich hab' dich nicht erwartet.«

»Darf ich reinkommen?«

Die Frage schien Daniel ehrlich zu überraschen. »Hey, das hier ist dein Haus...« Dann fügte er grinsend hinzu: »Okay, es hat mal dir gehört... Ich meine...«

»Schon gut. Ich weiß, was du meinst.« Er betrat den Raum. Daniel wischte einen Stapel Kleidungsstücke von einem Sessel – von *seinem* Sessel, der früher in *seinem* Arbeitszimmer gestanden hatte – und bot ihn Hardcastle an. »Wie geht's, mein Junge?«

»Bestens, Dad, bestens.« Daniel bemühte sich, das Peinliche der Situation zu überspielen. »Ich bin gerade dabei, ein bißchen zu lernen. Und wie geht's dir? Wie man hört, stecken die Hammerheads ziemlich in der Patsche.«

»Wir haben schon bessere Zeiten erlebt«, sagte Hardcastle schulterzuckend. Er wechselte das Thema. »Deine Mutter macht sich Sorgen um dich. Sie glaubt, daß du hier oben Heroin aufkochst.«

»Heroin? Soll das ein Witz sein?«

»Nein, das ist ihr Ernst.« Hardcastle sah sich im Zimmer um, bevor er sich wieder auf Daniel konzentrierte. »Sie weiß nicht, wie Marihuana riecht – oder sie zieht es vor, es nicht zu wissen. Sie macht sich Sorgen, Kumpel. Du solltest mal mit ihr reden.«

»Das würde nichts nützen...«

»Du weißt, daß das nicht stimmt, Daniel. Sie ist vernarrt in dich. Wenn du ihr erklärst, was du tust, hört sie bestimmt gut zu.«

Daniel starrte seinen Vater verwirrt an. »Und du? Bist du nicht wütend auf mich? Weil ich hier oben Gras rauche?«

»Du glaubst, ich müßte wütend sein... du hoffst es vielleicht sogar. Hör zu, Daniel, du weißt, daß mir das nicht gefällt. Wenn du dir überlegst, womit ich mein Geld verdiene, dürfte klar sein, daß ich mir was anderes erhofft hätte. Aber verdammt noch mal, du bist alt genug, um selbst entscheiden zu können, was du willst. Wenn du glaubst, dieses Zeug haben zu müssen, kannst du's meinetwegen rauchen.

Trotzdem ist mir nicht gleichgültig, was du tust, Daniel. Ich mache mir Sorgen um dich. Ich bin besorgt, weil du Gras brauchst, um dich wohl zu fühlen, und ich habe Angst, wenn ich daran denke, daß du dich in diesem Zustand aufs Motorrad setzen könntest. Ich mache mir Sorgen, weil ich fürchte, daß du von Gras auf harte Drogen umsteigen könntest, was dein Leben wirklich ruinieren würde...

Aber ich weiß, daß ich dir keine Vorschriften machen kann, wie du leben sollst, Danny. Ich möchte nur, daß du dir überlegst, was du tust, bevor du's tust. Überleg dir, was passieren könnte, wenn du mit dem Motorrad unterwegs bist, nachdem du dieses Zeug geraucht hast... Denk daran, was für Folgen ein Unfall haben könnte.« Hardcastle machte eine Pause. »Und vergiß nicht, mit deiner Mutter darüber zu reden...«

»Ich glaube nicht, daß sie das verstehen würde, Dad. Sie bekäme einen hysterischen Anfall. Sie würde mich in eine Drogenklinik stecken – oder ins Gefängnis.« Daniel machte eine Pause, bevor er lächelnd hinzufügte: »Oder mir meinen Vater auf den Hals hetzen. Hat sie das getan? Den Alten angerufen?«

Hardcastle schüttelte den Kopf. »Darum geht's jetzt nicht. Deine Mutter macht sich große Sorgen um dich und wollte mit jemandem reden, bevor sie dir wie eine Inquisitorin gegenübertritt. Das hättest du uns allen ersparen können, wenn du von Anfang an aufrichtiger gewesen wärst.«

»Mom erzählt man so was lieber nicht«, behauptete Daniel. »Wenn ich jeden Abend eine Flasche Wein zum Essen trinken würde, hielte sie mich für gesellig, aber bei einem Joint würde sie ausflippen.«

»Schon möglich. Das würden die meisten tun.«

»Ja, ich weiß schon. ›Wein ist fein, aber Gras, das laß‹, nicht wahr?«

»Großer Gott!« sagte Hardcastle spöttisch lachend. »Dieser verdammte Spruch ist in den Sechzigern aufgekommen, und mir tut's leid, daß wir ihn damals gebraucht haben, denn er klingt heutzutage ziemlich lahm. Keines von beidem ist wirklich in Ordnung – das weißt du genau!«

Daniel zuckte mit den Schultern, nickte dann aber.

»Überleg dir genau, weshalb du's tust, bevor du's tust – mehr verlange ich gar nicht. Denk daran, daß Gras wie Alkohol wirkt: Es beeinträchtigt dein Fahrvermögen, deine Reaktionen, deine Körperbeherrschung. Laß dir ja nicht einfallen, mit dem Motorrad loszurasen, wenn du Gras geraucht hast!

Und überlege dir, wie gefährlich Drogenbesitz heutzutage ist – die Cops sind überall, und die Richter stehen unter großem Druck, Drogenbesitz streng zu ahnden. Wenn du dabei geschnappt wirst, daß du Drogen in mehr als winzigen Mengen kaufst, besitzt oder konsumierst, machen sie dich, machen sie mich, machen sie deine Mutter fertig.

Verstehst du, was ich meine? Drogensucht ist *kein* Verbrechen ohne Opfer, Daniel. Auch andere können darunter zu leiden haben, das sollst du wissen.« Hardcastle schüttelte den Kopf. »Hey, eigentlich hab' ich gar nicht das Recht, als Moralprediger aufzutreten. Daß ich damals nach deinem Siegesdinner die Sea Lion geflogen habe, war nicht gerade clever. Erinnerst du dich noch daran?«

»Wie könnte ich das jemals vergessen? Erst war ich aufgeregt, aber dann hab' ich verdammt Angst gehabt. Ich dachte wirklich, ich müßte sterben.«

Hardcastle schüttelte den Kopf. »Ich weiß noch, was für Vorhaltungen ich dir gemacht habe, als die Sheriffs dich geschnappt hatten – und danach bin ich selbst so dumm gewesen, zu fliegen, nachdem ich Alkohol getrunken hatte.«

Daniel wollte seinen Ohren nicht trauen, aber was er hörte, gefiel ihm. »Vielleicht liegen Dummheiten bei uns in der Familie«, meinte er lächelnd.

»Und vielleicht habe ich einen Sohn, der vernünftiger ist als sein Vater. Vielleicht sollte ich mich bemühen, ihn besser kennenzulernen...«

Sie saßen eine Zeitlang schweigend da und genossen etwas, das ihnen jahrelang gefehlt hatte: das Gefühl, Vater und Sohn zu sein.

»Wie geht's mit den Hammerheads weiter?« erkundigte sich Daniel schließlich. »Wie man hört, sollen sie vielleicht bald aufgelöst werden.«

Hardcastle zuckte mit den Schultern. »Darüber wird später entschieden, Daniel. Im Augenblick bemühen wir uns nur, wieder auf die Beine zu kommen.«

»Aber General Elliott ist tatsächlich gefeuert worden?«

Sein Vater nickte.

»Warum?«

Hardcastle durfte nichts von ihrem Angriff auf Haiti und dem Geheimplan erzählen, mit dem Salazar aus seinem Versteck gelockt werden sollte. »Das begreife ich selbst nicht – außer daß es oft nützlich sein kann, den Boß rauszuschmeißen, weil das alle anderen aufrüttelt. Elliott war fast drei Jahre auf diesem Posten – das dürfte guter Durchschnitt sein.«

»Mir hat er gefallen«, stellte Daniel fest. »Im Fernsehen wirkt er ziemlich cool. Ein Kerl, der zupacken kann, und bestimmt kein Schwätzer.«

»Diese Charakterisierung würde ihm gefallen, glaub' ich«, sagte Hardcastle.

Danach entstand eine Pause, bis Daniel sich leicht verlegen räusperte. »Du glaubst also, ich sollte runtergehen und mit Mom reden?«

»Keine schlechte Idee«, stimmte Hardcastle zu. »Aber ich würde warten, bis Hargrove gegangen ist.«

»Der Kerl ist 'ne Flasche«, behauptete sein Sohn grinsend. »Er hängt jeden Tag hier rum, weil er hinter Mom her ist.«

Daniel ignorierte Hardcastles abweisenden Blick. »Mom findet ihn amüsant, aber sie ermutigt ihn nicht. Da brauchst du dir keine Sorgen zu machen. Er darf Mom höchstens mal zum Essen einladen, sonst läuft zwischen den beiden nichts.«

Hardcastle winkte ab. »Im Augenblick sitzt Hargrove unten und trinkt irgendwas, bevor er sich wieder in den Straßenverkehr stürzt. Aber das wird heutzutage toleriert. Okay, Trunkenheit am Steuer wird immer weniger als Kavaliersdelikt gesehen, aber Kerle wie Hargrove kommen sogar damit durch, wenn sie mal geschnappt werden. Und was lernen wir daraus? Manche meiner Leute feiern die Beschlagnahme jeder größeren Drogenlieferung, indem sie ausgehen und sich in irgendeiner schäbigen Bar im Miami besaufen. Kein sonderlich gutes Zeichen für unsere Gesellschaft, wenn wir uns mit Alkohol belohnen, während wir andere Drogen aus dem Verkehr zu ziehen versuchen.« Er zuckte mit den Schultern. »Der Vortrag ist beendet.« Hardcastle umarmte seinen Sohn. »Okay, ich muß jetzt weiter.«

Unten verabschiedete er sich rasch von Jennifer, die ihn nach draußen begleitete. Dort sah er Hardgrove an seinem Wagen lehnen und ging wortlos an ihm vorbei. Hargrove und Jennifer wechselten noch einige kurze Sätze, dann fiel eine Autotür ins Schloß. Der Dreilitermotor heulte auf, und Hargrove fuhr mit quietschenden Reifen an und röhrte die Straße entlang davon.

Hardcastle setzte sich in seinen alten Kombi, ließ ihn aus der Einfahrt rollen und ordnete sich in den Verkehrsfluß ein. Ein ereignisreicher Tag: Er hatte seinen Sohn zurückgewonnen und war Jennifer begegnet, ohne sich mit ihr in die Haare zu geraten. Jetzt war nur noch eine Kleinigkeit zu erledigen...

Er hob sein Handfunkgerät an die Lippen. »Aladdin, hier Tiger.«

»Was gibt's, Tiger?«

»Übermitteln Sie Dade County eine Mitteilung von mir. Die Sheriffs sollen auf einen silbergrauen Alfa Romeo 164 achten – Kennzeichen Viktor-Alpha-November-Charlie-Echo eins –, der auf dem Taiiami Trail Boulevard nach Osten fährt. Der Fahrer scheint betrunken zu sein, denn er fährt in Schlangenlinien. Die Sheriffs sollen sich um ihn kümmern.«

»Verstanden, Tiger.«

»Danke. Tiger ist zehn-sechs. Ende.«

Damit war ein fast perfekter Tag zu Ende.

An Bord einer Jacht vor Belize, Mittelamerika

Einige Wochen später

Ein Motorboot legte bei Gachez' blendendweißer Jacht an und setzte zwei Männer ab, die das Fallreep hinaufstiegen. Oben wurden sie gründlich nach Waffen durchsucht und danach in den Salon des Schiffseigners geführt.

Agusto Salazar sah Gachez im Salon hinter seinem luxuriösen Schreibtisch aus Walnußholz sitzen und breitete theatralisch die Arme aus. »Mein alter Freund!« sagte er laut. »Wie ich mich freue, Sie wiederzusehen! Und ich danke Ihnen für Ihre freundliche Einladung an Bord.« Er trat näher an den Schreibtisch heran. Gachez blieb sitzen und paffte weiter seine Zigarre. Salazar ließ die Arme sinken, lächelte aber noch immer. Schließlich bot Gachez ihm mit einer Handbewegung einen Sessel an. Diesmal reagierte Salazar nicht.

Gachez beobachtete Salazar auf seinem langsamen Rundgang durch den Salon. Er nickte dem an der Tür stehenden zweiten Mann zu. »Lassen Sie uns allein.«

Maxwell Van Nuys sah von einem zum anderen. Seit dem Vorfall in Sunrise Beach, der mit seiner überstürzten Flucht geendet hatte, stand Van Nuys mehr oder weniger unter Gachez' Schutz; seine Gegenleistung waren Kurierdienste in der Karibik und gelegentlich auch in die Vereinigten Staaten. Seine letzte Aufgabe hatte darin bestanden, Salazar abzuholen und hierher an Bord zu bringen.

»Wir sind jetzt Partner«, protestierte Van Nuys. »Ich will dabei sein, wenn Sie mit diesem Angeber verhandeln.«

»Hier geht's um private Dinge, Van Nuys. Sollte übers Geschäft gesprochen werden, lasse ich Sie wieder holen.«

»Das will ich hoffen! Schließlich trage ich hier das größte Risiko.« Van Nuys war noch immer nicht zufrieden, aber da er sich nicht vor Salazar mit Gachez streiten wollte, verließ er den Salon.

»Ihr neuer Laufjunge imponiert mir, Gonzales«, sagte Salazar. »Ein bißchen unverschämt – aber das sind die Amerikaner alle.«

»Den Zoll in Belize zu umgehen, ist ein Kinderspiel«, erklärte Gonzales ihm. »Aber er scheint auch die mexikanischen *Federales* in der Tasche zu haben. Früher haben mexikanische Polizeihubschrauber meine Jacht umkreist und fotografiert; jetzt stehen die *Federales* vor mir stramm und fliegen mich zum Flughafen. Er hat es geschafft, im Südwesten der Vereinigten Staaten ein neues Vertriebsnetz aufzubauen, und seine Holdinggesellschaften, Kasinos, Banken und Immobiliengesellschaften bieten dem Kartell gute Möglichkeiten zur Geldanlage. Wir sind dabei, uns neue legale Geschäftsbereiche zu erschließen. Aber auch Van Nuys kann uns nicht helfen, größere Mengen unseres Produkts in die Vereinigten Staaten zu transportieren.«

»Und deshalb haben Sie mich rufen lassen.«

»Meine Partner und ich möchte erfahren, ob die Cuchillos wieder im Geschäft sind«, sagte Gachez. »Sie sind nun wochenlang untergetaucht gewesen. Können wir weiter auf Sie zählen oder nicht?«

»Wir sind *nicht* aus dem Geschäft. Es hat länger gedauert als erwartet, neue Piloten anzuwerben und Ersatzmaschinen zu beschaffen, aber jetzt sind die Vorbereitungen abgeschlossen. Wir können demnächst die erste größere Lieferung übernehmen.«

»Das werden meine Partner gern hören. Von wo aus operieren Sie in Zukunft?«

»Ich muß selbst Ihnen gegenüber auf Geheimhaltung bestehen, Señor«, wehrte Salazar ab. »Dafür haben Sie sicher Verständnis...«

»Nein. Ich verstehe Ihren Wunsch nach Geheimhaltung, aber ich muß darauf bestehen, alles über die Leute zu wissen, die für mich arbeiten. Ich erwarte, daß Sie mir sagen, wo Ihr Stützpunkt liegt, damit ich ihn von meinen Beauftragten inspizieren lassen kann.«

»Ausgeschlossen! Mangelnde Geheimhaltung hat einige meiner besten Piloten das Leben und mich die meisten meiner Düsenjäger gekostet...«

»Das war nicht *meine* Schuld, Salazar. Habe ich etwa diesen

Angriff auf die Border Security Force befohlen? Das ist von Anfang an ein Himmelfahrtskommando gewesen. Und mangelnde Geheimhaltung ist bei einer so großen Organisation wie Ihrer eine Art Berufsrisiko. Sie müssen gewußt haben, daß man Sie früher oder später aufspüren würde. Und trotzdem sind Ihre Maschinen weiter nach jedem Einsatz direkt nach Haiti zurückgeflogen, statt zur Täuschung der Amerikaner irgendwo zwischenzulanden...

Das war *Ihr* Fehler, nicht meiner. Und ich begreife nicht, wozu eine Schmuggelorganisation Düsenjäger braucht, die keine Ware transportieren und nichts schützen. Sie sind nur Ihr Spielzeug. Von mir aus können Sie's behalten – aber seien Sie sich darüber im klaren, daß Ihr Schicksal allein in Ihrer Hand liegt.«

»Richtig, mein Schicksal liegt in *meiner* Hand«, bestätigte Salazar. »Und ich habe die Pflicht, meine Organisation zu schützen, während wir uns umgruppieren und konsolidieren. Dazu gehört, daß wir Standort, Stärke und Ausrüstung geheimhalten – sogar vor dem Kartell.«

»Dann verzichtet das Kartell auf Ihre Dienste. Sie können nicht im Ernst glauben, daß wir Ihnen Ware im Wert von vielen Millionen Dollar anvertrauen, ohne Ihre Operationsbasis zu kennen und Ihre Einrichtungen zu inspizieren.«

»Kommt nicht in Frage!«

»Das Kartell läßt sich nicht unter Druck setzen. Lieber verzichten wir auf Ihre Dienste. Sie kaufen sich bestimmt wieder teure Spielsachen – aber wie wollen Sie bezahlen, wenn Sie keine Kunden haben, für die Sie Ware transportieren dürfen?«

»Ich habe genügend Flugzeuge; meine Organisation ist einsatzbereit. Sie mögen der Boß des Medellin-Kartells sein, Gachez, aber Sie kontrollieren nicht den gesamten Drogenhandel. Nachdem der Kilopreis für Kokain im amerikanischen Straßenhandel jetzt auf hunderttausend Dollar gestiegen ist, haben Sie mehr Konkurrenz. Die mexikanischen Kartelle, die von Tag zu Tag mächtiger werden, transportieren ihre Ware bisher nur über Land. Wenn sie verläßliche Partner für den Lufttransport wie die Cuchillos haben, können sie Sie sehr schnell aus dem Markt drängen.«

Gachez schüttelte den Kopf. »Unser Kartell ist reicher und mächtiger als je zuvor.«

»Dann sind die Mexikaner so sehr auf die Cuchillos angewiesen, daß sie mehr zahlen oder mich sogar als Partner aufnehmen werden...« Gachez wollte etwas sagen, aber Salazar hob abwehrend eine Hand. »Damit wir nicht feilschen müssen, Señor Gachez, nenne ich Ihnen einfach meine Bedingungen. In Zukunft kostet der Transport eines Kilos Kokain an jeden beliebigen Ort in den Vereinigten Staaten dreißigtausend Dollar. Ich bekomme die Hälfte im voraus, den Rest nach Auslieferung.«

»Das ist das *Zweieinhalbfache* des bisherigen Preises!«

»Ich bin einmal Sieger gegen die Hammerheads und die amerikanische Luftwaffe geblieben und traue mir weitere Erfolge zu. *Darum* sind meine Bedingungen nicht nur moderat, sondern regelrecht großzügig.«

»Hören Sie, ich lasse mir von Leuten, die für mich arbeiten, keine Vorschriften machen!«

»*Bueno,* dann arbeite ich eben nicht mehr für Sie. Wie Sie wünschen.« Salazar machte ruckartig kehrt und marschierte zum Ausgang.

»Ich wünsche, daß Sie den Haien vorgeworfen werden!« Auf Gachez' Klingeln stürmten zwei seiner Leibwächter herein: einer durch eine Geheimtür hinter dem Schreibtisch, der andere durch die Tür hinter Salazar.

Der Angriff war jedoch zu Ende, bevor er richtig begonnen hatte. Während Gachez sprachlos zusah, wurden seine Männer durch Messerstiche in Unterarm und linke Schulter außer Gefecht gesetzt. Salazar entwaffnete die beiden und behielt die Pistole eines Leibwächters in der Hand. »Sagen Sie Ihren Leuten, daß sie außer Sicht bleiben sollen«, forderte er Gachez auf. »Wenn ich auch nur einen Mann oder eine Waffe sehe, erschieße ich Sie.«

Zu seiner Überraschung lächelte der krisenerprobte Gachez nur und klatschte spöttisch Beifall. »Ausgezeichnet, Coronel, ganz ausgezeichnet! Für einen älteren Mann sind Sie noch erstaunlich beweglich.« Gachez drückte auf die Sprechtaste seiner Gegensprechanlage. »José, Coronel Salazar geht von Bord. Sorg dafür, daß sich keiner deiner Leute blicken läßt. Salazar hat eine Pistole, und ich habe ihm freien Abzug zugesichert.« Er wandte sich an Salazar. »Mich würde interessieren, wie Sie dieses Messer an meinen Wachen vorbei geschmuggelt haben, Coronel.«

Salazar griff in seinen rechten Stiefel, zog ein weiteres Messer heraus und schleuderte es mit einer blitzschnellen Bewegung gegen die Wandtäfelung, wo es eine Handbreit neben Gachez' Kopf steckenblieb. Gachez riß es heraus und betrachtete es neugierig. »Ein Geschenk für Sie, Señor Gachez. Meine Messer bestehen aus einem Keramikmaterial, das leichter und fester als Stahl und mit Metalldetektoren nicht zu entdecken ist. Darauf sollte Ihr Sicherheitsdienst in Zukunft achten.« Er verließ den Salon, erreichte rückwärts gehend das Fallreep und stieg zu seinem bereitliegenden Motorboot hinunter.

Gachez' Lächeln verschwand, sobald Salazar den Salon verlassen hatte. Er drückte auf die Sprechtaste der Gegensprechanlage. »José, schick sofort zwei Männer her!« Während zwei Mann seiner Leibwache ihre verletzten Kameraden hinausführten, blieb Gachez hinter seinem Schreibtisch stehen und begutachtete das Wurfmesser. Dann stürmte José, der Chef seines Sicherheitsdienstes, mit schußbereiter Maschinenpistole herein. Maxwell Van Nuys folgte ihm dicht auf.

»Was, zum Teufel, ist hier passiert?« fragte Van Nuys. »Wo ist Salazar?«

»Was hier passiert ist, versteht kein Gringo«, wehrte Gachez ab. »Wir haben ein Spiel für Männer gespielt.«

»Ein Spiel für Männer? Er setzt zwei Ihrer Leute außer Gefecht und benützt Sie als Zielscheibe. Sehr männlich! Wo ist er jetzt? Übernimmt er den Auftrag?«

»Er verlangt dreißigtausend pro Kilo und will die Hälfte im voraus.«

»Und als Sie abgelehnt haben, hat er ein Messer nach Ihnen geworfen?«

Der Kartellboß trat wortlos an die Bar und schenkte sich einen Wodka ein.

»Soviel zu Ihrer Macho-Verhandlungstechnik. Wir können die Ware weiter auf dem Landweg über Mexiko transportieren, aber dann ist jede Lieferung wochenlang unterwegs, und wir müssen sie noch zu den Verteilern in Florida und Kalifornien weiter transportieren...«

»Wie wir unser Produkt versenden, geht Sie nichts an! Sie sind für ausländische Zollbehörden und unser Geld auf Ihren Banken zuständig.«

Van Nuys schüttelte den Kopf. »Ein Verzicht auf Zusammenarbeit mit Salazar und den Cuchillos kann Sie verdammt teuer zu stehen kommen. Salazar hat seine Verpflichtungen stets zuverlässig erfüllt. Der Landtransport in die Vereinigten Staaten kostet nur zehntausend Dollar pro Kilo, aber danach müssen Sie sicherstellen, daß die Ware aus Texas oder New Mexico nach Florida oder Kalifornien weiterbefördert wird. Jede Lieferung ist wochenlang unterwegs und kann tagtäglich abgefangen werden. Werden auch nur einige Lieferungen beschlagnahmt, ist der Luftweg bei gleicher Warenmenge schneller und billiger – und Sie ersparen sich die Schwierigkeiten mit dem Zoll.«

»Soll das heißen, daß Sie unsere Vereinbarung nicht einhalten können?«

»Ich kann sie einhalten, aber das ist nicht ungefährlich«, sagte Van Nuys. »Selbst wenn wir diesen Beamten zahlen, was sie verlangen, kommt eines Tages jemand mit mehr Geld, mehr Schnaps, 'ner schöneren Frau *oder* 'ner größeren Kanone – und dann gehören diese Customs Agents jemand anders... Wenn Sie mich fragen, bleibt Ihnen gar nichts anderes übrig, als wieder mit Salazar zusammenzugehen. Er ist zwar geldgierig, aber er hat bisher immer Wort gehalten. Und durch den Niedergang der Border Security Force sind die Grenzen weit offen.«

Gachez spielte nachdenklich mit Salazars Wurfmesser, bevor er mit dem Wodkaglas in der Hand an seinen Schreibtisch zurückkehrte. »*Bueno*, dann sind ab sofort Sie für Salazar zuständig. Sie begleiten ihn zu seinem Stützpunkt, inspizieren die dortigen Einrichtungen und berichten mir, ob er materiell und personell in der Lage ist, Aufträge zu übernehmen. Danach entscheide ich, ob ich ihm eine weitere große Lieferung anvertrauen will.«

»*Ich?* Wie komme ich dazu, ihn...«

»Als erfahrener Pilot können Sie den Wert seiner Flugzeuge und die Möglichkeiten des neuen Stützpunkts am besten beurteilen. Sie können seine Einrichtungen besichtigen und mir Bericht über seine Organisation erstatten. Er will nicht haben, daß einer meiner Leute ihn begleitet. Sie sind weniger bedrohlich; Sie stellen einen Kompromiß dar, den er akzeptieren kann.«

»Hören Sie, Gachez, wegen Sicherheitsmängeln in Ihrer Organisation und Ihres ungeschickten Umgangs mit Salazar wäre ich beinahe von den Hammerheads geschnappt worden. Ich arbeite nur so lange mit Ihnen zusammen, bis ich meine Verluste wettgemacht habe – dann steige ich aus!«

»Sie arbeiten jetzt für mich, Mr. Van Nuys. Nach der Enttarnung Ihrer kleinen Schmuggelorganisation hätte ich Sie ermorden lassen oder den amerikanischen Behörden übergeben können. Aber ich habe nichts dergleichen getan. Sie haben Ihr Leben gegen einen langfristigen Arbeitsvertrag mit mir eingetauscht. Wenn Sie weiterleben wollen, tun Sie gefälligst, was ich verlange. Ich möchte, daß Sie sich davon überzeugen, daß Salazar uns nicht reinlegen will und weiterhin für uns tätig sein wird. Das Kartell möchte demnächst eine größere Lieferung auf den Weg bringen – aber nicht bevor Salazar überprüft worden ist.«

Van Nuys zögerte. »Wie groß soll diese Lieferung sein?«

»Ich möchte wissen, ob Salazar fünfzigtausend Kilo transportieren kann«, sagte Gachez nonchalant.

»*Fünfzigtausend* Kilo Kokain?«

»Möglicherweise sogar mehr. In den letzten zwölf Monaten hat das Kartell nur ein Zehntel der früheren Normalmenge verschifft, aber die *Produktion* ist nicht zurückgegangen. Unsere Lagerhäuser drohen überzuquellen. Bei einem Kilopreis von sechzigtausend Dollar im Großhandel erwarten wir einen sehr ansehnlichen Gewinn...«

»Sie wollen Kokain für *drei Milliarden Dollar* schmuggeln lassen? Alles auf einmal?«

»Natürlich auf einmal. Die *Yanquis* hungern geradezu nach Kokain. Wir starten eine groß angelegte Hilfsaktion – wie eine Luftbrücke, die Lebensmittel nach Äthiopien oder Gasmasken nach Bhoupal oder bleigefütterte Unterwäsche nach Tschernobyl bringt.« Gachez lachte über seinen Scherz. »Selbst wenn wir Salazars überzogene Forderungen erfüllen, verdient das Kartell binnen weniger Tage über eine Milliarde Dollar. Und als größter Produzent des Kartells bekommen wir den größten Anteil – fast vierhundert Millionen Dollar.«

Van Nuys dachte über diese riesigen Summen nach. Im Straßenhandel würde der Stoff das Doppelte des Großhandelspreises bringen – über sechs Milliarden Dollar. Gebrauchsfertig verschnitten war das genug Kokain, um jeden Mann, jede Frau und jedes Kind in den Vereinigten Staaten mit zwei »Linien« zu versorgen. Und wurde das Kokain erst zu Crack weiterverarbeitet...

»Und die gesamte Menge liegt zum Transport bereit«, fügte Gachez hinzu. »Ich möchte, daß Sie noch heute abend mit Salazar zu seinem neuen Schlupfwinkel fliegen.«

Ein riesiges Gewinnpotential! dachte Van Nuys. Über eine Milliarde Dollar...

»Okay, okay – aber nur dieses eine Mal! Ich bin Rechtsanwalt, keiner Ihrer verdammten Erbsenzähler...«

»Sie sind bloß ein geldgieriger Hundesohn wie die anderen auch«, sagte Gachez und kippte den Rest seines Wodkas. »Sie beschweren sich, dabei sind *Sie* zu *mir* gekommen. Was Sie früher waren oder gemacht haben, interessiert keinen Menschen. Tun Sie, was ich Ihnen sage, dann bekommen Sie Ihr Geld. Damit stehen Sie auf einer Stufe mit der Alten, die jeden Tag mein Klo putzt. Begleiten Sie Salazar auf Schritt und Tritt, und halten Sie sich bereit, mir detailliert zu berichten, wo er sich versteckt hält und was für Flugzeuge er hat. Das ist alles.«

Nachdem Van Nuys von zwei Bewaffneten eskortiert den Salon verlassen hatte, wandte Gachez sich an Carlos Canseco. Dieser junge Mann, der sich damals erboten hatte, die Abwehrbereitschaft der Hammerheads mit einem Rennboot zu testen, gehörte jetzt zu seinen engsten Vertrauten. »Carlos, du beschattest Van Nuys. Laß ihn keine Sekunde aus den Augen! Folge ihm – chartere ein Flugzeug, kaufe ein Boot, besteche Beamte – aber bleib ihm auf den Fersen und melde mir, was er tut. Wenn er sich auch nur mit einem amerikanischen Agenten oder FBI-Beamten sehen läßt, erschießt du ihn auf der Stelle.«

Ciudad del Carmen, Mexiko
Am nächsten Morgen

»*Das* ist Ihr neuer Stützpunkt?« fragte Van Nuys überrascht. Sie waren auf einem großzügig angelegten Flugplatz zwischen der Mündung eines kleinen Flusses und einer weiten blau-grünen Bucht im Südosten Mexikos gelandet. Während sie die Landebahn zurückrollten, sah Van Nuys Palmen, eine ganze Flotte von Zubringerbussen, frischgestrichene Hangars und ein hochmodernes Terminal mit riesiger Glasfront. Der Learjet mit Salazar, Van Nuys und drei Männern von Salazar rollte langsam am Terminal vorbei und kam vor einer der Wartungshallen zum Stehen.

»Ein bißchen anders als Verrettes, aber nicht weniger geeignet, kann ich Ihnen versichern«, antwortete Salazar, während er die Triebwerke abstellte. »Auf Haiti konnte ich als Milizkommandeur über einen ganzen Stützpunkt verfügen, aber damals haben Gachez und das Medellin-Kartell meine Organisation finanziert. Sie waren damit zufrieden, mich wie einen gemeinen Soldaten leben zu lassen – nicht viel besser als ein Bauer. Aber ich habe einen beträchtlichen Teil meiner Gewinne hier investiert, und wie Sie noch sehen werden, hat sich das gelohnt...«

Ein mexikanischer Zollbeamter kam an den Learjet, notierte sich das Kennzeichen, hakte einige Punkte eines Formulars ab, salutierte lässig und fuhr wieder davon. Er machte keinen Versuch, das Frachtabteil der Maschine zu kontrollieren, in dem er über hundert Millionen Dollar in verschiedenen Währungen gefunden hätte. »Drüben im Terminal wird sehr streng und gründlich kontrolliert«, stellte Salazar grinsend fest, »aber hier draußen gehören alle mir. Solange Zoll und Polizei regelmäßig ihr Geld bekommen, können wir nach Ciudad del Carmen einführen, was wir wollen.«

»Überwachen Sie auch, wer neu in die Stadt kommt?«

»Selbstverständlich«, antwortete Salazar. »Der Zoll meldet mir alle eintreffenden Amerikaner – vor allem amerikanische

Beamte, die DEA-Agenten oder von der Border Security Force sein könnten, auch wenn sie mit einem Diplomatenpaß reisen. Und die Polizei meldet uns verdächtige Neuankömmlinge in der Stadt, damit wir entsprechend reagieren können.«

»Warum sind Sie ausgerechnet hier?« fragte Van Nuys. »Ciudad del Carmen sieht wie ein Seebad aus. Ihre Operationsbasis befindet sich auf einem großen Flughafen – keinen halben Kilometer vom Terminal entfernt.«

»Ciudad del Carmen *ist* ein bekanntes Seebad. Weniger groß und luxuriös als Veracruz oder Cancún, aber bei Touristen aus Asien und Europa sehr beliebt. Amerikanische Touristen meiden die Stadt, seitdem sie von einem Hurrikan schwer beschädigt worden ist. Und warum sollten wir nicht von einem Flughafen aus operieren? Als größte Fluggesellschaft des Bundesstaats Campeche verfügen die Carmen del Sol Airlines über ein Streckennetz, das bis Boston und San Francisco reicht. Ciudad del Carmen ist bei Touristen beliebt, weil es viel billiger als Cancún ist. In gewisser Beziehung sind meine Piloten und ich auch Touristen…«

Sie stiegen aus dem Learjet und gingen übers Vorfeld auf die mit farbenprächtigen Wandmalereien geschmückten Hangars zu. Das Personal der Carmen del Sol Airlines trug kurzärmelige weiße Overalls mit dem Firmenzeichen auf der Brusttasche, aber Van Nuys fielen militärisch kurze Haarschnitte und mehrere verdächtig ausgebeulte Overalls auf, die auf versteckte Waffen schließen ließen.

»Und die Cuchillos *sind* die Carmen del Sol Airlines?«

»Richtig! Wir sind eine regional und international tätige Charterfluggesellschaft, die auch Taxiflüge für Geschäftsreisende durchführt. Außerdem arbeitet unser Wartungsbetrieb für viele Kunden von United Airlines bis Mexicali Airlines – und für einen sehr speziellen Kunden.« Salazar führte Van Nuys zu einem Hangar, an dessen geschlossenem Tor ein Wachposten sie in seine Kladde eintrug und dem Amerikaner einen Besucherausweis ausstellte.

Als sie den Hangar betraten, wollte Van Nuys seinen Augen nicht trauen. Vor ihnen standen zwei komplett mit Jagdraketen und Maschinenkanonen bewaffnete Jäger F-5A der mexikanischen Luftwaffe, die von Mechanikern der Cuchillos gewartet wurden.

»Wir haben an einer öffentlichen Ausschreibung zur Durchführung von Triebwerksüberholung und strukturellen Modifikationen teilgenommen«, erklärte Salazar ihm stolz. »Wir haben die Konkurrenz mühelos unterboten, und meine Leute arbeiten besser als die meisten hiesigen Techniker. Nun haben wir legal Zugang zu allen möglichen Waffen und Flugzeugen und können auf Schwarzmarktgeschäfte verzichten. Natürlich sind wir berechtigt, diese und alle anderen Maschinen probezufliegen, und diese Arbeit erfordert viele Probeflüge. Unsere restlichen Düsenmaschinen – eine Mirage F 1C und Erdkampfflugzeuge Aero Albatross – werden an anderen Standorten instandgesetzt oder umgebaut.«

»Damit kann Gachez sehr zufrieden sein«, stellte Van Nuys fest. Tatsächlich hatte Salazar seit der Vertreibung der Cuchillos aus Haiti ein kleines Wunder vollbracht.

»Gachez wird langsam ein altes Weib«, behauptete Salazar. »Er macht sich zuviel Sorgen.«

»Trotzdem gibt er vorläufig noch den Ton an. Er will, daß die nächste Lieferung schnellstens transportiert wird. Können Sie die Ware morgen nacht ausliefern?«

»Das können wir. Seitdem die Hammerheads praktisch ausgeschaltet sind, ist alles einfacher geworden. Außerdem sind wieder Gewitter vorhergesagt, zwischen denen wir uns verstecken können… Wie groß ist die Lieferung, die wir für Señor Altes Weib transportieren sollen?«

»Fünfzigtausend Kilo auf einmal. Mit Abwürfen auf den Bahamas, in Florida und vor Kuba.«

»Fünfzigtausend… imposant!«

»Noch ist die Ware nicht am Bestimmungsort. Was brauchen Sie von uns?«

»So was klappt nur mit detaillierter Planung«, antwortete Salazar. »Ich brauche eine Liste der Abwurfstellen, den Zeitpunkt jedes Abwurfs und das genaue Gewicht sämtlicher Teillieferungen.«

»Ich beschaffe Ihnen alles, was Sie brauchen«, sagte Van Nuys, »aber ich muß Ihren Plan begutachten, bevor Gachez Ihre Maschinen nach Kolumbien kommen läßt, um die Ware abzuholen. Ehrlich gesagt bezweifle ich, daß es möglich sein wird, eine so große Lieferung in einer Nacht abzuholen und zu verteilen, aber wenn Sie sich das zutrauen, lasse ich mich gern überzeugen.«

»Sie haben's jetzt mit den *neuen* Cuchillos zu tun, Mr. Van Nuys«, versicherte Salazar ihm. »Der Auftrag ist so gut wie ausgeführt.«

Zollamt Ciudad del Carmen, Mexiko

Nach der Rückkehr in seine Dienststelle suchte der mexikanische Zollbeamte sofort seinen Vorgesetzten auf. »Commandante, Señor Salazar ist zurückgekommen«, meldete er Major Carlos Fiera. Sein Vorgesetzter streckte eine Hand aus, und der Beamte gab ihm sein Schreibbrett mit dem ausgefüllten Inspektionsformular.

Fiera überflog den Vordruck. »Sie haben vier weitere Passagiere eingetragen«, stellte er fest. »Wen hat Señor Salazar diesmal mitgebracht?«

»Danach habe ich Ihren Anweisungen entsprechend nicht gefragt«, antwortete der Beamte. Als sein Vorgesetzter unwillig die Stirn runzelte, fügte er jedoch hastig hinzu: »Drei davon sind Salazars Leute gewesen. Der vierte war ein Amerikaner namens Maxwell Van Nuys. Er hat einen Aktenkoffer bei sich gehabt. Mehr habe ich nicht feststellen können, Commandante.«

»Haben Sie sonst noch was mitgeführt?« Der Beamte schwieg zunächst, während er überlegte, was er darauf antworten sollte. »Was haben Sie inoffiziell beobachtet?«

»Mehrere Koffer sind in eine gepanzerte Limousine geladen worden, Commandante.«

Bargeld, keine Drogen, überlegte Fiera. Ein Drogenimport

wäre problematisch gewesen, aber die Einfuhr von Bargeld – vor allem in dieser Stadt, die praktisch von Salazar beherrscht wurde – war etwas Alltägliches. Fiera zeichnete das Formular an der dafür vorgesehenen Stelle ab und gab es seinem Beamten zurück. »Behalten Sie Ihre Beobachtungen für sich. Abtreten!«

Sobald der Mann sein Dienstzimmer verlassen hatte, stand Fiera auf, reckte sich, trat an die Kaffeemaschine und goß sich eine Tasse ein. Durch die Jalousie beobachtete er die klapprigen alten Taxis, die durch die gepflasterten Gassen der Altstadt von Ciudad del Carmen rumpelten. Seine bewundernden Blicke galten den nicht mehr ganz jungen, aber noch immer begehrenswerten Europäerinnen vor den Souvenirgeschäften, aber er ärgerte sich über die vielen Japaner, die von Jahr zu Jahr zahlreicher zu werden schienen: Fiera schätzte ihr Geld, aber er verachtete ihr gleichförmiges Aussehen und ihr unverständliches Geplapper. Jetzt schloß er die Jalousie ganz und zog sie bis auf halbe Höhe des Fensters hoch.

Dies war das vereinbarte Signal für seinen amerikanischen Kontaktmann, der täglich mehrmals am Zollamt vorbeifuhr. Um die Mittagszeit würde er nochmals aus dem Fenster sehen, um nach dem Gegensignal Ausschau zu halten. Ein an den Pfosten des Stopschilds unmittelbar vor seinem Dienstzimmer gekettetes lila Herrenfahrrad bedeutete, daß sein Signal verstanden worden war und das Treffen stattfinden konnte.

So hatte Carlos Fiera schon seit vielen Jahren die amerikanische Drug Enforcement Agency über außergewöhnliche Aktivitäten auf dem laufenden gehalten. Die DEA zahlte immer gut und behandelte die Kontakte zu ihren Informanten streng vertraulich. Da die Kleinstadt Ciudad del Carmen so fest in Salazars Hand war, erforderte jede Kontaktaufnahme mit der DEA strengste Sicherheitsvorkehrungen – keine Anrufe, keine Besuche, keine Korrespondenz. Tatsächlich hätte der Major offizielle Besuche von DEA-Agenten oder mexikanischen Behördenvertretern *an* Salazar weitergemeldet.

Die einzig sicheren Kontaktmöglichkeiten waren tote Briefkästen, kurze Treffen in überfüllten Geschäften oder Restaurants oder nächtliche Treffs auf einsamen Wüstenstraßen. Dabei übergab Fiera eine verschlüsselt abgefaßte Mitteilung und erhielt dafür von dem DEA-Agenten, den er meistens nur wenige Sekunden lang sah, einen Umschlag mit Bargeld. Es gab keine Besprechung, keinen amtlichen Schriftverkehr, keine offizielle Zusammenarbeit zwischen mexikanischen Behörden und der Drug Enforcement Agency.

Erst vor kurzem hatte Major Fiera von der DEA den Auftrag erhalten, Salazars neue Tarnfirma, die Carmen del Sol Airlines, im Auge zu behalten. Besonders interessiert war die DEA an neugegründeten Luftfrachtfirmen, Speditionen oder Fischfangfirmen. Die kleine Fluggesellschaft war monatelang beobachtet worden, ohne besondere Aufmerksamkeit zu erregen. Auch als sie Staatsaufträge zur Wartung und Überholung von Flugzeugen erhielt, ignorierte die DEA sie weiterhin praktisch.

Aber als die Carmen del Sol Airlines ihr Geschäftsvolumen plötzlich vervierfachte und riesige Summen in bar ausgab, um sich Schweigen und Kooperation zu erkaufen, war die DEA plötzlich sehr interessiert. Und als dann kurz nach den Überfällen auf Einrichtungen der Hammerheads militärisch aussehende Transporter und Besatzungsmitglieder eintrafen, steigerte dieses Interesse sich gewaltig. Die DEA war jetzt bereit, für Informationen viel Geld zu zahlen, und Salazar war ebenfalls nicht kleinlich. Wer clever und nicht allzu geldgierig war, konnte dabei ein reicher Mann werden.

Einen so mächtigen und einflußreichen Mann wie Salazar zu bespitzeln, war keine leichte Aufgabe. Es war schwierig, die umfangreichen Aktivitäten der Carmen del Sol Airlines zu verfolgen, ohne sich der Gefahr auszusetzen, enttarnt zu werden. Aber dies war eine wirkliche Entdeckung, für die er von der DEA einen Bonus erwarten durfte.

Ein Sonderauftrag der DEA hatte ihn erst vor wenigen Tagen erreicht: Er sollte auf einen gewissen Van Nuys achten – einen großen, dunkelhaarigen Amerikaner, der allein oder gemeinsam mit Salazar in Mexiko aufkreuzen konnte.

Major Carlos Fiera blieb bis kurz vor zwölf Uhr an seinem Schreibtisch und sah erst dann wieder nach draußen. Tatsächlich war ein lila Fahrrad an den Pfosten des Stopschilds gekettet.

Während die übrigen Zollbeamten allmählich zum Mittagessen verschwanden, machte Fiera sich daran, die Nachricht zu verschlüsseln. Jeder erfahrene Kryptograph hätte den einfachen Code mühelos geknackt, aber ein Laie, der den Zettel auf der Straße gefunden hätte, wäre nicht auf die Idee gekommen, hinter diesem scheinbar zufälligen Gewirr aus Buchstaben und Ziffern eine Mitteilung zu vermuten. Das einfache Verfahren kam ohne Schlüsselunterlagen aus und nahm für einen Kurztext von einigen Zeilen weniger als fünf Minuten in Anspruch.

Sobald Fiera den Text verschlüsselt hatte, faltete er den Zettel auf Geldstückgröße zusammen, steckte ihn ein und überzeugte sich davon, daß auf seiner Schreibunterlage keinerlei Spuren zurückgeblieben waren. Dann erklärte er seiner Sekretärin, er gehe jetzt zum Essen, und verließ das Zollamt.

Auf dem Weg zu seinem Stammlokal sah Fiera einen jüngeren Mann, der eine leichte Jacke über dem rechten Arm trug. Der Major steuerte unauffällig auf ihn zu und bemühte sich, ihn nicht anzustarren. Der Mann hatte eine Sonnenbrille auf und trug eine knallige Rennfahrerhose, ein im fahrradverrückten Ciudad del Carmen für radfahrende Touristen fast obligatorisches Kleidungsstück.

Als Fiera den Mann fast erreicht hatte, nahm er die Jacke vom rechten Arm und warf sie sich über die rechte Schulter. Der Major bestätigte dieses Signal, indem er im Vorbeigehen mit dem rechten Schuh übers Pflaster scharrte. Sein Kontaktmann räusperte sich. Fiera schlenderte weiter und verschwand in seinem Stammlokal.

Eine Stunde später begegnete Carlos Fiera dem Mann erneut. Der andere kam in dem Augenblick herein, in dem er das Lokal verlassen wollte. Auch diesmal trug er seine Jacke über dem rechten Arm. Als sie sich in dem engen Durchgang vor der Tür aneinander vorbeidrängten, schoß die linke Hand des Kontaktmanns unter der Jacke hervor und grapschte sich die Mitteilung aus seiner Hand.

Damit war die Angelegenheit für Fiera zunächst erledigt. Sollten sich die weitergegebenen Informationen als wertvoll erweisen, würde er bei einem weiteren Treff sein Geld bekommen. Er würde den größten Teil davon für sich selbst behalten, seiner in Mexiko City verheirateten Tochter ein Geldgeschenk schicken, etwas für seine eigenen Spitzel und Informanten ausgeben und natürlich auch an seine Freundinnen denken. Da Fiera genau wußte, daß der Staat, Salazar und wahrscheinlich auch andere die finanzielle Lage wichtiger Beamter kontrollierten, achtete er darauf, daß sein Bankguthaben bescheiden, sein Lebensstil unauffällig und seine Reisetasche gepackt blieb. Für ihn konnte es in dieser friedlichen Kleinstadt plötzlich verdammt ungemütlich werden...

Wenige Minuten vor Büroschluß wurde jedoch an die Tür von Fieras Dienstzimmer geklopft. »Entschuldigen Sie, Commandante«, sagte sein Assistent, »hier ist jemand, der sich bei Ihnen beschweren möchte.«

»Er soll *Ihnen* sagen, was er will, und morgen wiederkommen.«

»Aber er...« Fieras Assistent wurde von der lauten Stimme eines Amerikaners unterbrochen: »Yeah, Mann, ich will mich über Ihre Leute am Flughafen beschweren.«

»Das Büro ist geschlossen...« Fiera hob den Kopf und sah einen großen Mann in knalliger Rennfahrerhose vor sich stehen – sein Kontaktmann! Er fing sich gerade noch rechtzeitig und murmelte: »...kommen Sie morgen wieder her.«

»Ihre Leute wollen mich bescheißen, General«, behauptete der Mann. »Sie wollen mir meine Musik wegnehmen.«

»Ihre... was?«

»Meine Musik, Mann.« Der DEA-Agent schwang einen riesigen Ghetto Blaster auf Fieras Schreibtisch und drückte die Starttaste des Kassettendecks. Sofort erfüllte dumpf dröhnender, gutturaler Rap das Dienstzimmer. »Sie müssen mir zuhören, General, Sie *müssen!*«

Fieras Assistent packte den Mann an den Armen. »Soll ich den Kerl rausschmeißen, Commandante?«

Der Major hob eine Hand. »Schon gut, Teniente.« Sein Assistent starrte den Amerikaner aufgebracht an und verließ widerstrebend den Raum. Während die Musik weiter dröhnte, zischte Fiera den Amerikaner an: »Was, zum Teufel, tun Sie hier?«

»Stimmt das mit Van Nuys?« fragte der DEA-Agent.

»Wie können Sie's wagen, hier aufzukreuzen? Dafür kann ich an die Wand gestellt werden! Salazar läßt alle Behördenchefs abhören, das weiß ich ganz sicher...«

»Bei diesem Krach kriegen seine Wanzen nichts mit. Ist Van Nuys tatsächlich hier? Ist er mit Salazar angekommen?«

»Ja. Ich habe ihn nicht selbst gesehen, aber einer meiner Leute hat es mir gemeldet.«

»Wo hält er sich auf? Wie lange bleibt er?«

»Wie hätte ich danach fragen können? Ich bemühe mich, möglichst wenig mit Salazar zu tun zu haben. Er würde mich abknallen lassen, wenn er auch nur den Verdacht hätte, von mir bespitzelt zu werden. Ich habe Ihnen schon alles mitgeteilt, was ich weiß.« Fiera erhob seine Stimme, um die laute Musik zu übertönen. »Und jetzt verschwinden Sie, bevor ich Sie wegen Beamtenbeleidigung einsperren lasse...«

»Schon gut, schon gut.« Aber bevor der Amerikaner das Gerät ausschaltete, sagte er halblaut: »Falls Salazar und Van Nuys tatsächlich hier sind, versuchen die Hammerheads, sie zu schnappen. Sie sind durchaus noch aktiv. Bringen Sie Ihre Papiere in Ordnung, und verschwinden Sie aus der Stadt. Sollte Salazar gefaßt werden, dürfte Ihre Regierung peinliche Fragen stellen. Sollten die Hammerheads ihn nicht erwischen, ist Salazar hinter Ihnen her... Beschlagnahmen Sie jetzt das Radio. Ihr letztes Honorar steckt im Kabelfach.«

»Und das Radio bleibt hier, bis die Sache aufgeklärt ist!« brüllte Fiera geistesgegenwärtig. »Stellen Sie das verdammte Ding endlich ab!«

Der DEA-Agent schaltete das Gerät aus. »Ich komme wieder, sobald ich die Quittung hab', General. Ich schwöre Ihnen, daß es nicht geklaut ist! Die Quittung kriegen Sie gleich morgen früh, ich versprech's Ihnen...« Der Agent setzte seine Sonnenbrille wieder auf und lief hinaus. Durch die Jalousie sah Fiera, wie er sich draußen auf sein Rad schwang und davonstrampelte.

Fiera öffnete rasch das Kabelfach in der Rückwand des Gerätes und fand darin unter einem falschen Boden eine dicke Rolle Hundert-Dollar-Scheine. Er hatte das Geld gerade eingesteckt und den Deckel wieder geschlossen, als sein Assistent anklopfte und hereinkam. »Alles in Ordnung, Commandante?«

»Der Amerikaner hat mir einzureden versucht, dieses Radio sei nicht gestohlen«, sagte Fiera lässig. »Angeblich will er morgen früh kommen, um es abzuholen. Wenn er nicht wiederkommt, womit ich rechne, gehört das Radio Ihnen.«

Die Augen seines Untergebenen leuchteten, als er nach dem Ghetto Blaster griff. »Ich bewahre es bis morgen sicher auf, Commandante.« Natürlich würde das Radio geradewegs in seinen Kofferraum wandern. Es gab keine bessere Methode, sich absolute Verschwiegenheit zu sichern, als den anderen zum Komplizen zu machen.

Fiera blieb noch ein paar Minuten länger, um einige persönliche Andenken in seinen Aktenkoffer zu packen. Der Amerikaner hatte recht: Wenn die U. S. Border Security Force in dieser schönen kleinen Stadt Jagd auf Salazar machte, war er hier seines Lebens nicht mehr sicher. Die mexikanische Regierung würde eine strenge Untersuchung anordnen, wie es möglich gewesen war, daß ein Schmugglerring praktisch vor seiner Nase von Ciudad del Carmen aus hatte operieren können.

Auch der Boß des Medellin-Kartells würde Nachforschungen anstellen lassen. Fiera hatte keine Lust, hier zu warten, bis seine Leute kamen und ihn in die Mangel nahmen.

Border Security Force Headquarters, Aladdin City

Drei Stunden später

Die Hammerheads waren im Intelligence Operations Center neben dem Kontrollzentrum in Aladdin City versammelt: Elliott, Hardcastle, Geffar, Masters sowie Angehörige des I-Team der Hammerheads und ihr neuer Chef Curtis Long, der in Homestead Geffars Stellvertreter gewesen war.

Elliott eröffnete die Diskussion. »Okay, wir wissen jetzt, wo

Salazar und Van Nuys sich aufhalten. Beide sind in Mexiko. Aber Salazar scheint dort wirklich Einfluß zu haben. Die mexikanische Regierung hat es abgelehnt, unseren Auslieferungsantrag auch nur zu prüfen.«

Geffar sprach aus, was alle dachten. »Dies ist der Mann, der die Angriffe auf unsere Radarstationen befohlen hat... dabei hat's *vierzig* Tote gegeben... und die mexikanische Regierung will uns nicht helfen, ihn zu fassen?«

Der General nickte. »Als sogenannter Vertragspartner der mexikanischen Luftwaffe *arbeitet* Salazar offenbar für staatliche Stellen und genießt den Schutz der dortigen Regierung, solange er nicht von einem *mexikanischen* Schwurgericht oder Militärtribunal verurteilt wird. Ich bezweifle, daß eine Anklage vor einem amerikanischen Gericht seine Auslieferung bewirken würde. Bei Van Nuys liegt die Sache einfacher: Da er amerikanischer Staatsbürger ist, müßte unserem Auslieferungsbegehren stattgegeben werden.«

»Und er ist mit Salazar in Mexiko?« erkundigte sich Long. »Ich dachte, wir hätten einen Haftbefehl gegen ihn. Warum, zum Teufel, ist er nicht bei der *Einreise* nach Mexiko festgenommen worden? Es gibt doch vertragliche Vereinbarungen mit Mexiko, nach denen...«

»Salazar scheint Zoll, Polizei und Militär in der Hand zu haben«, erklärte der General ihm. »Er entscheidet, wer dort unten kommen und gehen darf. Ich vermute, daß sich Van Nuys zuletzt beim Medellin-Kartell in Kolumbien aufgehalten hat. Möglicherweise arbeitet er jetzt für das Kartell. Außen- und Justizministerium wollten Mexiko offiziell um Rechtshilfe ersuchen, damit Van Nuys verhaftet werden kann, aber ich habe gebeten, damit noch zu warten. Lassen wir die *Federales* aufmarschieren, um Van Nuys festzunehmen, taucht Salazar garantiert wieder unter.«

Auf dem großen HDTV-Bildschirm rief Elliott eine Landkarte Mittelamerikas auf. »Hier in Ciudad del Carmen an der mexikanischen Ostküste gehört Salazar die Charterfluglinie Carmen del Sol Airlines. Es ist ihm gelungen, die meisten seiner Flugzeuge aus Haiti nach Mexiko mitzunehmen, und er hat Zugang zu Ersatzteilen, Treibstoff, Waffen und sogar militärischer Hardware – sein Wartungsbetrieb arbeitet auch für die mexikanische Luftwaffe. Aus zuverlässiger Quelle wissen wir, daß seine Leute Flugzeuge von der Präsidentenmaschine bis zum Jäger F-5A gewartet haben.«

»Erst die Haitianer, jetzt die Mexikaner«, murmelte Hardcastle.

»Salazars Spitzel sind überall«, fuhr Elliott fort. »Sie informieren ihn über jede Entscheidung der mexikanischen Regierung und jede Bewegung unserer offiziellen Drogenfahnder. Um überhaupt Informationen über Salazar zu bekommen, haben wir auf Methoden aus John Le Carré zurückgreifen müssen. Aber jetzt ist unsere Quelle versiegt. Wir wissen nicht *genau*, wo Salazar und Van Nuys sich aufhalten; wir wissen bisher nur, daß beide in Ciudad del Carmen sind. Auf dem dortigen Flughafen hat unser Informant ungewöhnliche Aktivitäten beobachtet – er glaubt, daß mehrere der *größeren* Maschinen Salazars startklar gemacht werden...«

»Was bedeutet, daß er eine große Lieferung plant«, sagte Geffar. »Das ist die Gelegenheit, auf die wir gewartet haben! Aber wir brauchen genauere Informationen.«

»Mein Vorschlag wäre, zehn bis zwölf unserer Leute aus DEA und I-Team nach Ciudad del Carmen zu entsenden, damit sie Salazar und seine Fluggesellschaft überwachen«, warf Long ein. »Das muß unauffällig geschehen, sonst taucht Salazar wieder unter. Andererseits brauchen wir genügend Leute, um wirkungsvoll eingreifen zu können, falls wir auf eine heiße Spur stoßen.«

»Oder wir schnappen uns Van Nuys«, schlug Geffar vor. »Er hat offenbar mit dieser Sache zu tun. Vielleicht kann er uns die Informationen liefern, die wir brauchen, um Salazar fassen zu können.«

»Van Nuys ist nicht zu trauen«, wandte Hardcastle ein und warf Geffar einen Blick zu. »Er hat jetzt nichts mehr zu verlieren. Und selbst wenn wir ihn uns schnappen, ist nicht garantiert, daß er überhaupt sagt, was er über Salazars Organisation weiß. Offenbar fürchtet er Salazar und das Kartell mehr als die amerikanische Justiz.« Der Admiral wandte sich an Elliott. »Warum schicken wir nicht einfach das I-Team los und lassen es Salazars Fluggesellschaft flach legen? Warum fliegen wir nicht einfach hin und schnappen uns Salazar?«

»So einfach ist das nicht!« wandte Long ein. »Gleich der erste Zugriff muß klappen, sonst ist die Chance vertan.«

»Und der Einsatz unseres I-Teams in Mexiko kommt vorläufig nicht in Frage«, fügte Elliott hinzu. »Dafür bekämen wir keine Erlaubnis... Selbst wenn Mexiko damit einverstanden wäre, einen gegen Salazar erwirkten Haftbefehl durchzusetzen, wäre das ein *mexikanisches* Unternehmen – keines der Hammerheads. Auch zur Unterstützung der dortigen Polizei würde Mexiko das I-Team nicht mal über die Grenze lassen.«

»Was tun wir also?« fragte McLanahan ungeduldig. »Nur die Überwachung fortführen?«

»Mehr können wir vorläufig nicht tun. Wir verstärken die Überwachung mit dem OTH-Radar durch Aufklärungsflüge mit E-2 Hawkeye und P-3 Orion vor der mexikanischen Küste. Falls Salazar versucht, eine große Lieferung zu transportieren, werden wir hoffentlich rechtzeitig darauf aufmerksam.« Elliott wandte sich an Long. »Curtis, Sie überlegen sich inzwischen, wie wir ein I-Team nach Ciudad del Carmen entsenden könnten, um Salazar und Van Nuys verhaften zu lassen...«

Geffar und Hardcastle blieben mit Elliott zurück, als die anderen den Besprechungsraum verließen. »Brad«, sagte Geffar, »diese Warterei hält keiner aus. Wir alle wissen, daß es morgen schon zu spät sein kann... Schick mich nach Ciudad del Carmen, damit ich Van Nuys aufspüren kann.«

»Kommt nicht in Frage! In Mexiko hättest du keine Überlebenschance. Salazar hat überall Spitzel – beim Zoll, bei der Polizei, in Hotels und Geschäften. Sie alle haben Anweisung, Amerikaner Tag und Nacht zu überwachen...«

»Und was täten Sie mit ihm, wenn Sie ihn aufgespürt hätten?« fragte Hardcastle. »An den Haaren nach Miami zurückzerren? Salazar läßt ihn bestimmt gut bewachen. Selbst wenn Sie Van Nuys fänden, würde Salazar niemals zulassen, daß Sie ihn in die Staaten entführen.«

»Hört zu«, sagte Geffar aufgebracht, »damit vergeuden wir kostbare Zeit! Wir wissen schon ziemlich viel... wir wissen, wo Salazar und Van Nuys sich aufhalten, wir wissen, daß sie ein Großunternehmen – eine riesige Drogenlieferung – planen, und wir wissen, daß jemand uns *genaue* Informationen beschaffen muß. Wir dürfen kein I-Team losschicken, wir können uns nicht an mexikanische Stellen wenden...«

»Wenn jemand losgeschickt würde, dann bestimmt nicht Sie, Sandra«, unterbrach Elliott sie. »Sie sind noch nicht völlig wiederhergestellt. Van Nuys kennt Sie, er hat Salazars Männer bestimmt vor Ihnen gewarnt, damit sie auf der Hut sind...«

»Darum geht's nicht! Ich traue mir zu, Van Nuys umzudrehen. Ich habe mit ihm geredet, bevor Hokum in Sunrise Beach auf mich geschossen hat, und gemerkt, daß er ziemliche Angst hat. Er würde lieber aussteigen... Er will nicht mit Salazar zusammenarbeiten, aber er glaubt, keine andere Wahl zu haben, weil er Geld braucht. Als ich ihn in Sunrise Beach aufgespürt hatte, wäre er bereit gewesen, auf einen Handel mit mir einzugehen. Er hätte sein Wissen über Salazar und das Medellin-Kartell gegen seine Freiheit eingetauscht. Ich glaube, daß er noch immer bereit wäre, mit mir zu verhandeln – aber mit keinem anderen! Auch falls er nur vorgibt, auf den Deal einzugehen, weil er glaubt, jeder Frau gewachsen zu sein, traue ich mir zu, ihn zurückzubringen.«

Elliott schüttelte den Kopf.

»General, diese Sache ist mir so wichtig, daß ich Urlaub nehmen und auf eigene Faust nach Mexiko fliegen möchte.«

»Das wäre ein Himmelfahrtskommando«, behauptete Elliott.

»Ich bin anderer Meinung; ich hätte dort unten nur gern etwas Verstärkung. Aber ich komme auch allein zurecht, wenn Sie's nicht anders wollen.«

»Wenn Sie tatsächlich glauben, daß Van Nuys sich umdrehen läßt, schicken wir jemand anderen – vielleicht den dortigen DEA-Agenten...«

»Sie wissen genau, daß das nicht funktionieren würde. Unser Mann wäre enttarnt, Salazar würde ihn umlegen lassen und verschwinden, und Van Nuys würde ebenfalls untertauchen. Für diesen Auftrag bin *ich* besser geeignet als sonst jemand.«

»Und zugleich schlechter«, stellte Elliott fest. »Sie wären dort auf sich allein gestellt. Ihr Gesicht ist bekannt, sie sind nicht hundertprozentig fit...«

»General, wie ich gesagt habe und wir alle wissen, verpassen wir unsere beste Chance, Salazar zu fassen, wenn wir diese Gelegenheit nicht nutzen. Eine Sea Lion könnte mich noch heute abend nach Mexiko bringen, damit ich Van Nuys in Ciudad del Carmen aufspüren kann. Ich überrede ihn, uns zu helfen, Salazar zu fassen... oder verschwinde schnellstens wieder.«

Ihr Vorschlag wurde mit Schweigen aufgenommen. Mit zustimmendem Schweigen.

Isla del Carmen, Mexiko
Später am selben Abend

Auf einem Landsitz an der Südküste der Isla del Carmen – etwa zehn Kilometer von der Stadt und dem Flughafen entfernt – stellten die Cuchillos Salazar und Van Nuys ihren Einsatzplan vor. Die Besprechung fand in einem für solche Zwecke eingerichteten Raum im Obergeschoß des alten Herrenhauses statt, in dessen Fenster Panzerglasscheiben eingesetzt worden waren. Der Landsitz lag auf einem aufgeschütteten Hügel, so daß Salazars Hauptquartier den höchsten Punkt des Bundesstaats Campeche darstellte. Das zehn Hektar große Grundstück wurde von schwerbewaffneten Cuchillos bewacht, und das Herrenhaus glich einer durch modernste Technik gesicherten Festung.

Major José Trujillo, der bewährte Chefpilot der Cuchillos, stand mit seinem Zeigestock an einer Flip-chart. Wie damals beim Militär: in makelloser Uniform mit allen Orden und Ehrenzeichen, die er sich in über fünfzehn Dienstjahren als Staffelchef der kubanischen Revolutionsluftwaffe verdient hatte. Er präsentierte seinem Kommandeur nicht nur einen Plan, sondern führte ihm auch die Cuchillos als wiedererstarkte, zu neuen Einsätzen bereite Fliegertruppe vor.

»Die Transportmaschinen starten in einer Stunde zum Flug nach Valdivia in Kolumbien. Um eine Mischung mit dem planmäßigen Verkehr aus Ciudad del Carmen zu erreichen, ist vorgesehen, nur alle zehn bis fünfzehn Minuten ein Flugzeug starten zu lassen.

Die langsamen Ein- und Zweimotorigen starten zuerst, dann folgen die leichten Turboprops, und zuletzt kommen die schweren Turboprops. Für die leichten Maschinen sind Zwischenlandungen in San Salvador, San José und Panama City vorgesehen. Die Flugzeuge mit mittlerer Reichweite werden in Costa Rica und Bluefields, Nicaragua, zwischenlanden. Die großen Transporter können Kolumbien im Nonstopflug erreichen, aber wir haben auch für sie Zwischenlandungen in David, Panama, und Cartagena, Kolumbien, vorgesehen, damit ihre Route möglichst der unserer Linienflüge gleicht. Alle Maschinen fliegen mit genehmigten Flugplänen und benützen Rufzeichen der Carmen del Sol Airlines.«

Trujillo nickte Van Nuys zu, der jetzt aufstand. »Ich habe für alle Flüge nach Valdivia eine Zollfreigabe beantragt und erhalten. Da auf solche Zusagen aber nie Verlaß ist, müssen die Besatzungen aller Maschinen trotzdem auf überraschend angesetzte Zollkontrollen vorbereitet sein. Das bedeutet: Jeder braucht einen gültigen Paß und ein gültiges Impfzeugnis! Bei den Maschinen ist darauf zu achten, daß nichts auf einen Flug nach Kolumbien oder den geplanten Weiterflug nach Nordamerika hinweist.

Sollte der Zoll den geringsten Hinweis darauf entdecken, was wir in Wirklichkeit transportieren, beschlagnahmt er auf der Stelle die gesamte Lieferung und nimmt sämtliche Beteiligten fest. Erwähnt auch nur einer von euch Valdivia, Drogen oder das Kartell, kann das ganze Unternehmen auffliegen. Nicht jeder, der die Uniform eines Zollbeamten trägt, ist unbedingt einer – er könnte auch ein DEA-Agent, ein Informant oder ein Spitzel sein. Haltet also den Mund und seid auf unangenehme Überraschungen gefaßt.«

»Gachez hat mir versichert, Sie könnten allen meinen Leuten freies Geleit garantieren, Van Nuys«, protestierte Salazar aufgebracht.

»*Garantieren* kann ich überhaupt nichts. Ich habe dafür gesorgt, daß die vom Kartell bestochenen Zollbeamten zur richtigen Zeit Dienst haben, aber was tatsächlich passiert, kann ich nicht beeinflussen. Vor allem nicht in Panama, El Salvador und Costa Rica, wo die Amerikaner großen Einfluß haben. Sie wissen so gut wie ich, daß Zollangelegenheiten in diesen Staaten politisch entschieden werden, Coronel. Ich habe alles veranlaßt; mehr kann ich nicht tun.«

»Hoffen wir, daß es funktioniert«, sagte Salazar drohend. »Sie haften mit Ihrem Leben dafür.«

Um das peinliche Schweigen nach dieser Auseinandersetzung zu überbrücken, sprach Trujillo rasch weiter. »Alle Flugzeuge müssen bis morgen früh in Valdivia eintreffen. Sobald sie aufgetankt und gewartet sind, wird mit der Beladung begonnen. Den größten Teil der Fracht transportieren die Antonow, die Douglas und die Short: die An-26 zehn Tonnen, die DC-3 neun Tonnen und die Short 440. Die restlichen fünfundzwanzig Tonnen werden auf die übrigen zehn Maschinen verteilt.«

Trujillo schlug eine neue Flip-chart auf. Statt Überlandrouten, die von Mexiko nach Kolumbien führten, zeigte diese Karte mehrere Überwasserrouten von Kolumbien zu verschiedenen Karibikinseln. »Die Rückflüge werden länger und schwieriger. Dazu teilen wir die Maschinen in drei Gruppen ein. Alle Flugzeuge landen zum Tanken im Norden Kolumbiens – in Uribia oder in Cienaga. Die leichten Ein- und Zweimotorigen fliegen je nach Leistung und Treibstoffvorrat zu kleinen Flugplätzen in Panama, auf Jamaika oder auf Haiti weiter. Bei den schon ausgegebenen Unterlagen findet jeder Pilot die LORAN-Koordinaten und eine Anflugkarte seines Platzes...

Die nach Westen fliegenden Maschinen tanken auf abgelegenen Flugplätzen in Nicaragua und Guatemala sowie hier in Ciudad del Carmen. Der Ausweichplatz für die mexikanischen Flugzeuge ist Valladolid im Nordosten der Halbinsel Yucatán, wo wir unsere Behelfspiste inzwischen ausgebaut haben. Diese Maschinen fliegen über Wasser weiter zu ihren Abwurfzonen entlang der kubanischen Küste, in der Florida-Straße und vor den Bahamas. Auf Jamaika zwischengelandete Transporter überfliegen Kuba und steuern danach ihre Abwurfzonen in den Everglades an. Und die Ziele der auf Haiti betankten Flugzeuge liegen zwischen den Turks and Caicos Islands und vor Grand Bahama Island.

Nachdem die großen Transporter ebenfalls in Nordkolumbien getankt haben, fliegen sie nach Norden zu ihren Abwurfzonen vor den Bahamas weiter... oder sie landen dort, tanken und starten zum Weiterflug nach New Mexico, Texas und Louisiana. Für diese Flüge werden vorschriftsmäßige Flugpläne aufgegeben, von denen unsere Maschinen jedoch im letzten Augenblick abweichen, um die restliche Fracht abzuwerfen.

Unsere Informanten melden, daß es in letzter Zeit weder in diesen Staaten noch in Florida irgendwelche Aktivitäten der Border Security Force gegeben hat«, fuhr Trujillo fort. »Die Kontrollplattform Hammerhead Two ist zur Instandsetzung nach Key West geschleppt worden, und wird danach vor der Atlantikküste Floridas stationiert. Der Flugzeugträger, dessen Maschinen den Osten Floridas überwacht haben, liegt jetzt vor Miami. Der Flugbetrieb von Bord ist gering; unsere Informanten glauben, daß es sich dabei um Schulflüge handelt.

Die größte Gefahr für uns geht von Abfangjägern der U. S. Air Force aus, aber selbst diese Gefahr ist sehr beschränkt. Wir überschwemmen das Gebiet mit über einem Dutzend langsam fliegender Ziele, von denen nur wenige tatsächlich die Küste bedrohen. Solange wir tief und in der Nähe normaler Luftstraßen bleiben, werden wir nicht abgefangen. Die Amerikaner haben bisher keine Bereitschaft erkennen lassen, ihre Luftwaffe zur Bekämpfung des Drogenschmuggels einzusetzen. Das ist unser Vorteil.

Am gefährdetsten sind unsere Flugzeuge, deren Abwurfzonen in Florida in den Everglades liegen. Deshalb fliege ich eine dieser Maschinen selbst und vertraue die beiden anderen unseren besten Piloten *Capitán* Estevez und *Capitán* Garzon an. Darüber hinaus setzen wir die mexikanischen F-5 als Begleitjäger für die nach Texas und Lousiana fliegenden Transporter ein, um sie...«

Ein Klopfen unterbrach ihn. Eine Sekretärin hastete mit einer Mitteilung für Salazar herein. Er las sie, lächelte befriedigt, stand auf und nahm Trujillos Platz auf dem Podium ein.

»Danke, Major Trujillo. Ihr Einsatzplan ist ein Meisterstück an Täuschung, Detailgenauigkeit und operativer Gründlichkeit. Dafür danke ich Ihnen und Ihrem Stab.« Dann wandte er sich an die versammelten Piloten. »Männer, der Kampf beginnt! Ich habe eben eine Mitteilung der mexikanischen Zollbehörde erhalten. Eine AV-22 der Border Security Force mit acht Mann Besatzung hat für übermorgen um elf Uhr eine Landegenehmigung in Veracruz beantragt. Unsere Informanten stellen noch den Zweck dieses Besuchs fest, aber wir müssen damit rechnen, daß die Amerikaner sehr bald gegen uns vorgehen werden.«

Er wandte sich erneut an Trujillo. »Alle Maschinen benützen den Ausweichplatz Valladolid. Ciudad del Carmen ist bis auf weiteres geschlossen. Die Border Security Force kommt jedenfalls zu spät«, fuhr Salazar fort. »Wenn die Hammerheads in Ciudad del Carmen eintreffen – vermutlich eine Stunde nach ihrer Landung in Veracruz –, sind unsere Flugzeuge vom Einsatz zurück und auf ihren zugewiesenen Plätzen gelandet, um gründlich gereinigt zu werden. Bei dieser Gelegenheit werden auch die Eintragungen in ihren Logbüchern gemacht.

Wenn wir gute Arbeit leisten, können wir bei jeder Überprüfung einwandfrei nachweisen, wo unsere Flugzeuge waren. An unseren Einsatz erinnert dann nichts als eine Gruppe übermüdeter, aber sehr zufriedener Piloten. Wegen der für Besatzungen vorgeschriebenen Ruhezeiten könnt ihr auch nicht befragt werden. Dafür sorge ich. Die Eintragungen in euren Logbüchern entsprechen genau den flugplanmäßigen Strecken, für die ihr eingeteilt seid, so daß jede Überprüfung ergebnislos bleiben muß.«

Salazar ging einige Schritte auf dem Podium hin und her. »Einen großen Sieg haben wir bereits erkämpft: Die USA haben die Border Security Force als das verurteilt, was sie ist – als terroristische Organisation, die versucht hat, Nord- und Mittelamerika mit Waffengewalt zu beherrschen. Durch unseren Angriff auf die Radarstationen der Hammerheads haben wir ihr eine Lektion erteilt. Unser Vorhaben hat seine Rechtfertigung gefunden, als der Kongreß die Border Security Force praktisch aufgelöst hat. Das alles haben wir durch euren Pflichteifer erreicht... und weil einige unserer Kameraden ihr Leben geopfert haben.

Ihr seid Soldaten, ihr habt einen Auftrag!« fuhr er eindringlich fort. »Ihr fliegt, weil ihr die besten Piloten der Welt seid, und jetzt erprobt ihr eure Fähigkeiten und euren Mut im Kampf gegen eine Supermacht, die sich überall einmischen möchte. Geld ist in Ordnung, und ihr verdient euch euren Sold redlich, aber hier geht's um Männlichkeit, die ihr am Nachthimmel und gegen eine gewaltige Übermacht unter Beweis stellt. Ihr seid die Cuchillos. Ihr werdet siegen...«

Salazar wartete, während seine jungen Piloten wie geplant in Begeisterungsstürme ausbrachen, hob aber schon bald eine Hand.

»Weiter möchte ich euch mitteilen, daß ich die F-5 fliegen werde, die unsere An-26 auf dem Flug in die Vereinigten Staaten begleitet. Ich werde dafür sorgen, daß unser Flaggschiff unbeschädigt zurückkehrt.« Die Ankündigung löste einen weiteren Begeisterungssturm aus, nach dem eigenartigerweise die kubanische Nationalhymne gespielt wurde.

Nachdem die Besatzungen zu den wartenden Bussen gegangen waren, die sie zum Flughafen bringen würden, äußerte Van Nuys sein Erstaunen darüber, wie gut Salazar die Cuchillos in der Hand zu haben schien. »Ich will nur erreichen, daß meine Leute an sich selbst und ihre Aufgabe glauben«, behauptete Salazar.

»Schon möglich«, meinte Van Nuys, »aber Sie verstehen es wirklich, diese jungen Kerle aufzuputschen. Man könnte fast glauben, daß sie selbst koksen.«

»Nein, aber ihre Speisen und Getränke sind mit... Amphetaminen versetzt worden, damit sie auf dem langen Flug nicht müde werden.«

»Sie haben Ihren eigenen Piloten Drogen gegeben?«

»Ein bißchen Stimulation schärft ihre Sinne. Bevor sie aus Valdivia in die Vereinigten Staaten und zu ihren übrigen Abwurfzonen starten, gibt's noch mal Amphetamine. Um meine Leute brauchen Sie sich keine Sorgen zu machen, Van Nuys. Machen Sie sich lieber Gedanken wegen der Zollabfertigung und des Geldes. Sollte auch nur einer meiner Männer Schwierigkeiten mit dem Zoll bekommen, haben Sie zum letzten Mal für irgend jemanden gearbeitet. Wie wär's, wenn Sie sich darüber Sorgen machen würden?«

Carmen del Sol Airlines, Ciudad del Carmen, Mexiko

Eineinhalb Stunden später

Der Start lief mit militärischer Präzision ab. Das kleinste Flugzeug der Flotte, eine einmotorige Cessna Caravan, startete als erste Maschine zu dem über 2200 Kilometer langen Flug von Mexiko nach Valdivia in Kolumbien. Für diese Strecke würde sie – allerdings mit kurzen Tankstops – fast zehn Stunden brauchen. Der Cessna folgten in Abständen von zehn bis fünfzehn Minuten weitere neun Ein- und Zweimotorige.

Zuletzt rollten die Big Boys zum Start: die riesige An-26 aus sowjetischer Produktion, deren Nutzlast durch Modifikationen auf zwanzig Tonnen gesteigert worden war, die in Nord-Irland gebaute Short 440 mit ihrem Kastenrumpf, die zu den modernsten Flugzeugen der Cuchillos gehörte, und die ehrwürdige Douglas DC-3 mit Heckrad, deren Sternmotoren beim Anlassen gewaltige schwarze Rauchwolken ausstießen. Alle diese Flugzeuge waren von den Cuchillos modifiziert und mit stärkeren Motoren ausgerüstet worden, um größere Drogenfrachten befördern zu können.

Alle drei Transporter konnten zusätzlichen Treibstoff in Textilbehältern im Rumpf mitführen, wodurch ihre Reichweite sich um mindestens fünfzig Prozent vergrößerte. Mit diesem Zusatztreibstoff und ihrer Drogenladung konnte die An-26 über dreitausend Kilometer weit fliegen: aus Kolumbien in die Vereinigten Staaten und zurück nach Mexiko oder zu einem Ausweichflugplatz. Alle übrigen Maschinen würden auf den Bahamas, auf Kuba oder in Mexiko tanken; waren die vorgesehenen Flugplätze nicht mehr erreichbar, mußten die Besatzungen in Küstennähe notwassern und auf baldige Rettung hoffen.

Im Verkehrsbüro der Carmen del Sol Airlines beobachtete Van Nuys, den Salazar dorthin beordert hatte, wie ein Dispatcher der Cuchillos die Starts in seine Kladde eintrug und die Position jeder Maschine auf einer Wandkarte markierte. Die Bodenstelle stand mit den einzelnen Flugzeugen über Kurzwelle in Verbindung – entweder direkt oder über das internationale Flugverfolgungssystem Mexikos.

Nachdem Van Nuys sich davon überzeugt hatte, daß sämtliche Flugpläne vorschriftsmäßig weitergeleitet waren, zog er sich ins Chefbüro zurück, machte die Tür zu und richtete sich auf eine lange, lange Nacht ein.

In fünf Stunden sollte die Cessna Caravan zum Tanken auf einem selten angeflogenen Platz außerhalb San Salvadors zwischenlanden; da sie sofort weiterfliegen würde, interessierte der dortige Zoll sich nicht für sie und würde vermutlich nicht mal auf den Platz kommen. So würde es hoffentlich überall laufen, aber selbst wenn Besatzungen Schwierigkeiten bekamen, blieb eigentlich nur die Hoffnung, daß der Zollbeamte sich telefonisch bestechen oder einschüchtern lassen würde. Für Van Nuys standen der Learjet und ein Geldkoffer bereit, damit er zu irgendeinem ausländischen Flugplatz fliegen und eine ihrer Maschinen loseisen konnte, aber er hoffte inständig, daß das nicht nötig sein würde.

Er war in einem Sessel eingedöst, als laut an die Tür geklopft wurde. »Señor, draußen sein eine Mann für Sie«, sagte ein Angestellter in gebrochenem Englisch.

»Ich erwarte keinen Besuch. Schicken Sie ihn weg.«

»Er sagt, Ihnen das geben.« Der Angestellte kam herein und hielt Van Nuys eine kleine schwarze Pistole Kaliber 22 hin – Salmans Waffe. Sie war ein Spezialmodell aus Hartplastik und Kevlar, das mit Metalldetektoren nicht zu entdecken war, so daß sein ehemaliger Butler, Leibwächter und Sekretär immer und überall bewaffnet war. »Wie heißt der Mann?« fragte Van Nuys.

»Er sagt, heißen Salman.«

»Ein großer Kerl? Stämmig? Breite Schultern?«

»*Si, señor. Muy grande. Muy gordo.* Soll ich reinbringen?«

Van Nuys hob abwehrend eine Hand. »Nein, ich komme

selbst.« Aber bevor er den Raum verließ, zog er dem Angestellten die Pistole aus dem Gürtel – eine mindestens zwanzig Jahre alte Walther P38. Er dachte nicht daran, unbewaffnet hinauszugehen.

Salman, der von einem der Cuchillos bewacht wurde, stand hinter dem Verwaltungsgebäude in dem zum nächsten Hangar führenden Durchgang. Van Nuys schickte den Bewaffneten mit einer Handbewegung weg. »Salman? Wie, zum Teufel, kommst du hierher?«

»Ich bin vor ein paar Tagen gegen Kaution entlassen worden«, antwortete der Inder gewohnt monoton. »Ich habe gehört, daß Sie in Mexiko sind, darum bin ich so schnell wie möglich gekommen.«

Van Nuys lag die Frage auf der Zunge, wer die Kaution gestellt hatte, aber er sagte nichts. Die Tatsache, daß er's nicht gewesen war, hätte Salman aufbringen können. »Wie hast du rausgekriegt, daß ich hier bin?«

»Warum sind Sie mir nicht zu Hilfe gekommen?« lautete die Gegenfrage. »Ich war eingesperrt. Sie sind mir nicht zu Hilfe gekommen...«

Salmans Tonfall war unverändert, aber aus dem Mund eines so großen Kerls klang die Anschuldigung bedrohlich. Van Nuys zog die Walther und zielte auf Salmans Bauch. »Ich hab' dich was gefragt. Wie hast du rausgekriegt, daß ich hier bin?«

»Wir haben's ihm erzählt, Max«, sagte eine Frauenstimme, während zugleich der Hammer eines Revolvers mit lautem Klikken zurückgezogen wurde. Aus dem Augenwinkel erkannte Van Nuys einen Smith & Wesson Kaliber 45 und... Sandra Geffar.

Geffar ließ die Revolvermündung auf sein rechtes Auge gerichtet, während sie Van Nuys mit raschem Griff die Walther abnahm. »Hallo, Max. Ich wollte dich besuchen, weil du dich letztes Mal so überstürzt verabschiedet hast. Geradeaus und links an dem Hangar vorbei. Keinen Laut, sonst reißt Salman dir den Kopf ab. Er ist verdammt sauer auf dich.«

Salman kam näher, legte Van Nuys einen Arm um die Schultern und führte ihn ins Dunkel zwischen zwei unbeleuchteten Hangars.

»Sandra, was soll dieser...«, begann Van Nuys, sobald er sich von der ersten Überraschung erholt hatte. Salmans Hand lag jetzt auf seinem Nacken, und seine kräftigen Finger packten schmerzhaft zu.

»Keinen Ton, Max!« Geffar sah sich erneut um und lief dann mit den beiden zwischen den Hangars hindurch. Am anderen Ende blieb sie stehen. Long kam rückwärtsgehend um die Ecke und schleifte dabei einen bewußtlosen Uniformierten hinter sich her. »Curtis, was ist passiert?«

»Fußstreife. Viel Zeit bleibt uns nicht mehr.« Hinter ihnen in der Nähe des Verwaltungsgebäudes rief jemand nach Van Nuys – der zurückgekommene Wachposten. »Das kannst du streichen. Unsere Zeit *ist* abgelaufen.«

»Schaffen wir's, aus dem Flughafengelände rauszukommen?«

»Keine Chance. Überall auf den Straßen patrouillieren bewaffnete Polizisten... In der Stadt wär's zu gefährlich für uns.«

»Gut, dann müssen wir die Huey anfordern«, entschied Geffar. Long griff in eine Tasche seiner Kevlarweste, holte ein feuerzeuggroßes Gerät heraus und drückte auf einen Knopf. Eine rote Leuchtdiode begann zu blinken und wurde Sekunden später durch eine grüne ersetzt. »Signal bestätigt. Unser Hubschrauber ist unterwegs.«

»Mit Rushell Masters, möchte ich wetten«, sagte Van Nuys. »Die alte Customs Service Gang, was? Dabei sollten die Hammerheads erst übermorgen kommen.«

»Du bist wirklich gut informiert, Max – aber dies ist eine Privatveranstaltung nur für dich.«

Etwa hundert Meter von ihnen entfernt hielt ein Jeep jenseits des Flugplatzzauns. Der Strahl seines Suchscheinwerfers bewegte sich auf die Gruppe zu, glitt über Hangars hinweg und leuchtete die Passagen zwischen den Hallenbauten aus. Geffar und die drei Männer lagen flach auf dem Asphalt und machten sich so klein wie möglich, als der Lichtfinger über sie hinweg glitt... und zurückkam. Im nächsten Augenblick hörten sie laute Warnrufe von der anderen Seite des Zauns.

»Verschwindet!« wies Geffar die anderen an. Sie schoß auf den Suchscheinwerfer, daß Funken von der Stoßstange des

Jeeps spritzten. Die Soldaten gingen in Deckung, als Geffar sorgfältiger zielte und den Scheinwerfer mit dem nächsten Schuß zerplatzen ließ.

Geffar drehte sich um. Salman, Van Nuys und Long kletterten bereits eine an der Außenwand des nächsten Hangars angeschraubte Eisenleiter hinauf. Sie schoß noch dreimal auf den Jeep, damit die Soldaten in Deckung blieben, rannte zur Leiter, steckte ihren Revolver ins Halfter und machte sich auf den Weg nach oben.

Der Aufstieg war lang und schwer. Ihre geprellten Brustmuskeln schmerzten schon nach den ersten Sprossen. Die letzten Meter an der Außenwand des fünfstöckigen Gebäudes hinauf waren eine Qual. Geffar fürchtete, ihre schmerzenden Finger und Arme könnten jeden Augenblick versagen. Ihre Oberschenkel brannten und zitterten vor Anstrengung. Als sie wagte, einen Blick nach oben zu werfen, um wenigstens zu sehen, wie weit sie noch hatte, konnte sie nicht einmal das Ende erkennen – die Leiter schien ewig weiterzugehen.

Irgendwo unter ihr fiel ein Schuß. Sie hörte zu klettern auf und klammerte sich an die Leitersprossen. Long erwiderte das Feuer vom Dach aus. Seine Schüsse waren so nah, daß sie ihr Mut zum Weiterklettern machten. Auf dem letzten Meter ergriffen kräftige Hände ihre Arme und zogen sie aufs Dach.

»Viel Zeit bleibt uns nicht«, stellte Long fest. »Sie können jeden Augenblick hier sein.« Er hatte das kleine Gerät aufs Hangardach gestellt. Es funktionierte nicht nur als ELT, sondern auch als Infrarot-Blinklicht, das fürs bloße Auge unsichtbar, aber mit einem Nachtsichtgerät aus mehreren Kilometern Entfernung zu erkennen war.

»Was wollt ihr eigentlich, Sandra?« fragte Van Nuys, während Long und Salman sich verteilten, um die aufs Dach führenden Leitern zu überwachen. »Damit habt ihr bloß erreicht, daß wir alle umgelegt werden...«

»Wir nehmen dich mit zurück. Darum geht's, Max.«

»Das dürft ihr nicht! Wir sind in Mexiko, die Border Security Force hat kein Recht, hier...«

»Amerikanische Bürger dürfen wir überall verhaften.« Nun,

das klang zumindest gut. »Du erzählst mir jetzt, was du über Salazar weißt. Er hat vor, eine größere Lieferung Drogen zu transportieren… wohin?«

Van Nuys schüttelte den Kopf. Geffar, die bisher auf eine der Leitern gezielt hatte, bedrohte ihn mit ihrem Revolver. »Max, du kennst mich! Wenn du nicht auspackst, muß ich dich erschießen. Gleich jetzt.«

»Das glaub' ich dir nicht.«

»Vielleicht gibt's eine bessere Lösung«, überlegte Geffar laut. »Ich könnte dich für Salazar zurücklassen… Möchtest du dich lieber mit ihm auseinandersetzen?« Seine Angst war beinahe zu riechen. Der sonst so elegante Van Nuys hatte fast die Hosen voll. »Ich könnte dich laufenlassen, aber er würde glauben, du hättest ausgepackt, und Fischfutter aus dir machen.« Sie zog ein Bündel Dollarscheine aus der Tasche. »Ich schlage dich bewußtlos und stecke dir das Geld und meine Karte in die Tasche. Mal sehen, ob du dich dann noch rausreden kannst!« Geffar stopfte ihm die Scheine in die Brusttasche. »Fertig, Max! Du erzählst ihm einfach, du hättest keine Ahnung, wie dieses Geld in deine Tasche gekommen ist…«

»Okay, bringt mich hier raus, dann können wir über alles reden…«

»Immer schön der Reihe nach, Max. Wenn du ausgepackt hast, können wir darüber reden, ob wir dich mitnehmen. Mauerst du dagegen weiter…«

»Okay, *okay*… Salazar ist gerade dabei, eine Riesenmenge Drogen auszuliefern. Seine Maschinen fliegen nach Kolumbien, um den Stoff abzuholen und morgen nacht zu verteilen.«

»Wo?«

»Überall. In Florida, Louisiana und Texas, auf den Bahamas. Er soll fünfzig Tonnen auf einmal transportieren…«

»Fünfzig *Tonnen?*«

»Yeah. Jetzt seht zu, daß ihr mich wegbringt.«

»Bleib unten, dann klappt's vielleicht«, forderte Geffar ihn auf. Im nächsten Augenblick zerfetzte ein Feuerstoß aus einem Sturmgewehr das Teerdach vor ihnen. Geffar wälzte sich auf den Bauch, zielte rasch auf die Umrisse eines Mannes auf dem benachbarten Hangar und drückte zweimal ab. Der Mann verschwand mit einem Aufschrei. Geffar wußte, daß das Mündungsfeuer ihre genaue Position verraten hatte. Sie faßte Van Nuys an den Schultern und riß ihn hoch. »Weg von hier, Max!« Als sie ihn mit sich zog, durchlöcherten weitere Schüsse das Hangardach an der Stelle, wo sie eben noch gelegen hatten.

Auf beiden Seiten ihres Hangars standen weitere Flugzeughallen, auf deren Dächern – wie auf dem Flachdach des fünfzig Meter entfernten Verwaltungsgebäudes – jetzt immer mehr Soldaten zu erkennen waren. »Wir werden umzingelt«, stellte Long fest. »Wo bleibt der verdammte Hubschrauber? Er müßte längst da sein!«

Plötzlich wurden die Hangars in gleißend helles Flutlicht getaucht. Soldaten hatten die sonst zur Vorfeldbeleuchtung dienenden Scheinwerfer eingeschaltet und so gedreht, daß sie die Hallen anstrahlten. Auf den benachbarten Hangars sahen Long und Geffar ein halbes Dutzend Soldaten, deren Zahl sich ständig vergrößerte. Und nirgends etwas, das als Deckung hätte dienen können...

»Als Retter seid ihr die reinsten Totengräber«, sagte Van Nuys und wollte aufstehen.

»Liegenbleiben!« fauchte Geffar ihn an.

Van Nuys schüttelte ihre Hand ab. »Ich behaupte, ihr hättet mich entführen wollen. Sie brauchen mich für ihr Unternehmen; sie können mich nicht einfach umlegen...« Er sprang auf, hob beide Arme und drehte sich einmal um die eigene Achse, um zu zeigen, daß er nichts zu verbergen hatte.

»Ich bin's, Van Nuys, Coronel Salazars Assistent! Sie haben versucht, mich zu entführen...«

Ein Schuß fiel. Van Nuys griff sich an die linke Schulter und klappte zusammen. Geffar kroch zu ihm hinüber. »Ich hab' dir gesagt, daß du unten bleiben sollst, Idiot!« Sie sah Long an. »Ich glaube, ich höre die Huey kommen.«

»Richtig!« Er zeigte ihr, was er in der rechten Hand hatte: einen schwarzen Behälter in der Größe einer Getränkedose mit einem Abreißzünder im rechteckigem Deckel. Einen zweiten Behälter hielt er in der linken Hand. »Kann's losgehen?«

Auch Geffar hatte zwei dieser Behälter aus ihrer Gürteltasche geholt. »Warte, bis der Hubschrauber näher heran ist.«

Das dauerte nicht lange. Schon wenige Sekunden später war das laute Knattern der Rotorblätter deutlich zu hören. Einige Soldaten begannen den Aufstieg zu dem Dach, auf dem Geffar und die anderen festsaßen, aber die meisten warteten wie gelähmt auf weitere Befehle. Dann war der Hubschrauber heran, fegte in kaum drei Meter Höhe über die Hangardächer und trieb die Soldaten auseinander.

»Jetzt!« rief Geffar. Sie warfen zwei Behälter auf die benachbarten Hangardächer und bedeckten ihre Köpfe sofort mit den Armen. Die Druckwelle der Blend- und Schockgranaten traf ihre Gesichter und saugte ihnen die Luft aus den Lungen.

»Auf!« befahl Geffar. Van Nuys, der offensichtlich Schmerzen hatte, wälzte sich desorientiert übers Dach. Auch Salman war sichtlich benommen, aber stark genug, um sich rasch aufzurappeln und zu helfen, Van Nuys in die Dachmitte zu schleifen. Auf den anderen Dächern sah Geffar noch einige stehende Soldaten, die sich jedoch alle krampfhaft die Ohren zuhielten. Im Freien verpuffte die Wirkung der Blend- und Schockgranaten etwas, aber da die Soldaten auf kleinstem Raum beisammen gestanden hatten, war ihre Wirkung trotzdem verheerend gewesen.

Der Hubschrauber donnerte im Tiefflug übers Vorfeld, wendete und kam zu den Hangars zurück. Als Long und Geffar von unten Schüsse hörten, warfen sie noch zwei Handgranaten über die Dachkante, während die grün-blaue UH-1 Huy so tief anschwebte, daß ihre Kufen fast das Teerdach streiften. An den offenen Kabinentüren stehende Hammerheads schossen über die Soldaten auf den Dächern hinweg, um sie niederzuhalten. Keine halbe Minute später waren alle an Bord, und der Hubschrauber verließ mit Höchstgeschwindigkeit den Bereich des kleinen Flughafens...

»Alles okay?« rief Masters laut nach hinten. »Keiner verletzt?«

»Van Nuys hat's an der Schulter erwischt«, antwortete Geffar. Der Copilot warf ihr den Erste-Hilfe-Kasten zu, und sie riß sein Hemd auf, um die Wunde versorgen zu können. Max, der Drogenschmuggler, durfte nicht verbluten, bevor die Gerichte sich mit ihm befassen konnten.

»Schlimm?« fragte Van Nuys, der sich wieder erholt zu haben schien.

»Du wirst's überleben«, antwortete sie.

»Jemand hat uns rausgeholt?«

»Wir haben's geschafft – *trotz* deiner Hilfe, Dreckskerl«, sagte Geffar und zog den Verband absichtlich fester. »Deinetwegen hätten sie uns fast erledigt. Und jetzt hör zu! Du beantwortest meine Fragen, sonst bringen wir dich nach Ciudad del Carmen zurück, damit dein Kumpel Salazar dich in die Mangel nehmen kann. Erzähl mir von diesem geplanten Drogentransport...«

Carmen del Sol Airlines, Flughafen Ciudad del Carmen

Agusto Salazars Gesicht war zornrot, während er den Chef des Sicherheitsdienstes, Capitán Garza, Major Trujillos Stellvertreter, den Schichtleiter und die drei für die Bewachung des Flughafens verantwortlichen Zugführer in seinem Büro anbrüllte. »Drei Unbekannte, darunter eine *Frau*, gelangen unerkannt in meinen Stützpunkt und entführen Van Nuys vor eurer Nase?«

»Das ist ein gut geplantes Kommandounternehmen gewesen, Coronel«, versuchte der Schichtleiter einzuwenden. »Sie haben Maschinenwaffen und Schockgranaten eingesetzt. Dagegen konnten wir uns nicht...«

»Spart euch die Ausreden! Verschwindet!« Der Schichtleiter und die drei Zugführer hasteten aufatmend hinaus.

»Ich habe eine großangelegte Suchaktion eingeleitet, Coronel«, meldete der Chef des Sicherheitsdienstes. »Miliz, Polizei und Zollbehörde sind verständigt. Wir haben sechs Hubschrauber im Einsatz: fünf haben die Verfolgung aufgenommen, und der sechste steht für den Fall, daß die Flüchtigen gefaßt werden, für Sie bereit.«

»Ich warne Sie, Capitán«, sagte Salazar mühsam beherrscht, »wenn sie nicht binnen einer Stunde gefaßt werden... Was in Verrettes passiert ist, war noch entschuldbar, weil niemand mit einem Luftangriff rechnen konnte – aber nicht einmal drei Personen aufhalten können? Los, raus mit Ihnen, und kommen Sie nicht zurück, bevor Sie die Eindringlinge aufgespürt haben!« Auch der Chef des Sicherheitsdienstes zog sich eilig zurück.

Capitán Garza, Major Trujillos Stellvertreter, machte ein sorgenvolles Gesicht. »Van Nuys' Verschwinden gefährdet unser ganzes Unternehmen, Coronel.«

»Das weiß ich auch, Garza. Ist das alles, was Ihnen dazu einfällt?«

»Señor Gachez und Major Trujillo in Kolumbien müssen sofort benachrichtigt werden, Coronel. Sollte Van Nuys von DEA-Agenten oder der Border Security Force entführt worden sein, ist die gesamte Lieferung gefährdet. Wir müssen davon ausgehen, daß unsere Routen, unsere Verbindungsleute, unser Verteilernetz... daß *alles* verraten ist!«

»Auch *das* ist mir klar. Aber Gachez darf nichts davon erfahren.«

»Er soll nichts erfahren? Aber dann läuft er Gefahr, seine gesamte Ware zu verlieren...«

»Garza, seine Ware ist mir scheißegal! Mir geht's darum, eine Möglichkeit zu finden, die eineinhalb *Milliarden* Dollar zu retten, die uns dieser Auftrag bringen soll.«

Garza starrte seinen Vorgesetzten an. »Aber... aber wie wollen Sie das anstellen? Wir *müssen* damit rechnen, daß Van Nuys früher oder später auspackt, falls er noch lebt...«

Salazar ignorierte ihn und sprach weiter, als rede er mit sich selbst.

»Sollte Gachez erfahren, daß Van Nuys entführt worden ist, nimmt er sein Kokain und verschwindet im Dschungel. Wenn wir's ihm aber nicht erzählen und das Unternehmen weiterlaufen lassen, werden in der Minute, in der unsere Flugzeuge Valdivia verlassen, sechshundertfünfzig Millionen Dollar auf unsere Konten in Europa und der Karibik überwiesen – *zusätzlich* zu den hundert Millionen Dollar, die wir bereits haben.

Sollte die Lieferung unterwegs abgefangen werden, gehört das Geld trotzdem uns. Und wir wissen nicht bestimmt, ob Van Nuys unseren Plan verraten wird... vielleicht erst so spät, daß die Hammerheads uns nicht mehr aufhalten können. Das würde bedeuten, daß wir an jedem Kilo Kokain, das dann ausgeliefert wird, über zwanzigtausend Dollar verdienen. Wir müssen dichthalten, bis unsere Flugzeuge beladen und in Valdivia gestartet sind«, sagte Salazar wieder lächelnd. »Selbst wenn wir alle Maschinen und jedes Gramm Kokain verlieren, ist eine Dreiviertelmilliarde Dollar nicht schlecht...«

»Aber... was ist mit unseren Piloten? Was ist mit Major Trujillo? Wir wissen, daß die Border Security Force Jagd auf sie macht; wir sind moralisch verpflichtet, unsere Besatzungen zu warnen!«

»Garza, Sie sind ein guter Offizier – aber überlegen Sie doch mal: Wenn wir versuchen, unsere Leute zu benachrichtigen, würde Gachez die Nachricht abfangen. Das wäre zu riskant. Wir können sie warnen, sobald sie Kolumbien verlassen und wir das Geld sicher auf unseren Bankkonten haben.«

»Hören Sie, Coronel... das dort draußen sind Ihre Leute! Das sind Ihre Cuchillos, die Ihnen vertrauen...«

»Und sie werden *nicht* im Stich gelassen, Capitán«, stellte Salazar fest. Er kehrte hinter seinen Schreibtisch zurück und ließ sich in den Ledersessel fallen – wie ein Mann, der mit sich und der Welt zufrieden ist. »Sie sind tapfere Männer, bewährte Kämpfer, die sich der Risiken bewußt sind. Natürlich müssen wir annehmen, daß Van Nuys bei den Hammerheads auspackt, aber wir wissen es nicht *bestimmt* – vielleicht hat Gachez ihn mehr in der Hand, als wir uns vorstellen können. Wir dürfen das Unternehmen nicht abblasen, nur weil wir *denken*, er könnte es verraten.«

Garza wirkte nicht überzeugt.

»Jedenfalls sind die Hammerheads noch immer schwach und desorganisiert. Möglicherweise sind sie nicht imstande, die Cuchillos aufzuhalten, selbst wenn sie die nötigen Informationen besitzen. Die Cuchillos wissen genau, was sie zu tun haben, falls sie abgefangen werden sollten. Wir lassen sie keineswegs im

Stich, Garza. Ich vertraue darauf, daß unsere Piloten es schaffen werden, zumindest … zumindest einen Teil ihres Auftrags zu erfüllen.«

Salazar beugte sich vor und fixierte seinen Untergebenen mit starrem Blick.

»Sie sind mir dafür verantwortlich, daß unsere Männer Anweisung erhalten, den nächtlichen Vorfall mit keinem Wort zu erwähnen. Die Nachricht darf unter keinen Umständen über Funk verbreitet werden. Für den Fall, daß das Unternehmen verraten worden ist, arbeiten Sie Alternativflugstrecken aus. Aber vor allem sorgen Sie gemeinsam mit dem Chef des Sicherheitsdienstes dafür, daß kein Außenstehender von der Sache erfährt. Wir können auch von dieser Katastrophe noch profitieren, Garza – aber nur, wenn Gachez nicht mitbekommt, daß Van Nuys verschwunden ist!«

Zehntes Kapitel

Weißes Haus, Oval Office, Washington, D. C.
Am nächsten Morgen

Vizepräsident Martindale begrüßte Dr. Lidia Pereira, die mexikanische Botschafterin, an der Tür des Oval Office und geleitete sie hinein. Der Präsident, Außenminister Conrad Chapman, Stabschef Pledgeman und NSC-Vorsitzender Curtis standen auf, als die junge Diplomatin den Raum betrat.

»Wie geht's Ihnen, Mr. President?« Pereira brauchte keinen Dolmetscher; sie sprach akzentfreies Englisch.

»Danke, sehr gut, Dr. Pereira.« Nachdem der Präsident sie anfangs unterschätzt hatte, kannte er sie jetzt als kluge, temperamentvolle Frau – eine Persönlichkeit, mit der man rechnen mußte.

Genau deshalb war sie an diesem Morgen ins Weiße Haus gebeten worden. Da Pereira in Mexiko und den Vereinigten Staaten beträchtlichen Einfluß hatte, kam es darauf an, sie frühzeitig für den amerikanischen Plan zu gewinnen.

Die Handbewegung des Präsidenten umfaßte seine strategisch im Oval Office verteilten Berater. »Soviel ich weiß, kennen Sie diese Gentlemen bereits«, sagte er und stellte sie trotzdem noch einmal vor. »Dr. Pereira«, fuhr er dann fort, »wir haben ein drängendes Problem zu besprechen, fürchte ich.« Er nickte Vizepräsident Martindale zu.

»Madam Ambassador, die United States Border Security Force hat aus sicherer Quelle erfahren, daß ein ehemaliger kubanischer Offizier in Ciudad del Carmen einen wichtigen Drogenschmugglerring betreibt«, begann Martindale. »Ein Informant, der einem kolumbianischen Drogenkartell angehört, hat uns gewarnt, daß in den nächsten Tagen große Mengen Kokain auf dem Luftweg über Mexiko in die Vereinigten Staaten transportiert werden sollen. Wie Sie sicher wissen, hat der Drogenschmuggel über Mexiko in den vergangenen Jahren stark zugenommen. Obwohl die Karibikroute nach wie vor am wichtigsten ist, gelangen heute nach unserer Schätzung dreißig bis vierzig Prozent aller illegalen Drogen über Mexiko in unser Land.«

»Natürlich weiß ich das«, antwortete Pereira. »Die Erklärung dafür liegt auf der Hand. Wir besitzen keine engmaschige Luftraumüberwachung und Polizeiorganisation wie Sie – bei uns auf dem Land tritt die Polizei nur sporadisch in Erscheinung. Und wir sind uns darüber im klaren, daß einige unserer Beamten der Versuchung erliegen, sich von den Drogenkartellen dafür bezahlen zu lassen, daß sie schweigen oder wegsehen. Das ist übrigens kein ausschließlich mexikanisches Problem. Aber ich versichere Ihnen, daß wir unsere Grenze zu den Vereinigten Staaten so strikt überwachen, wie das materiell und personell möglich ist.«

»Das weiß ich, Madam Ambassador«, sagte Martindale. »Aber die Erfahrung zeigt, daß außer verstärkten Aufklärungs- und Therapieprogrammen auch die Bekämpfung des Drogenschmuggels eine sehr wichtige Rolle spielt. Vor allem unsere Border Security Force ist auf Zusammenarbeit mit unseren Nachbarn angewiesen, um Schmuggler zu stoppen, bevor sie unsere Grenzen überschreiten können ... Wir brauchen Ihre Unterstützung für ein spezielles Programm, das mit Zustimmung Ihrer Regierung sofort verwirklicht werden sollte.«

»Darüber habe ich nach Ihrem Anruf von heute morgen mit meinem Stab gesprochen«, antwortete die Botschafterin. »Sie wünschen vermutlich eine generelle Einflugerlaubnis für Maschinen Ihrer Border Security Force, nicht wahr?«

»Ja. Unser Vorschlag ist ganz einfach: Gestatten Sie Flugzeugen der Border Security Force mit mexikanischen Polizeibeamten an Bord, bei der Verfolgung von Drogenschmugglern Ihre Grenze zu überfliegen. Dieses Verfahren hat sich in Zusammenarbeit mit einer ganzen Anzahl karibischer und mittelamerikanischer Staaten hervorragend bewährt. Als Gegenleistung für die erhöhte Sicherheit, die verstärkte Patrouillen in anderen Staaten uns bringen, stellen wir Flugzeuge und Berater, Ausbildung und finanzielle Unterstützung zur Verfügung. Wir mischen uns *nicht* in Fragen der Rechtsprechung und des Strafvollzugs ein, die uns nichts angehen.

Mexiko hat sich sehr kooperativ gezeigt und unsere Aufklärungs- und Überwachungsmaßnahmen zur Bekämpfung des Drogenschmuggels weitgehend unterstützt, aber der bisherige Umfang dieser Zusammenarbeit reicht nicht aus. Mexiko bleibt leider ein sicherer Zufluchtsort für Drogenschmuggler...«

»Das ist eine unfaire und übertriebene Darstellung!«

»Unsere Flugzeuge dürfen die mexikanische Grenze nur mit vorheriger Genehmigung überfliegen«, stellte Martindale fest, ohne auf ihren Einwand zu reagieren. »Das Genehmigungsverfahren ist sehr umständlich und zeitraubend, was Drogenschmuggler nur allzu leicht zu ihrem Vorteil nützen können. Mexiko spielt gegenwärtig eine Schlüsselrolle bei unseren Bemühungen, den Drogenschmuggel in die Vereinigten Staaten zu unterbinden... Wollen Sie uns dabei helfen, Dr. Pereira?«

»Mexiko hat bereits ein Programm dieser Art verwirklicht. Wir unterstützen die Arbeit von Agenten der Drug Enforcement Administration in großem Umfang und kooperieren mit dem Customs Service, der Coast Guard, der Border Patrol *und* örtlichen Polizeidienststellen.«

»Ganz recht, Dr. Pereira, aber die Lage ist folgende: Aus Mexiko kommende unidentifizierte Maschinen wissen, daß Flugzeuge der Border Security Force die Grenze nicht überfliegen dürfen – und sie wissen, daß sie einfach nach Mexiko zurückfliegen können, falls sie von uns entdeckt werden. Ein Pilot, der in Grenznähe Drogenladungen abwirft, kann damit rechnen, nicht abgefangen zu werden. Falls er entdeckt wird, fliegt er einfach nach Süden, um sich in Sicherheit zu bringen, landet, um zu tanken, und versucht's später noch mal. Wirft er seine Ladung auf der mexikanischen Seite der Grenze ab, kann sie von dort aus ohne großes Risiko zu Fuß oder mit Geländewagen nach Norden weiter transportiert werden...«

»Das scheint mir alles stark übertrieben zu sein«, sagte die Botschafterin nachdrücklich. »Die zuständigen mexikanischen Behörden arbeiten sehr gut mit dem U. S. Customs Service zusammen, und wir überwachen die Grenze so gut wie irgend möglich. Unsere Drogenfahnder gehören zu den am besten ausgebildeten und ausgerüsteten Einheiten Mexikos. Ich bin mir darüber im klaren, daß sie vielleicht nicht den Standard der Hammerheads erreichen...« Sie machte eine Pause und lächelte leicht ironisch, »...aber meine Regierung ist davon überzeugt, daß unsere Maßnahmen der Wichtigkeit des Drogenproblems entsprechen... für das *mexikanische* Volk.«

»Das gestehe ich Ihnen zu«, antwortete Martindale. »Wäre die Nachfrage nach Drogen hierzulande nicht so hoch, gäbe es keinen Drogenschmuggel. Trotzdem steht fest, daß es auch bei Ihnen ein Drogenproblem gibt. Und Mexiko ist zu einem Hauptumschlagplatz für Drogen geworden. Wir haben die Mittel, um den Zustrom von dort drastisch zu verringern, aber dazu brauchen wir Ihre Hilfe...«

»Was schlagen Sie also vor?«

Jetzt war die Reihe an Pledgeman, der blaue Plastikschnellhefter mit Unterlagen verteilte. »Die komplette Ausarbeitung finden Sie in diesem Ordner, Dr. Pereira, aber ich darf kurz zusammenfassen: Sie stellen unserer Border Security Force ein Kontingent von hundert Polizeibeamten zur Verfügung. Diese Beamten werden auf amerikanischen Stützpunkten entlang der gemeinsamen Grenze stationiert. Jeweils zwei bis vier von ihnen begleiten jeden Einsatz gegen Schmugglerflugzeuge. Unsere Maschinen erhalten Überflug- und Landerechte in ganz Mexiko. Befindet das verdächtige Flugzeug sich in Mexiko, sind Ihre Beamten für die mutmaßlichen Täter und das Beweismaterial zuständig; befindet es sich in den Vereinigten Staaten, behalten wir die Zuständigkeit. Die Piloten der Border Security Force bleiben voll und ganz für ihre Flugzeuge verantwortlich. Außerdem bitten wir um unbegrenzte Überflug- und Landerechte für unbemannte Aufklärungs- und Überwachungsfluggeräte.«

»Wie steht's mit Waffen?« fragte Pereira. »Fangen Sie etwa an, mexikanische Bürger abzuknallen?«

»Wie bei unseren gemeinsamen Einsätzen in der Karibik ist Waffengebrauch auf fremdem Boden untersagt – außer natürlich zur Selbstverteidigung. Dazu kann auch der Einsatz von Luft-Luft- oder Luft-Boden-Lenkwaffen durch unsere Flugzeuge gehören. Ihre Besatzungen können bei Festnahmen und Häftlingstransporten behilflich sein – jedoch nur auf Anforderung des verantwortlichen mexikanischen Polizeibeamten. Der Überflug mexikanischen Gebiets durch bewaffnete unbemannte Flugkörper bleibt aus Sicherheitsgründen verboten.«

Die junge Diplomatin sah zu General Wilbur Curtis. »Und was ist mit Ihrem Heer und Ihrer Luftwaffe?«

»Dieser Plan betrifft ausschließlich Einsätze von Border Security Force und Customs Service«, antwortete der Sicherheitsberater des Präsidenten. »Militärflugzeuge dürfen auch in Zukunft nur mit ausdrücklicher Erlaubnis nach Mexiko einfliegen. Alle sonstigen Flüge sind in Übereinstimmung mit nationalen und internationalen Bestimmungen durchzuführen.«

Dr. Pereira musterte ihn skeptisch. »Aber die Border Security Force ist Teil des Militärs, nicht wahr?«

»Die Border Security Force ist eine unabhängige Organisation«, sagte der Vizepräsident, »und wird es durch eine Entschließung des Kongresses auch bald offiziell werden. Unser Plan sieht vor, daß nur ganz bestimmte Flugzeuge die Grenze ohne Sondergenehmigung überfliegen dürfen – und auch das nur mit mexikanischen Polizeibeamten an Bord.«

»Welche Vorteile hätte Mexiko von der Verwirklichung dieses Plans? Er gibt Ihrer Border Security Force große Rechte im souveränen mexikanischen Luftraum, aber woraus besteht Ihre Gegenleistung?«

»Wir stärken und modernisieren Ihre Grenztruppen«, sagte der Vizepräsident. »Wir liefern Überwachungsflugzeuge, Hubschrauber, Radarstationen, Ersatzteile und Treibstoff – insgesamt ein Paket, das weit über hundert Millionen Dollar pro Jahr wert ist. Darüber hinaus sind amerikanische Firmen daran interessiert, Mexiko bei der Modernisierung seiner kleinen Häfen und Flugplätze zu helfen. Hauptsächlich geht es uns um engere Zusammenarbeit zwischen unseren Ländern, die sich bestimmt auch auf andere Gebiete auswirken wird: Einwanderung, Landwirtschaft, Arbeitsmarkt, Industrialisierung...«

Pereira stand auf, griff nach ihrem blauen Schnellhefter und klemmte ihn sich unter den Arm. »Ich glaube, daß wir beide über vieles nachzudenken haben, daher möchte ich mich jetzt entschuldigen. Ich freue mich schon jetzt auf unser nächstes Gespräch.« Sie lächelte ihr entwaffnendes strahlendes Lächeln.

Auch der Vizepräsident stand rasch auf. »Dr. Pereira, die Sache duldet keinen Aufschub. Wir haben erfahren, daß in diesem Augenblick ein großes Schmuggelunternehmen im Gange ist. Die Border Security Force braucht sofort die Genehmigung für Einsatzflüge entlang der mexikanischen Grenze und zur Verfolgung verdächtiger Flugzeuge über die Grenze hinweg. Wir wissen, daß Ihr Präsident solche Einsätze per Dekret für dreißig Tage genehmigen könnte...«

Martindale deutete auf das Telefon auf dem Couchtisch vor dem Sofa, auf dem die Botschafterin gesessen hatte.

»Die Verbindung nach Mexiko City steht schon, und wir haben um ein Gespräch mit dem Präsidenten gebeten. Er hat uns zugesichert, auf unseren Anruf zu warten. Ich bin sicher, daß er unserem Vorschlag zustimmen wird, wenn Sie ihm die Annahme empfehlen.«

»So werden Verhandlungen normalerweise nicht geführt.« Die Botschafterin sah den Präsidenten an, bevor sie sich wieder an Martindale wandte. »Gestatten Sie mir, diese Unterlagen meiner Regierung zu übermitteln. Ein Kurier kann sie dem Präsidenten bis morgen vorlegen. Gleichzeitig erhält er eine Zusammenfassung – und meine Anmerkungen und Empfehlungen.«

»Dann kann's schon zu spät sein, Dr. Pereira«, sagte Martindale drängend. »Wir müssen unsere Flugzeuge losschicken, das Schmuggelunternehmen ist schon im Gange!«

»Tut mir leid, das kann ich nicht ändern. Mr. Martindale, Ihr Vorschlag muß auf dem Dienstweg weitergeleitet werden. Ich erwarte, daß Sie das verstehen.«

»Madam Ambassador, diese Sache ist ungemein wichtig«, warf der Präsident ein. »Ich verstehe Ihr Beharren auf protokollarischen Gepflogenheiten, aber Sie verstehen bestimmt auch, daß wir handeln *müssen*. Wir haben schon früher telefonische Bitten in Mexiko City vorgetragen...«

»Mr. President, die Anfrage der U. S. Coast Guard, ob ein mexikanischer Trampfrachter durchsucht werden darf, ist eine Sache«, sagte Dr. Pereira scharf, »aber ein Überflug mexikanischen Gebiets durch bewaffnete amerikanische Maschinen ist etwas ganz anderes! Diese Entscheidung darf nicht übers Knie gebrochen werden. Der Präsident muß ausführlich unterrichtet werden, Innen-, Justiz- und Verteidigungsminister sollten zugestimmt haben, auch die Opposition müßte einverstanden sein, bevor...«

»Unsere Überwachungsflugzeuge patrouillieren bereits vor beiden Küsten Mexikos«, stellte der Vizepräsident fest. »Wir brauchen die Überfluggenehmigung, um die Schmuggler abfangen zu können.«

»Sie haben Ihre Flugzeuge schon vor unseren Küsten stationiert? *Kampfflugzeuge?* Wie konnten Sie das nur anordnen, Mr. Martindale?«

»Bei den Maschinen handelt es sich um Überwachungsflugzeuge E-2C und P-3B der Border Security Force«, sagte Martindale besänftigend. »*Nicht* um Kampfflugzeuge. Sie patrouillieren außerhalb des mexikanischen Luftraums und weit von internationalen Luftstraßen entfernt über dem Golf und vor der Pazifikküste.«

»Davon sind wir nicht offiziell benachrichtigt worden. Das ist jedenfalls verdammt irregulär!«

»Die Flugzeuge befinden sich in internationalem Luftraum, Dr. Pereira«, stellte der Präsident fest. »Folglich ist keine Benachrichtigung erforderlich gewesen.«

»Entschuldigen Sie, Mr. President, aber darum geht's hier nicht. Vor Beginn eines Unternehmens dieser Art sollte Mexiko selbstverständlich informiert werden und sich dazu äußern können. Der Start von Spionageflugzeugen, die mein Land aushorchen, die Bereitstellung von Maschinen, um aus dem mexikanischen Luftraum kommende Flugzeuge abzufangen, nicht bekanntgegebene Radaraufklärung über unsere Grenzen hinweg... so handelt kein guter Nachbar! Spionageflüge vor Kuba, China oder Rußland erfordern keine Benachrichtigung – aber wollen Sie Mexiko etwa mit diesen Staaten gleichsetzen?«

»Wir konsultieren Sie jetzt, Dr. Pereira«, sagte der Präsident gereizt, »und *bitten* Sie um Ihre Unterstützung. Trotzdem sind wir entschlossen, alles zu tun, was uns im Interesse unserer Sicherheit notwendig erscheint. Was unsere Flugzeuge im internationalen Luftraum tun, ist ausschließlich unsere Angelegenheit. Und was unsere Radarüberwachung über Ihre Grenzen hinweg betrifft… nun, dagegen konnte sich bisher kein Staat erfolgreich verwahren, fürchte ich. Wir würden dieses Unternehmen lieber in Zusammenarbeit mit Ihrer Regierung durchführen, aber wir sind durchaus imstande, allein weiterzumachen.«

Der Präsident machte eine Pause und wartete auf eine Antwort. Als Dr. Pereira schwieg, fuhr er fort: »Unser Unternehmen muß sofort anlaufen. Tut mir leid, aber wir können nicht warten, bis Sie unseren Vorschlag weitergeleitet haben. Deshalb werden wir uns auch ohne Ihre Fürsprache direkt an Ihren Präsidenten wenden.«

»Wir lassen uns nicht überfahren, Sir!« protestierte die Botschafterin. Ihre dunklen Augen blitzten. »Unser Präsident wird mich in dieser Angelegenheit konsultieren, und ich werde ihm dringend raten, die von Ihnen überreichten Unterlagen *sorgfältig* zu studieren.«

Der Präsident stand auf und stützte die gespreizten Finger seiner Hände auf die Schreibtischplatte. »Dann haben wir offenbar nichts weiter zu besprechen.«

»Andererseits«, warf Vizepräsident Martindale ein, »sehen wir uns wegen der von Mexiko verweigerten Zusammenarbeit natürlich gezwungen, der Weltöffentlichkeit den Grund für die verstärkte Überwachung dieses Gebiets zu erklären. Dazu gehört die Tatsache, daß ein international berüchtigter Drogenschmuggler nicht nur illegal nach Mexiko eingereist ist, sondern dort auch Geschäfte macht, die er mit Gewinnen aus dem Drogenschmuggel finanziert und bei denen er unter dem Schutz der mexikanischen Regierung steht…«

»Das ist eine *Lüge!*«

Der Vizepräsident ignorierte ihren Verstoß gegen diplomatische Gepflogenheiten; er begrüßte ihn geradezu... »Und er hat offenbar Regierungsbeamte im ganzen Land bestochen, um beliebig oft mit illegalen Drogen, hohen Devisenbeträgen und ausländischen Verbrechern ein- und ausreisen zu können. Ich kann Ihnen sagen, daß die mexikanische Luftwaffe sogar Jagdflugzeuge bei ihm warten läßt. Er nutzt seine Beziehungen zu höchsten Regierungskreisen nicht nur, um Treibstoff, Ersatzteile und Waffen für Drogentransporte zu kaufen, sondern läßt die Transporte sogar von diesen Jägern begleiten – alles mit freundlicher Erlaubnis der mexikanischen Regierung...«

»Sie würden tatsächlich Lügen verbreiten, um sich unsere Unterstützung zu sichern, Mr. President?«

»Er sagt die Wahrheit, Madam Ambassador.«

»Einer von Gonzales Gachez' Leuten, ein Amerikaner, gegen den hier Haftbefehl wegen Drogenschmuggels und Bildung einer kriminellen Vereinigung besteht, ist vor kurzem in Ciudad del Carmen gefaßt worden«, fuhr der Vizepräsident fort. Die Botschafterin wollte auch dagegen protestieren, aber Martindale ließ sie nicht zu Wort kommen. »Er hat sein Wissen preisgegeben, um sich als Kronzeuge einen Strafnachlaß und Schutz vor seinen früheren Komplizen zu sichern. Von ihm wissen wir alles über Coronel Agusto Salazar und seine Organisation in Mexiko, die er nach seiner Flucht aus Haiti aufgebaut hat. Als Außenminister Chapman sich mit der Bitte um Unterstützung bei der Festnahme Salazars in Ciudad del Carmen an Ihr Außenministerium gewandt hat, ist ihm mitgeteilt worden, *als Chef eines Unternehmens im Dienste der Landesverteidigung* stehe Salazar unter staatlichem Schutz!«

»Ich wiederhole meine Frage, Dr. Pereira«, sagte der Präsident. »Wollen Sie uns helfen?«

Die junge Botschafterin zögerte noch. Dann holte sie tief Luft, nickte langsam und ging zu dem Sofa zurück, vor dem das Telefon stand...

Über der Turks Island Passage, Westindien

Am selben Abend

»Nassau Flight Following, Nassau Flight Following, hier Carmen del Sol Flight Seven-Seven Victor über Meldepunkt CABAL, Alpha acht-sechs, um null-vier-eins-eins Zulu, halten eins-neun-tausend Fuß, erreichen Meldepunkt CROOK voraussichtlich um nullfünf-zwo-zwo Zulu. Wettermeldung folgt: IMC über und unter uns, Außentemperatur vier Grad Celsius, Wind aus Nord mit dreißig Knoten, in Böen bis fünfzig Knoten, gelegentlich leichte bis mäßige Turbulenz. Kommen.«

Nachdem der Pilot seine bei Überwasserflügen vorgeschriebene Meldung abgesetzt hatte, pfiff und rauschte es auf dem Kurzwellenband, bis eine Stimme mit deutlich britischem Akzent antwortete: »Carmen del Sol Flight Seven-Seven Victor, hier Nassau Flight Following, verstanden. Ich höre Sie weiterhin nur drei. Rufen Sie Nassau Center am Meldepunkt CROOK auf eins-zwo-vier-komma-sieben. Guten Flug!« Die Stimme ging fast in den atmosphärischen Störungen auf dem Kurzwellenband unter.

»Verstanden, Nassau. Vielen Dank. Ende.« Der Pilot hängte sein Mikrofon in die Halterung zurück – vermutlich zum letzten Mal auf diesem Flug. Diesmal ging es ums Ganze. Sie hatten tausend Kilogramm Kokain für die Turks and Caicos Islands – eine kleine Inselgruppe nördlich von Haiti und westlich der Bahamas – an Bord. Ihr Flugzeug, eine einmotorige Cessna Caravan, flog nicht wie gemeldet in neunzehntausend Fuß, sondern befand sich seit einer halben Stunde in nur fünfhundert Fuß über dem Meer. Das war auch der Grund für die schlechte Verständigung: Ihre Kurzwellenantenne unter dem Flugzeugrumpf strahlte den größten Teil der Sendeenergie ins Wasser ab.

Die Piloten hatten von Anfang an gewußt, daß dies ein verdammt schwerer Flug werden würde. Beide hatten in den letzten vierundzwanzig Stunden kaum geschlafen – und noch mindestens sechs Stunden Flug vor sich. Der Autopilot ihrer Caravan funktionierte nicht, so daß sie die Maschine selbst fliegen mußten, was bei böigem Wind und starker Turbulenz als Folge verbreiteter Gewittertätigkeit in der Karibik einem Wirklichkeit gewordenen Alptraum glich.

Wie im Flugplan angegeben, waren sie in Uribia, Kolumbien, gestartet und würden nach dem Flug übers Karibische Meer die Windward Passage zwischen Haiti und Kuba passieren, um Nassau auf den Bahamas anzusteuern. Aber anstatt direkt nach Nassau zu fliegen, würden sie das Überwachungsradar auf Caicos Island unterfliegen und zweimal je zweihundertfünfzig Kilogramm Kokain vor den winzigen Inseln südlich von East Caicos Point abwerfen. Dann würden sie nach Norden weiterfliegen, nochmals zweihundertfünfzig Kilogramm vor Mayaguana Island abwerfen, danach auf Westkurs gehen und ihre flugplanmäßige Strecke bei Crooked Island wieder erreichen.

Nachdem sie siebenhundertfünfzig Kilogramm abgeworfen hatten, würden sie wegen eines angeblichen Motorschadens nach Arthurs Town auf der Bahama-Insel Cat Island ausweichen und auf einem bestimmten Straßenstück nördlich der Stadt landen. Dort wartete dann eine Gruppe von sechs schwerbewaffneten Männern, die das Landegebiet sichern, die Maschine in Empfang nehmen, die letzten zweihundertfünfzig Kilogramm Kokain und die zusätzlichen Treibstoffbehälter ausladen würden, bevor sie den Laderaum schrubbten, ihn mit dem für Menschen geruchlosen Rinderhormon Phrenopheron aussprühten, das den Geruchssinn von Spürhunden lähmte, und ein paar Säcke mit kolumbianischen Kaffeebohnen und einige »Passagiere« an Bord schafften. Danach würden sie das zuständige Zollamt benachrichtigen, falls seine Beamten nicht schon am Landeort erschienen waren, damit es die »notgelandete« Maschine inspizieren ließ – insgesamt eine Angelegenheit von wenigen Minuten.

So sah es der Plan vor... Aber während der Pilot der Caravan, die nur wenige Sekunden über dem Karibischen Meer von Böen durchgerüttelt wurde, seine Kräfte so schnell wie ihren kostbaren Treibstoff dahinschwinden fühlte, befielen ihn immer größere Zweifel an der Durchführbarkeit dieses ehrgeizigen Plans. Und er kämpfte gegen den Schlaf an, während er auf seinen Radarhöhenmesser starrte und die Fluglage der Maschine kontrollierte.

Nach dem anstrengenden Elfstundenflug von Mexiko nach Kolumbien hatte er nur fünf Stunden lang geschlafen, bevor sie nach dem Abendessen wieder losgeflogen waren. Der kurze Zweistundenflug von Valdivia nach Uribia im Norden Kolumbiens, wo sie nochmals getankt hatten, war dagegen eine Kleinigkeit gewesen: Aus irgendeinem Grund war er hellwach und wachsam wie ein Panther gewesen – und hatte geglaubt, dieser Zustand werde anhalten. Fehlanzeige. Als sie nach drei Stunden Flug kurz vor Haiti waren, spürte er heiße und kalte Schauer über seinen vor Erschöpfung zitternden Körper laufen. Er konnte nicht einschlafen, aber er konnte auch nicht wach bleiben.

Jetzt hatte er das Gefühl, kurz davor zu sein, in ein tiefes schwarzes Loch zu fallen, obwohl er sämtliche bewährten Mittel anwandte, um sich wachzuhalten. Der alte Jagdfliegertrick, sich mit der Zunge am Gaumen zu kitzeln, funktionierte nicht mehr. Die Heizung war längst abgestellt. Über Nacken und Rücken geschüttetes kaltes Wasser schien nicht mehr zu helfen. »Übernimm mal für mich, Jorge«, forderte er seinen Copiloten auf. Der Angesprochene reagierte nicht gleich – offenbar war er nicht weniger erschöpft –, aber dann spürte er die Hand des Copiloten am Steuer. Der Pilot stand auf, um sich die Beine zu vertreten und sich einen Becher Kaffee zu holen.

Hinten stand die rechte Laderaumtür offen, so daß der Lärm des 400-PS-Motors der Cessna Caravan ohrenbetäubend laut war. Trotzdem schliefen die beiden Besatzungsmitglieder fest und schnarchten so laut, daß sie die Windgeräusche und den Motorenlärm noch übertönten. Als der Pilot in seinem Zorn den ersten Mann, den er erreichte, recht unsanft in die Rippen trat, kippte er wie tot zur Seite, schlug mit dem Kopf gegen einen der Glasfaserbehälter mit Kokain und schrak dann auf, als sei auf ihn geschossen worden.

»Wach auf, Dummkopf!« brüllte der Pilot ihn an. »In ein paar

Minuten werfen wir die erste Ladung ab!« Auch der zweite Mann rappelte sich nun auf, rieb sich gähnend das Gesicht und ließ seine Arme kreisen, um wieder in Schwung zu kommen. »Was, zum Teufel, ist los mit euch?«

»Entschuldigen Sie, Teniente«, sagte der erste Mann. »Bis vor ein paar Minuten hat uns nichts gefehlt. Aber jetzt... jetzt sind wir einfach weggewesen. Soll nicht wieder vorkommen.«

»Schlafen könnt ihr nach der Landung. Steckt den Kopf aus der Tür oder zwickt euch, aber pennt nicht wieder, sonst geht ihr mit der Ladung über Bord.«

»Tut mir leid, Teniente. Soll nicht wieder vorkommen. Wir sind bloß...«

»Eure Ausreden interessieren mich nicht! Setzt eure Kopfhörer auf und haltet euch bereit!«

»Sie brauchen uns nicht anzubrüllen, Teniente«, antwortete der Sergeant erregt. »Wir sind seit fast dreißig Stunden im Dienst. Wenn Sie uns gerufen hätten, hätten wir uns auch gemeldet.«

»Schnauze halten und gehorchen, verdammt noch mal!« knurrte der Pilot. »Kein Wort mehr, sonst melde ich euch beide zum Rapport.« Die beiden Männer, von denen keiner nachgeben wollte, standen einander kampfbereit gegenüber. Aber als die Maschine plötzlich schwankte und steil an Höhe verlor, stützte der Pilot sich an der Laderaumdecke ab, machte kehrt und hastete ins Cockpit zurück.

»Was ist hier los?« fragte er seinen Copiloten.

»Entschuldige«, murmelte der andere. »Ich dachte, der Autopilot sei wieder okay, und hab' ihn eingeschaltet. Wir haben fünfzig Meter Höhe verloren, aber ich habe die Maschine im Griff...«

»Den Teufel hast du!« Der Pilot ließ sich auf seinen Sitz gleiten, schnallte sich an und übernahm das Steuer. »Was geht hier vor, verdammt noch mal? Du weißt genau, daß der Autopilot schon seit Stunden nicht mehr funktioniert. Wir benehmen uns wie gottverdammte Anfänger! Juan und Manuel haben hinten gepennt, und du...«

»Ich weiß. Ich bin bloß verdammt müde, sonst nichts.«

»Heute nacht hat jeder 'ne Ausrede!«

Der Copilot ging nicht weiter darauf ein. Er beschäftigte sich damit, ihren Standort anhand der Anzeige des LORAN-Empfängers zu überprüfen. »Den ersten Abwurfpunkt müßten wir in zwölf Minuten erreichen.«

Der Pilot kontrollierte, ob sie die richtige WET-SNOW-Frequenz eingestellt hatten, und drückte dann auf den Rufknopf. Als nach fünf Sekunden keine Antwort kam, ließ er den Knopf wieder los. »Noch keine Antwort. Bist du sicher, daß unsere Position stimmt?«

»Das LORAN funktioniert einwandfrei«, antwortete der Copilot. Er wählte nacheinander mehrere ADF-Bodenstationen an und zeichnete die Standlinien in seine Karte ein.

»Na, was ist?«

Der Copilot sah kurz auf, hielt dann aber doch lieber den Mund und arbeitete weiter. »Das LORAN zeigt unseren Standort auf zwei Kilometer genau an«, meldete er wenig später. »Wahrscheinlich pennt die Bodenmannschaft.«

»Ich vermute eher, daß du den Kurs falsch berechnet hast«, knurrte der Pilot.

»Du kannst mich mal!«

»Was...?«

»Hör zu, ich arbeite mir hier den Arsch ab. Wenn ich sage, daß wir auf Kurs sind, *meine* ich's auch!«

Der Pilot streckte plötzlich die rechte Hand aus und packte seinen Copiloten an der Kehle. Der andere war viel kleiner und schwächer und einfach zu müde, um sich zu wehren. Sekunden später ließ der Pilot jedoch die Hand sinken und schüttelte verwirrt den Kopf.

»Was mach' ich bloß? Was soll der Blödsinn?« Er rieb sich die Augen, umklammerte das Steuerhorn mit beiden Händen und starrte nach vorn ins Dunkel. »Wenn ich's nicht besser wüßte, würde ich sagen, daß wir an Sauerstoffmangel leiden. Aber wir sind nur hundertfünfzig verdammte Meter hoch.«

»Ich bin völlig fertig«, sagte der Copilot. »Das sind wir alle.«

»Wir haben schon längere und schwierigere Einsätze geflogen. Wahrscheinlich sind's die Nerven.« Der Pilot schüttelte nochmals den Kopf und betätigte wieder den Rufknopf. Diesmal leuchtete sofort ein grünes Antwortsignal auf, und der WET-SNOW-Empfänger zeigte den Kurs zum Funkfeuer an. Der Pilot stellte ihn auf dem Radiokompaß ein und schaltete den Empfänger auf BETRIEBSBEREIT um. »Signal empfangen. Kurs drei-null-zwo, Entfernung fünf-eins Kilometer.«

»Verstanden«, bestätigte der Copilot. Über die Bordsprechanlage kündigte er an: »Besatzung, zehn Minuten bis zum ersten Abwurf. Behälter an der Rutsche bereithalten.« Zu seinem Piloten sagte er: »Kurs für den ersten Abwurf ist drei-fünf-null. Dieses Mal gehen fünf Behälter raus. Abwurfhöhe fünfzehn Meter bei hundertzwanzig Knoten.«

»Kurs drei-fünf-null Grad, sinke auf dreißig Meter, gehe mit der Fahrt auf hundertfünfzig Knoten runter«, antwortete der Pilot. Er kurvte langsam nach rechts ein und nahm etwas Gas weg. »Die Kursanzeige wird jede Minute korrigiert – und ab fünf Kilometer wird der Steuerkurs ständig angezeigt.«

»Verstanden«, sagte der Copilot. »Stoppuhr läuft bereits. Fahrt und Höhe sind gut. Cockpitanzeigen und Treibstoffvorrat prüfen...«

Während der Copilot die Klarliste vorlas, die vor dem Abwurf abgehakt werden mußte, atmete der Pilot auf. Endlich schien doch alles wie geplant zu klappen.

Der Pilot schaltete den WET-SNOW-Empfänger erneut ein und las nochmals Kurs und Entfernung ab. Im Gegensatz zu den mit Radar ausgerüsteten größeren Maschinen der Cuchillos verfügte er nur über eine Kursanzeige. Mit Radar und dem WET-SNOW-System arbeitende Besatzungen konnten den Abwurfpunkt bis auf wenige Meter treffen; er mußte damit zufrieden sein, ihn auf hundert oder zweihundert Meter genau zu erreichen. Er schaltete den Empfänger wieder aus.

»Wir sind auf Kurs. Windversetzung ist berücksichtigt... noch sieben Kilometer.«

An der Rutsche im Laderaum hatte die Besatzung die ersten fünf Behälter zum Abwurf bereitgestellt. Ein Fünfzigkilobehälter lag bereits auf der zur rechten Frachtluke führenden Rutsche. Die Behälter waren untereinander mit fünfundzwanzig Meter langen Nylonseilen vertäut. Bei fünfzehn Meter Abwurfhöhe und hundertzwanzig Knoten hatte die Besatzung dann gerade noch Zeit, den nächsten Behälter auf die Rutsche zu heben, bevor der vorige ihn aus der Maschine riß. So war gewährleistet, daß die Drogenladung rasch und präzise über Bord ging, ohne daß die Behälter sich über die ganze Abwurfzone verteilten.

»Noch eine Minute.«

Der Pilot nickte, schaltete seinen WET-SNOW-Empfänger ein und ließ ihn eingeschaltet. Bis zum Abwurfpunkt würde er nun ständig weitere kleine Kurskorrekturen vornehmen. Nachdem er tiefer gegangen war, bis der Radarhöhenmesser nur noch 15 Meter anzeigte, tat er sein Bestes, um hundertzwanzig Knoten Fahrt zu halten – was wegen der Böen und Turbulenzen praktisch unmöglich war. »Noch dreißig Sekunden. Laderaum klar?«

»Laderaum klar.« Der erste Behälter lag auf der Rutsche, und die beiden Männer hatten schon die Handgriffe des nächsten erfaßt, um ihn auf die Rutsche heben zu können, sobald der erste verschwunden war. Sie standen mit angespannten Muskeln an der offenen Frachtluke und starrten in die pechfinstere Nacht...

Plötzlich tauchte am Nachthimmel eine schemenhaft bedrohliche Erscheinung auf, die einem gefährlichen Insekt mit langem Stachel und gestrecktem Hinterleib glich. Im nächsten Augenblick schoß ein gleißend heller Lichtstrahl aus ihrem Bug, erfaßte die beiden Männer und blendete sie zunächst.

»Besatzung, noch zehn Sekunden...«

»Ein *Hubschrauber!*« rief einer der Männer. »Rechts neben uns ist ein Hubschrauber!«

Die beiden Piloten starrten die riesige Black Hawk an, die den Abstand jetzt weiter verringerte. Dann wurden ihre Positionslichter und die Außenbeleuchtung eingeschaltet, so daß die in schwarz-goldenen Großbuchstaben auf dem Rumpf stehende Aufschrift U. S. CUSTOMS deutlich zu lesen war. In der offenen linken Kabinentür waren zwei Uniformierte mit Helm und Schwimmweste zu sehen, die mit Sturmgewehren M-16 auf die Caravan zielten.

»Der amerikanische Zoll! Wo, zum Teufel, kommt der plötzlich her?«

»Tut nichts zur Sache. Abwurf!« sagte der Pilot über die Bordsprechanlage. »Los, *Abwurf!*«

Ohne den blendend hellen Night Sun-Scheinwerfer zu beachten, der den Laderaum bis in den letzten Winkel auszuleuchten schien, trat einer der Männer auf das Pedal, das die Arretierung löste. Der erste Behälter glitt die Rutsche hinab, zog das sorgfältig aufgeschossene Nylonseil hinter sich her und verschwand. Aber als die beiden Männer den nächsten Behälter auf die Rutsche heben wollten, eröffneten die Bewaffneten in der Hubschraubertür das Feuer. Einer der Exilkubaner erhielt einen Lungendurchschuß und taumelte rückwärts, bis er zusammenbrach; der andere entkam dem Kugelhagel durch einen Sprung zurück in den Laderaum.

Der zweite Behälter verließ die Maschine nicht mehr, sondern verklemmte sich zwischen Rutsche und Frachtluke. Unterdessen war der erste Behälter ins Meer geklatscht, aber das Nylonseil riß nicht, so daß er nachgeschleppt wurde. Dieser ruckartig auftretende Widerstand riß den Bug der ohnehin gefährlich tief über dem Wasser fliegenden Cessna nach rechts unten.

»Ziehen, *ziehen!*« brüllte der Copilot, aber der Pilot mühte sich bereits ab, wieder Höhe zu gewinnen. Als er die Maschine eben wieder unter Kontrolle hatte, durchschlug eine weitere Salve die rechten Cockpitfenster, ließ das Glas zersplittern und verletzte den Copiloten tödlich. Der unerwartete Feuerüberfall lenkte den Piloten für wenige Zehntelsekunden ab – und das genügte für eine über sechseinhalb Tonnen schwere Maschine, die langsam in nur fünfzehn Meter Höhe flog: Die Caravan kippte nach vorn, sank weiter, obwohl der Pilot den Bug wieder hochzog, klatschte Sekunden später ins Meer, überschlug sich zwei-, dreimal im warmen Wasser des Karibischen Meers und brach auseinander.

Border Security Force Headquarters, Aladdin City

»Kontakt zum Ziel abgerissen.«

Auf dem rechten Großmonitor im Kontrollzentrum der Border Security Force war der Nordosten der Karibik dargestellt. In der Bildschirmmitte zeigte ein rotes Quadrat, das ein X umschloß, ein nicht identifiziertes Radarziel an, das auf Anweisung der Controller abgefangen werden sollte. Ein Datenblock neben dem Zielquadrat enthielt Angaben über Kurs, Geschwindigkeit, ungefähre Flughöhe und Geschwindigkeitsänderungen des Ziels. Alle diese Werte waren plötzlich auf Null zurückgegangen.

Annette Fields, die vor der Hauptkonsole saß, drehte sich zu Brad Elliott um. »Das OTH-Radar gibt seine Geschwindigkeit mit null an«, sagte sie. »Die Höhenangabe ist nicht zuverlässig, aber sie steht auch bei null.«

»Nachricht von Bat Seven«, meldete einer der Controller. »Die Konstabler von den Turks Islands haben das Feuer eröffnet.«

»*Was?*« Elliott fuhr hoch. »Fragen Sie sofort nach, was da passiert ist.«

Der Controller hörte genau zu, machte sich Notizen und bestätigte den Empfang der Meldung. »Sie haben das Ziel – eine Cessna Caravan – angestrahlt und den Beginn des Abwurfs beobachtet, Sir«, berichtete er dann. »Als der erste Behälter über Bord gegangen ist, haben die Konstabler das Feuer eröffnet. Der Pilot hat die Kontrolle über die Maschine verloren, und sie ist abgestürzt.«

»Kein Mensch hat ihnen befohlen, das Feuer zu eröffnen«, sagte Fields. »Wir hätten die Maschine lieber selbst abfangen sollen.«

»Für diesen Job ist das OPBAT-Team besser ausgerüstet als wir«, stellte Elliott fest. OPBAT war die Abkürzung für *Operation Bahamas/Anguilla/Turks and Caicos* – ein Unternehmen, bei dem der Customs Service ausländische Polizeibeamten zu Abwurfpunkten außerhalb der Vereinigten Staaten transportierte. Überall in der Karibik befanden sich OPBAT-Teams an Bord von Schiffen und Flugzeugen von Customs Service, Coast Guard und U. S. Navy im Einsatz. Dies war eines der wenigen Unternehmen zur Bekämpfung des Drogenschmuggels, das nicht längst auf die Hammerheads übergegangen war.

»Die Konstabler entscheiden selbständig, was zu tun ist – Customs ist nur der Taxifahrer«, fuhr Elliott fort. »Die kompromißlose Haltung der Regierung der Turks and Caicos Islands gegenüber Drogenschmugglern ist bekannt: Wer geschnappt wird, ist so gut wie tot. Lassen Sie die Rettungsarbeiten von einem Kollegen überwachen. Mal sehen, was die anderen Ziele inzwischen machen.«

Fields vergrößerte das Radarbild auf dem Monitor, bis es die Nordhälfte der Bahamas, Florida und den Norden Kubas einschloß. Sie hob ein rotes Quadrat mit einem X hervor: Ein Radarziel auf Ost-West-Kurs etwa zwischen der Bahama-Insel Andros Island und Key West, Florida.

»Das andere Ziel hat noch zwanzig Minuten bis zur Cay Sal Bank«, berichtete Fields. »Es ist weiter in zehntausend Fuß, müßte aber bald tiefer gehen.« Unmittelbar hinter dem roten Zielquadrat befand sich ein blaues: eine AV-22 Sea Lion mit dem Rufzeichen Lion Three-Three. Das Rotorflugzeug hatte die Verfolgung über Andros Island aufgenommen und blieb jetzt einige Seemeilen hinter und tausend Fuß über dem unidentifizierten Flugzeug, um den Befehl zum Abfangen abzuwarten.

»Warum haben wir uns diesen Kerl nicht schon in Nassau geschnappt?« fragte Fields. »Jetzt sieht er ganz legitim aus – er hat die Zollkontrolle auf den Bahamas passiert, folgt genau Bravo-646 und hat einen gültigen Flugplan nach Mexiko. Dabei *wissen* wir, daß er eine Kokainladung an Bord hat…«

»Er hat den Zoll in Nassau nicht wirklich *passiert*«, verbesserte Elliott sie. »Tatsächlich ist er gar nicht kontrolliert worden. Laut Flugplan fliegt er von Jamaika nach Cancún mit einem planmäßigen Tankstop auf den Bahamas. Der dortige Zoll braucht seine Maschine nicht zu kontrollieren, wenn kein konkreter Verdacht vorliegt.«

»Aber der liegt doch vor! Van Nuys hat ausgesagt, daß er fünfhundert Kilogramm Kokain an Bord hat. Das hätte genügen müssen...«

»Trotzdem wären wir nicht an ihn rangekommen«, sagte Elliott. »Die Zollbehörde auf den Bahamas hat sich geweigert, den Kerl festzuhalten oder seine Ladung von uns überprüfen zu lassen. Dafür hätten wir einen Durchsuchungsbefehl oder die Zustimmung ihres Innenministers gebraucht. Aber das war in dieser kurzen Zeit nicht zu schaffen.«

»Hätten wir uns den Kerl gleich dort geschnappt, hätte Salazar vermutlich von unserem Unternehmen erfahren«, stimmte Fields zu. »Und wenn Van Nuys' Angaben zuverlässig sind, hat er einen Abwurf auf den Keys oder an der Florida Bay vor. Mit etwas Glück kriegen wir dann das Flugzeug *und* seine Leute am Boden.«

»*Falls* wir beweisen können, daß die Maschine über amerikanischem Gebiet Drogen abgeworfen hat«, sagte Elliott. »Wir müssen den Abwurf beobachten, wenigstens einen Behälter finden, den Nachweis führen, daß es sich um den aus dem Flugzeug geworfenen Gegenstand handelt, und dann noch feststellen, daß er Kokain oder andere illegale Substanzen enthält. Und das alles muß passieren, bevor der Kerl unseren Luftraum verläßt.« Der General schüttelte den Kopf. »Das gefällt mir nicht. Wir sollten ihn ganz normal ansteuern und zum Abdrehen zwingen. So riskieren wir, weder das Flugzeug noch die Leute am Boden zu erwischen.«

»McLanahan ist mit der E-2 unterwegs, um die Leute am Boden mit sechs Sky Lions zu verfolgen«, stellte Fields fest, »und unsere AV-22 ist dicht hinter diesem Kerl. Was soll da groß passieren? Bisher waren Van Nuys' Angaben zuverlässig. Das sollten wir ausnützen, finde ich.«

Eliott zuckte zweifelnd mit den Schultern.

»Jetzt scheint er tiefer zu gehen«, sagte Fields eine Minute später. Der Datenblock neben dem Zielquadrat zeigte eine Höhenänderung an; obwohl die Höhenangaben des OTH-Radars der Hammerheads nicht zuverlässig waren, ließen sie größere Veränderungen meistens erkennen. »Seine Geschwindigkeit scheint auch abzunehmen... er dreht nach Nordwesten ab. Jetzt ist er zum Abwurfpunkt unterwegs. Seine Position... sechzig Seemeilen östlich von Marathon. Lion Three-Three dreht auch ab und bleibt weiter dran...«

An Bord des Schmugglerflugzeugs

»Miami Center, Carmen del Sol Flight Nine-Zero-Nine Charlie sinkt VFR auf acht-fünf-tausend on top, kommen.«

»Verstanden, Nine-Zero-Nine Charlie«, antwortete der Controller. »Noch ein Hinweis: Die Mindesteinflughöhe in Ihrem Gebiet ist achttausend Fuß, nur eingeschränkte Radarführung bis Key West Approach.«

»Danke für Ihren Hinweis, Center, Nine-Zero-Nine Charlie. Achteinhalbtausend bleibt unsere Höhe bis zum Erdanflug. Hier oben haben wir ziemlichen Gegenwind.«

Der Controller bestätigte durch ein doppeltes Klicken mit der Sprechtaste und wandte sich dann anderen Aufgaben zu.

Major José Trujillo, der Pilot der zweimotorigen Cheyenne der Cuchillos, betätigte einen Schalter an seinem Instrumentenbrett. Flugsicherungsstellen fragten den Transponder einfliegender Maschinen ab, der nicht nur den zugewiesenen Kode, sondern auch die tatsächliche Flughöhe übermittelte. Mit einem eingebauten Gerät konnte Trujillo jede beliebige Höhe übermitteln. Solange dieses Gerät in Betrieb war, mußte Miami Center glauben, die Maschine fliege in 8500 Fuß, während sie in Wirklichkeit viel höher oder tiefer sein konnte.

»Entfernung?« fragte Trujillo seinen Copiloten.

»Gleich neun Kilometer«, antwortete der Copilot. Er hatte den WET-SNOW-Empfänger vor sich, schaltete ihn zwischendurch sekundenlang ein, um den Kurs zum Abwurfpunkt abzulesen, und schaltete ihn sofort wieder aus, um keinen Verdacht zu erregen. Er hatte die Aufgabe, den Piloten zur Abwurfstelle vor Lower Matecumbe Key zu lotsen, wo ein Team sich bereithielt, die fünfhundert Kilogramm Kokain zu bergen.

Der Copilot peilte das Funkfeuer ein letztes Mal an – sie waren genau auf Kurs. Er zog seine Gurte straffer, sah sich nach den Männern im Laderaum um, die keine Sitze hatten, sondern sich irgendwie festklammern mußten, nickte Trujillo zu und sagte: »Los!«

Trujillo zog die Leistungshebel ganz in Leerlaufstellung zurück, stellte die Cheyenne auf die rechte Flügelspitze und drückte das Steuerhorn nach vorn. Die Nadel des Varios zeigte zehn Meter Sinken in der Sekunde an und blieb am Anschlag stehen. Keine drei Minuten später war das Flugzeug von 8500 Fuß auf 2500 Fuß gesunken.

»Del Sol Nine-Zero-Nine Charlie, schalten Sie Ihren Transponder aus und wieder ein, und prüfen Sie Code Vier-eins-drei-drei, kommen.«

Trujillo hatte Mühe, während ihres Sturzflugs mit einigermaßen ruhiger Stimme zu sprechen, als er antwortete: »Nine-Zero-Nine Charlie, verstanden.« Hoffentlich merkte der Controller nichts von seiner Nervosität angesichts des Höhenmesserzeigers, der sich wie wild geworden drehte.

»Nine-Zero-Nine Charlie, schalten Sie Ihren Transponder noch mal aus und wieder ein.«

»*Ziehen!*« rief der Copilot aufgeregt quer durchs Cockpit, als sie die zweitausend-Fuß-Grenze mit unverminderter Sinkgeschwindigkeit passierten. Trujillo schob beide Leistungshebel bis zum Anschlag nach vorn, stellte die Flügel waagerecht und zog mit aller Kraft das Steuerhorn zu sich heran. Erst bei sechshundert Fuß löste die Varionadel sich vom Anschlag. Und bei dreihundert Fuß war die Maschine endlich abgefangen...

An Bord der AV-22 Lion Three-Three

Durchs Nachtsichtgerät des Piloten sah Ken Sherrey, wie das verdächtige Flugzeug vor ihm, eine Cheyenne mit zwei Propellerturbinen, sich auf den rechten Flügel stellte und mit maximaler Sinkgeschwindigkeit dem Meer entgegenstürzte. Sherrey zog die Leistungshebel seiner Sea Sea Lion zurück, ignorierte die Computerwarnung vor falscher Stellung der Triebwerksgondeln, und stürzte sich hinter der anderen Maschine in die Tiefe.

»Aladdin, der Verdächtige geht im Sturzflug tiefer«, meldete Sherrey. »Er geht mit fünfundzwanzig Meter in der Sekunde runter... Der Kerl hat wirklich Mumm, wenn er sich das nachts mit 'ner Cheyenne traut!«

»Verstanden, Three-Three«, sagte Annette Fields. »Können Sie dranbleiben?«

»Mein I-Team in der Kabine ist schwerelos, aber ich sehe ihn noch gut. Ich bleibe dran. Aber Sie sollten sicherheitshalber mal nach den Sky Lions fragen.«

»Verstanden«, antwortete Fields. »Hawk Four-One, haben Sie mitgehört?«

»Positiv«, bestätigte McLanahan an Bord des vierzig Seemeilen entfernt kreisenden Überwachungsflugzeugs E-2 Hawkeye. »Meine Drohnen gehen auch tiefer. Ich habe Radarkontakt mit der Cheyenne und Three-Three. Und wir haben IR-Kontakt mit mehreren Seezielen vor Lower Matecumbe Key... dort dürfte der Abwurfpunkt liegen. Zwei Sky Lions sind unterwegs, um diese Seeziele automatisch abzufangen.«

»Verstanden, Four-One.«

»Three-Three hat mitgehört.« Sherrey drückte nach, um ihre Sinkgeschwindigkeit zu erhöhen.

»Jetzt muß er bald abfangen!« murmelte sein Copilot.

»Er hat den Bug noch tief und steht fast auf dem rechten Flügel«, stellte Sherrey fest. »Selbst wenn er in die Normalfluglage zurückkehrt, kann's passieren, daß er in den Bach klatscht.«

Aber die große Cheyenne fing sich wieder. Auf dem grünlich weißen IR-Bildschirm schien sie endlos lange unbeweglich in der Luft zu hängen. Aber dann war klar, daß die Schmuggler es geschafft hatten.

»Verdammt gut gemacht!« meinte der Copilot anerkennend.

»Teufelsglück«, murmelte Sherrey. Er ließ die AV-22 weiter sinken, bis sie tausend Fuß über dem Meer waren – hoch hinter dem tieffliegenden Schmugglerflugzeug. »Teufelsglück...«

Sobald die Cheyenne sich wieder im Horizontalflug befand und Trujillo sie sicher in der Hand hatte, schaltete der Copilot den WET-SNOW-Empfänger ein und las die Anzeige ab. »Fünf Grad links, zehn Sekunden!« meldete er laut. Trujillo, der vor Anstrengung keuchte, zog die Maschine sofort nach links und bemühte sich, hundert Fuß Höhe und hundertzwanzig Knoten Fahrt zu halten, damit ihre Ladung genau ins Ziel traf. »Klar zum Abwerfen… Augenblick… *jetzt!*«

Die Cheyenne mußte ohne Abwurfvorrichtung auskommen: Die beiden Männer im Frachtraum schoben die Fünfzigkilobehälter einfach so schnell aus der Luke, wie sie nur konnten. Binnen 30 Sekunden hatten alle zehn Glasfaserbehälter die Maschine verlassen. »Abwurf beendet. *Los!*«

»Ladung im Wasser«, rief Sherreys Copilot, sobald er die Behälter aus der Frachtluke der Cheyenne fliegen sah.

»Ich seh' sie, ich seh' sie«, sagte Sherrey mehr zu sich selbst als zu seinem Partner. »Ich breche die Verfolgung ab. I-Team, bereithalten.«

Sherrey betätigte den Schalter, der die beiden Triebwerksgondeln der Sea Lion nach oben schwenkte, so daß die AV-22 sich jetzt wie ein Hubschrauber fliegen ließ. Er sank bis auf wenige Meter übers Wasser und blieb im Schwebeflug neben drei Behältern, die er im Meer dümpeln sah.

»Der nächste Behälter ist keine zehn Meter rechts von mir entfernt«, sagte er, während das Rotorflugzeug sanft wasserte. »I-Team raus!« Im Frachtraum der AV-22 schob das fünfköpfige I-Team sein Schlauchboot über die Laderampe ins Wasser. Da der Rudergänger ein Nachtsichtgerät am Helm hatte, konnte er die Behälter mühelos ansteuern. Sherrey ließ die AV-22 Sea Lion etwas abtreiben, damit das Schlauchboot nicht im Rotorstrahl kenterte, und das I-Team warf ein Seil um den ersten Behälter und machte ihn am Boot fest.

Als die Männer den im Wasser treibenden Glasfaserbehälter zu sich heranzogen, meldete der Rudergänger über Funk: »Ich sehe ein Boot bei drei Uhr. Es kommt schnell näher…«

»Los, kommt wieder an Bord!« verlangte Sherrey. Noch während er diesen Befehl rief, sah er Lichtblitze aus der ungefähren Position des anderen Boots – sie wurden beschossen.

»Aladdin, hier Three-Three«, funkte Sherrey. »Feindliches Boot bei drei Uhr. Das I-Team wird beschossen. Wir holen es an Bord, deshalb kann ich jetzt nicht starten...« Der Copilot löste seine Gurte und verschwand nach hinten in den Laderaum, um dem I-Team an Bord zu helfen.

»Three-Three, hier Four-One«, meldete McLanahan sich aus der E-2 Hawkeye. »Augenblick, wir sind unterwegs.«

Der im Heck des Schlauchboots stehende Rudergänger wurde als erster getroffen und brach zusammen. Zwei seiner Kameraden erwiderten das Feuer aus ihren Pistolen, während die beiden anderen sich um den Verwundeten kümmerten und das Boot zur Laderampe zurück steuerten. »Four-One, Beeilung!« verlangte Sherrey. »Wir liegen unter schwerem Feuer...«

Im nächsten Augenblick erhellte ein Lichtblitz den Nachthimmel, und eine gelbe Feuerspur schlängelte sich vom Himmel aufs Meer hinunter. Keine fünfzig Meter von der Sea Lion entfernt stieg nach einer Detonation eine Wassersäule auf – die erste der zur Verfolgung von Seezielen eingesetzten Drohnen hatte eine Sea Stinger auf das herankommende Boot abgeschossen. Nur Sekunden später traf ihre zweite Sea Stinger das Boot der Angreifer, das in einem Feuerball explodierte, der die Meeresoberfläche über Hunderte von Metern hinweg erhellte.

»Three-Three, ich habe eine zweite Sky Lion in Ihrer Nähe«, funkte McLanahan aus der E-2. »Brauchen Sie weitere Unterstützung?«

»Negativ«, antwortete Sherrey. »Ihr Aufziehspielzeug hat gute Arbeit geleistet. Melde mich später wieder.« Er drehte sich nach dem Schlauchboot um, das inzwischen die Laderampe erreicht hatte. »Wie geht's, Joe?«

Der rechte Ärmel des Rudergängers war durchgeblutet, aber der Mann konnte sich wieder aufsetzen und Sherrey sogar zuwinken. »Mir fehlt nicht viel, Ken. Los, hinterher!«

»Wirklich alles in Ordnung, Joe?« Der Rudergänger winkte nochmals. »Die Drohne hat das Boot versenkt, das die Lieferung abholen sollte. Knackt den Behälter und seht nach, was drin ist.«

Nachdem die Männer des I-Teams sich davon überzeugt hatten, daß der Glasfaserbehälter keine versteckte Sprengladung enthielt, schnitten sie die um den Behälter gelegten Stahlbänder durch und öffneten ihn. Da die Bodenmannschaften der Schmuggler die Kokainbehälter meistens öffnen mußten, um ihren Inhalt aufzuteilen, waren sie selten mit Sprengladungen gesichert, aber es konnte nicht schaden, sich trotzdem zu vergewissern. Der Behälter war mit fünfzig Einkiloziegeln aus einer weißlich-grauen Masse vollgepackt, von der einer der Männer etwas in ein Prüfröhrchen schabte. »Reines Kokain, erstklassige Qualität«, meldete er.

»Klappt die Rampe hoch und seht zu, daß ihr auf eure Plätze kommt«, befahl Sherrey. Er war bereits gestartet und hatte die Verfolgung aufgenommen, bevor der Copilot wieder nach vorn gekommen war.

Nach dem Abwurf schob Major José Trujillo die Leistungshebel der Cheyenne bis zum Anschlag nach vorn und zog die Maschine steil hoch. Ab fünftausend Fuß war ihr Controller wieder zu hören:

»...Charlie, rufen Sie Miami Center auf eins-eins-acht-komma-zwo-fünf. Ich wiederhole: Del Sol Nine-Zero-Nine Charlie, melden Sie sich sofort auf dieser Frequenz! Kommen.«

»Miami Center, Nine-Zero-Nine Charlie, ich höre Sie fünf, Sir«, antwortete Trujillo. »Unser Transponder ist auf Ident geschaltet. Haben Sie uns auf dem Radar?«

»Positiv, Nine-Zero-Nine Charlie«, sagte der Controller, während die Cheyenne sechstausendfünfhundert Fuß durchstieg. »Wie ich sehe, sind Sie weiter in achteinhalbtausend. Warum haben Sie auf meine Anrufe nicht geantwortet?«

»Ich habe Sie immer gehört«, behauptete Trujillo. »Ich muß einen Wackelkontakt in der Sprechtaste haben. Sorry...«

»Verstanden.« Im nächsten Augenblick meldete der Controller sich erneut: »Del Sol Nine-Zero-Nine Charlie... äh, Sir, weiterer Verkehr bei sechs Uhr, Entfernung fünf Seemeilen.«

Trujillo zögerte, denn im allgemeinen machten Controller einen nicht auf nachfolgenden Verkehr aufmerksam, den man ohnehin nicht sehen konnte. Und wenn sie's doch taten, nannten sie Flughöhe und Typ der anderen Maschine. »Center, verstanden«, sagte er schließlich. »Noch nichts zu sehen.«

Diesmal folgte eine etwas längere Pause, bevor Miami Center sie aufforderte: »Del Sol Nine-Zero-Nine Charlie, schalten Sie um auf eins-eins-zwo-komma-fünf-fünf.«

Die beiden Cuchillos starrten sich an. Sie wußten genau, welche Frequenz das war: die Kontrollfrequenz der Border Security Force. Sie waren entdeckt!

Sie arbeiteten wortlos zusammen. Trujillo ging sofort auf Südkurs, ließ die Leistungshebel ganz nach vorn geschoben und brachte die Maschine ins Sinken. Sein Copilot schaltete den Transponder ab und überzeugte sich davon, daß ihre Positionslichter wirklich ausgeschaltet waren.

»Carmen Del Sol Nine-Zero-Nine Charlie, hier Border Security Force«, funkte Ken Sherrey aus seiner AV-22 auf der internationalen Wachfrequenz. »Wir sehen, daß Sie Ihren Flugkorridor und Ihre zugewiesene Höhe verlassen haben. Sie befinden sich gegenwärtig auf Radial null-neun-zwo... fünfundzwanzig nautische Meilen vor Marthon auf Südkurs... unter fünftausend Fuß im Sinkflug. Sie haben gegen die Vorschriften für den Einflug in den Luftraum der Vereinigten Staaten verstoßen. Halten Sie diese Höhe, und fahren Sie Ihr Fahrwerk aus. Rufen Sie mich sofort auf eins-eins-zwo-komma-fünf-fünf oder auf der Wachfrequenz eins-zwo-eins-komma-fünf.«

Ein Besatzungsmitglied kam aufgeregt nach vorn ins Cockpit. »Was ist passiert? Was macht ihr?«

»Halt die Klappe und verschwinde!« Im nächsten Augenblick erfaßte ein gleißend heller Scheinwerferstrahl die Cheyenne von links, glitt den Rumpf entlang nach vorn und blieb dann auf den Piloten gerichtet.

»Die Hammerheads! Sie haben uns gefunden...« Der Mann sah aus dem linken Fenster und erkannte die blinkenden Warnleuchten der zu ihnen aufschließenden Sea Lion. »Sie sind schräg hinter uns, bei acht Uhr, keine fünfhundert Meter. Können wir sie abhängen?«

Trujillo klappte seine Sonnenblende nach links, damit der

grelle Night Sun-Scheinwerfer ihn weniger blendete. »Weiß ich nicht«, murmelte er. »Wir können bloß versuchen, aus amerikanischen Gewässern rauszukommen, bevor sie das Feuer eröffnen.«

»Jeder Fluchtversuch wäre zwecklos«, sagte die Stimme aus dem Funkgerät. »Wir haben einen Ihrer Behälter, wir haben das Kokain, wir haben den Abwurf beobachtet – wir haben sogar Ihr Boot, das die Behälter auffischen sollte.« Der Scheinwerfer begann langsam zu blinken und glitt dabei den Rumpf der Cheyenne entlang. »Ich sehe Gesichter hinter den Fenstern, was bedeutet, daß mein Scheinwerfer und dieses Lichtsignal wahrgenommen worden sind. Fahren Sie Ihr Fahrwerk aus und drehen Sie nach rechts ab, sonst eröffnen wir das Feuer.«

»Was sollen wir tun?« fragte der Copilot. »Wenn wir nicht gehorchen, schießen sie uns ab...«

»Halt den Mund!« fuhr Trujillo ihn an. »Versuch lieber, unsere Kameraden auf Kurzwelle zu erreichen. Warne sie, daß wir abgefangen worden sind.« Er nahm die Leistung auf siebzig Prozent zurück, streckte die rechte Hand nach der Mittelkonsole aus und zog den Fahrwerkshebel herunter. Als das Fahrwerk in den Schraubenstrahl fiel, leuchtete kurz ein Warnsignal auf, das jedoch bald durch drei grüne Lichter ersetzt wurde, die den Piloten anzeigten, daß das Fahrwerk ausgefahren und verriegelt war.

Major Trujillo schaltete auf die Frequenz der Hammerheads um. »Carmen del Sol Airlines Nine-Zero-Nine Charlie hat sein Fahrwerk ausgefahren. Wir protestieren gegen dieses unberechtigte Ansteuern und verlangen, daß die Maschine schräg links hinter uns den Abstand vergrößert und ihren Scheinwerfer ausschaltet. Wir heben unseren Flugplan auf und verlassen den amerikanischen Luftraum. Wir unterstehen nicht länger Ihrer Kontrolle. Halten Sie gefälligst Abstand!«

»Nine-Zero-Nine Charlie, hier United States Border Security Force. Bestätigen Sie meine Anweisungen und führen Sie sie alle genau aus, sonst werden Sie beschossen. Für Höhenstafflung und Hindernisfreiheit sorge ich. Steuern Sie drei-fünf-null Grad rechtweisend, und bereiten Sie sich auf einen Sichtanflug mit Landung auf Taimiami Airport vor.«

Nach einem kurzen Blick ins helle Scheinwerferlicht kurvte Trujillo langsam nach rechts auf 350 Grad. Dabei griff er nach dem Stickabzeichen der Cuchillos auf der linken Brusttasche seiner Fliegerkombi: eine vom Pilotenabzeichen der kubanischen Revolutionsluftwaffe entlehnte blaue Raute mit goldenen Schwingen. Er riß sich das Abzeichen von der Kombi und schleuderte es weg – eine Geste des Schuldbewußtseins gegenüber dem Mann, der ihn in Wirklichkeit verraten hatte: Coronel Agusto Salazar.

Border Security Force Headquarters, Aladdin City

»Die Cheyenne wird langsamer und dreht nach Norden ab«, gab Fields mit erhobener Stimme bekannt. »Three-Three meldet, daß sie ihr Fahrwerk ausgefahren hat.«

Ihre Kollegen im Kontrollzentrum begrüßten diese Ankündigung mit Beifall.

»Customs Service oder Coast Guard sollen die übrigen Behälter bergen und sich um das Schmugglerboot kümmern«, wies Elliott sie an. »Sehen Sie zu, ob wir andere Sea Lion losschicken können, um die Cheyenne nach Taimiami zu eskortieren, damit Three-Three direkt nach Homestead fliegen und den Verwundeten ins Lazarett bringen kann.«

»Ja, *Sir*«, sagte Annette Fields.

Nach einem Blick auf ihren Monitor schüttelte Elliott den Kopf. »Wir haben schon riesige Mengen Kokain sichergestellt – und dabei erst zwei der zwölf Flugzeuge abgefangen, von denen Van Nuys gesprochen hat.«

Flughafen Ciudad del Carmen, Mexiko

Eine Viertelstunde später

Agusto Salazar beendete soeben seinen Kontrollgang um einen der beiden Jäger F-5E, die seine Transporter begleiten sollten. Auch mit zwei Zusatztanks an den Flügeln und einem großen Lenkwaffenbehälter unter dem Rumpf war die F-5 ein elegantes Flugzeug, das mußte er zugeben. Weit moderner als die alten MiG-21 und wendiger als die Mirage F 1C. Die mexikanische Luftwaffe hatte viel Geld für die Bewaffnung dieser F-5 ausgegeben, deshalb wollte Salazar sie bei diesem Unternehmen statt der schnelleren, aber schwächer bewaffneten Mirage als Begleitjäger einsetzen.

Die Bewaffnung der F-5E bestand aus zwei im Bug eingebauten 20-mm-Maschinenkanonen M39-A2 mit 280 Schuß, zwei älteren Lenkwaffen AIM-9J Sidewinder – die billigere, aber weniger leistungsfähige Ausführung mit Infrarotsuchkopf, die nur für Verfolgungsjagden auf kurze Entfernungen taugte – an den Flügelenden sowie zwei noch älteren radargesteuerten Jagdraketen AIM-4 Genie, die mit dem modernisierten Feuerleitradar AN/APQ der F-5 gekoppelt waren, an Aufhängepunkten unter den Tragflächen. Beide Jäger standen noch im Hangar, wo sie vor neugierigen Blicken sicher waren, denn die mexikanische Luftwaffe wäre sicher nicht damit einverstanden gewesen, daß ihre Flugzeuge mit voller Bewaffnung als Begleitjäger für ein Schmuggelunternehmen zweckentfremdet wurden.

Die beiden F-5 sollten starten, während die An-26 und die DC-3 über Mexiko hinweg in Richtung Vereinigte Staaten flogen. Über dem Golf von Mexiko östlich von Tampico – weit außerhalb des Erfassungsbereichs amerikanischer und mexikanischer Radarstationen – würden die Begleitjäger zu den Transportern stoßen und sie in enger Formation begleiten, bis sie ihre Ladung abgeworfen hatten.

Mit den Zusatztanks und etwas Glück hatten die F-5E fast dreitausend Kilometer Reichweite; damit konnten sie die Transporter über amerikanisches Gebiet bis zu ihren Abwurfzonen und wieder zurück nach Mexiko begleiten. Für die heimkehrenden Maschinen hatte Salazar auf über ganz Mittelmexiko verteilten Flug- und Landeplätzen Treibstoff bereitstellen lassen.

Als Salazar eben die Cockpitleiter hinaufsteigen wollte, um auch dort letzte Kontrollen durchzuführen, kam ein Schreiber durch den Hangar gerannt. »Dringender Funkspruch, Coronel!« meldete er. Während Salazar ihn überflog, kam Capitán Tony Vasquez, sein Flügelmann, von seiner Maschine herüber.

»Probleme, Coronel?«

»Unsere Cheyenne hat sich auf Kurzwelle gemeldet. Trujillo ist östlich von Marathon von den Hammerheads abgefangen worden. Die Hammerheads haben auch Gachez' Boot aufgebracht.« Er zerknüllte den Vordruck und warf ihn dem Schreiber ins Gesicht. »Wie schaffen sie's bloß, unsere Maschinen aufzuspüren?« Aber er kannte die Antwort: Van Nuys...

»Sie setzen Satelliten oder Radarflugzeuge ein«, vermutete Vasquez. »Wir wissen, daß sie keinen einzigen Radarballon oder Flugzeugträger dort draußen haben.« Er machte eine nachdenkliche Pause. »Was ist mit den anderen Maschinen? Was tun wir mit denen?«

»Wir machen natürlich weiter«, antwortete Salazar. »Auch wenn die Hammerheads ein Dutzend Radarflugzeuge im Einsatz haben, können sie uns nicht aufspüren, weil wir über fünftausend Quadratkilometer Nordamerikas verteilt sind. Außerdem haben wir jedesmal gesiegt, wenn ein Behälter eines unserer Flugzeuge verläßt. In diesem Kampf geht's um das zahlenmäßige Verhältnis, Capitán. Und wir gewinnen ihn!«

Salazar verschwieg absichtlich, daß er um so reicher werden würde, je länger dieses Unternehmen andauerte. Er wandte sich an den Schreiber, der dageblieben war und auf weitere Befehle wartete. »Ich brauche neue Informationen über die für Texas, New Mexico und Louisiana bestimmten Transporter«, wies er ihn an.

»Die hab' ich hier, Coronel«, sagte der Mann eifrig, während er in den Unterlagen auf seinem Schreibbrett blätterte. »Alle drei Maschinen sind sicher in Valladolid gelandet und werden jetzt betankt. In zwanzig Minuten müßten sie zum Weiterflug starten.«

Salazar sah auf seine Armbanduhr und überschlug die Flugzeiten im Kopf. »Wir starten wie geplant in einer Stunde und treffen in ungefähr zwei Stunden bei Ciudad Victoria mit ihnen zusammen«, entschied er. »Wir haben weiter die Oberhand. Die Hammerheads kommen zu spät, um uns aufhalten zu können.«

Über San Antonio de Bravo, Mexiko

Drei Stunden später

Das Rendezvous klappte tadellos. Etwa dreihundert Kilometer vor Tampico an der mexikanischen Ostküste trafen Salazar und sein Flügelmann in der zweiten F-5E mit den Transportern Antonow An-26 und Douglas DC-3 zusammen. Die Annäherung erfolgte wie aus dem Lehrbuch: Die beiden Jäger schalteten ihr Angriffsradar nur sporadisch zur Kurskorrektur ein, setzten sich neben je eine Transportmaschine und blieben in so enger Formation, daß die Flügelenden sich fast berührten.

Bis die Vierergruppe in Radarreichweite der mexikanischen Flugsicherung in Tampico gelangte, entstand genau der durch ihre Flugpläne geweckte Eindruck von zwei Maschinen der Carmen del Sol Airlines, die auf Parallelkursen flogen. Da sie pünktlich und genau auf Kurs waren, wurde die Freigabe zum Einflug in den mexikanischen Luftraum sofort erteilt. Etwa hundertfünfzig Kilometer östlich von Chihuahua flog die DC-3 mit ihrem Begleitjäger wie im Flugplan angegeben nach Nordwesten in Richtung Nogales weiter, während die An-26 nach Norden in Richtung Ciudad Juarez abdrehte und dem Rio Grande folgte.

Die Streckenführung dieses Fluges war kritisch. Im Gegensatz zu der DC-3, die in Nogales landen und dort ihre Fracht ausladen würde, lagen die Ziele der An-26 entlang der Grenze zu den Vereinigten Staaten zwischen den Kleinstädten Ojinaga und Felix Gomez in einem Gebiet mit nur eingeschränkter Radarüberwachung. Radarballone der Border Security Force standen gegenwärtig in Eagle Pass, Texas, und Fort Huachuca, Arizona, aber zwei weitere Standorte – Deming, New Mexico, und Marfa, Texas – waren vor einiger Zeit wegen Haushaltskürzungen geschlossen worden.

So war in der Radarüberwachung eine größere Lücke entstanden, die von den Radaranlagen der Flughäfen El Paso und Juarez nur teilweise geschlossen werden konnte. Obwohl Customs Service und Border Security Force ihre Patrouillen im Südwesten von Texas verstärkt hatten, gab es dort praktisch keine Möglichkeit, tieffliegende Flugzeuge zu orten. Zumindest war Salazar dieser Überzeugung, als der Pilot der An-26 sich in Chihuahua abmeldete, noch einige Minuten wartete, bis er bestimmt von den Radarschirmen der Controller verschwunden war, und dann auf dreihundert Meter über Grund herunterging, um mit seinen Abwürfen zu beginnen.

In einem Punkt trafen Salazars Informationen zu: Die beiden Radarballone in Marfa und Deming waren tatsächlich nutzlos – sie standen nur zur Abschreckung am Himmel, denn ihre Radargeräte funktionierten nicht. Aber das OTH-Radar in Arkansas überwachte das Grenzgebiet ständig und hatte bereits ein Radarflugzeug P-3 Orion und zwei AV-22 Sea Lion dorthin entsandt. Und ein weiteres Radarflugzeug der Border Security Force verfolgte die DC-3 auf ihrem Flug nach Nogales…

»Lion Flight, hier Shark«, sagte der Controller an Bord der P-3 auf der Scrambler-Frequenz. »Ihr Ziel befindet sich jetzt im Sinkflug. Es ist bei zehn Uhr, zweiundzwanzig Seemeilen. Sinken Sie auf viertausend Fuß MSL. Vorsicht: Achten Sie auf Hügel und Stromleitungen in Ihrer Umgebung und keine fünfhundert Fuß unter Ihrer Endhöhe. QNH El Paso eins-null-null-vier.«

»Lion Two-One und -Two sinken von zehn- auf viertausend«, antwortete Hardcastle. Er flog die erste Sea Lion und hatte Rachel Sanchez, die früher in der U. S. Army Hubschrauber geflogen hatte, als Copilotin. Rushell Masters und Sandra Geffar waren die Piloten von Lion Two-Two, die in enger Formation mit Two-One flog. Die beiden Maschinen flogen unmittelbar an der amerikanisch-mexikanischen Grenze parallel zu Salazar.

Hardcastle hatte das Infrarotvisier seines Helms heruntergeklappt, um das vor ihnen liegende Gelände und etwaige Hindernisse besser erkennen zu können. Als Sanchez in viertausend Fuß MSL in den Horizontalflug überging, zeigte der Radarhöhenmesser rund fünfzehnhundert Fuß an. Unter ihnen lag das an sich nur sanft gewellte Stockton Plateau in Südtexas, das jedoch auch einzelne tückische Felsklippen und Täler mit Hochspannungsleitungen aufwies, die schon manchen unaufmerksamen Piloten zum Verhängnis geworden waren.

»Ziel bei elf Uhr, neun Seemeilen, Höhe fünfhundert Fuß, Geschwindigkeit zweihundert Knoten«, las Hardcastle von seinem Bildschirm ab.

»Das könnten ebensogut tausend Meilen sein«, stellte Sanchez irritiert fest. »Ohne Freigabe zum Einflug nach Mexiko kommen wir nicht an ihn ran.«

»Elliott hat gesagt, daß er sie beschafft, folglich kriegen wir sie auch«, sagte Hardcastle.

»Und wenn er damit abblitzt? Dann können wir weiter zusehen, wie das größte Schmuggelunternehmen dieses Jahrhunderts vor unseren Augen abläuft!«

»Laß gut sein, Rachel«, wehrte Hardcastle ab. »Was getan werden kann, wird bereits getan...«

Aber das klang selbst in Hardcastles Ohren lahm. Sanchez sprach nur aus, was er dachte. Das einzige, was die Hammerheads hinderte, die Cuchillos zu stellen, war eine Linie auf der Landkarte. Hier draußen in der nächtlichen Einsamkeit gab es diese Linie nicht. Ein kleiner Steuerausschlag, etwas mehr Leistung... schon hätten sie die Schmuggler vor sich gehabt.

»Ziel jetzt zweihundert Fuß über Grund, Geschwindigkeit hundertfünfzig Knoten«, berichtete der Controller an Bord der P-3 Orion. »Lion Flight, ich schlage vor, daß Sie Ihre Höhe halten, um Hindernisfreiheit zu gewährleisten. Wir sehen Sie gegenwärtig in zwölfhundert Fuß über Grund.«

»Richtig, Shark«, bestätigte Hardcastle nach einem Blick auf ihren Radarhöhenmesser. »Shark, wir vermuten, daß die andere Maschine jetzt Drogen abwirft. Wissen Sie *bestimmt*, daß sie sich über mexikanischem Gebiet befindet?«

»Positiv, Two-One. Eindeutig südlich der Grenze, vier Seemeilen südwestlich von San Antonio de Bravo. Die Kerle gehen kein Risiko ein.«

»Dort gibt's in hundert Meilen Umkreis keine Landebahn – folglich will er nirgends landen«, stellte Hardcastle fest. »Und es ist stockfinster – folglich will er sich nicht bloß die Gegend ansehen. Sind in diesem Gebiet noch irgendwelche Flugzeuge?«

»Negativ, Two-One. Normal an- und abfliegender Verkehr in Juarez und El Paso, nichts in diesem Gebiet.«

»Dann sind die *Federales* also nicht da. Großartig! Soviel zur Unterstützung durch die Mexikaner. Wo bleibt unsere Freigabe? Warum lassen sie uns nicht ran, wenn sie den Kerl nicht selbst stellen wollen? Hat Washington sich schon gemeldet?«

»Negativ, Two-One. Wir benachrichtigen Sie, sobald sich was tut.«

Falls sich überhaupt was tut, dachte Hardcastle erbittert. »Okay, aber vorläufig vergeuden wir bloß unsere Zeit.«

»Führer, hier Two-Two«, sagte Geffar über Funk. »Was haben wir vor? Mal wieder die Luft durchlöchern?«

Hardcastle war in Versuchung, die Controller an Bord der P-3 zu ignorieren und das Schmugglerflugzeug auf eigene Verantwortung abzufangen – es wäre möglich, wenn auch nicht legal gewesen, einfach zu behaupten, seiner Meinung nach hätten die Schmuggler sich im amerikanischen Luftraum befunden. Statt dessen drückte er auf seine Sprechtaste: »Nur Geduld, Two-Two. Wir legen los, sobald wir die Freigabe haben.«

»Lion Two-One, hier Shark. Ich sehe zwei schnelle Maschinen ab Chihuahua nach Nordosten fliegen. Entfernung fünfundsechzig Seemeilen, Fahrt hundertdreißig Knoten. Ich empfange Modi und Codes der mexikanischen Luftwaffe. Anscheinend sind Ihre *Federales* jetzt doch unterwegs.«

»Steuern sie das verdächtige Flugzeug oder die Abwurfzone an?«

»Weder noch«, antwortete der Controller bedauernd. »Sie fliegen nach Nordosten in Richtung Ojinaga – etwa fünfundvierzig Seemeilen südlich von hier. Vielleicht sind sie auf einem Patrouillenflug, der dann auch zur Grenze führt – oder befördern nur Fracht oder Passagiere. Möglicherweise wissen sie gar nichts von diesem Schmugglerflugzeug.«

»Oder es ist ihnen egal«, sagte Rachel Sanchez vom linken Sitz aus.

»Shark, gibt's irgendeine Möglichkeit, mit ihnen Verbindung aufzunehmen?« fragte Hardcastle. »Läßt sich ihre taktische Frequenz feststellen? Ich möchte die Schmuggler auf keinen Fall vorzeitig warnen.«

»Ich kann mit Chihuahua Approach oder Monterey Flight Following telefonieren und mich danach erkundigen. Bitte warten Sie.« Nach zwei Minuten meldete der Controller sich wieder: »Two-One, hier Shark. Leider nichts zu machen. Chihuahua hat keine Verbindung mehr zu den beiden Maschinen; es hat festgestellt, daß es sich um Flugzeuge der mexikanischen Luftwaffe auf Grenzpatrouille handelt – aber es will ihre taktische Frequenz nicht preisgeben. Ich habe die Telefonnummer der zuständigen Einsatzleitstelle und muß versuchen, dort etwas zu erreichen. Chihuahua hat gesagt, daß die Maschinen die Wachfrequenz gerastet haben.«

Die beiden AV-22 Sea Lion waren unterdessen so dicht wie möglich an die Grenze herangegangen: Sie flogen den Rio Grande in der Flußmitte entlang. In größerer Entfernung, einige Meilen südlich des Dorfes San Antonio de Bravo, waren in Abständen von etwa hundert Metern mehrere Gruppen von Autoscheinwerfern zu erkennen. Sein auf stärkste Vergrößerung gestelltes Nachtsichtgerät zeigte Hardcastle mehrere Lastwagen, vor denen ein großer röhrenförmiger Gegenstand lag.

»Shark, ich sehe Kasten- und Lieferwagen vor einem zylinderförmigen Behälter«, berichtete der Admiral. »An Abständen von ungefähr hundert Metern stehen weitere Gruppen von Fahrzeugen. Ich glaube, daß die Maschine ihre Ladung bei San Antonio de Bravo ganz oder teilweise abgeworfen hat...«

Hardcastle klappte sein IR-Nachtsichtgerät hoch, streckte die linke Hand aus und stellte ihr zweites Funkgerät auf die Wachfrequenz ein. Bevor Sanchez fragen konnte, was er vorhatte, drückte Hardcastle auf die Sprechtaste.

»Achtung, Hubschrauber der mexikanischen Luftwaffe dreißig Seemeilen westlich von Ojinaga auf Nordostkurs, hier United States Border Security Force auf der Wachfrequenz. Unsere Position: fünf Seemeilen südlich von San Antonio de Bravo über dem Rio Grande. Wir haben vermutlich einen Drogenabwurf beobachtet und verdächtige Fahrzeuge in Sicht. Wir schlagen vor, daß Sie über San Antonio de Bravo fliegen und uns auf eins-eins-zwo-komma-fünf-fünf rufen, um weitere Informationen zu erhalten. Kommen.«

Sanchez nickte Hardcastle zu, der sein Helmvisier wieder herunterklappte. »Was anderes ist uns nicht übriggeblieben«, bestätigte sie. »Aber die Schmuggler müssen die Meldung mitgehört haben... und sind bestimmt schon auf der Flucht.«

Hardcastle, der die Sea Lion jetzt als Hubschrauber flog, ließ sie gegenüber dem vermutlichen Abwurfpunkt weite Kreise über dem Rio Grande beschreiben. Falls die Schmuggler nicht zufällig ein Teleskop-Nachtsichtgerät hatten, war es unwahrscheinlich, daß sie dort entdeckt wurden. »Ich will bloß hoffen, daß die *Federales* sich beim Herkommen beeilen!«

Im nächsten Augenblick hörten sie auf der taktischen Frequenz der Hammerheads: »United States Border Security Force, hier Pajero One-Seven-One und -Two, wir hören Sie vier, kommen.«

»Pajero One-Seven-One, hier Lion Two-One und -Two. Können Sie sofort nach San Antonio de Bravo kommen, um wegen eines vermuteten Drogenabwurfs zu ermitteln? Wir verfolgen ein verdächtiges Flugzeug, das in diesem Gebiet zum Abwurf tiefergegangen zu sein scheint. Kommen.«

»Positiv, Lion Two-One. Unsere Leitstelle hat uns bereits unterrichtet. Halten Sie Ihre Position, damit wir Sie ansteuern können.«

»Lion Flight, die mexikanischen Hubschrauber sind zu Ihnen unterwegs«, meldete die P-3 Orion. »Voraussichtliche Ankunftszeit vierzehn Minuten.«

»Shark, hängen Sie sich ans Telefon und rufen Sie Aladdin an«, verlangte Hardcastle. »In vierzehn Minuten sind die Kerle längst weg. Wir brauchen *sofort* eine Erlaubnis zum Überfliegen der Grenze!«

»Verstanden, Two-One. Wir tun, was wir können.« Im nächsten Augenblick meldete der Controller sich nochmals: »Lion Flight, die andere Maschine wird langsamer und geht tiefer. Anscheinend steht der nächste Abwurf bevor. Ungefähr zwanzig Seemeilen nördlich Ihrer Position unmittelbar an der Grenze.«

»Verstanden, Shark. Two-Two, ihr fliegt los und überwacht die Schmuggler. Bleibt dran, solange ihr könnt.«

»Verstanden, Two-One«, bestätigte Rushell Masters. »Shark, Two-Two fliegt allein nach Norden.«

»Verstanden, Two-Two. Squawk normal, Kurs drei-fünf-fünf in achttausend Fuß. Entfernung neunzehn Seemeilen. QNH El Paso eins-null-null-drei.«

Hardcastle sah nach draußen und beobachtete, wie die zweite AV-22, die sich bisher links neben seiner Lion Two-One im Schwebeflug befunden hatte, abdrehte und in die Nacht davonraste. Als er dann wieder zur Abwurfzone hinübersah, spürte er seine Frustration wie eine Woge über sich zusammenschlagen. Die dort versammelten Fahrzeuge setzten sich jetzt in Bewegung und fuhren nach allen Himmelsrichtungen davon. Die Schmuggler würden entkommen...

»Pajero One-Seven-One, hier Lion Two-One. Die Verdächtigen am Boden verlassen jetzt die Abwurfzone. Zwei Wagen scheinen in Ihre Richtung zu fahren. Sie sind auf der Straße parallel zum Fluß. Können Sie sie aufspüren?«

»Positiv, Two-One«, antwortete der mexikanische Hubschrauberpilot. »Wir fliegen mit Nachtsichtgeräten. Ich melde mich wieder, sobald wir sie gestellt haben.«

Hardcastle ging etwas höher, um möglichst viele Fahrzeuge im Blick behalten zu können, aber er mußte den Versuch bald aufgeben und sich auf zwei Lastwagen konzentrieren, die auf der Straße am Rio Grande davonrasten. Quälend lange Minuten später erkannte er Positionslichter und sah gelegentlich einen Suchscheinwerfer aufblitzen, dessen Lichtstrahl der Straße folgte. Dann hatte die Suche Erfolg: Der Scheinwerfer erfaßte den vorderen der beiden Lastwagen. Der andere mexikanische Hubschrauber blieb leicht zurück und richtete seinen Scheinwerfer auf das zweite Fahrzeug.

»Shark, hier Two-One«, sagte Hardcastle auf der abhörsicheren taktischen Frequenz. »Die Pajeros scheinen...«

Plötzlich schlugen Flammen aus dem ersten der beiden Hubschrauber, dessen Scheinwerfer jetzt unkontrolliert in alle möglichen Richtungen leuchtete. Als er ausgeschaltet wurde, konnte Hardcastle auf den Ladeflächen der Lastwagen das Mündungsfeuer schwerer automatischer Waffen erkennen. »Die Hubschrauber werden beschossen!«

Auf der Frequenz der Hammerheads war eine Stimme zu hören, die auf Spanisch rief: *»Ayuda, ayuda, Pajero... ataque para fusil enemigo...ayuda«*

»Pajero One-Seven-One, hier Lion Two-One«, sagte der Admiral über Funk. »Wie hören Sie mich? Kommen.«

Der Scheinwerfer war erloschen, aber die Positionslichter des ersten Hubschraubers brannten noch. Der Pilot hatte ihn offenbar noch einigermaßen unter Kontrolle und bemühte sich, außer Schußweite der auf den Lastwagen montierten Waffen zu gelangen und mit Autorotation zu landen. Durch sein PNVS-Visier konnte Hardcastle beobachten, daß aus dem Hubschrauber, der noch immer beschossen wurde, dichter Rauch quoll. »Pajero One-One-Seven, antworten Sie! Brauchen Sie Hilfe?«

»Lion... Lion Two-One... hier Pajero... Mayday, Mayday, wir werden angegriffen... Mayday...«

»Okay, das genügt«, entschied Hardcastle. Er schob beide Leistungshebel der Seal Lion nach vorn und hielt über den Rio Grande auf den Ort des Geschehens zu. »Shark, hier Lion Two-One. Ich habe einen Notruf empfangen und beobachte ein Luftfahrzeug in Gefahr. Ich fliege hin, um eingreifen zu können. Benachrichtigen Sie die mexikanische Leitstelle, daß Pajero One-Seven-One und -Two beschossen werden – und daß ich ihnen zur Hilfe komme.«

»Lion Two-One, verstanden. Bestätige den Empfang des Notrufs.«

Seit dem Mayday-Ruf herrschten grundsätzlich andere Voraussetzungen. Trotzdem hätte Hardcastle sich wahrscheinlich nicht mehr viel länger zurückhalten können. »Lichter an, Radar auf Hindernisvermeidung, Warnsignal bei fünfzig Fuß, Rachel«, verlangte er. Während Sanchez sich beeilte, seine Anweisungen auszuführen, sprach Hardcastle mit Don Rice, dem Führer seines I-Teams: »Ihr haltet euch an der Laderampe bereit. Vor uns wird ein mexikanischer Hubschrauber vom Boden aus beschossen. Ich fahre die Waffenbehälter aus.« Er aktivierte das TADS-Feuerleitsystem, das automatisch die Behälter mit den sechs Lenkwaffen und der Revolverkanone ausfuhr, und richtete das Ringvisier auf den nächsten Lastwagen.

Unterdessen war der erste mexikanische Hubschrauber etwa fünfzig Meter von den beiden Lastwagen entfernt mit Autorotation hart gelandet. »Pajero ist am Boden«, meldete Sanchez. »Er liegt auf der Seite, aber ich sehe kein Feuer. Mehrere Soldaten klettern heraus...«

Von der Ladefläche des vorderen Lastwagens aus wurde der notgelandete Hubschrauber weiter beschossen. Die Waffe schien ein Maschinengewehr M60 zu sein, dessen Lauf durch einen Riß in der LKW-Plane ragte und das mit großen braunen Plastikbeuteln unterbaut war. Das MG der Schmuggler lag auf *Kokainbeuteln!*

»Pajero wird noch immer beschossen.« Hardcastle schaltete sein Nachtsichtgerät aus, ließ das TADS-Feuerleitsystem für die Sea Stinger aktiviert und schaltete den Night Sun-Scheinwerfer ein. »Los, ihr Helden – versucht's doch mal mit mir!«

Der Scheinwerfer hatte die gewünschte Wirkung. Hardcastle sah die Männer auf der Ladefläche in seine Richtung zeigen. Das M60 verschwand und wurde an der Heckklappe des Lastwagens in Stellung gebracht – diesmal auf einem niedrigen Dreibein. Da die Männer kein Nachtsichtgerät zu haben schienen, schaltete Hardcastle den Scheinwerfer aus. Sekunden später jagte der MG-Schütze den ersten Feuerstoß in seine Richtung.

»Besatzung, wir werden beschossen«, warnte Hardcastle das I-Team. Über Funk sagte er auf der Wachfrequenz: »United States Border Security Force, Feuer einstellen! Shark, Two-One wird angegriffen und erwidert das Feuer.« Er machte die erste Sea Stinger scharf, wartete zwei Sekunden, bis ein Pfeifton meldete, daß die Lenkwaffe ihr Ziel erfaßt hatte, legte den Feuerknopf frei und schoß die Rakete ab. Eigentlich hätte er die Angreifer warnen müssen, bevor er versuchte, seine Maschine zu verteidigen, aber für solche Feinheiten war keine Zeit...

Anfangs konnte die Sea Stinger nur die Restwärme des LKW-Motors ansteuern, aber als das M60 wieder 200 Schuß pro Minute ausspuckte, bildete es ein erstklassiges Ziel. Der Raketenmotor arbeitete noch, als die Sea Stinger sich ins Wagenheck bohrte und detonierte. Als der Lastwagen in Flammen aufging, verwandelte die Kokainfracht sich in eine klebrige brennende Masse, die wie flüssiges Feuer an den MG-Schützen haftete. Brennende Gestalten wälzten sich von der Ladefläche und krochen durch den Sand davon, bis der Tank des Fahrzeugs explodierte und die Schreie verstummen ließ.

Hardcastle nahm das zweite Fahrzeug ins Visier. Der andere Militärhubschrauber war in etwa hundertfünfzig Meter Entfernung gelandet und setzte Soldaten ab, die im Schutz der Dunkelheit auf den zweiten Lastwagen zustürmten. Aber sein Fahrer dachte nicht daran, noch länger zu warten: Er gab Gas und rumpelte nach Süden davon, während ein MG-Schütze auf der Ladefläche wild auf alles schoß, was sich bewegte.

Sobald Hardcastle den Lastwagen mitten im Ringvisier hatte, zeigte das Feuerleitsystem an, daß auch dieses Ziel erfaßt war. Die Sea Stinger bohrte sich vor dem linken Vorderrad in den Motorraum und sprengte die Vorderachse ab, als ihr Gefechtskopf detonierte. Das Fahrzeug stand sofort in Flammen, aber mehrere Männer konnten sich durch einen Sprung in Sicherheit bringen und liefen nach verschiedenen Richtungen davon. Hardcastle drehte die AV-22 um hundertachtzig Grad, reaktivierte das Waffensystem und fuhr die Waffenbehälter wieder ein. Dann flog er zu dem notgelandeten Hubschrauber zurück und setzte etwa dreißig Meter davon entfernt auf.

»I-Team, der mexikanische Hubschrauber liegt rechts neben uns«, gab Hardcastle über die Bordsprechanlage bekannt. »Don, seht nach, was mit der Besatzung ist, und bittet den Kommandanten an Bord.« Don Rice und ein weiterer Mann des I-Teams gingen mit schußbereiten Pistolen von Bord, sobald Hardcastle ihnen das Zeichen dazu gab. Zwei ihrer mit M-16 bewaffneten Kameraden gaben ihnen Feuerschutz.

Auf Rices Anweisung brachten die Mexikaner, von denen wie durch ein Wunder nur einer schwer verletzt war, den Verletzten an Bord der Sea Lion, wo er den Platz gleich rechts neben der Tür erhielt. Als Hardcastle nach hinten kam, um mit ihnen zu reden, stellte er fest, daß der Verletzte ein silbernes Pilotenabzeichen trug. »Sind Sie der Pilot?« fragte Hardcastle.

Der Mexikaner nickte. Während Rice die Kombi aufschnitt, um seinen Oberschenkel verbinden zu können, sagte der Offizier: »Ich bin Oberst Geraldo Hidalgo von der mexikanischen Luftwaffe. Und Sie... Sie sind der Kommandant dieses Flugzeugs?«

»Ian Hardcastle, United States Border Security Force.«

»Hardcastle? Admiral Hardcastle – der Kommandeur der Hammerheads?«

»Ja und nein. Heute nacht bin ich bloß ein Pilot wie andere auch. Sind Sie schwer verletzt?«

»Mich hat's hier am Bein erwischt, und ich kann den rechten Arm nicht bewegen, aber ich glaube nicht, daß er gebrochen ist. Aber was ist mit meinem anderen Hubschrauber? Und mit den Schmugglern?«

»Ihren Männern ist nichts passiert, ihr Hubschrauber ist glatt gelandet. Die beiden Lastwagen haben wir in Brand geschossen. Ihre Leute sind dabei, die Schmuggler vom zweiten Lastwagen zusammenzutreiben. Um die vom ersten brauchen sie sich nicht mehr zu kümmern.«

»Kann ich mir denken«, antwortete Hildalgo. Er rang sich ein schwaches Lächeln ab. »Erstaunliche Feuerkraft! Ich hab' mir schon immer gewünscht, mal eine Sea Lion fliegen zu dürfen...« Er umfaßte vorsichtig seinen rechten Arm. »Jetzt bin ich an Bord – und kann sie nicht fliegen!«

»Nein, aber Sie können das Kommando übernehmen«, erklärte Hardcastle. »Das Flugzeug, das die Drogenladung abgeworfen hat, fliegt noch weitere Punkte entlang der mexikanisch-texanischen Grenze an. Wir beobachten es schon seit Stunden, dürfen es aber ohne Erlaubnis nicht nach Mexiko verfolgen... Aber wenn *Sie* an Bord sind und das Kommando übernehmen, kann die Verfolgung weitergehen...«

Hidalgos Miene hellte sich auf. »Wir jagen die Schweinehunde mit Ihrer Sea Lion – und ich habe das Kommando? Gern, Admiral Hardcastle! Wenn Sie nicht mehr als meine Erlaubnis brauchen, erteile ich sie Ihnen hiermit. Lassen Sie mich nur noch mit meinem Flügelmann sprechen, dann kann's losgehen!«

Hidalgo brauchte nicht lange, um sich davon zu überzeugen, daß seine Männer die Sache im Griff hatten. Vier der sechs Schmuggler marschierten unter Bewachung zu dem zweiten Hubschrauber – und schleppten dabei die Leichen zweier Kameraden mit. Nachdem der andere Pilot ihm kurz Bericht erstattet hatte, schlug der Oberst ihm freundschaftlich auf die Schulter und ließ sich zur AV-22 zurückbringen.

»Wann geht's los, Admiral?« fragte Hidalgo, sobald er saß und einen Kopfhörer hatte. »Ich kann's kaum noch erwarten!«

Nordwestlich der Stadt Felix Gomez, Mexiko

Die Antonow An-26, Salazars größte Transportmaschine, die er in der Nähe der amerikanisch-mexikanischen Grenze bei El Paso begleitete, hatte noch eineinhalb Tonnen Kokain an Bord, als sie auf der Wachfrequenz Hardcastles erste Warnung mithörten. Die Formation hielt Funkstille, aber Salazar konnte sich denken, daß die Besatzung der An-26 jetzt nur noch möglichst weit von den Vereinigten Staaten weg wollte. Bestätigt wurde diese Überlegung, als sie hörten, daß eine AV-22 wegen eines Notfalls jenseits der Grenze eingreifen würde. Gachez' Leute waren schwer bewaffnet und konnten sich vermutlich gegen zwei Hubschrauber behaupten – aber einer Sea Lion waren sie keineswegs gewachsen.

Wären nur noch einige hundert Kilogramm Kokain übrig gewesen, hätte er der Besatzung der An-26 befohlen, auf die letzten Abwürfe zu verzichten und das Grenzgebiet und damit auch den Bereich des unheimlichen Überwachungssystems zu verlassen, das den Hammerheads so genaue Positionsangaben lieferte. Aber der Transporter hatte noch tausendfünfhundert Kilogramm Ware an Bord, die Salazar bei planmäßiger Lieferung weitere 22,5 Millionen Dollar einbringen würde. Ob die *Federales* das Zeug fünf Minuten später beschlagnahmten, spielte keine Rolle: Der Vertrag war erfüllt, sobald die Lieferung an dem von der Bodenmannschaft bezeichneten Punkt abgeworfen war.

Der schnelle Zugriff der Hammerheads bewies, daß Van Nuys von der Border Security Force geschnappt worden war und sofort ausgepackt haben mußte. Ebenso klar war, daß die Carmen del Sol Airlines damit zu existieren aufgehört hatten, und obwohl Salazar noch weitere Tarnfirmen in verschiedenen Ländern besaß, hatte er jetzt keine Heimat und keinen Stützpunkt mehr. Er besaß sein Leben, ein paar geheime Bankkonten, einige treue Soldaten, die er in den Kampf werfen konnte... und vorläufig diesen wunderbaren Jäger F-5E mit hoher Feuerkraft, die eingesetzt werden wollte. Mit etwas Glück mußte das reichen.

Um wirklich überleben zu können, brauchte er jeden Cent, den er Gachez und dem Medellin-Kartell abluchsen konnte, bevor alles wie ein Kartenhaus zusammenfiel. Was wiederum bedeutete, daß diese letzte Lieferung *unter allen Umständen* erfolgen mußte, damit er die letzten 22,5 Millionen Dollar bekam. Zum Glück wußten die Bodenmannschaften aus Sicherheitsgründen nicht einmal, wo die übrigen Abwurfzonen lagen, und standen untereinander nicht in Verbindung, so daß er hoffen durfte, die Ware liefern und sein Geld kassieren zu können – obwohl alles vor seinen Augen in die Brüche ging.

Noch zwei Abwürfe, dann war alles vorbei...

Salazar mußte die Leistungshebel der F-5 etwas zurücknehmen, um die Transportmaschine nicht zu überholen. Er sah auf die Borduhr und warf einen Blick auf den Flugplan – fünf Minuten bis zum nächsten Abwurf. Die An-26 ging mit der Fahrt herunter, um die vorgesehenen Parameter – Höhe, Geschwindigkeit und Driftwinkel – für einen ballistisch errechneten Abwurf einzuhalten. Aus Sicherheitsgründen fuhr Salazar seine Klappen zehn Grad aus, damit die F-5 auch im Langsamflug gut steuerbar blieb, und ging dabei etwas höher, um über die andere Maschine hinwegsehen zu können. In seiner neuen Position nur wenige Meter über dem Höhenruder des Transporters konnte er die Bewegungen des riesigen Seitenruders beobachten, mit dem der Pilot letzte kleine Kurskorrekturen vornahm...

Aus dem Nachthimmel schoß ein Lichtstrahl wie ein vom Allmächtigen geworfener Speer heran. Er traf die linke Cockpitseite und war so gleißend hell, daß der Pilot der An-26 Mühe hatte, nicht die Kontrolle über den Transporter zu verlieren. Obwohl der Scheinwerferstrahl gar nicht auf die F-5 gerichtet war, blendete er selbst Salazar, der den Abstand zu der jetzt wild schlingernden Antonow vergrößern mußte. In weniger als fünfzig Meter Höhe über Grund war nicht viel Platz für große Steuerausschläge.

Dem Piloten gelang es irgendwie, die Antonow wieder unter Kontrolle zu bringen, aber der Abwurf war verpatzt – sie befanden sich schon einen halben Kilometer näher am Rio Grande als vorgesehen. Salazar stieg noch etwas höher und erkannte in gut einem Kilometer Entfernung ihren Gegner; ein schaurig – schön beleuchtetes silberglänzendes Geschoß – eine AV-22 Sea Lion der Hammerheads mit vielen blinkenden Warnleuchten und ihrem beweglichen Night Sun-Scheinwerfer. Salazar konnte sogar die Leuchtschrift FOLLOW ME auf dem Rumpf des Rotorflugzeugs lesen. *Was hat eine AV-22 im mexikanischen Luftraum zu suchen?*

»Funkstille aufgehoben«, wies Salazar seine Piloten an. »Auf Gegenkurs gehen, erneut anfliegen und Abwurf durchführen. Die Maschine links von euch nicht beachten...«

»Achtung Transporter, Achtung Jäger, hier spricht die mexikanische Luftwaffe«, sagte eine laute Stimme auf der Wachfrequenz. »Sie verstoßen gegen mexikanische Luftverkehrsgesetze und die Gesetze über Nationale Sicherheit. Fahren Sie Ihr Fahrwerk aus und folgen Sie mir. Führen Sie meine Anweisungen nicht aus, werden Sie zur Landung gezwungen oder angegriffen. Ich bin ermächtigt, notfalls mit Waffengewalt gegen Sie vorzugehen.« Dann wurde die Mitteilung auf Spanisch wiederholt.

»Abwurf fortsetzen!« befahl Salazar über Funk.

»Wir empfangen kein WET-SNOW-Signal mehr, Coronel«,

meldete der Pilot der An-26. »Ich wiederhole: Wir empfangen kein Signal mehr...«

»Feiglinge«, knurrte Salazar und meinte damit die Bodenmannschaft, die offenbar die Lichter der AV-22 gesehen hatte und schleunigst abgehauen war. »Dann muß es auch ohne Signal gehen. *Aber werft das Zeug ab!*«

Unterdessen hatte die AV-22 den Abstand deutlich verringert: Sie befand sich nur dreihundert Meter entfernt links neben dem Transporter. Ihr Night Sun-Scheinwerfer bohrte sich förmlich ins Cockpit der Antonow, so daß Salazar fast die Augen weh taten, wenn er daran dachte, was ihre Piloten aushalten mußten. »Werft das Zeug ab!« befahl er nochmals. Dann merkte er, daß die An-26 einige Meter Höhe und ziemlich viel Fahrt verloren hatte. Wahrscheinlich war der Pilot so geblendet, daß er die Instrumente nicht mehr ablesen konnte. »Hochziehen und Kurs halten...«

Als der Pilot in Panik geriet, weil er sah, wie gefährlich tief er bereits war, zog er die An-26 mit voller Triebwerksleistung nach links oben. Aus der Heckluke flogen einige wenige Kokainbehälter, aber für Salazar war klar, daß die Besatzung nicht mehr ernsthaft daran dachte, den Abwurf durchzuführen.

»Fahren Sie augenblicklich Ihr Fahrwerk aus, und folgen Sie mir, sonst eröffnen wir das Feuer«, wiederholte die Stimme mit dem spanischen Akzent auf der Wachfrequenz. »Dies ist unsere letzte Warnung!«

Daraufhin schaltete Salazar die Nachbrenner beider Triebwerke ein und beschleunigte über die An-26 hinweg. Sobald er den Transporter hinter sich gelassen hatte, warf er die fast leeren Zusatztanks ab und aktivierte seine Jagdraketen AIM-4 und AIM-9 sowie die 20-mm-Maschinenkanonen. Er stieg in weniger als zwanzig Sekunden auf fünftausend Fuß, kurvte steil links ein und suchte die AV-22.

Nichts. Als die F-5 die Formation verließ, hatten die Piloten der Sea Lion sofort alle Lichter ausgeschaltet...

An Bord der AV-22 Lion Two-One

»Two-One, Ziel zwei bei zwölf bis ein Uhr im Steigflug, vier Seemeilen«, kam die Warnung des Controllers an Bord der P-3 Orion über die abhörsichere Frequenz. »Ziel zwei in fünftausend Fuß im Horizontalflug, jetzt bei elf Uhr, Geschwindigkeit dreihundert Knoten und weiter zunehmend. Ziel dreht vor Ihnen ein.«

Hardcastle hatte den Scheinwerfer und die Lichter ausgeschaltet, sobald die Nachbrenner der F-5 aufgeflammt waren. »Radar auf Luftzielsuche umstellen«, wies er seine Copilotin an. Er schob die Leistungshebel nach vorn, drehte die Triebwerksgondeln auf fündundvierzig Grad, um größte Geschwindigkeit mit höchster Steigleistung zu kombinieren, und zog die Sea Lion hoch. »Besatzung, alle Lichter aus – wir werden angegriffen.«

Sanchez schaltete rasch die Blinkleuchten aus und stellte die Cockpitbeleuchtung schwächer, aber während sie ihr Radar auf Luftzielsuche umschaltete, fragte sie: »Was hast du vor? Du kannst dich doch auf keinen Luftkampf mit diesem Kerl einlassen!«

»Wir können ihm auch nicht wegfliegen«, stellte Hardcastle fest. »Wir müssen durchhalten, bis...«

Der zentrale MF-Monitor vor Hardcastle begann aufzuleuchten. Das phasengekoppelte Radar der Sea Lion, das einen Winkel von sechzig Grad vor dem Bug der AV-22 absuchte, erfaßte ein Luftziel und folgte ihm. Hardcastle koppelte das Feuerleitsystem mit dem Radar, so daß der IR-Scanner auf den heranrasenden Jäger gerichtet blieb. Er bemühte sich, schnell genug zu drehen, um die F-5 im Visier zu behalten, aber das Radar konnte sie nicht lange erfassen. Der Jäger flog mit hoher Geschwindigkeit einen engen Kreis um die Sea Lion.

»Lion Two-One, Ziel zwei jetzt bei acht Uhr, Entfernung drei Seemeilen, Geschwindigkeit dreihundertfünfzig«, meldete der Controller an Bord der P-3. »Auf hundert Fuß über Grund sinken, diese Höhe halten. Kurs eins-null-fünf in Richtung Grenze.

Sie können sich zwischen den Hügeln am Fluß vor ihm verstekken.«

»Zwecklos«, sagte Hardcastle zu Sanchez. »Er ist viel zu schnell. Halt dich gut fest.«

Hardcastle ließ die Triebwerke mit Höchstleistung weiterarbeiten, schwenkte sie in Senkrechtstellung und drehte die Sea Lion auf der Stelle, bis er die F-5 vor sich hatte. Dann ging er in dreihundert Fuß Höhe knapp außerhalb des Bodeneffekts in den Schwebeflug über und nahm die Leistung etwas zurück, um diese Höhe zu halten. Als der Bug der AV-22 sich drehte, erfaßte ihr Radar wieder ein Luftziel.

»Da ist er!« rief Sanchez. »Genau voraus. Geschwindigkeit vierhundert Knoten, Entfernung zwei Seemeilen...«

Hardcastle schob die Leistungshebel bis zum Anschlag nach vorn. Bei senkrechtstehenden Triebwerksgondeln stieg die Sea Lion mit zehn Metern in der Sekunde. In nächsten Augenblick sah er vor ihnen im Dunkeln, wo die F-5 sein mußte, bläuliche Flammenzungen... Sie wurden beschossen! Hardcastle schaltete rasch auf die Revolverkanone M230 um, koppelte ihr Feuerleitsystem mit dem Radar und drückte auf den Feuerknopf, sobald der Jäger auf eine Seemeile herangekommen war.

Aber die M230 im linken Waffenbehälter war nicht für Luftkämpfe bei hohen Geschwindigkeiten konstruiert; sie war für Angriffe auf See- und Bodenziele oder Flugzeuge gedacht, die weniger als halb so schnell wie Salazars F-5 waren. Hardcastle sah den Jäger keine dreißig Meter unter der schwebenden AV-22 vorbeirasen, drehte nach links und versuchte, die F-5 im Visier zu behalten. Aber mit der Revolverkanone M230 hatte er keine Chance...

Hardcastle wählte rasch den Waffenbehälter mit den Lenkwaffen des Typs Sea Stinger an und drehte seine Maschine weiter hinter dem abfliegenden Jäger her, während er darauf wartete, daß das Ringvisier erschien. Sobald es in seinem Blickfeld aufleuchtete, nahm er noch eine winzige Korrektur vor, um es im Radarkegel zu zentrieren, wartete den Signalton der ersten Lenkwaffe ab und drückte auf den Feuerknopf.

Die Sea Stinger hatte den Waffenbehälter kaum verlassen, als

Hardcastle bereits erkannte, daß sie ihr Ziel verfehlen würde. Erst schoß sie genau auf die heißen Triebwerke des Jägers zu – bis Salazar steil nach rechts hochzog, um die AV-22 erneut anzugreifen. Die Sea Stinger konnte ihm nicht so schnell folgen, verlor sofort das IR-Signal und detonierte Augenblicke später. Auch die Sea Stinger war eben nicht dafür konstruiert, schnelle Jäger abzuschießen – vor allem keine so kleine und wendige Maschine wie die F-5.

Hardcastle schwenkte die Triebwerksgondeln nach vorn, um in den Horizontalflug überzugehen, denn je näher er der heranrasenden F-5 kam, desto weniger Zeit blieb Salazar, um zu zielen und zu schießen. Aber im Vergleich zu dem Jäger, der jetzt in jeder Minute zwölf Kilometer zurücklegte, schien die AV-22 praktisch stillzustehen. Hardcastle schaltete nochmals auf die M230 um und hielt den Feuerknopf gedrückt, als die F-5 herangerast kam, um sie zu erledigen. Aber die Revolverkanone, die pro Sekunde zehn Schuß hinausjagte und deren Munitionsvorrat schon teilweise verbraucht war, verstummte nach wenigen Sekunden – lange bevor der Jäger das Feuer eröffnete. Mit dem Mut der Verzweiflung zog Hardcastle die Leistungshebel zurück, schwenkte die Triebwerksgondeln hoch und ließ die AV-22 im Sturzflug tiefergehen.

Dieses überraschende Manöver hinderte Salazar in der F-5 vielleicht daran, die Sea Lion konzentriert unter Feuer zu nehmen, aber es konnte nicht verhindern, daß die Maschine getroffen wurde. 20-mm-Geschosse rissen den Flügelmittelkasten auf, zerfetzten Treibstoff- und Hydraulikleitungen und setzten Treibstoff und Hydrauliköl in Brand. Nach leichtem Seitenruderausschlag rechts erfaßte die Geschoßgarbe den gesamten linken Flügel, stanzte riesige Löcher in die Beplankung und riß die linke Triebwerksgondel auf. Die Sea Lion kippte steil nach links über den antriebslosen Rotor ab und stürzte dem Boden entgegen.

Da Hardcastle schon fast gelandet war, bevor der Angriff begann, betrug die Fallhöhe nur zehn Meter. Der linke Flügel mit dem zerstörten Triebwerk schlug zuerst auf und brach in einem Feuerball auseinander. Die zerplatzte Flügelhälfte riß sich von dem geschwächten Mittelkasten los, und der Flugzeugrumpf pflügte drei, vier Flugzeuglängen weit durchs niedrige Buschwerk, bevor er über eine Böschung kippte und in den Rio Grande hinunterrutschte.

Obwohl dichter Rauch das Cockpit füllte, fand Hardcastle den Schnelltrennverschluß, löste seine Gurte und stemmte sich aus dem Pilotensitz. Durch die zersplitterten linken Cockpitfenster drangen ölige Rauchschwaden, Rußflocken und lodernde Flammen ein, die nach Rachel Sanchez griffen. Hardcastle, dem ein Adrenalinstoß neue Kräfte verlieh, löste ihre Gurte und schleppte sie aus dem Flugzeug, wobei Rachels blutender Kopf an seiner Schulter lag.

Hardcastle, der bis zu den Knöcheln in den mit Treibstoff getränkten Sand einsank, watete ins hüfttiefe Wasser, bis seine Beine nachgaben, ließ sich dann treiben und gelangte hundert Meter flußabwärts halb kriechend ans Ufer. Die Sea Lion lag auf der rechten Seite; die rechte Triebwerksgondel war seltsam verbogen und beinahe abgerissen, und ihre Rotoren hatten sich tief in die Uferböschung eingegraben. Sie erinnerte an einen verletzten Vogel, und ihre großen Cockpitfenster glichen Augen, die stumm um Hilfe zu flehen schienen. Der im Flügelmittelkasten entstandene Brand erfaßte nun auch den rechten Flügel.

»Rice!« krächzte Hardcastle. »Hildalgo!« Er versuchte aufzustehen, aber seine Knie gaben wieder nach. Hardcastle verfluchte seinen Körper, überzeugte sich davon, daß Sanchez atmete und nicht ins Wasser rollen konnte, und kroch die sandige Uferböschung hinauf.

Dann wurde das dumpfe Brausen brennenden Kerosins und das Knacken zerplatzter Metallverbindungen plötzlich durch das Pfeifen eines vorbeifliegenden Düsenjägers übertönt: Die F-5 raste in weniger als fünfzehn Meter Höhe über ihn hinweg. Und wenn der Pilot ihn gesehen hatte, kam er bestimmt zurück und griff mit Bordwaffen an...

Im Feuerschein der brennenden Sea Lion erkannte Salazar ihn: Admiral Hardcastle persönlich, der die sandige Böschung hinaufkroch. In seiner Nähe lag jemand am Wasser. Salazar kontrollierte seinen Treibstoffvorrat – weniger als vierzig Minuten Flugzeit –, aber sein Entschluß stand fest, seit er gesehen hatte, daß Hardcastle wie eine vertrocknete alte Schildkröte das Ufer hinaufkroch. Selbst wenn er später wegen Treibstoffmangel mit dem Schleudersitz aussteigen mußte, hatte er noch eine Rechnung zu begleichen. Er würde Hardcastle abknallen.

Salazar legte den Jäger in eine 30-Grad-Rechtskurve, umkreiste die Absturzstelle und benützte die brennende Sea Lion als Orientierungspunkt. Beim Einkurven ging er mit der Fahrt auf hundertachtzig Knoten herunter – die niedrigste Geschwindigkeit, die er in dieser geringen Höhe fliegen durfte – und kam dann zurück, um den sandigen Uferstreifen unter Beschuß zu nehmen. Die F-5E war an sich nicht für Tiefangriffe mit ihren Maschinenkanonen ausgerüstet, aber ihr Rechteckvisier funktionierte präzise genug, um das Flußufer mit einem Geschoßhagel eindecken zu können.

Als Salazar zum Angriff eindrehte, sah er, daß Hardcastle versuchte, seinen Kameraden vom Wasser weg und unter einige Büsche am Ufer zu schleppen. Sehr praktisch, daß die beiden so nahe beisammen waren! Und als er auf Schußweite heran war, erkannte er, daß Hardcastle seine Pistole gezogen hatte und offenbar schoß... *auf den heranrasenden Jäger.* Eine geradezu lächerliche Geste...

»Hey, Coronel Salazar! Hier spricht Ihr alter Freund Viktor Tscharbakow. Jetzt sind Sie dran, Kumpel!«

»Wer? Was?« Der fremden Stimme auf der Wachfrequenz folgten sofort das Pfeifen des Radarwarners der F-5 und eine rote Blinkleuchte, die anzeigte, daß der Jäger von einem Zielsuchradar erfaßt wurde. Salazar sah sich nach Verfolgern um, was zwecklos war, weil das einzige Licht von der hinter ihm brennenden AV-22 kam. Als er wieder nach vorn sah, glitt das Rechteckvisier über Hardcastle hinweg, so daß er nur Zeit für einen wirkungslos kurzen Feuerstoß hatte. Aber wer...?

»Sie erinnern sich doch an mich, Coronel? Hauptmann Victor Pawlowitsch Tscharbakow?« Jetzt wußte Salazar, wem diese Stimme gehörte: dem jungen Piloten, der mit der sowjetischen Su-29 in Verrettes aufgekreuzt war!

Elliott hatte Oberleutnant Robert »J. C.« Powell alarmiert, sobald die Einzelheiten von Salazars Plan bekannt waren, und da Mexiko dem vorgeschlagenen Grenzschutzabkommen zugestimmt hatte, hatte er auf der nahegelegenen Luke Air Force Base mit einem Jäger F-15E und einem Vertreter der mexikanischen Luftwaffe auf dem Rücksitz bereitgestanden, um Agusto Salazar zu stellen.

»Letztes Mal hab' ich Ihr Messer in den Arm gekriegt, Coronel. Vor lauter Zorn bin ich in die U. S. Air Force eingetreten, um mal auf Sie schießen zu dürfen. Diesmal hab' ich Sie ganz allein erwischt.«

Salazar schob die Leistungshebel ganz nach vorn – ohne Nachbrenner, die ihn verraten hätten –, stieg auf zweihundert Fuß und drehte nach Nordwesten ab. Da der Gegner bei stockfinsterer Nacht irgendwo in der Nähe lauerte und sein Radarwarner nicht anzeigen konnte, aus welcher Richtung die Gefahr drohte, blieb ihm nichts anderes übrig, als die Flucht zu ergreifen. Und der beste Zufluchtsort war die Großstadt Juarez mit El Paso auf dem anderen Ufer. Die Bodenechos über dicht bebautem Gelände konnten das Zielsuchradar des anderen Jägers stören und ihm die Flucht ermöglichen.

»Coronel Salazar«, sagte eine ältere Stimme auf Spanisch über Funk, »hier spricht General Fuentes, Kommandeur des Bezirks Monterey der amerikanischen Luftwaffe. Ich befehle Ihnen, sofort auf Gegenkurs zu gehen und Ihr Fahrwerk auszufahren.«

Salazar war nur etwa fünfzehn Kilometer von Juarez entfernt: Er überflog bereits die noch ländlichen Gemeinden am Stadtrand. Jetzt kam es darauf an, seine Verfolger einige Augenblicke länger hinzuhalten – bis sie nicht mehr wagten, ihn über der Stadt abzuschießen... »Das würde ich an Ihrer Stelle nicht tun, General«, antwortete Salazar auf der Wachfrequenz. »Meine Leute haben Ihre Angehörigen als Geiseln genommen...«

Dann folgte eine längere Pause. Das Lichtermeer der Großstadt kam näher – Juarez war keine zehn Kilometer mehr entfernt, und seine Lichter schienen fast die Sonde im spitzen Bug der F-5 zu berühren. Nur noch ein paar...

Sekunden bevor der mexikanische General in Powells F-15E

auf den Feuerknopf drückte und zwei Jagdraketen des Typs Sidewinder abschoß, griff Salazar zwischen seine Beine und zog den gelben Schleudersitzhandgriff der F-5. Beide Lenkwaffen trafen genau ins Ziel, und die F-5 zerplatzte wie eine von einem Vorschlaghammer getroffene überreife Melone. Im Umkreis von mehreren hundert Metern segelten Wrackteile über den Rio Grande hinweg und schlugen auf beiden Seiten der Grenze ein.

Salazar wurde von einem glühendheißen Windstoß durchgerüttelt, dem ein ohrenbetäubender Donnerschlag folgte. Der Jethelm wurde ihm vom Kopf gerissen, wobei er sich das Nasenbein brach und zunächst blind war. Sein Fallschirm öffnete sich so spät, daß er bei voll entfaltetem Schirm nur noch einmal hin und her schwang, bevor er mit Kopf und Schultern voraus auf den von der Sonne ausgedörrten harten Erdboden prallte.

Benommen, blutend und mit stark schmerzender linker Schulter befreite Salazar seine Füße aus den Steuerleinen und löste mühsam den Schnelltrennverschluß, um den Fallschirm abzuwerfen. In etwa einem halben Kilometer Entfernung stand eine Hütte in Flammen, und hinter ihr schien die gesamte Wüste zu brennen. Er schleppte sich zum nächsten Baum und hielt seine Tokarow schußbereit: eine sowjetische 10-mm-Pistole mit neun Schuß im Magazin.

Offensichtlich war er keine fünfzig Meter von einem kleinen Bauernhof entfernt gelandet. Der Feuerschein der Brände zeigte ihm Gebäude und einen pyramidenförmigen Getreidesilo. Nur zwanzig Schritte links von ihm stand ein uralter Pickup, den er irgendwie erreichen mußte. Während er sich aufzuraffen versuchte, hörte er ein bedrohliches Geräusch – eine weitere AV-22 Sea Lion befand sich ganz in der Nähe im Schwebeflug, als suche sie die Umgebung seines Landeorts ab. Hier konnte er nicht bleiben... die Hammerheads kamen immer näher...

Salazar ignorierte die Schmerzen in seiner Schulter, kam mühsam auf die Beine, torkelte zu dem Pickup und sackte erschöpft gegen die Beifahrertür. Er zog sie auf und kroch in den Wagen, als eben ein Night Sun-Scheinwerfer aufflammte und das dumpfe rhythmische Knattern der Rotoren der Sea Lion lauter und lauter wurde...

Dann wurde plötzlich die Fahrertür geöffnet. Salazar hob seine Waffe und zielte auf... den Kopf einer alten Frau, die herausgekommen war, um nachzusehen, was dieser Lärm zu nachtschlafender Zeit bedeutete. Sie erstarrte, als sie im Feuerschein sein zerschundenes, blutbedecktes Gesicht vor sich sah.

Der Lichtstrahl des Night Sun-Scheinwerfers kam gefährlich näher. »Wink dem Flugzeug zu, Alte!« knurrte Salazar heiser. »Los, wink ihm hübsch zu...«

Der Scheinwerferstrahl wanderte über den Bauernhof hinweg und erfaßte den alten Pickup. Salazar kauerte im Fußraum vor dem Beifahrersitz und machte sich so klein wie möglich. »Du sollst *winken!*« Die alte Frau blinzelte ins grelle Licht und winkte der Besatzung der Sea Lion zu. Der Scheinwerferstrahl glitt davon, suchte kurz den Baum ab, zu dem Salazar sich anfangs geschleppt hatte, und bewegte sich weiter...

Geschafft! Die Hammerheads hatten den dunklen, in Tarnfarben gehaltenen Fallschirm auf dem frischgepflügten Feld übersehen und auch seine Fußspuren nicht entdeckt...

Salazar zog sich auf den Beifahrersitz hoch. »Steig ein, Alte«, befahl er ihr. »Du fährst mich nach Juarez.«

Sie war zu erschrocken, um zu widersprechen, und setzte sich wortlos ans Steuer und ließ den Motor an.

»Bleib auf Nebenstraßen«, wies er sie an, als der Wagen aus dem Hof rumpelte. »Wenn die Polizei uns anhält, kriegst du 'ne Kugel in den Kopf.«

»No, señor, por favor...«

»Tu einfach, was ich dir sage, dann passiert dir nichts.«

Sie holperten auf der mit Schlaglöchern übersäten unbefestigten Straße dem fernen Lichtschein der Großstadt entgegen. Die verkrampft am Steuer sitzende Alte bewegte tonlos die Lippen, als bete sie. »Mach die verdammten Scheinwerfer an!« forderte Salazar sie auf. »Fahr gefälligst normal!«

Die Alte schnappte erschrocken nach Luft, streckte die rechte Hand aus und betätigte einen Schalter...

Im trüben Lichtschein der halbblinden Scheinwerfer tauchte vor ihnen auf der Straße eine Gestalt auf, die einen Esel an einem Strick führte.

»Jesus Cristo, el burro mio!« schrie die Alte laut. Salazar nahm flüchtig eine Frau in einem bunten Overall wahr, bevor die Alte eine Vollbremsung machte. Da er sich mit seinem linken Arm nicht abstützen konnte, wurde er nach vorn geworfen und krachte mit voller Wucht gegen das scharfkantige Ablagefach vor dem Beifahrersitz.

»Vaya! Vaya al abrigo!« kreischte eine Frauenstimme. Mit bemerkenswerter Gelenkigkeit stieß die Alte ihre Tür auf und sprang aus dem Wagen. Salazar schoß hinter ihr her, aber sie war bereits verschwunden. Er rutschte hinters Lenkrad, legte die Tokarow auf den Sitz neben sich und wollte eben anfahren, als ein greller Scheinwerferstrahl sein Gesicht traf und ihn blendete.

Aus dem Dunkel erschien wie ein mythischer feuerspeiender Drache eine AV-22 Sea Lion, die jetzt im Bodeneffekt nur wenige Dutzend Meter vor dem Pickup schwebte. Die Maschine war hinter einer parallel zur Straße verlaufenden Baumreihe angeflogen, um dann plötzlich wie aus dem Nichts vor Salazar aufzutauchen. Er sah, daß der linke Waffenbehälter ausgefahren und die Revolverkanone auf ihn gerichtet war; tatsächlich war die Sea Lion so nahe, daß er den Piloten mit heruntergeklapptem Helmvisier auf dem rechten Sitz deutlich erkennen konnte. Auf beiden Seiten der Straße trabten Uniformierte mit Helmen und Gewehren im Laufschritt heran, um ihn einzukreisen...

Er griff nach seiner Waffe.

»Pare!« rief eine laute Frauenstimme, die den Triebwerkslärm der Sea Lion übertönte. »Keine Bewegung, Salazar«, fügte sie auf Englisch hinzu. Als er nach rechts blickte, sah er Geffar, die ebenfalls ausgestiegen war, als Masters gelandet war, um das I-Team abzusetzen, und jetzt mit einer großkalibrigen Pistole auf sein blutverschmiertes Gesicht zielte. Sie trug eine orangerote Fliegerkombi der Hammerheads und einen I-Team-Helm mit eingebautem Funkgerät. Ihr Blick war so unbeirrbar stetig wie ihre Hand, in der sie die Waffe hielt.

Die Finger seiner nicht verletzten rechten Hand waren nur Zentimeter von der Pistole entfernt. Er versuchte, unauffällig danach zu greifen...

»Nur zu!« forderte Sandra Geffar ihn auf. »Ich möchte Sie erschießen. Liefern Sie mir einen Grund dafür.«

Salazar streckte seine Finger und zog vorsichtig die Hand zurück.

»Hände hinter den Kopf... langsam!« Salazar legte seine Rechte an den Hinterkopf und hob die Linke, so hoch er konnte – es war offensichtlich, daß seine Schulter ausgerenkt war. »Keine Bewegung!« Geffar trat einen Schritt von der Autotür zurück und zog ihr Helmmikrofon dichter an die Lippen. Unterdessen waren auch das I-Team der Hammerheads und die *Federales* beinahe heran. »Ich hab' ihn... Salazar«, meldete Geffar. »Er scheint verletzt zu sein. Am besten fordert ihr einen Krankenwagen an, damit er...«

Mit dem Mut der Verzweiflung ergriff Salazar blitzschnell das hinter seinem Nacken unter der Fliegerkombi versteckte Wurfmesser. Seine Hand umfaßte den Ledergriff, zog die Klinge aus der Scheide und holte aus, um...

Aber seine Verletzungen hinderten ihn daran, auch diesmal die alte Schnelligkeit zu entwickeln, so daß Geffar die besseren Chancen hatte. Während Salazar ausholte, um das Messer zu werfen, gingen ihre Bewegungen fließend ineinander über: Sie ließ sich auf ein Knie nieder, umfaßte ihre Pistole mit beiden Händen und drückte ab. Das erste Geschoß Kaliber 45 – das einzige, das zählte, das ihn erledigte – durchschlug sein rechtes Auge, trat am Hinterkopf aus und verspritzte Gehirnmasse im gesamten Fahrerhaus. Die noch folgenden Treffer waren überflüssig, aber notwendig. Sie waren für zu viele gute Leute, die wegen Coronel Salazar gestorben waren oder noch sterben würden.

Epilog

Presseraum des Weißen Hauses, Washington, D. C.

Zwei Tage später

Die Spitzen der Border Security Force standen auf dem Podium aufgereiht, behielten ihre Hände auf dem Rücken und fühlten sich im grellen Licht der Fernsehscheinwerfer sichtlich unbehaglich: Curtis Long, Rushell Masters, Sandra Geffar und Ian Hardcastle. Auf der anderen Seite des Präsidenten standen Dr. Lidia Pereira, die mexikanische Botschafterin, Vizepräsident Martindale und Samuel T. Massey, der Drogenberater des Präsidenten.

»Ich wollte mich nicht öffentlich über die Ereignisse der letzten Tage äußern«, begann der Präsident, »ohne bei dieser Gelegenheit die hier auf dem Podium Anwesenden zu belobigen. Durch ihre gemeinsamen Anstrengungen wurden Drogen im Wert von mehreren Milliarden Dollar abgefangen und die Hauptschmuggler verhaftet oder unschädlich gemacht. Das war ein sehr schwerer, wenn nicht sogar tödlicher Schlag gegen das Drogenkartell.

Mein spezieller Dank gilt dem mexikanischen Volk und seiner Regierung, die den Mut und den Weitblick gehabt hat, zur Grenzsicherung und Bekämpfung des Drogenschmuggels gemeinsam mit uns an den Aufbau einer noch nie dagewesenen kooperativen Eingreiftruppe zu gehen, in der wir miteinander fahren, fliegen und kämpfen werden, um unsere gemeinsamen Grenzen zu sichern. Besonders danken möchte ich auch der mexikanischen Botschafterin, Dr. Lidia Pereira, für ihre... Rolle beim Zustandekommen dieser historischen Vereinbarung.«

Die junge Botschafterin nickte dem Präsidenten dankend zu und lächelte trotz der einschränkenden Pause in seiner Lobrede weiter ihr berühmtes Lächeln. Sie hatte die kleine Pause sehr wohl wahrgenommen – und genau das hatte er beabsichtigt.

»Die wahren Kämpfer werden durch diese Frau und diese Männer hier auf dem Podium vertreten. Sie haben den Einsatz der Schiffe, Flugzeuge und Überwachungseinrichtungen der Border Security Force gegen eine gut organisierte und bemerkenswert schlagkräftige paramilitärische Organisation geleitet. Mein Dank gilt Curtis Long, dem Direktor des Investigating Teams der Hammerheads, Chefpilot Rushell Masters und ganz besonders Chief Inspector Sandra Geffar und Admiral Ian Hardcastle, der die Border Security Force aufgebaut hat.

Diese beiden werden es nicht als Belohnung sehen, aber sie scheiden mit sofortiger Wirkung aus dem fliegenden Dienst aus: Ian Hardcastle übernimmt den Befehl über die neue Western Division der Border Security Force und ist in Zukunft für die Bekämpfung des Drogenschmuggels an der amerikanisch-mexikanischen Grenze und des in Kalifornien zunehmenden Drogenhandels zuständig. Sandra Geffar übernimmt das Kommando über die Eastern Division und wird mit der Aufgabe betraut, die Einrichtungen der Hammerheads an der amerikanischen Ostküste auszubauen.

Ich rechne damit, daß der Kongreß schon sehr bald das Gesetz verabschieden wird, das die Border Security Force – die Hammerheads – als selbständige Organisation ziviler Befehlsgewalt im Kabinettsrang unterstellt. Danach werde ich meinen jetzigen Drogenberater Samuel Massey zum ersten Minister für die Border Security Force ernennen. Weiterhin ist vorgesehen, Coast Guard und Customs Service in naher Zukunft per Gesetz mit der Border Security Force zusammenzulegen, um alle Organisationen, deren Aufgabe die Bekämpfung des Drogenschmuggels ist, sozusagen unter einem Dach zu vereinigen…«

Hardcastle, der sich an Masseys ursprünglichen Widerstand gegen die Aufstellung der Hammerheads erinnerte, zuckte innerlich zusammen, als er hörte, daß der Präsident ihnen ausgerechnet Massey vor die Nase setzen wollte. Trotzdem war es vielleicht keine schlechte Idee, einen Bürokraten, der sein Revier so erbittert verteidigte, zum nominellen Chef der Hammerheads zu machen. Und als er darüber nachdachte, vermutete er sogar, daß der Präsident die gleiche Überlegung angestellt hatte...

»Zuletzt«, fuhr der Präsident fort, »möchte ich den Einsatz des Vizepräsidenten für die Border Security Force würdigen. Als Verantwortlicher für die Eindämmung von Drogenhandel und -mißbrauch hat Kevin Martindale in vorderster Linie dafür gekämpft, unserem Land die Fähigkeit zu erhalten, seine Grenzen zu kontrollieren und die Verbreitung von Drogen in unserer Gesellschaft einzudämmen. Selbst auf die Gefahr hin, daß das zu sehr nach einer Wahlrede klingt, möchte ich feststellen, daß Amerika stolz darauf sein kann, einen energischen, von hohen Überzeugungen geprägten Mann wie seinen Vizepräsidenten zu besitzen...«

Brad Elliott, Patrick McLanahan und Roland »J. C.« Powell erhoben sich, als der Präsident einige Minuten später das Oval Office betrat. Der Präsident lockerte sofort seine Krawatte, ließ sich aufs Sofa fallen und forderte sie mit einer Handbewegung auf, wieder Platz zu nehmen. »Ah, Pressekonferenzen!« seufzte er. »Verdammt lästige Pflichtübungen.«

Jack Pledgeman goß ihnen Kaffee ein. Der Präsident griff automatisch nach dem Porzellankännchen mit dem blauen Band am Henkel. Aber bevor er einen Schuß daraus in seine Tasse kippte, ließ er die Hand sinken und starrte das unschuldig weiße Kännchen stirnrunzelnd an.

»Was für ein Heuchler ich doch bin«, murmelte er. »In der Öffentlichkeit sitze ich auf dem hohen Roß und predige gegen Drogen – und dabei habe ich solchen Mist im Arbeitszimmer. Was, zum Teufel, ist der Unterschied zwischen diesem Zeug und Marihuana? Wo ziehe ich die Grenze, verdammt noch mal? Wär's denn in Ordnung, wenn ich Marihuana in ein Porzellankännchen täte und ein blaues Band um den Henkel knoten würde?«

Der Präsident blickte in die erstaunten Gesichter der drei Männer, die natürlich nichts von dem Irish Cream Whisky wußten. »So zerstören wir unsere Gesellschaftsordnung, Gentlemen – nicht mit Kugeln und Waffen, sondern durch müde, engstirnige alte Männer mit Porzellankännchen und blauen Bändern am Henkel.« Er hielt Pledgeman das Kännchen hin. »Schaffen Sie das weg, und beseitigen Sie jeden Tropfen, den Sie in meinem Arbeitszimmer finden. Sofort!«

Die anderen wagten nicht, ihre Kaffeetassen zu berühren, bis der Präsident nach seiner griff. Er sah Elliott an und lächelte. »Tut mir leid, daß ich Sie diesmal wirklich entlassen mußte, Brad. Nehmen Sie's mir nicht übel, General, aber ich glaube, daß Sie einfach nicht fürs öffentliche Leben geeignet sind.«

»Da haben Sie allerdings recht, Mr. President.«

»Freut mich, daß Sie mir zustimmen. Ich habe nämlich vor, Sie und Patrick und Roland...«

»J. C., Sir.«

»Wie, bitte?«

Elliott und McLanahan zuckten innerlich zusammen, weil sie wußten, was kommen würde.

»J. C., Sir. Niemand nennt mich Roland – außer meiner Mom.«

Der Präsident sah Elliott kopfschüttelnd an, als wollte er fragen: Wo treiben Sie bloß diese Kerle auf, General? Aber statt dessen murmelte er nur: »Jesus Christus...«

»Danke, Mr. President«, sagte J. C. ausdruckslos.

»Wie ich *gesagt* habe, General«, fuhr der Präsident fort, indem er Powell einen nachdenklichen Blick zuwarf, »schicke ich euch drei nach Dreamland zurück. Da es zu schwierig wäre, der Öffentlichkeit zu erklären, wie ihr entlassen und gleichzeitig befördert werden konntet, schicke ich euch Clowns in die Wüste, wo ich mich nicht mit euch abgeben muß. Ich weiß, daß es zuviel verlangt wäre, euch zu bitten, nichts mehr anzustellen, deshalb sage ich nur: Viel Glück und paßt gut auf euch auf!«

»Danke, Mr. President«, antwortete Elliott. »Sie haben eine kluge Entscheidung getroffen, finde ich. Im HAWC sind wir dabei, ein paar Sachen zu entwickeln, über die Sie wirklich staunen werden...«

»O Gott!« murmelte der Präsident. »Erzählen Sie mir lieber nichts davon!«

Medellin, Kolumbien
Am selben Tag

»Unsere Verluste lassen sich unmöglich berechnen«, sagte Jorge Luiz Pena, eines der einflußreichsten Kartellmitglieder. Pena und zehn weitere Direktoren des Drogenkartells waren in Gonzales Rodriguez Gachez' Büro in der Innenstadt von Medellin zusammengekommen, um die Katastrophe zu besprechen, die über sie hereingebrochen war. »Du redest von nur fünf Milliarden Dollar, Gachez. *Nur* fünf Milliarden? Da kannst du noch dasitzen und grinsen und so tun, als sei nichts gewesen?«

Gachez grinste nicht wirklich, aber er jammerte auch nicht wie dieses fette Schwein Pena. Die Nachricht von Salazars Tod und dem Verlust ihrer drei größten Lieferungen war schlimm, sehr schlimm. Sie hatten schon früher Verluste hinnehmen müssen – aber noch nie so schwere. Trotzdem mußte er darauf achten, nicht vernichtet zu wirken. Sich Schwäche anmerken zu lassen, wäre bei diesen Männern tödlich gewesen.

»Du jammerst zuviel«, sagte Gachez gelassen. »Du hast weniger Ware verloren als die meisten von uns, Pena. Ich persönlich habe zwei Milliarden Dollar eingebüßt. Escalante«, er nickte einem der anderen Männer zu, »hat fast eine Milliarde verloren.«

»Zum Teufel mit dir, Gachez! Du und deine großartige Bildung! Viel beigebracht haben sie dir anscheinend nicht.« Penas Stimme wurde vor Erregung lauter. »Im Vergleich zu dir ist mein Verlust vielleicht nicht hoch, aber ich hab' *alles* verloren. Du kannst die Kokainproduktion wiederaufnehmen und in ein paar Wochen neue Ware auf Lager haben. Ich hab' keine Möglichkeit, meinen Verlust wettzumachen. Und das ist *deine* Schuld!«

»*Ich* habe deine Ware nicht verloren«, stellte Gachez richtig. »Salazar war allzu optimistisch, zu sehr von sich überzeugt... zu geldgierig. Er hat sich eingebildet, die gesamte Border Security Force ausgeschaltet zu haben. Wie wir jetzt wissen, war das eine Illusion, die uns schweres Geld gekostet hat...«

»Was war mit Van Nuys?« fragte Pablo Escalante ruhig. »Du hast ihn bei dir untergebracht. Du hast ihn mit Salazar nach Mexiko geschickt...«

»Van Nuys hatte gute Verbindungen. Van Nuys ist ein wertvoller Mitarbeiter gewesen. Aber ein Verräter beim mexikanischen Zoll hat ihn den Hammerheads ausgeliefert. Ich verspreche euch, daß ich den Zollamtsdirektor persönlich...«

»Dafür ist's zu spät. Der ist längst untergetaucht«, sagte Escalante. Gachez starrte ihn an. Escalante, der normalerweise freundlich und umgänglich war, hatte sich während dieser Besprechung auffällig zurückgehalten. Er besaß nicht den Rang, der traditionell erforderlich war, um die Leitung des Kartells zu übernehmen, aber er war so reich und mächtig, daß ihm jeder zuhörte, wenn er sprach. Wie oft hatte er mit den anderen gesprochen...?

»Macht nichts, ich spüre ihn überall auf«, behauptete Gachez mit weniger Überzeugungskraft in der Stimme, als er sich gewünscht hätte. »Hört zu, Freunde, es ist sinnlos, sich gegenseitig Vorwürfe zu machen. Bis wir wieder Ware herstellen und versenden können, erhalten alle Mitglieder Entschädigungszahlungen aus unserem reichlich gefüllten Katastrophenfonds. Keiner muß den ganzen Verlust allein tragen. Wir werden Mittel und Wege finden, um die neue Struktur der Border Security Force zu durchbrechen. Ich schlage vor, daß wir zunächst...«

Die Tür des Konferenzraums flog krachend auf. Kolumbianische Polizeibeamte stürmten mit schußbereiten Waffen herein. Gachez sprang auf, als sie die Kartellmitglieder umzingelten. »Was soll der Scheiß? Ihr seid wohl übergeschnappt?«

Keiner sagte ein Wort. Außer ihm war niemand aufgestanden, hatte keiner protestiert. Tatsächlich schien Gachez von allen Anwesenden der einzige zu sein, für den diese Razzia überraschend kam.

Dann betrat der örtliche Polizeichef den Raum. Gachez sah Escalante an, der seinen Blick mit einem Schulterzucken erwiderte.

»Sie alle sind wegen des Verdachts auf illegalen Drogenhandel festgenommen«, verkündete der Polizeichef. »Falls Sie bewaffnet sind, fordere ich Sie hiermit auf, ihre Waffen abzuliefern und sich zu ergeben, bevor…«

Gachez konnte nicht länger schweigen. »Sie werden von *mir* bezahlt. Ihr alle werdet von mir bezahlt. *Ich* gebe hier die Befehle!«

Nun stand Escalante langsam auf, und der Polizeichef trat an seine Seite. Gachez verstand, was das bedeutete, ohne es wirklich glauben zu können. »*Du?* Du, Pablo? Glaubst du, daß sie dir Gefolgschaft leisten? Du hast nicht genug Mut, nicht genug Verstand, um diese Organisation zu führen. Dazu braucht man Energie und die Bereitschaft, sie auch einzusetzen…«

Wie als Antwort griff Escalante in seine Jackentasche und brachte eine kleine Pistole zum Vorschein. »Lauter leere Drohungen, Gonzales. Deine Zeit ist abgelaufen. Du bist ein Versager. Du hast Versager wie Salazar angeheuert, der außerdem ein Dieb und Verräter war.«

Escalante schob Gachez die Pistole über den Tisch zu, aber Gachez ignorierte die Waffe. Er hob die Hände und lächelte. »Du willst den Laden übernehmen, Pablo? Meinetwegen. Wir werden ja sehen, ob du Erfolg hast. Ich prophezeie euch, daß ihr mich alle anflehen werdet, zurückzukommen…«

»Das glaube ich nicht, Gonzales.«

Der Polizeichef zielte mit seiner Dienstwaffe auf Gachez. »Weg mit der Pistole, Señor, oder ich schieße!«

Gachez stolperte – noch immer mit erhobenen Händen – rückwärts vom Tisch weg, als drei Schüsse krachten. Gachez wurde gegen die Wand geworfen, sackte langsam zusammen und bewegte sich nicht mehr. Auf seinem Hemd zeichneten sich große Blutflecke ab.

»Gonzales Rodriguez Gachez ist mit Haftbefehl gesucht worden«, verkündete der Polizeichef. Er zog ein Schriftstück aus der Brusttasche seiner Uniformjacke. »Das ist der Haftbefehl. Er hat sich seiner Verhaftung widersetzt, wollte flüchten und hat auf Polizeibeamte geschossen, die sein Feuer in Notwehr erwidern mußten.«

Pablo Escalante nickte. Der Polizeichef salutierte, machte seinen Männer ein Zeichen, den Raum zu verlassen, folgte ihnen und schloß die massive zweiflüglige Eichentür von außen. Escalante nahm seinen Platz wieder ein und lehnte sich lässig zurück.

»Nun zum eigentlichen Thema unserer Besprechung, Freunde«, sagte er. »Es geht um die vorgeschlagene gütliche Vereinbarung zwischen uns und der Regierung zur Eindämmung von Gewalt und... von Exzessen unserer bisherigen Tätigkeit, wozu auch unsinnige und für uns alle schädliche Angriffe auf die amerikanische Border Security Force gehören. Zumindest vorläufig. Als Gegenleistung stellt die Regierung ihre Strafverfolgung ein und verzichtet auf die Auslieferung weiterer Mitarbeiter unserer Organisation.« Er zeigte auf den Toten auf dem Fußboden. »Gonzales Rodriguez Gachez stimmt für diesen Vorschlag. Und was sagt ihr, Freunde?«

ELMORE LEONARD

Schnappt Shorty!

Roman

Aus dem Amerikanischen von Hans M. Herzog

320 Seiten. Gebunden

Elmore Leonard schreibt nur, was er wirklich will, aber das so unvergleichlich gut, daß er inzwischen als *der* Nachfolger von Chandler und Hammett gefeiert wird. Mit SCHNAPPT SHORTY! liefert er sein Meisterstück, den »ausgelassensten und zynischsten Kriminalroman, der je über Hollywood geschrieben wurde« *(Playboy)*.
Ein kleiner Ganove und Geldeintreiber aus Miami versucht den Sprung ins Filmgeschäft. Und seine Chancen stehen gar nicht schlecht: denn in Hollywood zählen nur Dollars und eiskalte Methoden.

»Elmore Leonard ist der beste lebende amerikanische Kriminalautor, wahrscheinlich der beste, den wir je hatten.«

(Newsweek)

»*Schnappt Shorty!* ist Leonards jüngster Triumph. Ein wunderbares Buch, erzählt vom Besten seines Fachs.«

(The Washington Post)

Goldmann Verlag